경희대 인문학연구원
고전명작 이본총서

적벽가 전집 5

김진영·김현주·이기형·백미나 편저

도서
출판 박이정

머리말

　요즘은 우리의 이본 총서 작업이 연례 행사처럼 되어가고 있다. 각 팀이 그동안 작업한 분량을 모아서 해마다 한번씩 묶는 형태로 가고 있기 때문이다. 구성원의 교체와 출판사 자체의 사정 등 여러 가지 요인으로 이전만큼 활발하게 이본 총서가 묶여 나오지는 않고 있다. 그러나 무리하게 빠른 것은 절대 좋지 않다고 우리는 생각하고 있고, 늦어도 좋으니 차근차근 나아가려고 한다. 개인들도 이 작업에만 매달리지 말고 자기 영역의 자료들을 바탕으로 연구 논문도 쓸 것을 우리는 주문하고 있다. 그래서 이미 이본 총서 작업 구성원들 중 세 사람이 각각 〈심청전〉·〈토끼전〉·〈화용도〉에 대해 박사 학위 논문을 쓴 바 있다. 앞으로도 학위 논문은 물론이고 좋은 연구 논문들이 많이 나오리라 기대하고 있다. 그리고 이본 자료에 대한 서지학적 논구뿐만 아니라 주제, 인물, 플롯, 문체 등등에 관해 관심을 가져줄 것과, 거기에 접근하는 방법론도 심화해줄 것, 그리고 판소리 문학으로부터 고전 서사체 전반으로 시야를 확산해줄 것을 요구하고 있다. 아마도 가장 바람직한 것은 이본 속의 조그마한 단서로부터 출발하여 그 이본의 형성과정과 작가의 성격 규명, 그리고 나아가 고전소설의 작법과 작자층의 의식세계를 보아내는 것이 아닐까 생각한다.

　이번에는 〈적벽가〉 4권, 〈토끼전〉 2권, 〈춘향전〉 1권, 이렇게 7권을 묶어내게 되었다. 〈적벽가〉는 판각본 3종과 필사본 27종을 정리했는데, 아직 정리가 안된 필사본이 약간 남아 있고, 활자본까지 하면 2권 정도 분량이 남았다고 판단된다. 〈토끼전〉은 필사본 24종을 정리했는데, 이제 남아 있는 필사본도 얼마 되지 않고, 활자본도 그리 많지 않아 아마

금명간 끝이 날 것으로 생각된다. 이렇게 필사본도 많이 수합 정리되어 〈심청전〉과 더불어 〈적벽가〉와 〈토끼전〉은 막바지를 향해 가고 있다. 그러나 이번에 한 권을 내는 〈춘향전〉은 아직 갈 길이 멀다. 수합 정리할 필사본이 많이 남아 있고, 활자본도 굉장히 많기 때문이다. 비교적 이본 수가 많지 않은 〈흥부전〉은 작업에 긴 기간이 소요될 것 같지는 않다. 이렇게 보면 우리 이본 총서 작업도 가장 힘든 필사본 작업을 많이 진행했기 때문에 내리막길에 있는 것만은 분명해보인다. 마지막까지 최선을 다하리라고 다짐해본다.

　이번 작업에 포함된 이본들의 소장자 여러분들께 감사의 말씀을 올린다. 마치 자식과 같이 귀중하게 소장해온 자료를 널리 공개함으로써 학계의 연구에 도움을 주고자 한 이분들의 충심에 깊은 사의를 표하면서 거기에 대한 보답은 이본 자료의 정확한 활자화와 훌륭한 연구 성과라고 우리는 생각한다. 이본 자료가 정확하게 활자화되었는지에 대해서는 우리가 최선을 다했음에도 불구하고 두려움을 느끼지만, 학계에 길이 남을 훌륭한 연구는 이제 모두의 앞에 놓여진 숙제가 될 것이다. 마지막으로 어려운 출판 환경에도 처음부터 지금까지 초지일관으로 이본 총서를 내고 있는 박이정 출판사에게도 고마운 마음을 전한다.

2001년 11월 2일

김진영 · 김현주

일 러 두 기

1) 〈적벽가 전집〉 5권에는 조동일 교수가 소장하고 있는 필사본 1종, 홍윤표 교수가 소장하고 있는 필사본 1종, 김동욱 교수가 소장하고 있는 필사본 1종, 그리고 단국대 율곡도서관에 소장되어 있는 필사본 4종, 도합 7종의 필사본 이본 자료를 수록하였다.

2) 원문 상태 그대로 옮기되 띄어쓰기만 했다. 띄어쓰기는 현대 정서법상의 띄어쓰기를 원칙으로 하였다. 그리고 장수(張數) 개념을 적용하여 장수를 표기하였다. 예컨대 〈23-앞〉, 〈23-뒤〉 등으로 매장이 시작될 때 밝혀주었다.

3) 원본이 오자나 탈자 상태일 경우라도 전혀 수정 가감하지 않고 그대로 놓아두어 이본 자료로서의 가치를 그대로 보존하고자 하였다. 그리고 판독이 불가능한 글자에 대해서는 ○○○○ 표시로 복자 처리를 하되, 자수를 맞추려고 하였다.

4) 새로운 이본이 시작될 때마다 이본의 서지사항과 내용상의 특성 등에 대해 간략히 소개했으며, 대상본의 소재처를 밝혀두었다.

5) 각 이본의 명칭은 소장자의 이름과 장수, 그리고 작품 표제명을 가지고 붙였다. 예를 들어 '조동일 소장 63장본 〈화룡도〉'이다.

차 례

조동일 소장 63장본 〈화룡도〉

　책의 크기는 21.8cm×29.1cm이며, 한 면은 12행이다. 세련된 필체로 쓰여졌으며 '癸丑 慶北 英陽郡' '崔慶龍'이라는 이름이 있어 계축년(癸丑年)인 1913년 경북 영양군 최경룡이라는 사람에 의해 필사된 것으로 보인다. 이 본은 서계신간본 계통의 완판본을 등서한 것으로 내용은 서계신간본을 등서한 다른 사본과 똑같다. (정문연 필름번호 [韓古目] 1490 : R16N-000504-5,

조동일 소장 63장본 〈화룡도〉

화룡도 목녹 華容道 目錄

諸葛大名垂宇宙

萬古雲雷一毛羽

〈1-앞〉

화룡도 권지상이라

한틱죠황제 창업훈 사빅연으 헌제 씨 이르러 동틱이 난을 지으미 사도 왕윤이 사직 츙신으로 동틱을 치고 한실을 홍복고져 ᄒᆞ더니 불힝ᄒᆞ여 이최으ᄂᆞᆫ을 만나 쳔자 피란ᄒᆞ시미 쳔하디란ᄒᆞ니 됴됴 디군을 거날려 눈젹을 쇼멸ᄒᆞ고 찬역에 쯔슬 두워 쳔자을 유인ᄒᆞ야 허창의 도읍ᄒᆞ고 졔후을 호령ᄒᆞ니 됴졍이 됴됴의 장악에 잇시니 국가흥망이 비조즉셕일네라 각셜 잇써으 한동실 유황슉이 관공 장비로 더부려 도원결의 할 제 사싱를 한가지로 ᄒᆞ야 흔실을 홍복고져ᄒᆞ나 병불만쳔이요 장불과십이라 셔쥬로 가 여포의게 픠ᄒᆞ고 여남의가 쏘 됴됴으게 픠ᄒᆞ야 막지소힝 이러니 싱각흔즉 형쥬 유푀ᄂᆞᆫ

동실지의 잇는 고로 형쥬로 가 신야으 머무더니 마참

〈1-뒤〉

슈경선성을 만나 와룡선성을 쳔거ᄒ거날 현덕이 디히ᄒ야 페빅을 갓쵸오고
튁일ᄒ여 칠성제게ᄒ고 관쟝을 거나려 남양 와룡강 제갈공명 차져갈 제 정
성도 지극ᄒ고 예모도 공순한이 공명이 엇지 감동치 안이 하리요 유관쟝
삼인이 융중의 다다른이 농부넌 호무 들고 노리ᄒ며 논일 제 농부다려 문
왈 와룡선성이 어더 게신요 답왈 져 산 일홈언 와룡산이요 압푸넌 숨풀 잇
고 그 가온더 일간초당 니쓰되 티극은 티양이요 일월은 챵외되고 삼빅팔십
사슈로 연자 걸고 인의예지로 벽을 맛츄고 도당씨 삼등퇴게의 ᄒ도낙셔로
단쳥ᄒ고 후원 낙낙장송은 군사졀리요 의의녹죽은 츙열사의 졍영ᄒ고 벽상
은 금실이요 졍젼의 빅혹이 츔을 츄니 완연ᄒ 션경이라 산불고이수려ᄒ고
수불심이징쳥이라 초목이 졀승ᄒ

〈2-앞〉

고 풍물도 이상ᄒ다 그리로 ᄎ자가소셔 현덕이 말을 모라 급피 가본이 시
문을 반기ᄒ여거늘 동자을 불너 말삼ᄒ되 션성를 뵈옵자 ᄒ고 문견의 왓단
말삼 엿쥬워라 동자 답왈 션성게셔 시벽의 출입ᄒ시고 안이 게신다 ᄒ니
현덕이 답왈 어디을 가 게신야 동자 왈 기약이 업넌이다 현덕이 기탄불이
ᄒ니 관쟝의 마리 션성이 안이 게신이 신야로 도라갓삽다ᄀ 후일의 다시
와 ᄎ싸이다 현덕이 동자 불너 당부ᄒ되 션성이 오시거던 유예쥬 왓단 말
삼 부디 여쥬라 ᄒ고 신야로 도라와 수일 후에 예단을 다시 갓초와 가지고
와룡강을 가랴할 졔 익덕이 ᄒ는 마리 일기 셔셩을 보랴ᄒ고 ᄯᅩ 엇지 가오
리갓 사환이나 보니소셔 현덕이 디칙 왈 공명은 디현이라 엇지 사환을 보
니리요 ᄒ고 관쟝을 다리고 와룡강을 다시 갈 시 북풍은 졀역ᄒ고 빅셜은
분분ᄒ더 익

〈2-뒤〉

덕 왈 여츳 셜풍에 기여이 제갈양을 보랴 ㅎ고 이디지 신고ㅎ리요 신야로
가사이다 현덕 왈 우리 이려ㅎ면 공명을 감동케 ㅎ미라 풍셜리 겁느거든
너넌는 도라가 잇시라 익덜 왈 풍셜을 엇지 두려ㅎ릿가 ㅎ고 삼인이 초당
문젼 다다른이 글 익는 소리 들이거날 자셰이 본이 표표흔 소연이 안져 노
리ㅎ면 논일 졔 현덕이 초당의 올나가 ㅎ는 말이 션셩을 뵈옵자고 슈차 왓
삽다가 뵈옵지 못ㅎ고 이제 와 죤안을 뵈온이 쳔만 다힝ㅎ여이다 그 소연
이 급피 일려나 답예 왈 장군이 분명 니의 사형을 차자 오신가 나넌 와룡의
아우 균이로소이다 현덕 왈 션셩은 어디가 계신이갓 균이 왈 형장의 너거
종젹이 졍쳐 업사온이 아지 못ㅎ나니다 현덕 왈 니의 복이 젹겨 슈차 와도
션셩을 보지 못하는쏘다 후일에 다시 오리라 ㅎ고 관장을 다리고 신야로
도라와 다시

〈3-앞〉

퇵일ㅎ여 삼일지게 ㅎ고 예단을 다시 갓쵸와 가지고 와룡강얼 힝할 시 관
장 왈 형장이 두 번 가셔 못보고 쏘 가시기 불안ㅎ여이다 공명이 실상은 지
조 업셔 피ㅎ고 안이 보는가 ㅎ는이ㄷ 현덕 왈 엣날 졔환공이 동곽 양인을
보랴ㅎ고 사 오 차얼 수고ㅎ여거던 ㅎ물며 공명은 디현이라 너 엇지 이만
졍셩을 앗기리요 익덕 왈 초야븩셩 흔나얼 보랴 ㅎ고 이디지 수고 말고 제
혼차 차가셔 노쓴으로 동여오리라 흔이 현덕이 디칙 왈 쥬문왕이 강틱공을
보려ㅎ고 위수의 왕니ㅎ여단 말도 쓰 못ㅎ야는야 문왕갓탄 셩군으로 졍셩
드려 츠자거늘 네 엇지 물예ㅎ요 오지 말고 도라가라 ㅎ니 익덕 왈 이왕의
두 형장을 모시고 왓삽는디 엇지 도라가오릿가 숨인이 말을 타고 융즁의
득달ㅎ여 초당을 바라본이 오리지격ㅎ여는지라 현덕이 말게 나려 지셩으로

〈3-뒤〉

거러간이 맛춤너 제갈균이 나오거날 현덕이 예호고 문왈 이졔야 오선눈잇
가 균이 왈 어제 오셔눈이다 문젼에 동자을 불너 왈 선싱이 게신야 동자 여
즈오더 선싱이 게시오나 초당에 취침호여 게신이 기침키 황송호여이다 현
덕이 관장의게 분부호되 그더들은 번거이 말고 동졍을 보라호고 완보로 줌
게을 올나가 초당을 살펴본이 선성이 평상의 놉피 누워 줌를 드러거날 잠
씨기을 기다려 지성으로 셧드니 익덕이 더로 왈 형장이 져려타시 슈고호신
더 짐짓 줌든 체호고 져더지 거만호니 고이코 교만호다 호고 당장에 풍파
을 니랴흔즉 관공이 무흔 말류호고 현덕은 동졍를 짐죽호고 관공은 눈을
쥬어 헌화을 금호고 종시 지다리든이 선싱이 줌을 씨여 더몽시을 지여 읍
푸되 더몽을 수선각고 평싱을 아자지라 쵸당에 츈수족

〈4-앞〉

호고 창외에 일지지라 동즈를 불너 문왈 문 밧게 손임이 와 게신야 동즈 엿
자오되 뉴황슉이 오신 제 오러인두 공명이 더칙 왈 엇지 일즉 고치 안이호
여눈야 호고 의복을 가랴입고 현덕을 청호거늘 드러가 예호고 공명을 본이
신장이 팔쳑이요 얼골리 빅옥이라 머리에 유건을 씨고 학창의을 입고 손의
빅우션을 들러거날 표연흔 션관이라 현덕이 다시 이러느 지비호고 가로더
선싱으 더현호신 성화를 표문호고 수차 와셔 못뵈와눈이다 공명 왈 날갓튼
초야 셔셩을 보시잣고 누지의 여러 순힝츠을 호게시니 광치 비승호여이다
현덕 왈 방금 간웅이 창셩호와 사직이 장위호온이 선싱은 너부신 지됴로
지도호와 기여이 회복호고 도탄에 든 빅셩을 건져 쥬옵소셔 공명 왈 남양
에 밧갈기와 월호에 고기 낙기을 일삼아

〈4-뒤〉

비운 거시 업는디 엇지 쳔흐 득실을 의논하리잇가 현덕 왈 선싱이 겨다지 겸사흐신이 도로여 망극흐여이다 그러흐오나 디장부 세상의 쳐흐여다가 여 초 풍진의 엇지 허도이 진니리가 선싱은 션왕지업을 회복흐고 억조창싱을 거겨 쥬옵소셔 언미필에 눈물리 옷기설 젓거날 공명이 현덕의 졍셩을 감동 흐야 가로더 장군이 표한한 스롬를 겨렷탓시 흐시니 농열흐오느 뒤을 싸라 시셕을 흔 가지 흐리다 흐니 현덕이 그제야 디히흐야 관장을 불너 뵈오라 흐고 예단를 올이거날 공명 왈 이게 과도흐는이다 일폭 지도셔을 너여 벽 상의 거러놋코 가르쳐 왈 이게 셔촉 사십쥬의 지도라 젼일 고황졔 셧촉의 웅거흐와 사빅연 디업을 창셩흐여신이 장군도 흔실 회복고져 흐거든 선취 형쥬흐고 지취 셔촉흐야 근본을 삼운 후에 즁원을 쳐 디업을 이루옵소셔

〈5-앞〉

흐거날 현덕 왈 선싱의 말삼 듯사오니 운무을 허치고 일월을 디흐온 듯 반 갑사오니다 형쥬 뉴표와 셔촉 유장은 다 동죵이라 엇지 쌍을 취흐릿가 공 명 왈 형쥬 셔촉이 자연 장군의 게업이 되오리다 이윽키 수작흐고 즉일에 아우 균를 불너 왈 뉴황숙의 숨고초려흔 은혜을 바더 출셰흐는이 너는 가 업를 일치 말고 학업을 허치 말고 잇스면 셩공 후의 도라오리라 흐며 숑학 을 잘 직키라 부탁흐고 현덕을 싸라 신야에 다다른이 장졸리 디위흐야 치 례로 졈고흐고 군졔을 졍졔흐더니 잇쎄에 됴됴 허창에 잇다가 현덕이 공명 을 어더단 말을 쓰고 디경흐야 흐후돈을 급피 불너 디병 십만을 조발흐야 방망셩의 진을 치고 신야을 엿보드니 에산 조분 길의 공명이 일파화로 십 만 졍병을 경각의 함몰흐니 흐후돈이 도망흐야 허창

〈5-뒤〉

으로 도라와 그 연고을 됴됴으게 고흔디 됴됴 디경 왈 유비는 인중지용이라 공명과 상의흐야 묘게을 지을진딘 심복지환이 될 진이 니 친이 뉴비를 쳐 파흐리라 흐고 직시 십만병을 거날려 현덕을 칠 시 그 형세을 당치 못흐여 신야빅셩 수십만을 거날리고 강능으로 향흐다가 장판교의셔 퓌흐야 흐구로 도망흐여 근근 용신할 제 공명 왈 니 강동 손권을 보고 달니여 됴됴와 디젼케 흐고 됴됴 승흐거든 강동을 취흐고 손권이 승하거든 중원을 취흐사이다 수 연이나 강동사람 보와야 도모할 터이온디 강동사람 볼 수 업신이 엇지 흐리요 됴됴의 빅만디병이 젹벽에 결진흐여신니 손권이 아몰리 영웅인들 엇지 연승흐리요 됴됴 허실을 알고져 흐야 필경의 사람이 올 거신이 그 사람을 유인흐여 흔가지로 강동의 가셔 손권을 달니여 디사를 도모흐리라 하

〈6-앞〉

던이 잇쩌 손권이 노숙으로 흐여금 흐구의 가 유현덕의게 됴됴의 허실을 탐지흐라 흐니 노숙이 흐구의 일으려 현덕을 보고 예필 후에 문왈 들은이 황숙이 공명을 어든 후로 박망의 효둔과 신야의 불 노와 됴됴의 혼을 놀너게 흐고 도망흐여쏜 말삼이 올사으며 쏘 됴됴의 군사 얼마ᄂ 되던잇가 현덕 왈 그 일은 공명으게 물어보면 자셔이 아리라 노숙 왈 공명을 쳥흐소셔 현덕이 공명을 쳥흐야 드려오니 노숙이 예필 후에 공순이 문왈 션성을 뵈오니 다힝흐온지라 방금 쳔흐디란 흐오니 션성이 양칙을 가라쳐 동오의 일 업게 흐읍소셔 공명 왈 니 무삼 양칙이 잇쓰리요 노숙 왈 강동 손장군이 팔십일쥬를 차지흐고 굴양이 풍족흐니 잇뎟에 함기 동심흐와 디업을 일우소셔 공명 왈 손유 양장이 젼일에 알음이 업고 가히 보닐 사람이 업신이 엇지

〈6-뒤〉

흐리갓 노슉 왈 선싱의 형장이 강동에 잇셔 선싱 보기을 원흐오니 니와 흐
가지 가셔 디사을 의논흐소셔 현덕 왈 공명은 니에 선싱이라 엇지 시각을
쩌느리요 노슉이 왈 디스을 경영흐는 바 셔우이 싱각 마옵소셔 흐고 흔가
지 가기을 청흔디 공명이 왈 방금 이리 급박흐온이 자경을 짜라가 허실을
알아 좌우간 결단흐고 수이 올 터온이 염여 마옵소셔 현덕이 양구의 허락
흐니 공명이 노슉으로 더부려 발힝할 시 노슉이 공명의게 당부흐되 손장군
이 선싱을 볼 쩌에 됴됴의 군병 다소을 물을 터인이 실상을 마옵소셔 공명
왈 즈경은 염여마옵소셔 그 쩌을 당흐면 자연 마리 잇는이다 노슉이 드러
가 손장군을 뵈온디 잇쩌에 문무 제장을 다리고 군게을 의논흐다가 노슉
오을 보고 문왈 월노 험흔 길에 무사이 단여왓시며 수탐흐던 일은

〈7-앞〉

엇더흐던요 노슉 왈 동츠 알로리다 손권 왈 자경이 간 후에 됴됴 격셔을 보
니여씨니 보라 흐고 니여쥬거날 노슉이 바다본이 흐여시되 느난 천자의 명
을 바다 천흐의 늉젹을 칠 시 긔을 드려 남으로 형쥬을 가라친이 유종이 속
수 항복흐고 형양에 빅셩이 바람을 죠차 귀순흐여는지라 이제 빅만군병과
용장 천여원을 거날리고 장군으로 더부려 강흐에 가 유비 쳐 파흔 후에 지
리 밍세코자 흐노이 장군에 쓰지 엇더흔지 속속 회음할라 흐여거날 노슉이
보기을 다흐고 가로디 쥬공의 쓰지 엇지할랴 흐신이가 손권이 왈 아즉 정
흔 쓰지 업노라 모사 장소 왈 됴됴 천자의 명을 바다 빅만군병을 거날리고
사방으로 횡횡흐니 신자도의 막기 어렵삽고 쏘한 조조 이제 형쥬을 치고
장강 상유에 유진흐고 격셔을 보니여시니 만일 항거흐면 군소을 호령흐여
강동

〈7-뒤〉

을 치면 그 형세을 엇지 당ᄒ리요 신으로 보는 비는 화친ᄒ는게 양칙일가
ᄒᄂᆫ이다 문무 모사 여츌일구여날 손권이 침음 부답ᄒ고 너당으로 들려가
거날 노슉이 짜라갈 시 손권이 그 쓰셜 알고 노슉으 손을 잡고 문왈 즈경의
소견은 어더ᄒ요 노슉이 왈 안자 열어 모사에 말을 들은이 쥬공의 디스을
져히 ᄒᄆᆫ이다 만약 항복ᄒ면 위불과봉후요 거불과일승이요 기불과일필리
요 쟝불과수인이라 쥬공은 일즉 디사을 경영ᄒ소셔 손권 이 말을 뜻고 갈
오디 즈경의 말이 당연ᄒ나 글으나 조조의 형세 가장 큰지라 엇지 당ᄒ리
요 노슉 왈 강호에 제갈공명을 다려와사온이 청ᄒ야 게칙을 물어보면 그
허실을 소상이 알리이다 손권 왈 와용선싱이 오셔넌야 명일에 문무을 뫼와
강동영웅을 뫼인 후에 다시 일을 의논하리라 ᄒᄃᆫ 노슉이 공명 사쳐에 ᄂ
와 지삼 당부

〈8-앞〉

ᄒ되 울리 주공을 볼 써에 조조 군사 만타 말을 말으소셔 공명이 소왈 즈경
은 염여 마옵소셔 너 알라 디답할이다 ᄒᄃᆫ이 잇튼날 노슉이 공명을 다리
고 장젼의 다다른이 문무 제관이 의관을 졍제ᄒ고 츠례로 안져거날 공명이
차례로 셩명을 통ᄒᆫ 후예 좌중에 단좌ᄒ니 장소 고용 등이 셔로 의논ᄒ되
이 사람의 으기얼 먼져 썩거 말을 못게 할리라 ᄒ고 공명다려 문왈 나넌
강동 미말인사인이라 일즉 드르니 선싱이 용중의 누워실 제 선싱이 이르기
을 관중 악의게 비ᄒᆫ다 ᄒ더니 그 말이 올은이갓 공명 왈 너의 평싱을 져
의게 비ᄒᆫ 비라 ᄒ니 장소 소왈 유현덕은 션싱을 보라 ᄒ고 슙고초려 ᄒ여
선싱을 어드미 고기가 물을 어듬갓다 ᄒ야 형쥬 엇기는 여반장으로 알라든
이 도로여 일됴의 조조을 쥰이 엇지ᄒ 일이온이갓 공명이 싱각ᄒ되

〈8-뒤〉

장소는 손권의 일등 모사라 이 스람을 먼져 썩지 못ᄒ면 손권을 엇지 달니리요 ᄒ고 답왈 니 형쥬 취키는 여반장이로디 유예쥬의 디의로 동종의 기업를 참아 취치 못ᄒ여드니 유동은 어린아히라 간사ᄒ 말을 듯고 됴됴의게 항복ᄒ여쓰니 니 이제 강ᄒ에 웅거ᄒ여 묘ᄒ 경윤이 잇스되 엇지 타인이 알리요 장소 왈 그러ᄒ면 선성의 말니 갓지 안토다 유예쥬는 선성을 어드미 용이 여의쥬을 어듬 갓ᄃ ᄒ더니 됴됴와 디젼ᄒ야 일합 못ᄒ여 디픠ᄒ고 신야을 바리고 변성으로 도망ᄒ다가 당양에 픠을 보고 하구로 쏘겨가 농신할 고지 업신이 오히려 선성 엇지 안이함만 갓지 못ᄒ지라 관중은 환공을 도와 일광천하ᄒ고 악의는 연소왕을 셤계 젯나라 칠십여 성을 항복 밧다쓰니 이는 크 지픠라 선성과 갓탄잇가 츙언이역이나 이어힝이라 ᄒ여쓰니 직언을 뇌타 말

〈9-앞〉

으소서 공명이 디소 왈 제비와 시가 엇지 홍곡의 쓰슬 알이요 신야는 산벽의 져근 골리요 군스는 쳔명의 지니지 못ᄒ고 장수는 열의 넘지 못ᄒ여도 방망의 불을 놋코 빅ᄒ의 물을 막어 ᄒᄒ돈을 낙담케 ᄒ여쓰니 관중 악의은 이에서 더할손야 당양에 픠할 제는 억조창성을 춤아 바리지 못ᄒ야 빅성과 ᄒ가지로 사성을 ᄒ여쓰니 이는 유황슉의 디의라 그디넌 승픠만 알고 나라 홍망과 ᄉ즉의 큰 꾀는 몰으는쏘다 장쇼 공명의 말을 쓰고 무안ᄒ야 디답지 못ᄒ니 좌중 우번이 소리을 크게 ᄒ여 왈 죠승상이 용장 쳔여원과 빅만군병을 거나리고 유예쥬을 치면 선성이 당격하리잇가 공명 왈 조조의 군병이 비록 억만이라도 니 족히 두업지 안이ᄒ다 ᄒ니 우번이 디소 왈 당양의 픠ᄒ고 ᄒ구로 도망ᄒ야 강동의 심을 빌고ᄌ ᄒ는 스람이 도로여 디담으로 남을 쇠

〈9-뒤〉

기고져 ᄒᆞᄂᆞ요 공명 왈 유예쥬 군사는 불과 수천이라 엇지 빅만디병을 당ᄒᆞ리요 하구의 용신ᄒᆞ야 천시만 기달리건이와 강동은 군사와 약식이 넝넉ᄒᆞ고 형세 젹지 안이ᄒᆞ여도 쳔ᄒᆞ스람에 치소을 싱각지 안이ᄒᆞ고 임군을 달니여 됴됴의게 항복고져 ᄒᆞᄂᆞ요 우번이 다시 말을 못ᄒᆞ고 물너가는지라 모지리 문왈 공명이 소진 장의으 쏜을 바다 강동을 다리고져 ᄒᆞᄂᆞ요 공명 왈 소진은 육국의 경승을 지니고 장의는 두번 진라아 경승이 되야 임군을 위ᄒᆞ야 스즉을 안보ᄒᆞ야쓰니 이는 진실노 호걸리라 그디 등은 됴됴의 형세을 디졉ᄒᆞ야 항복ᄒᆞ기을 쥬장ᄒᆞ니 엇지 소진 장의을 비웃넌요 모지리 머리을 수기고 도라안는지라 ᄯᅩ 벽종이 문왈 됴됴는 어더ᄒᆞᆫ 스람으로 아ᄂᆞ요 디왈 ᄒᆞ나라 역젹이라 벅종 왈 공명의 말리 그르도다 ᄒᆞ나라 운수가 다 변ᄒᆞᆫ 고로 쳔의가 됴

〈10-앞〉

승상으게 도라가고 ᄯᅩ 쳔ᄒᆞ 삼분에 이을 차지ᄒᆞ고 통솔인의 ᄒᆞᄂᆞ 중의 쳔시을 바리고 역쳔으로 닷토고져 ᄒᆞ미 ᄎᆞ소위야로다 엇지 퓌치 안이 ᄒᆞ리요 공명 왈 사람이 세상에 나미 츙회로 근본을 삼을지라 그디도 셰디로 ᄒᆞ나라 녹을 먹고 됴됴을 위ᄒᆞ야 임구을 몰으고 엇지 입을 열어 말을 ᄒᆞᄂᆞ요 벅종이 무안ᄒᆞ여 묵묵ᄒᆞ고 안져더라 육젹이 문왈 됴됴 비록 섭쳔즈ᄒᆞ고 호령 제후ᄒᆞ나 상국 조참에 즈손이라 유예쥬는 황슉이라 ᄒᆞ여도 닉력이 업는 사람이요 즈리 쓰고 신 삼던 스람이라 엇지 됴승상을 당ᄒᆞ리요 공명이 디소 왈 즈니는 원술리 잔치할 쩌 유즈 품던 육호안 아니야 편이 안져 닉 말을 드르라 됴됴가 죠참으 즈손이나 디디로 ᄒᆞ나라 신ᄒᆞ요 당금 권세을 잡고 쳔즈을 겁칙ᄒᆞ니 ᄒᆞ나라 역신이요 유예쥬는 당시 쳔즈의 족보을 상고ᄒᆞ사 항열을

〈10-뒤〉

치려 황슉이라 잇싸른이 엇지 니력 업다 ᄒ며 티조 고항제는 ᄉ상졍장으로
만승쳔ᄌ 되야쓰니 우리 쥬공 신 삼고 잘리 싼 거시 무어시 욕되리오 그디
어린 소견의 엇지 어런의 말을 알리요 육젹이 기가 막혀 안즈든이 홀련 일
원디장이 들어오며 고셩디칙ᄒ되 공명은 당시 일민이라 그디 등은 굉연이
말로 괴롭기 ᄒ니 손의 디졉도 안이요 쏘한 죠죠 디병이 지경의 범ᄒ여ᄂ
디 도젹 막을 일을 의논치 안이ᄒ고 훈갓 입겨름만 ᄒ니 심히 괴이ᄒ도다
모다 보니 이는 황기라 노슉으로 더부려 공명을 인도ᄒ여 손권을 볼시 공
명이 당상의 다다ᄂ본이 문무제장이 좌우에 시위ᄒ여ᄂ디 손권이 당ᄒ에
ᄂ려 공명을 연졉ᄒ야 예필 후에 좌졍ᄒ거늘 공명이 눈을 들어 손권을 바
리본이 인물리 비상훈지라 니렴에 싱각ᄒ되 손권은 비범훈 사람이

〈11-앞〉

라 니 격동ᄒ여 디사을 경영ᄒ리라 ᄒ드니 손권 왈 선성에 지죄을 포문ᄒ
옵고 한번 보옵기을 바리옵더니 이제 뵈오미 쳔만다힝 ᄒ여이다 공명 왈
본시 소견이 업ᄂ고로 지조 업사오니 바린 거시 도로혀 욕될가 ᄒᄂ이다
손권이 왈 신야에서 죠죠와 디젼ᄒ얏다 ᄒ오니 됴됴의 군ᄉ 얼마ᄂ ᄒ더니
가 공명 왈 수륙 마보군 빅만이나 되더이다 손권 왈 그디지 만터잇가 공명
왈 그 뿐 안이라 형쥬군이 이십만이요 쳥쥬군ᄉ 이십만이라 합ᄒ면 수빅만
이로되 빅만으로 말ᄉᆷᄒ기는 강동 제군이 놀닐가 ᄒ야 슈을 주려 말삼ᄒ여
ᄂ니다 노슉이 그 말을 듯고 질식ᄒ야 공명을 눈 쥬되 본치도 아니 ᄒ고 슈
작만 ᄒ거늘 노슉이 기가 막혀 아모 말도 못ᄒ고 셨ᄂ지라 손권이 왈 장ᄒ
에 명장이 얼마나 되던이가 공명 왈 지혜잇고 용밍잇는 장슈 천여원이요
그 외예 제장은 부지기쉬옵데다 손권 왈 됴됴

〈11-뒤〉

형쥬을 어든 후에 가지 안이ᄒ고 적벽의 유진ᄒ기는 무슴 연괴잇가 장강의
결진ᄒ고 젼션을 단속ᄒ기넌 강동을 치고져 ᄒ민가 ᄒ는이다 만일 강동을
치면 엇지 당젹ᄒ리잇가 선싱은 집피 싱각ᄒ와 이ᄒ을 갈르치소셔 공명 왈
기여이 됴됴을 디젹ᄒ리가 만약 심히 불족ᄒ거든 모스의 말디로 항복ᄒ소
셔 손권 왈 션싱의 말삼 갓스오면 엇지 유예쥬는 항복지 안이ᄒ여는잇가
옛날 젼횡은 일기 장스로디 남으게 굴한 일이 업거든 유예쥬는 당당ᄒ 황
숙이요 쳔ᄒ영웅이어널 어지 역젹 됴됴으게 항복ᄒ리요 손권이 번식 왈 초
면인스에 이디지 멸시ᄒ는요 소미을 썰치고 니당으로 들어간이 좌우 모사
공명을 비웃고 물너 가는지라 노슉이 공명을 칙망ᄒ되 션싱은 엇지 그디지
그만되게 말슴ᄒ여는요 공명이 디소 왈 욕볼상은 바이 업고 됴됴 파할 모
칙도 바이 업시니 니 엇지

〈12-앞〉

질겨 말ᄒ리요 노슉이 그 말을 듯고 후당에 들려간이 손권이 왈 공명이 나
을 그디지 수이 보니 분ᄒ도다 노슉 왈 니 역시 칙망ᄒ온즉 공명이 디답 왈
욕을 못면ᄒ다 ᄒ온이 쥬공이 다시 쳥ᄒ여 물어보소셔 손권이 디히 왈 공
명이 어진 모칙이 잇기로 짐짓 나을 격동ᄒ얏쏘다 ᄒ고 외당으로 나와 공
명젼에 스레 왈 일시 쳔견으로 촉노ᄒ여스오니 쳔만 황송ᄒ여이다 공명도
스례ᄒ니 손권이 공명을 후당으로 인도ᄒ야 슐을 권ᄒ고 왈 양칙을 갈르치
소셔 됴됴을 파한 후에 공을 갑스오리다 공명 왈 됴됴 군스 비록 빅만이나
슈젼에 익지 못ᄒ고 형쥬에 어든 군스 쏘한 심복이 안이요 그 형세 핍박ᄒ
미라 임시변통이오니 장군이 실상 됴됴을 치고져 ᄒ거던 유예쥬와 동심 ᄒ
역ᄒ오면 자연 죠죠 파할 못칙이 날 거시니 장군은 기여이 결단ᄒ소셔 손
권이 디히ᄒ여 왈 션싱의 말슴이 당연ᄒ오니 다시 무삼

〈12-뒤〉

으심이리요 직일에 홧친 경스을 신야로 보니고 군즁의 영을 너려 기병을
지쵹ᄒ니 군스 등이 비소 왈 전일에 됴됴 형세 크지 못ᄒ야도 ᄒ번 북 쳐
원소을 잡아ᄂ디 지금은 디병 빅만이요 용장 쳔여원이라 강동을 치거드면
뉘 능히 당ᄒ리요 만일 공명의 말을 듯고 기병ᄒ다가는 차소위 셥을 지고
불에 드미라 장군은 집히 싱각ᄒ와 결단ᄒ소셔 손권이 고기을 수기고 묵묵
부답 ᄒ거늘 고옹이 왈 유에쥬 됴됴의 피을 보고 우리 심을 비려 져의 원수
을 갑고자 ᄒ민이 장군은 엇지 이 꾀을 몰으시고 위티ᄒᆫ 일을 힝코져 ᄒ시
ᄂ이갓 손권이 고기을 수기고 디답지 안이ᄒ니 모스 등이 물너가거늘 노슉
이 급피 들려가 엿자오되 뭇스의 말리 항복ᄒ자 ᄒ오니 이는 져의 몸만 위
ᄒ미요 국가 흥망스즉 안위을 모로오니 장군은 듯지 말으소셔 손권 왈 니
싱각할 거신니 물너가 니의 지위를 지달리라 잇쩌 황기 졍보 감영 여몽

〈13-앞〉

ᄒ당 쥬티 셔셩 졍봉 슘십여인이 이 말을 듯고 일시에 드려가 엿즈오디 소
장 등이 장군 모셔 빅홉을 싸와 강동을 지키여 명젼 쳔ᄒᄒ고 스직을 밧들
려 공을 죽빅에 오리기을 원ᄒ옵든이 이제 모스의 말을 듯고 빅연공업을
일조에 바리려 ᄒ시니 졀졀 원통ᄒ오며 소장 등은 쳔번 죽스와도 항복 모
ᄒ것ᄂ이다 쳥컨디 됴됴와 디젼ᄒᄋ오면 소장 등도 평싱심을 다ᄒ여 뒤을 싸
르리다 ᄒ며 각각 노기 등등ᄒ니 손권 왈 아즉 물너가 잇스면 니 죵차 결돈
하리라 ᄒ더니 이쩌 쥬유 번양호에 오다가 됴됴 젹벽 유진ᄒᆫ 소문을 듯고
시상으로 도라오니 노슉이 쥬유을 보고 젼후 스연을 셜화ᄒ이 쥬유 왈 즈
경은 염여말고 공명을 다려오라 노슉이 공명 스쳐로 간 후에 즁소 고옹 등
이 쥬유을 보고 가로디 도독은 강동이 일을 아르시ᄂ잇가 쥬유 왈 아지 못
ᄒ노라 됴됴 빅만디병으로 한수에 진을 치고 격셔을 보니여 화친을

〈13-뒤〉

청ᄒ거늘 우리 모스 등이 장군으게 엿즈와 화친ᄒ야 강동을 안보코져 ᄒ드니 쓰박게 노슉이 제갈공명을 다려드가 쥬공을 다리여 져의 원슈을 갑고져 ᄒ온이 도독은 이히을 싱각ᄒ와 수히 결단ᄒ소셔 쥬유 왈 공등 소견이 다 갓튼잇가 즁 모스 엿츌일구어널 쥬유 왈 ᄂ도 황복고즈 ᄒ미 이무 올린지라 명일에 쥬공을 보고 결단ᄒ리라 ᄒ니 뭇스 등이 물너가는지라 잇쩌 졍봉 황기 등 일반 무장 삼십여인이 드려와 각기 예필 후에 가로디 도독은 강동이 조모에 남우에 붓친 비 되린이 도독은 엇지 할려 ᄒ신잇가 쥬유 왈 공등 소견에는 어더ᄒ요 졍봉 왈 소장 등이 손장군을 모셔 고락을 ᄒ가지 ᄒ옵더니 쥬공이 문관 등의 말을 듯고 됴됴의게 항복고져 ᄒ니 소장 등은 차라리 죽을지언졍 남의 치소을 안이 밧게슴이다 도독은 일직 결단ᄒ와 됴됴을 치게 ᄒ소셔 소장 등이 죽도록 심

〈14-앞〉

을 다ᄒ야 뒤을 짜를이다 쥬유 왈 장군 소견이 깃탄이갓 황기 왈 당당의 베힌 디도 항복은 못ᄒ거싸이다 제반 무장이 여츌일구어늘 쥬유 왈 엇지 남우게 굴신ᄒ리요 공등은 힘을 다ᄒ야 도으라 잇쩌 노슉이 공명을 다리고 문젼의 일으거날 쥬유 당ᄒ에 날려 공명을 연졉ᄒ야 예필 좌졍 후에 노슉 왈 당금의 됴됴 강동을 침범ᄒ니 도독은 이히을 가리여 좌우간 결단ᄒ옵소셔 쥬유 왈 됴됴 쳔즈으 명을 바다 사방에 횡횡ᄒ니 마그면 신즈 도리가 아니라 ᄯᅩ 됴됴으 형세 틧산 가탄이 그 일를 엇지 ᄒ리요 싸홈을 파ᄒ고 명일 쥬공 본 후에 스즈을 보니여 항복고져 ᄒ로라 노슉이 그 말 듯고 디로 왈 말삼이 그르도소이다 강동을 창업ᄒ야 슘디을 젼ᄒ여거널 일조의 조조의게 항복ᄒ리요 손장군 임동시에 장군으게 부탁ᄒ야거던 엇지 선왕으 유언을 이다지 져바리ᄂ잇가 쥬유 왈 강동 빅셩이 나럴 원

〈14-뒤〉

망흐기로 싸홈을 파흐노라 노슉 왈 장군의 영웅과 강동 형세로 됴됴를 겁
흐야 쓰우지 못흐고 항복흐게되면 쳔흐에 치소을 엇지 흐올릿가 공명이 겻
티 안져두가 노슉으 말을 듯고 웃거날 쥬유 왈 션싱이 엇지 웃눈잇가 공명
왈 ᄌ경의 말을 듯고 웃눈이다 노슉 왈 엇지 니 말을 웃눈잇가 공명 왈 됴
됴 용병을 잘흐기로 쳔흐에 무젹흐니 쳔흐득실 흥망셩쇠을 엇지 미들리요
수히 항복흐야 부귀을 흐는 것만 갓지 못흐는이다 노슉 왈 공명이 엇지 쥬
공을 수이 아는요 엇지 됴됴으게 항복할랴 공명이 디소 왈 ᄌ경은 니 말을
글으듸 마소 항복도 아니흐고 쏘홈도 아니 흐고 유에미결흐야 셔로 실눈인
즉 도로여 남의 승기만 도도미요 나는 어리셕을 ᄯ롬이니 필야에 그리 말
고 강동에 두 ᄉ롬을 잇기지 말면 됴됴 시스로 티병흐야 갈 거스니 그리흐
면 엇더흐요 쥬유 왈 엇더흔 ᄉ람니요 공명 왈

〈15-앞〉

니 융즁에셔 드른이 흐슈의 동작디을 지어노코 쳔흐 미식을 그 가온디 두
고 동낙텻평을 원흐더이 강동의 교공이 두 ᄯᆯ을 두워시되 장왈 디교뇨 차
는 소교라 침어낙안지상이요 슈화지티란 말를 듯고 됴됴 밍셔흐야 샤희을
평졍흐고 왕업을 일운 후에 강동에 이교여을 어더 동작디 놉픈 집에 말년
낙을 숨으리라 흐고 강동을 취코져 흐니 장군은 교공을 ᄎᄌ 쳔금을 쥬더
리도 이교여을 ᄉ셔 보니오면 범여 셧씨을 오왕부ᄌ으게 보님 갓투여 욕을
면하린이 장군언 민간 여ᄌ을 잇기지 말고 급피 보니소셔 쥬유 왈 죠죠 이
교을 엇고ᄌ 흐는 증거가 무어시 잇눈잇가 공명 왈 됴됴의 아달 됴식이 쳔
흐 문즁이라 됴식으로 흐야곰 동작디 글을 지여쓰되 쳐음은 쳔ᄌ 되고 다
암은 이교을 취할 뜻지라 그 글을 보와눈이다 쥬유 왈 션싱이 동작디 시을
외옵눈잇가 공명 왈 잇키 보와눈이다 흐고 그

〈15-뒤〉

글을 외일 시 강동 이교여을 기여이 탈취할 쓰스로 지여거날 쥬유 듯고 발
연 변식ᄒ야 셔안을 치며 북방을 갈으쳐 왈 역젹 됴됴놈을 이졔갓지 살려
더니 도로여 날을 이더지 멸시ᄒ니 밍셔코 쳐 파하리라 ᄒ니 공명이 구지
말여 가로디 옛날 북흉노 변방을 ᄌ로 침범ᄒ미 쳔ᄌ공쥬을 쥬어 홧친ᄒ야
거든 허물며 이교여는 민간여ᄌ라 엇지 잇기리요 쥬유 왈 션싱은 몰은는이
다 디교는 손장군의 형슈요 쇼교는 너의 안희라 ᄒ는이다 공명이 모로는
쳬ᄒ고 거짓 놀니여 자리 밧게 물너 안지며 왈 니 과연이 모로옵고 ᄒ온 말
숨이 도로여 황공 황공ᄒ여이다 쥬유 왈 됴됴로 더부려 장웅을 결단할 거
슨이 션싱은 어진 모칙을 너여 됴됴을 파ᄒ게 ᄒ소셔 공명 왈 발리지 아니
ᄒ시면 진심ᄒ와 도으리다 잇튼날 쥬유 손권을 보고 기병을 의논할 시 좌
편에는 문관 장소 등 삼십여인이요 우편의

〈16-앞〉

는 무장 졍봉 황기 등 삼십여인이라 의관을 졔졔ᄒ고 위염이 엄숙ᄒ되 손
권이 좌우을 보와 왈 됴됴의 빅만디병이 젹벽의 진을 치고 격셔을 보니엿
신이 공근은 보라ᄒ고 너여쥬거늘 쥬유 격셔을 보고 디소 왈 도젹이 우리
동오의 사람 업는 쥴을 알고 이려타시 ᄒ여는요 손권 왈 공근의 듯시 엇더
ᄒ요 쥬유 왈 쥬공은 문무와 의논ᄒ와 게시니 엇지 결쳐ᄒ야는이갓 디왈
연일 의논이 혹은 황복ᄒ즈 ᄒ고 혹은 싸호즈 ᄒ여 유예 미결ᄒ녀노라 쥬
유 왈 뉘가 항복고져 ᄒ더니갓 손권 왈 장소 등이 항복고져 ᄒ로라 쥬유 왈
장소의 소견을 들어지이다 장소 왈 됴됴 쳔ᄌ 명을 바다 조졍을 빙ᄌᄒ고
형쥬을 엇고 슈육 병진ᄒ야 강동을 침범ᄒ니 그 형세을 엇지 당ᄒ리요 아
즉 항복ᄒ여다가 죵ᄎ의 의논ᄒ면 조흘가 ᄒ는이다 쥬유 왈 이는 부유의
말리라 강동 기업이 이 무삼

〈16-뒤〉

디을 직혀거날 엇지 일조의 남에게 항복ᄒ리요 손권 왈 그려ᄒ면 엇지 할
고 쥬유 왈 됴됴은한나라 역적이요 쥬공은 부형의 여업을 이여셔 강동 형
세을 가지고 역적 됴됴의게 굴신ᄒ리요 원컨디 군병을 쥬시면 죠죠을 쳐
파ᄒ리다 손권이 쥬유의 등을 어로만지면 가로디 장ᄒ다 이 말리여 그디로
디도독을 봉ᄒᄂ이 제장 중의 만일 위령 지 잇거든 이 칼로 버히라 ᄒ고 닌
검을 쥬니 쥬유 칼을 바다 차고 군중의 절령ᄒ되 ᄌ촌 이후로 만일 위령지
면 이 칼노 버히리라 ᄒ고 손권을 ᄒᄌᄒ고 공명을 다리고 장중의 도라와
디장단이 좌기ᄒ고 황기 흔당으로 션봉을 삼고 티ᄉᄌ 여몽으로 졔 이디을
삼고 장음 쥬치로 제 삼디을 삼고 능통 변장으로 제 ᄉ디을 삼고 육손 동습
으로 제 오디을 삼고 여범 쥬티로 사방 순무장을 삼아 삼강구의 진을 치고
쥬유 제갈근을 불너 왈 그

〈17-앞〉

디 아우 공명은 당시 디지라 다힝이 강동에 와사오니 게씨을 달너여 강동
에 잇게ᄒ면 쥬공언 어진 선성을 엇고 그디넌 형제 동거할 거신이 그 안이
조호잇가 ᄉ양말고 가셔 달니소셔 제갈근이 왈 져도 강동이셔 척촌지공이
업스오니 니 엇지 무심ᄒ리요 ᄒ고 공명 ᄉ쳐에 가 공명으 손을 잡고 낙누
왈 아우야 예날 빅이 슉제을 아ᄂ야 공명이 싱각ᄒ되 쥬유의 말을 듯고 달
니고ᄌ ᄒ미라 ᄒ고 듯기을 청흔디 근이 왈 빅이 슉제ᄂ 슈양산에 쥬려죽
글 쩌에도 형제 셔로 쩌ᄂ지 안이 ᄒ여거날 울리 형제는 엇지ᄒ야 각분동
셔ᄒ야 이ᄉ이 군한이 빅이 슉제을 비할진디 붓그럽지 아니 ᄒ야 공명이
디왈 형장의 말슴은 ᄉ졍이요 제의 말은 디의라 울리 셰디로 흔날라 녹을
먹어ᄉ오니 형장이 강동을 바리시고 유황슉을 셤기시면 신ᄌ지의에도 쩟쩟
ᄒ고 형제지졍도 온전할 거신니 형장

〈17-뒤〉

에 의스 어더호이갓 근이 싱각호이 니 저을 다리려 호다가 제게 달닌 비 되야돗다 호고 공명을 작별호고 도라와 쥬유다려 그 수작을 셜화호니 쥬유 더로호야 공명을 죽기려 호더라 잇든날 제장을 거날이고 힝군할 시 공명과 깃치 가기을 쳥호이 공명이 흔연이 닷라가더라 쥬유 숨강 어구에 진을 치고 장듸에 놉피 안즈 공명을 쳥호야 좌정 후에 쥬유 문왈 됴됴의 군스는 팔십슴만이요 울리는 불과 오육만이라 됴됴의 양도을 씃는 후에 됴됴을 즈불거신이 엇지 호야 됴홀잇가 니 들은이 됴됴의 군양을 츄쳘산에 두어다 호이 선성은 군스을 거날리고 됴됴의 굴양을 취호여쥬소셔 공명이 싱각호되 나을 다리고져 호다가 듯지 안이 호니 됴됴으 손을 비려 나를 쥬기고져 호미라 니 만일 안이 가면 제으 위염을 바들리라 호고 흔련이 허락호이 노슉이 쥬유다

〈18-앞〉

려 문왈 도독이 공명 굴양을 취코져 함은 무삼 의스은잇가 쥬유 왈 공명을 쥬기고져 호나 늠으 시비을 져어호야 됴됴의 손을 비려 후환을 씃코져 함이라 노슉이 그 말을 쓰고 공명을 차즈 가이 공명이 군스을 정제호야 힝군코져 호거늘 노슉이 춤지 못호야 문왈 선성은 이번 기례 성공할쓰 호온이가 공명이 소왈 니 슈육전의 다 다련호엿스니 셜마 성공치 못할리요 쥬유와 즈경으 지됴는 비할 바 안이다 노슉이 그 말을 쥬유으게 고호디 쥬유 더로호여 엇지 져을 보닐이요 호고 즉시 이만 병을 조발호야 츄쳘산으로 향할시 노슉이 그 말을 공명으게 고호디 공명이 소왈 도독이 날로 호여금 됴됴의 양식을 탈취코져 홈은 나을 쥬기고져 홈이 니 히롱호는 말을 듯고 위지을 가고즈 호니 반드시 갓다가는 됴됴의 히을 보리라 됴됴는 본시 늠으 양슉 잘 도젹호는 고로 제 양

〈18-뒤〉

식을 범연이 간수할리요 먼져 수전으로 예기을 썩근 후에 쇠을 쓸지라 주경은 밧비 가 공근을 말유ᄒᆞ야 못가게 ᄒᆞ소셔 노슉이 급피 도라와 공명의 말을 견ᄒᆞ니 쥬유 머리을 흔들고 디경질식 왈 이 ᄉᆞ람의 지조는 니게셔 십비ᄂᆞ 더ᄒᆞ니 잇딋에 쥬기지 못ᄒᆞ면 장ᄎᆞ 디환이 되리라 ᄒᆞ니 노슉 왈 방금 습분쳔ᄒᆞ에 동분셔쥬ᄒᆞ야 피ᄎᆞ 여가을 엇고져 ᄒᆞ여 영웅을 어들려 ᄒᆞ는디 리련 지조 잇ᄂᆞ ᄉᆞ람을 죽이고 남에 치쇼을 드를리요 됴됴을 파ᄒᆞ 후에 도모ᄒᆞ소셔 쥬유 그리할라 ᄒᆞ더라 각셜 현덕이 ᄒᆞ구에 잇셔 젹벽 늄한을 바리본이 견션과 긔치 은은이 뵈이니 동오 긔병ᄒᆞ 줄 알고 제장으로 더부려 의논 왈 공명이 ᄒᆞᆫ 번 간 후의 소식이 격조ᄒᆞ니 뉘가 강동에 가 소식을 알어 올고 미츅이 엿즈오디 소장이 가셔 알어오리다 현덕이 디히ᄒᆞ고 미츅을 동오의 보닌이라 미츅이

〈19-앞〉

예단을 갓초와 쥬유 진즁의 일으려 통긔ᄒᆞ니 쥬유 들ᄂᆞᄒᆞ거늘 미츅이 들려가 예ᄒᆞᆫ 후에 폐빅을 드리거날 쥬유 바다 호군ᄒᆞ고 미츅을 졉디ᄒᆞ니 미츅 왈 공명이 어데 게신잇가 이 길에 ᄒᆞᆫ가지 가고져 ᄒᆞ노이다 쥬유 왈 공명으로 더부려 됴됴 파할 묫칙을 의논ᄒᆞᄂᆞᆫ이 엇지 금번에 홈긔 가리요 니 유예쥬을 보면 긴이 의논할 일리 잇습ᄂᆞᆫ디 나넌 디군을 거라려 방금 연십ᄒᆞ기로 일시 덕날 수 업셔 못가온이 유예쥬는 한가ᄒᆞ지라 잠간 보기을 쳔만 발러오니 급피 도라가 그말을 ᄒᆞ여 쥬옵소셔 미츅이 쥬유에게 ᄒᆞ즉ᄒᆞ고 도라와 차의을 현덕에게 고ᄒᆞ니 현덕이 직시 비션을 수십ᄒᆞ야 힝장을 지촉ᄒᆞ거날 관공이 간왈 쥬유는 쇠가 만ᄒᆞᆫ ᄉᆞ람이요 ᄯᅩᄒᆞᆫ 공명의 ᄉᆞ통이 업ᄉᆞ온이 가시기 불가ᄒᆞ여이다 현덕 왈 니 이제 강동과 화친ᄒᆞ야 디ᄉᆞ을 도모ᄒᆞ니 니 엇지 져의 쳥ᄒᆞᄂᆞ 비을 겨어ᄒᆞ야 아니 가리요 ᄯᅩᄒᆞᆫ 니

〈19-뒤〉

수명우쳔ㅎ야 디의을 쳔ㅎ에 페고져 ㅎ거날 엇지 의심하리요 운장 왈 그러
ㅎ오면 소장이 형장을 모시고 가올리다 현덕이 허락ㅎ고 익덕과 자룡을 불
너 가로디 운장과 ㅎ가지로 강동을 단여올 거신이 그디 등은 셩지을 잘 짓
커라 ㅎ고 즉시 비션을 타고 강동에 일르려 군중에 통지ㅎ니 쥬유 듯고 디
히ㅎ야 군스다려 문왈 유예쥬 군스 얼마ㄴ 거라려던요 디왈 불과 수십인이
로소이다 쥬유 왈 이제는 강동에 큰 근심을 더리라 ㅎ고 도부슈 오십명과
아장 수인을 장막 뒤에 미복ㅎ고 약속을 졍ㅎ되 니 현덕으로 더부려 슐을
먹다가 잔을 던지거든 일시에 달려들어 현덕을 튝살할라 약속을 졍ㅎ고 원
문 박게 ㄴ와 현덕을 영접ㅎ야 당상의 올ㄴ 빈쥬지예을 차린 후에 슐을 권
할 시 이딧 공명이 현덕 왓단 말을 듯고 디경ㅎ야 군중의 와 동졍을 살핀이
쥬유 면상의 살기 가득ㅎ고 장막 뒤에 도부

〈20-앞〉

수 혼젹이 인는디 현덕은 히식이 만면ㅎ고 안져거럴 공명이 디경하야 엇지
할 쥴 모로든 츠에 다시 본이 운장이 칼을 집고 현덕 뒤에 셧거날 공명이
마암을 놋코 강변에 나와 기다리더라 이딧 쥬유 슐잔을 들고 현덕을 보니
일원디장이 현덕 뒤에 셧시되 신장이 굿쳑이요 얼골은 무른 디츄빗 갓고
봉의 눈에 슴각수을 거스리고 팔십근 쳥용도 눈 우에 번듯 들고 위염이 츄
상갓치 셧스니 스람으 졍신을 놀니는지라 쥬유 간담이 엇질ㅎ야 눈이 쌈캄
하여 잔든 팔리 쳔근이ㄴ 되고 한츌쳠비라 아몰리 할쥴 몰ㄴ 지셩으로 문
왈 져 장군는 뉘신이갓 현덕 왈 니에 아우 관운장이로소이다 쥬유 디경실
식 왈 원소의 장수 알량 문취 베히든 운장이신잇가 직시 슐을 부여 권ㅎ더
니 이윽ㅎ야 노슉이 드러오건을 현덕 왈 공명션싱이 어듸 게신야 즈경은
나을 위ㅎ야 보게할라 쥬유 왈 방금 됴됴 잡불 쇠을 의논ㅎ오니 됴됴을 파
ㅎ 후의 만ㄴ보

〈20-뒤〉

소서 운장이 현덕을 눈 쥬니 현덕이 그 듯셜 알고 쥬유을 작별ᄒ고 강변으
로 나온이 발셔 비을 디고 기달리거날 현덕이 비의 올은이 공명이 ᄂ셔면
왈 쥬공이 오날곳 운장 안이면 디환을 당할 번 ᄒ여스니 그 일을 아르시ᄂ
잇가 현덕 왈 몰ᄂᄂ이다 공명 왈 쥬유의 간계로 쥬공을 히코즈 ᄒ드가 운
장을 보고 감히 히치 못ᄒ여ᄂᄂ이다 현덕이 일경일희ᄒ야 공명을 다리고 ᄒ
가지 가기을 쳥ᄒ디 공명 왈 ᄂ난 비록 스지에 잇스ᄂ 완여 반셕이오니 염
여 말으시고 먼저 도라가시면 진심ᄒ와 셩공 후에 도라갈 터이오니 그리
알으시고 십일월 이십일에 즈룡으로 비션 일쳑을 군스 빅명 쥰비ᄒ야 늠병
ᄉᄒ 오강변으로 보니쥬소셔 지슴 당부ᄒ고 발션ᄒ기을 지촉ᄒ거널 현덕과
운장이 공명을 작별ᄒ고 ᄒ구로 도라오니라 잇딧 노슉이 쥬유다려 문왈 도
독이 현덕을 쳥ᄒ여 왓ᄂ디 엇지 그져 보니신잇가 쥬유 왈 운장은 범갓탄
장수라 만일 현덕을

〈21-앞〉

히ᄒ면 장니 엇지 살기을 바리리요 글로 ᄒ야금 디스을 맛치지 못할가 ᄒ
여 보닌노라 노슉이 악연ᄒ더라 이 ᄊ에 조조 스자을 보니 편지ᄒ여든디
ᄒ 디승상은 쥬도독ᄋ게 붓치로라 ᄒ여거날 쥬유 디로ᄒ야 편지을 보지 안
코 ᄊ에 썬지면셔 온 스즈을 버히라 ᄒ니 노슉이 간왈 두 나라이 상징ᄒᄆ
스즈을 버히ᄆ 불가ᄒ외드 쥬유 왈 스즈을 버혀야 위엄을 격군의게 보힌ᄃ
ᄒ고 스자ᄋ 목을 버혀 종즈을 쥬어 조조ᄋ의게 젼하라 ᄒ고 감영으로 션
봉을 비하고 흔당과 장흠으로 좌우익을 삼고 쥬유는 남운 제장으로 후군을
영솔ᄒ더라 잇튼날 스경에 조반ᄒ고 오경에 비을 열어 북을 울이고 함셩ᄒ
며 나월 시 조죄 쥬유ᄋ 편지 뜻고 스즈 버힌 줄 알고 돗ᄒ 디로ᄒ야 치모
장윤 등을 불너 션봉을 삼고 자기ᄂ 후군을 짓촉히 삼강구로 일을 시 동오
젼션이 임우 강을 덥허 오ᄂ지라

〈21-뒤〉

빗머리에 일원더장이 크게 외여 왈 나는 동오 감영이라 뉘가 감히 교봉ᄒ
리요 치모으 아의 치훈이 비을 몰라 접전할 시 감영이 활을 미와 ᄒ번 쏘니
치훈이 살을 마ᄌ 션두에 업더지거날 감영이 비을 몰라 일만 활을 일시에
발ᄒ니 조조군ᄉ 져당치 못ᄒ야 물너가거날 우변 장흠과 좌변 혼당과 중군
감영 삼로 전선이 슈면에 종횡ᄒ니 조조군사 활 맛고 총에 상ᄒᄌ 불가증
쉬라 ᄉ시로붓터 미시에 일으미 쥬위 영을 노와 군ᄉ을 거두워 도라오다
조조 픠군을 거두워 영문 올나 치모 장윤을 긋지져 왈 오병은 아병보담 티
반이ᄂ 격거날 도로혀 픠ᄒ 비 도야ᄉᄂ이 여등으 용심 아니ᄒ 비로ᄃ 치모
왈 형쥬 슈군이 올리 조련 아니코 쳥셔쥬 군ᄉᄂ 슈젼을 익키지 아인고로
픠ᄒ 비 되여시니 즉금 슈치을 셔우고 쳥셔쥬군ᄉᄂ 가온더 쳐ᄒ고

〈22-앞〉

형쥬 군ᄉᄂ 외변에 쳐ᄒ야 미일 경슉히 연습ᄒ 후 출병하사이ᄃ 조죄 왈
네 기위수군도독이라 편당키종ᄉ할 거시니 하필 니게 품ᄒ리요 이예 치모
장윤이닌이 수군을 조련홀 시 강을 닷라 이십ᄉ기으 슈문을 두고 더션을
밧게 몰라 엄연이 셩곽의 체을 삼고 그 안닉ᄂ 소션을 두워 왕닉을 통키 ᄒ
야 나지면 조련ᄒ고 밤이면 등화을 발켜 더강에 등광이 즁쳔이 쌧쳐 삼빅
여리에 홍광 차란ᄒ더라 각셜 쥬위 승젼ᄒ 휴 삼군을 상쥬고 이날밤 이경
에 산에 놀ᄂ 멀리 발러더니 셔북방에 화광이 연쳔혼지라 좌우으게 물은이
ᄒ 사람이 고왈 불은 북군으 등광이외다 쥬위 심즁에 놀닉 익일 평명에 친
히 슈원장ᄉ을 거날리고 일쳑 누션을 타고 조조으 영문 근쳐에 일으려 북
군으 허실을 엽보다가 더경ᄒ야 왈 이거시 깁피 슈균으 묘법을 어더도다
슈군도독

〈22-뒤〉

은 뉘기던고 좌위 답왈 치모 장윤이라 하더이드 쥬유 심중에 혜오더 이 두 사람이 울리 형쥬에 거히 슈젼법에 익거시니 너 반드시 이 두 스람을 게교로 쥐긴 후 조조을 파하리라 경히 쥬져하 스이에 조조 군스 급피 쥬유으 동졍을 조조케 고흐니 조조 급피 비을 노와 잡부라 흐더라 쥬유 조조으 영중에 깃발리 동흐을 보고 빨리 비을 돌여 나는다시 강동을 향할 시 조조군스 슈영에 나올 씨 쥬유으 탄 비는 십여리 밧게 가는지라 짜라 밋지 못하고 도라가 죠조으게 갑흔더 죠조 중장다려 문왈 어졋 날 일진을 피흐야 예긔를 좌동흐고 이졔 또 져 샤람이 너의 영치를 자셔이 엿본비 되얏시니 맛당이 무숨 계교로써 파흐리요 말이 맛치지 못흐야 장하 일인이 나와 갈오더 더 본더 쥬랑과 교분이 잇삽더니 원컨더 삼촌불

〈23-앞〉

난지셜노써 강동에 가 쥬유를 달니여 항복케 하올이다 조조 더히흐야보니 곳 구강 짜 샤람 장간이라 자는 쟈익이요 씨예부하막빈이 되여 잇난지라 죠조 물어 왈 자익이 쥬공근과 친졀흔가 간이 왈 승상은 방심흐쇼셔 너 금번 강동에 가면 반다시 셩공흐오리다 죠조 심희흐야 슐을 가자 장간을 젼송하니 간이 갈건 포포로 흔 동자를 다리고 일쳑 쇼쥬를 멍의흐야 빨이 쥬유의 치중에 일려 군스로 통긔흐되 고인 장간이 왓다흐니 쥬유 더히 왈 세긱이 왓시니 치모 장윤 두 스람 죽일 꾀을 힝흐리라 흐고 쥬유 의관을 경제흐고 금의화복흔 둥즈 슈기을 다리고 원문 밧게 나와 마지니 장간이 드려와 쥬유에 손을 잡고 왈 공근은 평안흐신가 쥬유 왈 즈익이 강동의 왓시니 조조에 세긱인가 의심흐여

〈23-뒤〉

더니 임의 그렷치 아니 할진디 엇지 도라가랴 좌졍훈 후에 군중에 분부ᄒ 되 강동영웅이 다와셔 ᄌ익을 디졉하라 문무 졔장이 일시의 드러와셔 인ᄉ ᄒ고 동셔반을 ᄎ려 셔니 위염이 엄슉ᄒ더리라 쥬유 불시에 군중의 디연을 비셜ᄒ고 장간을 디졉할 시 쥬유 좌우을 도라보와 왈 ᄌ익은 동문슈업훈 친구라 조조 진에 잇시나 셰긱이 안인이 의심치 말고 졉디할라 티ᄉ자을 불너 카를 글너쥬면 왈 그디는 이 칼을 ᄎ고 좌우을 슌찰ᄒ되 오날 잔치는 친고 디졉ᄒᄂ 이린이 만일 군중ᄉ을 의논ᄒᄂᆫ저 잇거든 뭇지 말고 버히라 ᄒ니 티ᄉᄌ 칼을 안고 좌중에 슌찰ᄒ거날 장간이 두려워ᄒ야 감히 발구치 못ᄒ더라 쥬유 왈 니 젼일에 군중에셔 슐 먹은 일이 업ᄂ니 오날은 고인을 만나시니 취토록 먹어보리라 ᄒ고 좌상의 비반이 낭ᄌᄒ더니 쥬유 디취ᄒ 야 장간의 손을 잡고 장막 밧그로 나오니 군ᄉ드리 촉

〈24-앞〉

금 젼포에 창검을 들고 나열ᄒ엿니 쥬유 왈 니이 군ᄉ 엇더훈요 장간이 왈 장ᄒ도다 ᄒ고 쏘 훈 고디 이르려 보니 군량 마초 젹여 구산이어늘 쥬유 왈 니 양초 엇쩌훈요 장간이 왈 그도 장ᄒ도다 장간을 다리고 군중으로 도라 왓셔 졔장을 다리고 슐을 먹더니 쥬유 졔장을 가릇쳐 왈 이는 다 강동영웅 이라 오날 잔체 일홈은 길영회라 ᄒ고 밤이 깁도록 슐을 권ᄒ니 장간이 슐 을 이기지 못ᄒ야 잔을 ᄉ양ᄒ니 슐을 치우고 가로디 ᄌ니와 동침훈 지 오 리더니 오날은 훈가지로 자리로다 그 졋티 취ᄒ야 평상의 썩구려져 군코질 을 ᄒ니 장간이 엇지 잠을 이루리요 군중의 이경을 고ᄒ되 쥬유 요지부동 ᄒ거날 장간이 셔안이 문셔을 가만이 상고 할 시 각쳐 왕니ᄒ던 셔간을 ᄎ 리로 본디 훈 장 피봉이 치모 장윤이 근봉이라 ᄒ여거날 쎠여보니 허여시 되 소장 등이 조조의게 항복훈은 공후작녹을 탐훈 비 아니라 아모리 ᄒ야 도 틈을 어드면 조조에 머리을 버히여 장군 휘ᄒ에 밧칠이다 ᄒ엿거날 장

〈24-뒤〉

간이 그 편지을 소민의 간슈ᄒᆞ고 다시 다른 셔간을 보려할 제 쥬유 몸을 요
동ᄒᆞ니 장간이 불을 치우고 누워 자는 체ᄒᆞ거날 쥬우 군말ᄒᆞ여 왈 ᄌ익아
자ᄂᆞ 슈일간ᄂᆞ 조조의 머리을 구경할야는야 장간이 그 말을 ᄃᆡ답고져 할
ᄎᆞ에 쥬유 다시 잠을 들거날 장간이 심속ᄒᆞ야 젼젼반칙ᄒᆞ더니 잇뜻 ᄒᆞᆫ 스
람이 가만이 드려와 지셩으로 문왈 도독은 ᄌ신이가 쥬유 잠 깃여 이려 안
지며 모르난 체ᄒᆞ고 자는게 왼 스람인요 답왈 장ᄌ익이 아니이가 쥬유 긔
탄 왈 니 젼일에 슐 취ᄒᆞᆫ 빈 업더니 오날 취즁에 무삼 말을 ᄒᆞ여ᄂᆞᆫ지 모르
것다 그 스람이 왈 강북에셔 ᄉ환이 왓난이다 쥬유 ᄃᆡ경 ᄃᆡ칙 왈 소리을 나
직기 ᄒᆞ여라 ᄒᆞ며 ᄌ익아 ᄌ익아 부르거날 장간이 짐짓 즈는 체ᄒᆞ고 ᄃᆡ답
지 아니ᄒᆞ니 쥬유 그 스람을 다리고 밧그로 나가 가만이 말을 ᄒᆞ되 치모 장
윤 두 스람이 아직 틈을 엇지 못ᄒᆞ여쓴이 아못 ᄃᆡᆺ라도 틈을 어드면 도모ᄒᆞᆫ
다 ᄒᆞ거늘 장간이 그 말을 자

〈25-앞〉

셔이 듯지 못ᄒᆞ고 ᄃᆡ강 짐작만 ᄒᆞ더니 쥬유 드려와 ᄌ익아 부르되 장간이
ᄃᆡ답지 아니ᄒᆞ니 쥬유 오슬 버셔 걸고 ᄌ거날 장간이 싱각ᄒᆞ되 쥬유ᄂᆞ 자
상ᄒᆞᆫ 스람이라 명일에 편지가 업시면 필연 나을 ᄒᆡ할 거시니 잇쩌을 타 도
망ᄒᆞ리라 ᄒᆞ고 쥬유을 부르니 쥬유 잠든 체ᄒᆞ고 ᄃᆡ답을 아니 ᄒᆞ거를 장간
이 의관을 졍졔ᄒᆞ고 진젼에 나와 동ᄌ을 다리고 진문 박게 나오니 순경ᄒᆞ
던 군ᄉ 문왈 션싱은 어디 가시난잇가 답왈 니 남에 진즁이 오러이시미 미
안ᄒᆞ야 덧ᄂᆞᆫ 길이라 ᄒᆞ니 군ᄉ 본체 아니 ᄒᆞ거날 장간이 빈을 타고 강북
에 도라와 치장 양인에 편지을 승상 젼이 오린이 조조 보고 ᄃᆡ로ᄒᆞ야 치모
장윤을 불너 문왈 직금 강동을 쳐 파ᄒᆞ라 ᄒᆞ디 치모 장윤을 불너 문왈 지금
으로 강동을 쳐 파ᄒᆞ라 한디 치모 장윤 왈 아즉 군ᄉ 조련이 익들 못ᄒᆞ엿시
니 엇지 졸지에 치오리가 조조 발연 변식 왈 군ᄉ 조련이 익으면 니 머리을

쥬유으게 보닉것는야 양장이 밋쳐 딕답지 못ᄒ야 군

〈25-뒤〉

ᄉ을 호령ᄒ야 치 장 양인을 자바닉 버히고 즉시 모긔 우금 양인으로 수군 도독을 삼아는지라 잇딕 쥬유 그 두 ᄉ람 죽긴 소식을 듯고 디히ᄒ야 노슉을 불너 왈 닉 장간을 유인ᄒ야 조조을 쏙여 치모 장윤을 죽여시니 장군은 모로는지라 공명이 아는가 자경은 가셔 동졍을 보소셔 노슉이 공명 젼 문안ᄒ니 공명 왈 쥬도독을 보면 치ᄒ할 일이 잇노라 노슉 왈 무삼 이리온이가 공근이 즈졍을 보닉여 동졍을 보려ᄒ고 왓거니와 닉 엇지 모르리요 장간으로 조조을 쏙여 치 장 양인을 죽여시나 조조 필경 후회ᄒ리라 즈졍은 그 일을 닉 아드라 말을 공근꺼 마옵소셔 공근이 알면 날을 히코져 ᄒ리라 노슉이 도라와 실상을 고ᄒ니 쥬유 듯고 디경 왈 이 ᄉ람을 결단코 죽기리라 노슉 왈 공명을 죽이면 조조의 치소을 면치 못ᄒ리다 쥬유 왈 닉 공도로 죽기면 엇지 남에 치소되리요 ᄒ니 디왈 무삼 공도로 죽이리요 쥬유 갈오디 닉꾀을 보라ᄒ

〈26-앞〉

고 잇튼날 졔장을 모으고 공명을 청ᄒ야 젼장ᄉ을 의논ᄒ여 왈 슈젼이난 무삼 긔게 요긴ᄒ잇사 공명 왈 수젼이난 궁시가 요긴ᄒ온이다 쥬유 왈 션셩의 말삼이 당연ᄒ오나 지금 군중의 살 ᄒ 긔 엽사오니 엇지 ᄒ오리가 션셩은 슈고을 잇기지 말고 십만 쪠 살을 지여 조조을 파ᄒ게 ᄒ면 쳔만다힝 리로소이다 공명 왈 엇지 장영을 어기오리가 그려ᄒ면 어는 ᄶᅵᆯ에 써려 ᄒ난잇가 쥬유 왈 십일 닉로 당ᄒ소셔 공명 왈 양국이 디젼ᄒ야 피ᄎ 여가을 엇고져 ᄒ난디 어는 날 무삼 환이 날 쥴 알고 엇지 십일까지 지체ᄒ리요 삼일닉로 당ᄒ리다 쥬유 왈 군중에 헛마리 업는이다 공명 왈 엇지 헛말을 ᄒ리가 굴령장을 두리다 쥬유 디히ᄒ야 군중 셔긔을 불너 공명의 다짐을 밧

고 사례 왈 디사을 리운 후에 공을 갑스오리다 공명 왈 오날은 이무 져무려
시니 명일붓텀 삼일 후의 오빅군을 보니여 살을 실여가게 ᄒᆞ소셔 ᄒᆞ고 쥬
유으게 ᄒᆞ즉ᄒᆞ고 스쳐로 도라가거날 잇딋 노숙이 쥬유 다

〈26-뒤〉

려 문왈 이 스람이 헛마리나 아니 ᄒᆞ리가 쥬유 왈 제가 분명 당ᄒᆞ것다 ᄒᆞ고
다짐 두워시니 헛말ᄒᆞ고 제가 스라가지 못ᄒᆞ리라 니 군중 장인으게 분부ᄒᆞ
야 일을 심씨지 말나 ᄒᆞ면 즈연 과한 될 거시니 굿쩌에 죄을 졍하리라 ᄒᆞ고
즈경은 가셔 동졍을 보고 오라 노숙이 가셔보니 공명 왈 즈경은 엇지 당부
ᄒᆞᆫ 말을 ᄒᆞ야 기여히 나을 스지로 보니여 삼일니로 십만 쎄 살을 당ᄒᆞ게ᄒᆞ
눈요 즈경은 날을 구안ᄒᆞ라 ᄒᆞ니 노숙 왈 이는 션싱이 즈취지화라 닌들 엇
지 구안하리요 공명 왈 즈경은 젼션 이십쳑을 비리되 미쳑에 군스 삼십명
식 등디ᄒᆞ야 가지고 와셔 살을 시려가소셔 ᄒᆞ더니 쳥초로 사람을 만드려
셔우고 쳥포장 둘너치고 쏘 명일노 살을 쥬션하리다 이 말을 공근게 ᄒᆞ지
마오 만일 현로ᄒᆞ면 디스낭퓌될 거시요 만스 불셩할 거시니 삼가 조심ᄒᆞ라
당부ᄒᆞ니 노숙이 허락ᄒᆞ고 도라와 고ᄒᆞ되 공명이 살만들 게교는 안니ᄒᆞ고
안연이 잇시매 달이 할 도리 잇다 ᄒᆞ여이다 쥬유 역시 의심ᄒᆞ야

〈27-앞〉

가로디 삼일 후에 제말을 듸리라 노숙이 젼션 이십쳑이 우인을 실고 각각
등디ᄒᆞ야 공명을 기다리더니 제 삼일 이경에 비로소 노숙을 쳥ᄒᆞ야 왈 즈
경은 나와 ᄒᆞᆫ가지로 가셔 살을 가져오게 하라 즈경 왈 어디로 가려 ᄒᆞ신이
가 공명 왈 가셔 보면 즈연 알 거시니 뭇지 말고 가스이다 이날밤 이경에
젼션 이십쳑을 일즈로 쎄을 지어 압셔우고 뇌고 함셩이 쳔지 진동케 ᄒᆞ니
노숙이 디경 왈 조조의 디병이 엄살ᄒᆞ면 엇지 당젹ᄒᆞ리가 공명 왈 조조 제
아무리 영웅인들 여ᄎᆞ칠야 삼경이 운무 즈옥한디 엇지 나오리요 염여 말고

우리난 슈리나 먹고 사리나 어더 가즈 ᄒ면 쥬비 낭즈ᄒ더니 잇딋 수군도
독 모기 우금이 불의에 뇌고소리을 듯고 급피 조조으게 고ᄒ니 조조 디경
ᄒ야 군중에 전령ᄒ되 불의에 젹병이 왓시니 필련 ᄉ면에 복병어 잇실지라
경동치 말고 궁시 슈만기을 직발ᄒ되 뇌고셩 나는 고졀 일제로 쏘라 ᄒ니
장졸리 영을 듯고 말되 구발ᄒ니 화살리 비 오듯 ᄒ여 잠시간이 공명의 젼

<h3 style="text-align:center">〈27-뒤〉</h3>

션이 살을 바더 비 한편으로 지우려진이 공명이 디히ᄒ야 비 수미을 밧구
위 셔우고 군ᄉ을 짓쵹ᄒ야 뇌고함셩을 연속 부졀ᄒ니 공중에 쩌오는 살이
이십쳑 견션의 가득ᄒ고 일츌동영ᄒ며 안기 것치거날 공명이 비을 거두워
도라오며 빅우션 놉피 들고 크게 외여 왈 밍덕이 다힝이 살을 만이 쥬기로
어더 가오니 감격ᄒ오며 일후 졉젼할 쩌 승상에 살로 쏠 터이니 노이 싱각
말나 공명이 노슉을 도라보면 왈 강동에 심을 조금도·허비치 아니ᄒ고 저의
살을 어더 져을 쏘면 그 아니 조호손가 노슉이 디찬 왈 션성은 진실로 신인
이소이다 오날 안기 이실 쥬를 엇지 아라ᄂᆞᆫ잇가 공명 왈 쳔문지리와 음양
조화을 모로오면 장수 아니라 니 오날 일기을 알고 삼일 흔을 정ᄒ여시며
공근이 십일을 정ᄒ기는 군중 장인으게 분부ᄒ야 일을 지체ᄒ게 ᄒ야 과흔
ᄒ면 나을 살희코져 ᄒ건이와 니 명이 한날이 잇거늘 엇지 공근이 임무로
ᄒ리요 이날 쥬유 오빅군을 강변으로 보니고

<h3 style="text-align:center">〈28-앞〉</h3>

소식을 기다리더니 노슉이 십만 쩨 살은컨이와 슈빅만 쩨 살을 수운ᄒ야
오리고 살어든 ᄉ연을 고ᄒ니 쥬유 디경 왈 공명에 지죠는 귀신도 난칙이
라 ᄒ더니 이윽ᄒ야 공명이 드려오거늘 쥬유 장ᄒ에 나려 연졉ᄒ여 사례
왈 션성으 신기ᄒ 지조는 사람의 심곡을 놀닌도다 ᄒ디 공명 왈 엇지 조고
만흔 지조로 치ᄒ를 바드리요 쥬유 왈 쥬공이 삿홈을 지쵹ᄒ오나 지조 업

셔 염여오니 선셩은 신기ᄒ신 지조을 가릇쳐 쥬옵소셔 공명 왈 양은 본더
용지라 엇지 기이ᄒ 지조을 아리요 쥬유 왈 니 뫼을 어더시니 사양치 마르
시고 좌우간 결단ᄒ사이다 공명 왈 무삼 뫼을 어더난잇가 쥬유 왈 우리가
각각 장중이 글시을 쎠셔 비교ᄒ야 보스이다 공명왈 그리ᄒ사이다 ᄒ고 쥬
유 먼져 부슬 취ᄒ야 글즈을 장중에 쎠 쥐고 공명이 ᄯ호 쎠가지고 두로 손
을 훈터 다ᄒ고 펴여보니 쥬유 장중에도 불화ᄌ요 공명으 장중에도 불 화
즈라 두리 벽장더소 왈 우리 소견이 갓스오니 이

〈28-뒤〉

눈 연분이로다 무어실 의심ᄒ리요 화공ᄒ기을 의논할시 만군중이 다 아는
지 업더라

화룡도전 권지상이라

〈29-앞〉

화룡도전 권지ᄒ라
각셜 조조 빅만 쎄 살을 일코 심화 ᄌ발ᄒ야 두셔을 졍치 못할시 모스 슌욱
이 왈 강동에 쥬유 제갈양이 뫼을 씨니 모스을 강동에 보니여 스황ᄒ고 니
응으로 소식을 알게 ᄒ옵소셔 조조 왈 보닐만 스람이 업도다 슌욱이 왈 치
중 치화을 은혜로 더졉ᄒ야 보니시면 더스을 도모ᄒ리잇다 조조 듯고 더히
ᄒ야 치중 치화을 쳥ᄒ야 왈 그더 등은 나을 위ᄒ야 강동 가셔 스황ᄒ고 동
졍과 소식을 통ᄒ면 더사를 이룬 후에 공을 씨리라 치중 치화 왈 소장 등이
국녹을 먹그되 쳑촌지공이 업셔 민망ᄒ옵더니 승상 명영이 이려ᄒ오니 강
동에 건너가 진심ᄒ야 틈을 어더 쥬유 공명의 머리을 버혀 장ᄒ에 밧치리
다 직시 군스 슈십명식 거나리고 강상에 빈을 타고 강동에 다다나 납명ᄒ
고 장ᄒ에 드려가 쥬유 압헤 복지 체읍 왈 소장으 형 치모 조조으게 피을

본 후의 불공디쳔지슈 갑기을 쥬야 스모ᄒ다가 장군

⟨29-뒤⟩

휘ᄒ에 왓스오나 바리옵건디 장군은 두호ᄒ야 쥬옵소셔 쥬유 그 사황인 쥴 알고 흔연이 허낙ᄒ야 후디ᄒ고 감영을 불너 왈 치즁 치화 제 쳐즈을 다리고 왓는야 감영 왈 쳐즈는 아니 다리고 왓는이다 쥬유 왈 그려ᄒ면 두 스람이 스황ᄒ고 우리 강동소식을 아러 조조의 닉응이 되고져 ᄒ미라 너 엇지 모르리요 이 두 스람을 다려다가 그디 진중이 ᄒ퇴 두면 조조와 디젼할 덧에 쓸 곳 잇노라 감영이 쳥영ᄒ고 두 스람을 다리고 나간 후에 노슉이 문왈 치즁 치화 황복ᄒ기는 실상이 안인디 엇지 밋고 밧는잇가 쥬유 디칙 왈 제 형으 원슈을 갑고자 ᄒ야 닉게와 황복ᄒ거날 엇지 의심이 이시리요 노슉이 묵묵부답ᄒ고 공명 스쳐의 도라와 그 스연을 셜화ᄒ니 공명이 소왈 양진중이 디강이 막혀시니 우리 동졍을 보앗고 치즁 치화을 보닉여 스황ᄒ야 닉응이 되고져 ᄒ미라 공근이 그 쐬을 먼져 알고 짐칫 군즁에 두는 일을 즈경은 엇지 모르난야 노슉이 그제야 기탄ᄒ고 공명으 지인지감

⟨30-앞⟩

을 탄복ᄒ더라 쥬유 야과 삼경에 등촉을 도도우고 조조 파할 쐬을 완졍치 못ᄒ야 젼젼반칙 ᄒ더니 션봉장 황기 드려와 문안ᄒ거날 쥬유 왈 심야 삼경의 공복이 무삼 소회잇는요 황기 왈 다름 아니와 방즁 양국이 디젼할 터인디 형세을 싱각ᄒ온직 조조 군스는 빅만이요 우리 군스 불과 오륙만이라 도독은 쥬의을 엇지 ᄒ시는잇가 쥬유 왈 나도 안즉 졍ᄒ 듯지 업시나 그디에 쓰지 엇더 ᄒ며 제장 등의 소견은 엇더ᄒ던요 황기 왈 제장으 소견은 알 수 업스오나 소장으 소견는 조조의 군스는 만ᄒ고 우리 군스는 젹으미 불노 치면 조흘쯔 ᄒ외다 쥬유 디경 왈 네 이 말을 어디셔 드려는야 네 소견이 그려ᄒ야 황기 왈 어디셔 드르리가 소장에 소견이로소이다 쥬유 왈 이

말을 아무도 모으게 ᄒ라 나도 화공할 싱각이 잇기로 치중 치화으 ᄉ항을
밧고 군중에 두어 소식을 통케 ᄒ여시나 우리는 조조의게 ᄉ항할 ᄉ람이
업기에 그로 근심ᄒ노라 황기 왈 소장이 가셔 조조의게 ᄉ항ᄒ리다 쥬유
왈 장군의 ᄯ지

<h2 align="center">〈30-뒤〉</h2>

과도ᄒ야 ᄉ항ᄒ면 조조 밋지 아니할 ᄯ흐로라 황기 왈 니 쥬공으 삼더 은
혜을 밧ᄌ와 국은을 갑ᄌᄒ오면 몸이 죽어도 앗갑지 아니ᄒᆞᆫ지라 도독으 명
영더로 ᄒ오리다 쥬유 왈 그 일을 힝ᄒ면 강동에 만힝이니 조조을 파한 후
에 디공을 갑푸리라 ᄒ고 잇튼날 쥬유 제장을 츄입ᄒ야 ᄒ령 왈 조조의 빅
만디병이 빅이 허에 유진ᄒ고 슈륙병진 ᄒ야슨니 제장 등은 삼삭 양식을
가지고 조조을 파ᄒ라 황기 츌반 쥬왈 삼삭 양식은 고사ᄒ고 삼연 양식을
가져도 조조 파ᄒ기는 감불싱의라 모ᄉ 말더로 조조으게 항복ᄒ소셔 쥬유
발연 디로 왈 쥬공의 말을 바다 긔엿코 조조을 치려ᄒ거날 너는 감히 항복
고져 ᄒ니 너을 버혀 군중에 영을 페리라 ᄒ고 무ᄉ을 호령ᄒ야 황기을 잡
아니여 버히라 ᄒ니 황기 디로 왈 파오장군을 모시고 강동을 어더 군신이
되어거든 네 엇지 날을 죽이려 ᄒᄂ요 쥬유 디로ᄒ야 급피 버히라 ᄒ니 감
영이 엿자오디 황기는

<h2 align="center">〈31-앞〉</h2>

동오에 공신이오니 죄을 용셔ᄒ소셔 쥬유 감영을 ᄭ우지져 왈 너난 당돌리
니의 영을 거역ᄒᄂ요 좌우을 호령ᄒ야 감영을 잡아니여 엄곤방츌ᄒ고 황
기을 ᄲᆞᆯ리 버히라 셩화갓치 지쵹ᄒ니 제장 등이 일시에 합쥬 왈 황기의 죄
는 죽어도 맛당ᄒ오나 양국과 디젼ᄒ와 합젼ᄒ기 젼에 디장을 버히는 거시
군중에 상ᄉ 안이오니 두웠다가 조조을 파훈 후에 버히소셔 쥬유 왈 결단
코 버힐 거시로디 제장으 낫틀 보와 아즉 용셔ᄒ거니와 위션 엄곤 빅도ᄒ

라 제장이 다시 고흐되 이무 용셔흐실진더 다시 김작흐소셔 쥬유 더로흐야 셔안을 치며 제장을 호령흐야 물이치고 황기을 나입흐야 오십 엄곤흐니 제 장이 엿즈오디 황기 쳣단 말을 조조가 드르면 치소될 거시니 젹션마읍소셔 쥬유 쑤지져 왈 제가 감히 니 영을 거역커날 니 엇지 남의 나라 치소되는 거슬 염여흐야 군령을 히티케 흐리요 제장으 낫틀 보와 위션 오십도에 부 과흐여 두라 일후 범죄흐면 졀단코 버히리라 황기 즁장

⟨31-뒤⟩

을 당흐고 두 볼기에 유혈이 낭즈흐니 제장 등이 다려다가 치료흐며 위로 흐니 황기 졍신을 차려 좌우 군졸을 보와 낙누흐더라 노슉이 공명을 보고 왈 오날 공근이 황기을 칠 덧에 우리는 공근의 슈하라 말유치 못흐야거니 와 션싱은 긔리라 험물이 업는 디 엇지 말유치 아니흐얏는이가 공명이 소 왈 즈경은 엇지 날을 노류장화갓치 디졉흐는요 노슉 왈 션싱을 뫼셔 강동 에 오신 후로 조금도 홀디한 일이 업거날 엇지 이련 비졍흔 말슴 흐신니가 공명 왈 쥬유 황기 친 거시 씐 쥴 모로고 날다려 말흐는요 골륙게 아니면 엇지 조조을 쏘기리요 필야이 황기로 조조의게 수항흐고 디사를 이룰 경윤 이라 응당 치즁 치화도 기별흐야쓸 거시니 이 일은 졍영 맛칠지라 즈경은 공근을 보거든 오날이 이 일을 원망흐드라 흐소셔 그 일을 아드라 흐면 날 을 히할 거시니 부디 알게 마읍소셔 노슉이 쥬유다려 문왈 오날 황기을 엇 지한 일노 엄곤흐엿는잇가 쥬유 왈 제장이 무어시라 흐든요 노슉 왈 원망 이

⟨32-앞⟩

만흐더이다 쥬유 왈 공명의 말은 엇더흐던요 노슉 공명도 원망흐더이다 흐 니 이번은 쏙여도다 오날 황기 친 거시 골륙게을 써 조조을 쏙기게 흐미라 노슉이 유유이 퇴흐야 공명의 지감을 탄복흐더라 황기 장쳐가 디단흐야 군

중에 누워 디통ᄒ더니 모스 감퇴이 오거날 황기 좌우을 무리치고 감퇴을
연접ᄒ야 좌졍 후에 감퇴 왈 쟝군에 쟝쳐 엇더ᄒ시며 그 일은 골육게 안인
이가 황기 왈 엇지 아는요 감퇴 왈 공근에 동경을 보고 김쟉ᄒ엿ᄂ이다 황
기 왈 니 손쟝군의 삼디은혜을 갑고자 ᄒ니 비록 압허도 ᄒ는 업ᄂ이다 바
리나니 션셩은 츙효 거록ᄒ옵기로 니에 심즁스를 셜화ᄒᄂ이다 감퇴 왈 날
노ᄒ야금 스항셔을 조조게 보니고져 ᄒᄂ야 황기 왈 그 쓰지오니 션셩으
마음은 엇더ᄒ시니잇가 감퇴 왈 디쟝부 쳬셔ᄒ야 공업을 셔우지 못ᄒ면 여
쵸목동부라 그디 임우 몸을 바려 임군으 은혜을 갑고져 ᄒ거날 니 엇지 슈
고을 익기리오 왕기 상ᄒ에 나려 졀ᄒ고 스례 왈 션셩의

〈32-뒤〉

은혜는 ᄒ히갓스오니다 감퇴 왈 일이 임에 급박ᄒ오니 지금 곳 가오리다
황기 스항셔 써 쥬니 감퇴이 어션을 잡아타고 조조에 슈진을 바리보며 슌
풍에 덧나가니 빅만디병 죽이로 간는 쥴 엇지 아리요 감퇴이 조조 진에 다
다라 비에 나려 드려가이 슌경ᄒ든 군스드리 감퇴을 잡아 쟝ᄒ에 밧친이
잇딧 조조 진즁에 등촉을 발케고 셔안에 의지ᄒ야 문왈 네 강동스람으로
엇지 남에 진즁에 임에로 왓는요 감퇴 왈 조승상이 어진 스람을 구ᄒ신다
ᄒ더니 문는 말을 드른즉 불가ᄒ도다 황기 그릇 아라도다 조조 왈 니 강동
과 디진ᄒ야거늘 네 남에 진즁에 밤을 의지ᄒ야 왓시니 엇지 뭇지 아니 ᄒ
리요 감퇴이 왈 황기는 동오에 옛 신희라 무고이 쥬유게 즁쟝을 당ᄒ고
항셔을 가져왓시니 승상에 쓰시 엇더ᄒ시ᄂ잇가 ᄒ고 항셔을 오리니 조조
항셔을 보고 크게 꾸지져 왈 황기 골륙게 써 너로 항셔을 드려 나를 쇽이고
져 ᄒᄂ야 좌우을 호령ᄒ

〈33-앞〉

야 감퇴을 니여 버히라 ᄒ니 감퇴이 안식을 불변ᄒ고 앙쳔디소ᄒ니 조조

다시 감틱을 불너 니 너의 간계을 아는고로 글노 ㅎ야 윗는야 감틱 왈 죽이
거든 밧비 죽이지 무삼 잣말 ㅎ는요 조됴 왈 니 병셔을 능통ㅎ야 간게을 모
를 거시 업거날 항셔을 보니 극히 간수ㅎ도다 감틱 왈 미거ㅎ도다 져른 거
시 엇지 병셔에 익다ㅎ리요 조조 왈 황긔 실상 항복ㅎ얏면 엇지 일ㅈ을 졍
치 아니 ㅎ리요 감틱 왈 네가 병셔에 익다 ㅎ건이와 만일 강동과 싸호거드
면 쥬유으게 잡필 거시요 네으 손에 죽기 원통ㅎ도다 나라를 바리고 남에
나라에 올 쎄에 다 마음을 어드려 할지라 만일 기약을 졍ㅎ엿다가 일이 해
로ㅎ면 셩ㅅ도 못되고 몸에 히만 볼 거시어날 어진 ㅅ람을 죽이고져 ㅎ니
무어시 병셔에 익다ㅎ리요 조조 듯고 디히ㅎ야 장ㅎ에 나려 감틱을 연접ㅎ
야 당상에 안치고 ㅅ례ㅎ여 왈 니 과연 무식ㅎ야 어진 ㅅ람을 몰

〈33-뒤〉

나보고 촉노ㅎ얏시니 허물치 마옵소셔 감틱 왈 황긔 승상게 항복홈은 어린
아히 부모바림 갓흔지라 엇지 다른 마음을 두리요 조조 왈 션셩이 황긔로
동심ㅎ야 디공을 이류면 일등공신이 되리라 감틱 왈 우리도 부귀을 탐ㅎ
비 아니라 쳔시을 쏘고즈 ㅎ민이다 조조 디히ㅎ야 감틱을 후디ㅎ더니 이윽
ㅎ야 한ㅅ람이 셔간을 드리거날 조조 탁견ㅎ니 치즁 치화으 셔간이라 황긔
쥬유으게 엄곤 오십도에 반심두는 ㅅ연을 기별ㅎ얏거날 조조 그 셔간을 보
고 감틱을 더욱 미더 왈 션셩이 강동에 가셔 황긔로 언약을 졍ㅎ고 소식을
통ㅎ소셔 감틱 왈 니 임에 강동을 비반ㅎ고 왓시니 엇지 다시 가오리가 승
상은 다른 ㅅ람을 보니소셔 조조 왈 다른 ㅅ람을 보니면 일이 현로할가 ㅎ
논이 션셩은 슈고을 잇기지 말고 가소셔 감틱이 지삼 ㅅ양ㅎ다가 임에 갈
테오면 슈이 가야 강동ㅅ람이 의심을 아니할 터오니 지금 곳 가오리다 ㅎ
고 발힝ㅎ야 강동에

〈34-앞〉

도라와 황기을 보고 장군 장쳐 엇더ㅎ신이가 항셔 졍흔 스연을 셜화ㅎ니
황기 스레 왈 감영에 진즁에 가셔 동졍을 보라 ㅎ니 감영이 진즁이 간디 감
영이 영졉ㅎ야 좌졍 후에 왈 션셩이 엇지 오신리가 ㅎ며 조조으게 스항흔
말을 ㅎ든 츠에 치즁 치화 드려오거날 감틱이 감영을 보고 눈을 쥬니 감영
그 듯슬 알고 거짓 디로 왈 공근이 제 지조만 밋고 제장을 싱각지 아니 흔
도다 ㅎ며 일을 갈면셔 디답ㅎ니 치즁 치화 감영의 거동을 보고 문왈 션셩
과 장군이 무삼 불평ㅎ신 일이 잇는잇가 감틱 왈 남에 소회을 엇지 아리요
치화 왈 강동을 비반ㅎ고 조승상을 셤기고져 ㅎ는이가 감틱이 그 말을 듯
고 거짓 질식ㅎ니 감영이 돗흔 디로ㅎ야 칼을 드려 치즁 치화을 치려ㅎ면
왈 우리 일이 임에 현로ㅎ여시니 네을 죽여 말을 막으리라 치즁 치화 급히
고왈 장군은 근심치 마옵소셔 소장으 심곡을 아뢰이다 감영 왈 밧비 말ㅎ
라 양인이 합쥬 왈 우

〈34-뒤〉

리 항복홈도 실상이 아니라 조승상으 령을 바다 스항ㅎ야 소식을 통ㅎ랴고
왓스오니 장군이 만일 조승상을 셤기고져 ㅎ시면 우리가 인도ㅎ리가 감영
왈 진졍 그려ㅎ야 디왈 엇지 호말인들 기망ㅎ리가 감영이 그제야 디희 왈
그디 말 갓틀진디 ㅎ날임이 도으심이라 치화 왈 일젼에 황기 즁장함과 장
군 칙망 드른 일도 승상게 기별ㅎ엿는이다 감틱 왈 임에 나도 황기 항셔을
조승상으게 드려시니 장군도 한가지로 동심ㅎ야 항복ㅎ사이다 감영 왈 디
장부 쳬셰ㅎ야 조승상 갓탄 영웅을 셤기면 무어시 원이 되리요 셔로 히히
낙낙ㅎ야 비반이 낭자ㅎ더니 이날 치즁 치화 황기 감영 감틱 니응ㅎ는 모
양으로 기별ㅎ고 감틱도 션통ㅎ되 황기 아즉 여가 업신이 아못 날리라도
비머리예 쳥용아기 셔우고 가는 비는 황기에 항복션이라 ㅎ엿거날 조조 보
고 디히ㅎ야 제장을 모으고 가로디 강동에 황기 감영이 니응ㅎ야 항복고져

ᄒ나 그 실상

〈35-앞〉

을 아지 못ᄒ니 뉘 능히 강동 가셔 허실을 소상이 아라오리요 장간이 츌반
쥬왈 소장이 가셔 소상이 아라오리다 조조 디히ᄒ야 허낙ᄒ니 장간이 비션
을 줍아타고 강동이 이르려 공근게 통기ᄒ니 쥬유 장간이 왓단 말을 듯고
디히 왈 니 셩공ᄒ기는 이 스람으게 잇다 ᄒ고 즉시 노슉을 불너 왈 그디는
급피 방스원을 쳥ᄒ야 셔산 빅연암즈에 두엇다가 장간을 유인ᄒ야 조조를
쏘기라 ᄒ고 장간을 쳥ᄒ미 장간이 쥬유 문밧게 나셔 맛지 아니함을 보고
으혹ᄒ야 동용한 고디 빗을 미고 쥬유 진즁이 드려가니 쥬유 디칙 왈 즈익
이 먼져 와셔 남의 사셔을 도젹ᄒ야다가 니의 디스을 겨히 ᄒ고 쏘 오기는
무어시 부족ᄒ야 왓는요 고의을 싱각지 아니ᄒ면 버힐 거시로디 춤아 그려
치 못ᄒ니 우션 셔산 암즈에 가두어닷가 조조 파ᄒ 후 보니리라 장간이 발
명코져 할 지음에 쥬유 좌우을 호령ᄒ야 지촉ᄒ며 장막 밧게 나셔니 군스
다려드려 장간을 짓촉ᄒ야 셔산 암즈에 갓

〈35-뒤〉

다 가두고 군스로 슈직ᄒ거날 장간이 심신이 산란ᄒ야 침식이 불평ᄒ고 잠
을 일우지 못ᄒ야 월식을 닷라 비회ᄒ야 후원이 다다른니 글 익는 소리 드
리거날 그 고졀 츠즈간이 셕경 놉푼 집에 빅운은 어려 잇고 초당은 젹요ᄒ
디 쳥풍은 소실ᄒ야 인간 즈미 업지라 문 틈으로 살펴보니 등촉이 휘황
ᄒ듸 표표ᄒ 션관이 벽상이 칼을 걸고 셔안이 비겨 안즈 병셔을 외오거날
장간이 싱각ᄒ되 이는 반다시 도인이라 문을 열고 드려가 예필 후에 문왈
선싱은 뉘신이가 디왈 나는 남양 방통이요 즈는 스원이로소이다 장간이 왈
그려ᄒ면 봉츄선싱이 아니신이가 디왈 그려ᄒ오이다 장간 왈 선싱으 어진
일홈을 드른 제 오리옵든이 이제와 뵈오니 다힝ᄒ여이다 선싱으 놉푼 지됴

로 엇지 이려타시 고젹ᄒ온잇가 디왈 쥬유는 지조만 밋고 남을 경이 디졉
ᄒ기로 니 이 곳이 은신ᄒ야 잇노라 장간 왈 선싱갓탄 지조로 여츠 푼진시
결에 허송ᄒ리요 조승상을 한번

〈36-앞〉

보옵시면 엇더ᄒᄒ오리가 만일 싱각이 잇삽거든 선싱은 나를 닷라가ᄉ이다
디왈 니 강동을 바리고져 ᄒ미 오린지라 그디 날을 위ᄒ야 조승상으게 쳔
거할진딘 지금 곳 닷라 가오리다 만일 지체ᄒ면 쥬유으게 희을 보리라 ᄒ
니 장간이 디히ᄒ야 방통을 다리고 강변이 나와 비션을 잡아타고 강을 건
니 조조의 진즁에 이를려 장간이 먼져 드려가 봉츄선싱 다려온 ᄉ연을 고
ᄒ이 조조 듯고 디히ᄒ야 직시 원문밧게 나와 연졉ᄒ야 엣필 후에 좌을 졍
ᄒ고 가로디 선싱으 놉푼 일홈을 드른 제 오러옵더니 다힝이 뵈오니 쳥컨
디 어진 쇠을 가릇쳐 강동을 파ᄒ게 ᄒ옵소셔 방통 왈 승상으 용병지술을
익키 드려ᄉ오니 군즁을 함번 구경ᄒᄉ이다 조조 직시 방통을 다리고 놉푼
디에 올나 진세를 구경ᄒ더니 방통 왈 산을 의지ᄒ고 물을 등져 출입 진퇴
ᄒ는 법은 손비 오기와 ᄉᄆ양져라도 엇지 당ᄒ리요 육군을 다본 후에 슈
진을 바리보니 이십ᄉ면이 슈문을 니고 몽동 젼션으로 셩곽을 삼

〈36-뒤〉

고 가온디 겪근 비 왕니ᄒ년 츠례가 분명하거날 방통이 심독히 ᄌ부ᄒ고
외면으로 커게 칭챤 왈 승상으 용병이 이갓ᄉ오니 진소위 명불허젼이로소
이다 ᄒ고 강동을 가릇쳐 왈 쥬유 소권이 결코 퓌ᄒ리라 조조 디히ᄒ야 군
즁에 도라와 잔치을 비셜ᄒ고 방통을 디졉할 시 방통이 거짓 취ᄒ 체ᄒ고
가로디 슈군이 병든 지 만ᄒ오니 군즁에 어진 의원이 잇ᄂ잇가 잇딧 조조
슈군이 병이 만탄 말을 듯고 엇지 무심ᄒ리요 지셩으로 무려 왈 병든 군ᄉ
를 무슴 약으로 치료ᄒ오리가 방통 왈 슈군 조젼ᄒᄂ 법은 과연 분명ᄒ오

나 군스는 온전치 못ᄒ것스이다 적벽 디강이 조슈 츌입ᄒ고 풍세 디작ᄒ야 물결이 쑥바치여 몽동전션이 스방으로 요동ᄒ면 북방군스 비에 익지 못ᄒ여 ᄌ연 토질이 나고 어진른병도 나셔 정신을 진정치 못할 거시니 승상을 위ᄒ여 게교컨딘 지금 소디션 십여쳑씩 쎄을 모어 일ᄌ로 셔우고 션두에 거멀못설 장식ᄒ여 요

〈37-앞〉

동치 못ᄒ게 ᄒ고 우에 목판을 쌀고 빅토 피여 평안케 ᄒ여 말도 달리고 군스 무병할 거시니 풍낭을 엇지 두려워 엇지 병이 나리요 조조 디히 왈 션셩은 곳 아니면 엇지 이른 양칙을 어드리요 직시 군중 장인을 불너 고리와 거멀못설 만들려 고리을 달고 못설 박아 혹 이십쳑도 ᄒ며 혹 삼십쳑도 ᄒ야 훈티 쎄을 못오니 슈진 선상이 평지 갓타야 병든 군스 모다 길거ᄒ더라 방통 왈 강동 영웅이 쥬유을 원망ᄒ는지 만스오니 니 승상을 위ᄒ야 강동 영웅을 달니여 항복게 하리다 조조 디히ᄒ야 허낙ᄒ거날 방통이 직시 강변에 나와 비을 타고ᄌ 할 ᄎ에 엇더훈 스람이 포관을 씨고 도포을 입고 티연이 나와 방통에 소미을 잡고 ᄭᅮ지져 왈 황긔년 고륙게을 씨고 감퇵언 스항셔을 쎠 드리고 네ᄂ 연환게을 쎠셔 빅만디병을 살히코져 ᄒ니 네에 독훈 꾀을 조조는 쏙여건이와 날쪼ᄎ 쏙이리요 방통이 디경ᄒ야 정신이 아득

〈37-뒤〉

ᄒ고 가삼이 져려지ᄂ지라 이윽히 진정ᄒ야 도라보니 이ᄂ 고인 셔원즉이라 방통이 왈 그디 진경 니 꾀을 파ᄒ고져 ᄒᄂ야 스불여의 ᄒ면 팔십일쥬 빅셩에 목숨이 그 아니 불상ᄒ야 원즉이 소왈 울리 빅만군스 목슘은 엇지 할고 방통 왈 원즉아 진경 니 꾀을 파ᄒ고져 ᄒᄂ야 원즉 왈 니 유황슉으 은헤을 잇지 못ᄒ고 조조 너의 모친을 살히ᄒ여시니 니 밍세코 꾀도 씨지 아니할지라 엇지 형의 꾀을 파ᄒ리요마ᄂ 빅만군병 죽을 ᄶᅢ에 나ᄂ 엇지

면호리요 형은 나를 위호여 피화할 못칙을 가릇케 쥬소셔 방통 왈 형에 고
견으로 엇지 날다려 뭇느이가 호고 원즉의 귀에 다히고 두어 말호고 즉시
이별호고 강동으로 도라오니 잇딋 원즉이 조조 진에 도라와 방통 말디로써
셔량티슈 마등 호슈 반호여다 젼셜호야 어러 군스 셔로 듯고 귀을 다히고
슛두어리면 군중이 일시 요난하드라 조조 그 풍셜을 듯고 디경호야 마등

〈38-앞〉

한슈 막을 못칙을 의논호니 원즉이 고왈 나로 호야곰 삼천군을 쥬시면 막
으리다 호니 조조 디히호야 원즉으로 모스을 삼고 장회로 션봉을 삼아 마
등 한슈을 막그라 호니 원즉 장회 양인이 츌젼호니라 각셜 잇딋는 건안 십
이연 십일월 십오일이라 천긔 쳥명호고 월식은 명낭혼디 쳥풍은 셔리호고
슈파는 불흥이라 스구는 상집호고 금인는 유런니라 디졉가튼 금붕어는 어
변셩용 호로라고 풍덩츌넝 굼실굼실 노난구나 혼산고사는 말이 밧게 이고
일디장강 말근 물은 눈압푀 경가로다 산영은 도강호고 어약은 츌몰이라 남
병산식은 장강 격벽에 풍덩실 잠게 잇고 동은 즈산이요 셔은 호구로다 남
은 니릉이요 북은 오림이라 강산 만리을 바리보니 두눈이 암암하야 호호장
강 너른 물에 쳔긔이 어디미뇨 이려한 풍경지졔예 조조 션두에 디장긔를
셔우고 디쟝단에 놉히 안쟈 좌우를 도라보니 장요 허져 하후연 하후돈 리
젼 장진 장

〈38-뒤〉

합 셔황 모긔 우금 여통 여건 등 일등 명쟝이고 쏘 한편은 졍욱 슌유 강회
유한 등 어진 모스들이 좌우에 시위호고 천병만마는 항오를 졍졔호고 긔치
창검은 일월을 희롱호고 뢰고함셩은 천지 진동호니 조조 디희호야 좌우를
도라보아 왈 니 이졔 디공을 이루워 천호를 평졍호고 국가의 쥬셕지신이
도야 강동을 엇으려니와 군병 빅만이요 용쟝 천여원이라 졔쟝도 힘을 다

ᄒ라 니 강동을 엇은 후에 천ᄒ를 티평ᄒ고 그디 등으로 더부려 부귀를 한 가지 할지라 그 안이 길겨올가 문무제쟝이 다 - ᄒ례 왈 소쟝 등도 강동을 엇은 후에 승샹 실하에 종신 부귀함이 원이로소이다 조조 디희ᄒ야 디연을 비셜ᄒ고 여군동낙 길길 젹에 강동을 가로쳐 왈 주유 노숙이 천시를 모로고 나를 항거ᄒ다가 황공복이 항복ᄒ니 엇지 깃겁 아니ᄒ며 쓰ᄒ 강동 엇기를 엇디 근심ᄒ리요 ᄒ구를 가롯쳐 왈

〈39-앞〉

유비 제갈양이 엇지 나를 당할손야 니 강동을 엇은면 니 조흔 일이 잇노라 교공이 두 ᄯᆞᆯ을 두워스되 천ᄒ 절식이라 시로 동쟉디를 지엇스니 이교를 다려다가 동쟉디 놉흔 집에 만년락을 샴으리라 잇써예 월명성희ᄒ고 슈광은 접천이라 천만에 오쟉이 쩨를 지워 조조 진중으로 나라가면 남편을 바리보고 갈곡질곡 울고가니 조조 취중에 가마귀 소리을 듯고 문왈 이 깁흔 밤에 어이ᄒ 가마귀요 좌우 디왈 월식이 발가 낫 갓샤오미 가마귀 날 신난가 의심ᄒ야 울고가나이다 조조 디소 왈 가마귀 울고가는 소리 갈곡질곡 ᄒ엿스니 승전할 증조로다 갈곡이라 ᄒ는 것은 길일양신에 승전곡으로 힝군ᄒ야 부귀공명 할지로다 가마귀난 영물이라 압일를 먼져 알고 우리를 기유ᄒ니 지음을 모를손야 여바라 제쟝등아 이 슐을 만이 먹고 티평연 놀아보자 문군에 쥬효 난만하니 디샹의 쟝슈들은 칼춤 츄고 노리

〈39-뒤〉

ᄒ니 함양궁중봉도시에 형가의 검술인가 칼빗치 서리 갓고 홍문연 놉흔 쟌체 항장의 검술인가 샬괴도 엄슉ᄒ다 조조 취홍이 도도ᄒ야 필연을 너여놋코 오쟉가를 지엇시되 월명성회예 오쟉이 남비ᄒ니 요슈샴잡에 무지가의라 선두에 비겨 안ᄌ 의기양양할 졔 유복이 쥬왈 량군 디젼에 승부를 결단치 못ᄒ얏는데 승상 노리를 들으니 조흔 증조 아니로다 조조 디로 왈 요망한

소견으로 닉의 흥을 파ᄒ난요 창을 들어 유복을 버히고 각영 각샤에 쥬효를 만이 쥬어 군중에 효귀ᄒ니 군샤 포식ᄒ고 흥이 미진ᄒ여 혹 노릭ᄒ며 혹 츔도 츄고 길긔난 소리 강상에 낭쟈ᄒ니 필승지죄라 ᄒ더라 잇ᄯᅦ에 한편 쟝막 밋헤 울음소리 들이거날 슈번 군샤 ᄒ난 말이 샹ᄒ동락 길기난데 너는 엇지 우난요 그 군시 디답ᄒ되 너의난 무식ᄒ여 지금 편한 것만 알고 닉 뒤 사는 모르난야 삼경이 만뇌구격ᄒᆫ데 산조난 집에 들고 쥬슈난 굴

<h3>〈40-앞〉</h3>

에 들어 천지 고요ᄒ고 산슈 잔잔한데 어이한 가마귀 진 우에 울고며 갈곡질곡ᄒ니 빅만디병 일시에 죽일 기별리로다 실푸다 군스드라 마리 전장 나와다가 타국고혼 될 거시니 그 아니 셔를손가 ᄒ 군스 ᄒ는 마리 앗가 승상이 갈곡소리을 희자ᄒ야 승젼할 증조라 ᄒ엿거날 너는 일기 소졸리라 네 요놈 우미ᄒ 소견으로 못될 말을 지여닉야 만군스을 실푸게 ᄒ니 맛당이 버힐라 ᄒ고 다려드니 그 군스 디답ᄒ되 닉 아물리 소졸인들 그만ᄒ 지각 업실손야 갈곡 소리 희을 ᄒ마 네가 ᄌ셔히 드려보라 ᄒ걸이 망할 ᄯᅦ에 제후질 원ᄒ야 질원곡을 노릭ᄒ니 갈은 ᄒ걸에 갈곡이요 질곡은 유왕의 질원곡이라 오작은 영물이라 울리 진중 피할 쥴 아고 조롱ᄒ되 는세 간웅 우리 승상 지음을 잘못ᄒ고 교만이 ᄌ심ᄒ니 병교ᄌ는 픠라 네의는 몰으난양 ᄒ 군스 ᄒ는 마리 네 마리 당연ᄒ다 앗가 나도 ᄒ 꿈을 ᄭᅮ니 남편 디로로 여덜 스람이 누인 일산을 들고 승상 압흐로 드려오던

<h3>〈40-뒤〉</h3>

이 승상 장ᄒ에 노루 ᄒ 마리 니다려 누인 일산을 ᄭᅥ거바리고 승상을 업고 가마귀 안진 슛풀로 가더라 이 꿈을 희몽하라 그 군스 디답ᄒ되 야야 누인 일산는 황기요 여덜 스람은 불화ᄌ라 황기 우리 진중에 항복ᄒ다 ᄒ더니 불노 우리을 칠 거시요 승상 중ᄒ에 노릭는 장젼장효라 가마귀 안진 슛풀

은 오임이라 필연 호위장군 댱효가 황기을 쥬기고 승상을 모시고 오임으로
도망할 징조로다 ᄒ고 군ᄉ 셔로 당부ᄒ되 부디 이 말을 너지 말나 만일 승
상이 알면 꿈 꾼 나도 죽고 희몽ᄒ 너도 죽르 거시니 삼기 조심ᄒ라 ᄒ더라
이듯날 조조 장디에 놉피 안ᄌ 제장을 분발할 시 오식기치로 항오을 졍졔
ᄒ여 슈군즁 황기는 모기 우금이요 젼군 홍기는 쟝합이요 후군 흑기는 여
근이요 좌군 쳥기는 쟝진이요 우군 빅기는 ᄒ후영이요 슈륙군 졉응ᄉ는 ᄒ
후돈 조응이라 왕니 간쳔ᄉ는 허져 댱효라 발영ᄒ 후에 슈진구니 산통고디
취티ᄒ고 ᄡᅦ 무은 젼션에 풍범

〈41-앞〉

을 놉피 달고 군ᄉ 왕니ᄒ기 평지 갓탄이 조조 디상에셔 보고 디히ᄒ야 왈
봉츄션셩의 어진 지조로 군ᄉ 임의로 왕니ᄒ믄 한날리 도으인가 ᄒ니 졍욱
왈 젼션을 ᄡᅦ 모왓다가 강동에셔 불로 치면 엇지 하오리가 미리 단속ᄒ소
셔 조조 디로 왈 불노 치는 법이 바람을 어더야 셩공ᄒᄂ지라 바람은 동남
풍이라야 칠 거시어날 엄동셜흔이 엇지 동남풍이 잇시리요 지금은 셔북풍
이라 우리는 셔북에 잇고 져의는 동남이 잇시니 만일 불노 치다가는 져으
군ᄉ 다 탈 거스니 무어실 염여ᄒ리요 ᄒ더라 각셜 잇뗏에 쥬유 젼션에 올
나 조조 슈진을 보니 디풍이 이려느며 조조의 진즁이 큰 긔가 부려지니 깃
발리 창파상이 ᄯᅥ나거날 쥬유 디소 왈 상셔 아니로다 ᄒ더니 언미필이 북
풍이 디작ᄒ여 파도 이려나며 양ᄉ 쥬셕ᄒ고 진즁이 셔운 깃발리 동남에
붓치여 쥬유에 낫칠 ᄡᅵ셔가니 쥬유 디경ᄒ여 ᄒᄂ 마리 슘이 막키고 입으
로 피를 흘이면 인ᄉ을

〈41-뒤〉

수십지 못ᄒ니 제쟝이 황망ᄒ여 진즁에 모셔놋코 쳔방만약으로 구원ᄒ되
반졈 차효 업난지라 로슉이 근심ᄒ야 공명을 보고 공근의 병셰를 의논ᄒ니

공명 왈 공근의 병은 니라야 곤칠이다 로슉이 디희ㅎ야 공명을 다리고 진중에 들어가 문왈 도독의 긔운이 밤사이 엇더ㅎ오잇가 주유 왈 복통이 심ㅎ여 구토질이 디작ㅎ며 약 먹을 길이 업눈지라 로슉 왈 앗가 공명을 보고 도독의 병녹을 말슴 하온즉 공명이 디답ㅎ되 니라야 곤치리라 ㅎ기로 다려왓나이다 주유 디희ㅎ야 공명을 쳥ㅎ야 들려오니 주유 계우 일여나 안거날 슈일 뵈압지 못ㅎ여 긔후 엇더ㅎ오잇가 주유 왈 울화로 병이 나셔 부지할 슈 업나이다 공명 왈 하날에 측냥업난 바람이 잇시되 사람이 엇지 알이요 주유 싱각ㅎ되 공명은 신인이라 마암을 아난도다 공명의 말을 듯고 병셰 엇지 알이요 공명 왈 긔운을 슌케 ㅎ소셔 주유 왈 무슴 약을 먹어

〈42-앞〉

야 긔운이 슌ㅎ릿가 공명 왈 늬게 용한 방문이 잇스이 도독의 긔운을 슌케 ㅎ오리다 그러면 쳥심슌긔탕을 쓰오릿ㄱ 공명 왈 구병이 울화로 낫스오니 늬 곤칠 거스니 염여마옵소셔 주유 디희ㅎ야 지셩으로 빌며 왈 국가 흥망이 조셕에 잇스오니 션싱은 잔명을 급히 구ㅎ소셔 공명이 글 두귀를 써셔 쥬며 왈 이디로 ㅎ라 ㅎ니 허여시되 욕파조공인던 응용화공이요 만샤구비에 지흠동풍이라 ㅎ야거날 주유 보고 디희 왈 션싱이 이므 병 근본을 아압시니 슈히 살녀쥬소셔 공명 왈 늬 일즉 이인을 만나 팔문둔갑지슐을 비와 호풍환우지슐을 알앗스니 도독은 근심치 말으시고 남병산샹으로 군샤를 보늬야 칠셩단을 무으시면 늬 졍셩을 들여 삼일 삼야의 동남풍을 비려드리리다 주유 왈 삼일 삼야는 고샤ㅎ고 일일 디풍이라도 셩공할 터이라 샤셰 급박ㅎ오니 슈히 주션ㅎ옵소셔 공명 왈 이십일 갑주에 동남풍을 비려 이십이일 병인일꺼지 불게ㅎ리라 주유 디희ㅎ야 병이 졀노 낫눈지라 즉일에 남병산에 올나 칠셩단을 무어니니 방원이 이십샤쳑이요 측단은 십오쳑이요 고는 구쳑이요 하일층에 이십팔슈

〈42-뒤〉

긔를 세우니 동방 쳥긔 칠면은 각항져방심미긔로 여쳥용지샹ᄒ고 북방 흑
긔 칠면은 두우여허위실벽으로 작현무지샹ᄒ고 셔방 빅긔 칠면은 규루위묘
필쵀삼으로 거빅호지샹ᄒ고 남방 홍긔 칠면은 졍귀유셩댱익진이라 셩주쟉
지샹ᄒ고 졔 이층은 육십샤면에 육십사쮀로 응ᄒ야 손진티감으로 방위를
졍ᄒ야 세우고 졔 삼층에 샤인을 세웟스되 속발관을 스되 조화포를 입고
봉의 학디를 씌여스니 젼ᄒ 일면에 긴간지디를 셔웟스되 그 끗헤 달그 짓
을 다라 바람소식을 알게 하고 ᄯᅩ 일인은 보검을 들고 ᄯᅩ 일인은 향로를 들
고 단ᄒ의 이십팔인은 졍긔 보긔 빅모 황월도듯 들고 샤면으로 둘너셧는데
이십일 갑ᄌ 양신에 공명이 모욕지계 ᄒ고 젼조단발ᄒ고 발 벗고 도포 입
고 단ᄒ에 나려와 로슉을 불너 왈 쟈경은 군즁이 도라가 공근을 도으라 혹
바람이 부지 아니ᄒ야도 고히케 아지 말웁소셔 로슉을 보닌 후에 슈단 군
샤의게 분부ᄒ되 방위를 써나지 말고 머리와 귀를 한데 모다 요란케 말나
만일 위령지면 버히리라 군샤 쳥영ᄒ고 방위를 직히덧니 공명이 단에 올나
동ᄌ으게 향노를 들니고 졔물을 갓초와 올일 시 계셕에 단좌ᄒ야 축문

〈43-앞〉

을 고할 시 유셰츠 건안 십이연 졍희 십일월을 스삭 이십일 갑ᄌ에 좌장군
유비 모스 졔가량은 근고우 쳔지 일월셩신 오악시령 스희용왕 화덕딘군 후
토시령 강산풍빅ᄒ논니 복망 일시에 합역ᄒ옵소셔 국운이 불힝ᄒ야 역적
조조도 졀신긔ᄒ고 유슈쳔ᄌᄒ고 방시국모ᄒ니 긔쳔지죄을인인 공분이 온
디 이제 조조 웅병 빅만과 용장 쳔여원이라 장여 강동으로 일결 ᄌ웅일 시
이제 손권으로 동심 ᄒᆸ역ᄒ여 욕파조조ᄒ고 안보스즉 이을 터이온디 조조
디병을 불감당이라 복망 쳔지시령은 감동ᄒ시와 동남풍 삼일삼야만 허급ᄒ
스 공파조조 ᄒ고 흥복한실ᄒ게 ᄒ옵소셔 근이 쳥작셔슈 공신전헌 상향 축
문을 일근 후이 상단 삼츠ᄒ고 ᄒ단 습츠ᄒ야 지셩으로 축슈ᄒ오니 공명의

관일지츙과 회천지셩으로 천지신명인들 엇지 무심ᄒ리요 공명이 팔각윤건
을 씨고 빅우선을 접어 들고 학챵의을 거더잡고 남병손 빗긴 길노 은신ᄒ
야 ᄂ려다니 오강 여을 흐르는 물에 ᄌ룡이 포연ᄒ 이십기을 다리고 비을
다혀 기다리거날 공명이 반겨보고 비에 올나 ᄌ룡의 손을 잡고 문왈 우리
현쥬 안령ᄒ시며 제장군졸도 다 무스ᄒ가 비를 져어 나려갈제 칠셩단 놋푼
고디 쥬작 쳥용

〈43-뒤〉

기린 기발리 빅호 현무을 응ᄒ야 슐희방으로 날여가니 동남풍이 완연ᄒ드
라 쥬유 제쟝을 거나려 화공을 도모할 시 잇덧 야싁은 삼경이라 디쟝깃발
리 슐희방으로 펄펄 날여가니 쥬유 디경ᄒ야 노슉을 불너 ᄒ는 마리 공명
으 탈쳔지슐은 귀신도 ᄂ칙이라 풍운을 임의로 용지ᄒ니 이 스람을 살려두
면 동오에 화근이라 잇덧을 타서 죽여 후환을 더리라 ᄒ고 서셩 졍봉을 밧
비 불너 왈 남병산 급피 가셔 공명을 뭇도 말고 버혀오라 두 장슈 영을 듯
고 서셩은 비을 타고 도부슈 오십명을 거나리고 슈로로 쏘ᄎ가고 졍봉은
말을 타고 졍병 오십명을 거나리고 육노로 쏘차갈 제 서셩 먼져 오강변이
단나 남병손 빗긴 길노 칠셩단 ᄎᄌ가니 공명은 간디 업고 기 잡는 군ᄉ드
리 바람세을 보는지라 군ᄉ다려 뭇는 마리 공명이 어디 간는요 군ᄉ 디답
ᄒ되 동남풍 빌인 후에 피발도선ᄒ고 남병손ᄒ로 나려 오강 어귀로 가더이
다 서셩이 급ᄒ 마음 산ᄒ로 나려갈세 졍봉이 군ᄉ 오십명을 거라이고 강
가이 당도ᄒ엿는지라 두 장슈 합세ᄒ야 사면으로 바리보면 쥬져할 ᄎ에 다
못 슈조리 잇는지라 슈조다려 무르니 군ᄉ 엿ᄌ오디 소이니 아뢰리다 어제
슴경양에 오강변이 미인 비 심히 고이 ᄒ더이다

〈44-앞〉

십이장강 벅파상이 왕ᄂ니ᄒ는 거루빈가 시절리 요란ᄒ여 염초 실고 간는 빈

가 츄우동강 칠이탄에 엄즈릉으 낙슈빈가 심양강 츄야월이 빅낙천에 노든 빈가 양양강슈 말근 물에 고기잡는 어션인가 퇴빅이 긔경비상천 후에 초강 어부 풍월 실노 가넌 빈가 오호상연월야에 범여이 노던 빈가 만경창파 욕모천이 천어환쥬 유교변 잇는 빈가 만단ㅎ야더니 공명이 머리 풀고 발 버슨 체로 그 비를 잡아타고 오를 제 엇더ㅎ 쟝슈가 ㄴ와 읍ㅎ미 공명이 그 쟝슈 귀에 다히고 무슴 말을 소곤소곤 ㅎ더니 그 비을 잡아타고 상유로 가더이다 두 쟝슈 분을 너야 맛참 북편을 바리보니 상유에 덧 간는 비 공명일시 분명ㅎ다 이 스공아 노를 밧비 저어 져기 간는 공명의 비 못즈부면 너으 머리을 덩그렷케 버혀 이 물이 덧디면 너의 신체 뉘라셔 츠지리 스공이 두려워ㅎ야 돗 달고 닷 감어라 밧비 우게라 어기어츠 쪼츠갈 제 잇딧 서셩이 머리 바리보니 공명의 간는 비 오리 안이 드렷거날 쪼츠가면 크게 불너 왈 져기 간는 공명선싱은 거기 잠간 머무소셔 우리 도독이 청ㅎ더이다 공명이 빅우션 놉피 들고 허허 디소ㅎ고 ㅎ는 말이 도독이 날을 히할 쥴 임의 알라기로 자룡과 접응ㅎ야스니 장군은 부질업시 쏘으지 말고 도라가 도독다려 후일 상봉ㅎᄌ

〈44-뒤〉

당부ㅎ여라 서셩이 드른 체 아니ㅎ고 살갓치 쪼츠 오는지 자룡이 선두에 석 나셔면 외여 왈 이놈 서셩아 우리 선싱임 놉푸신 지조로 너이 나라 드려가 동남풍 비려쥬어거던 무삼 혐의로 히코저 ㅎ는야 너희를 당당이 죽길 거시로디 양국이 화친흔 의가 잇는고로 살려보너니 늬의 슈단이ᄂ 보고가라 ㅎ고 철궁이 외젼 미워 비졍비팔 웃둑 셔셔 홍복실 압뒤 골나 좀통이 깃여지게 싹지손 쑥 쓰니 번기갓치 가는 살리 빅운간 놉피 소스 슈루육 소리 ᄂ며 드려가 서셩으 탄 비 돗디마즈 와질근 불어지는지라 지츳 흔 긔 메워 쏘니 바람깃치 밧른 사리 공중이 나려가셔 양돗디 둑닥 마져 부러지고 용초쥴 쩌러지고 닷줄도 쩌려져 놀도 빠지고 강상이 풍덩 와질근 바람 부는

디로 물결치는 디로 너울너울 이리져리 둥실 쩌느갈 제 셔셩 졍봉이 기가
막켜 쓴어진 닷쥴 다시 감아 강상이 도망ᄒ야 근근이 스라와 쥬유게 그 말
을 고ᄒ니 쥬유 디경 왈 공명이 이다지 쇠가 만혼가 ᄒ고 조조를 파ᄒ 후에
결단코 도모하리라 허고 직시 장졸을 분발할 시 감영을 불너 왈 너는 치즁
치화을 다리고 군양쳐이 불을 지르고 그 후에는 군즁이 두면 니 썰 곳지 잇
노라 틱ᄉᄌ을 불너 너는 삼쳔병을 거나리고 황쥬 긔

〈45-앞〉

성이 미복ᄒ엿다가 조조의 구원병을 엄살할아 여몽을 불너 분부ᄒ되 너는
삼쳔병을 거느리고 오림이 잇다가 장요 장합을 졉응ᄒ라 졔쟝이 각각 쳥영
ᄒ고 물너가니라 황기 일변 화션을 쥰비ᄒ여 황셔을 써셔 조조으게 보니요
오날밤에 항복서니 가로라 ᄒ여거늘 조조 바다보고 기다린 츠에 황기 뒤에
젼션 스쳑이 다려시되 졔 일딕는 황기요 졔 이딕는 즛티요 졔 삼딕는 쟝흠
이요 졔 스딕 한당이라 각각 젼션 삼뷕쳑씩 거느리고 압푸로 화션 이십쳑
씩 셔우고 셔손이 방포ᄒ고 남산이 기를 셔워 각각 등딕하엿다가 황혼이
힝군할라 젼령ᄒ니라 각설 공명이 ᄒ구로 도라오니 현덕이 졔쟝을 거느리
고 진 젼이 느와 연졉ᄒ야 예필 후에 고명이 졔쟝을 도라보 왈 그디 등도
다 평안ᄒ시니잇가 ᄒ고 ᄌ룡으게 분부ᄒ되 너는 삼쳔병을 거나려 오임이
미복ᄒ엿다가 오날밤 삼경이 존픠ᄒ야 그리을 갈 거시니 스방으로 불을 노
와 엄살ᄒ라 미방 미츅을 불너 분부ᄒ되 너히는 강ᄒ을 직히다가 조조 픠
ᄒ여 도망ᄒ는 군스을 잡고 군기을 탈취ᄒ라 또 유기을 불너 왈 그디는 강
ᄒ 셩지을 직히라 공명이 현덕을 쳥ᄒ여 왈 쥬공은 오날밤에 양과 ᄒ가지
로 놉푼 디에 올나가 쥬유 젹벽강 화젼 셩공함을 구

〈45-뒤〉

경ᄒ사이다 ᄒ더라 잇딧 운쟝이 겻틱 셧시되 종시 본쳬도 아니 ᄒ거날 운

쟝이 참지 못ᄒ야 칼로 쌍을 치면 왈 소쟝이 선성과 형쟝을 모시고 허다훈 싸홈을 가되 남보다 뒤진 일이 업거든 오날 디젼을 당ᄒ야 성공할 츠에 소 쟝을 씨지 아니ᄒ니 무삼 연고잇가 운쟝은 고히케 아지 말으소셔 운쟝은 그즁이 요간쳐이 보닐이로더 쩌리는 일이 잇셔 보니지 못ᄒᄂ이다 운쟝 왈 무삼 일을 기ᄒᄂ잇가 공명 왈 젼일 조조으게 이실 쩌에 삼일 소연ᄒ고 오 일 디연ᄒ야 샹마이 은 일쳔양 ᄒ마이 은 일쳔양 후디가 이려ᄒ얏스니 은 혜을 싱각ᄒ면 조조을 보와도 잡지 아니할 듯 ᄒ이다 금야이 조조 젹벽이 피ᄒ야 필경 화룡도로 올 터이라 ᄒ거늘 운쟝 왈 조조 과연 후디ᄒ미 잇시 ᄂ 원소에 명쟝 안양 문취에 머리을 버혀 그 은혜을 갑파스오니 다시 져을 보거더면 엇지 노와 보니잇가 공명 왈 만일 놋커되면 군법으로 시힝ᄒ리라 운쟝이 허락ᄒ니 공명이 디히ᄒ야 군즁 셔기를 불너 군령 다짐을 바드니 ᄒ여시되 살등 조조는 한실지디역이라 이제 쳔ᄒ신민이 슉불살지랴 화룡도 샹이 젼일 슈은을 싱각ᄒ고 감셕 조조어든 군법 시힝ᄒ야 멍법 졍죄ᄒ소셔 다짐을 오린 후에 운쟝 왈 조

〈46-앞〉

조 만일 황룡도로 아니 오면 엇지 ᄒ리가 공명 왈 나도 다짐ᄒ리다 허고 당 부하되 화룡산샹에 불을 노와 조조을 유인ᄒ소셔 운쟝 왈 연기 ᄂ면 복병 이 잇는 줄 알고 엇지 그리 오리가 공명 왈 벙법에 허허실실이라 ᄒ여시니 조조 연기 남을 보고 반다시 다른 더 복벙ᄒ고 이곳이 헛불 노와 못가게 홈 미라 ᄒ고 그 길로 쏘츠갈 거시니 엣날 은혜을 싱각지 말고 노와보니지 말 ᄂ 운쟝이 쳥영ᄒ고 관평 즂챵으로 ᄒ여금 분발ᄒ야 도부슈 오빅군을 거날 이고 화룡도로 향ᄒ얏 가니라 현덕이 공명다려 문왈 운쟝이 반ᄃ시 조조을 보면 참아 잡지 아니할가 져어 ᄒᄂ이다 공명이 디왈 간밤이 쳔문을 보온 즉 조조는 죽기든 못할 ᄯ ᄒ기로 운쟝을 보니여 훈갓 인졍을 쓰게 ᄒ미로 소이다 ᄒ고 즉시 헌덕을 모시고 번구산이 올나 젹벽강 화공ᄒ을 귀경하더

라 각설 잇디 조조 제장을 거느리고 황긔 소식을 기다리더니 천만의외에
동남풍이 디작ᄒ거날 정욱이 엿ᄌ오디 뜻밧게 동남풍이 이러ᄒ니 승상은
살피소셔 쩌 안인 바람이 고이ᄒ여이다 조조 디소 왈 동지에 일양이 시싱
ᄒᄂᄂ이 그게 무삼 염여ᄒ리요 공 등은 그런 으심말나 ᄒ더니 잇뜻 황긔 화
선 이십척의 유황 염초 인화지물을 만이 실고 청포

〈46-뒤〉

쟝을 두러치고 우에 청용 아가을 압셔우고 황긔는 전선이 놉피 안ᄌ 세강
을 호령ᄒ여 지곡총 비을 노와 동남풍 부는 디로 조조 진을 바리보고 살 쏘
다시 드려가니 조조 장상이 놉피 안ᄌ 쩌오난 비 바리보고 디히ᄒ야 ᄒᄂᄂ
마리 위슈 동강 아니어던 어부선이 어이 오면 천공귀로 아니어던 힝긱서니
어이 오며 이젹션 취건곤야에 월낙셔니 어이 오랴 아마도 황공복에 군양
시른 비 정영다 다시 이려ᄂ 길거할 츠에 정욱이 엿ᄌ오디 군량을 시러
시면 쳔쳔이 오련마는 져러케 게거이 쩌오는 양 보온즉 아마도 간게 잇는
가 의심이소로다 ᄒ고 셔로 의혹할 츠에 ᄌ셔이 보니 청용긔 셔운 비 뒤으
로 쓰른 비머리에 동오 선봉디장 황긔라 씨기을 두러시 셔워거날 그 긔호
을 보고 분분ᄒ야 엇지할 쥴 모로던 츠에 황긔 선두에 석 ᄂ셔면 위여 왈
동오 선봉장 황긔을 네 아는다 ᄒ며 청용가을 두르며 호령ᄒ니 좌우 화선
이 일시 모라 조조의 전션이 불을 지르고 일성 호통이 틱산이 문어지고 위
슈 뒤놉ᄂ 듯 화광이 츔천ᄒ고 연기는 만강ᄒ디 풍세 디작ᄒ야 돗디 부려
지고 용총쥴 쩌려지며 장막 휘장이 다 불이 붓고 쩌여진 통

〈47-앞〉

노긔와 유엽전과 편전 화약 염초 등니 모다 불이 타셔 벽파상이 덧나가니
적벽화광이 낫갓도다 조조의 빅만디병이 일시에 살 맞고 물에 밧지고 칼
맞고 불이 타고 팔도 부러지고 등도 터지고 다리 불어지고 목도 불어져 죽

논 지 부지기슈라 조조 황겁ᄒ야 이리져리 도망할 제 황기 비을 밧비 모라
쏘츠 드려가니 조조 넉시 업셔 천방지축 도망할 제 장요 디분ᄒ야 철궁에
외젼 미워 황기을 쏘니 번기갓치 밧른 사리 반공즁 놉피 덧셔 황기 흉즁을
맛치니 서셩 정봉이 디경ᄒ야 황기를 구완ᄒ야 본진으로 도라 보닉니라 잇
덧 정욱이 조조을 구ᄒ야 오림으로 도망ᄒ니 동남풍이 오히려 더ᄒ며 금고
함셩은 천지 진동ᄒ고 기치 창극은 일월을 히롱ᄒ여 졍시니 살는혼지라 장
흠 한당은 셔으로 쏘츠가고 쥬티 진무는 동으로 쏘츠 오고 쥬유 셔셩 정봉
은 즁게로 쏘츠와셔 여간 남은 군ᄉ을 엄살ᄒ며 군즁 기게을 다 슈운ᄒ고
감영은 후진으로 가 치즁 치화을 버히고 여몽은 불을 노화 졉응ᄒ니 뇌고
함셩이 ᄒ히 뒤놉는지라 조조 황망이 도망할 제 혼편은 능통이라 이놈 조
조야 어디로 갈나는 소리 어간이 먹먹 졍시니 아득ᄒ야 엇지 할 쥴 몰나

〈47-뒤〉

슛풀에 은신ᄒ야 혼 고디 ᄃᄃ르니 일원디댱이 ᄂ셔며 디호 왈 동오 후군
쟝 감홍퓌를 네 아난다 모로난다 닷지 말고 쌜니 목을 늘여 닉 칼을 밧으라
ᄒ난 소리 조조 디경하야 댱합으로 감영을 막으라 ᄒ고 말을 지촉ᄒ야 도
망할 제 밤은 집허 삼경이요 달은 흑운이 덥히여 침음한데 계우 화변을 피
ᄒ야 오림에 다다르니 산쳔은 험악ᄒ고 슈목은 참쳔이라 조조 마승에서 앙
천디소ᄒ니 제쟝이 엿쟈오되 주유 공명이 지모로 남병산에 졔풍ᄒ고 젹벽
에 화공ᄒ야 팔십삼만 군ᄉ가 초두란익 다 ― 죽엇고 남은 쟝졸이 갈 바를
모로는데 무슴 졍신으로 윗난잇ᄀ 주유 뫼 업고 공명이 지혜 부족함으로
이려한 요긴혀에 복병을 아니 ᄒ얏기로 윗노라 언미필에 일셩방포에 좌우
복병이 이러나며 일원디쟝이 천리 용총마를 타고 장창을 빗겨 들고 달여드
니 얼골은 관옥갓고 눈은 시볠갓고 소리를 우리갓치 질으고 왈 나는 상산
조쟈룡이라 우리 션셩에 명령을 밧아 너를 기다린 제 오린지라 이놈 조조
야 종천강ᄒ며 종지ᄒ ᄒ랴 닷지 말고 닉 창을 밧으라 하니 조조 간담이 쩌

려지고 정신이 엇질ᄒ며 두 눈

〈48-앞〉

이 캄캄ᄒ야서 서황 댱합으로 뒤를 막으라 ᄒ고 계우 도망ᄒ야 호로곡에 다다르니 동방은 발거오나 흑운이 만천하고 구진 비는 소소한데 여간 남은 군ᄉ 가난 양은 그 안이 쳬량흔가 적벽 화광에 겁닌 군시 슈화돌을 만난 중에 눈과 비를 썩거 맛고가니 츕기는 고샤ᄒ고 비곳파 못살것다 군ᄉ를 촌려로 보니 양식을 노략ᄒ야 밥을 지여먹고 물 져진 의갑은 바람결에 말으고 서로 위로ᄒ며 가더니 일성방포에 샤방으로 불이 일어나며 일원디쟝이 나오더니 호두용익에 얼골빗흔 슈먹갓고 고리눈을 부릇 쓰고 쟝팔쳑 사모창을 빗겨들고 천동갓치 호령ᄒ되 나는 연인 댱익덕이라 이놈 조조야 네어디로 도망ᄒ리요 천시를 모로고 엇지 감히 항거ᄒ리요 밧비 나와 니의 창을 바드랴 ᄒᄂ는 소리 제쟝이 귀가 막히고 군ᄉ 낙담ᄒ야 정신이 아득한지라 조조 댱요 서황 등으로 막으라 ᄒ고 도망할 졔 허져는 안장 업는 말을 타고 서황은 날 ᄲᅢ진 칼쟈르만 쥐고간이 팔십여만 군졸이 불과 긔빅명일네라 조조 그 중이 긔갈이 자심ᄒ야 거의 죽게되고 군기와 마필이 다 - 업난지라 빅여명 남은 군ᄉ ᄒ나도 셩튼 못ᄒ니 동풍이 어인 지변인가 수원수구 ᄒ리요 긔퓌관이 탄식ᄒ되 금고 취디 불에 타

〈48-뒤〉

고 영긔좃챠 일엇스니 뉘라셔 명목을 아 - 리요 디쟝이 탄식 왈 일삼칠구 간곳 업고 이샤륙팔 업셔졋다 이난 천망아요 비젼지죄다 혼 군ᄉ 고ᄒ되 압흐로 두 길이 잇ᄉ오니 어디로 가오릿ᄀ 조조 왈 니 셩각ᄒ니 우리 곤핍ᄒ야 험도로 갈 슈 업셔 디로로 가ᄌᄒ니 복병이 이실지라 화룡도로 가자ᄒ니 정욱이 엿자오디 화룡도로 가다가 복병이 잇사오면 변통할 수 업샤오니 허창으로 가사이다 조죠 ᄭᅮ지져 왈 병서인 하엿시되 실즉허요 허즉실이

라 허엿스니 공명이 아모리 꾀가 만타한들 우리 세 번좃차 쏘길소냐 흐고
군샤를 지쵹흐야 화룡도로 드려가니 춤바람은 살쏘다시 불고 천봉만악은
소사잇고 수목은 춤쳔흔디 만학이 눈 싸이고 천봉이 바람 칠 씨 녹음방초
바이 읍고 잉무 원앙 끈첫난디 어이한 시가 우련마는 젹벽 화렴이 죽은 장
줄 갈바 읍서 원죠되야 죠죠 픠군 미워라고 가지가지 우난 소리 흐엿시되
도탄이 싸인 군샤 고향이별 멋히런고 귀쵹도 불여귀라 실피 운다 져 두견
시 울고 나니 져 쎗죽시 우름 운다 여바라 두견죠야 너는 고향싱각 흐야 불
여귀를 하건마는 도덕 잇는 우리 승샹 빅만군병 자랑터니 금일 픠군

〈49-앞〉

왼 일인고 자층영웅 간디 읍고 빅계도 무칙이라 이리 가며 입을 빗죽 저리
가며 빗죽빗죽 울고나니 져 흉연시 우름 운다 여바라 빗죽시야 말 듯거라
너는 픠군 분심 싱각흐야 운다마는 여산군량 소화흐고 촌려노략 한 씨로다
숏팅숏팅 울고나니 져 꾀꼬리 우름 운다 여바라 흉연죠야 너는 빅만군졸
쥬린다 한틀 마라 만고간웅 우리 승샹 어이 그리 꾀가 읍셔 황기게 쏙엇
난고 한창 이리 울고난이 져 가마귀 우름 운다 여바라 황금죠야 너는 승샹
임이 꾀를 니되 픠할 꾀를 닛다 흐고 운다마는 편편디로 마다흐고 심산심
곡 무삼 일고 가옥가옥 울고난이 져 숙국시 우름 운다 여바라 오비죠야 너
는 길방을 인도한다마는 가련타 장졸들아 젹벽 화렴중이 닝병인들 아니들
야만 그 군샤 앗갑다 흐고 숙국숙국 슬피 울고나니 져 호반시 우름 운다 너
는 빅만군졸 병이 날가 의심흔다마는 장요는 무단이 살읍고 설어마라 살
나간다 살 바다라 슬피 울고 나니 져 죵로리시가 우름 운다 여바라 호반죠
야 너는 충셩이 지극흐여 일등명무샤를 싱각흔다마는 공중공중 놉피 쩌서
동남풍을 마그랷고 너울너울 울고나니 져 짜옥이 우름 운다 황기 호통하는
겁

〈49-뒤〉

을 너여 버슨 홍포 너여 입어다 쓰옥쓰옥 실피 운다 저 할미시 우름 운다
우슴 쯔티 겹닌 쟝졸 갈슈록 얄냥굿다 복병 보고 도망마라 이리 가면 핑당
기리력 실피 울고 가니 체양ᄒ다 각 시소리 조조 듯고 회심ᄒ야 ᄒ는 마리
불상ᄒ다 니으 쟝졸 부모으 졍 쯔어 이별ᄒ고 처리 젼쟝 나와ᄃ가 적벽의
몰ᄉ하고 게우 스러ᄂ셔 갈슈록 곤곤ᄒ다 도로 쟝을 젓흑ᄒ야 급피 도망할
제 문듯 마리 보니 키 크고 위풍 잇는 저 쟝슈 퉁방울눈 부릇 듯고 삼각슈
너울너울 웃독 셔셔 조조을 바리보니 조조 혼경낙담ᄒ야 정시니 엇질혼지
라 정욱아 저기 션는기 전의 보든 운장이 아인가 이고 니 엇지 살쬬 정욱
왈 승상이 혼을 일엇소 그거시 화룡도 즁승이요 조조 탄식 왈 만고영웅 죠
밍덕을 쪽일 스람 업건마는 일기 쟝승으로 날을 쪽여시니 그저 둘 슈 업다
ᄒ고 군ᄉ을 호령ᄒ야 쟝승을 나입ᄒ라 좌우 군ᄉ 소리ᄒ고 쟝승을 나입ᄒ
니 정욱이 좌슈에 슈긔을 들고 유슈이 칼을 들고 디상이셔 분부ᄒ되 쟝승
은 드르라 네 일기 쟝승으로 신츠 관운쟝지형용ᄒ고 쥬안홍목이 삼각슈 거
스리고 승상 힝츠에 불능굴신ᄒ고 언연 특입ᄒ야 만군즁을 놀너게 ᄒ니 참
지의 당시라 쳥지군령

〈50-앞〉

ᄒ고 ᄉ속고지 ᄒ라 쟝승이 쥬왈 살등츠시니 곤륜지목으로 인위디목ᄒ야
싹거 인형ᄒ고 입어노상 이러니 금일 승상 힝츠에 불릉굴신ᄒ고 쟝읍불비
ᄒ니 논지죄상컨딘 살지무석이오나 원통혼 원경을 아뢰이다 만물지즁이 천
황씨 목덕으로 왕ᄒᄉ 우리 남우 너여시ᄂ 엇더혼 남무는 팔즈 조와 디명
젼 뒷들보되야 오식단쳥 기려잇고 셕상이 오동목은 금운고 복판 되야 남풍
시을 화답ᄒ야잇고 우리 갓치 팔즈 기박혼 놈은 몹실 목슈놈이 싹거다가
팔즈 업는 ᄉ모풍디 삼각슈는 원일인고 글즈로 볼거시라 남거오리라 ᄒ엿
시니 손이 잇셔 문지리이며 발리 이셔 도망할가 죽도 사도 못ᄒ고 지금가

지 잇다가 천만의외에 승상이 엇지 놀너실 쥴 아리요 불릉굴신ᄒ고 장읍불

비ᄒ온게 목신인들 무숨 죄온잇가 통촉ᄒ옵소 특위 방송ᄒ심을 천만복축

ᄒ옵는다 답제에 왈 여본곤손지목으로 유구능언ᄒ니 언족이 식비로다 특위

방송ᄒ면 왈 일후에는 아모라도 무언ᄒ라 조조 암상이 안즈 정욱을 불너

왈 슐 부어라 네와 동비동낙 노랴보즈 일호쥬을 먹근 후에 디취ᄒ야 ᄒ는

마리 디쳐 이번 싸홈이 픽ᄒᆫ 일을 싱각ᄒ면 흉

⟨50-뒤⟩

ᄒᆫ 상놈들게 픽을 보와시니 졀졀 원통ᄒᆫ듸 유현덕이 ᄒᆫ종실이라 ᄒᄂᆞ 양산

뒤원이 치소쟝ᄉᄒ고 즈리 쓰고 신 삼든 놈이요 소위 관운장이 의기남즈라

ᄒ되 ᄒ동써 셩기장사ᄒᆞ엿고 장비 졔ᄉ 고리눈으로 호통은 잘ᄒ나 탁군쌍

에셔 계육장스 ᄒᆞ엿고 즈룡이 제가 날닌 체ᄒ되 상산 돌궁게 밧진 놈이요

제갈양이 제가 의ᄉ 잇는 체ᄒ여도 남양쌍이셔 밧 가라먹든 놈이요 마초

제가 용밍인는 체 ᄒ여도 제 아비가 셔량쌍이셔 도적놈이라 저의가 날을

보와도 닉 안ᄒ이 갓슬 씨고 못ᄂᆞ셔리라 적욱이 엿즈오듸 병교지 픽라 ᄒ

오니 승상이 저리 교만ᄒ다가 이려ᄒᆫ 픽을 보와ᄂᆞᆫ이다 소장도 위국츙신으

로 위가호즈라 슈화을 피ᄒᆞ야 게우 이 고듸 와셔 어젹 제신ᄒ즈 ᄒᆫ즉 고히

ᄒᆫ 일이 이렷케 곤궁ᄒ다 체모업는 우리 승상 일빈일소 타시로듸 승상이

복이 업셔 빅젼빅픽 ᄒᆞ엿습거니와 남으 희담ᄒ면 젼즁 승부의 무슴 이홈이

시리요 제발 마오마오 됴묘 왈 남은 군스 점고나 ᄒ여볼가 픽장군졸 각각

제원졍을 싱각ᄒ야 잔말이 비상ᄒᆫ듸 군졸리 각각 곡성이 낭즈ᄒ니 조조 티

로 왈 스셩이 유명커든 혈마 엇지 하리 다시 우는 지 잇시면 군법으로 시힝

ᄒ리라 ᄒ고 점고ᄒᆫ 즉 어디할 것

⟨51-앞⟩

이ᄂᆞ야 병들고 창 맛고 활 맛고 화독 들고 팔다리 다 부려져 모도 이 모양

이라 싱각ᄒ면 처양ᄒᄃ 정욱이 좌슈에 칼을 들고 우슈에 홀기을 들고 호
령ᄒ되 졈고 불춤ᄌᄂ 버히리라 ᄒ니 우부좌ᄉ 파총디쟝 왈 낭쇠 물고요
좌ᄉ파부 천총디쟝의 능쇠 드러온ᄃ 울능쇠 드려올 제 ᄒ 다리 졀고 졀둑
졀둑 드려오니 네ᄂ 엇지 이 모양이 되여ᄂ야 엿ᄌ오되 쟝판교 거너올 제
도감군ᄉ의 쇠도리살을 마져 ᄒ 다리 불어져 병시니 되엿소 철리 본국 어
이 갈고 승상은 말을 탓시니 다리는 셩ᄒ지라 ᄒ낫 밧구어쥬시요 그놈 밋
친 놈이로다 좌부파ᄉ 파총소 슘디쟝의 용통쇠 물고요 마병디쟝 골능쇠 그
놈이 졔일인 체ᄒ고 나즁이 불은닷고 노와ᄒ야 ᄒᄂ 말이 죽근 놈 불을나
말고 산놈 며져 불으시요 됴됴 왈 그만ᄒ 일노 날을 논칙ᄒᄂᄃ 이놈 ᄯ어
무리치라 좌기병 초관의 덜녕쇠 물고요 봉슈 벌장에 강돌남이가 드려온ᄃ
드러와 ᄒᄂ 마리 너가 ᄌ세이 아뢰이다 ᄒ더니 그놈도 잔소리 비상ᄒᄃ
조조 왈 마니 나셧다 화병은 물논ᄒ라 정욱이 군안을 니던지고 방셩통곡
ᄒᄂ 마리 팔연풍진 초픽왕이 강동졔ᄌ 팔천인으로 도강이셔 ᄒ얏ᄃ가 픽
운이 당ᄒ야 계명산츄야월이 쟝ᄌ방의 옥졔소리 팔

〈51-뒤〉

천병 훗터지고 쵸픽왕은 무변도강ᄒ야 오강이 ᄌ문ᄒ여단 말을 듯고 위셧
더니 ᄒ날이 미워ᄒ사 팔십만 군ᄉ 전필승공필취ᄒ야 소향이 무젹일너니
천만의외 동남풍이 불상코 가련ᄒ 우리 군ᄉ 젹벽강 고혼되어고ᄂ 죽근 군
ᄉ 고혼이ᄂ 고국갈가 저의 부모 쳐ᄌ 츌문망 바리다가 오ᄂ 사람 반게라
고 문ᄂ 말ᄉ 무어시라 디답ᄒ리 이렷타시 셜게 울 제 조조도 함누ᄒ고 위
로 왈 입아 졔쟝드라 일시승픽ᄂ 병가이 상시라 훈치 말고 어셔 가ᄌ 곤곤
히 도라간들 젹벽원슈 못갑풀손가 ᄒ창 이리 탄식ᄒ며 가더니 전군이 말을
머물너 가지 아니 ᄒ거날 됴됴 문왈 어이 ᄒ여 가지 아니 ᄒᄂ야 군ᄉ 답왈
손곡 젹은 길이 시벽비 마니 와 구령이 물이 마니 괴야 말굽이 진흘기 ᄲ져
갈 기리 업ᄂ이ᄃ 됴됴 디로ᄒ야 ᄭ지져 왈 군사라 ᄒᄂ 거시 산을 만니면

질을 파ᄒᆞ고 물을 만ᄂᆡ면 다리을 논는 거시 군ᄉᆞ라 ᄒᆞ거날 엇지 이만ᄒᆞᆫ 진흑의 못간다 ᄒᆞ리요 늑고 약ᄒᆞᆫ 군ᄉᆞ는 뒤에 ᄧᅡᆯ코 강장ᄒᆞᆫ 군ᄉᆞ는 흑을 파ᄒᆞ고 남우을 비혀 길을 만들어 급피 발힝ᄒᆞ라 영을 어기는 직 잇시면 버히리라 군ᄉᆞ 마지 못ᄒᆞ야 흑을 파ᄒᆞ며 낭글 비혀 길을 멩글식 쥬리고 츕어셔 질역ᄒᆞ야 써구려저 쥭는 직 만거날 됴됴 명ᄒᆞ야 잠간 쉬히라 ᄒᆞ니 군ᄉᆞ 일시에 산담이와

〈52-앞〉

가릐을 잡어던지고 쉬히 시 ᄒᆞᆫ 군ᄉᆞ 울면 왈 ᄂᆡ에 신세을 ᄉᆡᆼ각ᄒᆞ니 엇지 셜지 아니 ᄒᆞ리요 십팔세의 승상을 ᄃᆞᆺ라 팔십노부모 이별ᄒᆞᆫ 지 오련지라 다른 형제 업고 뉘라셔 우리 부모 봉향ᄒᆞ며 삼십이 넘도록 쳐ᄌᆞ가 업시니 오날날 화룡도의셔 쥭은들 뉘라셔 후ᄉᆞ을 이을고 속절업는 ᄂᆡ 빅골 무쥬고혼 아니인가 ᄯᅩᄒᆞᆫ 군ᄉᆞ 나셔 울러 왈 ᄂᆡ에 셔름 드러보소 삼ᄃᆡ독ᄌᆞ로셔 십세을 다못먹어 양친을 이별허고 혈혈단신 이ᄂᆡ 몸이 일가친척 바이 업다 근근이 쥬선ᄒᆞ야 이십세에 셩혼터니 혼일이 못당ᄒᆞ야 ᄲᅩᆸ혀시니 부모 분묘의 풀인들 뉘라셔 버혀쥴고 이제와 화룡도 고혼이 된들 ᄂᆡ에 신체 뉘가 ᄎᆞ지며 후ᄉᆞ가 ᄭᅳ쳐지니 그 아니 셔를손가 ᄯᅩᄒᆞᆫ 군ᄉᆞ 울면 왈 ᄂᆡ의 서름 드러보소 십구세에 셩혼ᄒᆞ야 힝에을 게우 ᄒᆞ고 그날밤 삼경시에 적벽강 싸홈 가ᄌᆞ 상토을 잡아 이르키니 ᄂᆡ의 안히 거동 보소 나숨을 부어잡고 낙누ᄒᆞ면 우는 마리 그ᄃᆡ 나와 오날날 처음 만ᄂᆡ 신정을 이기지 못ᄒᆞ는ᄃᆡ 칠야숨경 깁푼 밤의 날을 혼ᄌᆞ 두고 어ᄃᆡ로 가랴신요 ᄒᆞᆫ번 이별할 제 혼장이 ᄭᅳ러지것다 그리져리 진잇 일을 곰곰이 ᄉᆡᆼ각ᄒᆞ니 엇지 아니 셔를리요 하릴 업셔 화룡도 고혼이 된이 가련타 ᄂᆡ에 신체 ᄭᅡ막ᄭᅡ치 바비 될지로다 ᄯᅩᄒᆞᆫ 군ᄉᆞ 나셔 울면 왈 그ᄃᆡ 셔름 그만ᄒᆞ고 ᄂᆡ 셔름 들어보소 부모형제 다

〈52-뒤〉

른 혈육 전혀 업고 우리 부모 오십에 나을 나혀 이지중지 길너니여 십육세
에 성혼ᄒ니 어엽쑨 니에 안히 얼골도 곱거니와 여공지질 제일리라 십팔세
에 싱남ᄒ니 이 아니 경ᄉ년가 부부금실 중한 마음 천ᄒ이 뭇쌍이라 빅연
히로 ᄒ즈더니 십구세 종군ᄒ야 삼십이 오늘이라 당상빅발 양친부모 전장
이 보닌 즈식 살리올가 바러시며 눈물만 흐리면 말 아니 할 나리 졍히 업다
청춘소연 절문 안이 이미 우이 손을 언고 인제 올가 전제 올가 삼시츌망 바
리던니 쑤러지것다 동산이 돗는 다리 삿창이 발거시니 그도 쏘흔 슈심이요
청천이 쓴 기려기 짝을 불너 울고 가니 이도 쏘흔 슈심이라 전전반칙 잠 못
일울 적이 어인 즈식 씨다듬어 실퍼홈을 엇지볼가 네의 붓친 언지ᄂ 올가
오시거든 절ᄒ여라 이럿타시 깁푼 싱각 다시 보지 못ᄒ고 화룡도 험흔 손
이 무쥬고혼 가련ᄒ니 아니 울고 어이ᄒ리 쏘 흔 구ᄉ 썩 ᄂ셔면 우는 마리
여보소 서른말 그만ᄒ소 니 셔름이 즈니 셔름만 못흔 비 아니건마넌 위선
비 곱파 니 죽것다 우리 예쑤고 고은 임 어셔 만니 흔 상이 바다 먹든 밥
흔 그럿 다시 맛볼가 가슴을 쑤다리며 실퍼 통곡ᄒ니 모근 군ᄉ 일시에 곡
성이라 됴됴 듯고 디로ᄒ야 쑤지졀 왈 ᄉ싱이 다 천명이라 엇지ᄒ리요 다
시 우는 지 잇시면 셔

〈53-앞〉

위 두고 버히리라 군ᄉ을 호령ᄒ야 길을 메히고 발힝할 시 험흔 디을 제우
진니 좃금 행안흔지라 됴됴 마상이셔 치을 드어 크게 우스니 제장이 합쥬
알 승상이 우시면 오날날노 보건디 도쳐이 군마을 죽여쏘오니 무슴 졍신으
로 웃는잇가 됴됴 왈 제갈양이 쇠 업는지로다 날노 ᄒ염곰 더를 밧구여시
면 여기ᄃ 복병할지라 만일 잇 짱이 복병ᄒ여시면 너의 등이 ᄉ라갈손야
마리 맛치지 못ᄒ야 일셩방토 드리거늘 졍욱이 엿즈오디 복병인가 보오 됴
됴 왈 화룡도 산즁이 노류 썽 잡는 총소리로ᄃ 쏘 흔번 응포ᄒ니 됴됴 왈

이엇케 큰 순즁이 포슈 ㅎ나 쑬일손가 쏘 북소리 요란ㅎ니 이거슨 완구흔
복병이요 됴됴 왈 이런 명슌이 디찰이 업실손야 즁드리 지 지너는 복소리
로드 북소리 연속ㅎ여 곡각 함성이며 취티 호통지성이 벅역갓고 좌우로 쳐
드려오니 금극이 전후에 나렬ㅎ야 ㅎ날이 다헛시니 정시니 캄캄ㅎ고 어간
이 먹먹ㅎ야 이고 이게 윈일인고 욕도무쳐요 욕쥬뭇쳐로드 이 일을 엇지
ㅎ리 승피는 지덕이요 부지강약이라 영슈언정 싸와 보즈 엇더흔 쟝슈 왓느
부다 정욱 왈 낫빗치 검고 눈이 누리고 슈염이 다박ㅎ니 분명 쟝빈가 ㅎ노
이다 됴됴 왈 이제는 할 슈 업드 쟝판교 일성홈통

〈53-뒤〉

이 게우 쥭드가 사라더니 이제는 살슈 업다 염십게게느 츠리라 ㅎ고 다시
살펴보라 ㅎ니 황신기 밧탕이 황금디즈로 써시되 흔슈정후 관운쟝이라 늠
늠한 기상이 쥬안홍목이 삼각슈 거스리고 황금갑쥬이 적토마를 놉피 타고
쳥용도을 빗겨들고 밍호갓치 오는 기상 비룡갓치 밧른지라 정욱이 엿즈오
되 이 군스 가지고 운장과 싸호다가는 쥬린 범게 고기을 쥬미라 경각이
몰스할 터인이 간절리 비려느 보소셔 됴됴 왈 닉 일홈이 삼국이 유명ㅎ니
셜혹 비려 스드라도 뭇스람으 치소을 엇지 하랴 춤아 못빌겻드 그려 말고
흔 꾀 잇드 나을 구렁이 눕피고 헛장막을 두러치고 너의는 발상ㅎ고 설게
우되 가련타 됴승상은 하나리 쥬신 츙셩으로 쳔즈의 명을 바드 통일쳔ㅎ
ㅎ랴 ㅎ고 마리 전장 느와드가 즁노 긱스ㅎ엿시니 명쳔이 무심ㅎ야 공명도
못 일우고 노즁고혼이 영결종쳔 ㅎ엿구느 ㅎ고 울면 응당코 송장이느 집고
갈 터니 그 꾀 엇더ㅎ야 정욱 왈 셔툰 꾀를 씨지 마오 산됴됴 목도 버힐느
멷멷치 눈이 벌거는디 흐물며 쥭근 조조 목 버히기 걱정되리요 쳥용도 드
는 칼로 목만 버혀가면 목이 움이 느며 싹이 날가 비려도 못보고 목만 일으
거시니 두말 마고 비려

〈54-앞〉

나 보소셔 운장은 본더 의기가 중ᄒ고 ᄯᅩᄒᆫ 아러ᄉ람을 두호ᄒᄂ 이요 굴ᄒᄂ 사람은 ᄎ마 죽이지 못ᄒᄂᆫ지라 혹 ᄃ를 듯 ᄒ오니 어셔 밧비 비르시요 조조 사실만 ᄒ고 종시 비지 아니ᄒ니 정욱이 간쳥 왈 엣날 월왕 구쳔이도 회게산이 젼픠ᄒ야 범여으 말을 듯고 청우신의 쳡이 도야 야당ᄒ 욕을 면ᄒᆫ 후에 본국에 도라와셔 원슈을 갑파잇고 틱조 고황졔ᄂ 흉노으 픠을 입어 빅등쵤일 싸엿ᄃ가 진평의 ᄭᅬ을 셧셔 화친ᄒ고 도라와 ᄉ빅연 ᄉ직을 직혀시니 승상도 오날 운장게 비려 환을 면ᄒᆫ 후에 젹벽강 원슈 갑파시면 못할 비 아니로소이ᄃ 됴됴 왈 사리면 다힝이ᄂ 만일 죽이면 엇지ᄒ랴 올탄 말가 그더 마리 그려ᄒ니 사셩간이 비려보ᄌ 마상이 나려 운장을 바리보며 몸을 굿펴 ᄒᄂ 마리 기쥬지ᄉᄂ 불빅라 ᄒ니 운쟝은 이별이 오러라 기간 무양ᄒ오니가 운쟝도 마상이셔 몸을 굽펴 답예 왈 밍덕도 평안ᄒ온이가 선싱으 명을 바ᄃ 이 고이 복병ᄒ고 기ᄃ인 제 오러더니 승상으 명이이 진ᄒ얏ᄂᆫ지ᄃ 잔 말고 너으 날닌 칼을 바드라 됴됴 이연이 비러 왈 불상ᄒ 픠군장졸 갈기리 업ᄉ오니 장군으 활달ᄒᆫ 마음으로 졍을 싱각ᄒ와 갈 길을 비려쥬옵소셔 잔명을 보존ᄒ것ᄉ오니 깁히 싱각ᄒ소셔 운장 왈 닉 젼일 승

〈54-뒤〉

상게 이실 ᄯᅢ에 은덕을 바ᄃᄉ오나 원소의 명중 이명을 죽겨 승상으 은혜을 갑파ᄂᆫ지라 됴됴 왈 장군 말ᄉᆷ 당연ᄒ오나 오관이 참육장할 덧에 니 마음 더강 김죽ᄒ오리다 더장부 심의가 쥬장이라 장군는 츈츈더의을 아르시거니와 깁피 싱각ᄒ옵소셔 유관장이 도원결의ᄒ고 황건젹이 픠을 보와 거쳐을 몰르 ᄯᅢ에 장군을 ᄆ며다가 별궁이 ᄆ며두고 됴셕으로 문안할 제 쳔ᄒ졀식 초션이을 죽여시되 무어시라 ᄒ야시며 상아이 은 일쳔양 ᄒ마이 은 일쳔양 별보화을 앗기존코 드럿고 ᄯᅥᄂ가실 ᄯᅢ에 닉 나라 오관장슈 육

명과 초선이을 한 칼이 죽여시되 니 반점 원심 업스오니 깁피 싱각ᄒ옵소
셔 운장 왈 니 굿쩌 불힝ᄒ여 너 나라이 갓실 쩌 원소이 쟝슈 안량 문취 죽
기려갈 제 슈를 권ᄒ거늘 니 엇지 공 업는 술을 먹그랴 ᄒ고 일고셩 ᄒ 칼
로 안량 문취을 버혀들고 도라올 제 부은 슈리 식지 아니 ᄒ여시며 쵸선이
ᄂ 요물이라 만일 살려두면 위국 망ᄒ 쥬을 어이 아리 금은보화을 별궁이
던져두고 쳐리힝중 일낭 중이 일푼전 아니 넛코 나와시니 잔말 말고 칼 바
드라 일셩호통이 됴됴 졍신이 아득ᄒ야 죽은다시 업드려거날 운장이 그 경
상을 보고 가긍 가련ᄒ야 니렴이 싱각ᄒ되 니 조조으게 이실

〈55-앞〉

쩌에 삼일 소연 오일 디연ᄒ여 금은을 잇기지 아니ᄒ고 우리 형슈씨 감부
인 미부인을 평안이 묘셔시며 쳘이 적토마을 쥬어시니 허드ᄒ 은혜을 싱각
ᄒ미 참아 인졍간이 죽일 슈 업셔 쥬겨하든 ᄎ에 됴됴 다시 이걸ᄒ되 장군
투고도 소장으 투고요 입우신 갑옷과 쥐신 칼과 타신 말도 소장이 드린 비
라 니 칼이 죽기 원통ᄒ오니 장군은 깁피 싱각ᄒ와 잔명을 사려쥬소셔 ᄒ
고 쏘 됴됴의 졔장 군졸리 쳐분만 기다리더니 쥬창이 보다가 춤지 못ᄒ야
말곱피을 니던지고 닙더셔며 디질 왈 장군 안식을 보오니 인후ᄒ신 마음으
로 싱각이 간졀ᄒ와 쳣칼이 버힐 놈을 이제가지 살여두니 엇더ᄒ 마음인지
옛날 초픠왕으 일을 싱각지 못ᄒ신이가 됴됴ᄂ 치세지능신이요 난세지간웅
이라 이제 노와 보니고 현쥬와 선셩 젼이 무삼 말로 ᄒ오리가 소장이 잡아
가오리다 ᄒ고 쳘퇴갓튼 쥬먹을 쥐고 다려드려 믹살리을 잡고 호통 왈 뇨
놈 조조야 네으 명이 니으 장중이 다렷드 ᄒ고 쥬먹이 졈졈 갓ㄱ오며 죽기
려ᄒ니 명지경각이리 운장이 보다가 불상이 너겨 마ᄒ이 뒷여ᄂ려 쥬창의
손을 잡고 말유ᄒ여 왈 마라 마라 지발 노와랴 노와랴 적션 노와라 ᄒ니 쥬
창이 손을 놋코 물너가니 됴됴의 기식이 반싱반사 ᄒ거날 이 딋 졍

〈55-뒤〉

욱이 디셩통곡 ᄒ더라 운장이 ᄎ아 죽이지 못ᄒ고 말머리을 둘너 도라셔니 정욱이 조조을 업고 쥬졈이 가셔 구약 치병ᄒ더라 각셜 운장이 본진이 도라와 염여 ᄌ제ᄒ더니 ᄌ룡 익덕은 큰 공을 밧치고 운장은 공이 업셔 ᄒ 쩍 못통이에 기운 업시 셧시니 공명 왈 장군이 됴됴를 잡아 디공을 이루워ᄂ 디 엇지 히식이 업시며 좌우를 ᄭᅮ지져 왈 관쟝구니 디공을 이루고 오셧거날 무슴 화사가 업ᄂ요 운쟝 왈 됴됴을 잡지 못ᄒ엿삽기로 죄ᄎ로 셧ᄂ이다 션셩으 쳐분디로 ᄒ옵소셔 공명 왈 됴됴가 화룡도로 아니 오더잇가 됴됴 보와도 지조 업셔 잡지 못ᄒ여ᄂ이다 공명 왈 됴됴의 장졸은 얼마ᄂ 잡어ᄂ잇가 장졸도 못잡어ᄂ니다 공명이 디로 왈 장군이 다짐 두고 가셔 됴됴을 노와보니시니 군법으로 시힝ᄒ여도 셔러 말ᄂ ᄒ고 무ᄉ을 호령ᄒ야 운쟝을 버히라 ᄒ니 무ᄉ 영을 듯고 운장을 압셔우고 원문 밧게 나오니 잇딧 현덕이 이 마를 듯고 쳔방지츅 ᄶᅩᄎ 나와 운쟝의 허리을 안고 션셩젼이 비러 왈 우리 ᄉ인이 결의할 ᄶᅵ 사성을 함기 ᄒ기로 언약을 힛ᄉ오니 션셩은 용셔ᄒ엿ᄃ가 일후이 공으로 속죄ᄒ소셔 ᄒ니 공명이 마지 못ᄒ야 논죄ᄒ고 물이치니 운장은 이려ᄒᄆ로 의셕됴됴야 명젼쳔ᄒ시니

〈56-앞〉

라 각셜 쥬유 젹벽군ᄉ을 거두어 도라와셔 각각 제장의 공노을 손권으게 보ᄒ고 어든 거슬 제장으게 분급ᄒ고 군ᄉ을 진발ᄒ여 남군을 취코져 할 시 쥬유 거즁ᄒ야 강변이 유진ᄒ엿더니 문득 근사 보ᄒ되 유현덕의 샤ᄌ 손각이 와셔 도독으게 샤례코자 ᄒ다 ᄒ거늘 쥬유 쳥ᄒ야 예를 맛친 후이 속각 왈 쥬공이 특별이 나를 보니여 박물노써 치ᄒᄒ나니다 쥬유 문왈 황숙이 어딘잇나뇨 손각 왈 유강이 계시나니다 쥬유 놀니여 왈 공명도 유강이 잇난야 손각 왈 공명이 쥬공으로 더부러 유강이 잇나니다 쥬유 왈 그디 먼저 도라가시면 니 ᄯᅩ한 회샤ᄒ리다 손각이 도라가니 노숙이 쥬유다려 문

왈 앗가 도독이 엇지 놀니시닛가 주유 왈 유비 유강이 둔병ᄒ엿시니 반다
시 남군을 취코저ᄒ미라 우리 등이 허다한 전량만 허비할 뿐 아니라 지금
남군 취ᄒ기는 여반장인ᄃ 유현덕이 유강의 둔병ᄒ고 손각을 보니여 우리
마음을 탐지ᄒ미라 엇지 놀니지 아니 ᄒ리요 노숙 왈 그려ᄒ면 도독은 엇
지 ᄒ려 ᄒ신잇가 주유 왈 니 친히 가셔 저의로 더부려 말할 ᄊ예 니 먼저
남군을 취ᄒ리라 ᄒ면 저의는 어중취사홀 마음이니 엇지 니 말을 어기리요
노숙 왈 그려할진ᄃ 나도 함께 가오리다 이예 주유 노숙으로 더부려 삼천
군을 거ᄂ리고 유강으로 나려가니라

〈56-뒤〉

각설 손각이 도라와 현덕으게 고왈 주유 ᄯ한 친히 와서 회샤한다 ᄒ더이
다 현덕이 공명다려 문왈 주유 오난 ᄯ지 엇더ᄒ 일인요 공명이 더왈 회샤
ᄒ려 오미 안이라 남군을 위ᄒ여 오나니다 현덕 왈 졔 만일 군샤를 거ᄂ리
고 오면 엇지 ᄃ답ᄒ리요 공명 왈 ᄃ답은 여ᄎ여ᄎ ᄒ소셔 문득 보ᄒ되 주
유 노숙으로 더부려 군사를 거ᄂ리고 온다 ᄒ거늘 공명이 즈룡으로 연졉ᄒ
니 주유 드려오며 현덕으 군셰 웅장ᄒᄆ을 보고 심히 불안ᄒ더라 힝ᄒ여 영
문이 이르니 현덕 공명이 마쟈드려가 례필 좌졍 후의 현덕이 잔치를 비설
ᄒ야 관ᄃ할 시 술이 두어 순비 지닌 후의 주유 문왈 황숙이 이곳이 둔병ᄒ
니 남군을 취코져 ᄒ나닛가 현덕 왈 드르니 도독이 남군을 취ᄒ려 한다 ᄒ
기로 돕고져 왓나니다 만일 도독이 취치 아니ᄒ면 니 취코져 ᄒ노라 주유
쇼왈 우리 강동이 한강을 취코져ᄒ 지 오린지라 이졔 남군이 쟝중에 잇스
니 엇지 취치 아니할이요 현덕 왈 승부는 미리 졍치 못ᄒ나니 죠죠도 갈 ᄊ
예 조인으로 남군을 맛겻시니 반다시 긔특한 ᄭ외 이실거시요 ᄯ 조인 용ᄆᆼ
은 당ᄒ기 어려오니 져어ᄒ건ᄃ 쟝군이 취치 못할가 ᄒ나니다 주유 왈 니
만일 취치 못ᄒ거든 황숙이 취ᄒ소셔 현덕 왈 쟈경과 공명이 증참ᄒ엿스니
도독은 후회 말나

〈57-앞〉

노숙이 주져ㅎ고 디답지 아니 ㅎ니 주유 왈 디장부 이무 말을 니고 엇지 후
회ㅎ리요 공명 왈 도독의 말삼이 심히 공평ㅎ도다 먼저 동오에 사양ㅎ야
만일 취치 못ㅎ거든 주공이 취ㅎ소셔 주유 현덕을 이별ㅎ고 가거놀 현덕이
공명다려 문 왈 앗가 선싱의 가라치는 말삼디로 디답ㅎ엿스나 아지 못커라
선싱의 소견에는 엇지 ㅎ야 그리ㅎ랴 ㅎ시나닛가 니 외로오미 용신할 곳지
읍기로 아즉 남군이나 으드서 몸이나 용납고져 ㅎ엿더니 이졔 먼저 동오의
허락ㅎ니 동오에서 으드면 우리는 어더를 으더 유ㅎ리요 공명이 디소 왈
니 당초이 주공을 권ㅎ야 형주를 취ㅎ라 ㅎ여도 주공이 듯지 아니 ㅎ시더
니 금일이 싱각ㅎ시나닛가 현덕 왈 전일이는 유경승의 쌍이기로 차마 취치
못ㅎ엿스나 이제는 됴됴에 쌍이다 엇지 취치 못ㅎ리요 공명 왈 쥬공은 근
심말나 조만간이 니 쥬공을 가릇쳐 남군셩중이 놉피 좌졍ㅎ게 ㅎ리다 현덕
왈 엇지 그려ㅎ리가 공명 왈 여츳여츳 ㅎ리다 현덕이 디히ㅎ야 유강이 둔
병ㅎ고 움지기지 아니 ㅎ더라 각셜 쥬유 노숙이 본진이 도라와 장디에 좌
졍 후이 노숙이 쥬유다려 문왈 엇지 남군을 현덕으게 허낙ㅎ여는잇가 쥬유
왈 니 이제 남군 엇기는 장중이 잇는이 현덕으게 허락ㅎ기는 거짓 허락ㅎ
말이라 ㅎ고 디듸

〈57-뒤〉

여 제장으게 분부ㅎ되 뉘 능히 선봉이 되여 남군을 취할고 ㅎ니 좌중 일인
이 응성ㅎ거날 모다 보니 이는 장흠라 쥬유 디히ㅎ야 장흠으로 선봉을
삼고 셔셩으로 부장을 삼아 군스 오천을 거나리고 가셔 남군을 쳐 큰 공을
일우라 니 디군을 거나리고 접응ㅎ리라 초셜 조인이 남군이 잇셔 됴흥으로
이릉을 직히여 의각지세을 삼아잇더니 문득 군스 보ㅎ되 오병이 장강을 덥
허온듸 ㅎ거날 됴인이 왈 셩을 구지 직키고 쓰호지 아니 ㅎ미 상칙이라 ㅎ
니 우금이 분연 왈 적벽을 이렷는듸 쓰오지 아니함은 이는 겁ㅎ미라 ㅎ물

며 우리 등이 시로 퓌ᄒ야쓰나 오병을 엄살ᄒ야 제으 예기을 걱그리라 원
컨디 오쳔병을 비리시면 니 죽기로 결단ᄒ고 ᄒ번 ᄊ호리다 됴인이 그 마
를 쪼ᄎ 우금으로 ᄒ여금 졍병 오쳔을 쥬어 나가 ᄊ오라 ᄒ니 우금이 응셩
츌마ᄒ야 졍봉을 마즈 ᄊ와 ᄉ오합에 이르려 졍봉이 거짓 퓌ᄒ여 다라ᄂᆞᆫ이
우금이 군ᄉ을 모라 급히 오진 즁에 다다르니 좌우 복병이 일시에 이려ᄂᆞ
우금을 좌우로 에와ᄊ고 시셕이 비오닷 ᄒ거날 우금이 좌우로 츙돌ᄒ여도
버셔ᄂᆞ지 못ᄂᆞᆫ지라 잇디 됴인이 셩상이셔 바리보니 우금이 퓌ᄒ야 젹진의
ᄊ여거날 급피 말을 달려 젹진의 드려가 좌츙우돌ᄒ야 우금을 구ᄒ

〈58-앞〉

여 니고보니 ᄯᅩ 슈십장ᄉ ᄊ엿거날 다시 젹진을 헛쳐 장졸을 구ᄒ야 ᄂᆞ오
더니 장흠을 만ᄂᆞ 크게 ᄊ홀시 조인 우금이 병역ᄒ여 ᄊ호고 ᄯᅩ 됴인이 아
우 됴슌이 엄살ᄒ니 오병이 디퓌ᄒ야 도라와 됴인으게 퓌ᄒ ᄉ연을 쥬유으
게 고ᄒᆫ디 쥬유 디로ᄒ야 장흠을 잡아ᄂᆡ여 버히라 ᄒ니 즁장이 간ᄒ여 면
ᄒᆞᆫ지라 쥬유 군ᄉ을 총독ᄒ야 됴인을 치고져 ᄒ거날 감영 왈 됴홍 됴이니
의각지세을 삼아 됴홍이 이릉을 직힌이 소장이 슴쳔군을 거나려 됴홍을 치
면 됴인이 반ᄃᆞ시 구할 거시니 그 틈을 타 도독은 남군을 취ᄒ소셔 쥬유 그
마를 쪼ᄎ 감영으로 이릉을 치니 과연 쳇탐이 됴인게 보ᄒ니 됴인이 진괴
을 쳥ᄒ야 숭의ᄒ니 진괴 왈 이릉을 만일 이르면 남군이 위틔하리니 ᄲᆞ리
구ᄒ소셔 됴이니 됴슌을 명ᄒ야 됴홍을 구ᄒ라 ᄒ니 됴슌이 먼져 ᄉ람을
보ᄂᆡ여 약속ᄒ되 조홍이 먼져 셩밧게 ᄂᆞ와 도적으로 ᄊ와 뉴인ᄒ면 우리
등이 좌우로 엄살ᄒ리라 ᄒ여거날 군ᄉ를 거나리고 셩밧게 나와 감영을 마
즈 ᄊ와 입십합에 이르여 됴홍이 거짓 퓌ᄒ야 닷거날 감영이 이릉 셩즁이
드려가 빅셩을 진무ᄒ던이 황혼이 이르려 됴슌 우금이 좌우로 이릉을 에우
고 치거날 감영이 급히 쥬유게 보ᄒ니 쥬유 듯고 디경ᄒᄂᆞᆫ지라 정봉 왈 급
히 구완병을 발ᄒ소셔

〈58-뒤〉

이 쌍은 참요긴쳐라 우리 군스을 노위웟다가 만일 됴인이 틈을 타 엄십ㅎ
면 엇지 ㅎ리요 정봉 왈 감영은 강동 명장이라 엇지 아니 구ㅎ리요 쥬유 왈
니 치니 구완코져 ㅎ노니 뉘 능히 니 소임을 맛타 이고슬 직히리요 여몽 왈
능통으게 맛기소셔 능통 왈 십일안는 소장이 당ㅎ련이와 십일리 진니면 못
당ㅎ리드 쥬유 허락ㅎ고 즉일 발힝ㅎ니 정봉 왈 이릉은 남벽 소로라 남군
으로 가는 큰 기리 잇스오니 중노이 나무을 비혀 길을 막으시면 적병이 피
ㅎ여 남군으로 가다가 길이 막히오면 반다시 마필을 다 바리고 다라나리니
군스로 ㅎ야금 마필을 취ㅎ소셔 쥬유 그 마을 오히 너겨 군스을 보니여 길
을 막그라 ㅎ고 군스을 지쵹ㅎ야 이릉 성ㅎ에 이르려 유진ㅎ고 제장을 도
라보와 왈 뉘 능히 적진중이 드려가 감영을 구할고 쥬티 응성ㅎ거늘 쥬유
디히ㅎ야 즉시 군스 오빅을 쥬니 쥬티 칼을 들고 적진을 향ㅎ니 잇디 감영
이 쥬티 군스 모라옴을 보고 군중이 지위ㅎ여 일제이 츙살ㅎ니 됴홍 됴순
등이 일변으로 됴인으게 보ㅎ고 일면으로 영적ㅎ더니 감영 쥬티 좌우로 엄
살ㅎ거날 됴병이 견디지 못ㅎ야 이릉을 바리고 남군을 향ㅎ야 닷더니 중노
이 길이 막혀 마리 능히 가지 못ㅎ는지라 마를 다 바리고 닷는지라 오군중
이 허드한 마필 기게을 어더 도라오는지

〈59-앞〉

라 이날밤이 쥬유 디병을 모라 남군성ㅎ이 당도ㅎ니 됴인이 크게 근심ㅎ여
중장을 모와 방적할 모칙을 의논할 시 됴홍 왈 목ㅎ이 이릉을 일코 쏘 남군
이 위티ㅎ온이 소장의 가랏치는 비게을 씨소셔 됴인이 문득 깃닷고 군스을
오경이 밥 머기고 셩상이 거짓 청긔을 곳즈 허장셩셰ㅎ고 평명이 디소 삼
군을 셋 길노 나누어 다러느는지라 쥬유 진중이셔 탐지ㅎ니 됴병이 다 도
망ㅎ엿는지라 쥬유 장디에 놉피 올나보니 셩상이 쳥긔 나렬ㅎ엿고 셩중이
군스 ㅎ낫도 업는지라 쥬유 싱각ㅎ되 됴이니 당치 못할쥴 아고 도망히도다

ᄒ고 장뎌에 나려와 분부 왈 서셩 졍봉은 좌우익이 되야 셩즁이 드려가 엄
살ᄒ되 만일 병금소리 잇거든 즉시 퇴군ᄒ라 ᄒ고 졍봉으로 선봉을 삼고
쥬유 치니 뎌군을 모라 드려가드니 셩즁에셔 일셩 방포이 됴홍이 ᄂ셔 뎌
적ᄒ야 두 합이 못ᄒ여 다라나고 됴인이 돗 나셔 영젹할 시 십여합이 퓌ᄒ
여 닷거늘 쥬유 좌우로 호령ᄒ야 엄살ᄒ니 됴구니 당치 못ᄒ야 도망ᄒ거날
ᄒ당 쥬티는 됴군을 쏘츳가고 쥬유는 군ᄉ을 모라 셩즁으로 드려가더니 문
듯 ᄒ 편이셔 일셩 방포이 말뇌젹발ᄒ야 시셕이 비오듯 ᄒᄂ지라 닷토와
드려가더니 군ᄉ 구령이 밧지며 셔로 발펴죽는 지 터반이라 쥬유 뎌경ᄒ야
급피 말을 두루려 ᄒ더니 졍훈 ᄒ 살 마즈 번신낙마ᄒ니 우금이 급히 다려
드러 쥬유을

⟨59-뒤⟩

버히고져 ᄒ더 셔셩 졍봉이 쥬유을 구ᄒ야 도라가니 됴병이 무슈히 셔로
나와 엄살ᄒ미 오병이 뎌퓌ᄒ야 셔로 발펴죽ᄂ지 터반이라 셔셩 졍봉이 쥬
유을 구ᄒ고 퓌진 군졸을 거두워 본진ᄂ 도라와 군즁 의원을 불너 쥬유 병
을 치료할 시 살 ᄲ고보니 살속이 독약을 발ᄂ 금창이 즁상ᄒ엿ᄂ지라 쥬
유 식음을 젼폐ᄒ니 군의 왈 독약이 스리 밋쳐시니 조련이 눗지 아니 ᄒ리
라 만일 노기 격동ᄒ면 금창이 복발할 거시니 빅일 조리ᄒ여야 합창ᄒ리다
졍봉 군즁이 젼령ᄒ되 진문을 구지 직키고 쏘오지 말ᄂ ᄒ니라 츳셜 우금
이 미일 진젼이 횡힝ᄒ여 군 욕ᄒ며 싸홈을 짓촉ᄒ되 졍보 쥬유 드리가 져
어ᄒ여 감히 군ᄉ을 경동치 못ᄒᄂ지라 일일은 우금이 진문 밧게셔 외여
왈 니 쥬유을 줍아 가것노라 ᄒ니 졍봉 즁장으로 더부려 의논 왈 우리 잠간
퇴병ᄒ엿다가 도독으 병세 평복 후에 다시 도모함이 가ᄒ다 ᄒ더니 잇더
쥬유 병셕이 잇셔 마음이 쥬장이 잇고 쏘 됴병이 날노 와 욕함을 아되 제장
이 드려와 품달치 아니ᄒ믈 고히 아더니 됴인이 치니 뎌병을 거ᄂ려 진젼
이 와 뇌고 함셩ᄒ며 싸홈을 도도거날 졍봉 군즁이 젼영ᄒ여 구지 직키드

니 쥬유 제장을 불너 장흐에 셔우고 문왈 어디셔 함셩이 나는요

〈60-앞〉

중장이 답 왈 군중 됴련ㅎ나니다 주유 노왈 엇지 날을 쏘기나뇨 니 임미 죠
병이 와 나를 군욕흐믈 아나니 졍덕모는 나와 한가지 병권을 맛탓스니 엇
지 안자보나뇨 ㅎ고 인흐야 졍보을 쳥흐여 왈 장군은 엇지 출젼치 안니 ㅎ
는뇨 졍보 왈 도독으 금창이 낫지 못흐엿난디 의원 가라치기를 빅일을 죠
셥흐되 노긔 충격ㅎ면 급창이 복발흐리라 흐기로 감히 품치 못흐엿노라 주
유 왈 그려흐면 엇지 ㅎ려 ㅎ나뇨 디왈 우리 등의 쥬의는 잠간 퇴병흐야 도
독의 병이 평복흐멀 기다려 다시 도모흐미 가흐니다 주유 쳥파이 디로흐야
상이 쒸여 이려안지며 왈 장부 인군의 명을 밧아 출샤흐여 쏘오다가 젼장
어세 죽어 마피이 싸이미 당연흐거놀 엇지 날노 흐여금 국가디스를 폐흐리
요 말을 맛치며 갑옷을 입고 말게 오르이 중장이 다 놀니는지라 주유 슈빅
긔를 거느리고 진문 밧게 나셔니 조인이 디병을 거느리고 문긔 아리 셔셔
치를 들고 쑤지져 왈 주유 네 어린 ㅇ희 감히 엇지 어런을 당젹흐리요 흐거
눌 주유 진문 밧게 나셔며 죠인을 불너 왈 네 주량을 아난다 조인이 군샤로
흐여금 무수히 욕흐거눌 주유 디로 흐야 반장을 불너 싸오라 ㅎ고 크게 한
소리를 지르고 입으로 피를 토ㅎ고 마ㅎ에 쩌려지니 중장이 급히 구흐야
모셔 오니라 졍보 문왈

〈60-뒤〉

도독의 긔체 엇더흐닛가 주유 가마니 일너 왈 이는 니의 계교라 조인으로
니 병이 위티흐게 알게 흐미니 심복 군사로 젹진이 보니여 거짓 항복흐고
말흐되 주유 이미 죽엇다 ㅎ면 조인 이 반다시 오날밤이 올 거시라 샤면이
미복흐엿다가 조인이 오거든 일시예 엄살흐면 조인을 싱금흐리라 졍보 왈
그 쇠가 참 묘흐도다 ㅎ고 장중이 나와 도독이 죽엇다 ㅎ고 발상흐며 장졸

이 다 괘효ᄒ더라 각셜 조인이 즁장을 모와 의논 왈 주유 노긔 츙발ᄒ여 금
창이 ᄶᅵ여지고 토혈낙마 ᄒ엿스니 반다시 죽으리라 ᄒ더니 군ᄉ 보ᄒ되 젹
병 슈십명이 와 항복ᄒᄂᆫ 즁이 근본 우리 군사 이명이 왓나니다 조인이 급
히 불너 무르니 군ᄉ 등이 답왈 주유 금창이 ᄶ어져 죽엇ᄉ오ᄆᆡ 군즁이 발
상ᄒ고 졍보 무죄한 군ᄉ를 치죄ᄒ기로 우리 등이 와서 항복ᄒ나이다 조인
이 듯고 ᄃᆡ히ᄒ야 즁장을 모와 상의 왈 금야ᄋᆡ 젹진을 겁칙ᄒ고 주유 죽엄
을 아셔 그 머리을 버혀 허창으로 보ᄂᆞ리라 ᄒ니 진교 왈 차샤를 급피 ᄒᆡᆼᄒ
소서 조인이 우금으로 션봉을 삼고 조인이 즁군이 되야 조홍 조순으로 후
군이 되고 진교로 본셩을 직키고 초경이 출셩ᄒ야 주유의 ᄃᆡ진이 당ᄒ니
진문이 한 사롬도 읍거ᄂᆞᆯ 그 ᄭᅬ예 맛치믈 알고 급피 퇴병ᄒ더니 샤방으로
방포소리 나며 동편이난 한당 장흠이 엄살하고

〈61-앞〉

서편이ᄂᆞᆫ 반장 주틔 엄살ᄒ고 남편이ᄂᆞᆫ 서셩 졍봉이 암살ᄒ고 북편이ᄂᆞᆫ 진
무 여몽이 엄살ᄒ니 조병이 ᄃᆡ픽ᄒ야 서로 발펴 죽난 지 틱반이요 수미를
서로 구치 못ᄒ여 다 도망ᄒ난지라 조인 조홍이 픽한 군ᄉ를 거느리고 남
군으로 닷더니 능통이 길을 막고 엄살ᄒ니 조인이 간신이 버셔나 닷다가
ᄯᅩ 감영을 맛나 조인이 남군으로 가지 못ᄒ고 양양ᄃᆡ로 다라나ᄂᆞᆫ지라 각
셜 주유 군샤를 수십ᄒ야 남군 셩하이 이르니 셩우ᄋᆡ 긔를 ᄭᅩ잣거ᄂᆞᆯ 주유
ᄃᆡ경ᄒ여 바ᄅᆡ보니 한 장수 크게 외여 왈 도독은 허믈치 말나 나는 군시라
장령을 밧아 남군을 으덧노라 ᄒ거ᄂᆞᆯ 바바보니 상산 조쟈룡이라 주유 ᄃᆡ로
ᄒ야 남군을 치라 ᄒ니 셩상이 시셕이 비 오듯 ᄒ거ᄂᆞᆯ 주유 회군ᄒ고 감영
으로 ᄒ여금 형주를 치랴ᄒ고 능통으로 ᄒ여금 양양을 치라 형쥬 양양을
으든 후ᄋᆡ 남군을 도모ᄒ리라 문득 톄탐이 보ᄒ되 계갈양이 남군 으든 후
ᄋᆡ 거짓 형주 구원병이라 이르고 장비로 ᄒ여금 형주를 취ᄒ엿나니다 ᄯᅩ
보ᄒ되 ᄒ후돈이 양양을 지키더니 졔갈양이 거짓 조인의 병부을 보ᄂᆞ여 조

인을 구ᄒ라 ᄒ니 ᄒ후돈이 출경한 사이예 운장으로 ᄒ여금 양양을 취ᄒ야
두고 셩지를 다 유현덕으게 아샤엿다 ᄒ거늘 주유 왈 졔갈양이 엇지 병부
를 으ᄃ 하후돈을

〈61-뒤〉

유인ᄒ얏더뇨 졍보 왈 남군 직힌 진교병부를 아삿다 ᄒ니 주유 디경ᄒ야
크게 한 소리를 지르니 금창이 쓰어지고 입으로 피를 토ᄒ눈지라 중장이
구ᄒ여 안치니 주유 왈 니 만일 졔갈양을 쥬기지 못ᄒ면 심중이 원을 푸지
못할지니 졍덕모난 날을 도으라 니 남군을 취ᄒ리라 ᄒ고 의론ᄒ더니 문득
노숙이 오거늘 주유 노숙을 보고 자경은 날을 도으라 니 졔갈양으로 더부
려 자웅을 결단ᄒ리라 노숙 왈 불가ᄒ다 방금 조죠로 더부려 승부를 결단
치 못ᄒ고 또 쥬공이 합비를 치되 승부를 결단치 못ᄒ엿스니 만일 유비를
치다가 조죠 그 틈을 타 동오를 치면 그 세가 가장 위틱ᄒ고 또 유현덕이
조죠와 고의 잇나니 우리 이졔 져의를 핍박ᄒ면 셩지를 조죠으게 드리고
동심ᄒ여 우리를 치면 강동을 엇지 안보ᄒ리요 우리 등이 신고ᄒ야 젼곡
마필을 허비ᄒ고 삼쳐 셩지를 타인을 주니 엇지 분치 아니 ᄒ리요 노숙 왈
도독은 관심ᄒ소셔 니 현덕을 보고 리히로 말ᄒ야 만일 듯지 아니ᄒ거든
동병ᄒ미 늣지 ᄋ니 ᄒ다 졔장이 다 가로디 자경의 말삼이 심히 올사오
니 도독은 분심을 참으소셔 이쩍 노숙이 동자 수인을 다리고 남군 셩ᄒ이
이르려 셩문을 여라ᄒ니 자룡이 나와 맛거늘 디왈 유황숙을 보고 의논할
일이 잇노라

〈62-앞〉

ᄌ룡 왈 우리 쥬공이 졔갈군ᄉ로 더부려 형쥬에 게신이다 ᄒ거날 노숙이
남군을 쩌ᄂ 형쥬이 이르려보니 셩상이 기치 션명ᄒ고 영ᄒ이 군ᄉ 엄슉ᄒ
거날 노숙이 탄식 왈 공명은 참 신닌이로다 군ᄉ 보ᄒ되 ᄌ경이 와셔 보기

을 청흐는이다 공명이 크게 셩무을 크게 열고 나셔 면접흐여 흐가지 영중
이 드려가 빈쥬지에을 맛친 후에 노슉 왈 후쥬 도독으로 더부러 나를 보니
여 황슉으게 말숨을 고하라 흐기로 왓는이 전일이 조조 빅만딕병을 거느리
고 강동을 취코져 흔다 흐되 실상은 황슉을 도모흐미라 동오에셔 조조을
물이치고 황슉을 구흐여시니 형쥬 구군은 동오에 도레 보니미 의리에 당연
흐거날 이제 황슉이 계슐로 형쥬 남군 양양을 아스시니 동오이셔는 정량
군마만 허비흐고 황슉은 안즈 이함을 바든이 스리에 합당치 아니흐도다 공
명 왈 즈경은 고명한 션비라 엇지 일헌 말을 니는요 속셜이 이르되 질이 흐
린 것도 임즈 잇셔 반다시 도라간듸 흐엿나니 구군은 동오짱이 아니요 뉴
경승의 기업이라 우리 쥬공은 곳 유경승 아우요 경승은 비록 죽어시느 그
아달이 오히려 이스니 아저비 되야 그 족흐 도으미 엇지 가치 아니흐리요
노슉 왈 만일 공즈 유긔 잇시면 니 할 마리 젹도다 이제 공즈

<h2>〈62-뒤〉</h2>

상흐에 잇는이 엇지 니 곳셔 이시리요 공명 왈 즈경은 공즈을 보고져 흐는
야 좌우을 명흐여 공즈을 나오라 흐니 평풍 뒤로셔 공즈 유긔 나와 안지며
왈 병든 몸이 일즉 나오지 못흐여시니 즈경은 허물치 말느 노슉이 흔 번 보
미 마리 업셔 잠잠이 안즈다가 왈 공즈 마리 업시면 엇지 하리요 공명 왈
공즈 잇지 아니흐면 형양셩지를 동오이 보니리다 공명이 왈 즈경의 마리
올토다 흐고 듸듸여 죤치을 비셜흐야 노슉을 후듸흐야 보닌니 노슉이 도라
와 쥬유을 보고 말을 나초와 전흐니 쥬유 왈 유긔는 청츈소연이라 어는 쩌
죽기을 지다려 형쥬을 츠즈오리요 노슉이 왈 도독은 염여마오 형쥬 츠즈오
기은 니게 닛난이다 쥬유 왈 엇지 그려한요 노슉 왈 니 유긔을 본니 쥬식이
과흐야 통닙골슈흐여 기식이 엄엄흐여 불과 반연니면 죽그리라 유긔 죽근
후이 형쥬을 츠즈오면 유비 둣흔 무삼 말 하리요 쥬유 노기을 춤지 못흐던
니 문득 보흐되 오후 스자 왓다흐거날 쥬유 불너 무른니 스즈 왈 오후 합비

을 처 니기지 못ᄒ미 도독을 쳥ᄒ여 도으라 하더니다 쥬유 반사ᄒ야 시상
이 도라가 병을 치로ᄒ고 졍봉과 졔장으로 ᄒ여금 젼션을 거나리고 오

〈63-앞〉

후 쳥영ᄒ라 하니라 유현덕은 형쥬 국운을 어더 운거ᄒ고 손권은 동오을
웅거ᄒ고 조조는 즁원을 운거ᄒ야 쳔ᄒ을 다토되 필경이 삼분쳔ᄒ ᄒ엿난
지라

東吳廾 賢下○洞新○膽

慶北 英陽郡 英陽面 西部洞 四十七番
崔慶龍

홍윤표 소장 65장본 〈적벽가〉

　표지에 '庚戌 十二月 二○○, 辛亥正月 十四日 젹벽가'라 쓰여 있다. 경술년 (庚戌年 ： 1910)과 신해년(辛亥年 ： 1911)사이에 필사된 것으로 보인다. 가로 19×세로 21cm로 한 면은 10행이다. 달필은 아니나 알아보기 편한 필체로 쓰여 있다. 첫 장면이 "각설 유황숙이 공명션싱 보라ᄒ고 엄동셜ᄒ 풍셜 즁의 남양초당 차져가셔"로 시작된다. 유비의 삼고초려 때 유비와 공명의 인물치레가 있으며, 공명이 출사(出仕)를 사양하자 무릎을 꿇고 간곡히 청하는 유비의 모습, 공명이 신야로 돌아왔을 때의 촉군의 위용이 당당하게 묘사되어 있다. 이후 조조 설연(設宴)장면에서의 군사설움사설이 다른 이본에 비해 크게 확장되고 있으며 조조에 대한 풍자도 신랄하다. 조조가 잔치를 베푸는 장면 뒤에 공명이 동오로 들어가는 장면, 십만 개의 화살을 얻는 장면, 공명이 동남풍을 비는 장면 등이 나오며 크게 확장되고 있다. 이후는 다른 판소리 사설의 전개와 유사하다. 이 필사본은 창(唱)으로 불릴 수 있는 장면이 크게 확장되었으며 조조에 대한 풍자가 두드러진다는 특징이 있다. 뿐만 아니라 화룡도 대목과, 조조가 술에 취해 촉의 인물들을 비난하는 좀놈사설에서 정욱은 촉나라 장수들의 위용을 칭송하는 등 비판자로서의 역할이 강조되어 있다. 조조가 〈화용도〉에서 관우에게 목숨을 구걸할 때 "금방 쥭더리도 지담이나 ᄒ 마듸 할박긔 슈 업쇼" 하며 목을 비여다가 국 끄려 먹으라고 대드는 모습은 매우 해학적이다.

홍윤표 소장 65장본 〈적벽가〉

〈표지〉
庚戌 十二月 二十○
辛亥 正月 十四日

젹벽가

〈1-앞〉

젹벽가

각셜 유황슉이 공명션싱 보라ᄒᆞ고 엄동셜ᄒᆞᆫ 풍셜즁의 남양초당 차겨가셔
동자다려 무러시되 션싱임 계시야 동ᄌᆞ 엿ᄌᆞ오되 간밤의 와 계셔 낫잠으로
희롱ᄒᆞ여 츈슈의 곤ᄒᆞ시이 긔침키 어렵사오이다 황슉이 드르시고 공명의
긔침을 기다리되 반일이 되도록 긔침지 안이ᄒᆞᆫ디 장비 ᄒᆡ을 니여 황슉젼의
엿ᄌᆞ오되 유관장 우리네가 겨을 보랴ᄒᆞ고 엄동셔ᄒᆞᆫ 치운 날의 이삼ᄎᆞ을 와
시되 졔가 무삼 지죠 잇노라 ᄒᆞ고 이디여 갈세훈이 쇼졔 아모리 뇌둔

〈1-뒤〉

ᄒᆞ오나 ᄒᆞᆫ 쥬먹으로 평토졔을 ᄒᆞ오리다 고리눈을 부름쓰고 다박슈염 거사
리고 큰 쇼리로 소동ᄒᆞ니 황슉이 말유ᄒᆞ여 마라7마라 그리마라 우리네가
졍셩을 더으려시면 쳔힝으로 여상 이뉸갓튼 션싱을 어더 닉의 셩공ᄒᆞᆯ것은
이 비난 거시 올토다 ᄒᆞ고 졍셩으로 디후ᄒᆞ니 공명이 쥭장을 반기ᄒᆞ고 포
실셩을 ᄒᆞ여 글을 지여 을푸시되 초당의 츈슈독ᄒᆞ니 창외예 일지지라 디몽

을 슈션각고 평싱을 아자지라 을푸기을 다 흔 휘의 동자 드러가 엿즈오되
젼일 그변 와 계시던 손임

〈2-앞〉

창외예 일지지라 디몽을 수션각고 평싱을 아자지라 을푸기을 다 흔 후의
동자 드려가 엿즈오되 젼일 두번 와 계시던 손임]이 와 겨의 반일이 되도록
정젼의 위디흐엿나이다 공명이 층층이 니러나 현쥬을 마자 좌정 인스 후의
공명이 눈을 드러 현쥬의 상을 보이 신장은 팔쳑인듸 융준용안의 보필셩
자미셩이 어르엿고 자견고이흐고 수수흐실라 용봉지지요 쳔일지표라 만
고 일인지상이라 현쥬 다시 눈을 드려 공명의 상을 보니 두 눈썹 씨이예 강
산 졍긔 슈려흐고 만

〈2-뒤〉

고홍망 길흉사을 무불통지훌 듯흐고 긔질은 장디흐여 쳔지죠화 육도삼약
육경육갑 둔갑장신을 흉즁의 품어신이 만고일인지상이요 영웅호걸지상이라
현쥬 다시 보이 평싱 원이 되야 젼일 두번 와실 쩌예 션싱임 못보고 갓던
말숨 다 셜화흐니 공명이 듯고 복지흐여 왈 두 번 힝차 흐옵심은 과은 부지
흐여삽건이와 쏘훈 날갓탄 쵸의쳐스 무슴 지조 잇다흐고 엄동셜흔 풍셜즁
의 이숩츠 오신 일은 황공 갑스흐올망졍 차신은 무고흐여

〈3-앞〉

셰상공명 흐직흐고 양간슈명흐야 울임쳐스 뜻실 두고 슴금구식 멱으나 못
멱으나 지식이 비이 억고 초당의 칰역 업셔 시절 가는 쥴을 몰나 웬갓 화초
말발흐면 춘졀인가 짐작흐고 녹음방초 무셩흐면 흐졀인가 짐작흐고 쳔슈만
학의 단풍들면 추졀인가 짐작흐고 청송녹쥭의 빅셜이 즈욱흐면 동졀인가

짐작ᄒ며 와용강의 고기 낙고 치약으로 벗슬 삼어 셰월을 허송ᄒ니 무슴
지죠 잇ᄉ올리가 현쥬 다시 ᄭ러 안져 엿자오

〈3-뒤〉

되 간ᄉ훈 조밍덕은 상협쳔ᄌᄒ고 ᄒ령졔후ᄒ야 허도을 옴겨시이 종묘사직
이 방지죠셕이라 갈충보국ᄒᄌ ᄒ되 양미 병반ᄒ고 심이 부족ᄒ야 디훈을
홍복할 길 젼혜 업셔 션셩의 놉푼 도덕 표문ᄒ고 황논코자 왓ᄉ온이 어진
뜻슬 지위ᄒ야 ᄉ빅연 훈실 긔업을 회복홀가 바라나이다 공명이 듯고 짐작
ᄒ야 엿자오디 본디 무식ᄒ여 쳔문지리 몰나신이 평법을 엇지 아라 막즁훈
쳔ᄒᄉ을 도모ᄒ올리가 낭셜을 들르시

〈4-앞〉

고 허힝ᄒ여나이다 현쥬 다시 ᄭ러안져 엿자오디 션셩임은 겸ᄉ마압쇼셔
조밍덕은 빅만디병으로 훈조을 경이 보고 심디로 홍힝ᄒ여 훈실을 쇠멸코
자 ᄒ되 심으로 못당하여 빅연ᄉ직 훈실 긔업을 쇽졀업시 일켸되야신이 션
셩임이 이번 질의 안이 가시면 억조창셩 돗탄 즁의 뉘라셔 건져니며 통일
쳔ᄒ 져마직ᄒ고 삼분쳔ᄒ들 ᄒ오릿가 눈물 홀여 쇼미로 싯쳐니며 지리 탄
식ᄒ이 공명이 어진 마음 현쥬의 근심 싱각

〈4-뒤〉

ᄒ고 그계야 허락ᄒ며 동자 불너 이룬 말리 유황슉이 삼고초려 지극ᄒ여
구은 망극ᄒ긔로 몸을 허락ᄒ여신이 쳥계초당 빅문동을 언졔 와셔 다시 보
며 젼모유상팔빅쥬을 언졔 다시 먹여 볼고 미학 불너 부탁ᄒ며 초당을 밋
긘 후의 힝장을 찰일 젹의 팔각윤건 학창의을 경이 입고 사눈거의 놉피 안
져 빅우션을 손의 들고 신야로 도라오이 병불만쳔이요 장불만십이라 조고

만흔 흔국 짜의 용신흐야 국수을

〈5-앞〉

의논흐며 군병을 졍졔흐여 흔국의 진을 칠 졔 중군의 졔갈양이요 좌쳥용의
관운장이요 우빅호의 장익덕이요 남쥬작의 됴즈룡이요 북현무의 마밍긔라
그 가온디 유황슉이 슌금갑쥬의 칠쳑장금 드러시이 그 남졔강은 항오을 치
려 벌여난디 미방 미축이요 유봉 관평 왕평 엄안 등이 졔치로 버려난듸 군
중의 영을 나일 젹의 졔일등 피오칠장 화병이요 졔이등 피육팔장긔병이요
삼스낭쳥 쳥영흐고 명금 이흐로 취티흐라

〈5-뒤〉

집스 영을 듯고 업드려다 이러나며 징을 두번 쌍쌍 치이 일시의 취티셩은
산쳔이 써드럿다 긔치창금은 일월을 흐롱흐다 이럿타시 요란흘 졔 잇써 조
조은 빅만군병 지위흐여 칙젼션을 젹벽강의 비게 미고 강상을 육지삼이 슈
진 육진 셕거할 졔 총놋키와 활쏘긔 십팔계 마상지을 쥬야로 십진할 졔 위
풍도 엄슉흐다 일기은 양병흐고 풍셰난 양슌흔디 엇지 안이 오란흐리 조조
디장단의 놉피 안져 졔

〈6-앞〉

장군졸 불너 남병산을 히룽흐며 셔촉을 가리쳐 왈 쥬유 졔갈양은 쳔시을
모르난쏘다 쏘흔 항복흐난 스람이며 흐날이 날을 도의미요 억만디병 우리
셩긔 뉘 당흐리 너의덜도 술 고기 질쯘 먹고 오한셩부 흐여보자 군스들리
영을 듯고 승긔 너여 술 고기 슬컷 먹고 질거워 춤츄난 놈 노리흐난 놈 셔
름 졔워 우난 놈 투젼흐드 닷토난 놈 잠의 짓쳐 조난 놈 술 취흐여 쥬졍흐
난 놈 진중이 요란할 졔 흔 군스

〈6-뒤〉

벙치 벗고 셔름 졔워 우름 우이 흔 군亽 니다르며 다 여보아라 승상임은 디
군을 거나리고 쳔이젼즁의 와 승불을 바라고 계신 터의 너난 방졍맛계 웨
우난야 군亽 디답ᄒ되 네 말리亽 올타만은 니 셔름 드러보아라 당상의 학
발쌍친 날갓튼 자식 키여 젼장의 보니시고 일부일 싱각할 졔 의러이망이
몃번이며 의문이망이 몃번이랴 망극ᄒ다 화목ᄒ던 일가친쳑 우리 부모 봉
양ᄒ난지 싱亽을 아지 못ᄒ이 답답ᄒ고 가련토다 셔

〈7-앞〉

쥬의 홍안거리 편지 물고 요지연의 소슥 젼듯 들러볼가 상亽곡 단장화는
쥬야로 밋쳐쏘다 좃춍 흔 디 드러메고 육진 슌진 셕거할 졔 싱亽가 조셕이
라 만일 젼장고혼 되거드면 져 오작을 뉘라셔 우여우여 쫏치쥴가 언졔나
고국의 도라가셔 부모 얼골 다시 볼가 이고이고 셔룬지고 쏘 흔 군亽 니다
르며 너난 부모 싱가ᄒ고 우리 셩효지심 긔특ᄒ다 니 셔름 드러보아라 나
난 남의 오디독자로셔 일가친쳑 바이 업고 근근

〈7-뒤〉

도싱 ᄒ여시ᄂ 일졈혈육 바리 업고 미일 불공 드일 젹의 명산디쳔 명셩당
과 고묘축亽 셩황亽며 졍결ᄒ디 집을 짓코 일등시쥬 산졔불공 칠셩쎄도 빅
일산졔 쥬아로 셕거할 졔 공든탑이 문어지며 심든 남긔 부러질가 신공신표
ᄒ여쩐이 우리 마노라가 심싴티긔 비셜ᄒ여 칠불칰ᄒ고 좌불변ᄒ고 입불열
ᄒ고 이불쳥음셩ᄒ고 목불시악식ᄒ고 셕부졍부좌ᄒ고 활부졍불식ᄒ고 숑시
독셔ᄒ여 슌슌

⟨8-앞⟩

으로 탄싱ᄒ여 평싱쇼원 그 남지라 그 아히을 살펴보니 얼굴은 관옥 갓고
풍치난 두목지라 열쇼의 쩌밧드러 금옥갓치 사량할 졔 터덕터덕 노난 양과
쌩긋쌩긋 웃난 양과 업치긔 공부 졋투졍 계살 우룸 시약씰 졔 아가아가 우
지마라 입 훈번 쪽 맛추며 아가아가 니 사량이졔 달강달강 니 사량 셤마둠
둠 니 사랑이지 홍시감 꺼풀 벽겨 메긔며 옷고름의 왕돈 치우고 아가아가
어서 장셩ᄒ여 셰디봉ᄉ 젹

⟨8-뒤⟩

빈긱 ᄒ여라 이렷타시 사량ᄒ다가 전장으로 잡폐올 졔 사당문 여러놋코 통
곡지비 ᄒ직ᄒ고 아가아가 무사 장셩ᄒ여 후ᄉ나 젼케ᄒ고 네 모친과 니니
무량ᄒ여 다시 얼골 보자 쳐ᄌ을 이별ᄒ고 전장의 잡폐왓신이 원졔 다시
고향의 도라가셔 긔루던 쳐ᄌ 얼골 다시 볼가 아고아고 셔룬지고 쏘 훈 군
ᄉ 니달르며 너난 부모 싱각 바이 업고 쳐자만 싱각ᄒ이 졸장부연셕 마음
일다 니 셔름 드러보와라 나난 부

⟨9-앞⟩

모 일즉 조ᄉᄒ고 혈혈단신 이니 몸이 의퇵무쳐ᄒ야 일가집의 장셩ᄒ여 어
진 가문의 쳐가사리 가셔 장가든이 안니 얼골도 그리 어여뿌고 자식도 일
품 낫코 셔방 공경 짝이 업고 셰졔질삼 침ᄌ질 시 셰상의 웃듬이요 인물 졀
식 티도 곱고 살임살리도 일품ᄒ고 일가권당 화목ᄒ여 셰월을 보닌이 일시
도 쩌날 질이 업셔 쳔상비필되야 셰상 쳘 가난 쥴 모르든이 듯박긔 적벽강
으로 싸홈 가자 긔총디장 달여들러 족불이지 잡폐올 졔 싱이별노 ᄒ직ᄒ

〈9-뒤〉

이 일촌간장 다 녹더라 전장의 잡펴와셔 망망창히 너룬 물의 동셔남북 분별업시 이 싱스을 어이 알이 사러가기 꾀을 ᄒ되 함졍의 든 범이요 우물의 든 고기라 아득ᄒ 이니 졍신 긔믹켜 살 슈 업네 상사불견 이니 진졍 언졔 다시 고국의 도라가셔 그리던 안닉 손질 잡고 만단졍화 ᄒ여볼가 이고이고 셔룬지고 뭇 군스 니달으며 어허 근 연셕 후례 잡연셕이로고 남더러 쳐즈만 싱각ᄒ다고 쑤즁ᄒ던 놈이 왼통 지집의계 쏙 바져쑤나 이웃집 일 갓짝 가도 지집 못이져 품

〈10-앞〉

멜 놈일다 군스 니다르며 이고이고 셔룬지고 너난 왜 우는야 나넌 우름보터져 운다 쪼 ᄒ 군스 니다르며 두리 쑥 쎗고 우름운다 너는 웨 우넌야 니 우름은 만군즁의도 업고 역더 사력 잔쥬까지 다 보와도 업는 셔름일다 나는 부모동싱 바이 업고 열일곱의 장가 드르 시물일곱의 상쳐ᄒ고 다시 구혼ᄒ여 사쥬을 보니여더이 퇵일긔별 바로 와셔 혼구졀차 차닐 젹의 장풍언의 비루말과 좌슈딕 좀안장이며 꽁도령 쌍얼쳥이 징씨 셰고 안팟낙부

〈10-뒤〉

젼동다리 함진이비 셰고 집안 죵 쏩시동이 젹마 들이고 쑤덕쑤덕 밧비 몰라 신부집을 차져 가셔 사쳐 즁ᄒ ᄒ혼 후에 초례 견안 배례ᄒ고 만반진규 가진 음식 잡고 권크 진취토록 잔치ᄒ고 안져던이 업다 우리 만루나가 일식으로 단장ᄒ고 드러오는듸 엉풍이 진동ᄒ ᄒ더라 아리위로 홀터보니 졍졍ᄒ 티도난 모인 즁의 상일네라 진푀물 밉시 잇계 느리오고 방으로 드러올 졔 위의그동 찰난ᄒ더라 쳐남의 딕이며 쳐졔덜이 등 밀건이 비 밀건이 좌우로

〈11-앞〉

부축ᄒ여 드러가 가만이 안쳐놋코 다 나가이 다만 신부 혼자 쑨이로다 엇지 안이 조을소야 담ᄇᆡ ᄒ더 얼른 먹고 보니 초이경이 되야기로 화관 원슴 훨적 벽케 경디 우히 언져두고 실낭신부 훨훨 벗고 침야슴경 죠흔 밤의 정담ᄒ고 동심ᄒᆞᆯ 졔 신정이 밋쳐 못다ᄒ여 긔총디장 병조군ᄉ 셩화갓치 달여들러 이 군ᄉ야 나셔거라 젹벽강으로 싸홈 가자 외난 소ᄅᆡ 복장이 쩌러지는 듯 쪽불이지 잡펴오이 이런 셔름 ᄯᅩ 잇눈가 싱이별노 ᄒ지ᄒ고 잡펴왓시이 원졔나 고국의 도라가 거리던 안늬 얼골 다시 보고 손질 잡고 노라볼가 이고이고 셔룬지고 ᄯᅩ ᄒᆞᆫ 군ᄉ 니

〈11-뒤〉

다르며 모친을 싱각ᄒ고 디셩통곡 셜이 울며 ᄒ눈 마리 박젹의 슐을 밧고 군복의 쩍을 싸고 고기 바더 손의 들고 이통ᄒ여 우난 말이 고향의 잇실 ᄯᅢ예 부친상사 당ᄒᆞᆫ 후에 모친만 모시고 근근부지ᄒ여 봉양ᄒ고 지니던이 부지불가의 모지 이별ᄒ고 젹벽강으로 싸홈 오이 고단ᄒᆞᆫ 우리 모친 ᄉᆞ라눈지 죽어눈지 뉘라셔 봉양할가 이일져일 싱각ᄒ면 간장이 다 녹는다 자식 싱각ᄒ고 단이드가 어디가 죽어눈가 사러눈가 죽언 후에 뉘라셔 쳬신감장 ᄒ여 눈가 오작의 밥이 되야눈가 어마어마 부르면셔 이룬 말이 시벽셔이 찬바람의 울

〈12-앞〉

고 가난 져 긔력아 네 어디로 가라난야 소상강으로 가랴냐야 동정호로 가랴는야 만일 위국으로 가랴거던 우리 모친젼의 이닉 소식 젼ᄒ여라 금군마병 김쩔넝쇠 위진 중의 드러 몸 잘 잇쩌라고 그 ᄒᆞᆫ 말만 젼ᄒ여라 아고아고 셔름이야 ᄒᆞᆫ참 이리 울 마듸예 ᄯᅩ ᄒᆞᆫ 군ᄉ 니달르며 우난 말이 네 셔름은

그러호나 니 셔름 드러보와아라 니 셔름은 니일일망졍 싱각호이 동시월 망간이라 빅셜은 펄펄 헛날인디 일월노 등촉삼고 적벽강으로 이웃숨아 쥬야로 셜리 울 졔 눈물노 반찬삼고 혼빅상자 안고 안져 아모리 싱각호여

〈12-뒤〉

도 사라갈 길 젼혜 업다 날갓탄 자식 키여 철이젼장의 보니시고 사라난가 죽어난가 미일 셜워호며 호날임계 축슈호난 졍셩을 싱각호니 일촌간장 봄눈 셕듯 구비구비 다 녹난다 이럿트시 셜이 울 졔 쏘 한 군수 니다르며 쉬털쉬염 거사리고 웅어눈을 부릅쓰며 칼을 쎄여 헛쏫치며 이놈져놈 말 듯거라 부자유친 싱겨나셔 군신유의 네 모로난야 옛 글의 호여시되 위국사난 불고기라 호여신이 우리 몸이 군수되여 젼장의 왓쓰가 공명도 못 이르고 쇽졀업시 도라가면 위국츙셩 젼혜업고 부그럽

〈13-앞〉

지 안이호랴 나난 평싱 소원이 삼쳑금 드난 칼노 오한 양진 장슈의 머리 한 칼노 벼허들고 번창출마호여 좌츙우돌호며 셩젼고을 울이면셔 고국으로 도라가면 부모 동싱 쳐즈덜리 반가도 호련이와 이닉 몸이 공신되야 쳔금승을 탈그신이 너히덜도 우지말고 오한셩부 호어보자 뭇 군수덜리 니달르며 한 난 말이 너난 츙신놈의 덧부칙이 아달놈이로다 쏘 한 군수 한편 못통이셔 우름 우난디 병치모자만 꼿덕꼿덕 호거늘 여러 군수덜리 이룰 말리 괴슝도 호도다 병치을 쩌

〈13-뒤〉

들고보니 싱긔손가락 간마듸만혼 연셕이 병치 덥고 이고이고 셜리 울거늘 너난 비곱파 우난야 부모 보고시퍼 우냔야 그 군수 이룬 말리 닉 셜름은 남

이 알가 무셔운 셔름이요 이 아히야 말ᄒ여라 글셰 그럿탄 말이요 이 ᄌ식
말ᄒ여라 참으로 드르보랴시요 니지의 잇실 졔 져루시ᄉ 줄 밥 주워 농 속
의 가두워두고 주셕돈 묵지 부치여 션반 위의 언져두고 니가 쌈박 잇고 그
져 왓시이 지금까지 그져 잇ᄂᆫ지 뉘가 가져 갓난지 모르이 이런 답답ᄒ고
셔울 일이 어디 ᄯᅩ 잇실가 이고이고 셔운

〈14-앞〉

지고 만진중이 벽장디쇼 ᄒ더라 ᄯᅩ ᄒᆫ 군ᄉ 니다르며 활슈잇게 ᄒᄂᆫ 말리
그일져일 셔룬 말 그만ᄒ여라 우리 진중 싸홈 티평홀 졔 보군쳘긔 빅만이
라 슐 고긔 질ᄂᆫ 먹고 너일 싸홈ᄒ여보ᄌ 황졔 헌원씨 판쳔쏘홈 치우장ᄉ
스로잡듯 탁녹쏘홈 초ᄒᆫ쳔지 분분ᄒ다 항우의 거록쏘홈 봉긔지장 요란ᄒ다
팔연충진 초ᄒᆫ쏘홈 티공여후 잡펴썻다 셔북디풍 슈슈쏘홈 칠십여 젼 공이
업다 항도령의 위격쏘홈 유ᄒᆫ쳔추 어이ᄒ며 한유방의 지혜쏘홈 통일쳔ᄒ
못홀손가 동남풍이 실실 불면 위터ᄒ다 적벽쏘홈 왓다갓다 우리 시셰 공셩
신

〈14-뒤〉

퇴 못ᄒ것다 이려타시 요란할 졔 ᄯᅩ ᄒᆫ 군ᄉ 니다르며 ᄒᄂᆫ 마리 셩셰ᄂᆫ 좃
타만은 우이 셩상 낫칠 보이 먹스리 좃ᄂᆫ 싀양쥐 갓턴시이 승젼을 어이 허
리 이고이고 셔룬지고 한창 일이할 졔 졍욱이 이룬 말이 쥐갓치 약은 승상
을 빙ᄌᄒ여 무신 잔말을 그더지 ᄒ넌야 여긔 승상 아난 놈 엽쇼 잇쩌예 죠
죠ᄂᆫ 누션의 올나 사면을 바라보이 오초 너룬 물은 동남으로 버려잇고 무
산 십이봉은 안ᄒ의 갓가왓다 슈궁의 안쪽덜은 뒤쑥지을 엽히 찌고 오락가
락 왕니ᄒ고 사장의 빅구덜은 쌍쌍이 짝을 지여 두 날개을 펼쳐들고 월월
쓔룰룩 날너들며 달은 발거 벽공의 걸여

〈15-앞〉

논디 날너가는 져 가마귀 황운산으로 나려가며 가옥가옥 울고 가이 죠죠 듯고 져 가마귀 남쳔으로 울고 가이 엇덧타 할고 아마도 승젼할 증죠로다 엇지 아이 죠흘숀야 졍욱이 엿즈오디 승샹임은 디군을 거나리고 그런 쇼쇼 흐온 말삼 흐시난잇가 죠죠 왈 월명셩히에 오쟉이 남비흐이 필연 승젼홀 증죠로다 엇지 안이 죠흘쇼야 졍욱이 다시 엿즈오디 오왕 손권이 만일 불노 치면 엇지 흐올리가 죠죠 일른 말리 화공언 불을 빙즈흐는다 차시는 동시월이라 셔북풍은 잇거이와 동남풍 업시리라 흐며 승젼을 자랑흐며 군졸을 졍졔흐여 쌋홈을 지쵹홀

〈15-뒤〉

계 잇써 오왕 손권이 졔장으로 더부려 국스을 의논한여 왈 죠죠 통일쳔흐홀 뜻슬 두고 용장 쳔여원과 팔십삼만 디병을 거나려 젹벽강의 비겨미고 과인의겨 격셔셔을 보니시되 강동의 와셔 사양질흐야 흐여시이 군등의 쇼견이 엇더흐요 쥬유 노슉이 엿즈오디 흐왕 유황슉은 명장도 만커이와 일등 모스 졔갈양은 상통쳔문 흐찰지리 즁찰인의 흐며 둔갑장신 품은 조화을 임으로 흐다 흐오이 공명을 유인흐야 대스을 도모흐면 셩공홀가 흐나이다 숀권이 올히 여겨 노슉더려 왈 그디 흔번 슈고을 악긔지 말고 신야

〈16-앞〉

의 근녀가 조흔 말노 조조의 당당흔 진쎄을 말 다흐고 은근이 쳥흐면 공명의 집푼 지혜 양국화친 싱각흐고 올 거신니 달여오라 노슉이 영을 듯고 밧비 흔국의로 건너가셔 현쥬와 공명 보고 좌졍 인스후의 조조의 허다흔 장졸 셰셰 말삼 다흔 후의 은근이 쳥흐이 공명이 허락흐고 현쥬계 쥬달흐니 현쥬 디경흐여 탄식흐여 왈 분분 쳔흐득실을 션셩임만 밋난디 타국출입 말

삼이 웬 말삼인잇가 부디부디 가지 마읍쇼셔 공명이 엿즈오디 엄장ㅎ온 조조의 셩셰을 엇지ㅎ여 당ㅎ오리가 손권과 쥬유을 격동ㅎ여 싸홈을 붓친 후

⟨16-뒤⟩

의 신은 가마이 돌라와 즁간의셔 이러나면 오위 양국 셩셰을 좌이득지 ㅎ오리라 그러ㅎ와 셩ㅅ호오면 미약호 호실을 회복할테오니 염예마옵소셔 잇지 마압시고 십일월 이십일일의 일엽션을 자룡의게 군ㅅ 빅명을 쥬워 남병 슌ㅎ 오강변으로 너여 보니쇼셔 지삼 당부ㅎ고 현쥬계 지비 ㅎ직ㅎ고 오국으로 드러가이 쥬유 디히ㅎ여 원문을 크게 열고 공명을 은졉ㅎ여 예필좌정 인ㅅ 후의 쥬츈으로 디졉ㅎ고 셩젼ㅎ계을 으논ㅎ더라 이이젹의 쥬유 졔갈공명을 쥭길 마암을 두고 공

⟨17-앞⟩

명다려 왈 강상의 무슴 군긔을 씨오리가 공명 미리 짐작ㅎ고 디왈 강상 군긔는 화살이 웃듬인가 ㅎ나이다 쥬유 가로디 이졔 양국화친 ㅎ여싸오니 션성은 화살 십만디을 당ㅎ쇼셔 공명 왈 언의 쩌예 씨고즈 ㅎ눈잇가 쥬유 왈 십일을 호호오니 날을 어기지 마옵쇼셔 공명 왈 디젹이 지젹의 잇셔 위태ㅎ미 죠셕의 잇거날 엇지 긔호을 이갓치 지완ㅎ계 ㅎ나잇가 쥬유 왈 그러ㅎ온직 션성계셔 긔약을 증ㅎ쇼셔 공명 왈 으날은 일역이 다 ㅎ여싸오이 니일붓텀 삼일을 긔호ㅎ오 이졔 ㅅ일 죠

⟨17-뒤⟩

반 후의 군ㅅ 오빅명을 보니여 화살을 슈운ㅎ계 ㅎ쇼셔 쥬유 왈 그리ㅎ련이와 군즁의는 롱담이 업눈이다 공명 왈 엇지 롱언이 잇사오리가 만일 긔약乙 어긔거던 군법으로 시힝ㅎ옵쇼셔 쥬유 디히ㅎ여 허락ㅎ고 슐을 니여

권ᄒ니 공명이 ᄉ뢰ᄒ고 ᄉ쳐로 도라온이라 노슉이 쥬유의게 문왈 공명이
젹슈공권으로 쳔리디강을 건너일다 이졔 도독이 화살 십만디을 당ᄒ라 ᄒ
신는 뜻슬 아지 못ᄒ고 쏘ᄒ 공명이 숨일니로 당ᄒ다 ᄒ는 연고을 아지 못
ᄒ것나이다 쥬쥬 가로대 만일 공

〈18-앞〉

명을 살여 보니면 후환이 되것기로 니 죽기고ᄌ ᄒ니 무다이 죽이면 쳔ᄒ
의 시비가 잇실가 져어ᄒ여 죽걸 모칙을 ᄉᆡᆼ각ᄒ여 화살을 당ᄒ라 ᄒ미널
이졔 시사로 죽기을 지쵹ᄒᄂᆞᆫ지라 숨일 기ᄒᆞᆫ니 니 쏘ᄒ 살 ᄆᆞ든는 공장
을 불느 화살을 ᄆᆞᆫ드지 못ᄒ게 할ᄰᆡ시이 졔 엇지 죽기을 면ᄒ리요 ᄌᆞ경은
명일의 졔갈양 ᄉᆞ쳐의 가 동졍을 살폐보쇼셔 잇튿날 ᄌᆞ경이 공명의게 가
본직 아모 동졍 업는지라 ᄌᆞ경이 가로디 션ᄉᆡᆼ이 디희을 월셥ᄒ여 슈쳘리
타국의 젹슈로 안져 화살 십만디을 당ᄒ기로 허락ᄒ

〈18-뒤〉

ᄒ시니 그 지혜 슈단을 셰알지 못ᄒ것나이다 공명이 탄식 왈 나난 ᄌᆞ경을
진실ᄒ온 국ᄌᆞ로 알고 ᄯᆞ러왓더이 오날날 ᄉᆡᆼ각ᄒ온직 ᄌᆞ경의 계괴예 ᄲᅡ져
죽사오이 니 쏘ᄒ 사람을 아라보지 못ᄒ 되라 슈원슈구 ᄒ오리가 ᄌᆞ경이
ᄌᆡᆼ식 디왈 니 엇지 션ᄉᆡᆼ을 소겨 히ᄒᆞ올 마음을 두오리가 이는 션ᄉᆡᆼ이 ᄌᆞ취
지화로 죽으며 나을 원망ᄒ시ᄂᆞᆫ이가 공명 왈 엇지 ᄌᆞ취지화라 ᄒ나잇가 ᄌᆞ
경 왈 도독이 화살을 말슴할 ᄰᆡ예 션ᄉᆡᆼ겨셔 못당홀가 시푸거든 뇌각ᄒ미
올코 만일 뇌각ᄒ기 얼렵ᄰᅥ던 긔약을 물여 증ᄒ고 형쥬의겨 고ᄒ여

〈19-앞〉

쥬션ᄒ미 올커늘 십일은 고ᄉᆞᄒ고 ᄉᆞ일니로 다짐두기는 션ᄉᆡᆼ의 ᄌᆞ취지화라

엇지 날을 원망ᄒ나잇가 공명 왈 ᄌ경은 엇지 날을 쇼기ᄂ뇨 쥬도독이 나
을 이미 죽일 마음을 두어시이 십일은 고ᄉᄒ고 숨십일을 기ᄒᄒ더리도 엇
지 쥬션ᄒ리요 첫쩌ᄂ 우리나라의 왕닉ᄒ지 못ᄒ게 할 거시요 두지ᄂ 화살
만든난 댱인의게 분ᄒ여 살을 만드지 못ᄒ게 할 거시이 이ᄂ ᄌ경이 쏘ᄒ
아난 빈라 닉 쏘ᄒ 육칠일 더 사려도 유익ᄒ미 업ᄂ 고로 숨일긔ᄒ ᄒ엿노
라 ᄌ경이 듯고 탄식 왈 닉 엇지 셔셩의게 희ᄒ올

〈19-뒤〉

마암을 두오리가 우리 도독이 형쥬 닉왕ᄒᄂ 질을 슈직ᄒ더리도 닉 쏘ᄒ
우리 도독 몰으게 현쥬계 긔별ᄒ여 션셩을 구완ᄒ올 사롬이로쇼이ᄃ 공명
이 탄식ᄒ며 뢰왈 ᄌ경은 진실노 디ᄉ君子로다 닉 죽은 후 빅골이라도 ᄌ
경의 관후함을 잇지 못ᄒ리로쇼이다 이미 그릇된 일을 곳치지 못할 테오니
닉 명이 슈일간 쑨이라 지명일의 ᄌ경이 다시 와 닉 얼골 보면 죠컷나이다
ᄌ경이 허락ᄒ고 도라와 쥬유의게 드러간이 쥬유 문왈 공명의 동졍이 엇더
ᄒ던요 ᄌ경이 딕왈 공명이 아뭇 도졍이 업기로 시염ᄒ

〈20-앞〉

여 물은직 다만 죽을 따름이라 ᄒ더이다 쥬유 가로디 그리ᄒ명 엇지 숨일
을 긔ᄒᄒ엿다 ᄒ던요 ᄌ경 왈 육칠일 더 사러야 유익ᄒ미 업기로 그라ᄒ
엿노라 ᄒ드이다 쥬유 왈 이ᄂ 반닷시 니가 져을 연고 업시 죽기ᄂ 줄노 세
상의 낫탄너여 쳔ᄒ 사롬의 시비가 닉계로 도라보니고즈 ᄒ미요 쏘ᄒ 닉
나라로 오는 인걸을 못오계 ᄒᄂ 것시연이와 닉 엇지 져을 무단이 죽이리
요 니럼의 공명이 죽엄을 못닉 깃써ᄒ더라 지명일의 노슉이 공명의게 영별
차로 드러가이 공명이 디희ᄒ여 문밧긔 나와 영졉ᄒ여 방의 드러가 예필후
에 공명이 치ᄒ 왈

〈20-뒤〉

즈경은 진실노 신스로다 마암의 감격ㅎ여이다 즈경이 실품을 머음고 디왈 션셩은 실노 大人君子요 일셰지 호걸이로쇼이다 션셩의 명이 오날뿐이녀날 언어담쇼을 이갓치 의구ㅎ여잇가 공명이 소왈 자작지얼을 ㅎㅎ면 무슴 유 익ㅎ미 잇사오리가 즈경이 탄식을 마지 안이ㅎ눈지라 공명이 가로디 니 즈 경의계 은견이 쳥ㅎ올 일이 잇사오이 힝여 허락ㅎ실가 바라느이다 즈경이 디왈 원컨디 션셩은 말삼ㅎ쇼셔 공명이 침음양구 이왈 즈경이 날을 위ㅎ여 오날밤의 느와 ㅎ가지 배을 타고 강상의 비

〈21-앞〉

회ㅎ여 슌이나 먹고 노다오면 조흘가 ㅎ나이다 즈경 왈 션셩의 원디로 ㅎ 것난이다 공명 왈 쥬도독이 알면 시비할가 염예로쇼이다 즈경이 가로디 도 독이 몰으계 가것나이다 공명 왈 그러ㅎ거던 쇼션 이십쳑을 쥰비ㅎ여 ㅎ 비에 풀 이십 동식 실코 쏘 군스 열명식 실케ㅎ쇼셔 풀은 도홉 사빅 동이요 군스는 이빅명이요 쏘 명금 취디 고각 등물을 다 실케ㅎ쇼셔 즈경 왈 무슴 일을 시염ㅎ고즈 ㅎ시나잇가 공명 왈 나는 이미 죽을 스롬이라 슈진법 ㅎ 가지을 즈경계 가리쳐 고인지졍을 푀ㅎ것노라 즈경이

〈21-뒤〉

이연감심ㅎ여 곳 도라와 이십 션쳔을 쥰비ㅎ고 황혼후의 공명의계 가이 공 명이 디의ㅎ여 쥬효을 갓추어 가시고 즈경을 다리고 이날밤 숨경의 비예 올나 젹벽강 조조의 진을 항ㅎ여 갈 졔 안개가 리러나 강상을 덥퍼 지쳑을 분별치 못ㅎ네라 죠죠 디진 갓가이 가셔 이십쳑 비을 일즈로 셰우되 머리 는 셔의로 항ㅎ고 쏘리는 동으로 항ㅎ여 셰우고 고각함셩을 쳔지 진동ㅎ계 ㅎ니 잇쩌예 죠죠 디경ㅎ여 급피 나셔보이 안긔는 강상의 즈옥ㅎ여 지쳑을

분별치 못ᄒᆞᆫᄃᆡ 고각함성이 쳔지 진동ᄒᆞ이 죠죠 드윽

〈22-앞〉

놀닉여 급피 졔장군죨을 시겨 활을 쏘라ᄒᆞ이 허졔 징요 니진 악젼 ᄒᆞ후돈 ᄒᆞ후연 장합 셔황 죠인 죠홍 곽회 방덕 등 슴빅여원과 슈군무죨 만여명이며 육군무죨 만여명이 일시예 닉다려 활을 쏘이 화살이 비오듯 ᄒᆞᆫ지라 이젹의 노슉이 이 거동을 보고 디경ᄒᆞ여 혼불부신 ᄒᆞᆫ지라 공명이 쇼왈 ᄌᆞ경은 놀닉지 말고 슐이나 먹ᄉᆞ이다 ᄒᆞ며 슐을 나와 셔로 권ᄒᆞ며 먹던이 순식간의 비가 지울거날 공명이 급피 구ᄉᆞ를 지촉ᄒᆞ여 비을 돌여 머리를 동으로 두고 ᄭᅩ리는 셔의로 두고 살을 바드되 순식간의 화

〈22-뒤〉

살이 이십쳑 비예 가득이 ᄭᅩᆺ치며 안긔 졈졈 것는지라 공명이 비을 지촉ᄒᆞ여 오강으로 나려오며 군사를 시겨 크게 위여 왈 죠승상이 화살을 만이 주기로 가져 가겨가오이 감ᄉᆞᄒᆞ여 ᄉᆞ뢰ᄒᆞ나이다 죠죠 ᄭᅬ예 ᄲᅥ진 줄乙 알고 디로ᄒᆞ여 졔장으로 ᄒᆞ야금 ᄶᅩᆺ고자ᄒᆞ나 발셔 멀이 갓시이 무가닉ᄒᆞ라 죠죠 분을 이기지 못ᄒᆞ더라 노슉이 이러나 공명의겨 지비ᄒᆞ여 왈 션성임은 신긔묘법이 쳔신이요 인간 ᄉᆞ롭은 안이라 ᄒᆞ며 치ᄒᆞᄒᆞ기을 마지 안이ᄒᆞ더라 공명이 비을 오강변의 디이 이미 날이 발거 희빗시 놉파는지라 쥬유 발

〈23-앞〉

셔 오빅군을 강변의 보닉여ᄶᅥ날 공명이 이십 션쳑의 ᄭᅩᆺ친 살을 흔틱 모와 놋코 그 슈을 셰예보이 십만오쳔칠빅칠십이긔라 ᄌᆞ경의겨 부탁ᄒᆞ여 살을 슈운ᄒᆞ여 가라ᄒᆞ고 공명은 ᄉᆞ쳐의 도라와 머물더라 노슉이 오빅 군ᄉᆞ의 화살을 지여 압히 셰고 쥬유의겨 드러가이 쥬유 놀닉여 ᄌᆞ경을 불너 연유을

무른디 즈경이 화살 으든 사연을 낫낫치 고ᄒᆞ니 쥬유 듯고 디경질식 왈 이
스롭이 귀신도 칭양치 못홀 죠화을 가져신이 만일 살려 두웟다넌 동오의
큰 근심이 되리라 ᄒᆞ며 려러번 탄식을 마지 안

〈23-뒤〉

이ᄒᆞ더라 쥬유 공명을 슈심ᄒᆞᄂᆞᆫ 즁 쏘ᄒᆞᆫ 죠죠을 불노 치면 맛당ᄒᆞ나 바람
은 천지죠화라 인력으로 엇지 구ᄒᆞ며 엄동셜ᄒᆞᆫ의 동남풍이 잇시리요 강두
의 셔셔 멀이 바라보다가 홀연 피을 토ᄒᆞ며 걱구려지거날 좌우졔장이 놀니
여 쩌메여 진즁의 드러가 뉘이고 일변 약으로 치료ᄒᆞ되 죠금도 치ᄒᆞ 업난
지라 노슉이 쏘ᄒᆞᆫ 놀니여 공명의게 도라와 디도독 병든 사련을 말ᄒᆞ며 오
나라아 불힝홈을 무ᄒᆞᆫ 탄식ᄒᆞ이 공명이 듯고 쇼왈 즈경은 놀니지 마압쇼셔
니 ᄒᆞᆫ변 가면 도독의 병을 곳치것나이다 즈경이 디희ᄒᆞ여

〈24-앞〉

직시 도라가 공명의 말슴을 고ᄒᆞ니 쥬유 가로디 즈경언 공명을 쳥ᄒᆞ여 니
의 병 곳치기을 바라노라 즈경이 급피 도라와 공명을 보고 왈 도독이 션셩
을 곳 쳥ᄒᆞ오니 션셩은 도독의 병을 쉬 곳치여 동오의 디환을 면ᄒᆞ게 ᄒᆞ쇼
셔 공명이 직시 일어나 즈경과 ᄒᆞᆫ가지 오진즁의 드르가이 쥬유 침금을 무
름시고 누여다가 좌우 부축ᄒᆞ여 이러 안거날 공명이 문왈 군의 병셰 엇더
ᄒᆞ여이까 쥬유 가로디 병셰 위급ᄒᆞ미 비죠직셕이오이 복망 션셩은 양약을
가라치쇼셔 공명 왈 ᄒᆞᆫ날 풍우을 칙양치 못ᄒᆞ거

〈24-뒤〉

던 스롭이 엇지 셰랄이잇까 주유 이 말을 듯고 질식ᄒᆞ여 알ᄂᆞᆫ 쇼리ᄒᆞ며 침
금으로 혼신을 덥푸며 눕거날 공명 가로디 도독의 병이 화병인아 엇지 젼

를ᄒ온 약을 쎄지 안ᄒ난잇가 쥬유 ᄀ로디 셔을흔 약을 먹어도 회암이 엄
나이다 공명이 가로디 벽좌우 ᄒ오시면 니 도독의 병 직차ᄒ올 화졔을 그
려올이이다 쥬유 직시 좌우을 물리치는지라 공명이 도라 안져 글 십육ᄌ을
쎠올이이 그 글이 왈 죠죠을 파ᄒ고ᄌ 홀진디 반다시 화공을 쎌지라 만ᄉ
을 다 쥰비ᄒ여씨나 다만 동풍이 홍이

〈25-앞〉

라 쥬유 보고 곳 이러나 뢰왈 션싱은 천신리로쇼이다 니 병이 과연 그러ᄒ
오나 풍우는 천궁 조화오이 인력으로 엇지 ᄒ오리가 공명 왈 셩사는 지쳔
ᄒ오나 모스는 지인이라 엇지 일국 모스가 되야 쳔문지리 둔갑장신 호풍환
우을 임으로 못ᄒ리요 이졔 도독이 오빅 군스을 쥬시면 남병산의 칠셩단을
뭇고 동남풍을 비려 어드오리라 쥬유 디희ᄒ여 오빅 군스을 표발ᄒ야 쥬며
왈 원컨디 션싱은 속히 바람을 비러 디젹을 파ᄒ계 ᄒ쇼셔 공명 왈 十一月
二十日은 甲子日

〈25-뒤〉

리라 그날 슐시예 동남풍을 으더 二十三日 丙寅日 희시예 긋치계 할 쎠시
이 도독은 그간의 죠죠 파할 긔계을 일일 쥰비ᄒ쇼셔 쥬유 가오디 숨일 디
풍을 엇지 바라리요 밤만 으더도 셩스ᄒ것ᄂᆞ이드·공명이 노슉과 흔가지 오
빅군을 디리고 남병산의 올나가 칠셩단을 뭇고 일빅이십명은 긔을 드려 칭
응ᄒ며 방위예 버려잇고 공명이 직일의 남병산의 올라 긔계을 심탐할세 동
남방 불근 혹 취토ᄒ여 숨칭단 놉피 뭇고 예결할 제 방위는 이십사방이요
흔칭 고는 삼쳑인디 합고는 구쳑이라 흔칭의 이십

〈26-앞〉

팔장식 명ㅎ여 이십팔방의 긔을 셰우되 동의는 쳥용긔 일곱인듸 각항져방
심미기을 응ㅎ여 셰우고 셔의는 빅호긔 일곱인듸 경긔유셩장익진을 응ㅎ여
셰우고 남의는 쥬작긔 일곱인듸 드우여허위실벽을 응ㅎ여 셰우고 북의는
현무긔 일곱인듸 규루위모필췌슴을 응ㅎ여 셰우고 즁앙의 황신긔을 셰윗는
듸 쳔지죠화 ㅎ도낙셔 둔갑장신 무궁죠화 칠십이운을 다 벼푸러 티호 복히
씨 고닌 팔괘 쥬쳔 슴빅육십괘을 덩그런케 표을 ㅎ고 그 졋티 사명긔을 불
근 밧탕의 황금 디즈로 싁여시되 디호충신 무향후 제갈양이라

〈26-뒤〉

두렷시 셰우고 상 일칭의 흔 스룸은 목발망 현날포의 봉의의복 너룬 씌을
씌고 불근 신을 신기고 긔 곳티 짓실 묵써 바람을 응ㅎ여 들리고 후 일칭
흔 사람은 향노을 밧들고 단ㅎ의 이십팔장은 경긔 복디 극창이며 빅모 황
월을 사변으로 둘넌디 와룡션싱 머리 모욕 졍이ㅎ고 통쳔관의 학창의을 썰
쳐입고 자금 각대 너너룬 씌을 둘너씌고 즁당의 놉피 셔셔 사방으로 예단
할 졔 동의는 甲乙三八木인듸 쳥목으로 예단ㅎ고 남의는 甲丁二七火인듸
홍목으로 예단ㅎ고 셔의는 庚辛四九金인듸 빅목으로 예단ㅎ고 북의는 壬癸
一六水인듸 흑

〈27-앞〉

목으로 예단ㅎ고 단ㅎ의 나려 노슉 불너 리룬 말리 오날밤 슐시말 희시초
의 동남풍이 리러 날 써시이 즈경은 급피 도라가 도독을 도와 실시 말고 디
공을 일루계 ㅎ쇼셔 즈경을 보닌 후에 공명 단의 올나 방위을 증계훈 후에
채일 장막 놉피 치고 탑상의 졋상 놋코 좌변지 짠 연후예 좌포우혜 어동육
셔 죠눌시리 슴싁치 오싁광 일즈로 벌려놋코 싱돗 즈버 큰칼 곳즈녹코 항

노의 분향ᄒ고 강신지비 후에 슐 부어놋코 ᄭ러안져 독축할 졔 유셰ᄎ 안
十二年 十一月 甲辰 朔二十一日 젼 예쥬자ᄉ 슈류병마 졀도ᄉ겸 각도 슌무
ᄉ 챵의ᄃ즁 유비 감소고우 일월

〈27-뒤〉

셩신 삼ᄐᆡ육셩 북두칠셩 셩군이 지상ᄒ고 후토졔신이 지ᄒ히 지금 쳔ᄒ
ᄃᆡ란ᄒ와 쳐쳐 봉긔지쟝이 리려나 셔로 닷투는 즁 죠밍덕은 상협쳔ᄎ하고
ᄒ령졔후ᄒ야 즁원을 총찰ᄒ여 한실의 뜻실 두고 도읍을 허챵으로 웸기며
긔즁이 빅만이라 사빅연 한실 긔업을 속졀업시 일케되야싸오이 쳔금죠화로
ᄃᆡ 안인 동남풍乙 삼일만 빌이시면 사직을 회복ᄒ고 챵셩을 안돈ᄒ옵기 쳔
만복축 상황 빌기을 다 한 후 쳔긔을 살펴보니 살긔난 충쳔ᄒ나 죠죠 명은
지쳔ᄒ니 죽긔던 못홀지라 잇ᄯᅥ예 오국 ᄃᆡᄉ마 ᄃᆡ도독 ᄃᆡ쟝군 쥬공근이 션
봉쟝

〈28-앞〉

황긔을 불러 팔십쳑 화션의 불 잘붓는 갈슈염과 화약 염쵸 가득 실코 적벽
강의 등ᄃᆡᄒ여 동남풍을 지달이더라 이러할졔 공명은 쥬유 심ᄉ 미리 알고
챵금을 놉피 들고 ᄒ령ᄒ되 진즁의 무신 일이 잇더리도 머리을 들고 보지
말나 위령ᄌᆞᆫ 참ᄒ리라 엄숙히 영을 나리고 둘너보니 진즁이 고요ᄒ거날
공명의 거동보쇼 챵금을 둘너집고 단히 나려와셔 학챵의을 거더 안고 머
리 푼 치 팔 버신 치 남병산의 급피 날려 오강변의 다다르니 강쳔은 요란ᄒ
고 식별은 둥둥 ᄯᅩᆺ다 셔영의 지는 달은 벽공의 걸엿는듸 상산 죠

〈28-뒤〉

ᄌᆞ룡은 오강변의 ᄇᆡ을 ᄆᆡ고 ᄃᆡ인을 만견턴니 공명션싱 얼풋 보고 밧겨 니

다러 졀ᄒ며 왈 션셩임 위방진중의 계셔 평안이 단여오시오며 엇지 고샹ᄒ
시잇가 공명이 반겨 ᄌ룡의 손을 잡고 왈 현쥬 안령ᄒ시며 졔장덜도 평안
ᄒ고 군졸덜 무ᄉ턴가 이러타시 인ᄉ 후에 비예 급피 올나 비을 져어 가는
거동 칠월 칠셕야의 오작교 다리 노와 견우직여 상봉격이로다 일엽션 쪄여
두고 격송ᄌ 안긔싱이 셔로 만나 왕늬ᄒ며 노난 듯 추월양명 발근 달의 방
망후 쪠을 타고 빅옥경 수만리예 쥬류ᄒᄂ듯 ᄲ리 져어 건네갈 졔 잇써

〈29-앞〉

쥬유는 동남풍 지달이며 노슉 불너 이룬 말리 공명이 아마 헛말릴다 엄동
셔ᄒ 풍셜중의 동남풍이 잇실손야 노슉이 엿오되 공명은 진실ᄒ온 군ᄉ라
남을 쇼길 ᄉ름이 안이온이 잠간 지달여보ᄉ이다 이말 맞지 못ᄒ여 이날밤
ᄉ경초의 사면이 잠잠ᄒ고 운무 자옥ᄒ던니 홀 풍셩이 오락가락 비바람이
드리치며 동셔가 디작ᄒ거날 쥬유 디경ᄒ야 직시 나셔 바리보니 도南風이
젹실ᄒ다 쥬유 혼자 탄슉ᄒ되 아마도 졔갈양은 쳔지조화 능통ᄒ고 밍능ᄒ
부쳐의 도슐을 임으로 부리이 만

〈29-뒤〉

일 공명을 살여두여짜난 통일쳔ᄒ 고ᄉᄒ고 동오의 후환이 젹지 안이 ᄒ리
로다 이 ᄉ름을 먼져 죽긔난 거시 올타ᄒ고 셔셩 졍봉 밧비 불너 엄슉히 분
부ᄒ되 남병산의 급피 가셔 공명 보고 뭇지 말고 버여오라 셔셩 졍봉 영을
듯고 장창 디금 쎄여들고 남병산의 올나가이 졍긔는 표표ᄒ야 월식을 가려
잇고 금극은 참쳔ᄒ엿ᄂ디 동남풍이 디작ᄒ여 양ᄉ쥬셕 펄펄 날날 사방 긔
치 씨러지고 연진 픠물은 바람길의 혈혈 풍겨 공중의 쪄나가고 화극 츄살
지창은 월슉이 넝닝ᄒ고 크계 부난 동남풍

〈30-앞〉

의 긔쩌가 쩌꾸러지며 ㄷ 쩌러진 치일 장막 벽공의 펄펄 날녀 사방의로 너울너울 공명은 간디 업고 군스덜이 단흐의 셕겨 안져 묵묵히 바라보니 셔셩 정봉 급흔 마염 군스다려 밧비 뭇되 공명선싱 어디 계시야 져 군스 엿자오되 바람을 어든 후의 머리 풀고 발 버슨치 좌슈의 창금 들고 우슈의 학창의을 거드옵고 강변으로 급피 가더이다 셔셩 정봉 이 말 듯고 분심이 충천흐여 오강변으로 밧비 가이 원근창파상의 가난 비이 업고 디희 즁 홀풍셩은 누션이 황황흐여 월르렁 츌르러 풍파로다 공명의 거리종젹 유여

〈30-뒤〉

미결흐든 츠의 흔 군스 엿즈오디 직일 유시초의 난디 업난 일엽션이 강변의 미여기로 어션이가 짐작흐되 어션도 안이요 양양강슈 말근 물의 낙시빈가 십이장가 벽파상 왕니흐는 빈가 오호강상 연월속의 범상공이 가는 빈가 동강 칠이탄의 엄즈룡의 낙시빈가 방망후 쩨를 타고 빅옥경의 왕니흐는 빈가 강구의 미인 져 비 만만의심 흐여던이 삼경초야 집푼 밤의 엇던 스람이 머리 푼 치 발 버신 치 창황이 도라와끼 그 비 급피 즈버타고 밧비 져어 가던이다 셔셩정봉 이 말 듯고 날인 비 즈버타고 사공 불너 분부흐되 공명이 탄 비

〈31-앞〉

비션이 안이여던 쳐리장강 너룬 물의 언니덧시 근네가랴 공명을 못잡부면 너의 등을 참흐리라 사공더리 영을 듯고 디경 황겁흐여 양돗슬 쩍 붓치고 격군은 노을 졋고 사공은 치을 털며 어긔여차 관니셩셩을 부르면셔 비머리을 둘너놋코 살쩌갓치 죠차가며 크게 웨여 흐는 말이 져긔 가난 공명선싱 가지말고 거긔 잠간 머물너 니의 흔말 듯고가오 공명이 얼르 듯고 즈료다

려 이른 말이 져긔 오난 셔셩 졍봉이 날을 급피 좃츠오이 이 일을 엇지 ᄒ 잔 말가 ᄌ룡이 엿ᄌ오되 션셩임은 염예 마오쇼셔 소장이 궁법 시힝ᄒ오

〈31-뒤〉

리다 가는 듯 급피지고 오난 비 발라보니 슌식간의 슈빅보의 드러온다 ᄌ 룡이 션두의 올나셔며 크게 웨여 왈 너의덜은 상산 조ᄌ룡을 아는다 몰으 는다 젼일 장판교 큰 싸홈의 죠밍덕의 빅만디병 일젼의 다쳐 팔궁산 초목 갓치 후리치고 가든 슈단으로 죠고만ᄒ 일엽션을 두려ᄒ랴 우리 션싱 노푼 지죠로 네의 나라 드러가셔 셩공ᄒ고 오신난디 네의덜을 무슴 일로 보니던 야 네의을 죽이미 맛당ᄒ나 양국화친 싱각ᄒ여 죽이든 안커이와 니의 궁법 슈단이나 보고 가라 쳘궁의 왜젼을 다려 흉허복실ᄒ야 셥분 셔

〈32-앞〉

셔 졍긔 팔임법을 차려 손등이 터지게 좀통다려 싹지손을 쑥 쩨치이 비거 공중 가난 살 쩌드러가며 이물 쏘쩌 쩍 맛치이 동디 풍동 쑥 부러져 원근 창파상의 둥둥둥 쌈뭇쌈뭇 쩌나가이 셔셩 졍봉 탄 비가 빙빙 도라 물결 디로 쩌나가이 셔셩 졍봉 하릴 업셔 비머리을 둘너 본진으로 도라가더라 잇쩌예 공명이 일엽션을 밧비 져어 본진의 도라와 현쥬계 비례후에 금고을 쩽쩽 울리며 장졸을 분발할 졔 군병과 장슈덜은 션파션쵸ᄒ고 거션디ᄒ고 디션병ᄒ되 연슈로 고젼ᄒ야 원파슈의 쳥영하고 유

〈32-뒤〉

의 쳥영ᄒ고 유졍시력으로 장창슈의 충졍ᄒ고 쳥작위션으로 당파슈의 충졍 ᄒ고 계장은 고두긔거아 진람장군 묘자룡을 불러 왈 그디는 삼쳔병乙 거나 려 오림산곡 갈슙풀이 무셩ᄒ고 슈묵은 참쳔ᄒ 고디 복병ᄒ여시면 죠죠의

억만디병 다 잡든 못ᄒ여도 반이나 너머 자불 쩌시이 심을 다ᄒ여 셩슈ᄒ
라 ᄒ고 쏘 포긔大將 장익덕을 불너 왈 그디난 오쳔군을 거나려 북편 호로
고으로 가난 길의 복병ᄒ여짜가 명일 시벽의 죠죠 그리로 갈 거시이 엄살
ᄒ여 자부라 다 잡든 못ᄒ여도 공이 젹지 안이 ᄒ리라 ᄒ고 쏘 미

〈33-앞〉

방 미추 유봉을 불너 曰 너희난 각각 젼션을 타고가셔 젹벽강 멀이 셔셔 보
다ᄀ 피군장쭐의 긔계을 아셔오라 ᄒ고 오의 오반을 불너 왈 너의난 각각
오쳔군식 거날이고 취쳘산의 가 죠죠의 군량을 아셔오라 ᄒ니 졔장이 영을
듯고 두긔거ᄒ여 금고을 쩡쩡 울이며 각각 쇼임을 다 졍ᄒ되 운장을 찻들
안안이ᄒ니 운장이 분을 니여 드러올졔 쥬안봉목의 습각슈을 거스리고 쳥
용도 놉피 들고 큰쇼리로 엿ᄌ오디 팔연풍진 여러번 싸홈의 쇼장이 ᄒ번도
낙누ᄒ미 업던이 쳑촌지공은 읍건이와 리러ᄒ 디

〈33-뒤〉

젼시예 찻들 안이ᄒ오시이 무슴 연고온지 알고ᄌ ᄒ나이다 공명이 허허 우
셔 왈 운장은 화룡도로 보니고ᄌ ᄒ오나 죠죠의 젼일 은혜을 싱각ᄒ여 노
와 보닐가 시푸이 그런 고로 ᄌ져ᄒ노라 운장이 엿ᄌ오디 싱스도 장단경중
이 잇사오니 스롬을 엇지 가부야이 일르시ᄂ잇가 만일 죠죠을 놋사오면 의
율당참할 쥴노 군중의 다짐 ᄒ오리다 우 다짐ᄉ 짜는 습분쳔ᄒ의 오직 ᄒ
실이 미약ᄒ온디 영솔디군 힝군ᄒ니 차ᄂ 흔실 지흠애라 모스ᄂ 쥬필셩ᄒ
고 장군은 젼필쥬ᄒ리라 죠죠 자ᄂ 오흔지디젹이라 만일 죠죠을 놋커던 군
법

〈34-앞〉

으로 당참ᄒᆞ옵쇼셔 착함ᄒᆞ여 올이이 공명이 허락ᄒᆞ고 운장다러 일너 曰 화
룡도 노푼 고디 불을 노와 연긔을 니면 죠죠 그리 올 거신이 믓지 말고 자
버오라 운장 왈 죠죠 불빗 보고 안이 올가 염예로쇼셔이다 공명 왈 죠죠 불
을 보고 실즁유허라 ᄒᆞ야 올 쩌신이 의심말고 불을 노라 운장이 디히ᄒᆞ여
관평 쥬창을 다리고 도포슈 오빅명을 거날이고 화룡도로 힝군홀졔 쳥도 ᄒᆞᆫ
쌍 금고 ᄒᆞᆫ나 나발 ᄒᆞᆫ쌍 죳총 ᄒᆞᆫ쌍 영긔 ᄒᆞᆫ쌍 취티 ᄒᆞᆫ쌍 젼후의 벌엿느디
그동이 엄슉ᄒᆞ고 금관은 여상ᄒᆞ

〈34-뒤〉

더라 현쥬 문왈 운장이 이번 조조을 자버오올잇가 공명이 탄식ᄒᆞ며 엿ᄌᆞ오
디 죠죠의 명은 지쳔ᄒᆞ오니 일역으로 엇지 잡부오리가 운장의 군령 다짐
밧긔는 ᄌᆞ긔 몸 쥬기여 남의 은혜 갑는 쾨을 셰상의 알계ᄒᆞ미로쇼이다 쳔
ᄒᆞ 스롬이 뉘 앗이 운장의 의긔을 칭송ᄒᆞ오리가 현쥬 공명의게 치ᄒᆞ고
승젼ᄒᆞ기을 지달이드라 이젹의 셔셩 졍봉이 지룡의계 퓌본 사연을 쥬유의
계 엿ᄌᆞ온디 쥬유 듯고 노슉 불너 이룬 말이 ᄒᆞᆫ을 먼져 치미 엇더ᄒᆞ오 노슉
이 엿ᄌᆞ오디 죠

〈35-앞〉

죠의 강셩ᄒᆞ미 십비나 드ᄒᆞ오니 죠죠을 먼져 치고 미좃츠 ᄒᆞᆫ을 치오면 쳔
下 엿계는 비란지ᄉᆞ가 될가 ᄒᆞ나이다 쥬유 오히 여겨 동남풍을 바라보며
졔장을 분발할 졔 졔일등의 졍보 틱ᄉᆞ ᄌᆞ요 졔 의등의 셔셩 졍봉이요 졔 슴
동의 ᄒᆞᆫ당 쥬티요 졔 ᄉᆞ등의 감영 번장이요 졔 오등의 여목 육손이요 졔 육
등의 여동 릉통이요 졔 칠등의 손교 부젼이요 션봉디장의 황기라 각각 젼
션 삼빅쳑의 군계 긔계 장창 디검 가득 실코 쳥포장 두러치고 빅모 황월 좌

우의 버려 각각 젼션의 실코 황오 찰려 분부홀 졔 다각기 맛긴 쇼임 다 각
기

〈35-뒤〉

버련난디 홍요낭청 청영호고 상쳔상긔호며 쇼익긔후호고 각호션이 방포호
라 디쟝 황긔 션두의 셔셔 졔쟝을 분발할 졔 션쵸피 졔일이리 션쵸피여던
각병이 졍쵸호고 슈십쳥위여던 발표션호라 명졍이여던 셔북이 졍요하고 쟝
일호여던 동남이 졍요호라 부쟝이여던 발쵸션하고 등명이여든 죠발호라 쳥
작위호여 디쟝은 고두긔거아 일시예 발힝호여 긔을 들고 취티호며 졈고할
졔 학셜 나리호고 위쓰 발븨호야 집스가 영을 듯고 긔을 두루며 금고을 쩡
쩡 치이 각각 젼션이 출츌 힝할 졔 거호픠긔호야 이숨차 방포호고 스공 불
러 비질호라 젹군은

〈36-앞〉

노을 젓고 스공은 치을 잡고 비을 지촉할 졔 션봉디쟝 황긔 화젼을 가득 실
코 쳥포쟝 두른 치 은근이 힝군할 졔 쳥용아쌰 긔상의 황금디즈로 션봉디
쟝 황긔라 두렷시 씨고 오강 너룬 물의 바람을 좃차 죠죠 진을 바라보며 긔
곡춍 비 져어라 살쩌갓치 건네갈 졔 잇쩌 죠죠는 오난 비 발라보며 졔쟝다
려 이룬 말이 강샹의 쩌오는 비가 황공북이 날을 위호여 군양 실코 건너오
니 하날이 날을 위호미로다 엇지 안이 상쾌호라 졍욱이 엇즈오디 군량 실
코 오난 비면 션즁이 온즁할 턴인듸 둥덩실 놉피 쩌셔 오란하고 번거호미
만일 간계 잇쓰오면 엇

〈36-뒤〉

지 방비호오며 무지호온 동남풍은 크계 부이 위티호호오 죠죠 이룬 말이

동지예 일양이 싱흐이 동남풍이 예스요 져의덜이 웃지 화공을 알야 됴금도
염예말라 이 말이 다 못흐여 황긔 이십션쳑의 화젼을 가득 실코 쩌드러 가
며 호푀함경 쮜짜 는이나 나발쇼리 요란흐다 번긔갓치 쇼동하며 동남풍을
씨맛추워 한번을 불노 벗격 미러잣치이 죠죠의 쳔여쳑 연환션이 불이 붓터
강상을 듑편난지라 두번을 불노 치이 위슈가 박귀난듯 셰번을 불노 치이
화광이 츙쳔흐고 쳔지 뒤눕난듯 풍셩은 우루렁 물결은 추우렁 젼션

〈37-앞〉

의 불터 돗디도 직슨 부러지며 씀집 젼집 화살 나발 명금 취퇴 물의 툼병툼
벙 쩌러지며 긔치 창금 장막 치일 죳총 마름쇠 화젼 퉁노긔 풍파강상 화렴
중의 뒤치이며 황긔 비는 고스흐고 화약 염쵸 일은 비예 불이 붓트이 젹벽
강 뒤쓸며 화직슨 쑥쑥 윗셕 벗셕 뇌셩병역 쳔지진동 불빗치 날빗갓터 쳔
연쳑 젼션이 일시예 쇼화흐여 흔젹업시 사라지이 가련할스 죠죠군스 슘막
케 죽고 긔막켜 죽고 살마져 죽고 총마져 죽고 칼마져 죽고 창질려 죽고 겁
졀의 죽고 불의 쌔져 죽고 다리 부러져 죽고 팔 부러져 죽고 안져다 죽고
셧다 죽고 허허 웃다 죽고 발페

〈37-뒤〉

죽고 즈다 죽고 죳타 죽고 놀너여 죽고 밤 먹다 죽고 슐짐의 죽고 홰짐의
죽고 오다 죽고 가다 죽고 투젼흐다 죽고 이약기흐다 죽고 눈 쌔져 죽고 박
터져 죽고 그져 죽고 진실 죽고 알타 죽고 누윗다 죽고 알고 죽고 몰나 죽
고 직스 겁스 오스 몰스흐여 디희중의 풍덩실 쌔져 죽으이 엇지 안이 칙흐
리 젼장긔물 열파흐여 화염중의 겍구러져 풍덩실 쩌나가이 일등 명장 씰씨
업고 진중 모스 무요일다 죠죠 역시 죽계되야 쳔방지방 다러날 졔 디장 황
긔 쳔동갓치 호통흐여 이놈 죠죠야 네 어디로 가것넌야 닷지 말고 계 잇거
라 불근 갑옷 입은 놈이

〈38-앞〉

죠죠라 어허 이놈 닷지 마라 죠죠 황겁ᄒ여 의갑을 버려 너쩌리고 군수 전
립 아서 씨고 천방지방 다라날 졔 졔 일홈을 졔 부르면서 이놈 져놈 드러보
라 날더러 죠죠라 ᄒ난 놈이 졔가 진실 죠죠이라 ᄒ며 겹졀의 닷난 말을 걱
구루 타고 주마가편으로 다라날 졔 잣말이 바상ᄒ다 둔죵난듸 닷칠셰라 비
압푸다 롱치지마라 쌋딕ᄒ면 쏭싸겻다 졍욱 불너 이룬 말이 이말이 퇴불용
전ᄒ여 젹벽강으로 도라간이 쥬유 손권이가 축지업 안ᄒ면 이놈의 말이 쏘
흔 주유 편인가부다 졍욱이 엿즈오디 승상임이 겹졀의 말을 썩구루 탓사오
이 말얼 너려 올케

〈38-뒤〉

타옵쇼셔 죠죠 급흔 마암인졔 원졔 말을 나려 올케 타겻난야 말머리을 쩨
여 쏭군여긔 박어라 졍욱이 엿즈오디 승상임이 슴국 영웅이라고 쇼문 날만
ᄒ오 잇쩌 장요는 철궁의 왜젼을 메여 황기을 쏘와 나리치고 창황 분쥬이
다러날 졔 장요난 활만 들고 셔황은 창만 들러 죠죠을 구완ᄒ여 육노로 도
라들 졔 탄식ᄒ여 리룬 말이 원근 창파상의 빅구덜은 놉피 쩌셔 홍요월식
노난긋시 무후쳥강 홍을 뭇노라이 져 빅구야 어젹강산 망망창파 흘이 져어
오락가락 논다만은 나난 어인 팔즈로셔 빅만디병 몰

〈39-앞〉

스ᄒ고 쵸힝노슉 어인 일고 이고이고 셔룬지고 연ᄒ여 울며 쏘 흔곳 다다
르이 이곳은 오림산곡이라 그렁져렁 지니갈 졔 신만 펄젹 날너가도 복병인
가 의심ᄒ고 남무입만 쩌러져도 목을 얼는 움치면셔 스방으로 여거보니 졍
욱이 엿즈오디 승상임은 엇지ᄒ여 목을 각금각금 움치난이가 죠죠 이룬 말
이 엇다 귀예셔난 활시위 쇼리만 나고 눈의난 칼 빗시 번듯번듯 ᄒ다 졍욱

이 쥬왈 이졔난 아무것도 업싸오이 목을 늘이여 스면을 둘너보옵쇼셔 죠죠
마참 목을 드러 스면을 보랴할졔 의외예 뫼추락이가 화드득 날너가니 죠죠
깜짝 놀내여 이

〈39-뒤〉

고 니 목이 잇난가 보아라 칼날이 번듯흔듸 졍욱이 엿즈오듸 승상임이 목
이 업스오면 엇지 말삼흐시난잇가 뫼쵸락이 보고 놀낼진듸 만일 쇼로기을
보거드면 쏭싸것쇼 죠죠 그졔야 뫼쵸락인 쥴을 알고 리룬 말이 웬 니가 뫼
쵸락이 보고 놀닛짠 말은 불가스문어타인이로다 리러타시 말삼할 졔 죠죠
졍신을 차려 좌우산쳔 경기을 살펴보이 산쳔은 엄슉흐고 쵸목은 팅쳐흔듸
만학의 운심시요 쳔봉의 바람칠 졔 화쵸목실 업셔지고 잉무공죽 슨쳐지듸
무슴 시가 잇셔 울야만은 젹벽강의셔 몰스흔 군스 원귀 고항

〈40-앞〉

싱각흐여 죠죠을 원망흐며 우던 것지여다 남무남무 가지가지 우난 시쇼리
도탄즁의 씨인 군스 쳐즈을 이별흐고 쩌나온 졔 멋히런가 귀쵹도 불너귀라
실피 운다 져 셧젹시아 군양이 업셔지고 양도가 업션난듸 솟젹다 실피 운
다 엄동셜흔 풍셜즁의 씨 아인 씨 밍꽁이가 울야만은 가쇼롭다 죠밍덕은
지혜가 업셔씨이 난셰간웅 헛말일다 젹벽강 동작듸예 의긔도 양양턴이 차
산곡 드러왓다 밍꽁밍꽁 우난 쇼리 규합지즁 져 우난 시야 젹벽강의 원귀
될 쥴 어이 알이 치시난 동졀이라 동남풍언 어일 잇고 즈칭응웅 가듸업다
빅긔도싱쑨이로다 져 뫼꼬리 우름 운다 날 보와라 죠밍덕아 억만듸병 즈랑
턴이 금일 픽군 무슴 일고

〈40-뒤〉

져 비쥭시 우름 운다 빅만딕병 엇다 두고 차산곡 들어왓다 져리가며 비쥭
장요난 활만 들고셔황은 창만 들고 빅계도싱 흐난구나 일이 오며 비쥭 운
다 져 호반시 두 날기을 펼쳐들 공쥭의 놉피 써셔 동남풍을 막으랴고 썰르
륵 쓔루룩 우름 운다 져 할미시가 우름 운다 시셜을 만이흐며 우름 운다 철
리젼장의 왓던 군스 엇지 안이 불상흐랴 엄동셔흔 동남풍은 죠죠 망홀 바
람이라 적벽강상 픽군지장 슌금갑쥬 엇다 두고 쵸힝노슉 어인 일고 긔흔의
골몰흐여 싱스가 죠셕이라 죠죠 영웅닌들 못홀가 리럿타시 요란할 졔 러러
시소리을 엇지 다 기록흐리요 죠죠 각식 시쇼

〈41-앞〉

리을 듯더이 흔번 허허 우시시이 졍슉이 엿즈오디 승상임은 근근도싱흐난
즁의 실푼 신셰 싱각안코 무삼 일노 웃난이가 죠죠 일른 말리 니 혼자 싱각
흐니 쥬유난 꾀가 업고 공명은 지혜 업신이 엇지 안이 우솔숀야 우리 마음
갓타면 이 순곡의 복병이 업슬쇼야 말헐 지음의 오림순곡으로 고각함셩이
이러나며 흔 장슈 나오난디 얼골은 협수룩흐고 눈난 쇼상강 물결갓고 녹표
운갑 황금투고 장창디금 놉피 들고 나오난 긔싱 위풍도 늠늠흐다 호표홈셩
큰 쇼리로 이놈 죠죠야 상산 조즈룡을 아난다 닷지 말고 니 창 밧비 바드라
동을 치난듯 셔의가 번듯 남을 치난듯 북의가 번

〈41-뒤〉

듯 동셔남북 즁앙의 번듯흐며 좌총우돌흐니 장졸의 머리 추풍낙엽갓치 여
기져기 쩌러지더라 죠죠난 혼을 일코 졍신업시 다러날 졔 허졔 셔황 방덕
장요 닉달려 졔우 방어흐어 호로곡으로 다라날 졔 비바람은 치등치등 구진
비난 쏄 니려 투고 갑옷 다 져지이 어디로 가잔말가 긔흔의 지친 군스 말을

자버 구완ᄒ며 져진 옷슬 쩌러입고 좌우산쳔 둘러보니 쳥봉의 눈 씨이고
만후의 바람 치 졔 엇지 ᄒ여 고국의 가잔 말가 일탄일쇼 혼슘 싯틴 조조
쏘 허허 우슴 우신이 졍욱이 할을 업셔 군ᄉ을 도라보며 쏘 큰일낫다 승상
이 우시시면 쪽쪽 복병이 이러나더라 조조 듯고 홰을

니여 업다 이놈아 니가 우시면 쪽쪽 복병이 잇더란 말이야 졍욱 엿ᄌ오더
승상임 우셤의 멋번을 픠 보왓소 조조 왈 우리집의셔난 여러번 우셔도 복
병 나난듸 못보왓다 그놈덜이 승상인지 몽상인지 ᄒ며 평싱의 질거ᄒ난 우
셤도 못웃게 ᄒ난구나 말리 맛지 못ᄒ여 호표흠셩 이러나며 전후 복병 별
쩌갓치 이려나며 산쳔이 무워지고 쳔지가 뒤눕난다 졍욱이 놀니여 이룬 말
리 이졔난 할 일 업시 다 죽어다 여보시요 승상임 죽어도 원이나 업계 우슴
이나 실컷 우수시요 조조 혼겁ᄒ여 뭇난 몰리 오난 장슈 뉘신야 그 중의 읜
무셔우 장비요 조조 듯고 긔가 맥켜 눈이

호동구란ᄒ며 숨쉬듯 할닥할닥ᄒ며 졍신업시 납딀 격의 혼 장슈 나요면셔
쳔동갓치 쇼릭ᄒ니 장졸리 긔가 믹켜 갈슈 업셔 쳐다보니 호표기상의 고리
눈을 부름 쓰고 다박쉬염 거살리고 장팔ᄉ못창 눈 우의 번듯 들고 준총마
밧비 모라 밍호갓치 드러오며 이놈 조조야 네 어디로 가것난야 팔낭가비라
비상쳔ᄒ며 뒤지기라 짱으로 들야 흠졍의 든 범이요 우물의 든 고긔로다
닷지 말고 삼옷창 밧비 바더라 호통을 지르면셔 살딕갓치 좃ᄎ오니 조조
긔가 믹켜 아리턱만 가불가불 ᄒ며 아고 야야 졍욱아 나 죽거다 군졸을 둘
너보니 향호을 셔로 일코 분주이

〈43-앞〉

도망혼다 이니 졔장더라 날 살이여라 허졔 장슈 셔황이 혼스호고 방비호여
도망할졔 조조 군스 즁의 셕겨 업더지며 잡바지며 도망홀 졔 두 질리 잇난
지라 조조 군스다려 일른 말이 이 질은 어디로 가며 져 질은 어디로 가는다
졔장이 엿즈오디 디로 쇼로가 다 남군의로 가옵고 디로로 가면 칠십이요
쇼로로 가면 오십이오나 질리 험악호니 디로로 가스이다 조조 급훈 마음
쇼로로 가자 졔장이 엿즈오디 북 연긔쳐의 필유긔미라 호니 디로로 가스이
다 조조 이른 말이 실직허호고 허직실리라 호여신이 쾨만훈 졔갈공명이 디
로의 복병호고 소로의 헛불 노와 날 못가계 호거이와 니 엇지 졔 쾨의

〈43-뒤〉

싸지리요 졔장을 말루호여 화룡도로 들러갈 졔 졍욱이 눈물지며 통곡호며
호는 말이 평싱쇼학 진심갈역호여 운쥬결셩 호여쩐이 망측훈 우리 스상 일
빈일소 타시로다 이고이고 셜이 우이 쳔총이 쏘 울며 호난 말리 방망수둔
의 계우 사어 졍병오젼 무슴 일고 승상이 망상호여 쥬식보면 혼스 호고 일
지지병 고만턴이 슘슘부유스 업셔지고 빅만군병 업쩟시이 모스도 허스되고
일등명장 씰디 업다 젼복병 살리시나 후복병의 죽계되이 이 일을 어이 할
고 이고이고 셔룬지고 좌춍이 울고 간드 변덕실언 우리 승상 긔업을 다 리
러시 이력으로 어이

〈44-앞〉

호리 픽군장졸 젼후쵸관 업셔신이 좌우군병 간디 업다 젼후복병 이려나면
좌우익을 뉘 당호며 병든 보졸 이삼빅이 긔계업시 긔여가이 사라갈 길 젼
혜 업닉 이고이고 셜이 우니 초관이 쏘 우름운다 십싱구스 사러더시나 츙
셩도 씰디업고 영숄습군 간디업늬 뉠노호 청영할가 우리 승상 우슴으로 픽

진흥이 공셩신되 언제 할가 아고아고 셔룬지고 우리 승상 강동 황긔 빠져 츙신을 멸명ㅎ니 나문 군스 수슴빅이 날 업난 총디 메고 살 읍난 활만 가져 신이 후복병을 어이 할가 고향을 바라보니 구름 박긔 머러 잇고 신셰을 싱

〈44-뒤〉

각흥이 괴롭긔 칭양업다 부모쳐즈 이별ㅎ고 젼장의 단인 뜻슨 셩공ㅎ고 가 자쎤이 일신이 곤케되고 빅만근병 간더 업네 사러가기 망언ㅎ다 익고익고 셔룬지고 황병이 쏘 웃다 슈인씨 교인화식 혼즈 맛겨실가 녹녹ㅎ다 니의 신셰 공명을 싱각ㅎ여 졔장졸 군병 밥짓턴이 통노긔도 씨여지고 양식 ㅎ줌 바이 업다 나문 것시 죠루박쪽 뿐이로다 일신이 긔진ㅎ니 영명구겁 어이 할리 쳔힝으로 사러나셔 우리집의 가고지고 익고익고 셜이 우이 북마군이 쏘 울고 나오며 ㅎ난 말리 쳔리쥰총 조흔 말계 군긔연잠 만이 실코 오난 비 발아

〈45-앞〉

보고 강변으로 가더니 급흔 불이 리러나이 말을 일코 치만 들고 황망이 쮜 여날 졔 픠군장졸되야신이 쵸슈오산 멀고 먼 질 몃칠 간단 말가 이엇타시 우름 우 졔 죠죠 듯고 홰을 니여 이류 말리 스셩이 유명커던 픠군중의 곡셩 이 어인 일고 다시 운난 자난 군볍으로 참ㅎ리라 이러틋 호령 후의 쵸슈오 산 흠흔 길의 두셰번 물너 일리져리 급쥬홀 졔 젼보군이 엿즈오되 이곳슨 질이 흠악ㅎ고 노구쓰리와 말쏭이 만ㅎ오이 필연 복병이 잇슬가 ㅎ나이다 조조 이른 마리 이곳슨 명산이라 노구쓰리난 슨졔 지닌난

〈45-뒤〉

노구쓰리요 말쏭은 화룡산 나무중스의 말쏭일다 염예말고 어셔가자 조조

마승의셔 화용산쳔 둘너보며 여긔 잠간 포진ᄒᆞ고 쉬여가ᄌ 암상의 좌긔후
에 일호쥬을 취케 먹고 취흥을 못이기여 ᄒᆞ난 말리 여보아라 졔장들 드러
보와라 늬 이번 쏘홈의 봉피는 보왓다만은 오호장슈의 근본은 ᄌ좀늠덜이
엿다 한종실 유황슉은 즁산졍왕의 후예로셔 긔운은 쏨닉근이와 상산 쳐마
젼 집의셔 자리 믹고 신삼어 팔어먹든 숀이요 쏘 관운장은 긔운이 잇고 봉
의 눈의 슘각슈 거살리고 홍안티장으로 사람을 무슈이 사리ᄒᆞ

〈46-앞〉

덧다 그러ᄒᆞ나 ᄒᆞ동쏘의셔 스긔장사 ᄒᆞ든 ᄌ요 쏘 장비는 고리눈의 다박슈
염 거사리고 픠독한 쳬ᄒᆞ여 호통으로 강산을 요란ᄒᆞ게 ᄒᆞ건이와 탁군짜의
셔 졔육장ᄉ ᄒᆞ던 숀이요 쏘ᄒᆞᆫ 호긔남존 쳬ᄒᆞ여 결의형졔 ᄒᆞ여쩌다 근리
인심이 무거ᄒᆞ여 주먹이 단단ᄒᆞ면 약간 심만 밋그 버릇업시 ᄒᆞ난 일이 만
코 쏘한 짓쳬난 고사ᄒᆞ고 연치로 ᄒᆞ여도 실 존장이 꽉되난디 어른ᄒᆞ면 이
놈 죠죠야 ᄒᆞ난 쇼리 간장이 써러지난 듯ᄒᆞ고 흉악ᄒᆞ 놈더리 죽기도 안ᄒᆞ
고 버릇업시 ᄒᆞ며 죠지룡은 볘룩 슘시랑이 믹신 놈인지 업다 쒸기도 잘ᄒᆞ
고 날납기도 보던바 쳐음

〈46-뒤〉

일네라 위국장졸을 무슈이 사리ᄒᆞ이 엇지 안이 통분ᄒᆞ랴 우리쎨이 말이지
졔의 셰터 늬력을 뉘 알이요 상山 돌궁긔셔 싱긴 놈이엿다 그런 상놈덜계
봉피 본 일은 엇지 안이 통분ᄒᆞ며 쏘 졔갈양은 쳔문지리 둔갑장신ᄒᆞ난 쳬
ᄒᆞ여야 남양짱의셔 밧 가라먹든 농투산이 자식이엿다 그러ᄒᆞᆫ 놈더리 엇지
ᄉ류의 참예ᄒᆞ리요 두문불츌ᄒᆞ여 셰불용신ᄒᆞ리라 졍욱이 엿ᄌ오디 승상임
은 그런 말슴 마옵쇼셔 왕후장상이 영유죵잇가 예부텀 일너삽고 교필망신
이온이 말슴 부터 함부루 마옵쇼셔 ᄒᆞ국의 유혼쥬난 지쳬가

〈47-앞〉

흔죵실 긔업을 이룰 사롬이오이 그 안이 영웅이오며 흐동스롭 관운장은 우
리나라 드러왓실졔 미夫人 감夫人 모시고 병촉달야 슘슌공디 지극ᄒ고 충
효예졀 극진ᄒ니 그 안이 의장이며 탁군짜 장익덕은 우뢰갓튼 쇼리을 쳔동
갓치 지르면 나날 시도 써러지고 기난 김싱도 닷지 못ᄒ여 업더지고 승상
심도 놀닛시이 그 안이 명장이며 상산 됴지룡은 장판교 큰 쓰홈의 후주을
품의고 억만진중의 좌우로 충돌할 졔 용장 쳔여원을 팔궁산 쵸목갓치 다
쳐 죽이고 장파교로 나올졔 후쥬 품쇽의셔 잠드러

〈47-뒤〉

씨지 안이 ᄒ여시이 그 안이 명장이며 남약짜 졔갈양은 상통쳔문 흐찰지이
육경육갑 둔갑장신 쳔지됴화을 무불통지ᄒ니 그 안이 영쥰호걸이요 그런
말슴 마옵쇼셔 죠죠 듯고 어이 업셔 글셰 그럿탄 말일다 일러틋 말슴할 졔
그넌산 슘풀 바라보니 흔 장슈 셧씨되 봉의 눈을 부름쓰고 슘각슈 거사리
고 우뚝 셧난디 위풍이 늠늠ᄒ여 멀이 셔셔 망견ᄒ이 죠죠 보고 쌈짝 놀닉
여 야야 졍욱아 져 근넌 산 슘풀 쇽의 셧난 장슈 보아라 예 보던 얼골 갓다
만은 일관공이시며 어이 스라나리 졍욱이 엿즈오디 그거시 장

〈48-앞〉

셩이오 조조 더옥 놀닉여 야야 장셩이란이 장비와 흔 장씨야 졍욱이 엿자
오되 승상임 슬흔ᄒ여 인신을 모로시고 그디지 놀닉시오 그거시 화룡도 퇴
흔 각신이요 호왈 장셩이로쇼이다 조조 듯고 디로 왈 풍우건곤의 날 쇠긔
난 놈을 밧비 자바들리라 좌우군병 쇼리ᄒ고 벌쪄갓치 건너간다 영문출사
도젹 잡듯 도감표슈 술네 잡듯 졉졉이 둘너싸고 장셩왜목 썹벅 자바 큰 쇼
리 뒤지르며 자바들럿쇼 졍욱이 분부ᄒ되 너난 어이 목신으로 관공 형용ᄒ

고 위왕 가시난 길의 완완이 번듯 셔셔 만진즁을 다 놀너이 완만훈 장성

〈48-뒤〉

이로다 왕 힝츠시예 굴예도 안이ᄒ고 이갓치 거만ᄒ이 군법 시힝츠로 군영 다짐 급피ᄒ라 잇찌 장셩이 말ᄒ던 거시엿다 다짐ᄒ여 올여시되 쇼장은 무 주공산지목으로 근근자싱 ᄒ압든의 쳔만의외의 무지훈 목수놈이 도치을 드 러메고 쌍쌍 베여 양싿 잘여니여 인형을 만들러 디도상의 셰워신이 동지셧 달 찬바람과 유월 장마라도 불피풍우ᄒ고 셔셔 힝인 다소을 귀경턴이 금일 디왕 힝츠 젼의 예비을 못ᄒ온 죄난 만스무셕이오나 엇던 나무난 팔자 조 와 고르거각 디명젼 들보 되고 용두봉목 화초로 그려니여 반공의 두렷ᄒ이 그

〈49-앞〉

몸인들 쳔라ᄒ며 진씨황 봉티손의 디부숑도 조컨이와 스후영신 관판목은 빅골신쳬 안보ᄒ고 신반실쌍 ᄒ올젹의 그 몸이들 쳔타ᄒ며 과목으로 일을 진디 율목은 신쥬되야 사시졀의 만만진슈 셜위ᄒ고 분향강신 초혼ᄒ며 아 흔숨헌 첨작사신 지비할 졔 영혼을 위로ᄒ니 그 몸인들 쳔타ᄒ며 셕상의 오동목은 ᄒ현금 복판되여 일싱 비거안자 시르렁 둥덩둥덩 ᄒ며 논일 젹이 봉황도 춤을 추고 각식 시도 홍을 자아니이 그 몸인들 쳔타ᄒ며 용목 피목 은 인지가졀리라 음양으로 각계

〈49-뒤〉

술리되랴 분벽스창의 안질좌자 구실벽좌되여 힝니만 진동ᄒ니 월궁계슈 불 거ᄒ며 도연명의 오류목은 비좌성을 자어니고 사람마닥 귀목으로 사랑ᄒ되 이 몸은 상즁하 버셔나셔 나무 즁의 쳔목되여 공산의 웃득 셔셔 셰월을 보

니던이 욕심만호 몹실 놈이 방장부절 졔 모르고 쨩쨩 볘여 갈겨다가 방쳔 말 문즁방 작두바탕 기밥 구수되고 나문 가지 지싱즈을 여디광판 바라던이 목슈덜이 양즛 잘나놋코 관운장의 얼골인지 주토칠 불게 ᄒ여 봉의 눈 상 각슈 위염 잇게 그려놋코 팔자업난 ᄉ모 씨고 비 우희 글

〈50-앞〉

을 씨되 동방츅귀 디장군이라 두려시 써셔 힝인도승의 웃둑 셰워씨되 입이 잇셔 발은ᄒ오나 발이 업셔 도망도 못ᄒ고 춘ᄒ추동 ᄉ시졀의 불피풍우ᄒ 고 진퇴유곡ᄒ난 날을 승상임이 모로시고 그디지 진노ᄒ시이 무슴 죄로 군 법당참ᄒ랴 ᄒ건이와 다시검 통쵹ᄒ옵쇼셔 특위방송ᄒ시기을 쳔만 바라나 이다 죠죠 드른직 언직시얘라 장셩을 방송ᄒ라 장승을 보고 놀닐 젹의 나 도 쏘ᄒ 실쳬로다 졍욱이 이룬 말이 네 공산 풍낙지목으로셔 입이 잇셔 말 을 ᄒ니 언죽이식비로다 네

〈50-뒤〉

죄 가장 크다만은 방송ᄒ이 물너가라 장셩을 방송 후에 죠죠 놉피 안져 졔 장군졸을 증구ᄒ라ᄒ니 졍욱이 엿즈오되 억만장졸 몰ᄉᄒ고 차산중의 드러 와셔 남은 군ᄉ 몃기 되간디 졈고난 왜 ᄒ시랴시요 손쏘락으로 고바보와도 알것나이다 죠죠 이룬 말이 진중이라 ᄒ난 거시 그럿안이ᄒ리라 리릿틋 말 슴후 졈고을 ᄒ난듸 방포일셩 탕ᄒ며 회진 취티셩은 산쳔이 쩌들엇다 나발 홍홍 쒸짜 나나이 나나노나 쨍쨍 쳘으랑 찰찰 흐참 취티ᄒ며 훗터진 군ᄉ 모와 들계 군ᄉ덜이 임 버셔 손의 들고 군복 버셔 들러며고 긔진ᄒ여 좃차 오며 몬져 가난 놈 욕을 ᄒ고 뒤쩌러진

〈51-앞〉

놈 주먹질ᄒ며 군소리 잔말ᄒ난 놈 머리 알난 놈 우난 놈 웃난 놈 오장경풍
마진 놈 달리 상ᄒ 놈 팔 상ᄒ 놈 눈 빠진 놈 코 터진 놈 이 빠진 놈 턱 쩌
러진 놈 귀 쩌러진 놈덜이 들러오며 원망ᄒ난 말이 졔갈양이 동남풍을 비
러니이 우리 망할 바람일다 갈 도레난 안이ᄒ고 졍구ᄒ여 무윗할나난지 엇
던 난장바삭이 아달놈덜이 다시 젼장의 짜라 가오리가 승상임은 미친짓 그
만ᄒ고 어셔 밧비 갈 공부나 ᄒ압쇼셔 이쩌 조조난 긔식만 보고 안져구나
졍욱이 영을 니려 분부ᄒ되 이번 졍구의 불참ᄌ난 군법을로 시힝ᄒ리라

〈51-뒤〉

ᄒ고 고셩ᄒ여 부르되 듸장의 허무젹 물고요 앗츳앗츳 불상ᄒ다 허무젹은
엇지ᄒ여 죽언난야 오임산곡의셔 죠지룡 만나 죽엇난이다 너의 중의 날닌
장슈로 신야의 가 살인을 물려오나라 우리난 못가겟쇼 승상이 물어오시오
나난 참아 갈슈업다 거러ᄒ면 방졍마진 말슴ᄒ라시요 온야온야 불상ᄒ기예
그말일다 쏘 쳔총의 안유명이 듸답ᄒ고 드러온다 ᄒ 다리 절며 통곡ᄒ야
우난 말이 고향을 바라보니 구룸 박긔 잠긔잇고 권을 싱각ᄒ니 기롭긔도
칭양업다 빈련불취병ᄒ니 퓌군장졸 다리고 갈 싱각은 안ᄒ고 졍구난 웻일
이요 쏘 싸홈ᄒ여 보시

〈52-앞〉

랴요 다리 압퍼 군례도 못ᄒ것쇼 조조 보고 ᄒ난 말이 쳔총 도레로 구례도
안ᄒ고 도리려 날을 원망ᄒ니 그놈 괘씸ᄒ다 목비여라 안유명이 ᄒ난 말이
어허 경수요 그리ᄒ오 젹벽강 급ᄒ 불의 화젼乙 구완홀 졔 뜻박긔 살 ᄒ긔
쩌드러오난듸 방퓌로 막던이 방퓌 씨야야지고 다리 마져 부러져신이 군례
을 엇지ᄒ오잇가 어셔 밧비 쥬이시오 혼빅이나 고향의 도라가셔 부모쳐ᄌ

보것난이다 죠죠 듯고 이룬 말이 야야 셔운이 싱각마라 네 부모가 내 부모로다 앗차앗차 망발ᄒᆞ엿다 파총의 깅허무젹이 무고요 죠죠 듯

〈52-뒤〉

고 어허 거놈 잘 죽어다 졍욱이 엿ᄌᆞ오되 그 사람과 무션 원심잇쇼 업다 야야 그놈 셩망이 김허무젹이라 ᄒᆞ니 어디가 살기을 바라것난냐 중군의 변란 쇠 예 ᄒᆞ고 드러올 졔 인고인고 눈이야 눈이 압파 군례을 못ᄒᆞ것쇼 너넌 웨 눈을 알난야 도망ᄒᆞ여 다러날 졔 쥬유군ᄉᆞ 달여드러 내 눈을 낙시로 글거 닙쎄다 조조 이룬 말이 진중의 웬 낙시 잇던야 뉘 아들놈이 그짓말ᄒᆞ리라 고 그것시 노구쇠로다 군긔 일홈이나 ᄌᆞ셰이 알고 단여라 군긔 일홈 알긔 실쇼 엇떤 놈이 ᄯᅩ 젼장의 당길ᄯᅳᆺᄒᆞ오 ᄒᆞᆫ 눈은 잘 뵈이난야 려너날이 되오 민 두눈 졍긔가 눈의 쐬이쳐 더 잘 뵈

〈53-앞〉

이요 죠죠 듯고 야야 매우 잘 뵈거던 니 상ᄒᆞᆫ 눈ᄒᆞ고 박구계 쎄여노아라 니 위쳑으로 슐병이나 더 쥬마 중군이 긔가 막켜 ᄒᆞᆫ난 말이 미스을 억지로 ᄒᆞ거던 엇지 봉푀가 업시이요 다른 사람의게 그런 ᄶᅡ의 말ᄒᆞ다가넌 쥬먹으로 볼퉁이 마져 이가 오쇼쇼 ᄲᅡ지오리다 어허 이놈 눈 박구기 실커던 그만두어라 우긔병의 젼동달리 예 ᄒᆞ고 드러올 졔 ᄒᆞᆫ난 마리 스모참이 웬슈로다 됴됴 듯고 이놈 장비군ᄉᆞ 안이야 업다 승상 졍신 보와라 웃던 난장목둑니 아들놈이 장비군ᄉᆞ요 그려ᄒᆞ면 져디지 싱싱ᄒᆞ야 충은

〈53-뒤〉

웃다 두고 빈손으로 오시난야 오다가 장비를 만나 충을 보던이 쎼셔 들고 나를 죽이려 ᄒᆞ다가 쑥 분질러 던지기로 쥬셔 들고 오다가 시장ᄒᆞ기로 창

을 쥬고 밥 스벽고 도리용곳 쥬고 바늘 흐삼 스왓쑈 견장의 무슴 보늘장스 잇던야 바늘은 어디 씰야난야 이놈 일싱 견장의 단일놈이로다 글쎄 그게 웬 말숨니요 고향의 슈니 가셔 우리집의 드러갈 졔 그이턴 안이 우류류 나오면셔 반갑도다 반갑도다 철리견장 갓든 낭군 스려오니 반갑쏘다 우슈로 손을 잡고 좌슈로 목을 안고 방안으로 드려가셔 만돈졍회 셜화ㅎ고

〈54-앞〉

니슴츠 흥을 풀 졔 바늘 흐쌈 니여쥬면 근들 안니 싱싹이요 죠죠 이른 말리 너는 마음 잘 먹엇다 그려나 안쌍오입도 돈이 샹ㅎ난이라 쏘 부른다 쟉디군의 목움츨리 에 ㅎ고 드려오니 죠죠 이른 말리 너는 목니 근본 그려ㅎ야 웃든 졔엄미얼홀 놈이 근본 목니 그려ㅎ여요 그려면 웃지 져려ㅎ야 오림슘곡의셔 도망ㅎ여 다려날 졔 엇든 장슈 급피 좃쳐오며 웁다 이놈 게 잇거라 ㅎ는 쇼리에 갈슈 읍써 쩌물너 안졋던니 천동각치 뭇는 말리 이놈 스려 가랴거든 죠죠난 곳슬 밧비 리르라 ㅎ더이다 죠죠 졔 이홈 부른

〈54-뒤〉

다고 홰를 니여 이놈 죠죠란이 여보 그 장슈가 죠죠라 ㅎ드란 말리요 니놈 그리ㅎ면 일너쥬월나 글셰 드려보시오 그 장슈가 고리눈의 답박슈염 거슬리고 호령ㅎ되 이놈 죠죠 어디로 가던아 썩 이르라 ㅎ옵듸다 이놈 일너준 말 말고 나 네 쇼리 듯긔 실타 후환을 웃지ㅎ고 왼통 독흔 장비로고나 여보 일너쥬든 안니하엿쏘 그려ㅎ면 니 아들놈 갓다 쏘 부른다 금군마병의 김썰넝쇠 예 ㅎ여 드려오며 ㅎ는 말리 일쵸군스 거라리고 쥬야로 십진홀 졔 승젼ㅎ기 바라던니 승상이 망승ㅎ여 젹벽강의 피

〈55-앞〉

진흐고 근근도성 스려나셔 고국철리 싱각흐니 스려가기 망연흐다 벙든 군
스 슈빅명을 손고락으로 곱아보와도 알 터인듸 정고는 웬 일리요 그려나져
려나 니니 병 곳쳐쥬오 죠죠 이른 마리 니 돈쏜이나 으더 죽계 명의 불너
치락흐여라 금의군 일더쟝의 동돌쇠 예 흐고 드려온다 쏘 화병장 혓우심이
예 흐고 드려올 졔 정욱니 리른 마리 승상이 긔흔의 정신읍써 흔신이 화병
자니 직씨 불너 진지 흔 승 지여올여라 셩화갓치 치쵹흐니 화병직이 씨야
진 퉁노긔 동여노코 밥 안치고 부시 칠 졔 젹벽강 짠물

〈55-뒤〉

의 진과 돌리 져져신니 불리 엇지 잘 박어리요 지쵹은 셩화갓고 화쳘은 안
빡인인 죠죠 분부흐되 화병직이 목 비여라 밥 흐그럿 짓키가 그더지 더듸
야 화병자니 알외되 목은 베여도 이졔아 부시 치오 빅여라 빅여라 졔발 덕
분 빅여라 그졔야 불리 빅이여 그령져령 밥 지여먹고 젼고흔다 군즁을 살
펴보니 긔마쟝이 이십칠원이요 보졸쟝이 삼십삼원이요 군스 삼빅여명이라
다 각긔 쇼원더로 앙쳔통곡 셜이 운다 고향을 싱각흐이 관산월노 멀고먼
질의 초슈오산 가려신이 몃날 몃칠 가잔 말가 갈 긔약 망연흔이 니 정신 아
득흐다 우리 승상 쳔시가 그만인지 빅만군병 몰스흐고 빅분도 못된 쟝졸
투고 갑옷 창금 춍

〈56-앞〉

활 바이 업고 군긔 굴양 업난 즁의 살도 맛고 칼도 마져 셩흔 군스 업스오
이 쳘리고향 어이 갈고 곡셩이 낭자할 졔 조조 쏘 마승의셔 허허 우시이 졍
육이 긔가 맥켜 여보 승상 들르시오 젹벽강 슈진즁의 우심으로 픿진흐고
오림손곡 조분 길의 우슴으로 죽계되고 호로곡의셔 우셤으로 픿을 보고 근

근도싱 중의 쏘 우시신이 이졔난 다 쥭어소 졔발 덕분 그만 우시오 조조 왈
니 웃난 바난 다름 안이라 졔갈공명이 병셔을 안다든이 오날날 보건디 무
식ᄒ긔 칭양읍다 졔 어이 날을 당할숀야 만일 이런 심산중의 복병ᄒ여시면
조조 안이라 열 조조긔로 살긔을 바알숀

⟨56-뒤⟩

야 이 말이 맛지 못ᄒ여 화룡산곡으로 방포쇼리 요란ᄒᄒ니 졍욱이 혼겁ᄒ
여 이른 말리 승상임 우슴을 염예ᄒ여썬이 복병이 쏘 이러난다 이 일을 엇
지ᄒ오리가 조조 이른 말리 화룡산 중 표슈덜리 삥산영ᄒ난 불쇼린가부다
찬찬이 들러보자 쏘 총소리 탕탕ᄒ이 졍욱이 쥬왈 이번 불쇼리란 웬 쇼리
요 조조 왈 이 슌중의 표슈 ᄒ나둘 뿐일 줄 아난야 건네편의셔 응표ᄒ난 쇼
리로다 겁너지 말고 가지 지차 징 북쇼리 나며 나발쇼리 홍홍 쒸짜 나이나
쨍쨍 쳘으렁 쳘쳘 쇼리 화룡산쳔이 진동ᄒ이 졍욱 이른 말이 져거슨 웬 쇼
리요 조조 이른 말이 황룡산

⟨57-앞⟩

이 명산이라 졍이 잇셔 지마지 ᄒ나부다 허허 겁도만타 이렷타시 쑤중할
졔 쏘 북쇠리 궁궁ᄒ며 마병 보졸 긔치 장금 운무갓치 이러나며 풍낭의 물
결 미듯 졈졈 들러올 졔 원 군중 취틱셩은 원근산쳔 뒤쓸난다 사명긔쎠 디
셔특필 시겨쎠되 혼종신 유황슉의 둘쩌아오 디스마 디 원슈 관운장이라 두
엿시 시겻난디 의긔동 늡늡ᄒ다 주안봉목 삼각슈을 거사리고 쳥용도을 비
겨들 나는다시 들러올 졔 조조난 긔가 믹켜 졍욱 불어 일언 말리 오난 장슈
뉘시야 졍욱이 엇자오디 호통은 징비갓고 날갑긔난 지룡갓소 조조 드옥 질
식ᄒ여

〈57-뒤〉

이졔난 다 죽엇다 염심이나 미리 ᄒ여라 졍욱이 다시 알외되 얼골은 홍식
이요 풍치난 인후ᄒ여 보외이 아마 관공인가 ᄒ나이다 만일 관공이시면 젼
일 승상계난 은혜 잇사오이 비려보압쇼셔 조조 이른 말이 나도 비러볼 마
암은 잇다만은 늬 일홈이 삼국의 엇듬이라 사직사연경 비난계 후셰의 우심
이 될 거시이 너히덜도 죽을 심을 다ᄒ여 더젼ᄒ여 보ᄌ 졍욱이 알외되 관
공의 늠늠ᄒ온 긔상이며 당돌ᄒ온 지조 조로 오관참장ᄒ고 독횡쳘리ᄒ시던
슈단 우 뉘라셔 당ᄒ오리가 조조 왈 그러ᄒ면 신통ᄒ 꾀 ᄒ나 싱각ᄒ엿다
무삼 꾀요 조조 왈 늬 뻐드러져 죽은 쳬 할 쩌신이 너히덜리 혼빅을 부른
후

〈58-앞〉

의 장졸리 졔차로 느러안져 셜이 울며 ᄒ난 말리 가련ᄒ다 우리 승상 황명
을 밧들고 빅만디병 거나려 쳘이젼장 나왓짜가 긔운이 쇠진ᄒ여 화룡산중
긱사ᄒ이 노즁고혼 되엿꾸나 고향을 어이 갈고 불상ᄒ다 우리 승상 은졔
다시 맛나 볼고 이쳬로 안져 슬피 울면 승상 부졍ᄒ다고 응당 피할 거신이
만일 피ᄒ거든 혼이불 얼는 것고 살고 살살 긔여 다러나자 졍욱이 늬말 듯
고 긔가 믹쳬 엿자오디 위풍 조흔 관운장 와당퉁탕 달여들여 느러지 목 얼
느 볘혀들고 가면 움미 날가 싹이 날가 머리만 허비할 거신이 그런 얏튼

〈58-뒤〉

꾀 씨지말고 졍신 찰려 비러보오 관공 셩풍 짐작건디 빌면 응당 들르리다
졔발 덕쑌 비러보오 조조 할말 업셔 빅계도싱 싱각ᄒ며 관공디진 바라보니
뇌고홈셩 쳔ᄒ셩의 큰 쇼리로 호령ᄒ되 업다 이놈 조조야 너을 보니 엇지
안이 상쾌ᄒ랴 늬의 셩공할 쩌로다 만고간웅 자바신이 엇지 안이 조흘쇼야

반갑기도 칭양읍고 신긔흠도 신긔ᄒ다 이놈 짓체 말고 너의 청용도 바더라
조조 긔ᄀ 믹케 업다 졍욱아 니가 비 압펴 급피 ᄯ 싸것다 니 갑옷 입고 니
투고 씨고 여긔 잠관 안저ᄭ라 뒤을 보고 잠관 오마 졍욱이 어이 업셔 물너
안지며 ᄒ난 말이 그런 잔쇠 씨지마오 부명홍사ᄒ긔 나난 실쇼 이럿타시
ᄒ올

〈59-앞〉

젹의 좌우군병 달여들려 접접이 둘너씨이 진퇴할 길 젼혜 업다 할일 업셔
관공 압푸 빌야ᄒ고 투고 버셔 졍욱 쥬고 가는 목을 움치면셔 묘양업시 들
러가며 간괴흔 헛우슴 히히 우스면셔 몸을 구펴 읍ᄒ여 왈 관장군 뵈온 졔
오리로쇼이다 이별 슈연의 긔쳬무양 ᄒ신이가 운장은 본디 인후흔 디장이
라 마상의셔 몸을 구펴 담예ᄒ고 조흔 말노 디답ᄒ되 나난 봉명ᄒ고 이곳
의 와 복병ᄒ고 긔다린 졔 오리노라 조조 다시 ᄭ러안져 인근이 ᄒ난 말이
죠죠난 쳔ᄌ의 명을 바다 빅만디군 거나리고 ᄉ방으로 졍별ᄒ미 쳐쳐의 봉
긔지장 낫낫치 항복 밧

〈59-뒤〉

고 공셩신퇴 싱각ᄒ여 졔장군졸 지휘ᄒ야 쥬야 싸호다가 오젹의겨 픠을 만
ᄂ 억만디병 믈ᄉ ᄒ고 거의 죽긔 되더이 쳔힝으로 ᄉ라나셔 이 고디 당도
ᄒ여 장군을 디면ᄒ이 반간 마암 실푼 신셰 이리져리 싱각ᄒ니 우름 우슴
병발ᄒ야 엇텃타 칭양할 슈 업삽난디 장군은 웬슈갓치 바라보며 노싀이 등
등ᄒ이 고인지졍 어디 잇소 장군임의 어진 일홈 왼 쳔ᄒ가 다 아난디 옛일
을 싱각안코 이갓치 밍열ᄒ오 니 마음의난 시각의 죽을 망졍 졍영이 살듯
ᄒ오 묵특갓튼 흉노로도 ᄒᄭ조을 살여쥬고 묘양자갓튼 우위로도 예양을
살여난디 고졍이 업더리도 이갓치 넝디 안컷

〈60-앞〉

나이다 운장이 듯고 디로ᄒᆞ여 왈 네 말이 간괴ᄒᆞ다 훈쇼죠난 쳔추의 디인
이라 그러ᄒᆞ고 예양은 빅디의 으인이라 그러ᄒᆞ건이와 너난 혼나라 젹ᄌᆞ요
나난 혼나라의 장이라 너울 어이 살리요 잔말 말고 쉬 죽어라 졍각의 죽길
거시로디 젼일 면문 짐잠ᄒᆞ여 문답은 ᄒᆞ건이와 필경은 죽길 테인이 려려
잔말 그만ᄒᆞ고 목 느리어라 죠죠 통곡ᄒᆞ며 빅계도성 비는 말이 장군임 드
르시오 젼일을 모르시요 장군갓튼 용밍으로도 황건젹의 픠을 만나 결의형
졔 분산할 졔 우리나라 모셔드려 별궁지여 모셔두고 미夫人 감夫人 조

〈60-뒤〉

셕으로 문안ᄒᆞ고 습일 쇼연 오일 디연ᄒᆞ며 민여 삼십 골나들여 쥬야로 모
시오고 상마할 졔 금 일쳔양 상ᄉᆞᄒᆞ고 ᄒᆞ마할 졔 은 일쳔양 상ᄉᆞᄒᆞ며 니 손
으로 말 도두와 익기잔쿄 드리옵고 죠셕 공디 극진ᄒᆞ되 도원결의 즁훈 밍
쎄 어긔올 길 젼혜업셔 미夫人 감夫人 니 말 티워 모시오고 공문업시 나가
실 졔 일등명장 다 죽이고 오관참장 ᄒᆞ이시고 독힝쳔리 ᄒᆞ실 젹의 나난 원
심업시 급쥬로 빙문ᄒᆞ여 직위ᄒᆞ송 ᄒᆞ여시이 니의 도례 엇더ᄒᆞ오 장군 머리
씨신 투고 입은 젼포 거러 안진 젹퇴마가 모도다 니가 쥰 긔물리라 은반위
슈 되을 망졍 장군 손의 나 죽이난 그 안이 원통ᄒᆞ오되 차마암

〈61-앞〉

일반이라 셰셰이 싱각ᄒᆞ오 죠죠 목심 장군의계 잇사오이 일언졔 졔 안 살
이면 고인지졍 후셰예 싱각ᄒᆞ오시랴오 운장이 분을 미여 병역갓치 큰 쇼리
로 이놈 조조 들러보아라 굿쩌 운슈 불힝ᄒᆞ여 네 나라의 들러가셔 네의 공
디 바다시나 엇지 안이 갑퍼난야 흡부명장 알양 문 네 나라의 드러와셔 수
다 장졸 죽긔면셔 홍힝강손 ᄒᆞ올 젹의 위국명중 황겁ᄒᆞ여 이리져리 피신훌

졔 네의 은혜 싱각ㅎ고 칼을 들고 나갈 젹의 네 숀으로 슐을 데여 가득 부
어 권권ㅎ나 셩공젼의 그 슐 먹긔 미안ㅎ여 그 슐잔 머무르고 일승병역 ㅎ
칼 씃터 알양 문

〈61-뒤〉

취 양장 머리 병역갓치 볘혀 들고 네 진즁의 돌라올 졔 더운 슐라 식지 안
코 젹장 간담 셔늘ㅎ야 빅만군병 홋터지고 벽산도 쳘이짱 ㅎ번 나가 아셔
니여 네 안칙의긔 긔록ㅎ이 그 일 안이 상쾌ㅎ야 그 은혜을 갑펴신이 너乙
어이 살여두라 조조 듯고 집식ㅎ여 옷자락을 자버 다려 목을 더푸며 이고
이고 하릴업시 죽것쑤나 관공이 그 거동을 보고 우슈며 왈 진쇼위 박격을
씨고 볘락을 피로 벼락은 피ㅎ련이와 니 칼을 엇지 피ㅎ리오 조조 울며 ㅎ
난 말리 젹벽강의 계우 사러 초힝노슉 근근이 득달ㅎ여 구면치구 상디ㅎ미
쳔힝인가 ㅎ여쩐이 양미양후유환격이로다 여보 장군 각가이 잇지 말고

〈62-앞〉

멀이셔셔 말삼ㅎ오 관공이 이르 말리 유정ㅎ다 ㅎ면셔 각가이 셧지 말나는
야 조조 왈 장군임 연유ㅎ나 쳥용도난 무졍ㅎ이 고졍을 볘힐가 그 안이 염
예요 관공 왈 니 ㅎ칼노 네 목 볘혀 피을 니여 칼을 싯치면 그 안이 혼인
연분이나 다을손야 조조 허허 우시며 왈 금방 죽더리도 지담이나 ㅎ 마듸
할 박긔 슈업쇼 여보 장군 들러보오 장군의 칼과 조조의 피로 연분 미져 혼
인ㅎ여짜가 칼날갓튼 자식 나면 장군후화 면할숀라 그 혼인을 자파ㅎ오 관
공이 디로ㅎ여 에라 이놈 요망ㅎ 말 그만 두고 목이나 니미러라 조조 역시
햬을 니여 업다 여보시요 목

〈62-뒤〉

목 비여 가기가 그리 원이요 니 목 비여다가 국끼려 원 업시 실컷 잡수시요
관공은 인후흔 디장이라 살일 마음은 머그나 조조을 흔번 호두쌜나계 놀니
랴고 우리갓튼 소리 병역갓치 지르며 청용도 놉피 들고 와당퉁탕 달여들려
쌍을 흔번 컥 직은이 조조가 질식ㅎ여 업더지며 이고 야야 정욱아 청용도
가 든다든이 아푸잔케 셕 버진다 관공이 쇼왈 목 버져 죽언놈이 엇지 말은
ㅎ는다 조조 왈 셩슈 조와 말흔 졔 머리 잇셔 말ㅎ는 쥴 아르시요 관공이
디소ㅎ고 이른 말이 여보 승상 들리보오 승상을 자부라고 졔장중의 틱츌할
졔 니가 자쳥ㅎ고 니다른 즉 공명션싱 말슴ㅎ되 승상 은혜 싱각ㅎ고 졍영

〈63-앞〉

잡지 안할테이 못니다 ㅎ시긔로 니가 군중의 의율당창 ㅎ올 쥴노 다집두고
왓스오이 그디 놋코 나 죽끼난 그 안이 원통ㅎ오 조조 졍신차려 엿즈오디
유현쥬와 졔갈션싱 장군을 슈족갓치 여긔난디 죽긔긔사 할가만은 장군 시
셰 그러커든 이니 머리 벼혀가오 아모리 유졍흔들 디신ㅎ여 죽사올가 관공
이 이말 듯고 의을 싱각ㅎ여 눈물 홀엿 싯쳐니며 무한 탄심할 졔 주창이가
말졍마을 툭탁 노코 볘란간의 달여들 큰 소리로 엿즈오디 장군임은 조조을
죽긔든 안이ㅎ고 무슨 잔말ㅎ나이가 옛이을 모로시요 병역발산

〈63-뒤〉

ㅎ고 긔긔셰ㅎ던 초픠왕도 범증 옥결 본체 안코 항장 칼츔 말유ㅎ여 픠공
을 죽긔잔코 무심이 노와짜가 쳔흐을 이러신이 쳔츄원혼 그 안이요 치시
조조난 치셰지능시이요 난셰지간웅이라 간괴흔 쐬 모로시고 죽긔잔코 두고
가면 양호유환 이 안이요 장군임이 놋스오면 쇼인이 흔 쥬먹의 죽긔리다
달여들러 조조의 상투자버 니둘너 동딍이질 쳐 쎅쎅길 궁그린이 조조 황겁

ᄒ여 이려나며 여보여보 별감 별감 날 살여주시오 니 후졔 조흔 술안쥬 갓
츄워 소쥬 청쥬 만이 디졉ᄒ오리다 관공의 어진 마암 마라마라 그리 말 목
슘을낭 살여두고 지버가자 주창이 또 달여

〈64-앞〉

를려 졸의 멱살 숨 못쉬계 잔득 잡고 흔들흔들 흔들면셔 이놈 어셔 가자 이
쳐로 실난할 졔 조조의 졔장군졸 관공 압피 일ᄌ로 쑤러 안져 두손으로 합
장ᄒ고 인근이 비난 말이 어질고 착ᄒ신 장군임은 우리 스상 살여쥬압쇼셔
착ᄒ시고 어진 덕틱 빅골인들 이지리라 본국으로 도라가셔 호호만셰 ᄒ압
쇼셔 관공이 장졸의 인근흔 거동을 보고 더옥 감ᄒ여 쥬창다려 일너 왈 야
야 멱살 노와라 장졸의 근경 차마 볼슈업다 남의 신ᄒ되 임군긔난 츙셩은
일반이라 삼빅여명 장졸의 안셰을 보와도

〈64-뒤〉

놋코 갈 박긔 할 일 업다 쥬창이 멱살 놋코 물너셜 졔 조조 장졸 일시예 이
러나 빅비치스ᄒ직ᄒ고 승상을 모시고 허도로 도라가더라 관공이 조조을
보닌 후의 회군ᄒ여 신야로 도라와 현쥬와 공명 젼의 복지ᄒ이 공명 왈 장
군은 조조을 자바 셩공ᄒ고 오오신가 관공이 주왈 조조난 고졍이 지즁ᄒ
여 차마 죽일 슈 업스와 그져 노와보니고 왓스오니 션싱임은 군병으로 의
율시힝 ᄒ압쇼셔 공명이 탄식 왈 장군은 진질노 인후ᄒ신 군자로다 조조
명은 지쳔ᄒ이 일역으로 엇지 ᄒ리요 그만져만 던져두고

〈65-앞〉

각셜 공명이 디연을 비셜ᄒ고 오호디장 차려로 불너들려 디공을 상사ᄒ고
금고을 쩡쩡 울이며 승젼을 자랑할 졔 잇떠 조조난 픠군장졸 거나리고 허

도로 도라와 쥬야로 싱각흔즉 주유의계 피을 보고 지룡의계 본변흐고 익덕
의계 진욕 먹고 관공의계 곤욕 본 분을 참지 못흐여 졔장을 모회고 국亽을
의논흐여 산양슈 싸홈을 허랴흐고 군계 군양을 수은흐이 졍욱이 엿ᄌ오되
대왕이 빅만군병 젹벽강의 몰亽흐고 화룡도 조분 질의 어진 관공을 만나
고국의 사러오신 일 ○○○○ ○○흐고 다시 꼭 긔병코자 흐신 ○○○○
○○○○ ○○○군병

김동욱 소장 24장본 〈華龍道傳〉

표지에 "庚午正月十日○夜 華龍道傳" 본문에 "화롱도전리라"라 쓰여 있다. 경오년(庚午年)은 1870년으로 비교적 초기의 이본으로 추정된다. 작품의 뒤에 행실록(行實錄)이 부기(附記)되어 있다. 한 면은 10~12행으로 촘촘하게 쓰여 있다. 첫장면이 "천도순환ᄒ여 흥실이 겸복ᄒ여 쳐쳐의 도젹이라"로 시작되며 유비의 호칭은 소열황제이다. 이후의 전개는 도원결의로 이어지며 서서가 공명을 천거한다. 조조가 잔치를 베푸는 장면에 소박한 형태의 군사설움사설이 들어있으며 정욱이 황개의 배를 바라보고 군사들의 죽음을 염려하여 슬피 우는 장면, 여러 장수들이 황개의 급습을 염려하는 장면이 있다. 적벽대전 이후 오림 장면에서 원조사설이, 조자룡의 공격 이후 조조의 도망사설이, 장판교에서 장비 호통, 백구사설, 화룡도 장면에서 군사설움사설과 장승사설이 나온다. 특히 장승사설에서는 장승을 벌주라는 조조의 명령에 군사 중에 '낭쇠'라 하는 자가 장승을 대신하여 대답하는 대목이 있어 특징적이다. 이후 군사점고사설, 청도기사설과 관우의 의석조조로 전개된다. 문장의 흐름을 보면 앞부분의 문어체 문장 성격이 후반부로 가면서 판소리적 구어체 문장으로 바뀌고 있다. 유비, 공명, 관우나 장비, 조자룡 등 촉(蜀)의 인물에 대한 묘사가 치밀하다. 또한 화룡도 장면에서 관우에게 목숨을 구걸하는 장면 외에는 조조나 정욱 등 위(魏)나라 인물에 대한 묘사가 다른 이본에 비해 풍자가 약화되어 있다. 현재 발견된 필사본 가운데 시기가 가장 이른 것으로 초기 〈화용도〉 형성의 단서를 확인할 수 있는 이본으로 생각된다. (정문연 필름번호 1502 : R35P -000044-11)

김동욱 소장 24장본〈華龍道傳〉

〈표지〉

庚午正月十日○夜

華龍道傳

〈1-앞〉

천도 순환ᄒ여 ᄒ실이 경복ᄒ야 쳐쳐의 도젹이라 젹신 조조 띠을 엿보와 가만ᄒ 홍계로 협쳔ᄌ이렁졔후ᄒ니 쳔ᄒ 사람니 다 조조을 주기러 ᄒ는지라 닛쩌 졔 붕ᄒ시고 소열황졔 입시ᄒ시다 당당ᄒ ᄒ실 죵친이요 듕산왕의 후예라 ᄒ업을 듕흥코져ᄒ여 쳔ᄒ영웅 듕걸을 뽈시 관공 장익덕으로 도원결의ᄒ여 ᄒ가지로 밍쎠ᄒ고 주졈의 술을 부여 분취케 마신 후여 소열이 관장 양인의 손을 줍고 어희 탄식ᄒ여 왈 슬푸ᄃ 쳔ᄒ시이여 ᄒ나라 일통 쳔지 삼분이 되여신이 스빅연 긔업얼 뉘라셔 건져줄고 쳥쳔을 우러러 옥쉬얼 휘이거눌 관장 양인이 거긔 뫼셧다가 쪼ᄒ 흉즁이 격감ᄒ여 소열을 위로 왈 우리 양인은 본디 민쳡ᄒ 사롬을 더러이 안이 여기시고 스싱영욕을 ᄒ가지로 밍쎠ᄒ오신이 몸이 비록 도어가도 희골이 쇠진ᄒ오나 츙의을 다ᄒ와 ᄒ업을 회복ᄒ오이이 바라건디 근심을 덜

〈1-뒤〉

으시고 쳔ᄒ 긔묘영지을 구ᄒ와 셰셰 안민지칙을 증ᄒ소셔 향일예 셔셔란 사람의 말숨을 듯스오이 남양쌍의 한 션빅 잇스오되 졔갈공명이라 셰숭이 일커러 와용션상이라 ᄒ오며 용호웅변지지와 신긔묘묘지술은 귀신도 칭양

못흐지라 옛날 강자와 장자방으로 빅즁지강이라 흐온이 쎌니 그 사룸을 차
지소셔 쇼열 왈 쏏홉언 니시ᄂ ᄂ 본시 덕이 업고 신수 불길흐이 이러틋 놉
흔신 선빅가 엇지 귀순ᄒ기 질기이요 공등이 만일 셔로 더부러 친분이 조
밀커든 먼져 순셜 허비ᄒ여 져의 뜻졀 탐지흐라 관장 양인이 다 주왈 옛말
의 일으기을 상지긔겨스라 ᄒ오이 ᄂ 먼져 져을 지수ᄒ오면 제 쏘흔 니게
죽기을 사양치 안니 흐린이 엇지 분분흔 쩍을 당흐여 비신 후 페로영지을
구ᄒ지 안이시고 관인의 손을 비러 왈 잇긔을 탐흐리요 몸을 구펴 친니 츠
시ᄂ읻만 가지 못ᄒ오이 우지지언과 광부지언을 찰납ᄒ소셔 쇼열이

⟨2-앞⟩

황연디각ᄒ여 즉시 길을 차예 관장 양인으로 흔가지 앙앙쎵을 츠ᄌ갈 시
적토마을 비기타고 금간쳔봉을 도라들며 쩍맛침 풍셜이라 손별노 됴분 길
의 나목은 소소ᄒ디 쇼리쇼리 바롬이오 쳥겨상 빅셜듕의 빅셜은 분분ᄒ니
송이송이 이화로다 이순 넘고 져순 넘어 구비구비 들쳘 서풀서풀이 나어다
라 양양쎵을 다다으이 말근 물은 구비쳐 둘너난디 층암 절벽간의 수간초당
닛넌지라 말긔 ᄂ려 남긔 미고 송ᄒ의 비계 셔셔 초당을 바라보이 젹젹흔
져 가온디 비운만 울울ᄒ이 말 물을 디 젼혀 업셔 쥬겨쥬겨 ᄒ노라 이동지
시문얼 반기ᄒ고 계ᄒ의 나여 흔들흔들 나오던이 이윽히 바라보고 흐연이
나셔 졀ᄒ고 문ᄂ 말이 뉘시관디 풍셜 듕의 눌을 보야고 여긔 왓ᄂ이까 쇼
열의 거동 보소 져 동지 반가와라 은근이 손을 잡고 넌지시 문ᄂ 말이 너의
션상쎄셔 쳐강 박복ᄒ오시야 네 드러가 션상젼의 엿자와라 漢宗室 劉玄德
이 문밧긔 등후ᄒ여 뵈옵고져 흔ᄃ 옛ᄌ와라 져 동ᄌ 경동 보소 반기며 웃
ᄂ 말이 손임예 밧비 가오 아모리 ᄒ여도 우리 션상은 못보

⟨2-뒤⟩

시이다 그려ᄂ 션상계옵서 취침몽응 ᄒ오시이 아흐가 의른 취침ᄒ신ᄂ디

방즈이 알외지 못ᄒ오며 우이 션상은 산둥고낙츌경 ᄒ오시며 야귀독고인셔
ᄒᄉ 산둥 초둥의 한가이 도셰ᄒ시고 셰상ᄉ을 알고져 안이시이 이 연고로
셰상의 속긱과 공후귀인은 즐겨 산둥의 드어온이 드러가 엿즈오ᄂ 엇지 뵈
오닛가 즉시 도어가ᄂ이만 ᄀ지 못ᄒ이다 소열이 동즈의 말을 어희업셔 튼
식 왈 우리 등이 너의 션상을 뵈오야고 불원쳘ᄒ고 풍셜 등의 길열 ᄎ즈 십
젼구도 ᄒ여거늘 니 엇지 남의 셩억을 싱각지 안이ᄒ고 박졀니 말을 ᄒᄂ
다 녜 드려ᄀ 션상젼의 옛즈와라 션상이 듯지 안이 ᄒ시ᄂ 거션 할 일 업것
이와 엿줍지도 안이ᄒ고 네 의ᄉ로 션상을 용특ᄒ여 우리을 가라홈은 ᄉ장
지도의 말이 못되이 잔말말고 드려ᄀ 엿즈와라 이러틋 수작할 졔 공명이
草堂의셔 글을 지어 을퍼 왈 초당의 춘수족ᄒ이 窓外의 일지지라 大夢을
誰先覺고 평싱을 아즈지라 ᄒ엿썰라 소열이 孔明이 글을 보기을 기다려 동
즈을 다시 쳥ᄒ여 왈 드러가 엿

〈3-앞〉

즈왈라 ᄒ이 동즈 할길 업서 드어가 공명계 옛즈온디 한 종실 유현덕이 션
상을 뵈오야고 등후ᄒ 졔 오리오소이다 공명이 미소ᄒ고 즉시 의관을 증계
ᄒ고 중계의 날여 童子로쎠 영졉ᄒ이 소열이 디희ᄒ여 관장으로 더부러 중
계의 일으이 孔明이 읍ᄒ며 먼저 오기을 쳥ᄒ거늘 소열이 지슴 ᄉ양ᄒ다가
당의 오우며 관장 양인은 계ᄒ의 공수시읍 ᄒ여쎠라 옛필 좌졍 후의 소열
이 눈을 드러 좌울을 술펴보이 벽승의 그림을 붓쳐시되 옛눌 강틱공이 관
장 슴쳔육빅듀로 위수의 고기 낙가던이 문왕이 친왕ᄒ던 거시며 부촌손 엄
즈룡이 셰상공명 ᄒ즉ᄒ고 東江七里탄의 고기 낙가 종격을 도셰ᄒ이 天子
셰상의 방구ᄒ여 물식으로 구지ᄒ던 일을 역역회 그려 붓쳐고 공명이 쏘훈
바라본이 八尺長身이요 수가실ᄒ고 디이용완이며 안광이 ᄉ인ᄒ여 자미셩
발근 광치 시로이 경경훈 둣ᄒ더라 心中의 디희ᄒ여 묵묵부답 ᄒ엿다가 겸
양ᄒ여 왈 왕후 등 일변으로 일츌이작ᄒ고 일입이식ᄒ야 부지

〈3-뒤〉

계역기 흐유어아지오 청송으로 위우흐고 수슈의군흐여 일기 산중 식토지민
인이 무어슬 취코져 흐여 당당흐신 금지옥엽으로 이러틋 산용야슈의 집으
로 왕임흐신닛가 소열이 공명을 본이 미더강산이 두엣흐고 홍장 천지조화
라 심듕의 흠양열복흐여 다시 증금위좌왈 션상의 놉푸신 셩화는 포문이구
의로디 玄德이 셩역이 부족흐여 뵈압기 늣스온이 바라건디 틱만흔 죄을 용
셔흐시고 未美흔 소원을 부찰흐소셔 니 본디 박덕픙용지인으로 당차위란
경복지시흐야 漢室宗業을 계승흐오나 亂적 曹操와 동오 孫權의계 쳔흐을
三分흐고 일위여 붓쳐 잇스온이 긔셰을 不敢當이라 회복할 길이 업스온이
先生의 듯절 어더로 두시눈잇갓 흔 말슴을 듯스오면 大事을 증흐러 흐눈이
다 방촌을 숭기시지 말을소셔 공명 왈 위포젼인니요 쳔견박식니라 평셩소
원이 부귀문達 어졔후흐고 구젼 姓名이 난셰라 무슴 才勇으로 天下事을 담
당흐리잇갓 이언 말은 겸양의 당치 못흐온 일이온이 강회 봉승치 못흐리이
다 소열이 孔明의 넝낙흠을 보고 용완의 승

〈4-앞〉

쉬비비 왈 아지소망어 先生者는 周武王의 太公과 졔환공의 관듕과 유아고
황졔의 長子房과 가틋이 先生의 뜻지이 이러어틋 넝낙흐오이 너가 先生을
그릇 아안는지 先生이 날을 밋지 안이흐난지 니 셩역이 응히 先生을 감동
치 못흐난지 當此之時흐예 若非先生이면 졔셰안민지策이 束手無計온이 뉘
로 더부어 천흐스을 의논흐리요 슬푸다 아틱조 高皇帝의 근노흐오신 四百
年 긔어법을 浮雲가치 홋터진이 이거시 흐날의 운수야 나의 박덕함으로써
사름이 듯지 아이흐눈야 先生니 아직은 한나라 셰록지신니요 식토지인이언
만는 도라보란 지 업신이 져 무죄흔 창성을 엇지 흐리요 흐고 통곡흐이 孔
明이 쏘흔 감읍흐여 왈 졔 지조을 혜아러 重事을 감당치 못할가 흐읍습던

이 下敎 져려틋 지즁ᄒᆞ오신이 몸니 죽ᄉᆞ온들 충의소지 어지 두변 ᄉᆞ양ᄒᆞ리
요닛가 昭烈이 디회ᄒᆞ여 즉시 ᄒᆡᆼ장을 지쵹ᄒᆞ여 ᄒᆞᆫ가지로 발ᄒᆡᆼ홀 시 孔明이
그 아오 균을 불너 草堂을 막기고 畝事을 다 부탁ᄒᆞ고 曰 닉 님의 몸을 나
라의 회ᄒᆞ여신이 셩역을 다ᄒᆞ여 漢室얼 회복ᄒᆞ러인와 天○을 엇지 알냐 너
ᄂᆞᆫ

〈4-뒤〉

草堂을 지키고 후엽을 힘써 셰상여 그리미 업계ᄒᆞ라 ᄒᆞ고 쳥계수의 나려가
셔 말근 물 덕벅 물며 ᄒᆞᄂᆞᆫ 말이 창영ᄒᆞ고 창영ᄒᆞ다 쳥계수야 쳥계수야 말
금도 막다 닉 마음 너와 가치 막지던이 씌글을 무읍스고 언의 더 다시 와서
져 물의 씨셔볼고 져그 심음 져 수상 팔빅쥬ᄂᆞᆫ 너 주인을 안ᄂᆞᆫ다 모로ᄂᆞᆫ다
닉 손수 붓도도와 져럿틋 무셩던이 이계 속졀업다 속졀업다 뉘라셔 붓도도
리 ᄒᆞᆫ가ᄒᆞᆫ 져 빅운아 닉 마음 너와 가치 시비업ᄌᆞ ᄒᆞ여던이 져럿틋 풍진듕
의 시비 엇지 업슬손야 언계ᄂᆞ 도러와셔 신여부운무시비라 할고 젼장은 사
지요 병ᄌᆞ은 홍괴라 다시 옴을 어지 긔약ᄒᆞ리 ᄒᆡᆼ계 셔로 손을 잡고 낙누ᄒᆞ
여 니별ᄒᆞ고 劉關장 三人을 ᄯᆞ우이 슬푸다 가련ᄒᆞ다 일통쳔지 ᄒᆞᆫ나라 ᄒᆞᆫ
구셕 닐편의 ᄯᅩ의 계우 용신할 듯 말 듯 피펴ᄒᆞᆫ 져 모양이 병ᄌᆞ맘수쳔이요
즁불만십예라 孔明이 어희업셔 曹操와 孫權의 動情을 탐ᄒᆞ여 묘락을 싱각
ᄒᆞ이 先破曹操ᄒᆞ고 後破孫權이라 도도의 긔셰을 경홀이 디젹지 못ᄒᆞ리라
장찻 孫權을 격동ᄒᆞ여 조조 칠 묘약을 싱각ᄒᆞ더이 東吳의셔 지죠을 포문ᄒᆞ
고 노속을 보랴고 쳥ᄒᆞ니 孔明이 디희ᄒᆞ야 昭烈긔 옛ᄌᆞ오더 東吳

〈5-앞〉

의셔 날을 쳥ᄒᆞ옴은 오왕 손권이 ᄯᅩᄒᆞᆫ 조조을 근심ᄒᆞ여 계교을 뭇고져 쳥
ᄒᆞ민인 일이 우연치 안이ᄒᆞ이 닛더을 일치 말고 東吳 홈역ᄒᆞ여 曹操을 滅
ᄒᆞ고 동오은 차례로 멸ᄒᆞ인이 天下을 회복ᄒᆞ올 거시이 主上은 금심치 말고

날을 東吳여 보니소셔 昭烈이 불열 왈 션싱의 지략이 족히 말과 가듯진더 아즉 군무가 초충치 못ᄒ여 군중 大小事을 先生긔 안니면 의논할 곳지 업ᄉ온이 일시라도 先生이 쩌안면 나의 手足은 범힘 갓홀쩌라 情이 머어오나 션상의 말니 이려ᄒ이 엇지 시힝치 안이 ᄒ니리오 부더 束束히 도라와 니의 울울ᄒ 근심을 풀소셔 孔明이 ᄒ즉ᄒ고 노속을 率ᄒ여 東吳로 올시 공明이 昭烈긔 은근이 엿ᄌ오디 지롱얼 군ᄉ 빅명만 거ᄂ리고 동지딸 이십일오○兵心 엄예 디령ᄒ여 부더 그럼이 읍게 ᄒ소셔 만이 어긔오면 더환을 당ᄒ여 만ᄉ가 와히되이다 이려계 부탁ᄒ고 노속을 솔ᄒ여 동오여 일으이 닛써 동오의셔 의논이 분분ᄒ여 일등문관은 조조와 아직 화친ᄒ여 일후을 기다려 치ᄌᄒ고 일더문장은 죠죠을 급히 쳐 후환을 ᄂᆖᄎᄒ이 오왕이 유예 미졀일너라 공명이 니 ᄉ긔을 탐지ᄒ고 손권을 보와 마음을 격동ᄒ고 주우로 더부러 셜젼ᄒ여 ᄉ면을 先動ᄒᄂ 都是

〈5-뒤〉

듀유예 일언의 잇ᄂ지라 오왕과 듀유을 쳥ᄒ여 이 언유을 일로니 쥬유 문무 장광의 말을 졜짠치 못ᄒ고 조조 긔셰을 살피며 공명의 말을 의심ᄒ야 종시 응낙지 안이 ᄒᄂ지라 공명이 의ᄉ로쎠 주유을 격동ᄒ되 동작더부요 남이교어동남 ᄒ편을 외이고 쏘 曰 두 어ᄌ을 일업주의 실어보니면 조조 디락ᄒ야 大兵 물니쳐 동오와 합역ᄒ야 후환이 읍시인이 듀도독니 열국 중임을 맛타 大小事을 말더로 결단흔이 엇지 두 여ᄌ을 악계 國ᄉ을 도아보지 안이 ᄒ시ᄂ잇갓 언파여 두유 디로ᄒ여 펼젹 쑤며 됴됴을 굿지고 ᄒ날을 울려려 밍셰ᄒ고 왈 사름이 엇지 병이 업시리요 그더 니 병셰 안다 ᄒ이 무슴 냑을 먹음면 즉ᄎᄒ리요 공명이 소왈 도독의 병환의 쓸 냑이 잇ᄉ오이 좌우을 물니치면 증챳 신염코져 ᄒᄂ니다 破八字을 쩌 보이며 왈 이약을 싯면 응당 병환이 나으실뜻 ᄒ여와이다 흔이 쥬유 심듕의 놀니 왈 선상은 남의 맘 알기을 귀신번딤 더 아도다 ᄒ더라 이겨션 달흔 약기 안이라 불

火㒵을 손빠닥의 써 주유을 보이오고 조조을 불노써 치즌 말니언을 주유 공명이

〈6-앞〉

그 듯졀 아라 말함을 놀니더라 周瑜 다시 일너 왈 言즉연이로디 부지東南風은 시불혜로다 孔明 왈 東南風은 니 맛당니 어들 거시이 도독은 염예마읍소셔 軍馬 조연호여 쎄을 일치 마으소셔 周瑜 왈 동남풍은 호날이 호신 는 비요 지금 쎄가 안이라 天地조화 엇지 임의로 발호이요 孔明 왈 정성소도의 금셕을 가뢰라 호온이 셩역이 지극할진디 天地조화을 거졍호리인갓 옛날 탕임군은 디훈칠연의 쳔호 홍홍호여 만물이 다 타겻날 신우 희셩호여 쳘직을 스소호여 도우산임 슈슘일의 디우방수쳘니호시고 후우씨는 군연지수 다스리되 도순도슈 호오신 후 구쥬을 불계호여 억조충싱을 살어소이 쏘혼 쳔지조화로셔 셩역으로 으듬이요만는 동남풍을 일역으로 묘들들진디 어지 사룸의 셩억리라 호리니갓 조금도 근심말고 날만 미드소셔 듀유 심듕의 허황니 알고 공명이 졔 지조을 포장혼가 더욱 싀긔호여 죽기 계교을 싱각호여 왈 연즉 동남풍은 그디 셩억으로 으드여인와 굴영으로 써 다짐호오미 어더호요 공명이 흔연이 허악호고 즉시 굴영 다짐호고 느오더라 닛디은 졍히 십이월이라 공명이 졔중군졸을 거느려 남병손의 올느가 칠셩단 모홀 시 군스을 분부 왈 오방 홀글

〈6-뒤〉

다 방오디로 일치 말고 푸드려 단을 모으라 호이 지중은 삼십스쳘이요 광은 이십八千이라 두려시 모와노코 五色긔 다섯을 민드어 오방을 포호시 동방은 갑을묵을 응호여 각황져방 신미긔을 쏘져시이 쳥용 쳥긔요 셔방은 경신금을 응호여 규유위묘필최삼을 그려 쏘져신이 빅호 빅긔요 남방은 병졍화을 응호여 졍긔위성중익진을 긔여 쏘져신이 쥬죽 홍긔오 북방은 임계수

을 응ᄒ여 듀우어허위실벽으로 긔려 쏘져신이 현무 흑긔고 중앙은 무긔토
을 응ᄒ여 동ᄉ귀진긔 쏘고 물 ᄒ 승은 좌우로 갈ᄂ 쏘고 달긔 깃셜 달라
후풍 후계ᄒ고 공명은 묘욕지계ᄒ고 몸의 동의을 입고 머리 가마 슨발ᄒ고
발 시셔 버션 버고 한 손의 긔을 들고 쏘 ᄒ 손의 칼을 잡고 단 압희 다라
가 인이 위의 졔계ᄒ여 天神 ᄒ강ᄒ 듯 ᄒ더라 공명이 노숙을 불너 왈 ᄌ경
은 갈지여다 주공이 응당 기달일 거신이 썰니 도아가 듀공을 도와 그릇치
미 업계 ᄒ라 군듕이나 조련ᄒ여 요동치 말지여다 조병은 갈길 업고 졔가
량은 바람 으드면 더욱 고히 역길 비 안인이 만일 동남풍이 일거던 일시여
힝군ᄒ여 쎠을 일치 말ᄂ 노숙이 듀져듀져

〈7-앞〉

ᄒ여 발힝치 안이ᄒ고 ᄒ가지로 잇셔 발롬을 기다리예 ᄒ거늘 孔明이 중식
ᄒ여 노숙을 굿짓고 단 지킨 군ᄉ을 분부 왈 니 곳젼 ᄉ경이 업고 타인이
머무지 못ᄒᄂ이 아모라도 니가 가라 ᄒᄂ 사롬은 가고 잇시라 ᄒᄂ 사롬
은 머무위여 너희 직킨 방위을 맛터 쩌나지 말고 죠졸을 거두어 쇼란이 말
며 무단이 순셜치 말며 쳔긔혼눕ᄒ여 무슴 긔운이 잇실지라도 요동말신 지
을 직키여 그로미 업계 ᄒ라 만일 위령지면 춤ᄒ고 난령지면 춤ᄒ고 군듕
여 니말 업시 임의로 출입ᄒ여 요동ᄒ언 지면 쏘ᄒ 춤ᄒ리라 군졸이 쳥영
ᄒ고 각각 방위을 ᄎᄌ가며 무류이 퇴ᄒ거늘 孔明이 약속을 증ᄒ고 단의
올ᄂ 관망ᄒ이 군듕이 고요ᄒ여 ᄉ고의 무인ᄒ 듯 ᄒ거늘 공명이 분힝지비
ᄒ고 앙天축수 왈 유셰ᄎ 근안 정희연 십이월 이십일 각ᄌ의 금ᄌ괵 無大
夫 티흔승상 諸갈낭을 감소고우 황청후토 이월성신 영희빅졔신 슘티칠성
화덕지신 풍빅지신은 불출조임ᄒ옵소셔 황쳔이 부조ᄒ시고 시운이 불길ᄒ
여 유아황상 유아티조 고황졔 고황졔 근쇼ᄒ오신 ○伯年 긔업이 일죠의 경
복ᄒ이 슬푸다 황졔지실덕이라 간젹 죠죠 환으로쎠 쳔강조별ᄒᄉ ᄒ실이
大亂ᄒ이 역쳔지 망호니갓 순쳔지 망

〈7-뒤〉

호니갓 유아황상은 당당ᄒ신 ᄒ실 동친으로 션황졔 계승ᄒᄉ 포덕어쳔하ᄒ
시고 근뇨어 ᄉ회ᄒ시고 이민ᄒᄉ ᄒ시고 비신후펴ᄒᄉ 순수쳔망ᄒ시고 간
젹 죠죠은 샹긔쳔ᄌᄒ고 ᄒ학잔범ᄒ고 불고션졔지셰록ᄒ고 ᄌ힝ᄌᄀ지지ᄉ욕
ᄒ고 암살티후훈이 시군지디환이요 無〇살영훈이 삼장지볍이별의라 역쳔지
조가 막ᄎ우심훈이 황황샹쳔은 ᄒ찰됴심ᄒᄉ ᄌ칭 일세지영웅이라 ᄒ고 황
어지존지위호잇가 유ᄎ관지컨디 役天者 興ᄒ고 순天者 망이오이 쳔도가 유
아황상의 삼고지은을 입사와 봉명출셰ᄒ오이 션첨ᄌᄂ 도젹니라 동오로 함
역ᄒ여 장찻 멸코ᄌ ᄒᄂ 한실이 미략ᄒ야 병ᄌ만 수쳔이요 장불만 십례라
능희 됴젹의 긔셰을 당치 못ᄒ온 듯 불가역쳔이요 니언고로 동남풍을 어더
火攻으로 소멸코졔 ᄒ오ᄂ 명명산쳔은 조임ᄉ방ᄒᄉ ᄒ 숩일 동남풍을 비
어니여 쥬요시면 간젹 조조을 멸ᄒ여 한실을 호복ᄒ야 도탄의 든 무죄ᄒ
창싱을 건지여ᄒ오 복걸 황쳔후토 일월셩신 일월셩신 삼티칠셩 화덕지군
풍빅지신은 졔갈냥 미셩부찰 ᄒ소셔 빌기을 밋초미

〈8-앞〉

공명이 단의셔 셰변을 승강ᄒ야 풍셰을 기달이니 니윽고 ᄒ날의셔 흑운이
둥실둥실 사면이 어둠침침 달긔 깃시 긋덕긋덕 긔쌀이 풀풀 날니여 강물이
출엉출엉 이려ᄂ니 孔明의 그동보소 팔각유건 숙여스고 확충얼 썰더입고
白羽扇을 반만 들어 얼골을 넌지시 가로오고 남병산 빗긴 길노 가만가만
나여가며 오강얼 다다은이 계 왓구ᄂ 계 와구ᄂ 事山寺 죠진룡이 군스 빅
명을 비의 시고 孔明을 등후ᄒ다 바의 올ᄂ 서로 반계 손을 잡고 우선 뭇ᄂ
말이 우리 주상 기달이시지 날 보니고 오죽 궁금ᄒ실가 군둥 諸事 엇지 되
고 諸將덜이 無병훈가 이말 져말 수죽홀 졔 남병산 바람소리 울울이 니어
ᄂ며 풍낭이 디죽ᄒ여 쳥룡 주작 그린 긔쌀 서북으로 풀풀 날너 살 소듯 드

려가이 니는이 동남풍인가 잇써 周瑜 孔明을 남병손의 보니고 심듕의 장신
장의ᄒᆞ여 노속다려 일너 왈 공명이 졔 지조얼 포장ᄒᆞ고 동남풍을 빌마 ᄒᆞ
나 쳔신의 지조 안이여던 졔 엇지 써 안인 밤롬을 빌이요 졍영 뇨타한 말노
느을 속기미지 닉의 굴영 바더씨이 졔 아모리 ᄒᆞ여도 듁기을 면치 못ᄒᆞ려
다 ᄒᆞ더라 말이 맛지 못ᄒᆞ여 바롬소이 디단ᄒᆞ거늘 周瑜 놀닉

〈8-뒤〉

본니 영ᄒᆞ더라 간담이 션을ᄒᆞ고 졍신이 악득ᄒᆞ여 이윽히 보다가 노속을 황
ᄒᆞ여 왈 이 사람의 지조는 군신도 못할 웅변지숙열 흉즁의 푼여두고 임의
용지로 ᄒᆞ이 만일 이 스롬을 셰상의 머물 뉘면 동오의셔 듀유의 병이 그 손
의 긋여질 거신이 닐즉 모함이 맛당ᄒᆞ다 ᄒᆞ고 듕군좌우 셔 졍봉을 불너 분
부 왈 강변으로 가도 급히 조ᄎᆞ가셔 공명을 보거던 불문곡직ᄒᆞ고 머이을
벼혀오라 부연이면 아등무유지ᄒᆞ라 양장이 쳥영ᄒᆞ고 닐닌 말을 치쳐 모
라 남병손을 올느가이 孔明이 발셔 간던 엽고 풍셰맘 요란ᄒᆞ지라 긔 즙은
군시 단상의 셧거늘 급히 무려 왈 너의 孔明先生 어디 계스야 줌간 아월 말
슴 잇시이 긔이지 말고 바오 이을라 군스 엿지오디 공명션상 바롬쇠러 이
어니며 피ᄒᆞ여 가시되 혼 손의 빅유션을 들고 쏘 혼손의 칼을 줍고 강변으
로 힝ᄒᆞ시미 일후스 모로압고 우리도 쏘혼 션상을 기다이고 션는이다 양장
이 군스의 말을 드고 긔키 당황ᄒᆞ여 셔로 도라보며 장쳥을 들고 남병산을
쌜니 너며 오강을 나려간이 조지롱이 공명을 다리고 비의 올느 빅명군스
호의ᄒᆞ고 물의 둥덩실

〈9-앞〉

쩌느ᄀᆞ거늘 셔졍봉이 일엽셔을 칩더트고 지롱을 호령ᄒᆞ고 살디가치 조ᄎᆞ가
며 크계 외여 왈 져긔 간는 져 공명션상은 거긔 줌간 머무소셔 할 말솜 잇
느니다 우리 듀도독계셔 션상계옵셔 줌간 할 말솜 잇셔 우리을 보니 계으

신이 혼 말슴 듯고 가옵소셔 공명이 소왈 너의 듀도독 계고얼 니 먼져 올어
셔 상산 조지롱으로 방비ᄒ여 가거든 너의 윗지 약은 ᄭ모로 날을 속기이요
부질 엽시 ᄶ라로지 말고 밧비도 도려가 힝군ᄒ여 조적을 치라ᄒ고 지롱을
도라본이 지롱은 본디 살긔담셩지인니라 비머이의 썩 ᄂ시며 크계 외여 왈
셔 정봉아 에 드르라 너의 듀도독이 무슴 일노 우리 션상 살히코져 ᄒ여 늬
열 보니던야 너의 비록 오랄 常山ㅅ 조지롱을 당ᄒ지도 못할 거시요 先生
은 하날이 너여 계신이 뉘라셔 감히 황거ᄒ리요 ᄒ며 철궁의 왜젼을 먹여
공듕의 번듯 들고 혼번 쏜이 살더가 공듕의 숫륵숫륵 날려지며 물의 도더
가 직ᄯᆫ 물속으로 풍덩실 걱구려져 다시 둥덩실 날려간다 지롱이 ᄯ 혼디
얼 며위들고 외여 왈 니 맛당이 너의 양장을 이 활노 솟와 죽길 거시로디
우리와 동오와 함역ᄒ여 치라 ᄒ이 양가 서로 의을 상할 묘리 업고 돗혼 조
고만 너희을 가리넌 거과 희롱ᄒ넌 거시 돗혼 장부의 일이 안인고로 살여
보닌언 거신이 니의 궁법

〈9-뒤〉

이ᄂ 보라 ᄒ고 돗 혼디을 며여 솟인이 셧던 돗디가 물곌을 조ᄎ 팍팍 흘너
ᄂ여가 네 발 읍ᄂ 뒤웅비 되여 물곌치ᄂ 디로 이리 뒹둥 져리 뒹둥 ᄒ넌지
라 셔정봉이 정신을 수습지 못ᄒ여 물곌의셔 간신이 손을 져혀 비머리을
두울시 지롱의 지조보소 쳥돗셜 번듯 칩더 달고 숫륵숫륵 나려솟며 연ᄒ여
다르ᄂ며 편시의 간디 업더라 양장이 홀일 업셔 東吳로 도라올시 셔로 보
고 일은 말이 孔明은 天神니요 지롱 비호라 후환을 엇지 ᄒ이 무유이 도라
와 周瑜을 보고 젼후수말 츠례로 고ᄒ니 周瑜 덕욱 뇔니여 분긔을 니긔지
못ᄒ여 왈 츠르리 曹操와 和親ᄒ여 劉玄德 졔갈낭을 ᄉ로ᄌ벼 후환을 끗으
이라 ᄒ거날 노속이 말여 왈 영위계군영졍무위후라 ᄒ이 츠라이 현덕의계
옥을 볼지연졍 엇지 간젹 조조의계 옥을 봄면 장부활영이라 이졔 엉을 거
두어 당초의 함역ᄒ여던 사롬을 치리요 공명의 지조을 근심ᄒ여 언약을 비

반ᄒ면 당당ᄒᆫ 디장부의 지약이 안니요 아희들 주먹 쥐여 삿욤인이 디인이 소을 엇지ᄒᆞ잇가 언약디로 조조을 쳐 멸ᄒ면 셜쳔지셰가 현덕과 공명이 스스로 취할 거신이 도독은 언약디로 ᄒᆞ소셔 도독이 소속의 말이 올타 ᄒᆞ고 즉시 쳥병을 졍구ᄒᆞ이 졔 일디ᄂᆞᆫ

〈10-앞〉

한당 이졔요 졔 이디 졔 삼디ᄂᆞᆫ 장황 등이 젼션 슴빅쳑을 시고 江上의 겔진 ᄒᆞ더라 잇디 공명이 지룡으로 더부어 본진의 도려와 소열을 뵈온디 소열이 공명을 위로 왈 先生 東吳의 가신 후로 소식이 적조화와 울격ᄒ 마음이 듀야로 경경턴이 니졔 大事을 일위시고 ○양이 도어오신이 홍힝○○○라 스셰여ᄎᆞᆫᄒᆞ이 조격은 과ᄒᆞ련이와 우리 군졍은 엇지 ᄒᆞ리갓 유지 先生의 획칙인인다 공명이 소왈 주상은 염예말고 諸將 증구ᄂᆞ ᄒᆞ소셔 此時에 졔장이 공명이 군령ᄒᆞᆫ 후의 各各 위진ᄒᆞ여 영을 기다리인 셔양 마초와 장익덕 관평 등 일너라 孔明이 장디의 노피 안져 諸將軍卒을 일시의 함역 왈 諸將아 유장지법이 중불지쳔ᄒᆞ고 중불지인ᄒᆞ여 화불지지ᄒᆞ여 츄시일고부험고이 지지쳔심 거쥐지긔와 듕군힝지의 형셰 인ᄒᆞ여 소식 원근과 슌쳔 혐위을 능히 통달ᄒᆞᆯ 거시요 군슈ᄂᆞᆫ 중장이 입고여든 명금슴ᄒᆞ의 퇴퇴호ᄒᆞ고 명금 일ᄒᆞ의 나발지ᄒᆞ고 영금이 디취여든 듕군 쳔파총 초관이 신지의 굴영ᄒᆞ거든 후거후주 즉시 힝ᄒᆞ라 명고 일통은 先大將이요 ᄎᆞᆺ 초관이요 관총이요 쳔총이 구혜여든 듕군이우ᄒᆞ야 중디의 거려ᄒᆞ고 쳥금고ᄒᆞ고 쑥시 싱금ᄒᆞ야

〈10-뒤〉

비록 혐노 스지라도 일시에 구법ᄒᆞ라 졔장군졸이 고두거긔여늘 집스 한ᄉᆞᆼ으로 긔얼 둘너 금고을 울이며 죠운을 불너 졍병 습쳔을 듀어 왈 긔디은 오인의 미복ᄒᆞ여다가 曹操 만일 퇴진ᄒᆞ면 그이로 갈 거신이 부디 스로 잡으라 쏘 익덕을 불너 졍병 습쳔을 듀너 왈 긔디ᄂᆞᆫ 긔동 조분 길의 미복ᄒᆞ여다

가 조죠 기리로 갈 거신이 긔계와 마필을 다 아서오라 마장을 불너 精兵 參
阡을 듈너 왈 긔디는 흔수 다리가의 미복ᄒ여쎠가 曹操을 ᄉ로즈부라 긔
나문 諸將 등은 못창 너른 길의 다 직키라 ᄒ이 各各 다 ᄒ직ᄒ고 물너갈
졔 장디의셔 명이 나리되 포긔젼일거이ᄒ여 젼조 敗여든 각각 엉지ᄒ고 우
듀만이여든 호듀장ᄒ고 두 장문젼의 중ᄒ여든 각 장관이 문젼의 중ᄒᄒ고
각 병이 듀반니여든 각 중관이 듀반ᄒ가 관병이 듀반ᄒ고 비중이 닙교장ᄒ
여 얼졍황오ᄒ라 과원피영 청도ᄒ야 우의우듀중문젼니여든 이디ᄒᄒ라 중
디의 동의 남문 ᄒ쌍 쳥용니요 동남각 셔북각이며 북의 흑문 한쌍 현이요
북동각 북셔각이며 듕앙은 지변인니 금고 ᄒ쌍 포미긔요 남신황문 ᄒ쌍ᄒ
고 초요좌 좌두긔 우ᄉ명이라 남고초의 빅호긔요 후고초의 흔무긔요 듕ᄒ
의ᄂ 남신긔며 빅신긔요 홍신긔며 흑신긔라 다 령긔 ᄂ려 각쳐로 간 연후
의

〈11-앞〉

공명이 탄식 왈 화룡도 소임을 뉠노써 믹계보니이요 좌편의 흔 장수 출비
ᄒ이 얼골은 무른 디초빗갓고 봉의 눈 슴각수을 거스리고 쳥용도을 걱구류
줍고 伏之奏曰 소장 비록 지조 읍신여와 尺寸之公이 업ᄉ온이 事之時ᄒ야
공얼 일워 듀빅의 우젼코져 ᄒ엿습던이 先生계읍셔 조운 마초 익덕을 ○ᄒ
시고 소장은 도라보지 안이 ᄒ시이 셩부여ᄉ라 셰숭의 엇지 ○홀 물리로
도아가리요 ᄎ라리 八山○○ᄒ여 셰령을 ᄯᆮ츠ᄒ온이 바라던디 先生은 듀공
을 도와 쳔ᄒ을 회복ᄒ압소셔 소장갓튼 무용용지인은 슬피 물너가ᄂ이다
孔明이 즉시 손을 줍고 왈 즁군이 엇지 이언 말을 ᄒᄂᆫ요 닉 장군의 지조가
부족다 ᄒ미 안니라 장군이 조조 ᄂ라의 가 은혜를 씻친고로 조조을 줍바
도 즁군이 ᄎᆷ마 못ᄒ여 은혜로 졍영 노코 올듯ᄒ여 못보니이 장군은 허물
치 말고 이 압혈 기다리라 관즁이 다시 듀왈 션상은 고셔을 보지 안이신잇
가 믱즈의 ᄒ여싯되 권연후의 지졍듕이요 도연후의 지장단이라 ᄒ여ᄉ온이

엇지 씨지 안이ᄒ고 조조을 노홀 줄열 아르시ᄂᆞᆫ잇갓 션상의 말슴 가틀진디 소장이 굴령 다짐ᄒ여 만일 조조을 놋코 오거든 군볍으로 시힝ᄒᄋᆸ소셔 공명 왈 긔더 말과 가트면 궁듕은 ᄉᆞ정읍ᄂᆞ이 소졘디로 ᄒ라 ᄒ거놀 운장이 분긔 등등ᄒ여 즉시 굴영 다짐을 올

<h2>〈11-뒤〉</h2>

일졔 ᄒ엿시되 관공이 다짐 둘졔 군예로 ᄊᆞ러 안겨 션양호 무심필 반듕듕 동 흠셕 푸여 화젼을 펼저노코 디셔특셔 ᄒ여시되 소즁이 황은 입ᄉ고 쳑 춘도 갑ᄉ와 불수주야 충분이 울울ᄒ엿습던이 당츳지시ᄒ야 촌공을 임의 만분지일이ᄂᆞ 갑흘가 ᄒ여던이 만일 활룡도의셔 조조을 줍지 못ᄒ오면 군 볍으로 죽ᄉ와도 여흔이 읍ᄉ올 거신이 션상은 소장의 굴영을 시힝을 ᄒᄉ 일후의 문룡지인을 줄졔ᄒ소셔 공명이 바ᄃ보고 즉시 긔더의 ᄃᆞᆫ 금고을 울이며 진즁의 윤회흔 후의 ᄃᆞ시 관장을 ᄲᆞᆯ너 왈 활룡도의 드려가 ᄉᆞ성의 불얼 노코 조조을 유임ᄒ여 ᄉᆞ로줍으라 관장이 엿ᄌᆞ오디 ᄭᅬ만은 조조가 화 광을 으심ᄒ여 그리로 안이오면 엇지ᄒ리가 孔明 왈 즁군이 놀더여 고셔을 모온다 ᄒ던이 將軍이 ᄯᅩ흔 모은은ᄯᅩ다 병셔의 일너시되 허즉실ᄒ고 실즉 허ᄒ다 일너신이 조조가 응이 병셔을 아넌지라 허흔 고졀 실흔가 실흔 고 슬 허ᄒ가 ᄒ여 그리로 갈 거신이 부디 노치 말고 줍으라 관장이 쳥영ᄒ고 화룡도로 가은지라 잇디 쥬유 諸將을 거느려 시위홀 졔 황긔로 션봉을 슴 고 각진 분별홀 졔 일등은 오칠숨창 좌긔병이요 아등은 뉵

<h2>〈12-앞〉</h2>

팔즁 창우긔병이요 찬긔병긔북군인며 디이즁션진이며 화병은 뒤을 ᄯᅡ라 영 젼과이홍쥭피ᄒ라 명고 일등은 션디즁이요 초관이요 파총이요 쳔총이 구여 여든 즁군이 우디즁으로 거힝ᄒ라 쳥금고ᄒ고 목시셩금ᄒ야 일심군졍ᄒ라 즁디의셔 영이 나리되 날닌 군ᄉ 수심명과 불 줄 분년 갈셥이며 화약 염초

비의 시고 쳥긔 홍긔며 몽긔 소명긔 셕거 쏘고 각션 만흔 군과을 분부ᄒᆞ여
계 일더은 훈장 쥬티요 제 이디ᄂᆞᆫ 셔졍봉이요 제 숨디ᄂᆞᆫ 여몽 황긔요 제 ᄉᆞ
디ᄂᆞᆫ 고영을 지다리던이 황긔 금고을 울이며 진즁의 ᄒᆞ령ᄒᆞ되 군듕의 귀신
출문이여든 방포일셩의 명금고 ᄒᆞᆫ 후의 나발ᄒᆞ고 일시의 ᄒᆡᆼ군하여 명금 디
쥬ᄒᆞ의 ᄒᆡᆼ군홀 시 슘슘둦 축ᄒᆞ달고 쳔ᄒᆞ 쌍나볼 불고 만경창파의 살더가치
드라갈졔 조조 군즁 바라본이 명월은 조롱ᄒᆞ고 등촉은 휘황ᄒᆞᆫ데 금광은 셔
리갓다 좌우졔장 술펴본이 군디장은 용긔요 황긔 츠진 여진이요 수군밧긔
츠진 셔황긔요 마운 츠진 ᄒᆞ후돈이요 육진 수진 도원수라 후손 도응이요
표긔디장군 혀졔 등이 젼후 왕니ᄒᆞ여 날닌 명장덜이 션진을 직려엿신이 옛
날 손오의 병법이며 초퍼왕의 용밍인들 니예셔 더홀손

〈12-뒤〉

야 강상을 육지가치 말달여 충도 솟고 활도 쏘고 써 맛초와 듕동이라 월식
은 져렷트 교교ᄒᆞ이 의연이 빅일인 듯 장강 일더수ᄂᆞᆫ 황슈ᄒᆞ여 말금도 말
그시고 동으로 뭇충을 가르치며 셔르로 ᄒᆞ구을 바라본며 남르로 산호을 보
고 북르로 오임할 시 산고수활ᄒᆞ이 조조 심즁의 즐계 왈 졔장군졸덜아 죽
육취포ᄒᆞ고 용역을 가득듬어 위훈승부얼 명일노 결단ᄒᆞ라 졔장군졸이 승긔
도 ᄌᆞ랑ᄒᆞ며 노리 부르며 춤 츄며 즐겨 논일던 ᄒᆞᆫ 군ᄉᆞ 안ᄌᆞ 운난 말이
이고이고 스름지고 빅발노친 우리 부모 부혜싱아 ᄒᆞ오시고 모혜유아 ᄒᆞ오
신이 그 덕을 갑흘진디 호쳔이 망극ᄒᆞ옵거날 속졀업시 ᄒᆞ직ᄒᆞ이 니히져히
지ᄂᆞ간이 소식 드기 아득ᄒᆞ다 응당긔 우리 부모 니의 스싱 알야ᄒᆞ고 오난
사롬 가ᄂᆞᆫ 사롬 무어보며 ᄌᆞ고시면 오난고 이고이고 스름지고 ᄒᆞᆫ 군ᄉᆞ 쏘
너다라 네 스럼 그어ᄒᆞ야 니 스른 말 드여보라 니 본시 독ᄌᆞ로셔 늑도록 무
ᄌᆞ식ᄒᆞ여 조상향화 끈칠가 쥬야 셔어ᄒᆞ던이 늘계야 아들아들 ᄂᆞ혀 계오 네
슬 된이 용모도 비범ᄒᆞ고 그골이 준수ᄒᆞ지라 부모황화을 니를가 ᄒᆞ며 나의
신 의탁고져 ᄒᆞ여던이 즌장의 집혀와셔 싱ᄉᆞ을 모로나 언의 써 도려가셔

쳐즈식을 보존 말고 이고이고 스름지고 쏘흔 군亽 충 쎄여 두너믜고 ○○
○○○○○○○

⟨13-앞⟩

셔울손가 여려 군亽 크겨 웃고 등 미어 니치며셔 무수이 조롱ᄒ이 졔라셔
무안ᄒ여 졔라셔 大笑ᄒ고 뒤흐로 도라셔짜 잇ᄃ 쏘 흔 군亽 ᄂ온이 션풍
도골이요 남등일식이라 신장은 셰쎈가오시오 수염은 우무갓시 갓고 뉴은활
비비로 둣려보ᄂ 듯 만ᄂ 듯 흔손미 칼 쎄여들고 썩 ᄂ시며 일은 말이 우숨
다 네놈이로다 남이 셰상의 ᄂ셔 나라얼 웃홀진더 만일 즌장의 와셔 엇지
고향 셩각ᄒ리요 너의 평싱 셜운 말 네의 드르라 칠쳑충금 쎗여들고 오ᄂ
즁亽 머이 버혀 승젼고을 운인 후의 쳔금상의 만호후을 봉홀진더 이 안이
조홀손야 열려 군亽 비소ᄒ고 웃난 말이 츙신일다 츙신일다 너 혼ᄌ 츙신
일다 쳔금상 만호후가 네 풍신예 맛당ᄒ다 저놈 어히 업셔 졔라셔 웃고 물
너ᄂ다 잇ᄃ 진즁이 무안ᄒ여 이말저말 우숨 웃고 술 취ᄒ여 주졍ᄒ안 놈
노니 부르난 놈 춤 츄ᄂ 놈 퉁소 부ᄂ 놈 즁단치ᄂ 놈 쏘우ᄂ 놈 말이ᄂ 놈
물亽공도 안ᄌ 조을고 셔셔 조을고 조조도 술이 취ᄒ고 諸將도 술 먹거 진
듕이 희퇴ᄒ여 취즁건곤무ᄒ양이라 쎠다보아라 져 가마귀 쎠다 남쳔을 보
고 갈곡갈곡 울고 간이 曹操의 취흔 홍이 오히려 디희ᄒ여 왈 월명셩희예
烏鵲이 南飛로다 묘수슴즁의 무지가외라 남쳔을 놀니고 가미 엇더흔 일요
좌우 져즁 엿ᄌ오디 야건

⟨13-뒤⟩

명월ᄒ고 의여빅일ᄒ이 악시명인가 ᄒᄂ이다 유공이 엇ᄌ오디 승상이 가마
귀 듀고 지신 그 일 진듕의 불길흔가 ᄒᄂ이다 조조 왈 네 엇지 불길탄 ᄒ
ᄂ요 유공 왈 그 가마귀 유리 진듕의 주반월 회롱ᄒ여 알음이 잇ᄂ 듯 ᄒ온
이다 조조 디로ᄒ여 유공을 요망타 쑤지져 참ᄒ라 흔 후의 조조 드시 노러

ᄒ고 가로디 졔즁군졸들은 주육을 포식ᄒ여 용역을 가득들어 위ᄒ승부을
명일노 결단ᄒ면 ᄉ빅연 훈업이 거의 망ᄒ린이 졔장은 힘을 다ᄒ여 승젼을
즉시 ᄒ온 후의 쳔금상 만호후을 ᄎ려로 봉ᄒ여 공덕을 표ᄒ리라 졍욱이
엇ᄌ오디 승젼 즉시 ᄒ와 일후 봉작은 엇더ᄒ던지 오작이 남비ᄒ옴은 길가
안이오며 동지달 동남풍은 엇지ᄒ 변이닛가 아마도 위타ᄒ온 일이다 曹操
왈 동지가 지ᄂ면 일양이 초셩ᄒ이 니의 복이라 졈괘도 의논ᄒ여 승젼을
발람이로다 졍욱이 엇ᄌ요디 아마도 져 건너 가마켜 뜬 비 보소셔 만겐충
파 기푼 물의 둥덩실 노피 뜬 비 군양션이 그 안인가 살기 엇지 츙쳔ᄒ고
강쳔은 막막ᄒ디 유현덕 졔갈공명 날 속이려 온 줄얼 水相이 그리 모우신
ᄂ잇갓 우리 진듕 슬피소셔 쥬육의 져진 군졸 항오 업시 취토ᄒ이 잇디의
아모라도 나ᄂ다시 달여들어 취도ᄒ 져 장수 머리 벼혀가면 몸은 듁고 혼
은 ᄉ라 집으로

〈14-앞〉

도라가나 부모동ᄉ 쳐ᄌ친쳑 슬피 통곡ᄒᄂ 소리 아모리 령혼인들 이 안이
슬ᄉ오며 혼은 비록 공듕의 ᄯ나가셔 반가온들 뉘라셔 아라보며 몸은 속졀
업시 즌장 빅골되여 십이즁ᄉ무인쳐의 여긔져긔 홋터진이 뉘라셔 염습ᄒ여
젼즁고혼 위로홀고 슬프다 가련ᄒ다 이고이고 설운지고 이여트 통곡ᄒ이
조조 듯고 디로 왈 진듕의 우음소리 요망ᄒ다 만일 다시 우는 지면 참ᄒ리
라 말이 맛지 못ᄒ여셔 황긔 화션 즁디의셔 듀려시 놉피 안겨 령을 굽피 ᄂ
리오디 션쳑이 일시의 취타ᄒ여 디장이 션조픠여든 화션 각스의 일통쳔지
ᄒ여 각각 수습젼후ᄒ라 쵸일 평명의 각쳥식이 쳥령ᄒ고 풍낭이 부죽ᄒ여
장 일호여든 즉 쥬반ᄒ고 장 이호여든 각스 원이 조쳡조찰ᄒ야 쳥후ᄒ라
즁이 슘호여든 승좌션ᄒ야 긔타호포ᄒ고 즁군이 풍만즁장이여든 즉 방포
슴셩ᄒ고 명금이 디취여든 일시여 힝군ᄒ여 각션의 두족쳥발ᄒ라 소션 좌
우을 분발ᄒ야 숭ᄒ 장디 쳥령ᄒ고 호관ᄂ 우즁디의 쳥령ᄒ고 각션의 돗

철ᄃ라 좌우로 흘여노코 압션의ᄂ 쳥용예긔을 꼿고 슴승돗 놉피 다라 쳔ᄒ 쌍나발 불고 살 쏘듯 드려갈 졔 황긔 거동 보소 좌션의 승긔젼을 줄줄이 ᄂ 려꼿고 날니 비 수십쳑이 물 미듯 드려갈 졔 졔 삼션쳔 우의 올ᄂ 음신갑을 잇고 용금을 들고 희신ᄃ긔여 션봉ᄃ즁 황긔가 두려시 션ᄂ지라 긔발은 바 람을 조쳐 풀풀 부치며 강물소리 츌영츌영 ᄒ여 조조 진듕의셔 바라보고 ᄃ소하여 왈 황공복

〈14-뒤〉

신의지ᄉ로다 언약을 안이코 너게 도라오신이 유현덕 졔갈양과 오왕 손권 은 웃지 근심ᄒ리요 졔즁이 엿ᄌ오ᄃ 아마도 황공복은 골육계을 쎠 우리얼 속기고 지금 션봉으로 오ᄂ 듯 ᄒ온이 승상은 살피소셔 언미필의 쥬유 셔 경봉으로 ᄃᄃ 젼션의 지휘ᄒ고 황긔을 션봉ᄃ장으로 쳔ᄒ 쌍나발ᄒ고 조 조을 심맘ᄃ병이 진듕의 ᄂᄂ다시 달여드려 불을 질은이 동편의 불이 번젹 셔편의 울울ᄒ고 남편의 불이 활활 북편의 변젹 화광이 츙쳥ᄒ여 홍노세계 요 황황쳔지라 티손이 봉열ᄒ 듯 츙희가 비창ᄒ 듯 바람소리 울울 물겔은 왈낭츌능 돗ᄃ 우지ᄅ 짝 슴동이 부여지고 돗폭도 뚝 찌려져 ᄇ람의 날여 가며 물겔도 좔좔 흘너가며 불소긔도 활활 부터가이 젼션굴양 긔치충금 등 물이 모다 소화ᄒ이 여염상쳔ᄒ여 동셔을 불분이라 위라셔 방비ᄒ고 월침 침야숨경의 젹병강쳔 빅일가다 조조 심맘ᄃ병을 ᄃ희즁의 소멸ᄒ고 살긔을 도묘홀 졔 ᄌ던 군ᄉ 긔졀ᄒ고 조던 군ᄉ 잠이 업고 물의 풍덩 쌧져 죽고 츙의 쎌너 죽고 화살 마ᄌ 죽고 칼의 쩔여 죽고 안져 죽고 셔셔 죽고 발퍼 죽고 업더져 죽고 목 부려져 죽고 허리 닷쳐 죽고 가ᄃ가 죽고 ᄌ피여 죽고 팔 부려져 죽고 다리 ᄉ흐여 죽고 눈 밧쳐 죽고 뒷다 죽고 긔ᄃ 죽고 숨시 다 죽

〈15-앞〉

을 졔 조조 군긔 연중 병긔와 툭 소고 쇠진 꽹가리 원낭쇠 긔치충금 풍덩
쌔져 둥덩실 써나려갈 졔 혀졔는 창만 들고 셔황은 칼만 줍고 장합은 말만
타고 장오은 활만 들고 졍육은 코 데이고 조조은 이마 데이고 둣거워라 이
마을 흔드며 팔팔 쑤며 죽을가 살가 한충 이리할 졔 훈 편을 도라보니 조쳐
온는 중슈 풍화을 무릅슛고 비호가치 달여들여 조조을 겁훈이 曹操 황망ᄒ
여 육지로 다른날 시 한 고졀 다다려 문왈 이 고젼 어듸미요 셩 직횐 군ᄉ
아외디 이 곳즌 오림지계촌이른 ᄒᄂ이다 조조 졍신을 계오 수습ᄒ여 오림
을 살펴본이 山川이 염슉ᄒ고 수목 쳔쳔훈디 나무긋티 우는 져 시소이 조
조 진듕 희롱훈다 풍진 듕의 흐튼 군ᄉ 너의 바비 도른가라 촉빅듀견 불여
귀요 너의 화병 쓸디 업다 고양소식이 믹허신이 밥얼 엇지 지을손야 솟젹
솟젹 우는 시요 쎄양쎠거 국 긋려 달나넌야 쑥국쑥국 우는 시요 간약훈 조
조놈이 더인 이마 굿덕굿덕 숭보노른 져 빗쥭시 이리 가며 빗쥭 졀리 가며
빗쥭 울고가며 불승ᄒ다 졍옥라 쓸디 업는 갈충진녁 젼장공업 허스로다 눈
물 솔솔 힐죽시요 장오야 네 수단의 활은 아이 쎠거넌야 네 술 쏘다보아라
술녹술녹 호반시요 빅발 할미시야 졀머셔 아들 나하 젼중의 잡펴신이 반셰
숭

〈15-뒤〉

남아리요 반셰숭 네로고나 늘계야 아들 나아 얼너보즈 가불가불 듀 날기
활젹 펴고 거중충청 놉히 쩌다 동남풍의 겁닌 군ᄉ 향혀 바람인가 놀니지
말ᄂ 니 안이 막아쥬마 나홀나홀 팔남기비 아쥬 노목이 붓터 우는 져 짜죽
오리요 망훈 조밍덕아 몌변 웃서 픠을 반노쳔 스마막고 글노 조난 쇠리여
슙풀의 듀려시 안진 져 시와 져 가마귀 젹벽강 화염듕의 다 죽고 남음 군ᄉ
쏘 듁을 꼿 드여와다 갈골갈골 울며 가이 조조 시소리 듯고 쏘 웃거날 졍옥
이 놀니여 왈 승승이 공연훈 일롬 업는 쏘옴의 슈만명 군ᄉ을 다 죽고 무슴
경황의 쏘 웃는인갓 조조 왈 니 우슴이 다름이는 안이라 공명이 지조 업고

듀유 쇠 업슴으로 웃노라 말이 맛지 못ᄒ여 방포소릐 ᄂᆞ여 셔북안문으로
금고 함성이 쳔지가 뒤움ᄂᆞᆫ 듯 일시의 일여ᄂᆞ며 복병장이 니다라 올 졔 군
파출쳔방ᄉᆞ라 군파슈합의 방ᄉᆞ 흔ᄂᆞ 흐령흐이 일더 장군이 디장은 좌우분
비흐라 일더장 오육칠팔은 구십온화라 이라 일이 픠습 ᄉᆞ젼은 시지흐라 져
장수 그동 보소 얼골은 형순

〈16-앞〉

빅옥갓고 눈은 동졍추월의 흐르ᄂᆞ 별 갓트며 녹포음심갑을 입고 표연흔 명
중이라 늠늠흔 위풍의 팔쳑중창을 들고 크계 위여 왈 이놈 조조야 만고간
젹 조조놈아 常山寺 조才龍을 아난다 모우ᄂᆞᆫ다 드려가며 동중을 얼너 셔중
을 벼히며 남중을 어르며 북장을 벼히고 좌총우돌ᄒ여 듕양장을 벼히시 니
리 볏듯 사면으로 드여가며 둑것비 파리 줍쩌 소리기 병아라 츠 쩌 독수리
토깃 츠 쩌 살진 미 수울울 나리 쏘와 징깃 갓토리 츠 쩌 한창 즉쳐 드려가
며 셔리 가튼 장충이 운의 변듯 ᄒ면 젹장의 머리 쑥쑥 쩌려져 秋風의 왕가
람입 궁글듯 톄굴톄굴 궁구려 간다 주검이 묘가 되고 피 흘너 닉가 된이 조
조의 묘양 보소 넉셜 일코 홍이 업셔 마상의셔 투고 벗고 졀입 슷고 갑옷
벗고 군복 입고 살금살금 긔여가며 가장 졔가 조조 안인 쳬ᄒ고 졔 손수 가
라치며 참말노 조조 져긔 간다 외고 가며 쥐 숨 쩌 도망커ᄂᆞᆯ 지룡이 쏘 웨
되 압희 온ᄂᆞ 군졸더ᄅᆞ 궁구을 막취ᄅᆞ ᄒ여신이 도젹을 싸로지 말고 긔계
창금만 아셔오라 ᄒ이 조조 이 말 듯고 계오 죤명을 도모ᄒ여 도망할 졔 운
무중 혐흔 길의 ○○○은 지동치 쩌 울울이 디우나ᄂᆞ 듯 주룩주룩 온이 갑
주 군복 다

〈16-뒤〉

졋ᄂᆞᆫ다 촌보을 못힝ᄒ고 졍신을 못츠리 졔 조조의 나뭄 군졸과 지친 군ᄉᆞ
을 영거ᄒ여 긔신곤뷔흔 듕 비곱퍼 죽계된이 촌을 츠져 드려가 양식도 뇨

약흐여 칼을 쎄여 싱마육도 썩썩 벼혀 쥬린 군스 구급흐여 흔 고즐 다다른
이 흐수 너린 물의 장판교 달리로다 쌍쌍 빅구는 쌍을 지여 듕실듕실 듯고
홍노월식은 언니 쩌의 일엽션의 격막흐다 너는 엇지 흔가흐야 범희쥭유의
쩌셔 오락가락 논일 거을 나는 엇지 픠진흐여 이르듯 곤피흐고 즈탄흐슙
졀노 논다 조조 쏘 흔변 유슙 유셔 스면을 고면커눌 정욱이 놀너여 군스더
려 일너 왈 승상이 우슴시며 큰 환을 당흐느인이니 압뒤을 살펴가즈 흔디
말이 맛지 못흐여 방포소리 나거눌 장판교 바른본이 전후 군긔 디발흐여
복병장수 니다리 쌍고리운 다박수염의 얼골은 먹물 가른 깃친 듯흐다 장
팔스모충을 운의 놉피 들고 말노와 호통흐며 비호가치 달여들며 만느굿나
유현이요 살스초좌펴흐라 좌우로 좌창은 방좌창 진뇌흐고 창흐라 쳔흐 쌍
나발흐지 말고 목을 늘리여 창을

〈17-앞〉

바드라 만쳡산즁 표범이 용밍을 너여 표갈흔 듯 청천빅일 급흔 비의 뇌셩
이 진동흔 듯 조조가 녁셜 일코 마상의셔 투구 버서지난 주을 모로고 힝혀
계 목을 벼 간가 의심흐여 정욱을 부루며 정옥아 니 목이 닛나보와라 장비
가 셜마 벼혀 가스야 전일의 운장이 니 나라의 와실 디의 일르기을 졔 아오
장익덕은 억만 군즁의 드려가셔 닐닌 장수 벼히기을 길가의 초긔가치 벼힌
드 하던이 과연 인몸이로다 흐고 계오 몸을 숭겨 여호가치 할깃할깃 도라
보며 쳔방지방 다려느 흔 곳절 다다른이 젼면의 듀길이 잇거눌 조조 무려
왈 디노로 가면 어디로 가고 소오로 가면 어디로 가는다 군스 엿즈오디 디
로로는 초坪 五十里을 더 가고 소로로는 화룡도 五十里 각갑스와이다 조조
왈 孔明은 용변지술이 귀신도 측양치 못할짓라 연흐여 픠흔 군스가 소로은
길이 흠흐여 못갈줄 알고 大路의 伏兵할 거신이 小路로 가즈 흐거눌 정옥
이 엿즈외디 小路은 수숭흔 불빗치 닛스온이 고졍지쳐의 피유병마라 흔이
伏兵이 닛셔 유인흐는 불도 갑스고 군스의 밥진는 영긔도 가스온이 大路로

가스이다 曹操 무지저 왈 정옥은 션비르 兵書는 익지 못ᄒ고 쏘호 병書의
일너시되 실즉허ᄒ고 허즉실이르

〈17-뒤〉

ᄒ여신이 지모 인는 공명이 디로의 伏兵ᄒ고 소路 의심되게 불빗철 니여
날얼 디로로 유인홈이라 픠진호 구스 등이 청영ᄒ고 화룡도로 드려간이 우
셜은 비비호디 쪄골의 찬 긔운은 살졈을 에우는 듯 봉손긔로 ᄒᄌ호이 층
암은 절벽이요 겨슈로 유교ᄒᄌ 호이 곳곳지 빙셜리라 말굽도 쑤벽쑤벽 발
져려 혀위혀위 못가거든 ᄒ물며 병든 노약 발 붓칠 슈 업셔 동빅나무 멸우
디리 칙년츌 손으로 덕벽 줍고 후유후유 소리ᄒ며 쳔지도지 다르날 졔 장
오와 혀졔 등 曹操 부츅ᄒ고 조조을 인도ᄒ여 도르보며 탄식 왈 미양 마음
의 원ᄒ긔을 불스이군 ᄒ지던이 형극과 위셰을 물읍쓰고 어젹졔승ᄒ랴 호
들 널부신 모불용 에인들 어이 ᄒᄌ 말가 일려틋 픠진홈은 니르신가 뉘르
신가 승상이 박덕ᄒ여 일런 낭픠 ᄒ여구나 赤壁江上 놀닌 홍격 오림의 죽
을번 ᄒ고 중판교의 넉셜 일코 계오 졍신을 츠려 축산통도 여긔 온이 나닌
이 흔슘이요 혀다호 군졸 다 죽기고 군중긔계 ᄒᄂ도 업고 니 몸의 진인 거
시 츙양의스 쑨이로다 이고이고 셜운지고 진셰을 살펴본이 좌촌우촌 허여
지고 후초간 업는 자라 좌우伏兵 일려ᄂ면 뉘르셔 막을손야 쇠진호 군스
삼십

〈18-앞〉

명과 톄만 ᄂ문 북 꽹가리 디만 ᄂ문 긔치창금 쓸디 젼혀 업셔 마곤인피 ᄒ
여신이 사려가기 망연ᄒ다 쏘호 쵸과니 탄식 왈 영군보쳔 ᄒᄌ호이 편할
날이 바이 업고 고향을 바르본이 구름 박긔 아득ᄒ고 親戚古國 싱각호이
그립기도 긔지업다 父母妻子 이別ᄒ고 이 戰場의 쩌ᄂ올졔 成功封爵ᄒ여
금衣還鄕 ᄒ지던이 일젼의 狼狽되여 百萬○○ 다 틀여다 이고이고 셜운지

고 또 화병이 歎식 왈 ○○ᄒᆞ다 닉의 팔ᄌᆞ 쓸ᄃᆡ업ᄂᆞᆫ 후장막ᄃᆡ 열노의 밥 지기와 돕곱노리 일솜던이 ᄐᆞᆼ노구 씨여지고 장막ᄃᆡ 불의 타고 혀다 힝즁 나무 거시 조되포ᄌᆞ 뿐이로다 ᄋᆡ고ᄋᆡ고 셜운지고 또 봉마군이 歎식 왈 大王을 조ᄎᆞ오ᄂᆞᆫ 말의 군양을 시려던이 화염즁의 말을 일코 다맘 손의 말치만 주여시며 다리조쳐 병이 드려 초수오산 혐ᄒᆞᆫ 길의 위국古鄕 어이 갈고 ᄋᆡ고ᄋᆡ고 셜운지고 歎식ᄒᆞ여 우ᄂᆞᆫ 소릭 긋치지 안이ᄒᆞ이 曹操 大怒 왈 死生有命커ᄂᆞᆯ 네 엇지 져리운다 말인야 다시 우난 지면 軍法으로 斬ᄒᆞ리ᄅᆞ 화룡도 五十里을 셰네변 슈여갈 졔 ○○살 路의 쳔방지방 가로나니 압희 가ᄂᆞᆫ 軍卒 엿ᄌᆞ오ᄃᆡ 가ᄂᆞᆫ 길의 가ᄂᆞᆫ 말똥니 김이 무릉무릉 ᄐᆞᆨ노구 ᄯᅦ여 간 ᄌᆞ리예 온긔가

〈18-뒤〉

듯듯 ᄒᆞᆫ이 아마도 이 고듸 복병이 닌ᄂᆞᆫ 듯 ᄒᆞ온인다 조조 왈 이 곳지 명손이라 손졔 지닌 노구자리예 온긔가 잇고 말똥은 화룡손즁 나무장ᄉᆞ의 말똥니로다 겁닉지 말고 가ᄌᆞ 말이 맛지 못ᄒᆞ여 건너을 바ᄅᆞ본이 킈 큰 장수 서굿나 쥬토로 낫셜 불기고 봉의 운을 부릅듯고 한 장수 삼각수 거ᄉᆞ리고 은연이 셔 니굿나 조조 보고 깜작 놀닉여 군ᄉᆞ덜아 가지 말고 유진ᄒᆞ여 날 살여ᄅᆞ 져 중수 보왈라 봉의 운을 부릅 ᄯᅥ다 운장일시 분명ᄒᆞ다 졍옥이 엿ᄌᆞ오ᄃᆡ 승상이 실혼ᄒᆞ여 말리 못되여 계시오 긔거시 운장이 안이라 화룡도 산즁의 길 가ᄅᆞ치ᄂᆞᆫ 장승이온이 승숭은 졍신을 ᄎᆞ려 염예치 말르소셔 조조 왈 起兵 十餘年의 ○海을 듀로 편답ᄒᆞ되 一○ 영웅 도밍덕을 놀닉리 업던이 今日 화룡 손즁의 장승이 나을 놀닉이 그 장승 자바드리라 좌우 軍卒 그동 보소 ᄃᆡ답ᄒᆞ고 벌ᄯᅦ갓치 ᄊᆞ여가셔 장승의 머리을 덥벅 쥐여 후당탕퉁탕 자바드리이 조조 그동 보소 졍옥르로 분부 왈 장승아 네 드르라 넌ᄂᆞᆫ 엇지ᄒᆞᆫ 목신이관ᄃᆡ 운장의 형룡으로 날을 놀닌다 네 되ᄂᆞᆫ 軍法으로 斬ᄒᆞ리라 ᄒᆞ고 군영을 나리온이 져 중승이 본ᄃᆡ 木人이라 졔 엇지 말홀손야 군ᄉᆞ즁

의 낭쇠ㄹ ㅎㄴ 놈이 조조 모양을 보고 마음의 우

〈19-앞〉

신지라 중승을 디신ㅎ여 디답ㅎ여 왈 쳔지음양 싱긴 후여 인물은 던져고두 비금주수와 곤충草木이 다 팔즈 조혀도 소인은 홀노 긔박ㅎ여 셰상의 무슴 죄로 산중 흠ㅎ 길의 웃둣 셔셔 길 젼두을 복중의 싁여 찬비 츠눈 찬이실을 맛고 주야로 셧스온들 뉘ㄹㅅ셔 불상ㅌㅎ여 심술마는 놈은 공연이 지나다가 발노도 툭 츠보고 돌도 던져 툭 쳐간들 어듸 가셔 말ㅎ야 언의 관장의 송스 ㅎ리갓 남기ㄹ도 팔즈 조혼 남근 명신지지 누디 도여 직주가인 조혼 노릭 글 지여 션판ㅎ고 일홈을 졔명ㅎ여 쳔추의 유젼ㅎ고 엇던 나무 팔즈 조와 뇨순당덕 그럭키 되여잇시 孔夫子 깃친 유풍 씩씩로 본바드며 학군 어진 션비 션경젼칙을 펴고 삼강오상을 일노조차 ㅎ계ㅎ야 쳔지무궁ㅎ고 엇던 나무 팔즈 조와 디명젼 디들보되여 오싁단청 그림으로 쳥용을 그려시며 승 계명왕 좌긔ㅎ여 졔셰안민 치장홀졔 그 안이 조흘손야 엇던 나무 팔즈 조 아 금졍낙엽 오동 되여 침힝싀쥴 걸고 옥빈홍안 졀디가인 술을 부어 이압 져압 권ㅎ다가 술상의 언져노코 셤셤옥수 홀이던이 져둥 덩실덩실 논일 젹 의 이 안이 조흘손야 나무 등의 팔즈 조아 용작보작 궤 두지 칙상 각계 수 리 쇄금들미 삼층장을 솜

〈19-뒤〉

싯 잇겨 꿈며니여 분벽스창의 보기 조켜 느려노코 가진 의복 온갓 보물 가 득 너어 힝취을 쩔써리면 니 안이 조흘손야 엇던 나무 팔즈 조아 만쳡숭중 율목으로 젼픠 위픠 모도되여 졍조 寒食 端午 秋夕 다다르면 좌편우편 좌 포우혜 어동육셔 紅右白 左우편을 차례로 노코 貫冠祝冠 執事 察관 봉향 봉노 봉작 젼작 줄줄이 느려셔셔 빅골영혼 위로ㅎ이 그 안이 조흘손야 小 人가튼 팔즈는 예도계도 못밋습고 층암졀벽 낭쩌력이 老松이 되여 수빅연

셔너르이 우악흔 樵童 목수 드난 독긔 두려며고 펼져 쭈여 달여들어 니니
몸을 덤벽 찌거 와직근 벼혀다가 우통 잘나 그셥방츠 디문 듕방 모탕나무
더욱 좃고 칙간가리 중난ᄒ다 등컬업ᄂ 회취리 계우 스ᄅ나믜 집지우놈 그
동 보소 이 나무 모씨거다 장승박긔 못ᄒ거다 먹줄 쳐 다듬어셔 뉘 놈의 힁
ᄉ인지 어골은 주토로 시수ᄒ고 기털수염 박어 벼슬업ᄂ 사모 씨워 路邊예
션너론이 오난 힁人 가는 힁人 밤나업시 길 가르쳐 수을 알계 ᄒ옵넌데 불
승ᄒ 이 장승을 무슴 죄로 군볍을 회셰ᄒ랴시오 曹操 그말 듯고 불승ᄒ다
제 ○○로 물니쳐라 장승을 물인 후의 조조 왈 졍옥아 술 올여라 먹즈 술을

〈20-앞〉

올인이 조조 쐐연 수비ᄒ고 디취ᄒ여 쥬졍ᄒ되 디쳬 가 웃더ᄒ고 이변 싸
홈의 퓌진흔 거션 병가승셔연이와 所爲 劉玄德이ᄅ ᄒᄂ
곤구격셔 ᄒ던 즈요 臥龍 諸葛亮은 졔 아ᄂ 쳬 ᄒᄂ 南陽쌍의셔 밧갈던 농
토지인니라 관운중이라 ᄒ난 거션 흉악ᄒ고 스오나와 스룸 놀니기만 잘ᄒ
고 花洞쌍의셔 그릇장스 ᄒ여 어더먹던 거신이 디단치 안이ᄒ고 翼德張飛
라 ᄒᄂ 거슨 쌍고리눈의 다박수염으로 표독ᄒ계만 싱겨시ᄂ 시도둥의셔
졔육 파던 거슬 양반이 족키 말훌 거시 업고 才龍은 졔 비록 날닌 쳬만 ᄒ
고 펄펄 쒸되 常山돌궁기셔 아비 업시 ᄂ온 거신이 그난 혈육음ᄂ 거시ᄅ
웃지 사름의 수의 충수ᄒ리요 도모지 니 흔 말의 져의 놈덜이 셰상의 발뵈
지 못할여다 졍옥이 엿즈오디 승상은 미양 곤병ᄒ시다가 이런 환퓌을 당ᄒ
신이 옛말슴을 엇지 모로시ᄂ잇갓 긔계불리면 이기졸여격이요 졸불가룡이
면 이기중여격이요 중불지병이면 이기군여격이요 군불지중이면 이가군여격
라 ᄒ엿스온이 우션 군스 조만과 긔계 혀실을 졍구ᄒ소셔 조조 왈 졍구ᄒ
라 ᄒᄂ 거시 엇지 간ᄒ야 안이ᄒᄂᄂ야 셰보라마ᄂ 멸치ᄂ 되견ᄂ야 니 손
소

〈20-뒤〉

셰여보마 ᄒ나 셰 넷 도모시 나쁜인 듯ᄒ다 정옥이 어이 업서 쏘ᄒ 엿ᄌ오
디 진벼이ᄅ ᄒᄂᆫ 거시 그려치 안이 ᄒ다 다소난 물논ᄒ고 잇ᄂᆫ 거시나 정
구ᄒᄉ이다 조조 왈 그려면 네 임의디로 ᄒ여라 정옥이 즉시 칼을 쎼여 진
듕의 두르며 위여 왈 그려면 셜구 불츔ᄒᄂᆫ 군ᄉ면 군볍르로 츔ᄒ리라 此
時예 혀여진 군졸이 셔로 이른 말이 여보 이 사롬덜 쌔비 가지마소 병든 군
ᄉ 피 흘니고 자바지며 충 질여 상ᄒ여 졍신업시 업더지며 부려진 창쎄을
홀리쳐 두려며고 여긔져긔 원흔난이 황졔 현원씨 임군 무슴 일노 습용관괘
ᄒ시던고 지금 우리 신수 일노 조ᄎᆞ 곤구ᄒ다 쓸디 업ᄂᆫ 디만 서너쥭이 나
마시이 니을 엇지 ᄒ잔 말고 흔충 이리 탄식할 졔 曹操의 그동 보소 남숟을
바라보고 우셔 왈 업다 이이덜아 니ᄂᆫ 알기을 너의 다 쥭고 업난 쥴 아ᄅ던
이 지금도 무던ᄒ다 그만 ᄒ면 돌쳐셔셔 흔변 쓰홈할 듯ᄒ다 정옥아 바비
졍구ᄒ여 돌쳐셔셔 디젹ᄒ라 정옥이 썩나시며 츙영집ᄉ 그동 보소 좌우로
드려셔며 쳥영흔다 좌우나졸 취티ᄒ라 순시영긔 버려셔고 좌관이 우렁 졍
황 신병 신긔며 좌ᄉ병 우두긔라 슉졍픠 압희 쏘고 금고을 울이면셔 쭝쟁
홍홍 졀졀 나니나느리 나보수 쭝쌍 후의 좌우집ᄉ 예 나온다 좌우나졸

〈21-앞〉

의 졍구덜ᄒ라 예 졍구덜이요 즁군 좌우별상 좌우쳔총 초관 좌부좌ᄉ 초우
부 우ᄉ총 졍부졍ᄉ 초후부 후ᄉ 초종부 즁초 별긔 디발디마 병금군 별군
관 좌위 긔비과 취긔수 별총 초ᄉ 긔병 화병이 졍구ᄒ되 그 즁의 신ᄉ도망
의 불츌즈ᄂᆫ 션츔ᄒ리라 승궁의 김응화 赤壁江 화염 즁의 불타 쥭고 좌벼
벼장이 상즁구싱 업일주의 다ᄅᄂ다가 불은 급ᄒ고 발롬의 물결은 들날닌
이 각각 계명할 수 업ᄉ온이 츠려로 느려안치고 수만 셰여 발긔 젹으라 금
군 도총은 계유 일빅ᄒ나요 별군 별초 ᄉ초 좌우 긔쥐관은 셧반이요 초포
ᄉ못 긔병 일곱 보군이 셔너시나 되ᄂᆫ 쥴노 알니온이 굴양치ᄉ 흔쇠 염초

두홉 구스 소미가 일만일쳔일빅팔십일셕 열말 스되 스홉이요 미쳐가 팔쳔
일빅일곱셕이요 지금 잇스기는 디미 두되 스미 흐흐옵고 미틔 흔 줌이 남
아숩난지 모로계숩나이다 조조 왈 막즁 굴양을 맛트 임으로 다 업시고 집
금 병든 군스와 셩흔 이들을 즉시의 공계할 수 업시 쥭계된인이 네 놈이 쥭
어 군즁 근심을 짐무흐리라 흐고 즉시 무스 불너 춤흐라 흔이 군양치스 업
듯려 비어 왈 비난이다 비난이다 丞相임 니 말슴을 드어보소 막즁 군양을
小人이 가짜가 멱

〈21-뒤〉

고 스고 젼구 보쳐즈 흐옴이 안이오라 젹벽강상 화염즁의 심만군스 다 죽
울 졔 졍신이 업셔 야단느이 千金갓튼 이니 몸을 공연이 죽지 마지던이 셩
도을 구홀 젹의 만셕군이 무어시요 불의 트고 도젹 맛고 할 수 업셔 몸만
스려 와던이 니려텨 죽리량이면 스르올 병신 업소 이고이고 셔려운지고 조
조 이예 물닛치고 巫 화병을 문넌다 달쇠 느온이 조조 왈 네 긔계을 온젼이
진이고 오는다 화병이 알외되 於處의 퓌진흐야 여긔져긔 도망할 졔 장막폭
이 쩌려져 바롬의 툭노구 쎄여져고 스발 디졉 졉시 종발 뭇다 허터진이 니
졔 못살거든 엇지 도르보리니갓 죽이면 죽이고 살이면 술이소스 주멈이 속
의 쎄여진 쇠 바긔 업소 조조 어히 업셔 물니치고 졍구을 맛친 후의 졍옥을
불너 왈 술이나 올이르 먹즈 흐거날 졍옥이 진응직이을 불우이 진응직이
밧비 엿즈오디 아무리 들리라 흐오나 무어시 닛스오릿가 디미 소미는 즈포
만 잇고 싱쳥도 업고 질름병 쎄야지고 계난 단지만 남고 싱치는 텰만 남고
민어는 엽쥴쑨이요 숭어는 디가리 쑨이요 북어는 운 쑨이요 졔육은 뼈만
남고 회짠은 무지르위지니흐요 다만 닛난 거시 유도 흔 긔 다 스마 두오리
후초 싱강만 남고 날염장은 흐나도 업고

〈22-앞〉

술은 국화주와 호소쥬와 천일쥬와 듀견쥬와 호순쥬와 청임쥬 쓴이요 정옥
이 어히 업셔 드려가 고왈 이렷틋 엄冬의 염장 군양이 읍소온이 우리 군소
을 무엇설 먹여 살여갈고 탄식ᄒ야 슬워 운이 조조 왈 정옥아 네 엇지 군중
을 요동ᄒ난다 일슈일픠ᄂ 自古 명장도 事事ᄅ 하여것ᄂᆯ 녜 요망이 니 안
젼의 심회을 비창케 ᄒᄂ다 맛당이 네 머리을 벼혀 군중의 순ᄒ고 네 고기
을 군소 호군ᄒ리라 정옥이 엿ᄌ오되 順天者ᄂ 창ᄒ고 역쳔ᄌᄂ 망이ᄅ ᄒ
며 병와 ○○숨이면 소○○○이ᄅ 필승지장면 필유지병인이 일홈을 이긔ᄂ
중슈ᄂ 잇소와도 승젼ᄒᄂ 쟝슈ᄂ 업소온이 군소ᄂ 중슈 좌작 진퇴 영을
죠추 이홀ᄒ되 상소을 도ᄅ보지 안이 ᄒ오릿갓 정옥을 불너 술을 부으며
영음슈비ᄒ고 쥬졍ᄒ며 ᄯᅩ 유셔 왈 孔明이 지혜 업도다 만일 이 山中에 伏
兵ᄒ여던들 유리 엇지 살기을 발할리요 언미필의 어디셔 방포 일성이 ᄂ거
날 정옥이 歎식 曰 이거시 원일인고 니먹은 졍셩을 다ᄒ여 견군위군 ᄒᄌ
던이 승승의 박덕으로 拾萬大兵 壹時의 훔몰ᄒ고 수

〈22-뒤〉

빅명이 남아신이 니거ᄂ 보젼ᄒ여ᄯ가 다시 그병ᄒ여 셩公ᄒ고 도ᄅ셔셔
고향의 가지던이 니 山中 드려와셔 이 변을 ᄯᅩ 당ᄒ이 엇지 ᄒ준 말고 이고
이고 술을 지고 호충 이리 탄식할 졔 북병장 니단ᄂ디 홍문 흔 쌍 쥬작 동
남각 셔북각 통초남무 한 쌍 홍초 한 쌍 황문 한쌍 등ᄉ 셔남각 셔각북초
한 쌍 현무요 북동각 흑초관 원포미 금고 한 쌍 세악 두 쌍 나발 한 쌍 집
ᄉ 한쌍 난호지병 듀 쌍 각각 네 줄노 셔셔 쳥영ᄒᄅ 져 장수 그동보소 얼
골은 무른 디초빗 갓고 봉의눈을 불릅쓰고 숨각수 거스리고 청용도을 듀려
며고 이놈 曹操야 좀마음 먹지 말고 얏튼 쇠을 니지 말고 목을 늘려 칼을
바드라 종쳔강ᄒ며 종지출ᄒ며 종ᄉ방할야 이놈 조조야 부르ᄂ 소리 山川
이 봉얼한 듯 뇌○○이 모ᄅ온ᄂ 듯 조조 드고 긔가 막혀 여보이ᄅ 정옥아

져 즁슈 보아른 운즁일시 분명ᄒ다 인져는 죽게다 웃지 ᄒᄌᆫ 말고 졍옥이
ᄯᅩ흔 당황ᄒ여 죽을 박긔 슈 업다 졍옥라 날 살여른 조흔 슈 닛다 나 죽어
다고 쟝을 덥고 우려른 울면 엇지 ᄒᄌᆫ 말이요 운즁이 仁厚ᄒ여 죽어다 ᄒ
면 그져 갈 듯ᄒ다 졍옥이 왈 만일예 丞相의 목을 벼

〈23-앞〉

혀 오른 ᄒ오면 웃지 ᄒ올이갓 조조 ᄒ일 업셔 운즁의긔 빌너갈 시 투고 벗
고 갑옷 벼셔 ᄯᅡ의 노코 伏地ᄒ여 왈 비ᄂᆫ이다 비ᄂᆫ이다 운장젼의 비ᄂᆫ이
다 운즁을 흔일흔 졔 오리온이 ○○웃지 알외오며 쳬강빅福ᄒ오신잇갓 뎌
병을 거ᄂᆞ리고 赤壁江의 걸진ᄒ여 東吳滅ᄒ고 漢室을 회복ᄒ지던이 공명션
싱이 소즁의 ᄲᅳ졀 모르시고 조운 익덕르로 소즁을 핍박ᄒ여 십만딕병을 다
죽이고 이 곳졔 드려와 죵시 염여되ᄋᆸ던이 즁군임을 뵈온이 반갑깃도 ○○
ᄒ오며 즁군의 厚德으로 잔명을 보젼할가 心中의 흔힁이ᄋᆸ던이 ○스 안면
을 뵈온이 노긔 늠ᄒ시고 도젹으로 아르시ᄂᆫ 듯 ᄒ온이 졔 마음과 갓지
못ᄒ온이 원통ᄒ고 슬ᄉᆞ이다 운즁이 大怒ᄒ여 이놈 조조야 네 듯거른 世上
만물이 다 등컬업시 ᄂᆞᄂᆫ 일이 업ᄂᆫ이른 네 ᄯᅩ한 흔나라 國祿지신으로 불
괴흔 ᄯᅳ즐 멱고 쳔의 압슐ᄒ여 임군을 창고의 가두고 漢室을 도탄케 ᄒ이
너가튼 간젹을 엇지 슐이며 天下之人이 다 네 고기을 먹으려 ᄒ거날 츙분
소지의 너을 웃지 살니리요 약흔 말과 간특흔 꾀로 날을 달닉건이와 니 웃
지 용셔ᄒ리요 이 놈 조조야 잔말 말고 목을 ᄂᆞ혀 니 칼을 바드른 조조 놀
니 비어 왈 비ᄂᆫ이다 비ᄂᆫ이다 즁군젼의 비ᄂᆫ이다 쟝군이 유황슉 익덕으로
도원결의 ᄒ오시ᄂᆫ 황건젹을

〈23-뒤〉

뉘른셔 업시릿가 니 나른의 뫼셔다가 명궁을 놉피 짓고 미금 양부인을 뫼
신 후의 십오인을 싁가른ᄌᆞ비ᄒ고 쳔ᄒ일식으로 뫼시민 즁군이 즁무죄이

죽이시ᄂ 니 무어시ᄅ ᄒ던잇갓 금빅을 無數이 드리나 익기미 업고 도원결
의 중ᄒ 밍셰 ᄒ오신들 니 무어시ᄅ ᄒ던잇갓 관악슌 흠노중의 분별업시
넘오신덜 니 무어시ᄅ ᄒ던잇갓 그 공으로 살여쥬옵소셔 운중이 디로 왈
이놈 조조야 네 듯거ᄅ 긋쩌 네 나ᄅ의 잇슬 쩌 그겨 잇기 졉슉ᄒ여 창걸을
쎄여들고 戰場의 나가미 네 손으로 술을 부어 니계 올이미 니 젼공이 업ᄂ
고로 먹지 안코 술준을 머무르고 일션의 칼을 쎄여 알양 문초을 벼혀 들고
네 젼쟝의 들려가 네 공을 갑ᄒ신이 조션 요물이라 지금것지 닛스면 네 나
ᄅ이 망할 거셜 니 죽여 업시ᄒ이 네 응이 그 덕을 알소야 잔말 말고 니 칼
을 바드ᄅ 이놈 조조야 조조 비려 왈 비ᄂ이다 비ᄂ이다 장군 젼의 비ᄂ이
다 중군임을 싱각ᄒ오면 공이 업다 ᄒᄂ 거시 안이ᄅ 소중인덜 중군임계
엇지ᄒ여소 슛신 黃金투고도 소중의 투고요 입으신 슌금甲옷도 소중의 甲
옷시오 손의 드신 쳥용도도 소중의 칼이온이 니계 와셔 제 칼의 죽습기ᄂ
그 안이 원통ᄒ오 졔발 덕분 술여쥬오 이놈 조조야 듯거ᄅ 니 네계 갈 졔
젹신으로 볏고 갓던야 공연이 팔중 기고 갓던야 네 아모리 현공ᄒ나 네 죄
악이 틱가지발ᄒ여 속가지죄ᄅ 도숭미족ᄒ야 쳔지간 용납지 못ᄒ려든 요만
ᄒ 스소

〈24-앞〉

지물노 너을 살니이요 준말 말고 칼을 바드ᄅ ᄒ며 쌍을 쳐 소리을 벽역가
치 질으이 조조 녁셜 일코 웃지 홀 쌔을 모르거늘 운중이 진문을 반기ᄒ여
호통ᄒ이 쥐가치 엽흐로 살살 나시며 장군임 덕으로 살란노ᄅ 목은 인ᄂ지
업ᄂ지 모로온이 將軍임은 니 목을 벼혀솟 운중 왈 네 목이 업슷면 엇지 말
ᄒ리요 ᄒ며 우스시고 퇴진ᄒ이 황망이 다ᄅ나며 우셔 왈 조홀시고 조홀시
고 하마텀면 죽을 것슬 어진 운중을 만나 살ᄅ쑤나 ᄒ며 어디셔 번젹 ᄒ여
도 슴쩍 놀니여 운중임이시요 식 짐싱만 훌젹 날어도 伏兵인가 놀니 다ᄅ
나더라 그영져영 슬ᄅ 도망ᄒ고 운중도 할길 업셔 도ᄅ와 공명끽 디죄ᄒ이

공명이 관亽ᄒ고 운즁을 긔유ᄒ여 군영 다짐 시ᄒᆡᆼ을 참아 시ᄒᆡᆼ치 못ᄒ고
도로여 디연을 비셜ᄒ고 승젼고을 울이며 군亽을 호군ᄒ여 질기더라.

단국대 소장 78장본 〈화용도〉

　이 본은 전반부는 무신서계신간본을 본뜨고, 후반부는 양책방신간본을 본뜬 특이한 이본이다. 그래서 서계신간본 후반에 많이 있는 군사설움사설이라든가 군사점고사설 등 골계적으로 변형된 사설들이 없고, 〈삼국지연의〉의 군담 위주의 사설들로 시종되어 있다. 표지에 '大正 拾壹年 陰四月 拾一年 一〇〇'이란 간기가 있어 필사 시기는 1922년임을 알 수 있다. 표지 내면에 목차가 있고, 제목은 '당양 장판교 격벽뎌젼니라 화룡도 권지샹니라'이다. 뒷장에 '金竹賢'이라는 소유자의 이름이 나와 있다.

정문연 필름번호 1488 R35p-000044-10 단국대 나손 漢目　古853.5/화7685

단국대 소장 78장본 〈화용도〉

〈표지〉
大正拾壹年 陰四月 拾一年一○○
화용도
華容道大戰

〈표지내면〉

華容道目錄
劉玄德逢公明 魯肅引孔明至吳 三江口孔明借箭 黃公覆用骨肉計
闞澤詐降曹操 龐統用連環計 孔明禱風南屏山 周公瑾破北軍
諸葛亮智算華容 關公義釋曹操 曹仁大戰東吳兵 孔明一氣公瑾
諸葛亮智辭魯肅 趙子龍單騎求主 翼德大鬧長坂橋 孟德愴惶脫錦袍
馬超聲價蓋天高

〈1-앞〉

당양 장판교 젹벽디젼니라 화룡도 권지숭니라
한퇴죠 고황졔 충엄호 스빅년의 현졔 씨 니르러 동탁니 죽난호미 사도 왕
윤니 스직 츙신으로 동탁을 치고 훈실을 항복고즈 호던니 불힝호여 니최의
난을 만나 쳔즈 피란 하시미 쳔호 디란훈지라 죠죠 디군을 거나려 난젹을
쇼멸호고 춘녁의 뜻슬 두어 쳔즈을 유닌호야 허충의 도읍호고 졔후을 호령
호니 죠졍니 죠죠의 중악의 닛쓴니 국ㄱ 흥망니 비죠직셕닐어라 각셜 닛쩌
훈죵실 유황숙니 관공 중비로 더부러 동원결의 홀 졔 스셩을 훈ㄱ디로 호
야 훈실을 흥복고즈허나 병불반쳔니요 즁불과십니라 셔쥬로 ㄱ 여표의계

퍼흐고 녀남으로 ㄱ 쏘 죠죠의게 희을 당흐여 막지쇼힝이런니 싱각하미 형
쥬 유표난 죵실지의 닛난고로 형쥬로 ㄱ 신야의 머물던니 마침 슈

〈1-뒤〉

경션성을 만나 와용션성을 츤거하거날 현덕니 디희하야 폐빅을 ㄱ쵸고 틱
일하야 칠일지게흐고 관중을 거나려 남양 와용강 졔갈공명 차ㅈ갈 졔 졍셩
도 디극하고 예모도 공슌흐니 공명이 웃지 감동치 안이흐리요 유관즁 슴인
니 융즁의 다다르니 농부는 호미을 들고 노릭하며 논일 졔 농부다려 문왈
화룡션싱니 어디 게신요 답왈 져 ㅅ 일홈은 와룡ㅅ니요 압픽난 슘풀닛고
그 ㄱ온디 일간쵸당니 잇스되 틱극은 틱양니요 일월은 츙외 되고 슴빅팔십
사슈로 년ㅈ흐고 닌의예디로 벽을 마츄고 도당씨 슴등퇴게의 하도낙셔로
단쳥흐고 후원의 낙낙쥿송은 준ㅈ졀니요 츙츙녹쥭은 츌녈ㅅ의 졍녕흐고 벽
숭은 금실니요 졍젼의 빅학니 츔을 츄니 완연흔 션경니라 산불고니슈례ㅎ
고 슈불심니징쳥니라 쵸목니 졀승흐고 풍뮬도 이숭

〈2-앞〉

흐다 그리로 츠쳐ㄱ쇼셔 현덕니 말을 모라 급피 ㄱ본니 시문을 반기흐여거
날 동ㅈ을 불너 말숨흐되 션싱은 뵈옵ㅈ 하고 문젼의 왓짠 말숨 엿쥬어라
동ㅈ 답왈 션싱게셔 식벽의 츌닙흐시고 아니 계시ㄷ 흐니 현덕니 답왈 어
디 볼ㄱ 게신냐 동ㅈ왈 기날니옵나니다 현덕니 긔탄불니흐니 관즁의 마리
션싱이 안니 게신니 신냐로 도라ㄱ쇼다ㄱ 후일의 ㄷ시와 찻스니다 현덕니
동ㅈ 불너 당부흐되 션싱 오시거던 유녜쥬 왓단 말숨 부디 넛쥬라 흐고 신
냐 도라와 슈일 후에 예단을 ㄷ시 ㄱ츄어 ㄱ지고 와룡강을 ㄱ랴흘 졔 닉덕
니 흐난 마리 일긔 셔싱을 보랴흐고 쏘 웃디 ㄱ올잇ㄱ 스환나 보닉쇼셔
현덕니 디칙왈 공명은 디현니라 웃디 스환을 보닉리요 흐고 관즁을 다리고
와룡강을 다시 갈시 북풍은 졀녁흐고 빅셜은 분분흐되 닉덕왈 녀ㅊ셜풍의

기녀니 졔갈양을 보랴

〈2-뒤〉

ᄒ고 니디지 신고ᄒ리요 신냐로 ᄀᄉ이다 현덕왈 우리 니러홈은 공명니 감
동케 ᄒ미라 풍셜니 겁나거던 너는 도라ᄀ 닛쓰라 닉덕왈 풍셜을 웃지 두
려워 ᄒ릿ᄀ ᄒ고 숨인니 쵸당문젼 당도ᄒ니 글닉난 쇼리 들니거날 주셔니
본니 표표ᄒ 손년니 안져 노리ᄒ며 논일 졔 현덕니 쵸당의 올나ᄀ ᄒ난 마
리 션셩을 뵈옵ᄌ고 슈ᄎ 와쏩다ᄀ 뵈옵지 못ᄒ고 니졔와 존안을 뵈오니
쳔만 다힝ᄒ여니다 그 쇼년니 급피 니러나 답녜왈 즁군니 분명 너의 ᄉ형
을 ᄎ져 오신닛ᄀ 나는 와룡의 ᄋ우 균니로쇼니다 현덕왈 션셩은 어디을
ᄀ 게신잇ᄀ 균니 왈 형의 니거죵젹니 증쳐 읍ᄉ온니 아지 못ᄒ나니다
현덕왈 ᄂ의 복니 즈거 슈ᄎ 와도 션셩을 보지 못ᄒ난쏘다 후일의 다시 오
리니다 ᄒ고 관즁을 다리고 신야로 도라와 다시 틱일ᄒ여 숨일지게ᄒ고 녜
단을 다시 ᄀ쵸와 ᄀ디고 와용강

〈3-앞〉

을 힝할시 관즁왈 형즁니 두 번 ᄀ셔 못보고 쏘 ᄀ즈니 불안하녀니다 공명
니 실승 지죠 읍셔 피ᄒ고 안니 보난ᄀ ᄒ나니다 현덕니 왈 옛날 졔환공니
동곽 양인을 보랴 ᄒ고 ᄉ오ᄎ을 슈고ᄒ녀거던 ᄒ물며 공명은 디현닌니라
니 웃지 니만 졍셩을 익기리요 닉덕왈 쵸냐 빅셩 ᄒ나을 보랴ᄒ고 니디지
슈고 말고 졔 혼주 ᄀ셔 노은으로 동여오리다 ᄒ니 현덕니 디칙왈 쥬문왕
니 강틱공을 보랴ᄒ고 위국의 왕니ᄒ엿단 말을 듯쏘 못ᄒ냐난냐 문왕 ᄀ튼
승군의도 졍셩을 드려 ᄎ져거던 네 웃지 무례ᄒ요 오디 말고 도라ᄀ라 한
니 닉덕왈 니왕 니형즁을 모시고 왓쓰온니 웃지 도라ᄀ올닛ᄀ 숨닌니 말을
타고 융즁의 득달ᄒ여 쵸당을 ᄇ라본니 오리 거젹ᄒ녀난디라 현덕니 말게
나려 지셩으로 거러간니 마츰니 졔갈균니 나오거날 현덕니 예ᄒ고 문왈 션

싱니 게신릿ㄱ 균니왈

〈3-뒤〉

어졔야 오셰난니다 문젼의 동ㅈ을 불너 왈 션싱니 게신냐 동ㅈ 녓쓰오디
션싱이 게시오나 쵸당의 취침ᄒ여 게신니 긔침키 황숑ᄒ녀니다 현덕니 관
중의게 분부ᄒ되 그디덜은 번거히 말고 동경을 보라 ᄒ고 완보로 중게의
올나 쵸당을 술펴보니 션싱니 젼승의 놉피 누어 줌을 드러거날 줌씨기을
기다려 지셩으로 셔던니 익덕니 디로 왈 형즁니 져러틋 슈고ᄒ신듸 짐짓
줌ㅈ는 체ᄒ고 져디지 그만ᄒ니 고니코 교만ᄒ다 ᄒ고 당중 풍퍼을 니리라
관공니 무ᄒ니 말유ᄒ고 현덕은 동경을 짐죽ᄒ고 관공은 눈을 쥬어 헌화을
금ᄒ고 죵시 기다리던니 션싱니 줌을 씨녀 디몽시을 지녀 을푸되 디몽을
슈션각고 평싱을 ᄋ즈지라 쵸당의 츈슈죡ᄒ니 충외의 일지지라 동ㅈ을 불
녀 문왈 문밧긔 손님니 와게신냐 동ㅈ 녓즈오되 유황슉니 오

〈4-앞〉

신 졔 오런니다 공명이 디칙왈 웃지 닐즉 고치 안니 ᄒ녀난냐 ᄒ고 의복을
ᄀ러입고 현덕을 쳥ᄒ거날 드러ᄀ 녜ᄒ고 공명을 보니 신중니 팔쳑니요 얼
골니 빅옥니라 머리의 윤건을 쓰고 학충의을 닙고 숀의 빅운션을 드러거날
표년ᄒ 션관니라 현덕니 다시 니러나 지비ᄒ고 ᄀ로디 션싱의 디현ᄒ신 셩
화을 표문ᄒ고 슈츠 와셔 못뵈와난니다 공명왈 날 ᄀ튼 쵸야 셔싱을 보시
랴고 누디의 여러번 힝츠을 ᄒ게신니 광치 비승ᄒ녀니다 현덕왈 방금 간웅
니 창셩ᄒ와 스직니 중원ᄒ온니 션싱의 너부신 지죠로 지도ᄒ와 기녀니 회
복ᄒ고 도탄의 든 빅셩을 건져 쥬옵쇼셔 공명왈 남양의 밧갈기와 월ᄒ의
고기 낙기을 닐숨어 비운 거시 업난듸 웃지 쳔ᄒ득실을 의논ᄒ릿ㄱ 현덕왈
션싱니 져디지 겸스ᄒ신니 도로녀 망극ᄒ녀니다 그러ᄒ오나 디중부 셰승의

〈4-뒤〉

쳐하녀다고 녀츠 풍진외 웃지 헛쏘니 셰월을 보니럿고 션싱은 션왕지업을
회복ㅎ고 억죠충싱을 건져 쥬옵쇼셔 언미필의 눈물니 웃짓슬 젹시거날 공
명니 현덕의 졍셩을 감동ㅎ여 고로디 즁군니 표훈훈 스람을 져러틋 ㅎ신니
용녈ㅎ오나 뒤을 ᄯ라 시셕을 ㅎ고지 ᄒ리다 현덕니 그졔야 디회ㅎ냐 관즁
을 불너 뵈니라 ㅎ고 녜단을 올니거날 공명왈 니게 과도ㅎ노니다 닐폭 디
됴셔를 니녀 벽샹의 거러노코 고르쳐 왈 니게 셔쵹 스십쥬의 지도라 젼닐
고황졔 셔쵹의 웅거허와 스빅년 디업을 충셩ㅎ녀쓴니 즁군도 한실을 회복
고져 ㅎ거던 션취 형쥬ㅎ고 지취 셔쵹ㅎ녀 근본을 숨은 후의 즁원을 쳐 디
업을 니루옵쇼셔 허거날 현덕왈 션싱의 말슴을 듯ᄉ온니 운무을 허키고 일
월을 디ㅎ온 듯 반갑쓰온니다 형쥬 유표

〈5-앞〉

와 셔쵹 유즁은 다 동죵니라 웃지 ᄯᅡᆼ을 취럿고 공명왈 형쥬 셔쵹니 ᄌ년 즁
군의 기업니 되오리다 니윽키 슈죽ㅎ고 직일의 ᄋᆞ우 균을 불너 왈 유황슉
의 숨고쵸례한 은혜을 ᄇᆞ더 츌셰ㅎ난니 너난 고업을 닐치 말고 학업을 허
치 말고 닛스면 영공 후의 도라오리라 ㅎ여 슝학을 줄 딕키라 당부ㅎ고 현
덕을 ᄯ라 신야의 ᄃᆞᄃᆞ른니 즁죠리 디위ㅎ냐 츠례로 졉고ㅎ고 군계을 증졔
ㅎ던니 ○니쎄 죠죠 허충의 닛다고 현덕니 공명 으더단 말을 듯고 디경ㅎ
냐 ㅎ후돈을 불너 디병 십만을 급피 죠발ㅎ냐 방셩의 진을 치고 신야을 엿
보던니 녜손 죠분 길의 공명니 일파화로 십만졍병을 경각의 함몰ㅎ니 ㅎ후
돈니 도망ㅎ여 허충으로 도라와 그 년고을 죠죠의게 고훈디 죠죠 디경ㅎ냐
왈 유비난 인즁디용니라 공명과 승의ㅎ냐 묘게을 지을진디

〈5-뒤〉

심복지환니 될진니 니 친니 유비을 쳐 ㅍㅎ리라 ㅎ고 직시 십만병을 거나리고 현덕을 칠시 그 형셰을 당치 못ㅎ녀 신냐 빅셩 슈십만을 거나리고 강능으로 힝ㅎ다ㄱ 당양의 니르러 공명 왈 됴됴 군니 불니예 올 거신니 급피 운중을 강호로 보니여 공ㅈ 유긔을 구닌ㅎ고 쇽키 ㄱ라쳐 기병ㅎ녀 비를 타고 강능으로 만나게 ㅎ쇼셔 현덕니 직시 운중 숀건 두 중슈을 명ㅎ녀 ㅎ구의 ㄱ 유긔을 구ㅎ라 ㅎ고 공명의 말을 젼ㅎ니라 ○각셜 닛쩌 됴됴 번셩 닛짜 스람으로 ㅎ녀금 강을 근너 양양의 니르러 유죵을 보ㅈㅎ니 죵니 주려워 감니 ㄱ보디 못ㅎ난디라 치모 중윤니 와 쳥ㅎ거날 닛쩌 왕위죵 다려 ㄱ만니 고왈 중군니 이무 현덕의게 흥복ㅎ고 쏘 죠죠의게 다라나리요 원컨딘 중군은 요진쳐의 미복ㅎ녀짜ㄱ 치거드면 죠죠을 반다시 잡을건이 위진쳔

〈6-앞〉

하ㅎ고 죵원니 비록 너루나 증ㅎ기 어렵지 안니할 거신니 쩌을 일치 마쇼셔 뉴죵니 이 말을 치모의게 고ㅎ디 모ㄱ 왕위을 꾸지져 왈 네 쳔명을 모르고 감니 망언을 하는요 왕위 디로왈 너난 나라을 ㅍ러 먹은 놈니라 니 싱젼의 네 고기을 맛보리라 ㅎ니 모ㄱ 쥐기고ㅈ 홀 시 괵월니 권ㅎ냐 긋치고 모ㄱ 중윤으로 더부러 변셩외 니르러 죠죠의게 뵈온디 죠죠 문왈 형쥬군마 젼양 다쇼ㄱ 얼마나 되던요 치모 왈 마군니 오만니요 보군니 십오만니요 슈군니 팔만니요 항군니 이십팔만니요 돈과 양식니 빈튼 강능의 닛고 그 나문 지양은 각쳐의 닛는 ㅂ 쪽키 한 슈리슥은 되던니다 죠죠 우문왈 젼션은 얼마나 되던요 모왈 디쇼 젼션을 합ㅎ면 칠십녀쳑니나 되더니다 죠죠ㄱ 모둥 양닌을 벼슬을 더하여 모로 딜남후 겸 쥬군 디도독을 숨고 중윤으로 됴슌휴겸 슈군 뷰도독을 삼고

〈6-뒤〉

흐령 왈 니밤 시벽의 정병 오쳔 쳘기을 모라치되 한은 일릴 일냐를 증호더
라 ○각셜 현덕니 슈만 빅셩과 슙쳔군마을 거나리고 강능으로 딘발홀시 ○
죠운은 보호 노쇼호고 ○즁비는 뒤을 끈코 ○공명은 운중을 강하의 보니여
오지 안니호니 쇼식을 아디 못홀네라 당일의 간용 미츅 미망으로 흐ᄀ지
힝홀시 문득 일딘광풍니 이러나며 진퇴츙쳔호녀 일광이 불근디라 현덕니
디경호녀 급피 압딜을 무룬디 좌우왈 당양 경산니로쇼니다 닝풍이 쇼실호
디 황혼니 되미 곡셩니 딘동호며 함셩니 쳔지딘동호던니 죠죠 쵹군니 쳐드
러오거날 현덕니 디경실식호녀 급피 말게 올으며 본부 졍병 삼쳔으로 방젹
호라 호되 그 형셰을 당호리요 현덕니 죽기로써 싸올시 ᄃ힝호다 즁비 군
을 모라 일시의 음슬호니 피흘너 질의

〈7-앞〉

가득호디라 니쩌 현덕은 동을 브라고 닷던니 문빙니 니 닷거날 현덕왈 너
는 쥬닌 비반혼 도덕니라 호면 목냐 문빙니 슈괴호녀 군스을 돌녀 동오로
ᄀ더라 즁비 현덕을 보호호고 함셩니 슙슙홀시 니쩌 빅셩노쇼와 계중의 셩
스을 몰나 크게 울시 미방등니 번츙니도왈 즈룡니 죠죠의게 투항호여난니
다 호거날 현덕니 ᄭ지쪄 왈 즈룡은 날과 고괴라 나을 웃지 비반호리요 즁
비왈 우리는 세극녁진호고 죠죠는 승승호미 부귀을 탐혼ᄀ 십푸외다 그러
치 안토듯 니 오는 비 활난디십니 쳘셕ᄀ톳디라 즈룡니 반다시 나을 빗기
믄 닐이 잇난 연고라 한니 즁비 탐지호리다 호고 즁비 니십여기를 거나리
고 장판교의 니르러 중팔스모충을 빗겨들고 말게 비겨셔셔 셔편을 브라더
라 ●갈셜 니쩌 죠운니 필마단충으로 스경시분의 죠군으로 더부러 나리 박
도록 쓰와 왕니

〈7-뒤〉

츙돌하야 물니치고 현덕을 츠딘니 읍난지라 쏘 감부닌니 쇼쥬닌 아두을 니

게 다 부탁ᄒ녀거날 금일 군중의 실슈ᄒ여쓴니 무슴 면목으로 도라ᄀ 쥬닌
을 보리오 닉 웃디 ᄒ번 쥬검을 익길손냐 기녀회 쥬모와 소쥬닌을 ᄎ지리
라 ᄒ고 좌우을 도라본니 군ᄉ 삼십기ᄀ 나문디라 거나리고 창을 드러 죠
군을 허치고 ᄃᄃ를시 닉 현 빅셩의 곡셩니 쳔긔딘동ᄒ며 다러나는 지 부
지기슐네라 호련 슐폐본니 ᄒ ᄉ람니 풀 ᄀ온디 누어거날 ᄌ셔니 본니 이
난 간옹야라 급피 문왈 쥬모 양위 모운디을 보아난요 옹니 왈 두 쥬모 ᄋ듀
을 품고 나을 ᄇ리고 다러나는지라 나는 말을 달여 피ᄒ던니 일즁을 만나
한충으로 딜너 마ᄒ의 니리치고 버셔나 예와 누어쓰되 년고을 아디 못ᄒ나
니다 운니 말을 타고 달니며 왈 혈마 숭쳔님디 ᄒ녀쓰리요 닉 니예ᄀ 쥬모
와 쇼쥬닌을

〈8-앞〉

ᄎ져 보리라 ᄒ고 즁판교을 ᄇ라고 ᄀ던니 문득 ᄒᄉ람니 죠즁군니요 크게
부로거날 운니 말을 급피 모라ᄀ 문왈 웃더ᄒ 사람닌다 답왈 뉴ᄉ군의 호
숑슈리군니웁던니 피ᄒ와 예와 닛난니다 죠운니 두 부닌 쇼식을 무른디 군
ᄉ 답왈 게오 버셔나셔 보온니 감부닌니 머리 풀고 발버슨치 빅셩부녀을
ᄯ러 남으로 닷쩌디다 죠운니 닉 말 듯고 일분닌들 지쳐ᄒ랴 군ᄉ을 불고
ᄒ고 말을 급피 노와 남을 바라고 ᄀ던니 문득 ᄒ쩨 빅셩 남녀 슈빅닌니 셔
로 분쥬니 닷난디라 운니 딕호왈 그 ᄀ온디 감부닌니 계시난요 ᄒ며 텬운
ᄀ치 오난디라 부닌니 후면의 닛던니 죠운니 ᄇ라보고 방셩딕곡ᄒ여 ᄒ마
슘충의 니웁 왈 쥬모 실신니 운지죄라야난다 감부인왈 미부닌 쇼쥬닌은 편
니 인난요 닉 미부닌으로 더부러 빅셩 총종의 보힝ᄒ던니 일지군마을 만나
충돌ᄒ니 각키 허

〈8-뒤〉

친디라 미부닌과 ᄋ두는 어디로 간쥴을 모로고 홀노 도망ᄒ여쓰나 슬푸다

쏘 미부닌과 ᄋ두을 ᄃ시 보리요 니러틋 슬어할시 빅셩니 말ᄒ되 함셩니
나며 닐긔군니 오난니다 ᄒ거날 죠운니 충을 쎼여들고 미션슁마 ᄒᄒ야 젼면
을 슬펴보니 니난 미츅니라 그뒤로 호중슈 즁충디금을 들고 ᄯᅡ로난듸 슈쳔
병마을 모라오니 함셩니 쳔디진동ᄒ거날 니난 곳 죠닌의 무중슌니라 죠즈
룡니 디질 일셩의 졍충출마ᄒ야 직취슌우ᄒ니 졔 엿지 당젹ᄒ이요 즈룡의
충니 번듯ᄒ여 슌의 머리 마ᄒ의 ᄯᅥ러지난디라 횡횡총둘ᄒ여 미츅을 구완
ᄒ고 말 두필을 ᄋ더난디라 감부닌을 말게 모시고 디로을 ᄋ더 중판교의
니르러 보니 장비 숨충을 들고 ᄃ리 우외 비겨셔셔 디호왈 즈룡니 네ᄀ 읏
지 너게 도라오니요 ᄒ거날 죠운왈 엇젼 마린요 니 쥬모와 쇼쥬닌을 뒤의
ᄯᅥ르키고 츠져보도 안코

〈9-앞〉

도라오랴 ᄒ니 즁비왈 감옹니 먼져와 보하믈 듯고 쇼식을 탐지코즈 ᄒ녀
녜와 치엿노라 ᄒ거날 운왈 쥬공언 어듸 기신요 비왈 니 압픠 머리 안니 계
신니다 죠운니 미츅다려 닐너왈 감부닌을 모셔 먼져 힝ᄒ라 나는 니에 ᄀ
미부닌 쇼쥬닌을 차져 도라ᄀ리라 언미필의 힝ᄒ던니 슈쳔쳘긔 구로로 도
라오거날 슬펴본니 호중슈 졔쳘금을 들고 쳘기을 모라오니 의기양양ᄒ여
쳔지 즈욱ᄒ거날 죠운니 졍충출마ᄒ녀 ᄋ즁을 취ᄒ여 교마ᄒᆯ시 일홉의 즈
룡의 충니 번듯ᄒ며 ᄋ즁을 지르고 됴친니 다라나는디라 문득 어덕우의 죠
죠ᄀ 오는듸 뒤희로 ᄯᅡ로난 ᄋ즁은 션비결을 들어씬니 이는 ᄒ후은니라 죠
죠의게 보금 두리 닛쓰되 ᄒ나는 기쳔금니요 쏘 ᄒ나난 쳥강금니라 ᄒ후은
니 쳥강 기쳔금을 츠씬니 이 칼은 쳘셕도 물은 진흑ᄀ치 드난디라 다른 칼
은 젼우어 니롬니 읏더라 됴됴 후은

〈9-뒤〉

을 도라본니 후은의 룡밍니 당시 결난한지라 죠운을 발녀왈 네 어듸로 갈

다 ᄒ며 달녀들거날 양중의 고홈 쇼리 쳔지ᄀ 무너지난듯ᄒ고 강손니 ᄯᅳ난
듯 ᄒ지라 죠운니 피ᄒ는듯ᄒ며 충을 날녀 후은을 질너 쥬기고 충금을 니
셔쓰니 진지 보금니로다 운니 보금긔충ᄒ여 다시 음슬ᄒ고 도라와 도운의
마음예난 반졈 물녀갈 마음니 읍스나 어진 빅셩을 만나 미부닌 쇼식을 무
려 ᄎ쳐 오리라 ᄒ고 ᄀ던니 문득 ᄒ스람니 ᄀ로디 부닌니 ᄋ기를 품어난
디라 고승의 충을 맛고 ᄃ러나쓰나 다믄 젼면니외의 안져쓰리다 죠운니 듯
기을 마치고 년망츄십홀시 문득 ᄒ고슬 ᄇ라본니 인ᄀ불탄 단중 흑던니 우
예 안져쓰니 중ᄒ에난 고졍니라 미부닌이 이기을 안고 앙쳔계곡 ᄒ니 쳔시
웃디 무심하랴 죠운 급피 말게 나려 비사복디ᄒ니 부닌왈 중군을 으더본니
ᄋ주의 명니 잇쓰미라 ᄇ라건디 중군

〈10-앞〉

은 ᄀ련ᄒ 져거슬 거두쇼셔 져의 부친 혈육니 이쓴니라 니ᄌ식을 다려다ᄀ
이비 얼골을 뵈게 ᄒ쇼셔 쳡은 니졔 죽어도 여ᄒ니 읍난니다 ᄒᆫ디 운왈 부
닌니 곳난을 ᄇ드시믄 운지죄냐니다 불필다언ᄒ시고 쳥컨딘 부닌은 말게
올으쇼셔 운은 보힝니라도 죽도록 싸와 투출중위 ᄒ오리다 미부닌니 왈 불
ᄀ토ᄃ 장군니 엇지 마리 업쏘리요 중군은 니ᄋ희나 온젼니 보호ᄒ쇼셔 쳡
은 님의 여러관디을 승ᄒ녀쓰니 웃지 죽기을 익끼리요 원컨딘 중군은 니ᄋ
희을 품고 쇽쇽키 ᄀ옵시고 니녜 쳡을 드럽다 마르쇼셔 운니 왈 함셩니 중
ᄎ 갓ᄀ오며 츄병니 임의 니르는ᄀ 시푸온니 쳥컨딘 부닌은 쇽쇽키 승마ᄒ
옵쇼셔 미부닌왈 쳡의 몸은 니위ᄇ릴디라 ᄒ여 중군은 ᄋ두를 ᄇ드쇼셔 ᄒ
며 니ᄋ회 승명은 젼ᄒ믄 중군신승의 닛느니다 죠운니 슴회오츠의 간쳥왈
부인은 말게 오

〈10-뒤〉

르쇼셔 ᄒ되 부닌은 죵시 말을 타지 안니하시고 ᄉ면으로 흠셩니 이러난니

죠운니 녀셩티왈 부닌니 말을 듯지 아니ᄒ신니 츄군니 만닐 니르면 웃디ᄒ
리요 미부인니 ᄋ두을 쌍의 던지고 신업고경즁하야 니스ᄒ시다 차시의 죠
운니 부닌 죽엄을 보고 혹 죠군니 신체의 히을 기칠ᄀ ᄒ여 담즁을 밀쳐 시
암을 덥고 갑주을 ᄀ쵸와 ᄋ두을 품고 번츙 승마턴니 흔즁슈 일디군을 모
라오거날 니난 됴기부즁 안연니라 습화양도의 죠운과 싸와 습합의 죠운의
츙 빗시 번 듯 ᄒ며 안연을 질너 죽니고 군즁을 혓쳐 기를 녈고 ᄇ라도라갈
시 쏘 견면으로 일긔군마 니다르며 일원디즁니 기호분명커날 니난 즁합니
라 죠운을 크게 부르거날 운니 부답ᄒ고 졍츙쾌젼 십녀홈의 운니 싸울 성
각니 읍셔 군슈을 뭇찌르고 질을 ᄋ스 닷던니 비후로 죠츠오며 운ᄋ 네 어
디로 갈짜 닷디말고 게 닛쓰라 호통일

셩 외년마닌 화ᄒ냐 죠운의 마리 토항즁의 샌딘디라 장합니 졍츙니ᄌ ᄒ야
치랴홀졔 문득 흔 줄 홍광니 토항즁으로 니려나며 필마 혀공의 일약 도츌
항와ᄒ다 ◆홍광은 단기공용미요 ◆스십니 년진쥬명을 ◆졍마는 츙ᄀ즁판
위요 ◆장군은 닌득텬신위라 ○닛쩌 즁합니 마츰니 보고 물너나난지라 죠
운니 말을 노와 ᄇ로 닷던니 문득 뒤희로서 두즁슈 죠운을 크게 불너왈 닷
지 말나 쏘 견면으로 두 즁슈 니다러 압질을 막고 뒤의로난 쓴난니다 졍즁
현 두즁슈라 니난 원슈의 ᄋ즁닐네라 죠운니 심을 다ᄒ여 스장을 마져 싼
울시 죠군니 일졔의 에워쓰는디라 운니 쳔강금을 들고 호통을 쳔둥그치 디
르며 의갑을 ᄀ다듬어 디니난 곳마다 스람의 피ᄀ 시암의 물쏫듯 ᄒ난디라
슈흡의 스즁을 볘히고 ᄇ로 즁군을 혓쳐 겹겹니 에운 군슈을 쳐 물니친니
라 ○각셜 니쩌 죠죠 경손의 올나 만견턴니

일즁소도 거쳐의 난위불ᄀ랑니라 급문 좌우ᄒ니 죠홍니 마를 타고 나는 ᄃ

시 산ᄒ의 나려와 디호왈 져 군즁의 ᄊ호는 중슈난 승명니 뉘기요 이르라 ᄒ거날 조운니 응셩왈 나는 승순의 죠ᄌ룡니로다 ᄒ거날 죠홍니 죠죠의게 회보ᄒ니 죠죠왈 진시 범ᄀ튼 즁슈로다 너 맛당니 ᄉ라 니르게 ᄒ리라 ᄒ고 비마젼보 각쳐ᄒ여 죠운을 ᄀ는터로 노와 두라 니쩌 죠운니 녀례 에움을 버셔난니 이난 ᄯ호 ᄋ두의 복니로쇼니다 죠운니 후쥬을 품의 품고 다셧번 ᄊ홈의 됴녕의 명즁 오십녀원을 죽여슨니 의갑의 홍몰듸음 갓쩌라 ◆혈념정표의츄갑흔니요 ◆고리츙신부위쥬라 ◆당양의 슈감녀징니ᄒ고 ◆지유승순죠ᄌ룡니라 ○니쩌 죠운니 디진을 헛치고 ᄶ나너려올시 혈만졍포ᄒ엿난디라 순ᄒ의 나려온니 실푸다 ᄯ 양디군니 니닷거날 니난 ᄒ우돈의 부즁 죵진 죵신 형졔라 큰 도치 ᄒ긔 쏙 기림

〈12-앞〉

충흔나 쏙 들고 크게 죠운을 불너왈 썰니 말게 나려 충을 ᄇ드라 하거날 진쇼위 피호봉밍격니로다 그러나 ○필경니 ᄎ룡니 급피 탈신ᄒ냐 ᄎ쳥ᄒ회 구하고 ●중비는 디요즁탄교ᄒ고 ●유녜쥬는 픠쥬 흔신구하다 ○각셜 니쩌 죵진 죵신 두 즁슈 죠운을 마거 시술ᄒ거날 죠운니 충을 들어 교젼 습흡의 죵신을 딜너 말게 ᄶ리치고 길을 아셔ᄶ던니 등뒤로 죵신니 충을 들고 ᄲᆯ니 오거날 죠운니 급피 말머리을 둘너 반합의 죵신의 머리 마ᄒ의 ᄶ러진니 나문 군ᄉ 다 헛터지난디라 죠운니 버셔나 즁판교을 ᄇ라고 닷던니 문빙니 군ᄉ을 모라 ᄶ르거날 죠운니 다리ᄀ에 이른니 인마 ᄃ 곤핍흔지라 문득 보니 즁팔ᄉ모 충을 들고 마승의 안져거날 운니 디호왈 넉덕은 나을 구완ᄒ쇼셔 ᄶ라난 군ᄉ는 너당ᄒ리라 죠운니 말을 노와 니십녀리을 힝흔니 문득 현덕니 즁닌으로

〈12-뒤〉

ᄒ녀금 나무 아린 쉬녀거날 죠운니 말게 나려 쳬읍 복디 흔디 현덕니 ᄯ호

낙누ㅎ는디라 죠운니 탄식 쥬왈 쇼중의 죄 만사유경니로쇼다 미부닌이
몸의 중슝을 닙으시고 길거니 말게 올으지 아니시고 시암의 샌지시미 부득
니 ㅎ와 담을 밀쳐 덥고 드먼 공ㅈ만 품의 안고 녀려 에우물 풀고 공ㅈ의
다힝ㅎ 복을 심닙어 버셔나믈 어더온ㅂ 품ㄱ온디 항숭 우름을 긋치지 안니
ㅎ시던니 이 ㅎ 쑈음에 ㅇ무 동졍니 읍슨니 이예 공ㅈ 혹 보죤치 못혼가 넘
녜로쇼다 ㅎ고 품을 쓸너 보니 공ㅈ 줌을 들어 아즉 씨지 아니ㅎ여거날
죠운니 디희왈 공ㅈ ㅇ직 무량ㅎ도쇼니ㄷ 두 숀으로 현덕게 드린니 현덕니
공ㅈ을 쌍의 던져왈 너ㄱ튼 어린 ㅇ희로 ㅎ냐금 니 일원디중을 숭홀낫다
죠운니 그 기티 쌍의 나려 공ㅈ로 ㅂ더 보듬고 울며 졀ㅎ여 왈 죠운니 비록
간뇌도긔 할지라도 셩은을 웃지 갑푸리요 ◑각셜 문빙이

〈13-앞〉

군ᄉ을 모라 죠운을 ᄯ러 중판교의 니르러 본니 중비 호두용익의 호슈을
거스리고 고리눈을 부릅쓰고 중팔ᄉ모 충을 빗겨 마숭의 놉피 안져쓰며 ᄯ
다리 동편 슈림간의 씍글니 이러난니 복병이 잇난ㄱ 의심ㅎ여난디라 문득
말을 머무르고 감이 압피 갓ㄱ니 못ㅎ던니 이윽고 죠닌 이젼 ㅎ후돈 하후
년 장요 중흡 혀유 등 팔중니 니르러 본니 중비 중팔ᄉ모 충을 눈우에 빗겨
들고 드리 우에 셧난디라 혹니 공명의 비곈ㄱ 의심ㅎ여 감니 범치 못ㅎ고
ᄉ람으로 ㅎ냐금 죠죠의게 아뢴디 죠 급피 말게 올나 진 뒤로 죠ᄎ온니 중
비 눈을 부릅쓰고 은은이 후군 쳥나닐슨에 졍모황월을 보난 듯 혼지라 중
비 녀셩디호왈 나는 년닌 중익덕니라 뉘 감니 날노 더부러 승부을 결단ㅎ
랴난요 소리ㄱ 큰 우뢰ㄱ튼지라 죠군니 다 쓸며 죠죠는 급피 일손을 ㅂ리
고 좌우을 도라보와 왈 닉 일직 운중의게 드른니 중닉덕은 쳔빅만군

〈13-뒤〉

즁니라도 숭중의 머리 취ㅎ기을 낭중 취물ㄱ치 혼ㄷ ㅎ던니 금일노 볼진딘

ㄱ니 경젹디 못홀디라 언미필에 중비 고리눈을 부릅 쓰고 고셩디호 왈 중
닉덕이 니예 닛쓴니 뉘 능히 와 승부을 결단ㅎ라 죠죠ㄱ 중비기기 니ㄱ틈
을 보고 ㅈ못 물녀갈 마음이 잇난디라 장비 ㅂ라보니 죠죠의 후군니 요동
ㅎ거날 중비 ㅅ모중충을 빗겨들고 티호왈 싸호ㅈ ㅎ되 ㅅ오디 안니ㅎ고 물
너ㄱ라 ㅎ되 물너ㄱ디 안니 ㅎ니 이 웃전 년교요 호통일셩의 강ㅅ니 뒤누
우며 중판교 티교중의 뇌셩병녁니 진동ㅎ는 듯ㅎ니 졔중군졸니 혼겁낙담
ㅎ난디라 죠죠 뒤예 ㅎ후거리 놀너녀 간담니 부셔디난 듯 ㅎ며 마ㅎ의 걱
쑤러진니 됴됴 급피 말을 돌녀 닷거날 졔군즁중니 일시에 망셔도쥬ㅎ니 참
니 다황구유알너라 ○각셜 됴됴 중비 위풍의 겁을 너녀 말을 모라셔 젼을
ㅂ라고 닷던니 관은니 쩌러져 피말분도ㅎ이 중요 허졔

〈14-앞〉

됴됴을 옹위ㅎ고 충황니 닷난디라 장요왈 승승은 놀너디 마르쇼셔 웃지 중
비 일인을 두려ㅎ리요 ㅇ졔 급피 퇴군ㅎ면 유비을 ㄱ니 ㅅ로ㅈ불딘다 됴
됴 졔오 졍신을 진졍ㅎ고 중요 허졔로 ㅎ녀금 지츠 중판교의 니르러 쇼식
을 탐디ㅎ이라 ○차셜 중비 호통 일셩의 죠군을 물니치고 중팔ㅅ모 충을
들어 중판교을 끈코 도라와 현덕을 보고 다리 끈코 온 ㅅ년을 알왼니 현덕
왈 니 아우 용밍닌직 참 용밍니나 진실노 쇠을 일어쏘다 중비 그 년고을 무
른니 현덕왈 죠죠 쇠 만ㅎ니 다리 끈음을 보고 반다시 짜를지라 웃지 인답
디 안니ㅎ리요 ㅎ니 중비 왈 죠군니 니 ㅎ 호통의 슈리를 퇴진ㅎ여거날 웃
지 감니 두 번 짜르리요 현덕왈 다리을 끈치 안니ㅎ면 죠죠 북병니 넛난ㄱ
의심ㅎ냐 감니 짜로지 못ㅎ련이와 니졔 다리을 끈어슨니 반다시 니 군ㅅ
읍셔 겁ㅎ믈 알디라 죠죠빅만의 졸이 잇슨니

〈14-뒤〉

웃지 ㅎ다리 쓰느믈 두려ㅎ랴 ㅎ고 곳 발힝ㅎ야 ㅎ딘으로 힝ㅎ더라 ○각셜

됴됴 장요 허졔로 ᄒ냐금 중판교 쇼식을 탐지ᄒ던니 중요 허졔 보ᄒ되 중
비ᄀ 다리을 쓴코 ᄀ난니다 ᄒ녓거날 됴됴왈 단교니더ᄀ 심겁니되미라 ᄒ
고 군졸의 졀넝ᄒ야 다리 숨좌을 니밤으로 놋코 건네라 이젼니 고왈 니난
졔갈양의 쐬ᄀ시푸온니 두려워니다 됴됴왈 중비는 흔갓 용밍ᄲᆞ니라 웃지
쇠ᄀ 닛쓰리요 녕을 듸듸여 ᄲᆞᆯ니 군ᄉ을 모라치라 ○각셜 현덕니 흔신으로
힝ᄒ다ᄀ 문득 뒤을 도라본니 진두의 디기고셩이 연쳔ᄒ고 흠셩니 딘지라
현덕왈 젼유디강니요 후유츄병이라 녀지니ᄒ오 죠운을 명ᄒ야 급피 반젹ᄒ
라 ●니쩌 죠죠 ᄒ경군즁왈 니졔 유비난 부즁이어요 함즁디호라 만일 닛쩌
취치 안니ᄒ면 ᄌᆞ분 퇴기을 놋침ᄀ튼다라 고기라 ᄇ디로 들며 범니라 손을
쏘츠 도라ᄀ랴ᄒ며 즁즁니기치를 쏘치며 문득

〈15-앞〉

일더 군마 나는다시 니다러 디호왈 우리 등니 마츰니 쩌ᄀ 닛쏘다 ●니쩌
의 일원디중니 오난듸 외갑을 ᄀ초오고 숀의 청용도을 들고 젹토마을 타쓴
니 원니 관운즁일너라 강ᄒ의 ᄀ 일만군을 어더 중판교 디젼을 탐디ᄒ고
죠츠오난 기라라 됴됴 운중을 보고 말을 돌녀 졔중을 도라보와 왈 니난 졔
갈양의 쇠라 ᄒ고 졀녕ᄒ되 디군을 숙퇴ᄒ라 운즁니 슈리에 죠츠온니 직시
회군ᄒ여 보젼케 ᄒ라 잇쩌 현덕니 흔젼의 니르니 이유션쳑니녀늘 공명 운
중 유기라 회우일쳐로다 왕강ᄒ구ᄒ여라 죠죠 디칙홀 졔 공명왈 니 강동
손권을 보고 달니여 됴됴와 디젼케 ᄒ고 죠죠ᄀ 승ᄒ거던 강동을 취ᄒ고
손권니 승ᄒ거던 중원을 취ᄒᄉ니다 그러허나 강동ᄉ람을 보와냐 됴됴홀테
닌듸 강동ᄉ롬 볼 슈 읍슨니 웃지ᄒ리요 죠죠의 빅만디병니 젹벽의 결진ᄒ
냐슨니 손권니 ᄋ모리 영웅닌들 웃디

〈15-뒤〉

년승ᄒ리요 죠죠 허실을 알고ᄌ 하여 필경의 ᄉ람니 올거신니 그 ᄉ람을

유닌호여 호ㄱ디로 강동의 ㄱ셔 숀권을 달니여 디ㅅ을 도모호리라 호던니
닛쩌 숀권니 노슉으로 호녀금 호구의 유현덕의게 죠죠의 허실을 탐지호라
호니 노슉니 호구의 니르러 현덕을 보고 예필 후의 문왈 드른니 황슉니 공
명을 으든 후로 박망의 효둔과 신냐의 불을 노와 죠죠의 혼을 놀니게 호고
도망호녀단 말숨니 올쏘오며 또 됴됴의 군ㅅㄱ 얼마나 되던닛ㄱ 현덕왈 그
일은 공명의계 무러보면 자셔니 알이라 노슉왈 공명을 쳥호쇼셔 현덕니 공
명을 쳥호여 들어오니 노슉니 예필 후의 공슌니 문왈 션싱을 보온니 다힝
호온다라 방금 쳔호디란호오니 션싱은 냥칙을 ㄱ리쳐 동오의 니롭게 호옵
쇼셔 공명왈 니 무슴 양칙니 잇스리요 노슉 왈 강동 숀즁군니 팔십일쥬을
츠디하고 굴양니 풍족호니

〈16-앞〉

잇쩌의 함기 동심호와 디업을 니루쇼셔 공명왈 숀유 양즁니 젼일의 아롭
웁고 ㄱ히 보닐 스람 웁신니 웃더호릿ㄱ 노슉왈 션싱의 형즁니 강동의 닛
셔 싱 보기을 원호온니 나와 호ㄱ디 ㄱ 디ㅅ을 의논호쇼셔 현덕왈 공명은
니의 션싱니라 웃디 시각을 쩌나리요 노슉왈 디ㅅ을 졍녕호는 ㅂ 션우 싱
각 마옵쇼셔 호고 호ㄱ디 ㄱ기을 쳥훈디 공명왈 방금 일니 급박호온니 ㅈ
경을 짜러ㄱ 허실을 알고 좌우간 결단호고 슈니 올테온니 넘예 마옵쇼셔
현덕니 양구에 허락호니 공명니 노슉으로 더부러 발힝홀시 노슉니 공명의
게 당부호되 숀즁군니 션싱을 볼디 니예 죠죠의 군병 다쇼를 물을 거신니
실숭을 마옵쇼셔 공명왈 ㅈ경은 넘녜 마옵쇼셔 그 쩌을 당호면 ㅈ년 마리
닛난니다 노슉니 드러ㄱ 숀즁군을 뵈온디 ○닛쩌의 문무졔즁을 다리고 군
게을 의논호다ㄱ 노슉 옴을 보고 문왈

〈16-뒤〉

원방 흠노의 무스니 단녀왓스며 슈탐훈 일은 웃쩌호던요 노슉왈 죵츠 아뢰

리다 숀권왈 즈경니 간 후의 됴됴가 격셔을 보니여슨니 보라 ㅎ고 너여 쥬
거날 노슉니 ㅂ더본니 ㅎ여쓰되 나난 쳔즈의 명을 ㅂ더 쳔ㅎ의 난격을 칠
시 긔을 드러 남으로 형쥬을 フ리친니 유죵니 속슈 훙복ㅎ고 형양의 빅셩
니 ㅂ람을 죠ᄎ 귀슌ㅎ녀난디라 니졔 빅만군병과 용즁 쳔녀원을 거나리고
즁군으로 더부러 궁ㅎ의 フ 유비을 쳐 ᄑ훈 후에 디피 밍셰코즈 ㅎ난니 즁
군의 듯시 웃더ㅎ디 속속 회음ㅎ라 ㅎ여거날 노슉니 보기을 다ㅎ고 フ로더
쥬공의 쓰시 웃더ㅎ랴 ㅎ신닛フ 숀권왈 ᄋᆞ즉 즁훈 쓰시 읍노라 모스 즁쇼
왈 죠죠 쳔즈의 명을 ㅂ더 빅만군병을 거나리고 ᄉ방의 횡힝ㅎ니 신즈지도
의 막씨 어렵쑵고 ᄯᅩ훈 죠죠 니졔 형쥬을 치고 장강숭유의 유진ㅎ고 격셔
을 보니녀쓴

〈17-앞〉

니 만일 항거ㅎ면 군ᄉ을 호령ㅎ여 강동을 치면 그 형셰을 웃지 당ㅎ리요
신의 보는 비는 화친ㅎ난 게 양칙일フ ㅎ난니다 문무 모스 녀출일구녀날
숀권니 침음 부답ㅎ고 니당으로 드러가거날 노속이 ᄯᅡ라갈 시 손권이 그
ᄯᅳᆺ슬 알고 노슉의 손을 잡고 문왈 즈경의 손견은 웃더ㅎ요 노슉왈 안져 여
러 모스의 말을 들은니 쥬공의 디스을 져히ㅎ민다 만약 훙복ㅎ면 위불과
봉후요 긔불과 일싱니요 긔불과 일힐이요 즁불과 슈닌니라 쥬공은 일즉 디
스을 경영ㅎ소셔 손권니 이말을 듯고 フ로더 즈경의 마리 당년ㅎ나 죠죠의
형셰フ 중 큰디라 웃디 당ㅎ리요 노슉왈 강ㅎ의 졔갈공명을 드려와쏘온니
쳥ㅎ녀 게칙을 무러보면 그 허실을 쇼숭니 알니이다 숀권왈 와룡션싱이 오
셧난냐 명일의 문무왈 뵈와 강동년웅을 뵈닌 후의 다시 이를 의논ㅎ리다
ㅎ더 노슉니 공명ᄉ쳐의 나와

〈17-뒤〉

지숩 당부ㅎ되 우리 쥬공을 볼 쩌의 죠죠 군ᄉ 만탄 말을 ㅂ더 마르쇼셔 공

명니 쇼왈 주경은 넘녀 마읍쇼셔 니 으러 티답ᄒ리다 ᄒ던니 닛튼날 노숙
니 공명을 다리고 중젼의 다다른니 문무 졔관니 외관을 증졔ᄒ고 ᄎ례로
안져거날 공명니 ᄎ례로 승명을 통ᄒ녀 녜흔 후에 좌중의 단좌흔니 중쇼
고옹 등니 셔루 의논ᄒ되 니 ᄉ람의 의기을 먼져 썩써 마을 못ᄒ게 ᄒ리라
ᄒ고 공명다려 문왈 나는 강동 미말ᄉ닌이라 일직 드른니 션싱 융중의 게
실졔 션싱니 이르기을 관중 으기의게 비흔다 ᄒ던니 그 마리 올흔닛ᄀ 공
명왈 너의 평싱을 져의게 비흔 비 안니라 중쇼ᄀ 왈 유현덕은 션싱을 보라
ᄒ고 숩고쵸려 ᄒ여 션싱을 으드미 고기ᄀ 물을 으듬 갓타야 형쥬 웃기난
녀반중으로 아러던니 도로녀 일됴의 죠죠을 쥰니 웃지 된 니리읍닛ᄀ 공명
니 싱각ᄒ되 중쇼

〈18-앞〉

난 손권의 일등 모사라 이 사람을 먼져 쩌지 못ᄒ면 손권을 엇지 달녀리요
ᄒ고 답왈 니 형쥬 취ᄒ기는 여반장이로되 유예쥬의 더의로 동종의 기업을
참아 취치 못ᄒ여던니 유종은 어린아히라 가사흔 말을 듯고 됴됴의계 황복
ᄒ여쓰니 니 이졔 강흐의 웅거ᄒ야 뢰흔 경윤이 잇스되 엇지 타인이 알니
요 중쇼왈 그러ᄒ면 션싱 말리 가지 안토다 유예쥬는 션싱을 어드미 용니
여으쥬를 어듬 갓다 ᄒ던니 됴됴와 더젼ᄒ여 반합이 못ᄒ여 더픠ᄒ고 신야
을 바리고 변성으로 도망ᄒ다가 당양의 픠을 보고 흐구로 쬐겨가 용신할
고시 읍신이 오히려 션싱운 안이홈만 갓지 못흔지라 관중은 환공룬 도와
일만 쳔ᄒᄒ고 악으는 연쇼왕을 셩겨 젯나라 칠십이 셩을 황복바드슨니 이
는 큰 지죠라 션싱과 갓튼잇가 츙언이 역니나이 어힝이 과ᄒ여슨니 직언을
마르쇼셔 공명 디쇼왈 졔이와 시가 웃지 홍곡의 듯슬 알니요 신야는 산벽
의 져근 골리요 군ᄉ는 쳔

〈18-뒤〉

명의 지너지 못ᄒᆞ고 ᄌᆞᆼ슈는 열의 늠지 못ᄒᆞ여 도방망의 불를 녹코 ᄇᆡᆨᄒᆞ의 물을 마어 ᄒᆞ후돈을 낙담케 ᄒᆞ여슨니 관즁 악의를 예셔 더할숀가 당양의 픿할 졔는 억죠창싱을 참마 바리지 못ᄒᆞ여 ᄇᆡᆨ셩과 ᄒᆞᆫ가지로 사싱을 ᄒᆞ여슨니 이는 유황슉의 ᄃᆡ의라 그ᄃᆡ는 승픿만 알고 흥망과 ᄉᆞ직의 큰 뫼는 모로는도다 ᄌᆞᆼ쇼 공명의 말을 듯고 무안ᄒᆞ여 ᄃᆡ답지 못ᄒᆞ니 좌즁의 누변니 크게 쇼릐ᄒᆞ여 왈 죠승상 용즁쳔여원과 ᄇᆡᆨ만군병을 거나리고 유예쥬를 치면 션싱니 당젹할리가 공명왈 죠죠의 군병니 비록 어만이라도 족키 두렵지 안타 ᄒᆞ니 누변니 ᄃᆡ쇼왈 당양의 픿ᄒᆞ고 ᄒᆞ구로 도망ᄒᆞ여 강동의 심을 빌고자 ᄒᆞ는 사람니 도로여 ᄃᆡ담으로 남을 쇡기고자 ᄒᆞ는요 공명왈 유예쥬 군ᄉᆞ는 불과 슈쳔이라 엇지 ᄇᆡᆨ만ᄃᆡ병을 당하리요 ᄒᆞ구의 용신ᄒᆞ여 쳔시만 지다리건이와 강동은 군ᄉᆞ와 양식이 넉넉ᄒᆞ고 형셰 젹지 안이ᄒᆞ여도 쳔ᄒᆞ사람의 치쇼를 싱각지 안니ᄒᆞ고 님군를 달녀여 죠죠의게 황복

〈19-앞〉

고져 ᄒᆞ는요 우변니 다시 말을 못ᄒᆞ고 물너가는지라 모지리 문왈 공명 쇼진장으 본을 밧다 강동를 달녀고져 ᄒᆞ는요 공명니 쇼왈 쇼진은 육국의 졍승을 지녀고 장으는 두 번 진나라 졍승니 되야 님군을 위ᄒᆞ고 ᄉᆞ직을 안보ᄒᆞ여슨니 진실로 호걸이라 그ᄃᆡ 등은 죠죠 형셰를 ᄃᆡ겁ᄒᆞ여 황복ᄒᆞ기를 쥬ᄌᆞᆼᄒᆞ니 엇지 쇼진 ᄌᆞᆼ으를 비웃는요 모지리 머리를 슉이고 도라 안던지라 쏘 벽죵니 문왈 됴됴는 엇더ᄒᆞᆫ 사람으로 아는요 ᄃᆡ왈 한나라 역젹이라 벽죵 왈 공명의 말리 그르도다 ᄒᆞᆫ나라 운슈가 다 변ᄒᆞ고 쳔의가 죠승숭의계 도라가고 쏘 쳔ᄒᆞ 삼분에 일을 차지ᄒᆞ고 통쇼인의 ᄒᆞ는 즁의 쳔시를 바리고 역텬으로 탓튜고ᄌᆞ ᄒᆞ미 차쇼위야로다 웃지 픿치 안이할리요 공명왈 사람이 셰상의 ᄂᆞ미 츙효로 근본를 삼는지라 그ᄃᆡ도 셰ᄃᆡ로 한나라 녹을 먹고 됴됴을 위ᄒᆞ여 임군을 모로고 엇지 닙을 열어 말을 ᄒᆞ는요 벽죵니 무안ᄒᆞ여 묵묵부답ᄒᆞ고 안져디라 뉵젹이 문왈 됴됴 비록

〈19-뒤〉

셥쳔ᄌᄒ고 호령졔후ᄒᄂ 삼국 됴참의 ᄌ손이라 유예쥬ᄂ 황슉이라 ᄒ여도 니력이 읍ᄂ 사람니요 자리 ᄶ고 신 삼던 사람이라 엇지 됴승승을 당ᄒ리요 공명이 디쇼왈 ᄌ닉ᄂ 원슈리 진치할 ᄶ 유ᄌ 품던 육훈 안이야 펀니 안져 닉 말을 드르라 됴됴가 됴참의 ᄌ손니나 딕스로 한나라 신ᄒ요 당금 권셰를 줍고 쳔ᄌ를 졉칙ᄒ니 한나라 역젹니요 유예쥬ᄂ 당시 쳔ᄌ의 족보를 상고ᄒ야 항열을 차려 황슉니라 일컬으니 읏지 니력이 읍다 ᄒ며 틱죠고황졔ᄂ 사상 졍장으로 만승쳐ᄌ 되야스니 우리 쥬공 신 삼꼬 자리 ᄶ 거시 무엇시 욕되리요 그디 어린 쇼견으로 엇지 으른의 말을 알니요 뉴젹이 기가 막켜 안졋던니 호련 일원디중이 드러오며 고셩디질ᄒ되 공명은 당시 열인이라 그디 등은 광연이 말노 괴롭게 ᄒ니 손의 디졉도 안니요 ᄯᄒ 됴됴 디병니 지경의 범ᄒ여ᄂ디 도젹 막을 일른 의논치 안이ᄒ고 한갓 닙져름만 ᄒ니 심니 괴니ᄒ도다 모다 본니 이ᄂ 황기로다

〈20-앞〉

노슉으로 더부려 공명을 인도ᄒ여 손권을 볼시 공명니 당상의 다다라 본니 문무졔중니 좌우의 시위ᄒ여ᄂ디 손권이 당ᄒ의 나려 공명을 영졉하여 예필 후 좌증ᄒ거날 공명니 눈를 들어 쇼권을 바라본니 닌물리 비상훈지라 니령 싱각ᄒ되 손권은 비범훈 사람이라 닉 격동ᄒ여 디스를 도모할리라 ᄒ더니 손권왈 션싱의 지죠를 표문한지 오리오되 한변도 뵈옵지 못ᄒ엿던니 이졔 뵈오미 쳔만 다ᄒᆡᆼᄒ여이다 공명왈 본시 지죠 읍습고 쇼견니 부죡ᄒ온니 바라온 거시 도로혀 욕된가 ᄒᄂ이다 손권이 왈 신야의셔 됴됴와 디젼ᄒ엿다 ᄒ온니 됴됴의 군스 얼마나 ᄒ던닛가 공명왈 수육마보군니 빅만이나 되던이다 손권왈 그디지 만턴잇가 공명왈 그분 안이라 형쥬군이 니십만이요 원쇼군니 오육만니요 중원군스 삼십만이요 쳥쥬군스 이십만이라 합ᄒ

면 슈빅만이로되 빅만으로 말삼흐기는 강동 졔군이 놀닐가 흐여 슈을 쥬려 말삼흐여는이다 노슉이

〈20-뒤〉

그말을 듯고 질식흐여 공명을 눈쥬되 본쳬도 안이흐고 슈작만 흐거날 노슉이 기가 막켜 아뮤 말도 못흐고 셧는지라 손권이 왈 장흐 장슈 얼마나 흐되던잇가 공명 왈 지혜 잇고 용밍 잇는 장슈 쳔여원이요 그 외 졔장은 부지기슈니다 손권왈 됴됴 형쥬를 어든 후의 가지 안이흐고 젹벽의 유진흐기는 무슴 연고잇가 즁강의 결진흐고 젼션을 단속흐기는 강동을 치고져 흐년가 흐는이다 만일 강동을 치거더면 엇지 하린잇가 션싱은 집피 싱각흐와 니회를 가르치쇼셔 공명왈 기여니 됴됴를 디젹흐련과 만약 심니 부죡하거던 모스의 말더로 황복흐쇼셔 손권니 왈 션싱의 말슴갓스오면 엇지 유예쥬는 황복지 안이흐여는잇가 공명왈 옛날 젼횡는 일기 장스로되 남의게 굴한 일 웁거던 유예쥬는 당당한 황슈요 쳔하 영웅이여날 엇지 역젹의게 황복흐리요 손권니 변식왈 쵸면인스의 이더지 멸시흐는요 흐고 소미를 썰치고 니당으로 드러가니 좌우 모스 등이 공명을 비웃고 물너가넌지라 노슉이

〈21-앞〉

공명을 칙망흐되 션싱은 웃지 거만되게 그더지 말슴을 흐여는요 공명니 디쇼왈 욕불상은 바니 업고 됴됴 파할 모칙도 바니 웁신니 니 엇지 질거 말리요 노슉이 그 말 듯고 후당의 드러가니 손권니 왈 공명니 나를 그더지 슈니 본니 분흐도다 니 역시 칙망흐온직 공명 디답흐되 욕푼 못면혼다 흐온다 쥬공니 다시 쳥흐여 무러 보옵쇼셔 손권니 디히왈 공명니 어진 모칙니 잇기로 진짓 나를 격동흐여도다 흐고 외당으로 나와 공명젼의 스례왈 일시 쳔견으로 총노흐엿스온니 쳔만황숑흐여이다 공명도 사례흐니 손권니 공명을 후당으로 인도흐여 슐을 권흐고 왈 양칙을 가라치쇼셔 됴됴를 파흔 후

의 공을 잡ᄉᆞ올리다 공명왈 됴됴의 군ᄉᆞ 비록 빅만니나 슈젼의 익지 못ᄒᆞ고 형쥬 어든 군ᄉᆞ ᄯᅩᄒᆞᆫ 심복니 안니요 그 형셰 픽박하미라 임시변통이온니 즁군니 실상 됴됴을 치고져 ᄒᆞ거던 유예쥬와 동심합역ᄒᆞ오면 ᄌᆞ연 됴됴 파할 묘칙니 날 거신니 즁군은 일언니 결단ᄒᆞ쇼셔 숀권

〈21-뒤〉

ᄃᆡ희ᄒᆞ여 가로되 션싱의 말숨니 단연ᄒᆞ온니 다시 무삼 으심 잇스리요 직일의 화친 젼ᄉᆞ를 신야로 보ᄂᆡ고 군즁의 영를 나려 기병을 직쵹ᄒᆞ니 군ᄉᆞ 등니 비쇼왈 젼일의 됴됴 형셰 크지 못ᄒᆞ야도 한변 북 쳐 원쇼를 잡어ᄂᆞᆫᄃᆡ 지금은 ᄃᆡ병 빅만이요 용즁 쳔여원이라 강동를 치거더면 뉘 능히 당ᄒᆞ리요 만일 공명 말을 듯고 기병ᄒᆞ다가는 ᄎᆞ쇼위 셥을 지고 불의 들미라 장군은 집피 싱각ᄒᆞ와 결단ᄒᆞ쇼셔 숀권니 고ᄀᆡ를 슉기고 묵묵부답ᄒᆞ거날 유예쥬 됴됴의 픽를 보고 우리 심을 빌어 졔의 원슈를 갑고ᄌᆞ ᄒᆞ민니 장군은 엇지 ᄭᅬ를 모르시고 위틱ᄒᆞᆫ 일을 힝코져 ᄒᆞᄂᆞᆫ잇가 숀권니 고ᄀᆡ를 슉이고 ᄃᆡ답지 안이ᄒᆞ이 모ᄉᆞ 등니 물너가거날 노슉니 급피 드러가 엿ᄌᆞ오되 모ᄉᆞ의 말리 황복ᄒᆞ자ᄒᆞ니 이ᄂᆞᆫ 져의 몸만 위ᄒᆞ미요 국가흥망 ᄉᆞ직안위를 모로온니 즁군은 듯지 마옵쇼셔 숀권왈 ᄂᆡ 싱각할 거신니 무너가 ᄂᆡ의 지위를 지다리라 잇ᄯᅢ 황기 경보 감영 여몽 한당 쥬틱 셔셩 정봉 등 삼십여

〈22-앞〉

인이 이 마를 듯고 일시의 드러ᄀᆞ 녓ᄌᆞ오ᄃᆡ 쇼즁등니 즁군을 모셔 빅합을 ᄊᆞ오 강동을 직키려 평경쳔ᄒᆞᄒᆞ고 난젹을 쇼멸ᄒᆞ고 ᄉᆞ즉을 ᄇᆞᄯᅳ러 공을 쥭빅의 올니기을 원ᄒᆞ옵던니 이졔 모ᄉᆞ의 말을 듯고 빅년공업을 일죠의 ᄇᆞ리라 ᄒᆞ신니 절절원통ᄒᆞ며 쇼즁등은 현변 쥭ᄉᆞ와도 홍복 못ᄒᆞ겟난니다 청컨ᄃᆡ 죠죠와 ᄃᆡ젼ᄒᆞ옴은 쇼즁등도 평싱 심을 다ᄒᆞ여 뒤을 ᄲᅡ르리라 ᄒᆞ여 각각 노긔등등 ᄒᆞᆫ니 쇼권 왈 아직 물너가 잇스면 ᄂᆡ 죵차 결단ᄒᆞ리라 ᄒᆞ더라

잇써 쥬유 변양호의 오다가 됴됴 격벽유진ᄒ멀 듯보고 시상으로 도라온니
노숙이 쥬유를 보고 전후 사연을 셜화ᄒ니 쥬유왈 자경은 염례 말고 공명
을 다려오라 노숙이 공명 사쳐의 간 후예 장쇼 고옹 등니 쥬유를 보고 가로
디 도독은 강동 니릴 알르시난잇가 쥬유왈 아지 못ᄒ노라 됴됴 빅만디병으
로 한슈의 진을 치고 격셔를 보닉여 화친를 쳥ᄒ거날 우리 모스등니 중군
의게 옛ᄌ

〈22-뒤〉

와 화친을 쳥ᄒ거날 우리 모스등니 중군의게 엿ᄌ와 화친ᄒ와 강동을 안보
코자 ᄒ던니 뜻박기 노숙이 졔갈공명을 다려다가 쥬공을 달닉여 져의 원슈
를 갑고ᄌ ᄒ온니 도독은 이히을 싱각ᄒ와 슈히 결단ᄒ쇼셔 쥬유왈 공등
소견니 다 갓튼잇가 여러 모스 여출일구여날 쥬유왈 나도 황복고져 ᄒ미
이무 오린지라 명일의 쥬공를 보고 결단ᄒ리라 ᄒ니 모스 드이 물너가넌지
라 잇써 정보 황기 등 일반 무중 삼십여원이 드러와 각기 예필 후예 가로디
도독은 죠묘의 강동이 남의계 부친 비 될리니 도독은 엇지하랴 ᄒ신잇가
쥬유 왈 공등 소견의난 웃더ᄒ요 정보왈 쇼중등니 손중군을 모 고락을 ᄒ
ᄀ지 ᄒ옵던니 쥬공니 문관 등의 말을 듯고 죠죠의게 황복고ᄌ ᄒ니 쇼중
등은 ᄎ라리 죽을디연졍 남의 치쇼를 안니 듯거쌋온니다 도독은 일즉 결단
ᄒ와 죠죠을 맛게 ᄒ쇼셔 쇼중등니 죽도록 심을 다ᄒ야 뒤을 짜러리다 쥬
유왈 중군등은

〈23-앞〉

쇼견이 가탄닛ᄀ 황기 왈 당중의 버힌디도 항복은 못ᄒ것쌋온와 졔반무중
니 녀출일구여날 쥬유왈 웃디 남의게 굴신ᄒ리요 공등은 심을 다ᄒ냐 도오
라 ○닛써 노숙니 공명을 드리고 문젼의 니르거날 쥬유 당ᄒ의 나려 공명
을 연졉ᄒ녀 녜필 좌증 후의 노숙왈 당금의 됴됴 강동을 침범ᄒ니 도독은

니히을 ᄀ리녀 좌우간 결단ᄒ옵쇼셔 쥬유왈 됴됴 쳔ᄌ의 명을 바더 ᄉ방의 힝힝ᄒ니 마그면 신ᄌ 도례 안니라 됴됴 형셰 틱손ᄀᄐ니 그 일을 웃지 ᄒ리요 ᄊᆞ옴을 푸ᄒ고 명일 쥬공을 본 후에 ᄉᄌ을 보니여 항복고ᄌ ᄒ노라 노슉니 그 말을 듯고 디로왈 말숨니 그르ᄉ다 강동을 충업ᄒ여 ᄉᆞᆷ디을 견ᄒ여거날 일됴의 됴됴의게 항복ᄒ리요 손즁군 님죵시의 즁군의게 부탁ᄒ야거던 웃디 션왕의 유언을 니ᄯᅥ 져ᄇ리난닛ᄀ 쥬유왈 강동ᄇᆞᆨ셩이 나을 원망ᄒ기로 ᄊᆞ옴을 푸ᄒ노라 노슉왈 즁군의 영

〈23-뒤〉

웅과 강동 형셰로셔 웃디 죠죠을 겁ᄒ여 ᄊᆞ호지 못ᄒ고 항복ᄒ거드면 쳔ᄒ의 치쇼을 웃디ᄒ올닛ᄀ 공명니 졋틱 안져싸ᄀ 노슉의 말을 듯고 웃거날 쥬유왈 션싱니 웃디 웃난닛ᄀ 공명왈 ᄌ경의 말을 듯고 웃난니다 노슉왈 웃지 니 말을 웃난닛ᄀ 공명왈 죠죠 용병을 줄ᄒ기로 쳔ᄒ의 무젹ᄒ니 쳔ᄒ득실 홍망승시을 웃지 미드리요 슈니 항복ᄒ여 부귀을 ᄒ는것만 ᄀᆺ지 못ᄒ난니다 노슉왈 공명니 웃다 쥬공을 슈히 ᄋᆞᆫ요 웃디 죠죠의게 항복ᄒ랴 공명니 디쇼왈 ᄌ경은 니말을 그르다 마쇼 항복도 안니ᄒ고 ᄊᆞ오도 안니ᄒ고 뉴예미결ᄒ야 셔로 실난ᄒᆞᆫ직 도로녀 남의 승긔만 도도미요 나난 어리셕을 ᄯᆞ를닌니 필냐의 그리 말고 강동의 두 ᄉᆞ람을 잇ᄭᅵ지 말면 죠죠 스스로 퇴병ᄒ녀 갈 거신니 글이ᄒ면 웃더ᄒ요 쥬유왈 웃쎠ᄒ ᄉᆞ람인요 공명왈 니 융즁의셔 드른즉 ᄒᆞ슈의 동ᄌᆨ티을 지여노코 쳔ᄒ 미식을 그

〈24-앞〉

ᄀ온디 두고 동낙틱평을 원ᄒ던니 강동의 교공의 두 ᄯᆞᆯ을 두어쓰ᄃᆡ 장왈 디교요 차왈 쇼교라 쳠어낙안디슷니요 슈ᄒ디티란 말을 듯고 죠죠 밍쎼ᄒ여 ᄉᆞ희을 평졍ᄒ고 왕업을 니룬 후에 강동의 니교녀을 으더 동ᄌᆨ티 놉푼 집의 말년낙을 스무리라 ᄒ고 강동을 치고ᄌ ᄒ니 즁군은 교공을 츠져 쳔

금을 쥬더리도 니교녀을 사셔 보닉오면 범녀 셔씨을 오왕 부즈의게 보닙
フ트녀 욕을 면ᄒ린니 즁군은 민간 녀즈을 이기디 말고 급픠 보닉쇼셔 쥬
유왈 됴됴 니교을 웃고즈 ᄒ난 증거가 무어신닛가 공명왈 됴됴 ᄋ들 죠식
니 쳔ᄒ의 문중니라 됴식으로 ᄒ녀금 동죽디 글을 지녀쓰되 츠음은 쳔즈
되고 두지는 니교을 취ᄒ올 뜻치라 그 글을 보와 ᄋ난니다 쥬유왈 션싱니 동
죽시을 외니난닛フ 공명 왈 니키 보와난니다 ᄒ고 글을 외올식 그 셔의 ᄒ
여쓰되 ◆죵명후니히옥혀녀 ❶등칭더니오졍니라 ❶경틔부디

〈24-뒤〉

광긔혀녀 ○관셩덕디쇼영니라 ○건교문디파아혀녀 ○부쌍궐호틱쳥니라 ○
닙즁쳔지화관혀여 ○년비각호셔셩니라 ○님즁슈지즁옥혀녀 ○방원과지즈
녕니라 ○닙쌍더어좌우혀녀 ○유옥용녀금봉니라 ○남니교녀동남혀녀 ○낙
죠셕디녀공니라 ○기녀니 강동 니교녀을 탈취ᄒ올 쓰스로 지녀거날 쥬유 듯
고 발년변식 ᄒ여 셔안을 치며 북을 フ라쳐 왈 녁젹 죠죠놈을 니예낀지 살
녀던니 도로녀 나을 니더지 멸셰ᄒ니 밍셰코즈 파ᄒ리라 ᄒ니 공명니 구디
말녀 フ로디 옛날 북흉노 변방을 즈로 침범ᄒ미 쳔즈 공쥬을 쥬어 화친ᄒ
여거던 허물며 니교녀는 민간녀즈라 웃디 익끼리요 쥬유왈 션싱은 모로난
니다 디교난 숀즁군의 형슈요 쇼교는 니의 안이라 ᄒ나니다 공명니 모로난
쳬ᄒ고 그짓 놀닉셔셔 즈리 박게 물너 안지며 왈 닉 과연 모로옵고 ᄒ온말
슴니 도로녀 황공ᄒ녀니다 쥬유

〈25-앞〉

왈 됴됴로 더부러 즈웅을 결단ᄒ올 거신니 션싱은 어진 모칙을 닉야 됴됴을
파하게 ᄒ쇼셔 공명왈 ᄇ리지 안니ᄒ시면 진심ᄒ와 도오리다 닛튼날 쥬유
숀권을 보고 긔병을 의논ᄒ올시 좌편의난 문관 즁쇼 등 삼십녀닌니요 우편의
난 무즁 졍보 황긔 등 슴십녀닌니라 외관을 증졔ᄒ고 위넘니 엄슉ᄒ되 숀

권니 좌우을 보와 왈 조죠의 빅만디병니 적벽의 진을 치고 겨셔을 보니녀
슨니 공근은 보라 ᄒ고 니여 쥬거날 쥬유 겨셔을 보고 디로 왈 도젹니 우리
등의 스람 읍난 쥴을 알고 니러타시 ᄒ여난요 숀권 왈 공근의 쓰시 읏더한
요 쥬유왈 쥬공근 문무와 의논허와 계신니 읏디 결쳐ᄒ여난닛ᄀ 디왈 년일
의논니 혹은 항복ᄒᄌ ᄒ고 혹은 싼오ᄌ ᄒ여 유예미결ᄒ냐노라 쥬유왈 뉘
ᄀ 항복코ᄌ ᄒ던닛ᄀ 숀권 왈 중쇼 등이 항복고ᄌ ᄒ노라 쥬유 왈 중쇼의
쇼견을 들어지이다 중쇼왈

〈25-뒤〉

조죠 쳔ᄌ의 명을 바더 죠졍을 빙ᄌᄒ고 형쥬을 웃고 슈뉵병딘ᄒ여 강동을
침범ᄒ니 그 형세을 웃디 당ᄒ리요 오직 항복ᄒ여싸ᄀ 죵추 의논ᄒ면 범하
니 죠을ᄀ ᄒ난니다 쥬유왈 니난 부유의 마리라 강동지업니 님의 숍더을
직켜거날 웃디 일죠의 남의게 항복ᄒ리요 숀권왈 그러허면 웃디 훌고 쥬유
왈 죠죠은 훈나라 녁젹니요 쥬공은 부형의 여업을 니여셔 강동형세을 ᄀ지
고 녁젹 됴됴의계 굴신ᄒ리요 원컨딘 군병을 쥬시면 죠죠을 쳐 파하리다
숀권니 쥬유의 등을 어로만디며 ᄀ로디 중ᄒ다 니녜 그디로 디도독을 봉ᄒ
난니 졔중 즁의 만일 위령지 닛거던 니 칼노 베히라 ᄒ고 닌금을 쥬신니 쥬
유 칼을 바더 ᄎ고 군중의 졀녕ᄒ되 즁추 니후로 만일 위령지면 니 칼노 베
히리라 ᄒ고 숀건을 ᄒ직ᄒ고 공명을 싸러 즁즁의 들어와 디중단의 좌긔ᄒ
고 황긔

〈26-앞〉

한당으로 션봉을 습고 타스ᄌ 녀몽 등으로 졔일디을 습고 징음 쥬치로 졔
습더을 습고 능통 번중으로 졔스디을 삼고 육숀 동습으로 졔 오디을 습고
녀붐 쥬타로 스방 슌뮤스을 숨어 습강구의 딘을 치고 쥬유 졔갈근을 불너
왈 그디 오우 공명은 당시 디ᄌ라 드힝니 강동의 왓사온니 졔씨을 달니여

강동의 닛게ᄒ면 쥬공은 어진 션셩을 엇고 그디는 형졔 동거홀 거신니 그 안니 죠흘릿ᄀ 시양말고 ᄀ셔 달니쇼셔 졔갈근 왈 져도 강동의 닛셔 쳑촌 지공이 읍ᄉ온니 니 웃지 무심ᄒ리요 ᄒ고 공명 ᄉ체예 ᄀ 공명의 ᄉᆫ을 줍 고 낙누왈 ᄋ우야 예날의 빅니 슉졔을 ᄋ난야 공명이 싱각ᄒ되 쥬유의 말 을 듯고 달니고ᄌ ᄒ미라 ᄒ고 듯기을 쳥ᄒᆫ디 근니 왈 빅니 슉졔난 슈양순 의 쥬려 죽을 ᄶ예도 형졔 셔로 ᄶ나디 안니ᄒ여거날 우리 형졔난 웃지ᄒ 야 각분동셔ᄒᆫ냐 니ᄉ니군ᄒ니 빅니 슉졔을

〈26-뒤〉

비할진디 부ᄊ럽지 아니ᄒᆫ냐 공명니 디왈 형중의 말슴은 ᄉ졍니요 졔의 말 은 디의라 우리 셰디로 한나라 녹을 먹어ᄊ온니 형중니 강동으로 ᄇ리고 유황슉을 셤기시면 신ᄌ지도 ᄶᆻᄶᆻᄒ고 형졔지졍도 온젼홀 거신니 형중의 마음니 웃쩌허신닛ᄀ 근니 싱각ᄒ니 니 져을 달니랴 ᄒ다ᄀ 졔의게 달닌 비 되냐ᄶ다 ᄒ고 공명을 죽별ᄒ고 도라와 쥬유다려 그 슈족을 셜화ᄒ니 쥬유 디로ᄒ여 공명을 죽니라 ᄒ더라 닛튼날 졔중을 거나리고 힝군할 시 공명과 가치 ᄀ기을 쳥ᄒ니 공명이 호련니 ᄯᆞ러ᄀ더라 쥬유 슘강 어귀의 진을 치고 중디의 놉피 안져 공명을 쳥ᄒ여 좌졍 후의 쥬유 문왈 죠죠의 군 ᄉ난 팔십만니요 우리는 불과 오육만니라 죠죠의 양도을 ᄒᆫ은 후의 죠죠을 ᄌ불거신니 웃디ᄒ냐 죠흘닛ᄀ 니 드른니 죠죠의 굴양을 츄쳘순의 두어ᄶ ᄒ니 션셩은

〈27-앞〉

군ᄉ을 거나리고 죠죠의 굴양을 취ᄒ냐 쥬쇼셔 공명니 싱각ᄒ되 날을 달니 고ᄌ ᄒ다ᄀ 듯지 안니ᄒ니 죠죠의 ᄉᆫ을 빌여 나을 죽니고ᄌ ᄒ미라 니 말 일 안니 ᄀ면 졔의 위영을 ᄇ드리라 ᄒ고 혼연니 허락ᄒ니 노슉니 쥬유다 려 문왈 도독니 공명으로 죠죠 굴양을 취코ᄌ ᄒᆫ은 무슴 의ᄉ닛ᄀ 쥬유왈

공명을 쥭니고ᄌᆞ ᄒᆞ나 남의 시비을 져어ᄒᆞ냐 죠죠의 숀을 비러 후환을 ᄭᅳᆫ코져 함니라 노슉니 그 말을 듯고 공명을 ᄎᆞ자ᄀᆞ니 공명니 군ᄉᆞ을 증졔ᄒᆞ여 힝군ᄌᆞ ᄒᆞ거날 노슉이 춤지 못ᄒᆞ여 문왈 션싱니 니번 길의 셩공홀 듯ᄒᆞ온닛ᄀᆞ 공명 쇼왈 ᄂᆡ 슈육젼에 ᄃᆞ ᄂᆡᆨ달은니 셜마 셩공치 못ᄒᆞ리요 쥬유와 노슉의 ᄌᆡ죠난 비홀 ᄇᆡ 안니니다 노슉니 그 말을 쥬유의게 고ᄒᆞᆫᄃᆡ 쥬유 ᄃᆡ로ᄒᆞ여 웃지 져을 보ᄂᆡ리요 ᄒᆞ고 직시 니만명을 죠발ᄒᆞ여 츄쳘순의로 형홀ᄉᆡ 노슉니 그 말을 공명

〈27-뒤〉

의게 고ᄒᆞᆫᄃᆡ 공명니 쇼왈 도독니 날노 ᄒᆞ여금 죠죠의 양식을 탈취코ᄌᆞ 홈은 날을 쥐기고ᄌᆞ ᄒᆞ미라 ᄂᆡ 호롱ᄒᆞ는 말을 듯고 위지을 ᄀᆞ고ᄌᆞ ᄒᆞᆫ니 반다시 가싸ᄀᆞ는 죠죠의 ᄒᆡ을 보리라 죠죠난 본ᄃᆡ 남의 양식을 도젹ᄒᆞ는고로 졔 양식을 범년이 간슈ᄒᆞ리요 먼져 슈젼으로 녀기을 써ᄉᆞᆫ 후에 쐬을 쓸디라 ᄌᆞ경은 밧비 ᄀᆞ 공근을 말유ᄒᆞ냐 못ᄀᆞ게 ᄒᆞ쇼셔 노슉니 급피 도라와 공명의 말을 젼ᄒᆞᆫ니 쥬유 머리을 흔들고 발을 구르며 ᄃᆡ경질ᄉᆡᆨ왈 니 ᄉᆞ람의 ᄌᆡ죠난 ᄂᆡ게셔 십ᄇᆡ나 더ᄒᆞᆫ니 ○닛쎄의 쥬기지 못하면 ᄌᆞᆼᄎᆞ ᄃᆡ환을 되리라 ᄒᆞᆫ니 노슉왈 방금 ᄉᆞᆷ분쳔ᄒᆞ의 동분셔쥬ᄒᆞ여 피ᄎᆞ 녀ᄀᆞ을 웃고ᄌᆞ 하냐 영웅을 웃고ᄌᆞ ᄒᆞ는듸 니런 ᄌᆡ죠 닛난 ᄉᆞ람을 쥭니고 남의 치쇼을 드르리요 죠죠을 ᄑᆞᄒᆞᆫ 후의 도모ᄒᆞ쇼셔 쥬유 그리 그리허라 ᄒᆞ더라 ○각셜 현덕니 ᄒᆞ구의 닛셔 젹벽남ᄒᆞᆫ을 ᄇᆞ

〈28-앞〉

라보니 젼션과 기치 은은니 뵈닌니 동오 기병ᄒᆞᆫ 쥴 알고 졔ᄌᆞᆼ으로 더부러 의논 왈 공명니 ᄒᆞᆫ변 간 후의 쇼식니 젹죠ᄒᆞᆫ니 뉘ᄀᆞ 강동의 ᄀᆞ 쇼식을 ᄋᆞ러올고 미츅니 녓ᄌᆞ오ᄃᆡ 쇼ᄌᆞᆼ니 ᄀᆞ셔 ᄋᆞ러오리다 현덕니 ᄃᆡ희ᄒᆞ고 미츅을 동오의 보닌니라 미츅니 녜단을 ᄀᆞ쵸와 쥬유 진즁의 니르러 통긔ᄒᆞᆫ니 쥬유

들나 ᄒ거날 미축니 드러ᄀ 녜단 후의 폐빅을 드리거날 쥬유 ᄇ더 호군ᄒ
고 미츅을 접디ᄒ니 미츅왈 공명이 어디 게신닛ᄀ 니달의 ᄒᄀ디 ᄀ고져
ᄒᄂ니다 쥬유왈 공명으로 더부러 죠죠 파홀 묘칙을 의논ᄒᄂ니 웃디 금번
의 함긔 ᄀ리요 니 우녜쥬을 보면 긴니 의논홀 말니 잇씁난듸 나는 디군을
거나려 방금 년십ᄒ기로 일시 쩌날 슈 읍셔 못ᄀ오나 유예쥬난 한ᄀᄒ디라
좀간 보기을 쳔만 ᄇ라온니 급피 도라ᄀ 그 말을 ᄒ여 쥬옵쇼셔 미츅니 쥬
유의게 ᄒ즉ᄒ고 도라와 츳의을 현덕의게 고ᄒ니

〈28-뒤〉

현덕니 직시 비션을 슈십ᄒ야 힝즁을 지쵹ᄒ거날 관공 간왈 쥬유는 쇠ᄀ
만흔 스람니요 쪼흔 공명의 스통니 읍스온니 ᄀ시기 불ᄀᄒ녀니다 현덕왈
너 니졔 강동과 화친ᄒ녀 디스을 도모ᄒ니 니 웃디 져의 쳥ᄒ난 비을 져어
ᄒ랴 안이 ᄀ리요 쪼흔 니 슈명 우쳔ᄒ냐 디의을 쳔ᄒ의 페코즈 ᄒ거날 웃
디 의심ᄒ리요 운즁왈 그러ᄒ오면 쇼중니 형즁을 모시고 ᄀ오리다 현덕니
허락ᄒ고 닉덕과 즈룡을 불너 ᄀ로디 운즁과 ᄒᄀ디로 강동을 단여올거신
니 그디등은 션지을 줄 딕키라 ᄒ고 직시 비션을 타고 강동의 니르러 군즁
의 통지ᄒ니 쥬유 듯고 디희ᄒ냐 군스다려 문왈 유녜쥬 군사 얼마나 거나
려던요 디왈 불과 슈십닌니로쇼니다 쥬유왈 니졔는 강동의 큰 근심을 들니
라 ᄒ고 도부슈 오십명과 ᄋ즁 슈닌을 즁막 뒤의 미복ᄒ고 약쇽을 즁ᄒ되
니 현덕으로 더부러 슐을 먹다ᄀ 존을 던지

〈29-앞〉

거던 일시의 달여들어 현덕을 타슐ᄒ라 약속을 증ᄒ고 원문박긔 나와 현덕
을 녕졉ᄒ냐 당상의 올나 빈쥬지예을 츠린 후의 슐을 권헐시 ○닛쩌 공명
이 현덕 왓단 말을 듯고 디경ᄒ냐 군즁의 와 동졍을 술핀니 쥬유 면상의 슐
기 ᄀ득ᄒ고 즁막 뒤의 도부슈 흔젹이 잇난듸 현덕은 희식니 만면ᄒ고 안

져거날 공명니 디경ᄒ여 엇지 할 쥴 모르던 추의 ᄃ시 본니 운중니 칼을 들
고 현덕 뒤에 셔거날 공명니 마음을 놋코 강변의 나와 기다리더라 니쩌 쥬
유 슐죤을 들고 현덕을 본니 일원디중니 현덕 뒤의 셔쓰되 신중니 구쳑니
요 얼골은 무른 디쵸빗 ᄀᆞᆺ고 봉의 눈의 삼각슈을 거스리고 팔십근 청용도
을 눈 우의 번 듯 들고 우넘니 츄숭 ᄀᆞ치 셔슨니 스람의 졍신을 놀닉난디라
쥬유 간담니 어질ᄒ여 눈이 캉캄ᄒ녀 잔든 팔니 쳔근니나 되고 한츌쳔비라
ᄋᆞ모리 ᄒᆞᆯ 쥴 몰나 디셩으로 문왈 져 즁군

〈29-뒤〉

은 뉘신닛ᄀᆞ 현덕왈 너의 ᄋᆞ우 관운중니로쇼니다 쥬유 디경질식왈 원쇼의
중슈 알량 무쳐 베니시던 운중니신닛ᄀᆞ 직시 슐을 부어 권ᄒ니 이윽ᄒ여
노슉이 이르러 오거날 현덕왈 공명션싱니 어디 겨신냐 ᄌᆞ경은 나을 위ᄒ녀
보게 ᄒ라 쥬유왈 방금 죠죠 ᄌᆞ불 쾨을 의논ᄒ오니 됴됴을 픈흔 후의 만나
보쇼셔 운중니 현덕을 눈 쥰니 현덕니 그 뜻슬 알고 쥬유을 죽별ᄒ고 강변
으로 나오니 발셔 비을 디고 기다리거날 현덕니 비의 올른니 공명니 나셔
며 왈 쥬공니 오날 운중 곳 안던들 디환을 당홀 번ᄒ녀쓰니 그 일을 ᄋᆞ르
시는닛ᄀᆞ 현덕왈 몰나난니다 공명왈 쥬유의 간게로 쥬공을 힉코ᄌᆞ ᄒ다ᄀᆞ
운중을 보고 감니 힉치 못ᄒ여난니다 현덕니 일경일희ᄒ여 공명을 다리고
한ᄀᆞ디로 ᄀᆞ기을 쳥흔디 공명왈 나난 비록 사지의 닛스나 와년만쳑니온니
염녜 마르시고 먼져 도라ᄀᆞ시

〈30-앞〉

면 진심ᄒ와 셩공 후의 도라갈 테니온니 그리 ᄋᆞ르시고 십일월 니십일의
ᄌᆞ룡으로 비션 일쳑의 군스 빅명을 쥰비ᄒ여 남병슌ᄒ 오강으로 보닉쇼셔
지숩 당부ᄒ고 발션ᄒ기을 지쵹ᄒ거날 현덕과 운중니 공명을 죽별ᄒ고 ᄒ
구로 도라오니라 ○니쩌 노슉니 쥬유다려 문왈 도독니 현덕을 쳥ᄒ녀 왓난

되 웃디 그져 보니시릿ㄱ 쥬유왈 운중은 븜ㄱ튼 중슈라 만일 현뎍을 희ㅎ
면 중니 웃지 슬기을 브라리요 글노 ㅎ냐금 디스을 맛치디 못할ㄱ ㅎ냐 보
닌노라 ○각셜니라 죠죠 치모 장윤으로 슈군 도독을 숨어 슈군을 죠련홀
시 쇼션은 중앙의 두고 디션은 외면으로 둘너 셩곽을 숨고 니십스좌 슈문
을 넌니 밤니면 슈륙딘 숨십녀리의 기화등농을 넝농케ㅎ여 ㅎ날의 스못츠
는다라 일일은 쥬유 용중 슈닌을 기리고 일쳑션을 격벽 중유의 씌어 죠죠
슈진 형셰을 귀경ㅎ고 디경왈 거긔 오는 슈군

〈30-뒤〉

은 미우 외온 스람니로다 슈군 도독은 뉘라 ㅎ던요 중쇼 넛즈오되 치모 장
윤니라 ㅎ던니라 쥬유 성각ㅎ되 니 두 스롬을 읍신 후의 죠죠을 즈부리라
ㅎ더라 ○니쩌의 죠죠 딘중의셔 쥬유을 보고 쑈츠 즈부랴 ㅎ던니 쥬유 딘
중의셔 칼비시 니러나믈 보고 비을 급피 져어 도라온니 짜르지 못ㅎ더라
죠죠 졔중을 불너 왈 강동은 쥬유 졔갈양의 꾀을 쓴니 우리는 무슴 꾀을 쎠
동오을 푸ㅎ리요 중간니 쥬왈 니 쥬유와 동문싱니요 졀친ㅎ온니 이졔 강동
을 ㄱ셔 쥬유을 달너여 항복ㅎ게 ㅎ오리라 죠죠 디희ㅎ여 ㄱ로디 중간니
쥬유와 졀친흔ㄱ 중간니 왈 승승은 념녜 마옵쇼셔 중간니 쳥의 동즈을 썽
을 다리고 일넘 쇼션을 타고 강동의 니르러 군스로 통긔ㅎ되 고인 중간니
왓다ㅎ니 쥬유 디희 왈 셰긱니 왓쓴니 치모 중유 두 스롬 쥬길 꾀을 힝ㅎ리
라 ㅎ고 쥬유 의관을 증졔ㅎ고 금

〈31-앞〉

의화복의 종즈 슈닌을 다리고 원문 박긔 나와 마진니 중간니 드러와 쥬유
의 숀을 줍고 공근은 평안ㅎ신ㄱ 쥬유왈 즈늬 강동의 왓스온니 죠죠의
셰긱닌ㄱ 의심ㅎ여던니 님의 그러치 안니홀진더 웃지 도라ㄱ리요 좌졍흔
후의 군중의 분부ㅎ되 강동 년웅니 다와셔 즈늑을 디졉ㅎ라 문무졔중니 일

시의 들어와 닌스호고 동셔반을 추려슨니 위엄니 엄슉호더라 쥬유 불시의
군즁의 존치을 비셜호고 즁강을 디졉홀시 쥬유 좌우을 도라보와 フ로디 즈
닉은 동문슈업혼 친구라 됴됴 딘의 닛스나 셰긱니 안니라 의심치 말고 디
졉호라 티스즈을 불너 칼을 쓸너 쥬면셔 그디난 니 칼을 추고 좌우을 순출
호되 오늘 존치는 친구 디졉호는 일닌이 만일 군즁스로 의논호는 지 닛거
던 뭇지말고 베히라 한니 티스즈 칼을 추고 좌우로 슌탈호거날 즁간니 두
려워 호여 감니 발치 못호더라 쥬유왈

〈31-뒤〉

니 젼일의 군즁의셔 슐 먹은 일니 읍던니 오늘은 고닌을 만나슨니 취토록
먹어보리라 호고 좌슝의 비반니 낭즈호든니 쥬유 슐니 디취호여 즁간의 손
을 줍고 장막 박긔로 나온니 좌우 군스더리 촉금젼포의 충금을 들고 좌우
의 나열호여슨니 쥬유왈 니 군스 웃더호요 즁간니 왈 즁호도다 호고 쏘 혼
고디 니르러 보니 군양 마쵸 젹녀구스이어날 쥬유 왈 니 양쵸 웃더호요 즁
간니 왈 그도 즁호도다 즁간을 다리고 군즁으로 도라와 계즁을 다리고 슐
을 먹던니 쥬유 계즁을 フ리쳐 왈 니난 다 강동 영웅니라 오날 잔치 니롬은
길년회라 호고 밤니 집도록 슐을 권헌니 장간 슐을 니기지 못호녀 존을 시
양호니 슐을 치우고 フ로디 즈네와 동침혼 졔 오러던니 오늘은 혼フ디로
즈리로다 그졋티 취호여 써쑤려져 군코을 고른니 즁간니 웃지 좀을 드리
요 군즁의 니경을 고호되 쥬유 요지

〈32-앞〉

부동호거날 즁간니 셔안의 문셔을 승고호던니 각쳐의 왕니호던 셔간을 추
려로 볼디 혼즁 비봉의 치모 즁윤니 근봉니라 호녀거날 쩌여본니 호녀쓰되
쇼즁등니 죠죠의게 항복홈은 공후죽녹을 탐호는 비 안니라 으모리 호여도
틈을 으드면 죠죠의 머리을 베혀 즁군 휘호의 밧치리다 호녀거날 즁간 그

편디을 쇼미의 간슈ᄒ고 다시 다른 셔간을 보랴ᄒᆯ 졔 쥬유 몸을 요동ᄒ니
즁간니 불을 피우고 누어 ᄌᆞ는 쳬ᄒ거날 쥬유 군말ᄒ여 왈 ᄌᆞ닉ᄋᆞ ᄌᆞ네 슈
일간의 죠죠의 머리을 귀경ᄒ랴난냐 즁간니 이 말을 디답고ᄌᆞ ᄒᆞᆯ 지음의
쥬유 다시 잠을 들거날 즁간니 심슉ᄒ녀 젼젼반칙ᄒ던니 ○닛쎠의 ᄒᆞᆫ ᄉᆞ람
니 ᄀᆞ만니 드러와 디셩으로 문왈 도독은 ᄌᆞ신닛ᄀᆞ 쥬유 줌을 ᄭᅵ녀 니러안
디며 모로는 쳬ᄒ고 문왈 ᄌᆞ는게 원 ᄉᆞ룹닌요 답왈 즁ᄌᆞ닉 안닌ᄀᆞ 쥬유 긔
탄왈 니 젼일의 슐취ᄒᆞᆫ 일니 읍던니 오늘 취즁의 무슴

〈32-뒤〉

말을 ᄒ여난디 모르겄다 그 ᄉᆞ람니 왈 강북의셔 ᄉᆞ람니 완난니다 쥬유 디
경디칙왈 쇼리을 나직키 ᄒ녀라 ᄒ며 ᄌᆞ닉ᄋᆞ 부르거날 즁간니 짐짓 ᄌᆞ는
쳬ᄒ고 디답디 안이ᄒ니 쥬유 그 ᄉᆞ람을 다리고 박긔로 나ᄀᆞ ᄀᆞ만닌 말을
ᄒ되 치모 즁윤 두 ᄉᆞ람니 아직 틈을 웃지 못ᄒ녀스나 ᄋᆞ모 ᄶᅥ라도 틈을 으
드면 도모ᄒ리라 ᄒ거날 즁간니 그 말을 ᄌᆞ셔니 듯지 못ᄒ고 디강 짐쟉만
ᄒ던니 쥬유 드러와 ᄌᆞ닉ᄋᆞ 부르되 즁간니 디답디 안니ᄒ니 쥬유 옷슬 버
셔 글고 ᄌᆞ거날 즁간니 싱각ᄒ되 쥬유는 ᄌᆞ승ᄒᆞᆫ ᄉᆞ람니라 명일의 편디 읍
스면 필연 나을 히홀 거신니 ○닛쎠을 타 도망ᄒ리라 ᄒ고 쥬유을 부르니
쥬유 줌든 쳬ᄒ고 디답디 안니ᄒ거날 즁간니 의관을 증졔ᄒ고 즁젼의 나와
동ᄌᆞ을 다을디리고 딘문 박긔 나션니 슌경ᄒ는 군ᄉᆞ 문왈 션ᄉᆡᆼ은 어디을
ᄀᆞ시난닛ᄀᆞ 답왈 니 남의 딘 즁의 오리 닛스미 미안ᄒ녀 ᄶᅥ나는디라 ᄒ니
군ᄉᆞ 본쳬 안니ᄒ거

〈33-앞〉

날 즁간니 비을 타고 강북을 도라와 최즁 양닌의 편디을 승상젼의 올닌니
됴됴 보고 디로ᄒᆞ나 치모 즁윤을 불너 문왈 지금으로 강동을 쳐 ᄑᆞ하라 ᄒᆞᆫ
디 치모 즁윤왈 ᄋᆞ직 군ᄉᆞ ᄒᆞᆯ련니 익들 못ᄒ여ᄊᆞ온니 쫄디의 치올닛ᄀᆞ 죠

죠 발년 변식왈 군스 죠런니 익으면 니 머리을 쥬유의게 보니건는냐 양중
니 미쳐 디답지 못ᄒ녀 군스을 호령ᄒ야 치중 양닌을 베히라 ᄒ고 모긔 우
금으로 슈군 도독을 숨어는디라 니쩌 쥬유 그 두스람 죽넌 쇼식을 듯고 디
희ᄒ냐 노슉을 불너 왈 니 중간을 유닌ᄒ냐 죠죠을 쇼겨 치모 중윤을 죽겨
슨니 중군은 모르난디라 공명니 으난ᄀ 즈경은 ᄀ셔 동정을 보쇼셔 노슉니
공명젼의 문안ᄒ니 공명왈 쥬도독을 보면 치스홀 일이 잇노라 노슉왈 무슴
닐이언잇ᄀ 공근니 즈경을 보너여 동정을 보랴ᄒ고 왓건니와 니 웃지 못르
리요 중간의로 죠죠을 쇠겨 치중 양인을

<h2 style="text-align:center">〈33-뒤〉</h2>

죽녀스나 죠죠 필경 후회ᄒ리라 즈경은 그 일을 알드란 말을 공근게 마옵
쇼셔 공근니 알면 나을 히코즈 ᄒ리라 노슉니 도라와 실승을 고ᄒ니 쥬유
듯고 디경왈 니 스람을 결단코 죽니리라 노슉왈 공명을 죽니면 죠죠의 치
쇼을 멋치 못ᄒ리라 쥬유왈 니 공도로 죽니면 남의 치쇼 되리요 ᄒ니 디왈
무슴 공도로 죽니리요 쥬유 ᄀ로디 니 쾨을 보라 ᄒ고 닛튼날 졔중을 뫼의
고 공명을 쳥ᄒ여 젼중스을 의논ᄒ여 왈 슈젼의 무슴 기계 요긴ᄒ요 공명
왈 슈젼의난 궁시ᄀ 요긴ᄒ나니다 쥬유왈 션셩의 말십 당연ᄒ오나 지금 군
졸의 슐 ᄒ긔 읍쓰온니 웃지 ᄒ릿ᄀ 션셩은 슈고을 이기지 말고 십만 쎼 슐
을 지녀 죠죠을 ᄑᄒ게 ᄒ면 쳔만 다힝니로쇼니다 공명왈 즁영을 웃지 어
긔릿ᄀ 그러허면 언의 쩨나 쓰랴ᄒ난닛ᄀ 쥬유왈 십일너로 당ᄒ쇼셔 공명
왈 양국디젼니 피츠 녀ᄀ을 웃고즈 ᄒ는

<h2 style="text-align:center">〈34-앞〉</h2>

디 언의날 무슴 환니 날 쥴 알고 웃디 십일지쳬 ᄒ리요 숨닐너로 ᄒ리라 쥬
유왈 군중의 헛마리 읍난니다 공명왈 웃디 헌말을 ᄒ릿ᄀ 군영 다짐을 ᄒ
리다 쥬유 디희ᄒ녀 군중 셔긔을 불너 공명의 다짐을 밧고 스례왈 디스을

니른 후의 공을 갑스오리다 공명왈 오날은 니무 져무려쓰니 명일부텀 숨일
후의 오빅군을 보닌녀 살을 시러가게 호쇼셔 호고 쥬유의게 호딕호고 관녁
으로 도라가거날 ○닛쎄 노슉니 쥬유다려 문왈 니 스룹니 헛마리나 아니호
릿가 쥬유 디왈 졔가 분명 당하것다 호고 다짐 두어쓰니 헌말호고 졔가 나
러가디 못홀지라 니 군중 징닌의게 분부호녀 일을 심쓰디 말나 호면 주년
과호 될 거신니 긋쎄의 졔 죄을 졍호리라 호고 조경은 가셔 동졍을 보고 오
라 노슉니 가셔 본니 공명왈 조경은 웃디 당부호 말을 호냐 나을 사디로 보
닌녀 웃디 숨일너로 십만 쎄 살을 당호리요 조경은 나을 구완

〈34-뒤〉

하라 호니 노슉 왈 니난 션싱의 조취지화라 니 웃지 구완호리요 공명왈 조
경은 젼션 니십쳑을 빌니되 미쳑의 군스 삼십명식 등디호냐 가디고 와셔
살을 실어 가쇼셔 호던니 쳥쵸로 스룹을 만드러 셰우고 쳥초중을 치고 쏘
명일은 술을 쥬션홀 도리로 호리다 니 말을 공근게 호지 마옵쇼셔 만일 혈
노호면 디스낭퍼할 거시오 만스불셩홀 거신니 숨가 죠심호라 직습 당부호
니 노슉니 허락호고 도라와 고호되 공명니 살 만들 게교는 안니호고 티연
니 잇스면 달니홀 도리 닛다 호더니라 쥬유 녁시 의심호녀 가로되 숨일 후
의 졔 말을 드르리라 노슉니 젼션 니십쳑의 우닌을 슬고 각각 등디호여 공
명을 디다리던니 공명이 졔니일의 즁유만 호고 ㅇ무 동졍니 읍던니 졔숨일
니젼의 비로쇼 노슉을 쳥호여 왈 조경은 나와 호가디로 가 스을 가져오게
호라 조경왈 어디로 가랴호시난닛가 가셔 보면 조연 알 거신니 웃지

〈35-앞〉

말고 가스니다 니날 밤 니경의 젼션 니십쳑의 일조로 쎄을 지녀 압셰우고
됴됴의 슈딘을 브라보며 닌려가던니 초야의 안기 조옥호며 디쳑을 분별치
못호더라 공명니 군스로 호녀금 죠죠 딘 근쳐의 닷슬 노코 젼션 슈미을 동

셔로 분별ᄒᆞ여 일ᄌᆞ로 별려 세우고 뇌고흠셩ᄒᆞ니 노슉니 디경왈 만일 죠죠
의 디병니 엄살ᄒᆞ면 웃디 당젹ᄒᆞ릿ᄀᆞ 공명니 디쇼왈 죠죠 ᄋ무리 녕웅인들
녀츠칠냐 슙경의 운무 ᄌᆞ옥ᄒᆞ듸 웃디 나오리요 넘녜 말고 우리난 슐니나
먹고 슐니나 ᄋᆞ더 ᄀᆞ세ᄒᆞ미 쥬비 낭ᄌᆞᄒᆞ던니 니쩌 죠죠의 슈군 도독 모긔
우금니 불의예 뇌고쇼릭을 듯고 급피 죠죠의게 고ᄒᆞ니 죠죠 디경ᄒᆞ냐 군중
의 졀녕ᄒᆞ듸 불의예 젹병니 왓스니 피련 ᄉᆞ면의 복병니 잇슬디라 경동치
말고 궁시 슈만을 직발ᄒᆞ듸 뇌고셩 나는 곳슬 일졔로 쇼라 ᄒᆞ니 중죠리 녕
을 듯고 활을 년방 슐시 시셕니 비오듯 ᄒᆞ여 줌시간의 공명의 젼션

〈35-뒤〉

에 살을 바더 ᄒᆞ편으로 디우러진니 공명이 디회ᄒᆞ여 비 수미을 박구어 셰
우고 군ᄉᆞ을 지쵹ᄒᆞ여 일변 뇌고셩을 연쇽 부졀ᄒᆞ니 곤존의 쏜 살니 년쇼
ᄀᆞ ᄒᆞ여 니십쳑 젼션의 ᄀᆞ득ᄒᆞ고 월츌동녕ᄒᆞ며 안긔 거치거날 공명니 비을
거두어 도라오며 군ᄉᆞ로 하냐금 크게 위여 왈 승샹게셔 다힝니 살을 만니
쥬기로 ᄋᆞ더 ᄀᆞ오니 감격ᄒᆞ오며 일후 졉젼홀 ᄶᆞ 승샹의 슐노 승샹의 군ᄉᆞ
을 쏠테닌니 웃디 싱각말나 공명니 노슉을 도라보와 ᄀᆞ로더 강동의 심으로
죠금도 허비치 안니ᄒᆞ고 져의 살을 ᄋᆞ더 져의을 쏘으면 그 안니 죠흐리ᄀᆞ
노슉니 디쳔왈 션셩은 진실노 션닌니로쇼니다 오날 안긔 니쓸 줄을 웃지
알러난닛ᄀᆞ 공명왈 쳔문지리와 음양죠화을 모르면 중슈 안니라 니 오날 일
긔을 알고 슙일 홀을 증ᄒᆞ여쓰며 공근니 이십일 증ᄒᆞ기난 군중 징닌의게
분부ᄒᆞ여 일을 디쳬ᄒᆞ여 과ᄒᆞᆫᄒᆞ면 나을 살

〈36-앞〉

히코져 ᄒᆞ건니와 니 명이 ᄒᆞ날의 닛거날 공근니 웃디 나을 히ᄒᆞ리요 니날
쥬유 오빅군을 강변으로 보너고 쇼식을 지다리던니 노슉니 십만 쩨 술은
고ᄉᆞᄒᆞ고 슈빅만 쩨 술을 수운ᄒᆞ여 올니고 술 ᄋ든 ᄉᆞ년을 고ᄒᆞ니 쥬유 디

경왈 공명의 지죠는 귀신도 난칙니라 ᄒ던니 이윽ᄒ여 공명니 드려오거날
쥬유 즁ᄒ의 나려 영졉ᄒ여 ᄉ례왈 션싱의 신긔ᄒ 지죠는 ᄉ롭의 심곡을
놀니는디라 공명왈 웃디 죠고만ᄒ 지죠로 치ᄒ을 ᄇ드리요 쥬유왈 쥬공니
ᄊ홈을 지쵹ᄒ오나 지됴 읍셔 넘예온니 션싱은 신긔ᄒ 지죠을 ᄀ리쳐 쥬옵
쇼셔 공명왈 양은 본릭 용지라 웃지 기니ᄒ 지죠를 알니요 쥬유왈 니 쬐 ᄋ
더쓴니 ᄉ양치 말으시고 ᄀ부을 결단ᄒ쇼셔 공명왈 무슴 쬐을 ᄋ더난닛ᄀ
쥬유왈 우리 각각 즁즁의 글자을 쎠셔 빈교ᄒ여 보ᄉ니다 공명왈 그리ᄒᄉ
니다 ᄒ고 쥬유 먼져

〈36-뒤〉

붓슬 취ᄒ여 글ᄊ을 즁즁의 쎠 쥐고 공명니 ᄯᅩᄒ 붓슬 취ᄒᄂᆞ 글ᄌ을 즁즁
의 쎠 ᄀ디고 두리 숀을 흔틔 더니고 혀녀본니 공명의 즁즁의도 불화쏘요
쥬유의 즁즁의도 불화ᄊ라 두리 벽즁더쇼왈 우리 쇼견니 갓ᄉ옴이 이난 넌
분니로다 무어슬 의심ᄒ리요 ᄒ고 화공ᄒ기을 의논홀ᄉ 만군죵니 다 ᄋ는
지 읍더라
화룡도 하권니라
각셜 죠죠 빅만 쎼살을 일코 심화 ᄌ발하야 두셔을 증치 못홀ᄉ 모ᄉ 슌욱
니 왈 쥬유 졔갈양니 쬐을 쓴니 모ᄉ을 강동의 보닉녀 사항ᄒ고 닉응으로
쇼식을 알게 ᄒ옵쇼셔 죠죠 왈 보닐만 ᄉ롭니 읍도다 슌욱니 왈 채죵 채화
을 은혜로 더졉ᄒ여 보닉시면 더승을 도모ᄒ올니다 됴됴 듯고 더희ᄒ여 치
즁

〈37-앞〉

치화 請쳥ᄒ녀 曰왈 그디等등은 나을 爲위ᄒ여 江東강동의 ᄀ셔 詐降사항
ᄒ녀 勢精果消息셰졍과 소식을 通통ᄒ민 大阝乙더사을 니른 後후의 功공을
쓰리라 채죵 채화 曰왈 小將等도 國祿국록을 먹으되 尺寸쳑촌디功而공이

읍스미 閔민망호옵던니 丞相승상의 命令而명영이 니러호신니 江東矢강동의 근너 ᄀ 眞心진심호여 틈을 으더 쥬유 공명의 머리을 벼혀 帳下矢장호의 바치리다 卽時즉시 軍事 數十명식 거나리고 江上矢강상의 비을 타고 江東강동의 다다러 納名납명호고 帳下矢장호의 드러ᄀ 쥬유 압피 伏地복지 체읍 왈 少將소장의 형치 모 죠죠의게 敗퍼을 본 後후의 볼공디쳔지슈 갑기을 晝夜쥬야 ᄉ모호다ᄀ 將軍揮下矢장군휘호의 와씨온니 ᄇ라옵건디 將軍장군은 頭護두호호여 쥬옵쇼셔 쥬유 그 ᄉ항닌줄을 알고 欣然흔연니 許樂허락호여 厚待후디호고 감녕을 불너 왈 채즁 채화ᄀ 妻子처자을 다리고 완난요 감녕왈 츠즈는 안니 다리고 완난니다 쥬유 왈 그러호면 두 ᄉ람니 詐降사항호고 우리 江東消息乙강동소식을 으러 죠죠의게 內應너응니 되고 ᄌ 호미라

〈37-뒤〉

니 읏디 모로리요 니 두 사람을 다려ᄃᄀ 그디 딘즁의 후디호녀 두면 죠죠 와 디젼홀 쩌의 쓸곳니 닛노라 감녕니 충녕호고 두 ᄉ롭을 다리고 나간 후의 노슉니 문왈 채즁 채화 항복호는 거슬 읏디 밋고 ᄇ디난닛ᄀ 쥬유 디칙 왈 졔문의 원슈을 갑고ᄌ 호여 니게와 항복호거날 읏디 의심니 잇스리요 노슉니 묵묵부답호고 공명사쳐의 도라와 그 ᄉ년을 셜화호니 공명니 소왈 양딘즁의 디강니 막켜스니 우리 세정을 몰나 채즁채화을 보닌녀 사항호녀 니응이 되고ᄌ 호미라 공근니 그 꾀을 먼져 알고 짐짓 군즁의 두는 일을 ᄌ경은 읏지 모르난야 노슉니 그계야 만탄호고 공명의 지혜을 탄복호더라 쥬유 야과 숨경의 등쵹을 도도켜고 죠죠 파홀 모칙을 증치 못호녀 젼젼반칙호던니 션봉장 황기 드러와 문안호거날 쥬유 왈 심야 삼경의 공복니 무슴 쇼회 닛는요 황기왈 다름 안니라 방지 양국니 디젼홀 테닌

〈38-앞〉

듸 형셰을 싱각ᄒ온즉 쵸ᄀ의 군사는 빅만니요 우리 군사는 불과 오육만니
라 도독은 쥬의을 웃디ᄒ시난닛ᄀ 쥬유왈 나도 아직 증ᄒ 뜻시 읍신니 그
듸의 뜻슨 웃더ᄒ여 제장등 쇼견은 웃더허던요 황기 왈 제장의 쇼견은 알
슈 읍ᄉ오나 쇼장의 쇼견은 죠죠의 군사는 만ᄒ고 우리 군사는 즈그민 불
노치면 죠흘 뜻 ᄒ나니다 쥬유 디경왈 네 니말을 어디셔 드러난냐 황기왈
어디셔 드르닛ᄀ 쇼중의 쇼견니로쇼니다 쥬유왈 이 말을 ᄋ무도 모로게 ᄒ
리로다 황공ᄒ온 싱각니 잇기로 채모 양인의 사항을 밧고 군중의 소식을
통ᄒ게 ᄒ녀스나 우리난 죠죠의게 사항홀 스룹니 읍쏘온니 글노 근심ᄒ노
라 황기 왈 소장니 ᄀ 죠죠의게 사항ᄒ리다 쥬유왈 장군 뜻시 과도ᄒ냐 사
항ᄒ면 죠죠ᄀ 밋지 안니홀 듯ᄒ노라 황기 왈 니 쥬공의 슴디 은혜을 ᄇ더
쏘온니 국은을 갑ᄉ오면 몸니 죽어도 악갑디 안니 ᄒᄂ다라 도독의 명영

〈38-뒤〉

디로 ᄒ오리다 쥬유왈 그 일을 힝ᄒ면 강동의 만힝닌니 죠죠을 파ᄒ 후의
디공을 갑푸리라 ᄒ고 닛튼날 쥬유 제장을 취립ᄒ녀 하령왈 됴됴의 빅만디
병니 빅니허의 유진ᄒ고 슈육병딘 ᄒ여스니 졔장등은 삼삭 양식을 ᄀ디고
죠죠을 파ᄒ라 황기 츌반 왈 삼삭 양식은 고스ᄒ고 삼연 양식 ᄀ져도 죠죠
ᄑᄒ기난 감불싱심니라 모사 말디로 죠죠의게 항복ᄒ쇼셔 쥬유 ᄇ련 디로
왈 쥬공 말슴을 ᄇ더 됴됴를 치려ᄒ거날 너난 감니 항복고져 ᄒ이 너을 베
혀 군중의 녕을 혜히리라 ᄒ고 무사을 호령ᄒ냐 황기을 ᄌ버니여 베히라
ᄒ니 황기 노왈 파오중군을 모시고 강동을 ᄋ더 군신니 되냐거던 네 웃디
날을 쥐기랴 ᄒᄂ요 쥬유 디로ᄒ녀 급피 베히라 ᄒ니 감녕이 엿ᄌ오디 황
기난 동오의 공신니오니 죄을 용서ᄒ쇼셔 쥬유 감녕을 쑤지져 왈 너난 감
니 니 녕을 그역ᄒᄂ요 좌우을 효령ᄒ냐 감녕

〈39-앞〉

을 잡으 니녀 엄곤방츌ᄒ고 황기을 ᄲᆞᆯ니 베히라 셩화ᄀᆞ치 지쵹ᄒ니 제장등
이 일시의 합쥬왈 황기의 죄는 죽어 맛당ᄒ오나 양국니 디젼ᄒᄂᆞ 합젼하기
젼의 대장을 베희난 거시 군즁의 승사 안니오니 두엇다 죠죠을 파ᄒᆞᆫ 후의
베희쇼셔 쥬유 왈 결단코 베힐 거시로디 제장의 낫슬 보와 으즉 용셔ᄒᆞ건
니와 위션 엄곤 빅도ᄒ라 제장니 다시 고ᄒ되 님의 용셔 ᄒ실딘던 다시 짐
작ᄒ쇼셔 쥬유 디로ᄒ녀 셔안을 치며 제장을 호령ᄒᄂᆞ 물니치고 황기을 나
립ᄒ녀 오십도을 엄곤ᄒ니 제장니 엿ᄶᆞ오되 황기 쳣단 말을 죠죠ᄀᆞ 알거드
면 치쇼될ᄀᆞ ᄒᄂᆞ니다 쥬유 ᄶᅮ지져 왈 졔ᄀᆞ 감니 니 녕을 거녁커날 니 읏디
남의 나라 치쇼되는 걸 염여ᄒ녀 군영을 히티케 ᄒ리요 제장의 낫슬 보와
우션 오십도의 부과ᄒ여 두라 일후의 범죄ᄒ면 결단코 베히리라 황기 즁즁
을 당ᄒ고 두 볼기예 혈륙니 낭ᄌᆞᄒ니

<h3 style="text-align:center">〈39-뒤〉</h3>

제장등니 다려다ᄀᆞ 치로ᄒ며 치료ᄒ니 황기 졍신을 딘졍ᄒ녀 좌우 군죨을
보와 낙누ᄒ더라 노슉니 공명을 보고 왈 오날 공근니 황기을 칠 ᄯᅥ의 우리
난 공근의 슈ᄒ라 말유치 못ᄒ녀썬니와 션셩은 긱ᄂᆞ라 허물니 읍는디 읏디
말유치 안니ᄒ여난닛ᄀᆞ 공명니 소왈 ᄌᆞ경은 읏디 나를 노류장화ᄀᆞ치 디졉
ᄒ난요 노슉왈 션셩을 모셔 강동의 오신 후로 죠금도 홀디ᄒᆞᆫ 일이 읍거날
읏디 니러턴 비졍ᄒᆞᆫ 말을 ᄒ시난닛가 공명왈 쥬유 황기 친 거실 찐쥴 모로
고 날다려 말을 ᄒ난요 골륙게 안이오면 읏디 죠죠을 쇠기리요 필야의 황
기 ᄒ녀금 죠죠의게 스항ᄒ고 디사을 니를 경윤니라 응당 치즁 치화도 기
별ᄒ녀 쓸거시니 니 일을 졍년니 마칠디라 ᄌᆞ경은 공근을 보거던 오날 일
을 니ᄀᆞ 원망ᄒ더라 ᄒ쇼셔 그 일을 으더라 ᄒ면 나를 히홀 거시니 부디 알
게 마옵쇼셔 노슉니

<h3 style="text-align:center">〈40-앞〉</h3>

쥬유다려 문왈 오날 황기을 웃디흔 닐노 엄곤흐녀난닛ㄱ 쥬유 왈 졔즁니
무어시라 흐던요 노슉왈 원망니 만흐던니다 쥬유왈 공명의 말은 웃더흐던
닛ㄱ 노슉 왈 공명도 원망흐던니다 쥬유왈 니번은 쇽녀쏘다 오날 황기 친
거신 고육게을 써 죠죠을 쇠기게 흐미라 노슉니 뉴뉴니 퇴흐여 공명의 디
감을 탄복흐더라 황기 즁쳐ㄱ 디단흐여 군즁의 누어 디통흐던니 모스 감퇵
니 오거날 좌우을 물니치고 감퇵을 영졉흐여 좌즁 후에 감퇵왈 즁군 즁쳐
ㄱ 웃더흐시며 그 일은 고육게 안닌닛ㄱ 황기왈 웃디 안난요 감퇵왈 공근
의 동졍을 보고 짐죽흐녀난난다 황기 왈 니 손즁군의 숨디 은혜을 갑고ㅈ
흐온니 몸은 비록 아퍼도 흔은 읍난니다 바라난니 션싱은 본시 츙효 그룩
흐옵기로 니 심즁스을 셜화흐난니다 감퇵니 왈 날노 흐냐 스흥셔을 됴됴의
게 보닉고져 흐난요 황기 왈 실노 그 쓰시온니

<h2>〈40-뒤〉</h2>

션싱의 마음은 웃더흐신닛ㄱ 감퇵니 왈 디즁부 쳐셰흐냐 공업을 셰우디 못
흐면 녀초목으로 동더라 그디 님의 몸을 브려 님군의 은혜을 갑고져 흐거
날 니 웃디 슈고을 익기리요 황기 즁흐 나려 졀흐고 스례왈 션싱의 은혜
난 흐히 갓스온니다 감퇵 왈 일니 님의 죠용흐온니 지금 곳 ㄱ오린니다 황
기 스항셔을 써 쥬니 감퇵니 어션을 ㅈ버 타고 죠죠의 쥬딘을 브라고 순풍
의 쩌나간니 빅만디병 쥬기러 ㄱ는 줄을 웃지 알니요 감퇵니 죠죠 딘외 다
다럿 비의 나려 드러간니 순경흐던 군스들니 감퇵을 줍어 즁흐의 브친니
○닛쩌 죠죠 딘즁의 등촉을 발키고 셔안을 의지흐여 문왈 네 강동 스람으
로 웃디 남의 딘즁의 님의로 왓난요 감퇵왈 죠승승니 어진 스룸을 구흐다
흐던니 문는 말을 드른 즉 불ㄱ흐도다 황기 그릇 ㅇ러쏘다 죠죠 왈 니 강동
과 디진을 흐녀거날 네 남의 진즁의

<h2>〈41-앞〉</h2>

밤을 의지ᄒ여 왓슨니 웃디 뭇지 안니ᄒ리요 감틱니 왈 황기은 동오의 녯
신ᄒ라 무고니 쥬유의게 즁즁을 당ᄒ고 니예 항셔을 ᄀ져왓슨니 승승의 뜻
시 웃더ᄒ요 ᄒ고 황셔을 올닌니 죠죠 황셔을 보고 크게 ᄭ지져 왈 황기 고
육게을 ᄡ 네로 ᄉ항셔을 드려 나을 쇠기고ᄌ ᄒ는냐 좌우로 호령ᄒ냐 감
틱을 니여 베히라 ᄒ니 감틱니 안식을 불편ᄒ고 앙쳔디쇼ᄒ니 죠죠 ᄌ시
감틱을 불너 왈 니 네의 간게을 아는 고로 굴노ᄒ야 우셧난냐 감틱왈 죽니
거던 밧비 죽니라 무신 잔말을 ᄒ는요 죠죠 왈 니 병셔을 능통ᄒ여 간게을
모를 거시 읍거날 편지을 본니 간ᄉ호니라 미거하도다 져런 거시 웃디 병
셔의 닉다 ᄒ리요 죠죠 왈 황기 실승으로 항복ᄒ량니면 웃디 일ᄯ을 증치
안니ᄒ리요 감틱왈 네ᄀ 병셔의 닉다 ᄒ건니와 만일 강도과 ᄊ오거드면 쥬
유의게 잡필 거신니 니 네 손의 죽기는 원통ᄒ도다 니 나라을

〈41-뒤〉

ᄇ리고 남의 나라을 올 ᄶ에 웃디 먼져 일ᄌ을 긔록ᄒ리요 만일 긔약을 증
ᄒ녀ᄶᄀ 일니 셜노 ᄒ면 셩ᄉ도 못되고 몸의 히을 볼 거시녀널 어진 ᄉ람
을 쥬기고ᄌ ᄒ니 무어시 병셔의 닉다 ᄒ리요 죠죠 듯고 디희ᄒ녀 즁ᄒ의
나려 감틱을 녕졉ᄒ냐 당승의 올녀 안치고 ᄉ례 왈 니 과년 무식ᄒ여 어진
ᄉ람을 몰나보고 촉노ᄒ냐ᄊ니 허물치 마옵쇼셔 감틱왈 황기 승상게 항복
홈은 어린 ᄋ희 부모 ᄇ림 가튼지라 웃디 다른 마음을 두리요 죠죠왈 션싱
니 황기로 동심ᄒ녀 디공을 니르면 일등 공신니 되리라 감틱왈 우리도 부
귀을 탐ᄒ 비 안나라 쳔시을 ᄶᆺ고ᄌ ᄒ미니다 죠죠 디희ᄒ여 감틱을 후디
ᄒ던니 니윽ᄒ여 ᄒᄉ람니 셔간을 드리거날 됴됴 기틱ᄒ니 채종 채화의 편
지라 황기 쥬유의게 엄곤 오십도의 만지 죵통ᄒ는 사년을 기별ᄒ여거날 됴
됴 그 편지을 보고 감틱을 더욱 미더 ᄀ로디 션싱

〈42-앞〉

니 강동의 ᄀᆞ셔 황기로 언약을 증ᄒᆞ고 쇼식을 통ᄒᆞ쇼셔 감ᄐᆡᆨ왈 닉 님의 강
동을 비반ᄒᆞ고 와쓴니 웃디 다시 ᄀᆞ릿ᄀᆞ 승승은 다른 스룸을 보닉쇼셔 죠
죠 왈 다른 사람을 보닉면 니리 셜노홀ᄀᆞ ᄒᆞ니 션셩은 슈고을 익기지 말고
ᄀᆞ쇼셔 감ᄐᆡᆨ니 지슴 시양ᄒᆞ다ᄀᆞ 왈 님의 갈 테온니 슈니 가나 강동스람니
의심을 안니홀 테온니 지금 곳 ᄀᆞ리ᄃᆞ ᄒᆞ고 발힝ᄒᆞ여 강동의 도라와 황기
을 보고 스항셔 보니던 스년을 셜화ᄒᆞ니 황기 스례 왈 감녕의 딘즁의 ᄀᆞ셔
채죵 채화의 동졍을 보리라 ᄒᆞ고 감녕 딘즁의 간니 감녕니 영졉ᄒᆞ여 좌졍
후에 션셩니 웃디 오신닛ᄀᆞ ᄒᆞ며 죠죠의게 스황ᄒᆞ던 말을 ᄒᆞ던 ᄎᆞ의 치즁
치화 드러오거날 감ᄐᆡᆨ니 감녕을 보고 눈을 준니 감녕니 그 뜻슬 알고 그딧
디로왈 공근니 지죠만 밋고 졔즁을 싱각디 안니ᄒᆞ도다 ᄒᆞ며 니를 갈며셔
디답ᄒᆞ니 채즁 채화 감녕의 그동을 보고 문왈 션셩과 즁군니

〈42-뒤〉

무슴 불평ᄒᆞᆫ 니리 잇난닛ᄀᆞ 감ᄐᆡᆨ왈 남의 쇼회을 웃지 알니요 치화왈 강동
을 비반ᄒᆞ고 죠승승을 셤기고ᄌᆞ ᄒᆞᄂᆞᆫ닛ᄀᆞ 감ᄐᆡᆨ니 그 말을 듯고 그짓 딜식
ᄒᆞ니 감녕니 ᄯᅩ호 디로ᄒᆞ냐 칼을 드러 채죵 채화을 치려ᄒᆞ여 왈 우리 니리
님의 혈노ᄒᆞ여쓴니 너을 죽녀 말을 막으리라 채즁 채화 급피 고왈 즁군은
근심치 마옵시고 쇼즁의 심곡을 드러보쇼셔 감녕왈 밧비 말을 ᄒᆞ라 채화
왈 우리 항복홈도 춤항복니 안니라 죠승승의 녕을 바더 스항ᄒᆞ냐 쇼식을
통ᄒᆞ랴고 왓쓰온니 즁군니 만일 죠승승을 셤기고ᄌᆞ ᄒᆞ시면 우리ᄀᆞ 닌도ᄒᆞ
릿ᄀᆞ 감녕왈 딘졍 그러헌냐 디왈 웃디 호말닌들 기망ᄒᆞ릿ᄀᆞ 감녕니 그졔냐
디희왈 그디 ᄒᆞ나리 도으시미라 치화왈 젼닐의 황기 즁즁홈과 즁군 칙망
드른 일도 다 승승의게 기별ᄒᆞ녀난니다 감ᄐᆡᆨ왈 나도 님의 황기의 항셔을
승승의게 드려쓴니 즁군도 ᄒᆞᆫᄀᆞ디로 ᄒᆞᆼ

〈43-앞〉

214 적벽가 전집 5

복호시다 감녕 왈 디즁부 츠셰호여 죠승숭 ᄀ튼 녕웅을 셤기면 무어시
원니 되릿ᄀ 셔로 길거호야 비반니 낭즛호던니 이날 채즁 채화 황기 감녕
감퇵니 닉응훈는 모양으로 기별호고 감퇵도 션통호되 황기 ᄋ직 여ᄀ을 엇
지 못호니 아무 나라라도 비머리예 쳥용아긔 셰우고 ᄀ는 비는 황기의 항
복션니라 호여거날 죠죠 보고 디희호여 졔즁을 모호고 ᄀ로디 강동의 황기
감녕니 닉응호여 흥복고져 호오나 그 실승을 ᄋ디 못호니 뉘 능히 강동의
가 허실을 쇼승니 아러오리요 즁간니 츌반 쥬왈 쇼즁니 ᄀ셔 아러오리니다
죠죠 디희호여 허락호니 즁간니 비션을 줍어타고 강동의 니르러 공근의게
통지호니 쥬유 즁간니 왓단 말을 듯고 디희왈 닉 셩공홈은 니 스람의게 닛
다 호고 직시 노슉을 불너 왈 그디는 급피 방스원을 쳥호여 셔션 암즛의 두
엇짜ᄀ 즁간을 유인호여 죠죠을 쇠기라 호고 즁간을 쳥호니

〈43-뒤〉

잠간니 쥬유 문박긔 나와 맛디 안니호믈 보고 의혹호여 죠용훈 고디 비을
미고 쥬유 딘즁의 드러간니 쥬유 디칙왈 즛닉니 먼졋 와 남의 스셔을 도젹
호녀다ᄀ 닉의 디스을 져히호고 쏘 오기난 무어시 부죡호냐 왓난요 고의을
싱각디 안니호면 베일 거시로디 츠마 그러치 못호니 우션 셔션 암즛의 다
다가 두어짜ᄀ 죠죠을 푸훈 후의 보니라 즁간니 즁간니 발명코즈 홀 지음
의 쥬유 좌우을 호령호여 지쵹호냐 셔션 암즛의 다달너 ᄀ두고 군스로 슈
직호거날 즁간니 심신니 슬난호여 침식니 불평호고 좀을 니르지 못호냐 월
식을 쩌러 비회호던니 후원의 다다른니 글닉난 쇼리 들니거날 그 곳슬 츠
져긴니 셕경 놉푼 딥의 빅운은 어려닛고 쵸당은 젹욕호고 쳥풍은 쇼실훈되
닌간 지미 읍난디라 문틈으로 술펴본니 등쵹니 휘황훈되 훈 션관니 벽승의
칼을 걸고 셔안의 비겨안져 병셔을 외오거날 즁간니 싱각호되

〈44-앞〉

니는 반다시 도닌나라 문을 녈고 드려ㄱ 노닌의게 녜필 후의 션싱은 뉘신 닛ㄱ 디왈 나는 남양 방툥니요 즈는 스원니로쇼니다 즁간니 왈 그러ᄒ면 봉취션싱니 안니신닛가 디왈 그러허온니다 즁간 왈 션싱의 어진 일홈을 드 른 졔 오리옵던니 이졔냐 뵈온니 다힝ᄒ녀니다 션싱의 놉푼 지죠로 읏지 니러타시 고젹ᄒ온니ㄱ 디왈 쥬유 지죠만 밋고 남을 경니 디졉ᄒ기로 니 니고디 은신ᄒ녀 닛난니다 장간왈 션싱ㄱ튼 지죠로 녀ᄎ 풍딘 시졀의 허숑 을 ᄒ리요 죠승숭을 ᄒ번 보옵시면 읏더ᄒ올닛ㄱ 만일 싱각니 게시거던 션 싱은 나을 ᄯ라러 ㄱᄉ니다 디왈 니 강동을 ᄇ리고져 ᄒ졔 오린다라 그디 나 을 위ᄒ야 죠승숭의게 츤거ᄒ올딘 지금 ᄯ라러 ㄱ오리다 만일 디체ᄒ면 쥬유 의게 희을 보리 ᄒ니 즁간니 디희ᄒ여 방통을 다리고 강변의 나와 ᄇ을 줍 어 타고 강을 근네여 죠죠의 딘의 니르러 즁간니 먼져 드러ㄱ 봉취 션싱다 려온 ᄉ년을 고ᄒ니 죠죠 듯고 디희

〈44-뒤〉

ᄒ녀 직시 원문 박긔 나와 녜필 후의 좌를 증ᄒ고 ㄱ로디 션싱의 놉푼 일홈 을 드른졔 오리옵던니 다힝니 뵈온니 쳥컨딘 어진 꾀을 ㄱ리쳐 강동을 ᄑ ᄒ게 ᄒ쇼셔 방통왈 승숭의 용병디슐을 닉키 드러ᄊ온니 군즁을 ᄒ번 귀경 코즈 ᄒ난니다 죠죠 즉시 방통을 ᄃ리고 놉푼디 올ᄂ 진셰을 귀경ᄒ든니 방통왈 손을 의지ᄒ고 물을 등져 츌립딘퇴 ᄒ는 법은 손빈오기와 스마양져 라도 읏지 당ᄒ리요 육군을 다 본 후의 슈진을 ᄇ라보니 이십ᄉ변의 슈문 을 니고 몽든 젼션으로 셩곽을 삼고 그 ㄱ온디 즈근 ᄇ 왕니ᄒ는 법은 ᄎ례 ㄱ 분명ᄒ거날 방통니 심독희 ᄌ부ᄒ고 외면으로 크게 칭츈왈 승숭의 용병 니 이갓ᄊ온니 진쇼위 명불혀견니로쇼니다 ᄒ고 강동을 ㄱ리쳐 왈 쥬유 손 권니 결단코 픠ᄒ리라 죠죠 디희ᄒ여 군즁의 도라와 존치을 비셜ᄒ고 방통 을 디졉ᄒᆯ시 방통니 그딧 취ᄒ는 쳬

〈45-앞〉

하고 ᄀ로디 슈군니 병든 지 만ᄒ니 군즁의 의원니 넛난닛ᄀ ●니써 죠죠 슈군의 병니 만탄 말을 듯고 웃디 무심ᄒ리요 지셩으로 무러 왈 병든 군졸을 무신 약으로 치로ᄒ릿ᄀ 방통왈 슈군 죠련ᄒ는 법은 과연 분명ᄒ오나 군ᄉ는 온젼치 못ᄒ 거시 젹벽디강의 죠슈 츌닙ᄒ고 풍셰 디죽ᄒ여 물결니 북풍밧치여 몽동젼션니 사방으로 요동ᄒ면 북방 군ᄉ 비에 닉디 못ᄒ여 ᄌ년 구토딜니 나고 어질병도 나며 졍신을 진졍치 못홀 거신니 지금으로 디 쇼션 십녀쳑식 ᄶᅦ을 지여 일ᄌ로 세우고 션두의 그멀못슬로 중식ᄒ여 요동치 못ᄒ게 ᄒ고 우에 목판을 ᄽᅡᆯ고 빅토을 펴여 편안케 ᄒ고 말도 달니고 군ᄉ 무병홀 거신니 풍낭을 웃디 두려워 ᄒ리요 죠죠 디왈 션싱 곳 안니시면 웃디 니런 양칙을 으드리요 직시 군즁의 졀녕ᄒ녀 중인을 불너 골니와 그멀못슬 만드러 고리을 달고 못슬 박어 혹 니십쳑도 ᄒ며

〈45-뒤〉

혹 숨십쳑도 ᄒ여 ᄒᄶᅦ로 년ᄒ여 슈진션숭니 평디ᄀ터 병든 군ᄉ 셔로 딜거ᄒ더라 방통왈 강동 영웅니 쥬유을 원망ᄒ는 지 만쏘온니 니 승승을 위ᄒ냐 강동 영웅을 달니녀 항복게 ᄒ리라 죠죠 디희ᄒ여 허락ᄒ거날 방통 직시 강동의 다다러 비을 타고ᄌ 홀시 웃더ᄒ 스름니 포관을 쓰고 도포을 닙고 표녀니 나와 방통의 쇼미을 줍고 ᄭᅮ지져 왈 황기는 고육게을 쓰고 감녕은 ᄉ항셔을 드리고 너는 년환게을 써 빅만디병을 일시의 슬희코ᄌ ᄒ니 네의 독ᄒ 꾀을 써 죠죠는 쇠기건니와 날을 웃지 쇠기리요 방통니 디경ᄒ녀 젼신니 ᄋ득ᄒ고 가심니 ᄶᅥ녀지난 듯ᄒ난디라 니윽키 진졍ᄒ녀 도라본니 이난 고인 셔원직니라 방통왈 그디ᄀ 니 꾀을 ᄑᄒ고ᄌ ᄒ는요 스불여의 ᄒ면 강동 팔십일쥬 빅셩의 목심니 그 안니 불숭ᄒ냐 원직니 쇼왈 우리 군ᄉ의 목심은 웃디홀고 방통왈

〈46-앞〉

원딕아 진졍 니 뫼을 푸ᄒ고ᄌ ᄒ는냐 원직왈 니 유황슉의 은혜을 닛지 못
ᄒ고 ᄯ 죠죠 너의 모친을 살히ᄒ엿쓴니 니 밍셰코 뫼도 쓰지 안니ᄒᆞᆯ지라
웃디 형의 뫼을 푸하리요마는 빅만디병 죽길 쩌의 나난 웃디 면ᄒ리요 형
은 날을 위ᄒ여 피화ᄒᆞᆯ 묘칙을 ᄀ리치쇼셔 방통왈 형의 고견으로 웃디 날
다려 문ᄉ온닛ᄀ ᄒ고 원딕의 귀예 디니고 두어 말ᄒ든니 직시 니별ᄒ고
강동으로 도라온니라 ○닛쩌 원직니 죠죠 딘의 도라와 방통의 말디로 셔량
티슈 마등 ᄒ슈 반하녀 온다 ᄒ며 젼셜ᄒ여 여러 군ᄉ 셔루 듯고 슘슘오오
니 셔로 귀예 디니고 슈근슈근ᄒ며 군중니 일시의 요란ᄒ더라 죠죠 그 풍
셜을 듯고 디경ᄒ냐 마등 ᄒ슈 막을 뫼을 원ᄒ니 원딕니 고왈 날노ᄒ냐금
슘쳔군을 쥬시면 막오리다 ᄒ니 죠죠 디희ᄒ녀 원딕으로 모ᄉ을 슴고 중히
로 션봉을 슴어 마등 ᄒ슈을 막으라 ᄒ니 원딕과 중히 양닌니

〈46-뒤〉

츌젼ᄒ니라 ○각셜 니쩌는 건안 십니년 십일월 십오일니라 쳔기 쳥명ᄒ고
월식은 영농ᄒᆞᆫ디 쳥풍은 셔리ᄒ고 슈파는 불홍이라 사군는 숭집ᄒ고 금닌
은 유녕니라 디졉ᄀ튼 금부어는 어병셩용ᄒ는라고 툼벙츌녕 굼실굼실 노난
고나 ᄒ손고ᄉ는 말니 박긔 닛고 일디 중강 말근 물은 눈압피 경기로다 산
녕은 도강ᄒ고 어약은 츌몰니라 남명손식은 중강젹벽의 풍덩실 좀겨닛고
동은 ᄌ슘니요 셔의난 ᄒ구로다 남은 니릉니요 북은 오림니라 강슨 말니을
브라본니 두 눈니 암암ᄒ여 호호중강 너룬 물은 쳔긔금니 어디민냐 니러헌
풍경지졔의 죠죠 션두의 디중긔을 셰우고 디중단의 놉피 안져 좌우을 도라
본니 중효 허졔 ᄒ후돈 ᄒ후연 죠홍 죠닌 니젼 중진 중합 셔황 모기 우금
녀통 녀건 등 일등 명중니요 ᄯ ᄒ편 증옥 순옥 ᄀ회 유훈 등 어진 무ᄉ 들
니 좌우의 시위

〈47-앞〉

ᄒ고 천병만마는 함호을 증디ᄒ고 기치충금은 일월을 희롱ᄒ고 뇌고함성은
천디 딘동ᄒ니 죠조 디희ᄒ여 제중을 도라보와 왈 니 니졔 디공을 니루어
천ᄒ을 평정ᄒ고 국ㄹ의 쥬셕디신니되야 강동을 으드련니와 빅만군병과 용
중 천여원니라 제중도 심을 다ᄒ여 니 강동을 으든 후의 천ᄒ을 평정ᄒ고
그디 등으로 더부러 부귀을 ᄒ가디로 ᄒ리라 그 안니 길거울ㄹ 문무졔중니
다 ᄒ졔 왈 쇼중등도 강동을 으든 후의 승승 실ᄒ의 죵신 부귀ᄒ오니 원니
로쇼니다 죠조 디희ᄒ여 디연을 비셜ᄒ고 녀군동낙 질길 젹의 강동을 ㄹ리
쳐 왈 쥬유 노슉니 천시을 모로고 나을 ᄒ거허다ㄹ 황공복 황복ᄒ니 웃디
길겁디 안니 ᄒ니 ᄯᆞᄒᆞᆫ 강동 웃기을 웃디 근심ᄒ리요 ᄒ구을 ㄹ리쳐 왈 유
비 제갈양니 나을 당홀손냐 제중을 도라보와 왈 니 강동을 으드면 죠흔 일
이

〈47-뒤〉

잇노라 교공니 두 ᄯᆞᆯ을 두어ᄡᅩ되 천ᄒ의 졀식니라 시로 동죽디을 지녀쓰니
이교을 다려다ㄹ 동죽디 놉푼 집의 말년낙을 슘으리라 천만의외 오죽니 ᄶᅦ
을 디녀 죠조 딘중으로 나려ㄹ며 남편을 바라보고 갈곡질곡 울고 가니 됴
됴 취중의 ㄹ마구 쇼리을 듯고 문왈 니 집푼 밤의 어니ᄒ 까마귀요 좌우 디
왈 월식니 발거 낫ㄹ트미 까마귀 날 신ㄹ 의심ᄒ여 울고 ㄹ난다 죠조 디
쇼왈 가마구 울고 ㄹ는 쇼리 갈곡질곡ᄒ녀쓰니 승젼홀 징죠로다 갈곡니리
ᄒ는 거슨 길일양신 죠흔 ᄶᅵ의 승젼곡으로 힝군ᄒ냐 부귀공명홀 증죠로다
ㄹ마귀난 녕물니라 압일을 먼져 알고 우리을 기유ᄒ니 긔음을 못홀손냐 녀
봐라 제중더라 니 슐을 만니 먹고 티평년 노라보ㅈ 만군중의 쥬효난만ᄒ니
디승의 중슈덜은 칼춤 츄며 노리ᄒ니 함양궁중 봉도시의 형

〈48-앞〉

가의 근슐닌ᄀ 칼빗슨 셔리갓고 홍문연 노푼 준치 한중의 갈춤닌ᄀ 슬기도
엄슉ᄒ다 죠죠 취흥니 도도ᄒ여 피련을 니야노코 오죽ᄀ을 디여쓰되 월명
성희의 오죽니 남비ᄒ니 요슉슴집의 무디ᄀ의라 선두의 빗겨안져 의긔양양
홀 졔 유복니 쥬왈 양국디젼의 승부을 결단치 못ᄒ냐난듸 승승 노러을 드
른니 죠흔 징죠 안니로쇼니다 죠죠 디희왈 요망ᄒ 쇼견으로 니의 흥을 ᄑ
ᄒ는뇨 충을 드려 유복을 베히고 각녕 각스의 쥬효을 만니 쥬어 군졸의 호
궤ᄒ니 군스 포식ᄒ고 흥니 나셔 혹 노러ᄒ며 혹 춤도 츄고 길기난 쇼러가
강슁의 낭ᄌᄒ니 필승디죠라 ᄒ더라 ○닛쩌 흔편 중막 밋틱 우름 쇼리 들
니거날 쥬번 군스 ᄒ는 마리 승ᄒ동낙 질기난듸 너는 웃지 우난뇨 그 군스
디답ᄒ되 너희는 무식ᄒ여 지금 편혼 것만 알고 니 두스을 모르는냐 삼경
심냐의 말뇌구

〈48-뒤〉

젹한듸 손죠는 딥의 들고 쥬슈는 굴의 들어 쳔지 고요ᄒ고 산슈 준잔흔듸
어니흔 ᄀ마귀 진우로 울고 ᄀ며 갈곡달곡 ᄒ니 빅만디병 일시의 죽일 기
별일다 슬푸다 군스더라 말니 즌중 나와싸ᄀ 타국고혼 될 거신니 그 안니
스룰손냐 흔 군스 ᄒ는 마리 악기 승승니 갈곡 쇼리을 듯고 희ᄌᄒ여 승젼
홀 증죠라 ᄒ거날 너는 일기 쇼졸니라 우미흔 쇼견으로 못된 말을 지녀니
녀 만군스을 슬푸게 ᄒ니 맛당회 베힐디라 ᄒ고 칼을 들고 달녀든니 그 군
스 디답ᄒ되 니 ᄋ무리 쇼졸닌들 그만흔 지각니 읍실손냐 갈국 쇼리을 희
ᄌ을 ᄒ마 네ᄀ ᄌ셔회 드러보라 ᄒ견니 망홀 쩌의 졔후질원ᄒ냐 질원곡을
노러ᄒ니 갈은 ᄒ거리 갈곡니요 질곡은 옥왕의 질원곡니라 오죽은 영물니
라 우리 진중 히홀 줄 미리 알고 죠룽ᄒ되 난셰간웅 우리 승승 지음

〈49-앞〉

을 잘못ᄒ고 교만니 ᄌ심ᄒ니 병교ᄌ는 픠라 너희는 모로난야 흔 군스 ᄒ

는 마리 네 마리 당년ᄒ다 악기 나도 꿈을 ᄭᅮ니 남현디로로 야달 스룸니 누
런 일손을 들고 승승 압피로 드러오던니 승승 즁ᄒ의 노루 ᄒ 마리 너다려
누린 일손을 쎡써 ᄇ리고 승승을 업고 ᄀ마구 안진 슙풀노 ᄀ더라 니 꿈을
희몽ᄒ라 그 군ᄉ 디답ᄒ되 니 이야 누린 일손은 황기요 야달 스룸은 불화
ᄭᅡ라 황기 우리 진의 항복ᄒ냐짜 ᄒ던니 불노 우리을 칠 거시오 승승 즁ᄒ
의 누린 노루난 장전 즁요라 ᄀ마구 안진 슙풀은 오림니라 필연 호위즁군
즁효ᄀ 황기을 쥭니고 승승을 모시고 오림으로 도망홀 증죠로다 ᄒ고 군ᄉ
셔로 당부ᄒ되 부디 이 마를 너지 마라 만일 승승니 알며 꿈 ᄭᅮᆫ 나도 쥭고
희몽ᄒ 너도 쥭을 거신니 숨ᄀ 죠심ᄒ라 ᄒ더라 닛튼날 죠죠 즁디의 놉피
안져 졔즁을 분발홀시 오ᄉᆨ기치로 항오을

〈49-뒤〉

증계ᄒ녀 슈진즁 왕긔는 모긔 우금니요 전군 홍긔는 즁ᄒ니요 후군 흑긔는
녀건니요 좌군 쳥긔는 즁진니요 우군 빅긔는 ᄒ후넌니요 슈륙균 졉응사는
ᄒ후돈 죠홍니라 왕니 감쳔ᄉ는 허졔 즁효라 발녕ᄒ 후의 슈딘 군니 슙통
고디 취티ᄒ고 쎄무은 젼션의 풍법을 놉피 달고 군사 왕니ᄒ기 편디ᄀ치
ᄒ니 죠죠 디상의셔 보고 디희ᄒ냐 왈 봉취션싱의 어딘 지죠로 군ᄉ 님의
로 왕니홈은 ᄒ날니 도으심니로다 증욱니 왈 젼션 글졔 무어ᄽ ᄀ 만일 강
동의셔 불노 치면 웃지ᄒ올닛ᄀ 미리 단쇽ᄒ쇼셔 죠죠 디희왈 불노 치는
법니 ᄇ람을 으드냐 성공ᄒ는디라 ᄇ람은 동남풍니라냐 칠 거시녀날 엄동
셜ᄒ의 웃디 동남풍니 불니요 지금은 셔북풍니라 우리는 셔북의 닛고 져의
는 동남의 닛슨니 말일 불노 치다ᄀ는 셔북풍니 디취ᄒ면 져의 군ᄉ 드 불
탈 거신니 무어슬 념녜ᄒᄒ리요 ᄒ더

〈50-앞〉

라 ○각셜 니쩌 쥬유 젼션의 올나 죠죠의 수진을 ᄇ라본니 디풍니 이러나

며 죠죠의 진중 큰 기ㄱ 부러진니 기쁠니 츙ㅍ승의 쩌나 ㄱ거날 쥬유 디쇼
왈 숭ᄉ안니로다 ᄒ던니 언미필의 북풍니 디죽ᄒ녀 ㅍ슈 니러나며 양ᄉ슈
셕ᄒ고 진중의 셰운 긔쌸 동남의 붓치여 쥬유의 낫슬 쓰셔간니 쥬유 디경
ᄒ여 ᄒ는 마리 슘니 막키고 닙으로 피를 흘니며 닌ᄉ을 슈십지 못ᄒ니 졔
쟝니 황망ᄒ여 진중으로 모셔노코 쳔방만약으로 구완ᄒ되 만졈효츠 읍난디
라 노슉니 근심ᄒ녀 공명을 보고 공근의 병셰을 의논ᄒ니 공명왈 공근의
병은 니랴랴 고치리다 노슉니 디희ᄒ야 공명을 다리고 진중의 니르러 문왈
도둑의 긔운니 밤시 웃더ᄒ온닛ㄱ 쥬유왈 복통니 심ᄒ고 구토지리 디죽ᄒ
며 약 먹을 기리 읍난다 노슉왈 악기 공명을 보고 도독의 병농을 ᄒ온즉
공명니 디왈 니랴냐 고치리라 ᄒ기로 드려 왓는니다 쥬유 디희

〈50-뒤〉

ᄒ여 공명을 쳥ᄒ니 드러오거날 쥬유 게우 니러안거날 슈일 뵈옵디 못ᄒ녀
긔후 웃더ᄒ신닛ㄱ 쥬유왈 울화로 병니 되냐 부디홀 슈 읍난나다 공명왈
ᄒ날의 칭양읍난 ᄇ람니 닛쓰되 ᄉ룸니 웃디 알니요 쥬유 싱각ᄒ되 공명은
신인니라 쳔심을 ᄋ는쏘다 공명의 말을 듯고 심쇽ᄒ니 병셰 웃디 알니요
공명왈 기운을 슌케ᄒ쇼셔 쥬유왈 무신 약을 먹으냐 기운니 슌ᄒ릿ㄱ 공명
왈 니게 용ᄒ 방문니 닛슨니 도독의 긔운을 슌케 ᄒ오리다 그 병니 화로 나
쓰온니 니 곳칠 거신니 넘녀 마옵쇼셔 쥬유 디희ᄒ녀 왈 국ㄱ 홍망니 죠셕
의 닛쓰온니 션싱은 존명을 급피 구ᄒ쇼셔 공명니 글 두귀을 쎠셔 쥬며 왈
니디로 ᄒ라 ᄒ니 그 셔의 ᄒ여쓰되 ○욕ㅍ죠공닌디 ○용용화공ᄒ고 ○만
ᄉ구비면 ○진취동풍니라 ᄒ녀거날 쥬유 보고 디희왈 션싱니 님의 병 근본
을 ᄋ옵신니 슈니 살녀쥬

〈51-앞〉

쇼셔 공명왈 니 일직 외닌 만나 팔문둔갑 쳔셔을 비와 호풍환우지슐을 ᄋ

러쓴니 도독은 근심치 마르시고 남병손의 군스을 보너녀 칠성단을 무으시
면 니 정성드려 삼일 숨냐의 동남풍을 비러 드리니다 쥬유왈 숨일숨냐는
말고 일일티풍이면 성공할터니라 스셰 급박ㅎ온니 슈니 쥬션ㅎ옵쇼셔 공명
왈 니십일 갑즈의 동남풍을 비러 니십이닐 병닌일ᄭ디 불게 ㅎ리다 쥬유
디희ㅎ녀 병니 졀노 낫는더라 직일의 남명손의 올나 칠성단을 무어닌니 방
원니 이십스쳑니요 층단은 십오쳑니요 고는 구쳑니요 ㅎ일층의 니십팔슉
기을 셰우고 동방청긔 칠면은 각항겨방 심미긔로녀 청용디중ㅎ고 북방 흑
긔 칠면은 풍우여허 위실벽니라 작현무디승ㅎ고 셔방 빅긔 칠면은 규루위
묘 칠패숨니라 긔빅호디승ㅎ고 남방 홍긔 칠면은 정귀유션중닉던니라 성쥬
죽디승ㅎ고 졔니청은 육십스면의 육십스쫴로

〈51-뒤〉

응ㅎ냐 쇼딘티감으로 방위을 증ㅎ여 셰우고 졔슴층의 스닌을 셰워쓰되 머
리의 쇽발관을 쓰고 죠화포을 닙고 봉의 흑디을 쯰녀쓴니 방군니라 젼ㅎ의
진간짓티을 셰워쓰되 그 꼿티 달기짓슬 다라 ᄇ람 쇼식을 알게ㅎ고 쏘 일
닌은 보금을 들고 쏘 일닌은 향노을 들고 단ㅎ의 니십팔인은 졍긔 보기 빅
모 황월도노 들고 스면으로 둘너셔난듸 니십일 갑즈 양신의 공명니 모욕지
게 젼죠단발 발을 벗고 도포 닙고 단ㅎ의 나려와 노슉을 불너 왈 즈경은 군
즁의 도라ᄀ 공근을 도으라 혹 ᄇ람니 부디 안니ㅎ여도 고니케 아디 마옵
쇼셔 노슉을 보닌 후의 군스의게 분부ㅎ되 방위을 쩌나디 말고 머리을 흔
티 모와 요란니 말고 겹도 니디 말나 만일 위령즈면 베히리라 군스 층영ㅎ
고 방위을 증ㅎ 직키던니 공명니 단의 올나 동즈의게 향노을 들니고 졔문
을 ᄀ죠와 올닐시 어동육셔 좌포우혜로 셜위ㅎ고 졔셕

〈52-앞〉

의 단좌ㅎ냐 축문지여 고홀 졔 ○유셰츠 건안 십년 정희 십일월 을스숙

니십일 갑ㅈ의 좌중군 유비 모스 졔갈양은 근고우 쳔지 일월셩신 오악실녕
스히용왕 화덕진군 후토실영 강손 풍빅니 일시의 함녕ᄒᆞ옵쇼셔 국운니 불
힝ᄒᆞ야 녁젹 죠죠ㄱ 도절신기ᄒᆞ고 유슈쳔ㅈㅎ고 방시국모ᄒᆞ니 기쳔긔리을
닌닌니 공문니온디 니졔 죠죠 용병 빅만과 용중 쳔여원니라 장녀 강동으로
일을 ㅈ웅ᄒᆞᆯ시 금ㅈ 손권으로 동심흠녁ᄒᆞ여 욕ᄑᆞ됴됴ᄒᆞ고 안보ㅅ직니 올ᄂᆞᆫ
디 죠죠 디병을 불감당니라 복망 쳔지실녕은 감동ᄒᆞ와 동남풍을 슴일삼냐
만 허급ᄒᆞ시면 공ᄑᆞ됴됴ᄒᆞ옵고 홍복ᄒᆞ실ᄒᆞ게 ᄒᆞ옵쇼셔 근니 쳥죽스슉공신
증현 승향 축문을 닐근 후의 상단 슴츠 ᄒᆞ단 슴츠의 디셩으로 축수ᄒᆞ오니
공명 관일지츙과 효쳔디셩을 쳔지실녕닌들 웃디 무심ᄒᆞ리요 공명니 팔각윤
견을 쓰고 빅운션을 들고 학충의 거더줍고 남병스 빗씯

딜로 나려ㄱ니 오강 너룬 물의 ㅈ룡니 표년 니십긔을 다리고 비을 더녀 기
다리거날 공명 반기ᄒᆞ고 비의 올나 ㅈ룡의 숀을 줍고 문왈 우리 현쥬 알녕
ᄒᆞ시며 졔중군졸도 다 무ㅅᄒᆞᆫ가 비을 져어 나려갈 졔 칠셩단 놉푼 고디 쥬
작쳥용 긔쌜니 빅호 현무을 응ᄒᆞ여 슐히방으로 나녀ᄀᆞ니 동남풍니 완년ᄒᆞ
더라 ○닛쩌 쥬유 졔중을 거나려 화공을 도모ᄒᆞᆯ시 야식은 슈경니라 디중기
쌜니 슐히방으로 펄펄 날녀간니 쥬유 디경ᄒᆞ녀 노슉을 불너 ᄒᆞᄂᆞᆫ 마리 공
명의 탈쳔지 조화ᄂᆞᆫ 귀신도 난칙니라 풍운을 님의용지ᄒᆞ니 이 스롬을 술녀
두면 동오의 화근니라 ○ 닛쩌의 죽여 후환을 들니라 ᄒᆞ고 셔셩 증봉을 불
너 남병손 급피 ᄀᆞ셔 공명을 뭇도 말고 볘혀오라 두 중슈 녕을 듯고 셔셩은
즉시 도부슈 오십명을 거나리고 슈로로 죳고 증봉은 말을 타고 졍병 오십
명을 거나리고 육노로 죠ᄎᆞ갈 졔 셔셩 먼져 오강의 다다러 남명손 칠셩단
ᄎᆞ져간

니 공명은 간듸읍고 기 즈분 군수더리 브람셰을 보는디라 군수다려 문왈
공명니 어디로 ᄀ던요 군수 디답ᄒ되 동남풍 빈 연후의 피발도젼ᄒ고 남병
손ᄒ 오강 어구로 ᄀ더니다 셔셩니 급피 손ᄒ로 나려올시 증봉니 군스을
거나리고 강ᄀ의 당도ᄒ여난디라 두 즁슈 흡셰ᄒ여 스면을 브라보니 다못
슈쥴리 닛난디라 슈쥴다려 무른니 군스 넛ᄌ오디 어졔 슘졍야의 오강 강변
의 미닌 비 십니즁강 벽푸숭의 왕닉ᄒ는 거루빈ᄀ 시졀니 요란ᄒ여 넘쵸
슬코 ᄀ는 빈ᄀ 츄강칠니탄의 엄ᄌ룡 낙시빈ᄀ 심양강 츄야월의 빅낙쳔 노
던 빈가 양양강슈 말근 물의 고기 낙는 어션닌ᄀ 틱빅니 기경비승쳔 후의
쵸강어무ᄒ월 실너 ᄀ는 빈가 오호승년 명월야의 금녀의 노던 빈ᄀ 만경충
프 용모쳔의 쳔여환쥬 ᄒ던 빈가 만단의혹 ᄒ여던니 공명니 머리 풀고 발
버신 치 그 비을 즙어탈 졔 웃더호 즁슈 나와 니만ᄒ게 읍을 ᄒ민 공명니
그 즁슈 귀예 디고

〈53-뒤〉

무신 말을 쇼근쇼근 ᄒ던니 그 비을 즙어타고 승유로 ᄀ던니라 두 즁슈 분
을 니여 마춤 북편을 브라보니 승유의 쩌ᄀ는 비 공명일시 분명ᄒ다 스공
오 노을 밧비 져어 그리ᄀ는 공명의 비 못ᄌ부면 네 머리을 베녀 강즁의 던
디면 너의 신체 뉘ᄀ 츠다랴 스공니 두려ᄒ냐 돗달고 닷 감으며 어긔냐 어
긔양 죠츠갈 졔 ○니쩌 셔셩니 멀니 브리본이 공명의 탄 비 오리 안의 드럿
네 크게 불너 왈 져긔 ᄀ는 공명션싱은 거기 좀간 머무쇼셔 우리 도독니 쳥
ᄒ던니다 공명니 빅운션을 놉피 들어 허허 디쇼ᄒ고 ᄒ는 마리 도독니 나
을 히홀 쥴을 님의 오러기로 ᄌ룡과 졉응ᄒ여쓴니 즁군은 허비강녁 말고
도라ᄀ 도독다려 후일 승봉ᄒᄉ 당부ᄒ라 셔셩니 드른 체 안니ᄒ고 슬ᄀ치
죠츠오는지라 ᄌ룡니 션두의 나셔며 니놈 셔셩오 우리 션싱 놉픈 지죠로
너의 나라 드러ᄀ 동남풍 비러 쥬어거던 무슴 혐의로 히코ᄌ ᄒ는냐 너의
을 당즁의 쥬

〈54-앞〉

길 거시로디 양국화친지의ㄹ 넛난고로 술녀 보닌니 너의 슈단나나 보고 ㄹ
라 철궁의 왜젼 메겨 비졍비팔 웃쑥 셔셔 홍복실 압퓌 골나 줌통니 쩌녀지
게 싹디 숀을 쑥 쪠닌니 번기ㄹ치 ㄹ는 술니 빅운간 놉피 쇼스 드러ㄹ 셔셩
의 탄비 둣디 마쳐 와질ㄴ 부러지는지라 지츳 흐기을 메겨 쏜니 바림ㄹ치
쌘른 술니 공중의 나려ㄹ 양도디 마쳐 와직ㄴ 부러지고 용총도 쩌러지고
노도 쌘디고 강숭의 봉덩실 바람 부는디로 물결치는 디로 쩌나갈 졔 셔셩
증봉니 홀길 읍셔 ㄴ어딘 닷쥴 다시 감어 달고 강숭의 도망ㅎ야 근근니 스
라와 쥬유게 니 말을 고흔니 쥬유 디경왈 공명니 니더지 쐬ㄹ 만흔ㄹ ㅎ고
됴죠을 ㅍ흔 후에 결단코 도모ㅎ리라 직시 감녕을 불너 왈 너는 채중 채화
다리고 군양쳐의 불을 지르고 그 후의는 군중의 두면 니 쓸 고디 닛노라 티
ㅅㅈ을 불너 왈 너는 슘쳔병을 거나리고 황쥬디경의 미복ㅎ여짜가 됴됴의

〈54-뒤〉

구완병을 음슐ㅎ라 녀몽을 불너 분부ㅎ되 너는 슘쳔병을 거나리고 오림의
닛짜가 중효 중합으 졍응ㅎ라 졔중니 각각 쳥녕ㅎ고 물너간니라 쏘 여건을
불너 왈 그디는 슘쳔병을 거나리고 이릉 남편의 가 미복ㅎ엿다가 닉일 황
혼시예 셔산의 불리 이러나물 보와 도도 군말을 엄살ㅎ고 군량긔게을 탈취
ㅎ라 능통을 불너 왈 그디는 슘쳔병을 거나리고 니른 션련의 ㄹ 복병ㅎ녀
짜ㄹ 물을 도와 됴죠 ㄹ는 질을 마그라 분발을 ㅎ미 각기 군마를 촉득ㅎ여
슈육병진 나려갈 졔 황기 일면 화션을 쥰비ㅎ여 항셔을 쎠 됴죠의게 보니
녀 오날 밤의 항복션니 ㄹ노라 ㅎ녀거날 됴죠 ㅂ라보고 지다리던 층의 황
기 뒤예 젼션 ㅅ쳑니 짜러스되 졔일디난 황기요 졔니디는 주퇴요 졔슘디는
중흠니요 졔ㅅ디는 흔당니라 각각 젼션 슘빅쳑슥 거나리고 압피 화션 니십
쳑식 셰우고 셔

〈55-앞〉

상의 방포ᄒᆞ고 남손의 기을 세워 각각 등ᄃᆡ하녀다ᄀᆞ 황혼의 힝군ᄒᆞ라 전녕ᄒᆞᆫ이라 ○각셜 공명니 ᄒᆞ구로 도라온니 현덕니 졔ᄌᆞᆼ을 거니리고 진젼의 나와 년접ᄒᆞ냐 예필 후의 공명니 졔ᄌᆞᆼ을 도라보와 왈 그ᄃᆡ 등도 다 평안ᄒᆞᆫᄂᆡᆺ가 ᄒᆞ고 ᄌᆞ룡의게 분부ᄒᆞ되 너는 ᄉᆞᆷ천병을 거나려 오림의 ᄆᆡ복ᄒᆞ여ᄶᅡᄀᆞ 오날밤 ᄉᆞᆷ경의 죠죠 ᄑᆡᄒᆞ여 그리 올거신니 ᄌᆞᆼ노의 불을 노와 죠죠을 음살ᄒᆞ라 ᄯᅩ ᄂᆡᆨ덕을 불너 분부ᄒᆞ되 그ᄃᆡ는 ᄉᆞᆷ천명을 거나리고 니릉으로 ᄀᆞ ᄒᆞ구의 ᄆᆡ복ᄒᆞ여다ᄀᆞ 죠죠 밥을 지을 거신니 ᄉᆞ방으로 불을 노와 음술ᄒᆞ라 미빙 미축을 불너 분부ᄒᆞ되 너희는 강ᄒᆞ을 ᄃᆡᆨ키다ᄀᆞ 죠죠 ᄑᆡᄒᆞ냐 도망ᄒᆞ는 군ᄉᆞ을 ᄌᆞᆸ고 군기을 탈취ᄒᆞ라 ᄯᅩ 유기을 불너 왈 그ᄃᆡ는 강ᄒᆞ셩긔을 직키라 공명니 현덕을 청ᄒᆞ녀 왈 쥬공은 오날밤의 양과 ᄒᆞᆫᄀᆞ디로 놉푼ᄃᆡ 올나 쥬유 척벽강 화젼 셩공ᄒᆞᆷ을

〈55-뒤〉

귀경ᄒᆞᄉᆞ니다 니ᄯᆡ 운ᄌᆞᆼ니 겨ᄐᆡ 셔쓰되 죵시 본쳬도 안니ᄒᆞ거날 운ᄌᆞᆼ니 ᄎᆞᆷ지 못ᄒᆞ여 칼노 ᄊᆞᆼ을 치며 왈 쇼ᄌᆞᆼ니 션싱과 형ᄌᆞᆼ을 모시게 ᄒᆞ고 ᄊᆞᄒᆞᆷ을 ᄒᆞ되 남의게 딘 일니 읍거던 오늘날 ᄃᆡ젼을 당ᄒᆞ녀 셩공ᄒᆞᆯ ᄎᆞ의 쇼ᄌᆞᆼ을 쓰지 안니ᄒᆞ신니 무ᄉᆞᆷ 넌고ᄂᆡᆺᄀᆞ 공명 왈 운ᄌᆞᆼ은 고니케 아지 마옵쇼셔 운ᄌᆞᆼ을 그 ᄌᆞᆼ의 요긴쳐의 보ᄂᆡᆯ테니오ᄃᆡ ᄭᅳ리는 일니 ᄂᆡᆺ셔 못보ᄂᆡ난니 운ᄌᆞᆼ 왈 무ᄉᆞᆷ 일을 ᄭᅳ리난잇ᄀᆞ 공명왈 전일 죠죠의게 ᄂᆡᆺ슬 ᄯᆡ ᄉᆞᆷ일 쇼연 오일 ᄃᆡ연 ᄉᆞᆼ마의 은 일쳔양 ᄒᆞ마의 은 일쳔양 후ᄃᆡᄀᆞ 니러ᄒᆞ녀ᄉᆞᆫ니 은혜을 싱각ᄒᆞ면 죠죠을 보와도 ᄌᆞᆸ디 안이ᄒᆞᆯ ᄯᅳᆺᄒᆞ오니다 죠죠 금냐의 적벽의 ᄑᆡᄒᆞ냐 화룡도로 올 터니라 ᄒᆞ거날 운ᄌᆞᆼ 왈 죠죠 과년 쇼ᄌᆞᆼ 후ᄃᆡᄒᆞᆷ니 ᄂᆡᆺᄉᆞᆫ나 원쇼의 안양 문쵞 두 ᄌᆞᆼ슈의 머리을 벼혀 그 은혜을 갑퍼 ᄊᆞ온니 다시 져을 보면 웃디노와 보ᄂᆡ릿ᄀᆞ 공명왈 만일 죠

〈56-앞〉

죠을 줍디 못ᄒ면 군명을 시ᄒ힝리라 운중니 허락ᄒ니 공명 디희ᄒ녀 군중
셔긔을 불너 군녕 다짐을 ᄇ든니 ᄒ녀쓰되 슐등 죠죠는 흔실디 디녁나라
니졔 쳔ᄒ신민니 슉불슐디리요 화룡도승의 젼일 슈은을 싱각ᄒ고 감셕 죠
죠 녀던 군법 시ᄒ힝여 병법졍죄ᄒ쇼셔 다짐을 올닌 후의 운중왈 만일 죠
죠ᄀ 화룡도로 안니오면 웃디 ᄒ릿ᄀ 공명 왈 나도 다짐ᄒ리다 ᄒ고 공명
니 당부ᄒ되 화룡슌승의 불을 노와 죠죠을 유닌ᄒ쇼셔 운중 왈 년기 나면
복병 닌난 줄 알고 웃지 그리 오릿ᄀ 공명왈 병법의 허허슬실니라 ᄒ여쓴
니 죠죠 년기 나물 보고 반다시 다른 고디 복병ᄒ고 니 고디 헛불을 노와
못ᄀ게 ᄒ미라 ᄒ고 그 일노 갈 거신니 옛날 은혜을 싱각디 말고 노와 보너
지 마라 운중 층녕ᄒ고 관평 쥬충으로 ᄒ냐금 도부슈 오빅군을 거나리고
화룡도을 힝ᄒ냐 간니라

〈56-뒤〉

현덕니 공명다려 문왈 운중니 반다시 죠죠을 보면 츠마 죽디 안니ᄒ올ᄀ 져
어ᄒ난니다 공명니 디왈 간밤의 쳔문을 보온니 죠죠을 죽기지 못홀 거시기
로 운중을 보니녀 흔갓 닌졍을 쓰게 ᄒ미로쇼니다 현덕 왈 션셩의 신긔묘
ᄉ는 세상의 읍난니다 ᄒ고 즉시 공명으로 더부러 번구승의 올나 젹벽강
화공홈을 귀경ᄒ더라 각셜 닛ᄶ 죠죠ᄀ 졔중을 거리고 황긔 쇼식을 디다리
던니 쳔만의외예 동남풍니 디작ᄒ거날 졍옥니 엿ᄌ오디 뜻박긔 동남풍니
이러ᄒ니 승승은 슬피쇼ᄉ 쎼 안니 바람니 고니ᄒ녀니다 죠죠 쇼왈 동디의
일양이 시싱ᄒ난니 그게 무슴 의심홀니요 공등은 그런 넘녜 말나 ᄒ던니
니ᄶ 황긔 화션 니십쳑의 유황 넘쵸 닌화디무를 슬코 쳥포ᄌ을 둘너치고
그 우의 쳥용 와긔을 쏩ᄋ 압셰우고 황긔는 젼션의 놉피 안져 졔중을 호령
ᄒ녀 디곡총 비을 노와 동남풍 부

〈57-앞〉

는 디로 됴됴 진을 바라보고 살쏜다시 드러간니 됴됴 강상의 놉비 안져 오
는 비를 바라보고 ˙디히ᄒᆞ야 ᄒᆞ는 말리 위슈강 동안이여던 어부션니 어이
오며 쳔공귀로 안니여던 힝긱션이 어이 오며 니젹션 췌건곤야의 월낙션니
어이 올랴 아마도 황공복의 굴양션 졍영ᄒᆞ다 ᄒᆞ고 질거할 차의 졍욱이 엿
ᄌᆞ오되 굴양을 시러스면 쳔쳔니 오련마는 져리 오는 양은 아마도 간계 잇
ᄂᆞᆫ가 으심니로쇼니다 ᄒᆞ고 셔로 의심ᄒᆞ여 ᄌᆞ셔니 본니 쳥용아기 셰운 비
뒤의로 짜른 비머리예 동오 션봉디중 황기라 두렷시 기를 셰워거날 그 기
호를 보고 분분ᄒᆞ여 엇지할 쥴 모로던 ᄎᆞ의 황기 션두의 나셔며 위여 왈 동
오 션봉디중 황기를 너 아는다 ᄒᆞ며 쳥용기를 두르며 호령ᄒᆞ니 좌우 화션
니 일시예 모라 됴됴 젼션의 불을 질으고 일셩호통의 티산이 문어지고 위
슈가 뒤눕는 듯 ᄒᆞ고 화광이 츙쳔ᄒᆞ고 연기는 만강ᄒᆞ듸 풍셰 디죽ᄒᆞ여 돗
디도 부러지고 용춍쥴 쩌러지며 장막과 휘중이 다 불리 붓고 씨여진 통뇨
기 유엽젼 편

〈57-뒤〉

젼 화약 염쵸통니 모도 다 불의 타셔 벽파승의 쩌나간니 젹벽화광니 츙쳔
ᄒᆞ니 됴됴의 빅만디병니 일시예 살맛고 칼맛고 물의 쌔지고 불타고 팔도
부러지고 등도 터지고 다리 부러지고 목도 부러져 죽는 지 부지기슈라 됴
됴 황겁ᄒᆞ여 이리져리 도망할 졔 황기 비를 밧비 모라 좃ᄎᆞ 드러간니 됴됴
넉시 읍셔 쳔방지축 도망할 졔 중요 디분ᄒᆞ여 쳘궁의 왜젼 머겨 황기를 쏜
니 살리 공중의 쇼스 황기의 흉중을 맛치니 셔셩 졍봉니 디겁ᄒᆞ여 급히 황
기를 구완ᄒᆞ야 본진으로 보너니라 잇쩌 졍욱니 됴됴를 구하여 오림으로 도
망ᄒᆞ니 동남풍니 더ᄒᆞ며 금고홈셩은 쳔지 진동ᄒᆞ고 기치금죽은 일월을 희
롱ᄒᆞ미 졍신니 살는한지라 중유 ᄒᆞ당는 셔으로 좃ᄎᆞ가고 쥬티 진무는 동의

로 좃츠 가고 쥬유 셔셩 정봉은 즁계로 좃츠와 여간 남은 군스를 엄술ᄒ며
군즁기계를 다 슈운ᄒᆞᆫ디 감영은 후군으로 가치 즁룬 베히고 여몽은 불를
노와 졉응ᄒ니 뇌고함셩은 하히가티 놉ᄂᆞᆫ직라 황망니 도망할 제 훈편은 능
통이라

〈58-앞〉

디호왈 니놈 됴됴야 어디로 갈다 ᄒᆞᆫ 쇼리 어간니 먹먹 졍신니 아득ᄒᆞ야
엇지 할 쥴 몰나 슙풀의 은신ᄒ여 ᄒᆞᆫ 고디 다다른니 일원디즁니 나셔며 디
호왈 동오 후군 즁감 홍티를 너 모르는도다 닷지 말고 ᄲᆞᆯ니 니 칼를 바드라
ᄒ는 소리 됴됴 디경ᄒ여 즁합으로 감영을 막으라 ᄒ고 말을 직촉ᄒ여 도
망할 졔 밤으 집펴 삼경이 되고 달은 흑운 덥퍼 젹막ᄒᆞᆫ듸 졔오 황변를 피ᄒ
여 오림으로 다다른니 산쳔은 험악ᄒ고 슈목은 창쳔이라 됴됴 마승의셔 앙
쳔디쇼ᄒ니 졔즁니 엿ᄌᆞ오되 쥬유 공명니 지모로 남병손의 졔풍ᄒ고 젹벽
의 화공ᄒ야 팔십만군이 쵸두난익 다 죽고 나문 즁졸리 갈바를 모르ᄂᆞᆫ듸
무삼 졍신으로 웃는잇가 됴됴왈 쥬유 쇠 읍고 공명니 지혜 부족하므로 이
러ᄒᆞᆫ 요진쳐의 복병를 안니하엿기로 웃노라 언미필의 일경방초ᄒ고 좌우
복병니 이러나며 일원디즁니 쳘리용총마를 타고 장창를 빗겨들고 얼골은
관옥갓고 눈은 시별갓고 쇼리를 우뢰갓치 질너 디호왈 나는 상손 됴ᄌ룡이
라 우리

〈58-뒤〉

션싱의 명을 밧드 너를 지다린 졔 오린지라 이놈 됴됴야 죵쳔강ᄒ며 죵지
츌ᄒ랴는야 닷지 말고 니 충을 밧드라 ᄒ니 됴됴 간담니 ᄶᅥ러지고 졍신이
어질ᄒ며 두 눈이 캄캄ᄒ여 셔황 즁합으로 뒤를 막으라 ᄒ고 계우 동망ᄒ
여 호로곡의 다다른니 동방은 발거오나 흑운니 만쳔ᄒ고 구진 비는 쇼쇼ᄒᆞᆫ
듸 여간 나문 군스 가는 양은 쳐량ᄒ다 젹벽화광의 겁닌 군스 슈화도를 맛

눈 중의 눈비 셕겨 맛고 춥기는 고스ᄒ고 비 곱파 못살것다 군ᄉ를 촌여로 보니여 양식을 노략ᄒ여 밥을 지여 먹고 물의 져진 의갑을 바람결의 말니 고 노약은 압의 셰우고 셔로 위로ᄒ며 쳔지도지 도망ᄒ여 가던니 일셩방포 의 사방으로 불리 일러나며 일원디중니 나오난듸 호두용익의 고리눈를 부 릅쓰고 중팔ᄉ창을 눈위의 빗겨 들고 쳔동갓치 호령ᄒ되 나는 연인 중익덕 이라 니놈 됴됴야 너 어듸로 도망할리요 쳔시풍모로 감히 항거ᄒ리요 밧비 나와 나의 충을 바드라 ᄒ는 쇼리 졔중이 귀가 먹고 군ᄉ 낙담ᄒ여 졍신

〈59-앞〉

이 아득ᄒ지라 됴됴 장요 셔황 등으로 막으라 ᄒ고 도망할 졔 허졔는 안중 읍는 말를 타고 셔황은 날 쎄진 칼ᄌ루만 쥐고 가니 팔십만 군졸리 불과 긔 빅명일너라 됴됴 그 중의 기갈리 ᄌ심ᄒ여 거의 죽게 되고 군기와 마필리 읍는지라 빅여명식 맛튼 군ᄉ ᄒ나히 나며쓰니 어니할리 동남풍은 어인 일 고 슈원수구할리요 기픠관이 탄식ᄒ되 금고취티 다 불의 타고 영씨죠츠 이 러슨니 뉘라셔 디답할리 디중이 탄식왈 일삼칠구 간곳 읍고 이사육팔 읍셔 졋다 쳔망아요 비젼지죄로다 한 군ᄉ 고ᄒ되 압피 두 기리 잇스오니 어듸 로 가오리가 됴됴 왈 니 싱각ᄒ니 우리 곤핍ᄒ며 험로 갈 슈 업셔 디로 가 ᄌ ᄒ니 복병니 잇슬지라 화룡도로 가ᄌ ᄒ니 졍옥니 엿ᄌ오되 화룡도로 가다가 복병이 잇스오면 엇지 할랴요 허충으로 가ᄉ이다 됴됴 ᄭ지져 왈 병셔의 ᄒ엿스되 실직허요 허직실이라 ᄒ여슨니 공명니 아모리 쇠 만타ᄒ 들 우리 셰번 쇠길손야 ᄒ고 군ᄉ를 지쵹ᄒ여 화룡도로 드러가니 쳔봉만학 은 반공의 쇼ᄉ잇고 슈목

〈59-뒤〉

은 충쳔ᄒ듸 만학의 누 씌니고 쳔봉의 바람 칠 ᄯ 화쵸목실 바니 읍고 잉무 원앙 ᄯ쳔는듸 어인 시가 눌랴마는 젹벽화렴의 쥬근 중졸 쇼타 못쳐 원죠

되야 됴됴 픽군 미워라고 가지가지 우는쇼리 도탄의 씨인 군스 고힝이별 멋히런고 귀쵹도 불여귀라 슬퍼 운다 져 두견시 울고난니 져 쎄쑉시 우름 운다 여바라 두견죠야 너는 고힝를 싱각ᄒ여 불여귀라 일삼것만는 도덕 우리 승샹 빅만군병 즈랑턴니 금일 픽군 원일인고 즈칭 영웅 간디 읍고 빅계 무칙이라 이리 가며 입를 쎄쑉 져리 가 입를 쎄쑉 쎄쑉 울고 난니 져 승연시 우름 운다 여바라 쎄쑉시야 말 듯거라 네는 픽군 분심 싱각ᄒ여 운다마는 여순굴량 쇠진ᄒ고 촌여뇌략 ᄒᆫ 쎠로다 솟텅솟텅 우고나니 져 쇠쏘리 우름 운다 여바라 슬연죠야 네는 빅만군졸 쥬린다고 한를 마라 눈셰간웅 우리 승샹 어이 그리 쇠가 읍셔 황긔의계 돌여는고 ᄒ춤 이리 울고는니 져 가마귀 우름 운다 여바라 황금죠야 네는 승샹임 쇠를 니되 파ᄒ는 쇠를 닛다 ᄒ고 운다

〈60-앞〉

마는 편편디로 마다ᄒ고 심슌쵸님 무삼일고 가마귀 까옥까옥 울고 간니 져 쑉국시 우름 운다 여바라 오비죠야 네는 양군를 인도ᄒ다마는 가련타 즁졸더라 젹벽화염 즁의 니병인들 안이들야마는 그 군스 압갑다 ᄒ고 쑉쑥쑉쑥 울고 간니 져 호반시 우름 운다 네는 빅만군졸 병이 날가 으심ᄒ다마는 즁요는 무단이 살업고 스러마라 살아간다 살 바던라 호반시 울고 가니 져 종죠리시 우름 운다 여바라 호반시 네는 츙션이 지극ᄒ여 일등 명무시를 싱각ᄒ다마는 공즁의 놉피 쩌셔 동남풍를 막아 쥬랴고 너울너울 울고나이 져 할미시 우름 운다 우슴쓰티 겁닌 즁졸 갈슈략 얄망궂다 복병 보고 도망마라 이리가며 핑당그리괵 져리가며 칭당긔릭 웃고 간니 쳐량ᄒ다 각시 쇼리 됴됴 듯고 회심ᄒ여 이른는 마리 불슝ᄒ다 너의 즁졸 부모쳐즈 인졍 쓴어 이별ᄒ고 쳔리 젼중 나와다가 젹벽의 몰스ᄒ

〈60-뒤〉

고 졔오 사리난 군스 충맛고 살도 맛져 십셩구스 되야슨니 어니ᄒᆞ여 가존
말고 도로장을 지쵹ᄒᆞ여 급피 도망할 졔 문듯 바라본니 키 크고 위풍잇눈
져 즁슈를 방울눈 부릅 뜻고 슘각슈 더펄더펄 웃득 셔셔 표표를 바라보니
됴됴 혼경 낙담ᄒᆞ여 젼신이 엇질ᄒᆞᆫ지라 졍욱아 져긔 셔눈게 젼의 보던 운
즁이 안이야 니 웃지 살고 졍욱왈 승승이 혼 이럿쇼 그거시 화룡도 즁셩이
요 죠죠 탄식왈 만고영웅 죠망덕를 쇠길 사람 읍건만은 일긔 즁셩으로 ᄂᆞ
를 쇠겨쓴니 그겨 두 슈 업다 ᄒᆞ고 군스를 호령ᄒᆞ여 즁셩를 나입ᄒᆞ라 좌우
군스 쇼릭ᄒᆞ고 장승를 나입ᄒᆞ니 졍욱이 슈기를 들고 딕상의셔 분부ᄒᆞ되 즁
승은 드르라 네 일긔 즁셩으로 신차관운즁지형용ᄒᆞ여 쥬안홍목의 슘각슈를
거사리고 승승 힝ᄎ의 불등굴신ᄒᆞ고 어연독입ᄒᆞ여 만군즁을 놀너게 ᄒᆞ니
춈지의 당스라 쳥지군령ᄒᆞ고 사쇽고지ᄒᆞ라 장승이 쥬왈 살등ᄎ신이 골윤산
지목으로 인위딕목ᄒᆞ야 각거인형ᄒᆞ고 입어로 상이런니 금일

⟨61-앞⟩

승상 힝ᄎ의 불등굴신ᄒᆞ고 즁읍불비ᄒᆞ니 논지죄상ᄒᆞ면 살지무셕이오나 원
통혼 원졍를 아뢰리다 만물지즁의 쳔황씨도 목덕으로 왕ᄒᆞᆺ 우리 나무 니
엿쓴니 엇던 나무는 팔ᄌᆞ 죠와 딕명젼 딕들보 되야 오식단쳥ᄒᆞ여잇고 셕상
오동목은 거문고 복판 되야 남풍시를 화답ᄒᆞ엿잇고 나갓튼 팔ᄌᆞ 기박혼 놈
은 몹쓸 딕목놈이 짝쩌다가 팔자업난 사모풍딕 삼각슈는 웬 일고 굴ᄌᆞ로
복거심니라 ᄒᆞ여쓴니 숀니 잇셔 문디르며 발니 닛셔 도망홀고 쥭도스도 못
ᄒᆞ고 지금ᄭᆞ지 닛던니 승승 힝ᄎ의 불승굴신ᄒᆞ고 즁읍불비혼게 목신닌들
무슴 죄온닛ᄀᆞ 통쵹ᄒᆞ외 특위방숑ᄒᆞ옵시믈 쳔만기망 ᄒᆞ옵늬다 답졔 왈 녀
븐공숀딕낙목으로 유구능언ᄒᆞ니 언즉니싴비로다 특이방숑ᄒᆞ며 왈 일후난
나무라도 무언ᄒᆞ라 됴됴 암승의 안져 증욱을 불너 왈 술 뷰어라 너와 동비
동낙 노라보ᄌᆞ 일호쥬을 먹은

〈61-뒤〉

후의 디취ㅎ녀 ㅎ는 마리 니번 쏘홈의 픠훈 닐을 싱각ㅎ면 숭놈의게 픠을
보왓고 유현덕 혼종실니라 ㅎ오나 양순되원의 치쇼즁ㅅ ㅎ고 ㅈ리 쓰는 놈
니요 쇼위 관운중니 의기남ㅈ라 ㅎ되 ㅎ동셔 그릇 즁ㅅ ㅎ녓고 즁비 제 고
리눈을 부릅 쓰고 호통은 줄ㅎ나 탁군 쌍의셔 졔육즁ㅅㅎ녓고 ㅈ룡니 날닌
쳬ㅎ되 숭산 독쇽의셔 쌘딘 놈니요 졔갈양니 꾀 닛난 쳬ㅎ되 남양셩의셔
밧 가러 먹던 놈니라 ㅎ니 증옥니 엿ㅈ오디 병교ㅈ피라 ㅎ니 승숭니 져리
교만ㅎ다ㄱ 니러헌 픠을 보와난니다 쇼즁도 위국츙신으로 위가효ㅈ라 슈화
을 피ㅎ냐 계우 니 고디 왓셔 이력졔신ㅎ자 ㅎ직 고니훈 니리 이러케 곤궁
ㅎ듸 쳬모 읍는 우리 승숭 일빈일쇼 탓시로다 승숭니 복니 읍시 빅젼빅픠
ㅎ녀쏩건니와 남의 희담ㅎ면 즌즁의 승부 닛난닛ㄱ 졔발 마오 죠죠왈 군ㅅ
졉고나 ㅎ녀보ㅈ 티군즁졸을 묘야들 졔 병들고 창

〈62-앞〉

맛고 활 맛고 화독 들고 팔다리 부러디고 ㄷ 니모양니라 싱각ㅎ니 쳐량ㅎ
다 증응니 좌슈예 칼을 들고 우수의 홀기을 드러 호령ㅎ되 졈고 불춤ㅈ는
춤ㅎ리라 우부좌ㅅ ㅍ총일디즁의 왈낭쇠 물고요 좌ㅅㅍ부쳔총디즁의 울능
쇠 울능쇠ㄱ 드러온다 젼등젼등 드러온니 너는 웃디 니슬터리ㄱ 되냐는냐
녓ㅈ오디 즁판교 근너올 졔 도감군ㅅ 쇠도리치를 마져 훈 다리 부러져 병
신니 되냐쏘 쳘니 본국 어니 갈고 승숭은 말을 타쏜니 다리는 셩훈디요 다
리ㅎ나 박굽쓰다 그놈 미친 놈니로고 죄부사 파총쇼 숨디즁의 용통쇠 물고
요 마병디즁의 쳘골쇠 그놈니 니죵 부른다 ㅎ고 노와ㅎ냐 ㅎ는 마리 죽은
놈 불을나 말고 손놈 먼져 부르시오 죠죠 왈 그만훈 일노 나을 논최ㅎ난다
니놈 쓸어 물니치라 죄기병총관의 덜넝쇠 물고요 봉슈별즁의 강돌남니 드
러오던니 니가 ㅈ셔니 아뢰라다 그놈도

〈62-뒤〉

잔소리 비슝ᄒ다 죠죠 왈 만니 나셧다 화병의 노구쇠 물고요 증욱니 군안
을 너여던디고 방셩디곡 ᄒ는 마리 팔연 풍진홀 픠왕니 강동 ᄌ계 팔쳔의
로 도강니셔 ᄒ냐짜ᄀ 픠운니 당ᄒ냐 계명손 츄야월의 즁ᄌ방의 옥져쇼리
팔쳔명 홋터지고 쵸픠왕 유무면 도강ᄒ녀 오강의 ᄌ문ᄒ녓단 말을 듯고 우
셔던니 ᄒ나리 미워ᄒᄉ 팔십만 군ᄉ 젼필승 공필취ᄒ냐 쇼향의 무젹일년
니 쳔만의외 동남풍의 불숭코 ᄀ련ᄒ 우리 군ᄉ 젹벽강 혼니 되야구나 죽
은 군ᄉ 고혼니 본국갈가 져의 부모 ᄎᄌ 츌문방 ᄇ라다ᄀ 오는 ᄉ롬 반ᄀ
라고 문는 말슴 무어시라고 디답ᄒ리요 탄식홀 졔 죠죠도 함누ᄒ고 위로
왈 닙ᄋ 졔즁더라 일시승픠는 병ᄀ승ᄀ라 혼치 말고 어셔ᄀᄌ 곤곤니 도라
간들 젹벽 원슈 못ᄀ풀쇼냐 혼참 니리 탄식ᄒ며 힝ᄒ던니 젼군니 말을 머
물너 ᄀ지 안니ᄒ거날 문왈 웃디 ᄀ디 안니ᄒ난요

〈63-앞〉

군ᄉ 답왈 손곡 져근 길의 비ᄀ 만니 와셔 ᄀ디 못ᄒ난니다 죠죠 디로왈 군
ᄉ라 ᄒ는 게 손을 만나면 질을 너고 물을 만나면 다리을 논는게 군ᄉ라 웃
지 못ᄀ리요 노약은 뒤의 ᄦ고 강죽ᄒ 군ᄉ는 흑을 ᄑ고 남무을 베혀 질을
닐 시 쥬린 군ᄉ 질녁ᄒ거날 죠죠 명ᄒ여 쉬라 ᄒ니 ᄒ 군ᄉ 울며 왈 신셰
을 싱각ᄒ니 웃디 습지 안니ᄒ리요 십팔셰예 승승을 ᄍ러 부모을 이별ᄒ
졔 오린다라 당승의 우리 부모을 뉘리셔 봉양ᄒ여 숨십니 늠도록 ᄎᄌᄀ
읍신니 화룡도의 죽거드면 뉘라셔 후ᄉ을 니를고 쇽졀읍난 니니 몸니 무쥬
고혼 안니될ᄀ 쏘 ᄒ 군ᄉ 우러 왈 니의 ᄉ롬 드러봐라 숨디독ᄌ로셔 십셰
젼의 양친을 니별ᄒ고 혈혈단신 니 니 몸니 일ᄀ친쳑 바니 읍다 니십셰의
의혼턴니 혼일니 못당ᄒ녀 군즁의 ᄲᆸ혀쓴니 부모 분묘의

〈63-뒤〉

풀닌들 뉘라셔 벼혀쥴고 니졔와 화룡도 고혼니 된들 닉의 신쳬 뉘 츠디며 후스니 씬쳐진니 어리안니 스를숀ㄱ 쏘 훈 군스 울며왈 닉의 스름 드러보쇼 십구셰의 셩혼ㅎ야 셩녜ㅎ던 그날밤 슘경시의 젹벽강 쓰옴ㄱ즈 즈버닌 니 닉의 안이 그동 보쇼 나슴을 부여 줍고 낙누ㅎ며 우는 마리 칠야 슘경 딥푼 밤의 나을 두고 어디ㄱ오 훈번 니별 니러홀 졔 혼즁니 씬어진들 졀디 ㄱ닌 니별 후의 쇼식니 돈졀ㅎ니 어니 안니 스를숀냐 쇽졀 읍시 화룡도 고 혼니 되리로다 쏘 훈 군스 울며 왈 닉의 스름 드러보쇼 우리 부모 다른 혈 육 뷔이 읍고 오십 후의 나을 나셔 이디즁디 질너닉여 십육셰 셩혼ㅎ니 어 녀쌘 닉의 안이 얼골도 곱건니와 녀공지질 민첩니라 십팔셰의 싱남ㅎ니 이 안니 경스넌ㄱ 부부금실 즁훈 마음 쳔ㅎ의 무쌍니라 빅년희로 ㅎ지던니 십 구셰의 종군ㅎ여 슘십니 오늘니라 당슝빅발 우리 양친

〈64-앞〉

쳘니 젼즁 날 보니고 스러올ㄱ 바라시며 니팔쳥츈 쳘문 안이 즁탄낙누 ㅎ 는 마리 보고지구 우리 낭군 웃졔나 오랴신ㄱ 출문망 ㅂ라는 눈 쓰러지게 되거쑤나 공손의 돈는 달을 드시 본니 슈심니요 쳥쳔의 뜬 기럭니 쩍을 불 너 울고 긴니 그도 쏘ㅎ 슈심이라 젼젼반칙 좀 못닐워 니러타시 집푼 싱각 드시 보지 못ㅎ고셔 화룡도 흠훈 질의 무쥬고혼 ㄱ련ㅎ다 이고이고 울고 난니 쏘 훈 군스 나셔 우는 마리 스룬 말을 구만ㅎ쇼 닉 스름이 즈니 스름 만 못홀 비 안니네마는 우션 비 곱파 나 죽거다 우리 에녀부고 고은 임 어 셔 만나 훈 승의 먹던 밥 훈 그릇 다시 먹어 볼ㄱ 가슴을 두다리며 슬피 통 곡ㅎ니 모든 군스 일시에 곡셩니라 됴됴 듯고 디로ㅎ냐 쑤지져 왈 사싱니 다 쳔명니라 다시 우는 지 닛스면 셰워 두고 베히리라 군스을 호령ㅎ여 길 을 닉고 발힝홀시 흠훈 디을 졔우 넘어 평디을 당도ㅎ녀 죠죠 마슝의셔

〈64-뒤〉

치을 드러 디쇼흐니 졔즁니 왈 승숭니 우스면 오날도 보건디 도도쳔의 군마을 죽어쓰온니 웃디 쏘 우낫ㄱ 죠죠 왈 졔갈양니 쐬 읍난 ㅈ로다 날노 흐녀금 터을 박구스면 녀긔다ㄱ 봉명흐리라 만일 니 곳싁 복병을 흐야스면 너의 등니 스러가랴 마리 맛지 못흐여 일셩방표 들니거날 증옥니 엿ㅈ오디 복병닌ㄱ 보오 죠죠 왈 화룡산즁의 노루 쒱 줍는 표슈 춍쇼리로다 쏘 흔번 응포흐니 죠죠 왈 니러틋 크 산즁으 표슈 흐나쑨일손냐 쏘 북리 요란흐니 이거슨 완년한 복병니요 죠죠왈 니런 명슌의 디쳘니 읍실손냐 지 디니는 쇼리로다 북쇼리 년쇽 나며 고각훔셩 취퇴호통 거셩니 병녁갓고 좌우로 쳐 드러온니 금근니 젼후 나녈흐여 흐날의 다어쓰니 졍신니 쌍캄흐고 오간 먹먹 흐녀 이고 니게 원일닌고 욕도무쳐요 욕슈뮤쳐로다 니 일을 어니허리 승픠는 지덕니요 부지강녁니라 영스년졍 쓰

〈65-앞〉

와 보ㅈ 웃쩌흔 장슈 와나 봐라 증옥왈 낫비시 금고 눈니 누리고 슈넘니 다 박흐니 분명 즁빈ㄱ 흐노니다 죠죠 왈 니졔는 할 슈 읍다 즁판교 일셩호통의 졔우 사러던니 이졔 술슈읍다 넘십기게나 츠리라 흐고 다시 술펴본니 황신기 밧탕의 황금디ㅈ로 쎠쓰되 흔슈졍후 관운즁니라 늠늠흔 기승니 쥬 안홍목의 솝각슈 거스리고 황금 갑쥬의 젹토마를 타고 쳥용도을 빗기 들고 밍호ㄱ치 오는 기승 비룡ㄱ치 빠른지라 증웅니 엿ㅈ오되 니 군스 ㄱ디고 운즁과 쏘오다ㄱ는 쥬린 범의게 고기을 줍나라 경각의 몰스홀 거신니 간졀니 비러보스니다 죠죠왈 니 일홈니 숩국의 유명흐니 비러 산디도 뭇스람의게 치쇼을 웃디흐랴 츠마 못빌거다 그리 말고 흔 쐬 닛다 나을 구렁의 뉘고 흿즁막을 치고 너의난 발숭흐고 슬니 울되 ㄱ련타 죠숭숭은 흔나리 쥬신 츙셩으로 쳔ㅈ의 명을 바더 통일쳔흐흐랴고

〈65-뒤〉

말이 즌중 나와짜궄 중노 긱ᄉ호녀쓴니 명쳔니 무심호여 공명도 못니르고
노즁고혼 영결죵쳔 호녀구나 호고 울면 승니나 집고 갈테니 그 쇠 웃더호
냐 증욱왈 얏튼 쇠을 ᄉᄌ 마오 ᄉ 죠죠의 목도 베히랴고 멋멋치 눈니 블거
난듸 죽은 죠죠의 목 베히기궄 걱졍되리요 쳥용도 드는 칼노 목만 베혀궄
면 목의 움니 날궄 비러도 못보고 목만 일을 거신니 두 말 말고 비러보쇼셔
운즁은 본듸 의기궄 즁호고 ᄯᅩ 아리 ᄉ름을 두호호고 굴호는 ᄉ름은 ᄎᆞ마
죽기지 못호는 ᄉ람니라 어셔 밧비 비르시오 죠죠 ᄉ졀호고 죵시 비지 안
니호니 증욱니 간쳥왈 월왕 귀쳔이도 회게ᄉᆞ의 젼픽호여 범녀의 말을 듯고
쳥우신외 쳡니 되야 당호 욕을 면호 후에 본국의 도라와 원슈을 갑퍼니고
틱죠 고황졔는 흉노의 픠을 닙어 빅등칠일 써녀짜궄 딘평의 쇠을 써셔 화
친호고 도라와 ᄉ빅년 ᄉ직을 직혀쓴니 승승도 오늘 운즁의

〈66-앞〉

게 비러 환을 면호 후의 젹벽강 웬슈 갑푸오면 못홀 비 안니로쇼니다 죠죠
왈 술면 ᄃᆞ힝니나 만일 죽으면 웃지호냐 올탄 말넌궄 그듸 마리 그러호니
ᄉᄉ간의 비러보ᄌ 마ᄋ 나려 운즁을 ᄇ라보고 몸을 굽혀 호는 마리 긔
국지사는 볼비라 호니 운즁은 니별니 오린다라 그간 무양호온닛궄 운즁도
마ᄋ의셔 몸을 굽혀 답왈 승승도 편안호옵닛궄 션성의 명을 ᄇ더 니 고듸
복병호고 디다린 졔 오리던니 승승은 명니 진호냐는다라 준말 말고 니의
칼을 ᄇ드라 죠죠 이년니 비러 왈 불승호 픠군즁졸 갈 기리 읍ᄉ온니 즁군
의 활달호 마음으로 고젼을 싱각호와 길을 빌녀 쥬옵쇼셔 존명을 보젼호것
ᄊᆞ온니 딥피 싱각호옵쇼셔 운즁 왈 니 젼일 승ᄉᆞ의 은혜을 ᄇ더쓰오나 원
쇼의 명즁 니명을 ᄌᆞᆸᄋ 죽녀 승ᄉᆞ의 은혜을 가퍼난다라 죠죠왈 즁군 말심
당년호오나 오관의 춤육즁홀 ᄯᅢ 니 마음 디강 딤작

〈66-뒤〉

하오리다 ᄃᆡᄌᆞᆼ부 신의ᄀᆞ 쥬ᄌᆞᆼ니라 ᄌᆞᆼ군은 츈츄ᄃᆡ의을 ᄋᆞ르시건니와 집피 ᄉᆡᆼ각ᄒᆞ옵쇼셔 유관ᄌᆞᆼ니 도원결의 ᄒᆞ고 황건적의 ᄑᆡᆨ을 보고 거쳐을 모를 ᄯᆡ의 ᄌᆞᆼ군을 모셔다ᄀᆞ 별궁의 두고 죠셕으로 문안ᄒᆞᆯ 적의 쳔ᄒᆞ 절식 쵸션니를 쥬녀쓰되 무어시라 ᄒᆞ녀쓰며 ᄉᆞᆼ마의 은 일쳔양 ᄒᆞ마의 은 일쳔양 별보화을 ᄋᆡᄭᅵ존코 듸려던니 나ᄀᆞ실 ᄯᆡ의 ᄂᆡ 나라의 오관 ᄌᆞᆼ슈 진명과 쵸션니을 ᄒᆞᆫ 칼의 쥭녀쓰되 ᄂᆡ 반졈 원심 읍ᄊᆞ온니 깁피 ᄉᆡᆼ각ᄒᆞ옵쇼셔 운ᄌᆞᆼ왈 ᄂᆡ 긋ᄯᆡ 불힝ᄒᆞ여 네 나라의 가쓸 ᄯᆡ 원쇼의 ᄌᆞᆼ슈 알량 문취 벼히러 갈 제 슐을 권ᄒᆞ거날 ᄂᆡ 웃디 공 읍는 슐을 먹으랴 ᄒᆞ고 일고셩 ᄒᆞᆫ 칼노 알양 문취을 베혀들고 도라올 졔 부은 술니 식지 안니ᄒᆞ여스며 쵸션니는 요물니라 만일 술녀 두면 위국 망ᄒᆞᆯ 쥴을 어니 알니 금은보화는 별궁의 던져 두고 쳘니힝ᄌᆞᆼ 일낭즁의 일푼젼 안니느코 나와쓴니 존

〈67-앞〉

말 말고 칼 ᄇᆡ드라 일셩방포의 죠죠 졍신니 아득ᄒᆞ여 쥭는 다시 업드려거날 운ᄌᆞᆼ니 그 졍ᄉᆞᆼ을 보고 ᄀᆞ련ᄒᆞ냐 ᄂᆡ렴의 ᄉᆡᆼ각ᄒᆞ되 죠죠의게 ᄂᆡᆺ슬 ᄯᆡ 삼일 쇼연 오일 ᄃᆡ년 ᄒᆞ녀 금은을 ᄋᆡᆨ기디 안니ᄒᆞ고 우리 형슈 감부닌 미부닌을 평안니 모셔쓰며 쳘니 적토마를 쥬어쓴니 허다ᄒᆞᆫ 은혜을 ᄉᆡᆼ각ᄒᆞᄆᆡ ᄎᆞ마 닌졍간의 쥭일 슈 읍셔 쥭져 허던 ᄎᆞ의죠죠 다시 ᄋᆡ결ᄒᆞ되 ᄌᆞᆼ군 투구도 쇼ᄌᆞᆼ의 투고요 닙으신 갑옷과 쥐신 칼과 타신 말도 다 쇼ᄌᆞᆼ니 듸린 ᄇᆡ라 ᄂᆡ 칼의 ᄂᆡᄀᆞ 쥭기 원통ᄒᆞ오니 ᄌᆞᆼ군은 집피 ᄉᆡᆼ각ᄒᆞ와 ᄌᆞ명을 술녀 쥬쇼셔 ᄒᆞ고 ᄯᅩ 죠죠의 졔ᄌᆞᆼ군죨리 ᄎᆞ분만 디다리던니 쥭ᄎᆞᆼ니 보다ᄀᆞ ᄎᆞᆷ디 못ᄒᆞ여 말 ᄉᆡᆸ비을 ᄂᆡ던디고 ᄃᆡ질 왈 ᄌᆞᆼ군 안ᄉᆡᆨ을 보온니 인후ᄒᆞ신 ᄆᆞ음으로 ᄉᆡᆼ각니 간절ᄒᆞ와 쳣칼의 베힐 놈을 니졔ᄭᅡ지 술여 둔니 웃디ᄒᆞᆫ 마음닌지 옛날 쵸ᄑᆡ왕의 일을 ᄉᆡᆼ각디 못ᄒᆞ신닛ᄀᆞ 죠죠는 치세디능신니요 난세디간웅니라

〈67-뒤〉

니졔 노와 보니고 현쥬와 션셩젼의 무슴 말노 ᄒ오릿ᄀ 쇼즁니 즙어ᄀ오리
다 허고 철퇴ᄀ튼 쥬먹을 쥐고 달녀들어 벽슐을 즙고 ᄀ로디 죠죠냐 네의
명니 니 즁즁의 달여싸 하면셔 쥬먹니 즘즘 각ᄀ오며 죽니랴 ᄒ니 명지졍
각니라 운즁니 보다ᄀ 불샹니 예겨 마ᄒ의 쒸녀 나려 쥬충의 손을 즙고 말
유ᄒ여 노와라 ᄒ니 쥬충니 죠죠을 노코 물너난니 죠죠 긔승니 반싱반ᄉ
ᄒ거날 ○니쩌 증욱니 디셩통곡ᄒ더라 운즁니 ᄎ마 죽니지 못ᄒ고 말머리
을 돌너 도라션니 증욱니 죠죠을 업고 쥬졈의 ᄀ셔 치악구병ᄒ더라 ○각셜
운즁니 본딘의 도라와 념예즈긔 ᄒ던니 즈룡 닉덕은 큰 공을 부치고 운즁
은 공니 읍시 셧거날 공명왈 즁군니 죠죠을 즈버 오신닛ᄀ 운즁 왈 죠죠을
즙디 못ᄒ녀쓰기로 디죄ᄒ오니 션셩의 ᄎ분디로 ᄒ옵쇼셔 공명왈 죠죠ᄀ
화룡도로 안니 ᄀ던닛ᄀ 운즁 왈 죠죠을 보와도 지조 읍

〈68-앞〉

셔 즙지 못ᄒ엿난니다 공명왈 됴됴의 즁졸은 얼마나 즙어난닛ᄀ 즁졸도 못
즙어난니다 공명니 디로왈 즁군니 ᄃ짐 두고 ᄀ셔 죠죠을 노와쓰니 군법으
로 시힝ᄒ녀도 원망 말나 ᄒ고 무스을 호령ᄒ여 운즁을 베히라 ᄒ니 무스
녕을 부더 운즁을 압셰우고 원문 밧긔 나온니 ○닛쩌 현덕니 이 말을 듯고
나려와 운즁의 손을 즙고 션셩 젼의 비러 왈 우리 숨인니 결의ᄒᆯ 쩌 스싱을
ᄒᆷ쩌 ᄒ기로 언약ᄒ녓쓰오니 션셩은 용셔ᄒ여 일후의 공으로 쇽죄ᄒ쇼셔
ᄒ니 공명니 마디 못ᄒ여 논죄ᄒ고 물니친니 운즁은 니러ᄒᆷ믈로 의셕죠죠
ᄒ나 명젼쳔츄 ᄒ신니라 ○각셜 쥬유 젹벽 군ᄉ을 거두어 도라와셔 각각
졔즁의 공뇌을 숀권의게 보ᄒ고 으든 보화을 졔즁의게 분급ᄒ고 군ᄉ을 딘
발ᄒ녀 남군을 치코즈 홀시 즁ᄒ 졔즁의게 문왈 뉘 능히 션봉니 되어 남군
을 취ᄒ여 요듸즁 일닌니 응셩ᄒ겨날 모다 보니 이난 장흠니라

〈68-뒤〉

쥬유 디히ᄒ야 장흠으로 션봉을 삼고 셔셩으로 부장 삼고 군사 오쳔을 거
나리고 가 남군을 쳐 큰 공을 일우라 니 디군을 거나리고 졉응ᄒ리라 차셜
죠인니 남군의 닛셔 죠홍으로 이릉을 직켜 의각지셰을 삼아잇더니 문득 군
스 보ᄒ되 오병니 장강의 덥펴온다 ᄒ거늘 죠인니 왈 셩을 구지 직키고 싸
오지 안니 ᄒ미 상칙리라 ᄒ니 우금니 분연왈 젹병니 이르러난듸 싸오지
안니 홈은 겹ᄒ미라 우리등니 시로 픠ᄒ여시나 오병을 엄살ᄒ여 져의 여긔
을 썩글지라 원컨듸 오쳔병을 빌이시면 니 죽기로 결단ᄒ고 한변 싸오리다
됴인니 그 말 듯고 우금으로 졍병 오쳔을 쥬여 나가 싸우라 ᄒ니 우금니 응
셩츌머ᄒ여 졍봉 마ᄌ 싸와 오합에 졍봉니 그짓 픠ᄒ야 닷거날 우금니 군
사을 급피 모라 오진의 달여든니 좌우 복병니 니러나 우금을 에워싸코 시
셕니 비오

〈69-앞〉

듯 ᄒ거늘 우금니 좌우 츙돌하되 버셔나지 못ᄒᄂ지라 잇쩌 죠인니 셩숭의
바라보니 우금니 픠ᄒ야 젹진의 싸이여거날 급피 마을 달여 좌우 츙돌ᄒ야
우금과 장죠을 구ᄒ여 오더니 장흠을 맛나 디젼할 시 죠인 우금니 병역ᄒ
고 ᄯᅩ 됴순니 엄살ᄒ니 오병니 디픠ᄒ여 도라와 됴인의게 픠ᄒ 사연을 쥬
유의게 고ᄒ듸 주유 디로ᄒ여 장흠을 베히라 ᄒ니 중장고간ᄒ여 면ᄒᄂ지
라 주유 군사을 츙독ᄒ여 됴인을 치고ᄌ ᄒ거늘 감영왈 죠인니 됴홍으로
의각지셰ᄒ야 이릉을 직키오니 소장니 슙쳔군을 거나려 됴홍을 치면 도인
니 반다시 구할 거시니 도독은 남군을 취ᄒ쇼셔 주유 그 말 죠차 감영으로
이릉을 치니 탑이 보ᄒ되 됴닌니 진교을 쳥ᄒ여 상의ᄒ니 진교왈 이릉을
이르면 남군니 위틔홀지니 ᄲᆞᆯ니 구완ᄒ쇼셔 됴인니 됴순을 명ᄒ여 됴홍을

〈69-뒤〉

구하라 됴순니 사롬을 보니여 약쇽ᄒ되 됴홍니 몬져 셩의 나 도젹을 유닌

ᄒ면 우리 등니 좌우로 음살ᄒ리라 ᄒ녀거날 군ᄉ를 거나려 셩의 나가니
녕을 바져 ᄊ와 니십니 郃의 죠홍니 그딧 픠ᄒ여 닷거날 감녕니 이릉셩의
드러ᄀ 빅셩을 진무ᄒ던니 황혼의 당ᄒ여 됴군 우금니 이릉 좌우을 에와치
거날 감녕니 쥬유의게 급보ᄒ니 쥬유 디경ᄒ는디라 증봉왈 급피 구완병을
보너셔 니 ᄯᅡᆼ은 요딘쳐라 군ᄉ을 나누어싸ᄀ 죠닌 틈을 타 음심ᄒ면 웃디
ᄒ리요 증보왈 감녕은 강동 명중니라 웃디 구피 안니ᄒ리요 니 친니 구완
ᄒ린니 뉘 능히 니 쇼님을 바더 직키리요 여몽왈 능통니 ᄀ허리다 능통 왈
심일 니는 당허런니와 만일 십일니 지니면 당치 못ᄒ리다 쥬유 허락허고
직일 발힝ᄒ니 증보왈 남녀쇼로의 미복ᄒ녀싸ᄀ 죠젹의 마피를 취ᄒ쇼셔
쥬유 그 말을 올히 녀겨 군ᄉ을 보너여 길을 막으라 ᄒ

〈70-앞〉

고 군ᄉ을 지쵹ᄒ여 니릉 셩ᄒ의 니르러 유딘ᄒ고 졔중을 보와 왈 뉘 능히
젹딘의 드러ᄀ 감녕을 구허리요 쥬티 응셩ᄒ거날 쥬유 디희ᄒ녀 직시 오빅
군을 준니 쥬티 칼을 들고 젹딘을 힝홀시 닛쩌 감녕니 쥬티오믈 보고 군중
의 디위ᄒ여 일졔니 츙살ᄒ니 죠홍 죠슌 니 등니 닐변 죠닌의게 보ᄒ고 닌
민으로 용젹ᄒ던니 감녕 쥬티 좌우로 음살ᄒ니 죠병니 젼디디 못ᄒ녀 니릉
을 ᄇ리고 닷거날 길니 믹켜 말니 능히 ᄀ디 못ᄒ니 말을 ᄇ리고 단난디라
옥운 허다 마필기게을 으더 도라오는디라 니날밤의 쥬유 디병을 모라 낙군
셩하의 당ᄒ니 죠닌 크게 근심ᄒ냐 즁중을 모와 방젹을 의논홀시 죠홍 왈
모ᄒ의 니릉을 닐코 ᄯᅩ 남군니 위틴ᄒ니 승승은 비계을 ᄊ쇼셔 죠닌니 씨
치고 군ᄉ을 오경의 밥 메기고 셩ᄉ의 그것 경긔을 ᄭᅩᄌ 허중승셰ᄒ고 평
명의 슘군을 난워 슘노로 닷난디라 쥬유 딘중의셔 탐디ᄒ니 죠병니 다

〈70-뒤〉

동망ᄒ여는지라 쥬유 디승의 놉피 안져본니 셩승의 경긔 라열ᄒ고 셩중의

군스 업논지라 쥬유 싱각ᄒ되 됴인이 당치 못할 쥴 알고 도망ᄒ여도다 ᄒ
고 즁디의 나려 분부 왈 셔셩 졍봉은 좌우익니 되야 셩즁를 엄살ᄒ되 셩즁
군스 잇거던 후군을 도라보지 말고 일졀리 엄살ᄒ라 만일 명금쇼리 나거던
퇴군ᄒ라 ᄒ고 졍보로 션보을 삼고 쥬유 친히 디군를 모라 드러가던니 셩
즁의셔 일셩방포의 됴홍이 나셔 디젹ᄒ되 니흡의 픠ᄒ여 다러나고 됴인니
ᄯ 나셔 영졉ᄒ시 십여합의 픠ᄒ여 닷거날 쥬유 좌우를 호령ᄒ여 엄살ᄒ니
됴군이 당치 못ᄒ여 도망ᄒ거날 훈당 쥬티는 됴군를 쫏차가고 쥬유는 군스
를 모라 셩즁의 드러가던니 문득 일셩방포의 시셕이 비 오듯 ᄒ는지라 셩
즁 드러가던 군스 구렁의 ᄲ지며 셔로 발픠여 죽는 지 티반이라 쥬유 디경
ᄒ여 급피 날을 두루던니 즁이혼 사람을 마져 반신낙마ᄒ니 우금이 급피
달여드러 쥬유

⟨71-앞⟩

를 베히고ᄌ ᄒ던니 셔셩 졍봉이 쥬유를 구하랴 도라간니 죠병니 엄살ᄒ미
오병이 디픠ᄒ여 셔로 발픠여 죽는 지 티반이라 셔셩 졍봉이 쥬유를 구ᄒ
고 픠진 군쥴를 거두워 본진으로 도라와 군의를 불너 쥬유 병을 치료ᄒ라
살을 ᄲ고 보니 살쵹의 독약을 발너 금충이 즁상ᄒ여는지라 쥬유 음식를
젼폐ᄒ니 의원왈 독약이 살의 밋쳐슨니 됴련니 낫지 못할지라 만일 로기
격동ᄒ면 금창니 복발할 것슨니 빅일을 죠리ᄒ여야 흡충ᄒ리다 젼보군즁의
졀녕ᄒ되 군문을 구지 직키고 나 ᄊ오디 말나 ᄒ더라 ○각셜 우금니 미일
진젼의 횡힝ᄒ냐 군욕ᄒ며 ᄉ홈을 지쵹ᄒ니 졍봉니 즁즁으로 더부러 의논
왈 우리 즘간 퇴병ᄒ여ᄯᄀ 도독의 병셰 평복 후의 ᄃ시 도모ᄒ미 ᄀᄒ다
ᄒ더라 ◑니ᄶ 쥬유 병셕의 닛스나 마음의 쥬즁니 잇고 ᄯ 죠병니 날노 딘
욕함을 알되 졔즁니 픔치 안니흠을 괴니 알던니 죠닌니 디병을 거나리고
젼진의 와

〈71-뒤〉

뇌고홈셩ᄒᆞ며 ᄉᆞ홈을 도도거날 졍보 군즁의 졀녕ᄒᆞ녀 구지 직키던니 쥬유 졔즁을 불너 셰우고 문왈 어ᄃᆡ셔 고죠남함셩니 나는요 쥬즁니 답왈 군즁 죠련 ᄒᆞ난니다 쥬유 노왈 읏디 나를 쇽기난요 ᄂᆡ 님의 죠병니 날노 와 군욕 홈을 아는니 졍덕모는 나와 ᄒᆞᆫᄀᆞ지 병권을 마터ᄉᆞᆫ니 엇지 안ᄌᆞ 보난뇨 ᄒᆞ 고 졍보을 쳥ᄒᆞ녀 왈 즁군은 읏지 츌젼디 안니ᄒᆞ난요 졍보왈 도독의 금창 니 낫지 못ᄒᆞ녀난ᄃᆡ 의원니 ᄀᆞ리치기을 빅닐을 죠셥ᄒᆞ되 노긔츙격ᄒᆞ면 금 창니 복발ᄒᆞ리라 ᄒᆞ기로 품치 못ᄒᆞ녀노라 쥬유왈 그러ᄒᆞ면 읏디 ᄒᆞ랴 ᄒᆞ는 요 ᄃᆡ왈 쇼즁등니 ᄉᆡᆼ각ᄒᆞ되 줌간 퇴병ᄒᆞ냐 도독의 병니 평복ᄒᆞ거던 ᄃᆞ시 도모ᄒᆞ미 ᄀᆞᄒᆞ리다 쥬유 ᄃᆡ로왈 ᄃᆡ즁부 님군의 명을 ᄇᆞ더 츌ᄉᆞᄒᆞ다ᄀᆞ 젼즁 의셔 쥭어 마히의 써니미 당년ᄒᆞ거날 읏디 날노 ᄒᆞ녀금 국ᄀᆞᄃᆡᄉᆞ을 페ᄒᆞ리 요 갑옷슬 닙고 말게 오르니

〈72-앞〉

졔즁니 다 놀너는디라 쥬유 슈빅기을 거나리고 진문 박긔 나션니 죠닌니 ᄃᆡ병을 거나리고 치을 들어 ᄭᅮ디져 왈 쥬유냐 너는 ᄋᆞ룬을 당젹ᄒᆞ리요 ᄒᆞ 거날 쥬유 ᄃᆡ로ᄒᆞ여 죠닌을 불너 왈 네 쥬당을 ᄋᆞ는다 죠닌니 진욕ᄒᆞ거날 쥬유 반즁을 불너 ᄊᆞ호라 ᄒᆞ고 크게 ᄒᆞᆫ쇼리을 지르고 님으로 피을 토ᄒᆞ고 말게 나려진니 즁즁니 급피 구ᄒᆞ여 도라오니 졍보 문왈 도독니 긔쳬 읏더 ᄒᆞᆫ닛ᄀᆞ 쥬유 말ᄒᆞ녀 왈 니는 ᄂᆡ의 ᄭᅬ라 죠닌니 ᄂᆡ 병셰 위티니 알게 ᄒᆞ미라 심복ᄒᆞᆫ 군ᄉᆞ을 젹딘의 보ᄂᆡ녀 그짓 ᄒᆞᆼ복ᄒᆞ고 ᄂᆡ 임의 쥭어ᄡᅡ ᄒᆞ면 죠닌니 반다시 오날밤의 올디라 ᄉᆞ면의 ᄆᆡ복ᄒᆞ여ᄡᅡᄀᆞ 죠닌이 오거던 일시의 음술 ᄒᆞ면 죠닌을 ᄉᆡᆼ금ᄒᆞ리라 ᄒᆞᆫ니 졍보왈 도독니 쥭어ᄡᅡ ᄒᆞ고 발ᄉᆞᆼᄒᆞ미 즁졸니 다 쾌효ᄒᆞ더라 ○각셜 죠닌니 즁즁을 모와 의논 왈 쥬유 노긔 촉발ᄒᆞ녀 급 ᄎᆞᆼ니 ᄢᅵ어지고 토혈낙마 ᄒᆞ녀ᄊᆞᆫ니

〈72-뒤〉

반다시 죽으리라 ᄒ던니 군ᄉ 보ᄒ되 적병 슈십명니 와 황복ᄒ는 즁의 근
본 우리 군ᄉ 니명니 왓나니다 죠난니 불너 무론니 군ᄉ 답왈 쥬유 금ᄎ니
씨녀져 죽ᄉ오민 군즁의 발송ᄒ고 졍보 무죄ᄒ 군ᄉ을 치죄ᄒ기로 우리 등
니 와셔 항복ᄒ는니다 죠난니 듯고 더히ᄒ여 즁즁을 뫼야 ᄉ의 왈 금냐의
젹진을 음슐ᄒ고 쥬유 죽엄을 ᄋ셔 그 머리을 벼녀 허도의 보너리라 ᄒ니
진교왈 ᄎᄉ을 급피 힝ᄒ쇼셔 표난니 우금으로 션봉을 숨고 죠난니 즁군니
되야 죠홍 죠슌으로 후군니 되고 진교로 본셩을 지키고 쵸경의 츌졍ᄒ여
쥬유 더진의 당ᄒ니 진문의 ᄒᄉ람도 읍거날 뫼의 든 쥴 알고 급피 퇴병ᄒ
던니 ᄉ방으로 방포쇼리 나며 동의난 ᄒ당 장흠니 엄살ᄒ고 셔의난 번즁
쥬티 음슐ᄒ고 남은 셔셩 증봉니 음살ᄒ고 북의난 딘무 녀몽니 음슐ᄒ니
죠병니 디픠ᄒ여 죽난 지 틱반

〈73-앞〉

니요 슈미을 구치 못ᄒ니 다 도망하는디라 죠닌 죠홍의 픠ᄒ 군ᄉ을 거나
리고 남군으로 닷던니 능통니 길을 막고 음슐ᄒ니 됴난니 게우 버셔나 다
던니 ᄯᅩ 감녕을 만나 죠난니 남근으로 닷지 못ᄒ고 양양 디로로 다라나는
디라 ○각셜 쥬유 군ᄉ을 슈십ᄒ여 남군셩의 니른니 셩승의 긔을 ᄭᅩᄌ거날
쥬유 디경ᄒ여 ᄇ라본니 ᄒ 즁슈 크게 외녀 왈 도독은 허물치 말나 니난 군
ᄉ의 즁녕을 ᄇ더 남군으로 으더노라 ᄒ거날 니난 승ᄉ 죠ᄌ룡니라 쥬유
디로ᄒ여 남군을 치랴ᄒ니 셩승의셔 시셕니 비오듯 ᄒ거날 쥬유 회군ᄒ고
감녕으로 형쥬을 치라 ᄒ고 능통으로 양양을 치라 형쥬 양양을 으든 후에
남군으로 도모ᄒ리라 문득 보ᄒ되 제갈양니 남군을 으든 후 굿굿 형쥬 구
완병니라 니르고 증비로 ᄒ여금 형쥬을 취ᄒ녀난니다 ᄯᅩ 보ᄒ되 운즁으로
ᄒ녀금 양양을 취ᄒ여 두 곳 셩지을 유현덕의게 ᄋ셧따

〈73-뒤〉

ᄒ거날 쥬유 디경ᄒ녀 크게 ᄒ 쇼리을 디른이 금충니 ᄶ여디고 닙으로 피을 토ᄒ는디라 중중니 구ᄒ여 안친니 쥬유 왈 니 만일 졔갈양을 죽니디 못ᄒ면 심중 쇼원을 풀디 못ᄒᆯᄃ이 졍덕모난 나을 도으라 님군을 취하리라 ᄒ던니 노슉니 오거날 쥬유 노슉을 보고 ᄌ경은 나을 도으라 니 졔갈양으로 더부러 ᄌ웅을 결단ᄒ리라 노슉 왈 불ᄀ토다 방금 됴됴로 더부러 승부을 미결ᄒ고 ᄯᅩ 쥬공니 ᄒᆞ비을 쳐 승부을 결단치 못ᄒ녀ᄊ니 만일 유비을 치다ᄀ는 됴됴 그틈을 타 동오을 치면 그계 ᄀ중 위퇴ᄒ고 우리 니졔 져의을 피박ᄒ면 셩디을 됴됴의게 드려 동심ᄒ여 강동을 치면 웃디 보젼ᄒ리요 쥬유왈 젼곡 마필만 허비ᄒ고 슙쳐셩디을 타닌을 준니 웃지 분치 안니ᄒ리요 노슉왈 도독은 관심ᄒ쇼셔 니 현덕을 니희로 달니여 불쳥ᄒ면 기병ᄒ미 늣지 안난니다 졔중니 ᄀ로디

〈74-앞〉

ᄌ경의 마리 올쏘온니 도독은 노을 ᄎ무쇼셔 ○닛ᄶᅥ 노슉니 동ᄌ 슈닌을 다리고 남군셩하의 니르러 문을 열나ᄒ니 ᄌ룡니 나와 뭇거날 니 현덕공을 보고 의논ᄒᆯ 말니 잇노라 ᄌ룡왈 우리 쥬공니 니졔 졔갈군마로 더부러 형쥬에 계시다 ᄒ거날 노슉니 형쥬의 니르러 본니 션승의 긔치 션명ᄒ고 군졸의 엄슉ᄒ거날 노슉니 탄식 왈 공명은 진실노 션인니로다 군ᄉ 보ᄒ되 노ᄌ경니 왔나니다 ᄒ거날 공명니 셩문을 열고 나와 영졉ᄒ녀 빈쥬지예을 마친 후의 노슉 왈 형쥬군을 동오의 도라보니미 올커날 니졔 황슉니게 글노 형쥬 양양 남군을 ᄋ셔ᄊ니 동오의셔난 셔량군마만 허비ᄒ고 황슉은 안ᄌ 리을 부든니 스리예 합당치 못ᄒ도다 공명왈 ᄌ경은 고명ᄒ 션비라 웃지 니런 말을 니난요 쇽셜의 질의 흘닌 것도 님ᄌ 닛셔 도라간다 ᄒ녀거날 구군은 동오쌍니 안니요 유경

〈74-뒤〉

승의 기업니라 우리 쥬공은 곳 유경승의 ᄋ우요 경승니 죽어스니 그 ᄋ들
니 닛스니 ᄋ즈비 되야 그 쪽ᄒ 도으미 읏지 ᄀ치 안니ᄒ리요 노슉왈 만일
공ᄌ 유기 닛시면 니 홀 마리 즉도다 니졔 공ᄌ 강ᄒ의 닛난니 읏디 니곳싀
잇쓰리요 공명왈 ᄌ경은 공ᄌ을 보고ᄌ ᄒ난요 좌우을 명ᄒ녀 공ᄌ을 나오
랴 ᄒ니 공ᄌ 유기 나와 안디며 왈 병든 몸니 일직 나오지 못ᄒ녀쓴니 ᄌ경
은 허물치 말나 노슉니 왈 공ᄌ 만일 읍스면 읏디 ᄒ리요 공명 왈 공ᄌ 노
긔 안니ᄒ면 별노 승의ᄒ리라 노슉왈 공ᄌ 읍스면 형양 셩디을 동오의 보
니릿ᄀ 공명왈 ᄌ경의 말니 올토다 ᄒ고 후디ᄒ녀 보닌니 노슉니 도라ᄀ
쥬유게 ᄉ연을 고ᄒ니 쥬유 왈 유기난 쳥슌니라 죽기을 디다려 형쥬을 ᄎ
져오리요 노슉왈 도독은 염예 마오 형쥬 ᄎ져오기난 니졔 닛난니다 쥬유
왈 읏디 그러ᄒ요 니 유기을 본니 쥬식이 과ᄒ녀 통입

〈75-앞〉

골슈ᄒ여 기싟니 엄엄ᄒ이 불과 반년니면 죽으리다 유기 죽은 후의 형쥬을
ᄎ지면 유비 무슴 말을 쏘 ᄒ리요 쥬유 노기을 춤지 못ᄒ던니 보ᄒ되 오후
ᄉᄌ 와짜ᄒ거날 불너 무른니 ᄉᄌ 답왈 오후 합비을 쳐 니기지 못ᄒ미 도
독을 쳥ᄒ여 도으라 ᄒ던다 쥬유 시승의 도라ᄀ 병을 치료ᄒ고 졍보와
졔중으로 ᄒ녀금 젼션을 거나리고 오후 쳥영ᄒ라 ᄒ더라 ○각셜 현덕니 중
ᄉ 등 ᄉ군을 으더 군ᄉ을 거나려 형쥬로 도라와 유강구을 고쳐 공안을 슴
은니 굴양마쵸 젹녀구슌ᄒ고 어진 션비 만이 도라오는지라 군ᄉ을 문발ᄒ
여 ᄉ면을 지키다 ○각셜 쥬유 시승의 닛셔 신병을 치효ᄒ고 감녕으로 마
령군을 딕키고 능통으로 호양군을 디켜두고 디젼션을 분파ᄒ녀 디ᄒ다 원
니 손권니 젹벽디젼 후로 합비의 닛셔 죠병과 셥녀ᄎ을 쏘와쓰되 승부를
미결ᄒ더라 ○각셜 현덕니 형쥬의

〈75-뒤〉

닛셔 군마를 졍돈ᄒ엿더니 공명 왈 간밤의 쳔기을 보온니 셔북으로 별니 쩌
러진니 반다시 황실 죵친니 쓰질 징죠로쇼니다 졍히 말ᄒ엿더니 문득 공ᄌ
유긔 별셰홈을 고ᄒ거날 현덕니 듯고 이통ᄒ니 공명니 위로왈 셩ᄉㄱ 증ᄒ
니 잇ᄊ온니 슬어마르쇼셔 ᄒ며 ᄃ승을 슬피ᄉ 급피 ᄉ롬을 보ᄂ녀 셩디을
디키고 곳 즁ᄉᄒ게 ᄒ옵쇼셔 현덕왈 뉘을 보ᄂ리요 운즁을 보ᄂᄉ니다 직
시 운즁으로 ᄒ냐금 형양을 직키라 ᄒ고 현덕왈 유긔 죽어씬니 동오의셔
반다시 ᄯ 형쥬을 토식ᄒ린니 웃디 디답ᄒ리요 공명 왈 만일 ᄉ롬니 오면
니 맛당니 말ᄒ올니다 졔 십오일니 지니미 동오 노슉니 죠샹 왓다 ᄒ고 오
는디라 ◆오국 디감노사의 져신낭을 보고 ○유황슉의 비필을 니른니라 ○
각셜 공명니 현덕과 셩의 나 노슉을 마져 예필 후 노슉왈 우리 쥬공니 영결
기셰홈을 드르시고 쇼쇼흔 예물을 갓

〈76-앞〉

쵸와 모로 ᄒ녀금 죠문ᄒ라 ᄒ시면 ᄯ 쥬도독니 위문ᄒ더니다 현덕 공명니
몸을 굽펴 예물을 밧고 셔로 관디ᄒ여 허즁문셔을 쥬어 보ᄂ더라 ○각셜
니쩌 쥬유 셜게ᄒ엿더니 문득 셰죡니 보ᄒ되 유황슉의 감부닌니 죽고ᄒ여 직
일 안즁ᄒ다 ᄒ녀거날 쥬유 디회ᄒ녀 니 꾀을 쎠 형쥬을 취ᄒ리라 ᄒ고 유
비 승쳐ᄒ미 반다시 지취ᄒ리라 쥬공니 흔 미졔 닛셔 극히 각명ᄒ며 시비
슈빅을 항샹 칼을 들녀 반즁의 시위ᄒ며 군기을 조와ᄒ니 남ᄌ라도 밋지
못홀디라 니 니졔 쥬공게 승셔ᄒ여 ᄉ롬으로 ᄒ여금 형쥬 ㄱ 죽미되야 즁
ㄱ 들나 ᄒ여 유비을 달녀 ᄌ부리라 ᄒ니 노슉니 칭ᄉᄒ더라 쥬유 즉시
편디을 닥써 노슉을 쥬워 남셔의 보ᄂ녀 손권을 보게 ᄒ니라 손권니 보기
을 다 ᄒ미 크게 씨쳐 녀범을 불너 말ᄒ되 근일의 드른니 현덕니 승픠ᄒ엿
ᄯ ᄒ니 니 미졔로써 현덕과 남미 되냐 도젹을 줍고

〈76-뒤〉

흔실을 붓줍고ㅈ 헌니 형니 안니면 즁미흐리 읍난디라 바라건더 날을 위흐
녀 형쥬을 통신흐라 녀범니 명을 브더 션척을 슈십흐녀 동ㅅ을 다리고 힝
흐니라 ○각셜 현덕니 감부닌 죽고흐물로 쥬냐 벌노니 디니던니 일일은 공
명 졍담홀 졔 음외 고흐되 동오 녀범니 온다 흐거날 공명니 쇼왈 니는 쥬유
의 쇼원니 반다시 형쥬을 위흐미라 녀범을 쳥흐녀 녜필 좌즁 후의 현덕 문
왈 형니 멀니 오니 무슨 의논홀 비 닛난요 녀범왈 듯ㅅ오미 황슉의 승비 흐
녓다 흐오미 특별니 와 즁미흐온니 존위 웃더 흐신ㄱ 현덕왈 즁년 승쳐 불
힝니라 골육니 ᄎ지 못흐녀난디 ᄎ마 웃디 지취을 의논흐리요 녀범니 왈
ㅅ람니 안이 읍난게 집의 들보 읍다 흐니 즁년의 일륜을 폐흐릿ㄱ 우리 오
후 미졔 극키 현슉흐녀 ㄱ히 황슉의 비위 될디라 양ㄱ 친지을 미지면 죠젹
니 감니 동남을 보로 보지 못홀딘니 쳥컨딘 황슉은

〈77-앞〉

의심치 마르쇼셔 우리 국티 오부닌니 녀식을 심니 ᄉ랑흐오미 멀니 시딥
보닌디 안니 홀틴니 반다시 황슉을 쳥흐녀 동오의 드러ㄱ 혼흐게 흐오리다
현덕왈 ᄎᄉ을 오후 ᄋ난요 녀범 왈 오후 드르면 감히 말심흐오리가 현덕
왈 니 년기 님의 만니 되엿고 빈말리 히녓난디라 오후 미졔난 졍히 방년니
라 니의 비필 되미 셔위헐ㄱ 흐노라 녀범니 왈 오후 미졔 비록 녀ㅈ나 쓴시
남ㅈ의게 디닌다라 항샹 말흐되 쳔흐 영웅니 안니면 니 셤기디 안니흐리라
흐니 니졔 황슉의 일홈니 ᄉ히예 딘동흐니 이른ㅂ 슉녀군ㅈ 비필니라 웃디
년치 고흐을 혐의 흐리요 현덕니 존치을 비셜흐녀 녀범을 디졉흔 후 관ᄉ
ᄋ 편니 쉬게흐고 공명과 승의 흐니 공명왈 니난 디길홀 징죠라 만당희 허
락흐시고 숀권을 녀범과 흐ㄱ디 보니녀 오후을 보고 혼ᄉ을 니졍 후 티일
흐녀 셩친흐쇼셔 현덕왈 쥬유 꾀로 나를 히코ㅈ 흐거날 웃디 경션니 위테
흔 쌍의

〈77-뒤〉

드러ᄀ리요 공명니 디왈 쥬유 비록 쯰을 쓰나 웃디 졔갈양 쇼료의 버셔나
ᅣ리요 쥬유 만 쯰을 니루디 못ᄒ게 ᄒ고 오후 미졔도 쥬공의게 쇽킬 거시
오 형쥬도 만무일슬케 ᄒ오리다 현덕니 유예 미결ᄒ거날 공명니 숀건을 명
ᄒ녀 강남의 ᄀ 셩친을 의논ᄒ라 ᄒ니 숀건니 그 말을 ᄇ다 녀범과 ᄒᄀ지
강동의 ᄀ 숀권을 본니 숀권 왈 니 미졔로써 현덕과 셩친홀 ᄯ름니로다 다
른 마음니 안니로다 숀권니 비스ᄒ고 형쥬의 도라와 현덕을 보고 ᄉ년을
고ᄒ니 현덕니 감니 의려ᄒ야 ᄀ지 못ᄒ니 공명 왈 니 님의 셰ᄀ지 금낭게
을 증ᄒ여쓴니 즁룡니 안니면 힝치 못ᄒ리라 ᄒ고 직시 죠운을 불너 귀의
디니고 비밀니 일너 왈 네 니 금낭 셋슬 ᄀ디고 쥬공을 모시고 동오에 드러
ᄀ 두셰 ᄀ디 쯰계ᄀ 닛쓴니 ᄎ례로 힝ᄒ니 직시 숨ᄀ 금낭을 죠운을 죽고
공명니 먼져 ᄉ람으로 ᄒ녀금 동오의 보너녀 납치예

〈78-앞〉

물을 쥰비 ᄒ더라 유현덕니 동오로 즁ᄀ 간 말과 동오의셔 ᄒ던 마리며 숀
부닌 형쥬로 도라온 말과 마쵸 기군출셰ᄒ녀 죠죠ᄀ 픠ᄒ던 마리며 삼분쳔
ᄒ되던 마리 모도 니 ᄋ리 ᄌ슁니 잇쓰온니 ᄒ권을 보옵쇼셔 면면츤허 글
시로 오ᄌ낙셔ᄀ 만ᄒ온니 눌너 보옵쇼셔

大正○○○○○ 二十 ○年 卷人

〈78-뒤〉

단국대 소장 낙장 82장본 〈화용도〉

"한텬조 고황졔 창업 ᄉ빅연의 환관의 근십지난을 당ᄒ여 동탁으로 환관을 쇠멸ᄒ여드니 동탁이 도로 난을 지으ᄆ"로 시작되고 있으며, 중반 이후까지는 완판본 서계신간본의 내용과 같이 진행된다. 그러나 후반부의 내용은 양책방 신간본 후기에서 안내한 내용이 나오고 있다. 현덕이 방통을 천거받아 고을 원에 임명했으나 정사는 돌보지 않고 술만 먹는 방통을 장비 일행이 찾아가 꾸짖는 장면에서 낙장되었다. 서계신간본의 내용과 같이 진행되는 부분에서도 윤색된 곳이 상당 부분 발견된다. 현덕이 삼고초려할 때 공명이 지은 농부가 가사를 듣고 좋아하는데, 그 가사 내용이 자세하게 나오는 것도 그 한 예이다. 중간에 낙장된 곳이 여러 군데 있다.

단국대 소장 낙장 82장본 〈화용도〉

〈1-앞〉

화룡도 단니라

한티조 고황졔 창업 스빅연의 환관의 근십지난을 당ᄒ여 동탁으로 환관을
쇠멸ᄒ여드니 동탁이 도로 난을 지으미 빅셩이 도탄의 들러 스방으로 허터
지니 왕스도 사직 츙신으로 동탁을 쳐 한실을 회복코져 ᄒ드니 불힝ᄒ여
니최의 난을 맛나 쳔즈을 모시○ 안위○ 곳니 업더니 됴됴 디군을 일루여
난젹을 쳐 멸ᄒ고 도로 찬역의 뜻을 두어 쳔즈을 유인ᄒ여 허창으로 도읍
을 온기고 셰우을 호령ᄒ니 죠졍 디션이 죠죠의 장즁의 드러 국지○○○○
○○○ᄒ드라 잇ᄯ의 한죵실 뉴현덕이 관공 장비로 더부러○○○○○○○
○○ᄒ여 한실을 흥복코져ᄒ나 병불과 ○○○○○○○○○○

〈1-뒤〉

퓌을 보고 여남의 가 도도의 퓌을 당ᄒ여 막지소향ᄒ드니 싱각ᄒᄌ즉 형쥬
뉴표난 죵실니라 뉴표을 ᄎᄌ가 신야의 머무드니 당양 디연셕의 채모의 난
을 피ᄒ여 젹어마을 밧비 모라 단계을 것늬다가 슈경션싱을 맛나 와룡션싱
을 쳔거ᄒ거날 현덕이 디희ᄒ여 폐빅을 갓초으며 틱일ᄒ고 치셩직계ᄒ냐
관장을 다리고 남양융즁 와룡강 졔갈공명 ᄎᄌ가니 후폐삼고 은왕 셩탕 니
운을 ᄎᄌ가는 듯 몽득양필은 고죵니 부열을 ᄎᄌ가는 듯 졍셩도 지극ᄒ고
예모도 공순ᄒ니 엇지 명쳔이 감동치 아니ᄒ며 공명인들 무심ᄒ리요 뉴 광
장 삼인이 융즁의 다다르니 농부들이 호미을 메고 산젼을 갈며 노러ᄒ되
창쳔은 여원기요 육지난 긔국니라 셰인니 흑빅분ᄒ니 왕니경영욕니라 영ᄌ
난 ᄌ안안ᄒ고 욕ᄌ난 졍녹녹니라 남양

〈2-앞〉

의 유은거ᄒ니 고면와부쪽니라 ᄒ거날 현덕이 그 노리을 듯고 농부을 불너 ᄒ시긔을 그 노리 쳥화ᄒ다 뉘라셔 지엇난요 농부 디답ᄒ되 와룡선싱이 지 엇나니다 현덕이 디희ᄒ여 다시 뭇난 말이 와룡셩싱이 어디 게신요 농부 디답ᄒ되 져 산은 와룡강니요 와룡강 압폐 셩근 숩풀 잇고 그 가온디 일간 쵸옥이 잇시되 디극은 디량이요 일월은 창호 되고 삼빅팔십ᄉ 효슈로 부연 달고 인의예지로 벽맛초고 도당씨 삼등퇴게 결노난 씌을 비여 ᄀ쵸 삼아 우을 덥고 ᄒ도낙셔 단쳥ᄒ고 후원의 낙낙장송 군ᄌ졀 가져시며 창젼의 의 의녹쥭 열열ᄉ졍 분명ᄒ고 화게의 유미화난 풍셜을 마다ᄒ고 ᄌ온난 듯 윗 난 듯 반가온 꼿숑이 난입 쇽의 반만 피고 안상의 셩경 현젼 벽상의 금실이 요 졍젼의 빅학이 츔을 츄니 완연

〈2-뒤〉

ᄒ 선경이라 지불광이 평탄ᄒ고 일불디이 무셩이라 산불고이 슈려ᄒ고 슈 불심이 증청니라 경가졀승ᄒ고 풍경도 이상ᄒ다 그리가면 와룡선싱 게신 집이 잇ᄉ오니 그리가라 ᄒ거날 현덕이 농부을 ᄒ직ᄒ고 말을 치쳐 뉘려가 니 시문이 반기ᄒ여거날 동ᄌ을 불너 말삼ᄒ되 ᄒ좌장군의 셩졍후 뉴비 션 싱을 보옵ᄌ고 문젼의 왓노라고 네 드러가 엿ᄌ와라 동ᄌ 엿ᄌ오되 션싱이 평명의 출입ᄒ시고 아니 게시나니다 현덕이 낙막ᄒ여 다시 물어 왈 어디을 가셧난냐 동ᄌ 디답ᄒ되 산즁의 다 빅운ᄒ니 가신곳을 아지 못ᄒ나니다 현 덕이 장탄불리 ᄒ시이 관장니 왈 션싱이 아니게시다 ᄒ니 신냐로 가싯다가 후일의 오ᄉ니다 현덕이 동ᄌ 불너 당부ᄒ되 션싱이 오시거든 뉴예쥬 왓든 말삼 네 부디 엿ᄌ와라 동ᄌ을 니별ᄒ고 신냐로 도라와 슈일을 지닌 후의 다시 예단을

〈3-앞〉

졍비흐여 와룡강을 가랴흐니 익덕이 흐난 마리 일기 셔싱을 보시랴고 쏘
엇지 가시릿가 일폭셔의 스환나나 보니쇼셔 현덕이 디췩왈 공명은 디현이
라 디현을 보즈흐면 도리을 아니흐고 엇지 거만흔 티을 보이리요 잔말 말
고 짜라 가즈 흐고 니날 관공 익덕으로 와룡강을 나려가니 북풍은 졀역흐
고 비셜은 방비흐난듸 산여유속이요 임스은장이라 익덕이 왈 여츳 풍셜의
씰디업난 졔갈양을 긔어니 보시랴고 니럿탓 슈고 말고 신야로 도라가 풍셜
을 지닌 후의 쳔쳔이 쥬션흐난 거시 올흘가 흐나니다 현덕 왈 닉 니러탓 치
셩함은 공명으로 감동케 함이라 풍셜이 두렵거든 도라가 기다리라 익덕왈
스츳불피어든 엇지 풍셜을 겁흐리요 삼인이 와룡강의 다다르니 쵸당문상의
예 업든 글흐귀 부쳐시되 답빅이 명지

〈3-뒤〉

흐고 영졍니 치원이라 그 글은 보고 셧노라니 초당으로 쳥아흔 시셩이 들
이거날 가만이 여허보니 표표흔 소년니 안즈 노리흐되 봉황상우쳔인혜여
비오불셔로다 낙궁경우농묘혜여 오이오혜로다 요지오우금졔혜여 이디쳔시
로다 흐거날 현덕이 듯고 디희흐여 직입 쵸당흐여 공순이 예흐며 흐난 마
리 션셩을 보옵즈고 슈츳을 왓삽드니 이지야 존안앙디흐오니 황공감격흐여
이다 그 소년이 급피 이러나 답예흐며 왈 장군이 분명 닉의 중형을 츳즈오
시가 흐나이다 겨는 와룡션셩의 아의 균이로쇼이다 현덕왈 그러흐오면 션
싱은 어디 게시잇가 균이 왈 형장의 닉거종적이 졍쳐 업스오니 어디로 가
셔난지 아지 못흐나이다 현덕이 장탄왈 닉의 복이 젹고 졍셩니 부족흐여
슈츳을 와셔 보옵지 못흐니 슈원슈구 흐리요 션싱니 오신 후의 다시 오리
라 흐고 셔싱을

〈4-앞〉

흥직흥고 신야로 도라와 다시 퇵일흥여 삼일을 치셩지게흥고 지셩으로 와
룡강을 향흥여 갈시 관장 왈 형장이 슈츠 근고흥시여 못보시고 쏘 가시긔
불가흥여니다 공명이 실상 지죠 업셔 피흥고 아니보난 듯흥여니다 현덕왈
셕일 졔환공이 동곽 야인을 보시랴고 ᄉ오츠 수고을 흥엿거든 흥물며 공명
은 디현니라 니 엇지 이만흥 졍셩을 앗긔리요 익덕왈 형장은 니곳의 게시
면 니 혼ᄌ 가셔 죠흔 말노 달니여 슌케 오지 아니흥면 노흐로 동여 오오리
다 현덕이 디칙왈 쥬문왕 퇴공 찻든 말을 듯지도 못흥여난야 문왕갓흔 셩
군으로도 졍셩듸려 ᄎᄌ거든 너 엇지 그리 무례흥냐 오지 말고 도라가라
익덕왈 양형이 가시ᄂᄂ듸 니 엇지 아니 가오릿가 삼인이 병힝흥여 융중의
다달나 쵸당을 바릭보니 훈가흥긔 싀로와라 현덕이 말을 너려 완보흥여 지
셩으로 드러가니 맛

〈4-뒤〉

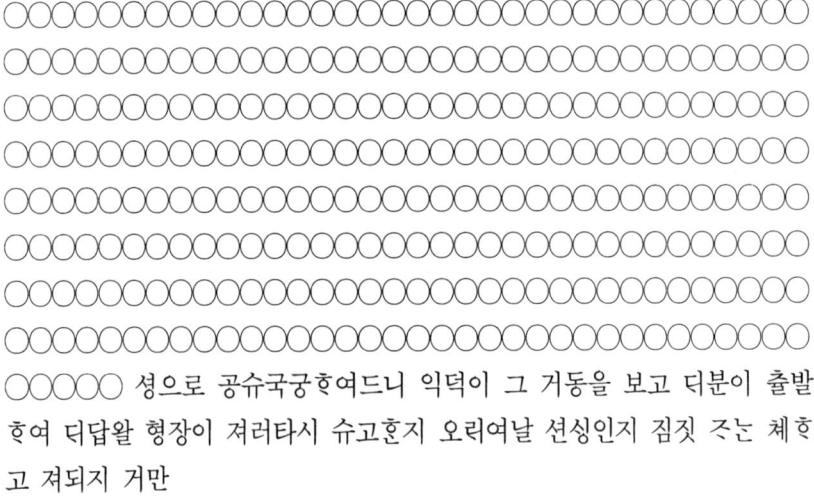

○○○○○ 셩으로 공슈국궁흥여드니 익덕이 그 거동을 보고 디분이 출발
흥여 디답왈 형장이 져러타시 슈고흥지 오러여날 션싱인지 짐짓 ᄌᄂ 쳬흥
고 져되지 거만

〈5-앞〉

ᄒ니 고이ᄒ고 분ᄒ도다 니 후원의 가 ᄒ 쓰럼이 불을 질너 져의 지죠을 시
험ᄒ리라 ᄒ디 관공이 익덕의 쇼미을 잡고 지극히 말유ᄒ여 왈 아직 경츌
ᄒ 말고 니두ᄉ을 졔란 동졍ᄒᄌ ᄒ고 만단기유ᄒ더니 현덕이 그 거동을
짐작ᄒ고 관장을 눈쥬워 헌화을 금ᄒ고 쵸당을 바리보니 션셩이 몸을 둘너
다시 잠이 들거날 현덕이 일향으로 지다리드니 이윽고 잠을 ᄶᅵ여 디몽시을
지어 을푸되 디몽을 슈졍각고 평싱을 아ᄌ지라 쵸당의 츈슈쭉ᄒ니 창외의
일지지라 동ᄌ 불너 뭇난 마리 어더셔 숀임이 와 겨시냐 동ᄌ 엿ᄌ오되 뉴
황슉이 오신지 오리로쇼이다 공명이 디칙왈 너 엇지 일직 고치 아니ᄒ여는
야 니 옷슬 가라입고 나오리라 ᄒ고 니당으로 드러가 의관을 졍비ᄒ고 나
와 현덕을 쳥ᄒ거날 드러가 예ᄒ고 공명을 바리보니 신장이 구쳑이요 얼골
은 란유니라 머리의 윤건을 씨고 몸의

〈5-뒤〉

학창의 입시니 표연ᄒ 긔상은 왕ᄌ진이 학을 타고 진루의 나려온 듯 터을
션관이 난을 타고 광ᄒ젼의 나려온닷 션픔도골이요 셰상 스람은 아니로다
현덕이 불승황공 ᄒ여 다시 니러나 졀ᄒ고 ᄉ례왈 션셩의 디현셩화을 구앙
포문ᄒ옵고 너부신 지휘을 바릴가 ᄒ여 슈ᄎ 왓삽다가 보옵지 못ᄒ고 미쳔
ᄒ 셩명을 죤문의 디려삽더니 션셩이 드르신지 공명왈 날갓ᄒ 쵸려셔싱을
보시랴고 장군의 힝ᄎ 누지의 여러 슌사 니림ᄒ시니 광쳐 비승ᄒ오며 장군
의 쇼회가 무어신지 사직을 안보ᄒ고 도탄의 든 빅셩을 건지고져 ᄒ나잇가
그러ᄒ올진디 양은 쵸로 ᄒᄉ요 지죠도 업고 ᄯᅩᄒ 불경ᄉ쇼년니라 듯고 볼
거시 업ᄉ오니 장군니 그릇○○○○ᄒ나이다 그윽히 듣ᄉ오니 ᄉ마덕죠와
셔원직은 당시 명ᄉ라 ᄒ거니와 냥은 평싱 쇼업이 남양의 밧갈기와 월ᄒ의
고기을 일삼아 일

〈6-앞〉

흠을 쵸부의 부쳐스오니 엇지 쳔ㅎ득실을 의논ㅎ오릿가 진군이 진쇼위 옥을 바리고 구진 돌을 구ㅎ난 격니로쇼니다 현덕이 왈 스빅연 한업이 일죠의 망케 되여 억죠창싱이 도탄의 드러 쳔지을 원망ㅎ옵기로 션싱의 지휘을 밧아 졔셰안민 ㅎ옵고 션황의 건지을 밧들가 바리삽더니 져더지 스양ㅎ시니 망극ㅎ온 말삼 다 엇지 셩언ㅎ오릿가 그러ㅎ옵고 디장부 쳐셰ㅎ여다가 여ㅊ풍진을 엇지 허도니 보너려 ㅎ시나잇가 션싱은 집피 싱각ㅎ시여 억죠창싱 건지쇼셔 ㅎ며 쳬읍 탄식흔디 공명이 양구의 반쇼왈 그럴진디 장군의 진경을 듯고져 ㅎ나니다 현덕이 니러나 공슌이 스례ㅎ고 갓가이 안지며 왈 쳔ㅎ득실과 졔셰안민과 디의현달이 일단 션싱의 지휘의 잇스오니 바리건디 슈고을 앗기지 마르시고 극역용모ㅎ와 피곤흔 티을 도와 쥬시면 션업을 홍복ㅎ고 디공을

〈6-뒤〉

일우워 타일 구쳔의 션황의 지리심을 바들가 ㅎ나이다 공명왈 장군의 스쳬난 그얼닷 ㅎ오나 냥니 본니 지죠도 업고 위인니 용열ㅎ야 졔장영욕의 뜻이 업스오니 그릇 바린가 ㅎ나니다 현덕이 츄연탄왈 션싱이 바리시면 스빅연 스직과 도탄의 잇난 빅셩을 엇지ㅎ여 건지릿가 언미필의 죵누어우ㅎ여 옷깃슬 젹시거날 공명이 그 거동을 보고 즈연 감동ㅎ여 이윽히 안즈다가 왈 장군이 날갓흔 쵸기지인을 져럿탓 ㅎ시니 비록 용열ㅎ오나 뒤을 싸라 시셕을 흔가지로 하오리다 현덕이 디희ㅎ여 관장을 분부ㅎ여 당ㅎ의셔 보오라 ㅎ며 예단을 듸려왈 디인을 보옵난 도리 쵸츌ㅎ오나 위션 졍을 표하나니다 공명니 지삼 스양ㅎ고 일폭 지도을 너여 벽상의 걸고 왈 니거시 셔츅 스십니쥬 지도라 젼일 고황졔 셔쵹의 웅거ㅎ여 스빅연 긔업을 창건ㅎ냐 게시니 장군도 흔실을 회복

〈7-앞〉

고져 ᄒ시거든 셩취형쥬ᄒ고 추취셔쵹ᄒ여 근본을 삼으신 후의 즁원을 쳐 디업을 일우쇼셔 현덕이 왈 선싱의 말삼을 듯스오니 운무의 잇든 일월을 디흔 듯 ᄒ오나 형쥬 뉴표와 셔축 뉴죵은 다 죵실이오니 엇지 고륙상징을 ᄒ오릿가 공명왈 형쥬 셔쵹 불구의 ᄌ연 어들 거시니 엇지 혐의ᄒ오릿가 ᄒ고 익일 평명의 아위 균을 불너 왈 뉴황슉이 쵸려삼고 ᄒ난 졍셩이 지극 ᄒ기로 너 츌셰ᄒ나니 싱환고경니 어려울지라 너는 학업을 폐치 말고 가업 을 끈치 말며 젼일 교훈을 잇지 말나 ᄒ며 동원 미 학을 부탁ᄒ고 현덕을 싸라 신야의 나려와 구병을 죠련ᄒ며 졍벌을 경영ᄒ드라 잇써의 됴됴 허창 의 유진ᄒ여 현덕이 공명 다려옴을 듯고 디경ᄒ여 ᄒ후돈으로 디병 십만을 죠발ᄒ여 박망셩의 진을 치고 신야을 엿보드니 여산 죠분 길의 공명이 일 포화로 십만졍병을 경각의

〈7-뒤〉

합몰ᄒ니 ᄒ후돈이 도망ᄒ여 허창의 도라와 그 픽본 연유을 됴됴으게 고ᄒ 니 됴됴 디경왈 뉴비는 인즁지용인듸 공명을 어더 여의쥬 되여시니 반다시 타일 디환니 되리로다 니 친니 쳐 파ᄒ리라 ᄒ고 오십만 병을 죠발ᄒ여 현 덕을 치니 그 형셰 당치 못ᄒ여 신야 번셩 슈십만 빅셩을 거나리고 강능으 로 향ᄒ다가 당양 장판교의 디픽ᄒ여 ᄒ구로 도망ᄒ여 근근 용신ᄒ드니 공 명왈 강동 손권을 니가 보고 달니여 죠죠와 졉젼을 시기여 됴됴 승ᄒ거든 강동을 취ᄒ고 손권이 승ᄒ거든 즁원을 취ᄒ스다 현덕왈 슈연니나 강동 스람을 보와야 도모할 일인듸 엇지 여의ᄒ오릿가 공명왈 됴됴의 빅만디병 이 젹벽의 유진ᄒ여시니 손권이 졔 아모리 영웅인들 엇지 무심ᄒ리요 됴됴 의 허실을 알고져 ᄒ여 필시 스람이 올 거시니 그 스람을 유인ᄒ여 ᄒ가지 강중의 가 손권을 보고 유인ᄒ여 디스을

〈8-앞〉

도모ᄒ리라 ᄒ드니 과연 손권이 노슉으로 신야의 보너여 현덕긔 됴됴의 허
실을 탐지코져 ᄒ더 노슉이 신야의 와 현덕을 보고 문왈 쥬공이 공명을 어
더 그 지모로 박망 신야의 불을 노와 됴됴 디퍼 도쥬ᄒ엿다 ᄒ드니 그 말리
올ᄉ오며 ᄯ 됴됴의 군병 다쇼ᄂ 얼마나 ᄒ든잇가 현덕왈 션싱긔 무르면
ᄌ시 알이라 노슉왈 공명이 어디잇ᄂ요 듀공이 쳥ᄒ여 보게 ᄒ소셔 현덕이
공명을 쳥ᄒ여 드러오거날 노슉이 니러나 예필 후의 공슌니 문왈 쳔힝으로
션성을 보오니 다힝ᄒ오며 방금의 쳔ᄒ 요란ᄒ오니 양칙을 가라쳐 동오의
니되물 바리나니다 공명왈 너 무신 양칙이 잇시리요 그러나 너 됴됴의 간
게을 짐작ᄒ거니와 심니 아즉 불급ᄒ기로 아직 피ᄒ나니다 노슉왈 그러면
강동 손장군이 팔십일쥬을 ᄒ야 병졍양죡ᄒ오니 유ᄉ군은 잇ᄯ을 일치 말
고 심복지인을 강동의 보너여 손장

〈8-뒤〉

군과 동심합역ᄒ여 디의을 이루게 ᄒ쇼셔 공명왈 뉴 숀 양장니 본시 아름
니 업실 뿐 아니라 ᄯ 피ᄎ 허실 탐지ᄒ난 가온더 엇지 화친을 바리며 ᄯᄒ
심복지인니 업시니 엇지 ᄒ오릿가 노슉왈 션싱의 형장니 강동의 잇셔 션싱
보기을 쥬야 원ᄒ오니 션싱은 나와 ᄒ가지 강동의 가 형계봉칙도 하옵고
손장군긔 긔희을 타 말삼ᄒ여 디ᄉ을 모게함이 엇더ᄒ오잇가 현덕왈 공명
은 너의 션싱니요 ᄯ 나리라 엇지 일시을 셔로 ᄯ나리요 노슉왈 디ᄉ을 경
영ᄒ며 일시 아쳐함으로 ᄯ을 어긔리요 함긔 가기을 구지 쳥ᄒ더 공명이
혼연이 허락ᄒ고 왈 방금 ᄉ지급박ᄒ오니 너 ᄌ경을 ᄯ라가 허실을 보와
좌운간 결단ᄒ고 슈니 도라와 묘실 거시니 염여마옵고 이 곳게셔 득실을
귀경하쇼셔 ᄒ더 현덕이 양구의 허락ᄒ거날 공명이 노슉을 다리고 시상으
로 발힝홀시 노슉이 공명긔 부탁왈 손장군이 션싱

〈9-앞〉

을 보오면 됴됴의 군병 다쇼을 물을 거시니 실상으로 과니 말을 마쇼셔 공
명왈 주경은 염여마쇼셔 그 씨을 당ᄒ면 디답할 말이 주연 잇나니다 시상
의 다달 노슉이 먼져 드러가 숀권을 보온디 숀권니 잇써의 문관 무장을 모
와 국스을 의논ᄒ다가 노슉을 보고 위로왈 말니풍파 험노의 무고니 단여왓
시며 슈탐ᄒ 일은 엇써ᄒ든요 노슉왈 죵추 아오리다 숀권왈 주경니 간 후
의 됴됴의 격셔 왓시니 보라 ᄒ고 니여쥬거날 노슉이 바다보니 ᄒ여시되
고근승졔명ᄒ고 봉스벌죄ᄒ여 졈모남지예 뉴죵이 쇽슈ᄒ니 형양지민이 망
풍귀슌이라 이지 웅병 빅만과 용장 쳔원을 거나리고 장군과 희렵우강ᄒᄒ
여 뉴비을 치고 여지분토ᄒ여 영결밍셰코져 ᄒ나니 불향관망ᄒ고 쇽스 회
음ᄒ라 ᄒ엿거날 노슉이 격셔을 더지며 디로왈 장군의 뜻지 엇써ᄒ온잇

〈9-뒤〉

가 숀권왈 아직 졍ᄒ 뜻지 업노라 모스 장쇼왈 됴됴 쳔주의 영을 밧아 빅만
군병을 거나리고 스방을 졍벌ᄒ나니 신주의 도리로 항거치 못할 거시요 쏘
됴됴 형쥬을 치고 장강상 유진ᄒ여 관망동경ᄒ며 격셔을 보니시니 만일 항
거ᄒ다가 군스을 호령ᄒ여 강동을 치거드면 그 형셰을 엇지 당ᄒ리요 화친
ᄒ난 거시 만젼지칙일가 ᄒ나니다 일반 모스의 말이 여츌일구여날 숀권이
침음 답ᄒ고 니당으로 드러가거날 노슉이 짜라가니 숀권이 지긔ᄒ고 노슉
의 숀을 잡고 은근니 무러 왈 주경의 쇼견은 엇써ᄒ요 노슉왈 앗가 여러 모
스의 말을 들으니 장군의 디스을 져허ᄒ난 듯ᄒ더니다 만일 항복을 ᄒ거듸
면 위불과봉후요 거불과일싱니요 긔불과일필이요 죵불과슈인니라 장군은
일직 디스을 결졍ᄒ쇼셔 숀권이 니윽키 듯고 쾌락왈 주경의 말리 당연ᄒ도
다 니

〈10-앞〉

(낙장)

〈10-뒤〉

(낙장)

〈11-앞〉

디진ᄒ여 불과 일합의 디픠ᄒ여 신냐을 바리고 번셩으로 도쥬ᄒ다가 당양의 픠을 보고 하구로 좃쳐가 용신할 곳지 업셔시니 오히려 션셩 업실 쩌와 못ᄒ지라 광즁은 환공을 도와 일광쳔ᄒ ᄒ고 악의난 연쇼왕을 셤긔여 ᄒ계 칠십여셩 ᄒ엿시니 이난 졔셰디지라 션싱니 관즁 악의와 갓다ᄒ니 진졍 그러ᄒ온잇가 춤언이역나나 이어힝나라 ᄒ여시니 곳은 말을 노와 마옵쇼셔 공명이 디쇼왈 신야난 산벽ᄌᆺ헌나라 병불만쳔니요 앙불과게일이라 ᄯᅩ 박망의 불질으고 빅ᄒ의 물을 디여 죠인 ᄒ후돈이 낙담ᄒ야 도망ᄒ여시니 관즁 악인들 이예셔 더ᄒ며 당양의 픠볼 쩌의 억죠창싱을 바리지 아니ᄒ고 여민 동피ᄒ엿시니 이난 디인디의라 그디ᄂᆫ 싱픠만 알고 국가 안위와 스직 디게ᄂᆫ 모로ᄂᆫ 비라 ᄒ니 장쇼 니 말을 듯고 변괴ᄒ여 감불 디답ᄒ드니 우번니 고셩디

〈11-뒤〉

칙왈 죠싱상이 용장 쳔원과 빅만디병을 거나리고 뉴예쥬을 치거디면 그디 당젹ᄒ오릿가 공명왈 됴표의 군병은 슈억만 디병니라도 부죡우애라 ᄒ니 우번이 디쇼왈 당양의 디픠ᄒ고 ᄒ구로 도쥬ᄒ여 남의 심을 빌고져 ᄒ난 사람이 도로혀 디담으로 남을 쇽이고져 ᄒ난냐 공명 왈 뉴예쥬 군스 불과 슈쳔이라 엇지 빅만 디병을 당ᄒ리요 ᄒ구의 용신ᄒ여 쳔시을 지다리거니

와 강동은 병정양쪽하고 열국지병 강흐여도 열국의 치쇼을 싱각지 아니흐
고 임군을 유인흐여 됴됴의 실흐의 항복고져 흐난요 우번이 다시 말을 못
흐고 후면으로 가는지라 쏘 모질이 문왈 공명니 쇼진 장의 쏜밧아 강동을
달닉고져 흐난야 공명왈 쇼진은 육국의 졍승이 되고 장의난 두 번 진상이
되여 각각 임군을 도와 ᄉ직을 안보흐고 병만쳔흐 흐여시니 진짓 호걸이언
니와 그디 등은 됴됴을 디겁

〈12-앞〉

흐여 항복흐기만 일삼으니 엇지 쇼진 장의을 비쇼흐난냐 모질이 머리을 쉬
기고 도라 안난지라 벽죵이 문왈 됴승상을 엇쪄흔 사람으로 아난요 공명왈
흔나라 역젹으로 아노라 벽죵왈 공명의 말이 그르도다 한나라 운슈 다흔
고로 쳔의가 도라 됴승상이 쳔흐 삼분지일을 ᄎ지흐고 통쇽인의 흐는디 뉴
예쥬 쳔시을 모로고 외람니 닷토고져 흐니 ᄎ쇼위 니란격셕니라 엇지 픠치
아니흐리요 공명 왈 사람이 셰상의 나 츙효을 근본흐거날 그디도 디디 한
나라 녹을 먹고 됴됴을 위흐여 임군을 모로며 입을 여러 말을 엇지흐난요
벽죵이 안식이 업셔 묵묵히 안ᄌ더라 육젹이 출반쥬왈 됴승상니 비록 셥쳔
ᄌ니령졔후흐나 상국 됴참의 ᄌ손이요 뉴예쥬난 ᄌ층 황슉이라 흐되 니력
업시 신삼고 ᄌ리 쓰든 ᄉ람니라 엇지 됴승상을 비흐리요 공명니 디쇼왈
ᄌ니 원슐의 잔치의 회귤

〈12-뒤〉

흐든 육난이 안인가 편이 안ᄌ 니 말을 드르라 됴됴 죠승상의 ᄌ손이나 디
디로 한나라 신흐여날 방금 권셰을 찌고 쳔ᄌ을 겁측흐니 나라의 역젹니요
됴가의 젹지라 뉴예쥬난 죵묘의 셰게을 상고흐여 항열 ᄎᄌ 황슉니라 잇가
르니 엇지 니력이 업다 흐며 틱죠 고황졔난 ᄉ상졍장으로 만승지위의 니르
럿거든 우리 쥬공 신삼고 ᄌ리 짠 거시 무어시 욕되리요 그디 어린 쇼견으

로 어른의 말을 짐작ᄒ난야 육적이 어니 업시 안즈드니 호련 일원디장이
드러오며 고셩디칙왈 공명은 당시 디인니라 그디 등이 공연니 말노 괴롭게
ᄒ니 빈긱지도도 아니요 쏘흔 됴됴의 디병니 지경을 엿보ᄂ디 도적 막을
의논은 아니ᄒ고 흔갓 입져름만 일삼으니 심니 고히ᄒ도다 못아 보니 디장
황기라 노슉으로 공명을 인도ᄒ여 손권의게 뵈올시 노슉이 지삼 당부ᄒ되
됴됴의 강병지셜을 부디 마옵쇼셔 공명니 문니부답ᄒ고 당

<h3>〈13-앞〉</h3>

ᄒ의 다다르니 문관 무장이 좌우의 호위ᄒ여난듸 손권이 당ᄒ의 나려 공명
을 연졉ᄒ여 예필 좌졍ᄒ거날 공명이 손권을 보니 쳥목ᄌ슈의 인물이 비범
ᄒ지라 니렴의 싱각ᄒ되 손권은 의긔 남진니 니 격동ᄒ여 디스 도모ᄒ리라
ᄒ드니 손권왈 션싱의 죤호을 포문ᄒ옵고 흔번 보옵긔을 원ᄒ여드니 이지
보오니 쳔만 다힝ᄒ여니다 공명왈 본시 용열ᄒ와 지죠업스오니 바린 거시
욕될가 ᄒ나니다 손권왈 신양의 게셔 됴됴와 디진ᄒ엿다 ᄒ오니 됴됴의 병
긔와 용병ᄒ난 도리가 엇더ᄒᄃ든잇가 공명왈 용병ᄒ난 법은 칙양니 업고 군
병은 슈륙마보군이 빅만나 되더니다 손권왈 그더지 만튼잇가 공명왈 그
쑨 아니라 쳥쥬군이 니십만이요 원쇼의 군이 오륙만이요 즁원군스 삼스십
만이요 형쥬군스 니십만이라 합ᄒ면 슈빅

<h3>〈13-뒤〉</h3>

만이로되 빅만으로 말삼ᄒ긔난 강동 졔인이 놀닐가 ᄒ여 슈을 쥬려나이다
노슉이 졋히 셧다가 디경ᄒ여 아모리 눈을 쥬되 본쳐도 아니ᄒ고 슈작만
ᄌ약히 ᄒ거날 노슉이 어니업셔 아모 말도 못ᄒ고 셧난지라 손권왈 장ᄒ의
명장은 얼마나 ᄒ던잇가 공명왈 지혜잇고 용밍잇난 장스 쳔여원이요 그 다
음 장슈난 부지긔슈러니다 손권왈 됴됴 형쥬을 엇고 가지 아니ᄒ고 적벽의
유진ᄒ기난 엇지흔 일이온잇가 공명왈 장강의 결진ᄒ고 젼션을 슈십ᄒ기난

강동을 엇고져 함니로쇼니다 숀권 왈 만일 강동을 치거듸면 엇지ᄒ여 당젹
ᄒ오릿가 션싱은 집히 싱각ᄒ와 허실을 가라치쇼셔 공명왈 됴됴을 긔어니
듸젹고져 ᄒ실진디 장강 상유의 진을 쳐 됴됴을 듸젹ᄒ고 만일 심이 부족
ᄒ거든 모스의 말 죠ᄎ 항복ᄒ여 후환니 업게 ᄒ쇼셔 숀권왈 만일 션싱의

〈14-앞〉

말삼과 갓흘진 뉴예쥬난 엇지 항복지 아니ᄒ엿나잇가 공명왈 셕일 젼횡은
일기장슈로되 남의 실ᄒ의 굴ᄒ 일이 업거날 뉴예쥬는 당당ᄒ 황슉니요 쳔
ᄒ의 영웅니여날 엇지 역젹의 실ᄒ의 항복ᄒ릿가 숀권왈 최면 인스의 남을
니듸지 멸시ᄒ는가 ᄒ고 듸로ᄒ여 쇼미을 썰치고 니당으로 드러가니 좌우
모스드리 목쇼ᄒ고 허여 가드라 노슉이 공명을 원망ᄒ되 셩싱은 엇지 그듸
지 거만니 말을 ᄒ난요 공명이 반쇼왈 욕볼 상도 바니 업고 됴됴 파할 싱각
도 업시니 니 엇지 지러 말을 ᄒ리요 노슉이 말을 듯고 후당의 드러가니 숀
권왈 공명이 날 그듸지 멸시ᄒ니 심이 분ᄒ지라 ᄒ디 노슉왈 니 역 칙망을
ᄒ온직 공명이 듸답ᄒ기을 여ᄎ여ᄎᄒ오니 쥬공은 노을 참으시고 지셩으로
쥬션ᄒ쇼셔 숀권 듸희ᄒ여 왈 공명이 필경 지모 잇기로 짐짓 날을 격동케
함니라 ᄒ고 외

〈14-뒤〉

당의 나와 공명게 스례왈 일시 쳔견으로 션싱의 촉노을 ᄒ여시니 황공ᄒ여
이다 공명도 스례ᄒ드라 숀권이 공명을 인도ᄒ여 후당의 드러가 술을 권ᄒ
여 왈 션싱 비게을 가라쳐 아득ᄒ 쇼견을 쇼히케 ᄒ쇼셔 됴됴을 파ᄒ 후의
듸공을 갑스오리다 공명왈 됴됴의 군스 슈젼의 익지 못ᄒ고 ᄯᅩ 형쥬군스
졍셩으로 항복함이 아니라 임시변통니오니 장군은 실상으로 됴됴을 치고져
ᄒ거든 뉴예쥬와 동심합역ᄒ오면 됴됴 파할 모칙이 날 거시니 집피 싱각ᄒ
여 일언결지 ᄒ쇼셔 숀권이 듸희왈 션싱의 말삼이 당연ᄒ오니 다시 무신

의심이 잇시리요 화친 청소을 직일 틱츌ᄒ여 신야로 보니고 군중의 ᄒ령ᄒ
여 긔병을 지촉ᄒ니 모스 등이 셔로 비쇼왈 전일 됴됴의 형셰 적어도 ᄒ번
북쳐 원쇼을 잡아거든 지금은 디갑이 빅만이요 용장이 쳔원이라 강동을 치
거듸면 뉘 심으로 당젹ᄒ리요 만일 공명의

⟨15-앞⟩

말을 듯고 긔병을 ᄒ다가난 츠쇼위 부신입화라 장군은 심양결쳐 ᄒ옵쇼셔
숀권이 고기을 쉬기고 묵묵히 안즈 사려만단ᄒ더니 고을 왈 뉴예쥬 됴됴의
뮈을 보고 우리 심을 비러 져의 원슈을 갑고져 함니다 장군이 엇지 니희을
싱각지 못ᄒ고 위터ᄒ 일을 힝코져 ᄒ나잇가 숀권이 묵묵부답ᄒ니 여러 모
스 일시의 물너가거날 노슉이 급히 드러와 엿ᄌ오되 모스의 마리 됴됴의게
항복고져 ᄒ니 이난 다 져의 몸만 위함니라 국가흥망과 스즉안위는 모로나
니 장군은 듯지 마르쇼셔 숀권왈 너 싱각할 거시니 물너가 지휘만 지다리
라 잇쩌의 황기 정보 감영 여몽 한당 쥬틱 등 삼십여인이 니 말을 듯고 일
시의 드러와 복쥬왈 쇼장 등니 장군을 모시고 슈쳔만번니라도 죽도록 ᄊ와
강동을 직히여 스직을 밧드라 위염니 스히의 썰치고 일홈을 쳔츄의 젼할가
바리더니 모스의

⟨15-뒤⟩

말 듯고 비연공업을 일죠의 바리려 ᄒ니 졀졀원통 ᄒ오며 쇼장 등은 빅번
죽는다 ᄒ여도 항복은 못ᄒ것스오니 쳥컨디 장군은 됴됴 디진ᄒ오면 평싱
심을 다ᄒ여 뒤을 도으리다 ᄒ며 각각 노긔등등 ᄒ니 숀권이 위로왈 아직
물너가 기다리라 니 죵ᄎ 졀단ᄒ리라 ᄒ드니 잇쩌의 쥬유 번양호의 잇셔
됴됴 적벽의 결진ᄒ 쇼식을 듯고 시상으로 도라오니 노슉이 쥬유을 보고
디희ᄒ야 전후 스연을 셜파ᄒ니 쥬유왈 즈경은 염여말고 가 공명을 다려오
라 노슉이 허락ᄒ고 공명 쳐쇼의 간 후의 장쇼 고옹 일반 모스드리 쥬유을

보고 왈 도독은 강동 니히을 아나잇가 쥬유 왈 아지 못흐노라 됴됴 빅만디
병을 젹벽의 유진흐고 격셔을 보니여 화친을 쳥흐거날 우리 모스들이 장군
젼의 엿즈와 화친흐여 강동화을 면코져 흐여드니 쯧밧긔 노슉이 공명을 다
리고 와 져의 원슈을 갑고져 흐여 장군

〈16-앞〉

을 격동흐여 아직 졍흔 쯧이 업시니 도독은 니히 싱각흐여 장군의 의혹을
파흐쇼셔 쥬유왈 공 등의 쇼견이 다 갓흐잇가 장쇼왈 엇지 츄호들 다르리
요 쥬유왈 나도 항복고져 흔지 오런지라 멍일 장군을 보고 의논흐여 결단
흐리라 모스들 물너간 후의 졍보 황기 일반 무장 슈십인이 드러와 보고 왈
도독은 강동이 죠만간의 타인의 긔지가 될 쥴을 아나잇가 쥬유왈 모로노라
졍보왈 쇼장 등이 장군을 짜라 강동의 와 고락을 한가지로 흐옵드니 장군
이 모스의 말을 듯고 됴됴의 휘흐의 항복고져 흐니 져의난 영스언졍 결단
코 남의 치쇼난 밧지 아니흐것나니다 도독은 장군을 권흐야 싸홈을 결단흐
시면 우리도 일쳬 진심흐여 셩공케 흐리이다 쥬유왈 장군들 의스가 다 갓
흐잇가 황기 분연왈 당장의 목을 버힌다 흐여도 밍쎄코 항복은 못흐것나니
다 여러 무장이 일구여츌 흐거날 쥬유

〈16-뒤〉

왈 닌들 엇지 남의 윗난 거슬 죠와흐리요마난 부득니 흐여 츌어흐게니 장
군들은 진심흐여 나을 도으라 잇쩌의 노슉이 공명을 다리고 문젼의 일르거
날 쥬유 장흐의 나려 연졉흐여 좌졍 후의 노슉왈 됴됴 강동을 침니 도독
은 싸오기와 화친흐기와 이히을 셰아리여 슈히 결단흐쇼셔 쥬유 됴됴 쳔즈
의 영을 밧아 스방으로 졍벌흐난디 막으면 신즈의 도리도 아니요 쏘 됴됴
의 위염이 틱산갓흐니 엇지 당젹흐리요 멍일 장군을 모은 후의 싸홈을 파
흐고 스즈을 보니여 화친고져 흐노라 노슉이 그 말을 듯고 디로왈 도독의

말삼이 그르도다 강동의 창업ᄒ여 삼ᄃᆞ을 젼ᄒ엿거날 엇지 일죠의 됴됴을
쥬리요 숀장군 임죵시의 ᄉᆞ즉을 도독을 밋고 부탁ᄒ여거날 엇지 션왕의 유
훈을 그더지 져바리나잇가 쥬유왈 강동ᄇᆞᆨ셩이 날을 원망할가 ᄒ냐 ᄊᆞᆸ홈을
파ᄒ노라 노슉왈 장군의 영웅과 강동형셰로 됴됴을 겁ᄒ여 ᄒᆞᆫ번 ᄊᆞᆸ

〈17-앞〉

(낙장)

〈17-뒤〉

가 공명왈 ᄂᆡ 융중의 잇셔 들은즉 됴됴 한슈의 물을 ᄭᆡ어 동작ᄃᆡ을 지어놋
코 쳔ᄒ졀식을 그 가온디 두고 동낙ᄐᆡ평을 원ᄒ드니 강동의 교공ᄂᆡ 두 ᄯᆞᆯ
을 두어시되 장왈 ᄃᆡ교요 ᄎᆞ왈 소교라 침어낙안지상니요 폐월슈화지ᄐᆡ란
말을 듯고 됴됴 밍셰ᄒ되 쳔ᄒ을 평졍ᄒ고 왕업을 일운 후의 강동 ᄂᆡ교을
어더다가 동작ᄃᆡ 놉푼 집의 만련낙을 삼으리라 ᄒ고 긔어니 강동을 엿보나
니 장군은 교공을 ᄎᆞᆺᄌᆞ 쳔금을 쥬고라도 ᄂᆡ교을 어더 ᄉᆞᄌᆞ로 ᄒ여 보니시
면 범여 셔시을 오왕 부쳐의 보니여 회게욕을 면함갓ᄒᆞᆫ지라 장군은 민간
안여ᄌᆞ을 앗기지 말고 급피 쥬션ᄒ쇼셔 쥬유왈 됴됴 ᄂᆡ교 엇고져 ᄒ난 증
험니 무어신니온잇가 공명왈 됴됴의 아달 됴식은 쳔ᄒ의 문장니라 됴식으
로 동작부을 지어시되 쳐음은 쳔ᄌᆞ 되고 다음은 ᄂᆡ교을 취할 ᄯᅳᆺ지라 그 글
을 보와 아니니다 쥬유 그 글을 외오나잇가 공

〈18-앞〉

명왈 외오나이다 ᄒ고 외올시 ᄒ여시되 남ᄂᆡ교어동남헤여 낙죠셕지여공이
라 ᄒ니 쥬유 듯고 발련 ᄃᆡ로ᄒ여 셔안을 치며 북방을 가라쳐 왈 쥐갓ᄒᆞᆫ 됴
됴놈을 발셔 쳐 업실 거슬 ᄂᆡ젹지 두워드니 도로혀 ᄂᆡ더지 죠만ᄒ니 밍셰

코 쳐 파흐리라 공명이 짐짓 말여 왈 셕일 북흉노 변방을 침범흐미 쳔즈 공쥬을 쥬어 화친흐여거날 하물며 니교난 민간여즈라 엇지 앗기리요 쥬유왈 션싱니 모로나잇가 티교난 손장군의 형슈요 쇼교난 쇼장의 가실이로쇼니다 공명이 듯고 거짓 놀니난 쳬흐며 피셕 디왈 니 과연 모로고 짐작 말삼흔 거시 도로 실쳬된가 흐나이다 쥬유왈 션싱니 모로신다 흐니 미안니 싱각마옵고 니 됴됴로 즈웅을 결단할 거시니 진심흐여 뒤을 도와 됴됴을 파흐게 흐쇼셔 공명왈 도독이 날을 바리지 아니흐시면 아난디로 도으리다 익일의 쥬유 손권을 보고 긔병할 모

<h3>〈18-뒤〉</h3>

칙을 의논할 시 좌편은 장쇼 고옹 등 삼십여인니요 우편은 졍보 황긔 등 삼십여인이라 의관니 졍졔흐고 군위가 엄슉흔디 손권이 좌우을 도라보와 왈 됴됴 빅만디병을 젹벽의 진을 치고 격셔을 보니여시니 보라 흐며 니여쥬거날 쥬유 바다 보고 디쇼왈 간스흔 놈이 우리 동의의 사람 업난 줄을 알고 니럿탓 흐니 엇지 분치 아니흐리요 손권왈 공근의 쇼견이 엇쩌흐요 쥬유왈 쥬공이 님의 문무와 모와 의논흐엿다 흐니 엇지 결쳐을 흐엿나잇가 손권왈 연일 의논니 혹즈는 항복즈 흐고 혹즈는 쓰오즈 흐여 아즉 경흔 의논니 업노라 쥬유왈 뉘가 항복흐즈 흐든잇가 손권왈 장쇼 등니 항복즈 흐노라 쥬유 장쇼을 보와 왈 그디 등의 쇼회을 듯고져 흐노라 장쇼왈 됴됴 쳔즈의 영을 밧아 죠졍을 빙즈흐고 형쥬을 쳐 어더시니 슈륙병진흐여 강동을 치거듸면 그 형셰을 엇지 당흐리요 우션 항복흐엿다가

<h3>〈19-앞〉</h3>

죵츠 여가을 어더 의논흐스니다 쥬유왈 니난 어린아희 마리로다 강동의 긔국흐여 긔젼 삼셰흐엿거날 엇지 일죠의 남을 쥬리요 손권왈 그러면 엇지흐리요 쥬유왈 됴됴는 한국디력니라 장군은 션왕의 업을 니어 강동을 직히다

가 엇지 역적 됴됴의 긔물이 되게 흐리요 원컨더 일지병을 쥬시면 됴됴을
쳐 파흐리다 손권이 쥬유의 등을 어로만지며 왈 장흐다 니 말이여 그더로
도독을 봉흐나니 만일 졔장 즁의 위령흐난 즈 잇거든 니 칼노 버히라 흐고
칼을 글너 쥬니 쥬유 칼을 밧아 ᄎ고 즁군의 분부흐되 즈ᄎ 니후로 만일 티
만흔 지 잇시면 버히리라 손권을 흑즉흐고 공명을 다리고 군즁으로 도라와
황기 한당으로 션봉을 삼고 티ᄉᄌ 여몽으로 졔 니디을 삼고 장합 쥬티로
졔 삼디을 삼고 능동 번장으로 졔 ᄉ디을 삼고 육손 동십으로 졔 오디을 삼
고 여겁 쥬쳔으로 ᄉ방 슌경장을 삼아 ᄉ방의

〈19-뒤〉

진을 치고 쥬유 졔갈근을 불너 왈 그디 아위 공명은 졔셰 디지라 다힝이 강
동의 왓스오니 형졔 상면흐니 깃분 마음니 엇더흐든잇가 그 졔시을 지셩으
로 달너여 강동의 잇게 흐면 션성은 우리되고 쥬공은 나리되여 강동 위염
니 될닷흐나니다 근니 왈 니 강동의 온 후로 쳑쵼지공니 업스오니 다힝니
아의 왓시니 졍셩으로 달너여 강동을 도으리다 흐고 직시 공명 쳐소의 가
공명의 손을 잡고 낙누흐며 왈 이의냐 너 옛날 빅니 슉졔을 아난다 공명이
싱각흐되 쥬유의 말을 듯고 나을 달니고져 함이라 디답흐되 빅니 슉졔난
고지 현인니라 흐나니다 빅니 슉졔 비록 슈양산의 아ᄉ흐여시나 형졔 동쳐
흐엿거든 우리난 어니흐여 각분동셔흐여 니스니군흐니 비흐건디 슈괴치 아
니흐냐 공명 변식왈 형임의 말삼이 엇지흔 말삼인지 도시 ᄉ졍니로셔니다
니의 말삼은 디의로 흐나니 우리 디디로 한나라 신하라 형장니 강동

〈20-앞〉

을 바리시고 뉴황슉을 도으시면 신ᄌ의 도리도 당연흐고 션됴의 욕도 아니
될 거시요 형졔간 졍의도 온젼할 거시요 남의 치쇼도 아니될 거시여날 엇
지 의리 부도지셜노 어린 동싱의 마음을 요동케 흐나잇가 근니 싱각흐되

니 져을 달니고져 ᄒ다가 도로 졔게 달니게 되리로다 ᄒ고 어니 업시 안즈
다가 공명을 니별ᄒ고 쥬유의 막쇼로 도라와 그 슈작ᄒ 말을 낫낫치 셜화
ᄒ니 쥬유 듯고 디로ᄒ여 공명을 업시ᄒ리라 ᄒ고 익일 평명의 졔장을 호
령ᄒ여 ᄒ군을 지촉ᄒ며 공명을 함기 가기을 쳥ᄒᄃ 공명니 흔연니 허락ᄒ
고 ᄯ라가드라 쥬유 삼강 어구의 진을 치고 즁군장상의 놉피 안즈 공명을
쳥ᄒ거날 공명의 장ᄒ의 다다르니 쥬유 연접ᄒ여 좌젼 후의 문왈 됴됴의
군ᄉ난 팔십삼만이요 우리 군ᄉ 불과 오륙만이라 심으로난 가니 경젹지 못
할닷ᄒ니 됴됴의 양도을 ᄯ어 피곤케 ᄒ 후의 도모ᄒ난

거시 상칙니라 됴됴 군량을 취철산의 두워다 ᄒ니 션싱은 군병을 거나리고
취철산의 가 됴됴의 양쵸을 탈취ᄒ여 오쇼셔 공명니 싱각ᄒ되 나을 달녀려
ᄒ다가 듯지 아니ᄒ니 됴됴의 숀을 비러 나을 쥭니고져 함이니 니 아니 간
즉 져의 위영을 밧을지라 ᄒ고 의심업시 허락ᄒ드라 노슉이 문왈 도독이
공명으로 됴됴의 군량을 탈취ᄒ라 ᄒ시기난 문슨 ᄯ지온잇가 쥬유왈 공명
을 쥭니고져 ᄒ나 남의 시비을 들을 닷ᄒ기로 됴됴 의심을 비러 후환을 막
고져 함니라 노슉이 그 말을 듯고 공명의 막쇼의 가니 공명니 군ᄉ을 졍비
ᄒ며 발ᄒ할 게교을 ᄎ리거날 노슉 왈 니 들어 알건니와 션싱이 니번 거름
의 셩공할 닷ᄒ오잇가 공명이 디쇼왈 슈륙젼의 몰을 거시 업시니 혈마 염
여ᄒ오릿가 쥬도독과 즈경의 지죠의 비할 비 아니라 ᄒᄃ 노슉이 니 말을
쥬유게 고ᄒ니 쥬유 디로ᄒ여 엇지 졍르 보니리요 ᄒ고

직시 만병을 틱츌ᄒ여 취철산의 갈 ᄒ장을 ᄎ리거날 노슉이 ᄯᅩ 니 말을 공
명긔 고ᄒ니 공명니 쇼왈 공근이 날노 ᄒ여 됴됴의 양초을 겁칙고져 ᄒ기
난 나을 쥭니고져 ᄒ나 니 희롱ᄒ난 말을 듯고 위지을 가랴 ᄒᄀ난 밋난 비

가 잇거니와 쥬공이 가다가난 됴됴의 힝을 당ᄒ리라 됴됴 본시 남의 양쵸
을 잘 도격ᄒ난 사람이니 엇지 졔 양쵸을 범홀이 간슈ᄒ리요 면져 슈젼으
로 여긔을 썩끈 후의야 쇠을 베풀지라 ᄌ경은 급히 가 쥬공을 말유ᄒ여 가
지 못하게 하쇼 노슉니 도라와 공명의 말디 젼ᄒ니 쥬유 듯고 머리을 흔들
며 발을 구리며 디경왈 니 사람의 지죠난 너의셔 비승ᄒ니 잇쩌의 죽기지
못하면 장ᄎ 디환을 난면니로다 노슉니 왈 방금 삼분쳔ᄒ ᄒ여 동분셔쥬
ᄒ여 피ᄎ 여가을 엇고져 ᄒ며 영웅을 ᄒ나이라도 구ᄒ난디 니러ᄒ 인지을
죽니고 디ᄉ을 엇지 도모ᄒ리요 됴됴을

〈21-뒤〉

파ᄒ고 쳔ᄒ을 평정ᄒ 후의 도모ᄒ쇼셔 쥬유 올케 듯고 허락ᄒ드라 각셜
현덕이 ᄒ구의 잇시며 젹벽 남안을 바리보니 젼션과 긔치 은은니 보니거날
동오의 긔병ᄒ 쥴을 알고 졔장과 의논 왈 션성이 가신 후의 셩식니 상죠ᄒ
니 뉘라셔 강동의 가 쇼식을 아라오리요 미츅이 엿ᄌ오되 쇼쟝니 가 아라
오리니다 현덕이 디희ᄒ여 슈니 가 단여오라 ᄒ니 미츅니 날비션을 잡아타
고 시상의 다달나 통지ᄒ니 쥬유 듯고 들어오라 ᄒ거날 미츅이 드러가 예
ᄒ 후의 폐빅을 디리니 쥬유 밧아 호군ᄒ고 미츅을 관디ᄒ거날 미츅니 왈
션싱니 니곳 오신지 오린지라 그간 긔후가 엇더ᄒ신지 보옵고 모시고 가면
죠홀가 ᄒ나니다 쥬유 왈 방금의 공명으로 더부러 됴됴 파할 모칙을 의논
ᄒ나니 엇지 가리요 니 유예쥬을 보면 진ᄒ 의논니 잇시나 나난 디군을 거
나려 신지시셕 줌니라 일시라도 신지을 비울

〈22-앞〉

지리 업셔 가보옵지 못ᄒ나니 뉴예주난 근간의 ᄒ거ᄒ지라 ᄒ번 오시긔을
원ᄒ나니 그디 도라가 ᄎ의을 엿ᄌ와 보옵게 함니 엇더ᄒ오잇가 미츅니 허
락ᄒ고 도라와 그 슈작ᄒ 사의을 현덕젼의 고ᄒ디 현덕이 즉일 비션을 쥰

비호며 힝장을 지쵹호거날 운장니 간왈 쥬유난 지모잇난 사람니요 쏘 션싱
의 소통니 업소오니 가시기 불가호여니다 현덕왈 니 니지 강동과 화친호여
디스을 도모호며 쳥호난 거슬 아니가면 신의가 아니요 니 쏘호 슈명어쳔호
냐 디의을 페고져 호나니 죠고만호 의심을 두어 가지 아니호면 어리셕지
아니호냐 운장왈 그러호오면 쇼장니 묘시고 호가지 가오리다 현덕이 그리
호라 호고 익덕 즈룡을 불너 왈 니 운장과 강동의 가 단여올 거시니 그디들
은 신지을 비우지 말고 죠심호라 당부호고 운장으로 더부러 비션을 타고
강동의 득달호여 쥬유긔 통지호니

〈22-뒤〉

쥬유 현덕 왓단 말을 듯고 디희호여 슈문장을 불너 문왈 뉴예쥬 군스 얼마
나 다리고 왓든냐 디왈 슈십인은 되더니다 쥬유왈 이제난 강동 후환을 덜
니로다 호고 도부슈 오십명과 아장 슈인을 은미리 불너 장후의 미복호고
약쇽호되 니 현덕으로 더부러 슈쟉호며 슐을 마시다가 잔을 던지거든 일시
의 니달나 현덕을 쥭니라 지삼 당부호고 원문 밧긔 나와 현덕을 연졉호냐
장상의 올나 빈쥬지예을 맛친 후의 슐을 드려 권할 시 잇써의 공명이 현덕
왓단 말을 듯고 디경호여 직시 즁군의 와 동경을 살펴보니 쥬유의 안면의
난 살긔 가득호고 장막 후의 도부슈 흔젹니 잇시나 현덕은 화긔 만면호고
뒤의 운장니 셧거날 공명이 디희호여 염여을 놋코 강구로 나와 비을 등디
호여 기다리더라 잇써의 쥬유 슐잔을 들고 현덕을 바리보니 일원디장니 신
장

〈23-앞〉

은 구쳑니요 쥬안봉목의 팔십근 쳥용도을 들고 위염니 츄상갓치 셧시니 사
람의 정신을 썰치드라 쥬유 간담 어질호고 눈니 쌈짝호며 잔 든 팔이 쳔근
이나 되고 호츌비호여 아모리 할 쥴을 모로고 지셩으로 무러왈 져 장슈난

뉘신뇨 현덕 왈 니 아의 운장니로이다 쥬유 디경왈 원쇼의 일등명장 안량
문취 버히든 운장니신잇가 슐을 부어 권ᄒ드니 이윽ᄒ여 노슉이 드러오거
날 현덕왈 공명 션싱 어디 게신요 ᄌ경은 묘셔오라 ᄒ가지 가졋노라 ᄒ더
쥬유왈 됴됴 파할 의논이 션싱니 아니면 싱의치 못ᄒ나니 엇지 모셔가리요
잠관 두고 가시면 슈히 도라가시리다 운장니 현덕을 눈 쥬워 격동ᄒ니 현
덕이 긔미을 알고 즉시 쥬유 작별ᄒ고 강구로 나오니 공명니 등디ᄒ엿다가
현덕을 보고 반겨 디락ᄒ고 왈 듀공이 오날 위터ᄒ 일을 아라나잇가 현덕
왈 아지 못ᄒ여나니다 공명왈 운장곳 아니런들

<h3>〈23-뒤〉</h3>

쥬유의 독ᄒ 화을 면치 못할가 ᄒ엿나니다 현덕이 듯고 일경일희 ᄒ며 갓
치 가기을 쳥ᄒ더 공명왈 니 비록 호구의 잇시나 완여반셕이오니 염여말고
도라가 지다리시면 진심ᄒ여 쥬유로쎠 됴됴을 파ᄒ고 도라갈 거시니 그리
아르시고 동지달 니십일의 ᄌ룡으로 비션 일쳑을 쥬워 남병산ᄒ로 보니쇼
셔 지삼 당부ᄒ고 발션을 지쵹ᄒ니 현덕이 공명을 ᄒ직ᄒ고 ᄒ구로 도라오
니라 노슉이 쥬유을 보고 문왈 도독이 현덕을 쳥ᄒ여 왓거날 엇지ᄒ여 그
겨 보니나잇가 쥬유왈 운장은 범갓ᄒ 장스라 만일 니 현덕을 히ᄒ드면 운
장의 손의 살긔을 엇지 바리리요 그러무로 디스을 일우지 못ᄒ엿노라 각셜
됴됴 채모 장윤으로 슈군도독을 삼아 슈군을 죠련ᄒ되 쇼션은 즁앙의 두고
디션은 외면으로 둘너 셩곽을 삼고 니십스좌 슈문을 니여 밤니면 슈륙진
삼십여리의 등화 영농ᄒ여 하날의 디엿드

<h3>〈24-앞〉</h3>

(낙장)

〈24-뒤〉

(낙장)

〈25-앞〉

치 말고 관디ᄒ라 틱ᄉᄌ을 불너 칼을 글러 쥬며 왈 그디난 니 칼을 츠고 좌우을 성찰ᄒ라 오날 잔치난 친구을 디졉ᄒ난 일이니 만일 군듕ᄉ 의논ᄒ 난 자 잇거든 뭇지 말고 버히라 ᄒ니 틱ᄉᄌ 칼을 들고 좌우을 성찰ᄒ거날 장간이 심이 두려워 ᄉ의을 발구치 못ᄒ드라 쥬유왈 니 젼일의난 슐먹난 일이 업드니 오날은 고인을 만니시니 취토록 먹어보리라 ᄒ고 좌상의 비반 니 낭ᄌᄒ며 쇼어난만ᄒ더니 쥬유 슐이 디취ᄒ여 장간의 손을 잡고 장외로 나오니 좌우 군ᄉ 쳑검젼포의 창검을 들고 좌우의 나열ᄒ여거날 쥬유 왈 니의 군ᄉ 엇더ᄒ뇨 장간왈 장ᄒ도다 ᄯᅩ ᄒ 곳의 니르러 보니 군량 마쵸 젹 여구산니어날 쥬유왈 니 양쵸 엇더ᄒ뇨 장간왈 그도 장ᄒ도다 쥬유 장간을 다리고 듕군의 도라와 졔장을 모으고 슐을 먹드니 쥬유 졔장을 가라쳐 왈 니 사람은 다 강

〈25-뒤〉

동 영웅니라 오날 잔치 일홈은 구령회라 ᄒ고 밤니 집도록 슐을 권ᄒ드니 장간이 슐을 익기지 못ᄒ여 잔을 ᄉ양ᄒ거날 쥬유 슐을 치우고 왈 ᄌ니와 동침ᄒ지 오리더니 오날은 ᄒ가지로 ᄌ리로다 ᄒ고 거짓 디취ᄒ여 평상의 ᄯᅥᄭ우러져 구토질 ᄒ니 장간니 잠을 일우지 못ᄒ고 군듕의 니경을 고ᄒ되 쥬유 요지부동ᄒ거날 장간이 셔안의 잇난 문셔을 상고ᄒ드니 각쳐의 왕니 ᄒ 문셔난 고ᄉᄒ고 그 듕의 ᄒ 편지 피봉을 보니 쵀모 장윤은 근상장니라 ᄒ여거날 고이ᄒ여 여쩌여보니 ᄒ여시되 쇼장 등니 됴됴의 실ᄒ의 항복한 거슨 실상니 공후작녹을 취ᄒ 비 아니라 아모리 ᄒ여도 여가을 어듸면 됴

묘의 머리을 버혀 장군의 휘호의 밧치리다 호엿거날 장간니 그 편지을 쇼
미의 간슈호고 쏘 다른 편지을 보고져 할 지음의 쥬유 몸을 요동호니 장간
이 불을 치우고 자난 체호거날 쥬유

〈26-앞〉

군말을 호여 왈 즈익아 즈니 일간의 묘됴의 머리을 귀경호랴난냐 장간이
디답고져 할 지음의 쥬유 다시 잠니 들거날 장간니 심슉호여 젼젼반칙호드
니 잇쩌의 엇던 사람이 죠용니 들어와 은근니 무러 왈 도독은 즈시나잇가
쥬유 디경호여 니러 안지면 모로난 체호고 도로 무러왈 져긔 누은 사람니
누귀냐 장즈익니 아니신잇가 쥬유 기탄왈 니 젼일 슐취호난 일이 업더니
오날 취즁의 무신 말을 호엿난지 모로것다 그 스람왈 강동의셔 스환니 왓
나니다 쥬유 숀을 쳐 왈 쇼리을 나직니 호여라 호고 짐짓 즈익아 부르거날
장간니 더옥 즈난 체호고 디답지 아니호니 쥬유 그 사람을 다리고 밧그로
나가 가만이 말을 호되 채 장 두 사람니 아즉 틈을 엇지 못호여시니 아모
날나라도 여가을 어더 도모호리라 호거날 장간니 그 말을 즈시

〈26-뒤〉

듯지 못호고 디강 짐작호드니 쥬유 드러와 즈익아 부르거날 장간니 디답지
아니호니 쥬유 오슬 벗고 의심업시 즈거날 장간이 싱각호되 쥬유난 쥐밀호
사람니라 박는 날의 만일 편지을 찻다가 현로호거듸면 필경의 히을 면치
못할 거시니 이 쩌을 타 도망호리라 호고 쥬유을 부르니 잠든 체호고 디답
지 아니호거날 장간니 의관을 슈십호고 장젼의 나와 동즈을 다리고 진문
밧긔 나오니 슌경호난 군스 문왈 션성은 어듸을 가시나잇가 장간왈 남의
진즁의 오리 잇시면 군즁의 히롬니 잇실가 호여 도라가노라 호니 군스 말
유치 아니호거날 장간니 비을 잡아타고 본진으로 와 동오 쇼식을 디강 셜
화호며 묘젹호여 온 편지을 듸린더 묘됴 보고 디로호여 장윤을 불너 왈 지

금으로 강동을 쳐 파ㅎ라 채모 장윤이 왈 아직 군ㅅ 죠련을 못ㅎ여시니 엇
지 홀지의 경홀이 치오릿가 됴됴 발연

〈27-앞〉

디로왈 군ㅅ 죠련을 ㅎ거듸면 니 머리을 버혀 쥬유끽 보니것난냐 양장니
미쳐 발명치 못ㅎ냐 군ㅅ을 호령ㅎ여 쵀모 장윤을 버히고 모기 우금으로
슈군도독을 삼으니 쥬유 그 쇼숙을 듯고 디희ㅎ여 노슉을 불너 왈 니 장간
을 유인ㅎ냐 됴됴을 쇽여 쵀모 장윤을 죽여시니 졔장은 모를지라 공명니
아난가 군즁의 가 동졍을 보고오라 노슉니 공명의 의막의 와 문안ㅎ니 공
명왈 니 도독을 보면 치ㅎ할 일니 잇노라 노슉왈 무슨 일이온잇가 공명왈
공근이 ㅈ경으로 니의 동졍 보라 ㅎ고 왔거니와 니 엇지 모로리요 장간으
로 됴됴을 쇽여 쵀모 장윤을 죽여시나 됴됴 필경은 후회ㅎ리라 ㅈ경은 니
아드란 말을 공근게 마오 드르면 날을 히코져 ㅎ리라 노슉이 도라와 실상
으로 고ㅎ니 쥬유 디경왈 니 사람은 졀단코 죽니리라 노슉왈 공명을 죽니
다난 됴됴의 치쇼을 밧으리

〈27-뒤〉

다 쥬유왈 니 공도로 죽이면 남의 치쇼을 면ㅎ리라 노슉왈 무신 공도로 죽
니리요 쥬유왈 명일 보면 알니라 ㅎ고 익일 평명의 졔장을 모우고 공명을
쳥ㅎ여 젼장ㅅ을 의논ㅎ여 왈 슈젼의 무슨 긔게가 뇨긴ㅎ온잇가 공명왈 슈
젼의 궁시가 요긴ㅎ온니다 쥬유왈 션셩의 말삼니 당연ㅎ오나 지금 우리 군
즁의 살 ㅎ 긔 업스오니 엇지 ㅎ오릿가 션셩은 슈고을 애기지 마옵고 십만
쩨 살을 지어 됴됴을 파ㅎ게 ㅎ시면 쳔만 다ㅎㅎ여니다 공명왈 엇지 장영
을 어긔릿가 그러ㅎ오면 어늬 쩌의 쎠려 ㅎ나잇가 쥬유왈 십일 니로 만당
ㅎ쇼셔 공명왈 양국니 디진ㅎ여 피츠 여가을 엇고져 ㅎ난디 어느날 무슨
환니 날 줄을 알고 엇지 십일을 지쳐하오릿가 삼일니로 당ㅎ리다 쥬유 디

희왈 군중의난 헛말을 못ㅎ난이다 공명왈 엇지 헛말을 ㅎ오릿가 군령장을
두오리다 쥬유 허락ㅎ

〈28-앞〉

고 군즁 셔긔을 불너 공명의 다짐을 밧고 스례왈 디스을 이룬 후의 디공을
갑푸리다 공명왈 오날은 날이 님의 져무러시니 명일노붓터 삼일 후의 오빅
군스을 보니여 살을 시러 가쇼셔 ㅎ고 쥬유을 ㅎ직ㅎ고 셩칙으로 도라오니
라 츠일의 노슉니 쥬유끠 문왈 니 스람니 빈말니나 아니ㅎ오릿가 쥬유왈
졔가 분명 당ㅎ것다 ㅎ고 다짐을 두워시니 졔 헛말ㅎ고난 사라 가지난 못
ㅎ리라 니 군즁 장인의 분부ㅎ여 일을 심씨 말니 ㅎ면 즈연 과ㅎ니 될 거시
니 그 써는 졔 죄을 졍ㅎ리라 즈경은 가 동졍을 보고 오라 ㅎ니 노슉이 공
명의 장막의 와 본 즉 공명왈 즈경은 엇지 니의 당부ㅎ 말을 짐작ㅎ냐 긔어
니 남을 스지로 보니고져 ㅎ난야 엇지 십만 쩨 살을 삼일니 당ㅎ리요 그러
나 즈경은 날 구ㅎ라 즈경왈 니난 다 션싱의 즈초지화라 니 엇지 구

〈28-뒤〉

ㅎ리요 공명왈 니 죠흔 묘칙니 잇시니 부디 현로말고 견션 니십칙을 빌니
되 비 ㅎ칙의 원군 삼십명식 등디ㅎ고 시쵸로 우인을 만드라 비우의 세우
고 쳥포장 치고 각별이 등디ㅎ여 쥬쇼셔 장츠 살 쥬션할 도리을 ㅎ리니다
니 말을 공근게 ㅎ지 마오 알면 디스 낭픽ㅎ여 만스불여의 할 거시니 삼가
죠심ㅎ라 지삼 당부ㅎ거날 노슉이 허락ㅎ며 의심ㅎ고 도라와 고ㅎ되 공명
니 살 만들 게교난 아니ㅎ고 탕연니 잇시며 달니 할 도리 잇다 ㅎ더니다 쥬
유 역시 의심ㅎ여 왈 삼일 후의 긔별ㅎ는 양을 보리라 ㅎ드니 노슉이 견션
니십칙을 각식으로 쥰비ㅎ여 둥디ㅎ고 공명의 영을 지다리드니 공명이 졔
일일일은 풍악만 ㅎ고 아모 동졍니 업더니 졔삼일 니경말의 비로쇼 노슉을
쳥ㅎ여 왈 즈경은 나와 함긔 가 살을 슈운ㅎ게 ㅎ라 노슉왈 어디로 가시려

ᄒᆞ나잇가 가보면 ᄌᆞ연 알 거시니 뭇지 말고 가ᄉᆞ니다

〈29-앞〉

ᄒᆞ고 니날밤의 니십칙 젼션을 일ᄌᆞ로 ᄲᅦ을 무어 압셰우고 됴됴의 슈진을 바리보며 나려가드니 ᄎᆞ야의 안기 ᄌᆞ옥ᄒᆞ냐 지쳑을 분별치 못할네라 공명니 군ᄉᆞ을 호령ᄒᆞ여 됴됴의 슈진 근쳐의 닷슬 놋코 젼션 슈미을 동셔로 분간ᄒᆞ여 일ᄌᆞ로 버려 셰우고 뇌고납함ᄒᆞ니 노슉니 ᄃᆡ경왈 만일 됴됴의 ᄃᆡ병이 엄살ᄒᆞ거듸면 엇지 당젹을 ᄒᆞ오릿가 공명니 ᄃᆡ쇼왈 됴됴 아모리 영웅인들 여ᄎᆞ칠야의 흑운니 쳔히을 덥퍼시니 엇지 나을 쵸치리요 염여말고 우리난 슐이나 먹고 살이나 어더 가ᄌᆞᄒᆞ며 횡비 낭ᄌᆞᄒᆞ드니 잇ᄯᅴ의 죠죠의 슈군 도독 모기 우금이 불의예 뇌고쇼리을 듯고 ᄃᆡ경ᄒᆞ여 즁군의 드러와 됴됴의게 고ᄒᆞ니 됴됴 듯고 ᄃᆡ경ᄒᆞ여 군즁의 젼령ᄒᆞ되 불니의 젹병니 엄살ᄒᆞ니 필시 사면의 복병니 잇실지라 경젹지 말고 궁노슈 슈만을 죠발ᄒᆞ여 뇌고셩 나

〈29-뒤〉

난 곳을 일쳬로 쏘라 ᄒᆞ니 장졸이 영을 듯고 닷토와 쏘니 시셕이 비오듯ᄒᆞ여 경각의 니십칙 젼션의 살이 가득ᄒᆞ여 비 ᄒᆞᆫ편으로 지울거날 공명니 ᄃᆡ희ᄒᆞ여 비 뒤미을 밧고와 셰우고 군ᄉᆞ을 지촉ᄒᆞ여 일변 뇌고ᄒᆞ니 공즁의 ᄶᅧ오난 살이 연쇽부졀ᄒᆞ여 니십칙 젼션니 가득ᄒᆞ고 일츌동영ᄒᆞ며 안기 것치거날 공명이 비을 거두어 도라오며 군ᄉᆞ로 크게 워여 왈 승상이 다힝이 살을 만이 쥬시긔로 바다 가오니 감츅ᄒᆞ오며 일후의 졈젼ᄒᆞ올 ᄯᅦ의 승상의 살노 승상을 쏠터니 니 엇지 싱각지 말나ᄒᆞ고 공명이 노슉을 도라보와 왈 강동심을 허비치 아니ᄒᆞ고 져의 살을 어더다가 져의을 쏘거듸면 그 아니 죠흔잇가 노슉이 ᄃᆡ찬왈 션싱은 진실노 신인니로쇼니다 오날밤 안기 잇실 쥴은 엇지 아라나잇가 공명왈 쳔문지리와 음냥죠화을 모로고 엇지 안다고

발명ᄒ니

〈30-앞〉

요 니 오날 일기을 알기로 삼일 경한ᄒ여시며 공근니 십일 경ᄒ기난 군
중 징인의 분부ᄒ여 일을 지쳬ᄒ여 과ᄒᄒ게 ᄒ고 나을 살히코져 ᄒ거거
니 명니 하날의 잇거든 공근이 엇지 히ᄒ리요 츳일의 쥬유 오빅군을 강구
의 보니고 살을 기다리드니 노슉이 십만 쎄 살은 고ᄉᄒ고 슈빅만 쎄 살을
슈운ᄒ여 밧치고 공명의 살 어든 ᄉ연을 고ᄒ니 쥬유 듯고 디경디찬왈 공
명의 지죠난 귀신도 칙양키 어렵다 ᄒ드니 이윽ᄒ여 공명이 드러오거날 쥬
유 장ᄒ의 나려와 연졉ᄒ며 ᄉ례왈 션셩의 신긔ᄒ 지죠난 ᄉ람의 심장을
놀니나니다 공명왈 엇지 조고만ᄒ 지죠을 엇지 긔니타 ᄒ리요 쥬유왈 쥬공
니 졉젼을 지쵹ᄒ오나 지모 업셔 두셔을 졍치 못ᄒ오니 션셩은 신긔ᄒ 묘
슐을 가라치소셔 공명왈 양은 옹지라 엇지 긔니ᄒ 꾀을 알니요 쥬유왈 니
ᄒ 꾀을 어더시니 ᄉ양치 말고 가부을 결단

〈30-뒤〉

ᄒ여 아득ᄒ 쇠견을 소히케 ᄒ쇼셔 공명왈 우리 각각 장즁의 글ᄌ을 써 비
견ᄒᄉ니다 쥬유 디희ᄒ여 셔로 써보이니 두르 손의 다 불화ᄌ라 쥬유 디
희왈 두르 쇠견 갓ᄉ오니 무어슬 염여ᄒ리요 화공할 묘칙을 의논ᄒ드라 각
셜 됴됴 십만 쎄 살을 일코 심화ᄌ발ᄒ여 두셔을 졍치 못ᄒ더라 모ᄉ 순유
왈 강동의 쥬유 공명니 꾀을 씨니 모ᄉ을 강동의 보니여 ᄉ항ᄒ여 니응으
로 쇼식을 알게 ᄒ쇼셔 됴됴왈 보닐만ᄒ 사람니 업나니다 순유 왈 쵀즁 쵀
화을 은혜로 디졉ᄒ여 보니시면 디ᄉ을 도모ᄒ오리다 됴됴 올케 듯고 즉시
쵀즁 쵀화을 쳥ᄒ냐 관디ᄒ여 왈 그디 등은 지셩위국ᄒ여 강동의 가 ᄉ항
ᄒ고 동졍을 아라 쇼식을 통ᄒ면 디ᄉ을 일운 후의 만호후을 봉ᄒ냐 디공
을 갑푸리라 쵀즁 쵀화 왈 쇼장 등니 국녹을 먹으며 척촌지공이 업셔 ᄒ니

옵더니 장군니 져러탓 ᄒ시니 니계로 강동을 가 진

〈31-앞〉

심ᄒ여 틈을 어더 쥬유 공명의 머리을 버혀다가 장ᄒ의 밧치리다 ᄒ고 직
시 군ᄉ 슈십명을 거나리고 순풍을 어더 비을 노와 강동의 다달나 납명ᄒ
고 장하의 드러가 체읍왈 쇼장의 형 쵀모 무고니 됴됴의 화을 당ᄒ여시니
불공디쳔지슈을 갑지 못ᄒ여 쥬야 ᄒ니로되 여가을 어들 슈가 업셔 장군
휘ᄒ의 왓ᄉ오니 바리건디 집피 싱각ᄒ와 장ᄒ의 두시면 평싱 심을 다ᄒ여
장군을 도와 원슈을 갑흘가 바라나이다 쥬유 지긔ᄒ고 흔연니 허락ᄒ며 후
디ᄒ고 감영을 불너 왈 쵀중 쵀화 항복ᄒ다고 왓시나 져의 쳐즈 두고 왓시
니 됴됴 져의을 보니여 ᄉ항ᄒ고 우리 동졍을 알고져 함니라 너 엇지 모로
리요 니 두 ᄉ람을 다려다가 너의 막쇼의 후디ᄒ여 두면 됴됴와 디진할 ᄶ
의 져의을 잡아 디긔의 고유을 ᄒ리라 감연니 쳥영ᄒ고 니인을 다리고 나
간 후의 노슉

〈31-뒤〉

이 드러와 문왈 쵀중 쵀화을 엇지 알고 씨려ᄒ시나잇가 쥬유 디칙왈 져의
형의 원슈을 갑고져 ᄒ여 너게 와 항복ᄒ거날 엇지 의심을 ᄒ리요 노슉이
묵묵 부답ᄒ고 도라와 공명을 보고 그 ᄉ연을 고한디 공명이 쇼왈 양진중
의 디강니 막혀시니 우리 동졍을 몰나 됴됴 쵀중 쵀화로 ᄉ항ᄒ여 실상을
알고져 함니라 공근이 그 꾀을 알고 짐짓 군중의 두난 일을 즈겅니 엇지 알
니요 노슉이 그계야 파혹ᄒ고 공명의 지감을 탄복ᄒ드라 잇써의 쥬유 심야
삼경의 등쵹은 휘황ᄒ디 됴됴 파할 꾀을 졍치 못ᄒ야 젼젼반측 ᄒ더니 션
봉장 황기 드러오거날 쥬유왈 니럿탓 야심ᄒ디 공복이 엇지 무신쇼로 왓나
잇가 황기왈 다름니 아니라 방금 양국이 디진ᄒ여 형셰을 싱각혼직 됴됴의
군ᄉ는 빅만이 남고 우리 장졸은 슈쳔의 남지 못ᄒ니 화친니 안인즉 셩ᄉ

ᄒ기 어려오니 엇지 도모치 아니ᄒ

⟨32-앞⟩

나잇가 쥬유왈 니 화친할 싱각이 잇괴로 췌중 췌화의 ᄉ항을 밧고 군중의 두워 쇼식을 통케 ᄒ여시나 우리는 됴됴의 진의 ᄉ항ᄒ리가 업시니 글노 근심ᄒ노라 황기왈 그러ᄒ오면 쇼장이 가 항복ᄒ오릿가 쥬유왈 장군의 ᄠ지 과도ᄒ오나 우리 피촌 허물이 업시니 ᄉ항ᄒ여도 죠죠 밋지 아니할가 ᄒ나이다 황기 왈 니 ᄉ손장군의 삼디 은혜을 입어시니 그 공을 갑즈ᄒ면 몸이 ᄉ지의 든다ᄒ여도 ᄉ양할 길이 업난지라 도독의 쇼회을 이르시면 장영디로 ᄒ오리다 쥬유왈 니 일을 힝ᄒ면 강동의 디힝니오니 됴됴을 파ᄒ 후의 디공을 갑푸리다 ᄒ고 익일의 쥬유 졔장을 모우고 ᄒ령왈 됴됴의 빅만 디병이 빅니지경의 유진ᄒ고 슈륙슈륙병진ᄒ여시니 졔장은 각기 삼식을 가지고 됴됴을 쳐 파ᄒ라 ᄒ디 황기 츌반쥬왈 삼연양슉이라도 오히려 부죡지 난이 잇거든

⟨32-뒤⟩

삼식 양식을 가지고 엇지 디ᄉ을 경영ᄒ리요 모ᄉ의 말을 죠촌 됴됴의게 항복ᄒ여 화을 면ᄒ는 거시 올흘가 ᄒ나이다 쥬유 발연 디로왈 니 쥬공의 영을 밧아 됴됴을 치랴ᄒ거날 너 영을 어긔고 항복고져 ᄒ니 너을 버히지 아니ᄒ즉 장영을 폐지 못ᄒ리라 ᄒ고 황기을 니여 버히라 호령ᄒ니 황기 디로왈 니 파로장군을 묘셔 강동을 어더 공이 젹지 아니ᄒ거든 너 엇지 나을 쥭이려 ᄒ난냐 쥬유 디로ᄒ여 무ᄉ을 지쵹ᄒ여 버히라 ᄒ니 감영이 엿ᄌ오되 공복은 동오의 구신니오니 죄을 용셔ᄒ여 니 두을 보옵쇼셔 쥬유 ᄭ지져 왈 너 엇지 나을 항거코져 ᄒ난야 좌우을 호령ᄒ여 감영을 엄공 방츌ᄒ고 황기을 버히라 지쵹ᄒ니 졔장이 엿ᄌ오되 황기의 죄난 쥭여 맛당ᄒ오나 약국이 디진ᄒ여 미결싱부 ᄒ옵고 디장 버히난 거시 군중의 ᄉ손상이

될닷ᄒ오니 도독은 잠관 용셔ᄒ여다

〈33-앞〉

가 됴됴을 파ᄒ 후의 결쳐ᄒ쇼셔 쥬유 왈 니 결단코 버힐닷 ᄒ되 졔장의 안면을 보와 아즉 용셔을 ᄒ거니와 우션 엄곤 빅도ᄒ여 군즁 영을 발키라 ᄒ던 졔장니 다시 간ᄒ되 임의 용셔ᄒ실진댜 다시 통촉ᄒ옵쇼셔 쥬유 디로ᄒ여 셔안을 치며 졔장을 호령ᄒ여 물니치고 황기을 잡아너여 오십도 엄곤ᄒ니 졔장이 엿ᄌ오되 공복 쳣단 말을 인국이 들으면 치쇼을 밧을 닷ᄒ오니 도독은 다시 쳐분ᄒ쇼셔 쥬유왈 니 그디등의 낫슬 보와 오십도의 부거ᄒ여 두라 일후의 다시 위령ᄒ난 ᄌ 잇시면 용셔업시리라 이날 황기 즁장ᄒ고 유혈이 만신의 가득ᄒ니 졔장이 다려다가 본쇼의 막의 뉘니고 위로ᄒ니 황기 니윽고 졍신을 진졍ᄒ여 좌우 군졸을 도라보며 시러ᄒ기을 마지 아니ᄒ드라 노슉이 공명을 보고 왈 오날 공근이 공복 칠 ᄶᅥ의 우리난 공근의 막ᄒ니라 말유치 못

〈33-뒤〉

ᄒ여거니와 션셩은 긔ᄂᆞ라 혐의 업거날 엇지 말유치 못ᄒ여나잇가 공명이 쇼왈 ᄌ경은 엇지 나을 노류장화로 디졉ᄒ난요 노슉왈 니 션셩을 모시고 강동의 오신 후의 호리라도 셔로 긔망ᄒ 일니 업거날 엇지 니런 말을 ᄒ나잇가 공명왈 오날 공복 친 거시 쬣 줄을 모르고 니런 말을 ᄒ난냐 고륙게 아니면 엇지 됴됴을 쇠기리요 필야 공복으로 됴됴의 ᄉᆞ항ᄒ고 디스을 일울 경윤니라 응당 쵀즁 쵀화도 그 ᄉᆞ연을 져의 진의 통긔ᄒ여실 거시니 일은 진실노 맛칠지라 ᄌ경은 공근을 보거든 오날 일을 니가 아드라 말고 원망ᄒ드라 ᄒ쇼 들으면 ᄯᅩ 나을 희코져 할 거시니 부디 죠심ᄒ쇼노슉이 쥬유을 보고 문왈 오날 공복을 엇지ᄒ 일노 쳣나잇가 쥬유왈 졔장니 무워시라 ᄒ든잇가 노슉왈 다 원망ᄒ더니다 쥬유왈 공명의 말은 엇더ᄒ든잇가 공명

도 원망ᄒᆞ더니다 쥬유

〈34-앞〉

왈 이번은 쇠겨쏘다 오날 공복 친 거슨 고륙게을 쎠 됴됴을 속이려 함니라
노슉이 듯고 공명의 지감을 탄복ᄒᆞ더라 추셜 황기 상쳐 딕단ᄒᆞ여 군즁의
누어 신음ᄒᆞ더니 모스 감틱이 와 위로ᄒᆞ거날 황기 좌우을 치우고 감틱을
스례ᄒᆞᆫ딕 감틱왈 공복은 상쳐가 엇써ᄒᆞ시며 그 일니 고륙게 아니신잇가 황
기왈 엇지 아나잇가 감틱왈 공근의 거동을 보고 짐작ᄒᆞ엿나이다 황기왈 닉
손장군의 삼딕 은혜을 갑고져 ᄒᆞ니 몸은 상ᄒᆞ여시나 한은 업난지라 황공ᄒᆞ
오나 션셩은 츙의 거룩하옵긔로 닉 심즁스을 셜화ᄒᆞ나니다 감틱왈 날노ᄒᆞ
여 스항셔을 됴됴의게 보닉고져 ᄒᆞ난냐 황기왈 진실노 그 쓰지오니 션셩의
싱각이 엇써ᄒᆞ온잇가 감틱왈 딕장부 셰상의 나셔 딕공을 셰우지

〈34-뒤〉

못ᄒᆞ면 여쵸목동부라 그딕 임의 몸을 바려 임군의 은혜을 갑고져 ᄒᆞ거날
닉 엇지 일츠 슈고을 앗기릿가 황기 장ᄒᆞ의 나려 졀ᄒᆞ고 스례왈 션셩의 활
달ᄒᆞ신 덕틱은 여산여희라 엇지 다 갑스오릿가 감틱왈 임의 그러ᄒᆞ올진디
스체가 급박ᄒᆞ오니 지금으로 곳 가오리다 ᄒᆞᆫ딕 황기 스항셔을 쎠쥬며 험노
풍파의 죠심함을 스례ᄒᆞ더라 감틱이 니날 비션 일쳑을 잡아 타고 됴됴의
슈진을 바리보며 슌풍의 나려가니 빅만딕병 쥑니랴고 갑살션이 가난 쥴을
뉘 알니요 감틱이 됴됴의 진의 다달나 비을 니리더니 슌강ᄒᆞ난 군스 등니
감틱을 잡아 장ᄒᆞ의 밧치니 추야의 됴됴 진즁의 등쵹을 발키고 셔안을 의
지ᄒᆞ여 병셔을 보다가 감틱을 보고 문왈 너 강동스람으로 니러탓 집푼 밤
의 무단

〈35-앞〉

니 왓시니 엇지흔 연고요 살긔을 바리거든 진졍을 긔니지 말고 죵실 직고
흐라 감틱이 장읍 불빈흐고 언연니 셔 앙쳔디쇼왈 됴승상니 관후장즈로 어
진 스람을 구흔다 흐더니 오날 뭇난 말을 듯고 졉인흐난 양을 보니 불스막
심흔 모양을 황공복이 그릇 아라쏘다 흔디 됴됴왈 니 강동과 디진흐여는디
남의 군즁의 통긔업시 임의 왕니흐니 엇지 뭇지 아니흐리요 감틱왈 황공복
은 동오의 구신니라 공로가 젹지 아니흔디 부고니 쥬유게 죄을 입고 졀치
부심 흐여 항셔을 쥬며 갓다가 올니고 스의을 통흐라 흐기로 가져왓시니
승상의 뜻이 엇더흐온잇가 흐며 항셔을 올이니 됴됴 항셔을 밧아 보고 디
질 왈 황긔 고륙게을 쎠 널노 사항셔을 딜이여 날을 쇠기고져 흐난냐 좌우
을 호령흐여 감틱을 니여 버히라 흐니 감틱이 안식을

〈35-뒤〉

불변흐고 앙쳔디쇼흐거날 됴됴왈 니 너의 간게을 알기로 글노흐여 윗난야
감틱왈 쥑니랴면 밧비 쥑니졔 무신 잔말을 흐난다 됴됴 왈 니 병셔을 능통
흐여 간게을 몰을 거시 업거날 너 무신 잔말을 흐며 실상으로 항복을 흐랴
면 긔약을 졍흐여 남의 동졍을 알고 오난 거시 올커날 션통 업시 무방의 엇
지 왓난요 감틱왈 너 병셔의 익다흐고 즈칭 영웅니라 흐더니 오날 보니 어
리도다 만일 강동을 졀우거듸면 졀단코 쥬유게 잡피리라 니 너 갓흔 구싱
유취을 모로고 그릇 왓다 죽기 원통흐도다 그러나 너 부질 업시 허비근력
말고 슈이 도라가라 됴됴왈 너 엇지 방즈니 우리을 비방흐난다 감틱왈 너
어진 스람을 모로미 엇지 어리셕지 아니흐리요 나라을 바리고 다른 임군을
짜르고져 흐

〈36-앞〉

난 사람이 틈을 어더야 할 거리어날 미리 긔약을 정ᄒᆞ엿다가 만일 형로ᄒᆞ거듸면 셩ᄉᆞ치 못ᄒᆞ난 쥴을 모로고 ᄉᆞ람 쥭기기만 일을 삼으니 엇지 졀통치 아니ᄒᆞ리요 죠죠 그지야 장ᄒᆞ의 나려와 연졉ᄒᆞ여 장상의 올나 좌을 정ᄒᆞ고 ᄉᆞ례왈 ᄂᆡ 과연 용열ᄒᆞ여 쵹노ᄒᆞ여시니 허물치 말고 용셔ᄒᆞ쇼셔 감틱왈 ᄂᆡ 공복과 싱상의게 항복함은 실상니오니 엇지 의심을 두리요 됴됴왈 ᄎᆞ역쳔우신죠ᄒᆞᆫ 일이니 바ᄅᆡ건ᄃᆡ 공복과 동심ᄒᆞ여 ᄃᆡ공을 맛치게 ᄒᆞ면 일등공신이 될 거시니 진심ᄒᆞ여 도으쇼셔 감틱왈 우리도 작녹을 탐ᄒᆞ난 거시 아니라 쳔지을 순슈함니로쇼니다 됴됴 ᄃᆡ희ᄒᆞ여 감틱을 관ᄃᆡᄒᆞ더니 이윽ᄒᆞ여 탐보군이 ᄒᆞᆫ 셔간을 듸리거날 ᄯᅦ여보니 쵀즁 쵀화의 편지라 황긔 쥬유의게 졀곤ᄒᆞᆫ ᄉᆞ연을 통

〈36-뒤〉

긔ᄒᆞ엿거날 됴됴 감틱을 더옥 밋어ᄒᆞ며 다시 간청왈 션싱은 니제로 강동의가 공복과 언약을 정ᄒᆞ고 쇼식을 슈니 통ᄒᆞ쇼셔 감틱왈 ᄂᆡ 임의 강동을 비반ᄒᆞ고 엇지 다시 가리요 승상은 다른 ᄉᆞ람으로 보ᄂᆡ쇼셔 됴됴왈 다른 ᄉᆞ람을 보ᄂᆡ면 일니 현로할 닷ᄒᆞ니 션싱은 슈고을 앗기지 말고 슈니 가시여 ᄃᆡᄉᆞ의 낭픽케 마옵소셔 감틱이 지삼 ᄉᆞ양ᄒᆞ다가 왈 ᄉᆞ세 그러ᄒᆞ면 진작가야 강동 사람의 의심니 업시리라 ᄒᆞ고 직시 ᄒᆞ직ᄒᆞ고 강동의 도라와 황긔을 보고 ᄉᆞ항셔 듸린 ᄉᆞ연을 낫낫 셜화ᄒᆞ니 황긔 듯고 험노 위거의 셩공ᄒᆞ고 오심을 사례ᄒᆞ고 왈 ᄂᆡ 감영의 진의 가 쵀즁 쵀화의 동졍을 아라보리라 ᄒᆞ고 감영의 진의 니르러 감영을 보고 왈 일젼의 공복을 구ᄒᆞ다가 공근게 욕을 밧으믜 ᄂᆡ 역 보기 미안ᄒᆞ더

〈37-앞〉

이다 셔로 언쇼 즈약ᄒ더니 쵀즁 쵀화 드러오거날 감튁이 눈을 쥬니 감영
니 그 눈치을 알고 짐짓 디로왈 공근이 지죠만 밋고 졔장은 싱각지 아니ᄒ
니 분ᄒ도다 니을 갈며 디답ᄒ니 쵀즁 쵀화 감영의 거동을 보고 문왈 션싱
과 장군이 무신 분훈 일니 잇나잇가 감튁왈 남의 쇼회을 엇지 알니요 쵀화
왈 강동을 비반ᄒ고 죠승상을 셤기고져 ᄒ나잇가 감튁니 그 말을 듯고 거
짓 질식ᄒ니 감영니 쏘 디로ᄒ여 칼을 드러 쵀화을 젼우며 디질 왈 우리 일
이 님의 현로ᄒ여시니 너을 쥭니여 말을 막으리라 훈디 쵀화 지셩으로 비
러 왈 장군은 노을 참으시고 우리 심곡을 들으소셔 감영왈 무슨 말인지 밧
비 ᄒ라 쵀화왈 우리도 이리 와 항복훈 것도 진졍니 아니라 죠승상 의 밧아
슈항ᄒ고 쇼식을 통코져 왓스오니 장군이 만일 됴승상을 ᄯᅡ르고져 ᄒ거든
진졍을 통ᄒ시면 우리 인도ᄒ오리다 감영왈 그디 진졍 그러ᄒ야 쵀

〈37-뒤〉

화왈 엇지 호발인들 긔졍을 ᄒ오릿가 감영이 그지야 디희왈 그듸의 언실이
갓흘진디 ᄒ나리 도으심니라 쵀화왈 일졍의 공복이 죄입은 것과 장군의 곤
박당ᄒ심을 다 승상젼에 통긔ᄒ엿나이다 감튁왈 나도 공복의 항셔을 죠승
상게 디려시니 장군도 갓되 항복ᄒᄉ다 감영왈 그리ᄒ쇼셔 디장부 출셰
ᄒ여 됴승상 갓훈 영웅을 훈번 셤기거 되면 무슨 원이 잇시리요 셔로 희희
낙락ᄒ며 비반이 낭즈ᄒ더니 이날 쵀즁 쵀화 황긔 감영이 니웅ᄒ난 양으로
통긔ᄒ고 감튁도 션통ᄒ되 공복이 아즉 여가을 못어더시니 아모날이라도
션두의 청용긔 셰우고 가난 비 공복의 항복션이라 ᄒ엿거날 됴됴 보고 일
의 일회ᄒ여 문무 졔인을 모으고 의논왈 강동 황긔 감영니 항복ᄒ고 니웅
코져 ᄒ나 그 실상을 아지 못ᄒ니 뉘라셔 강동의 가 허실을 소상니 아라오
리요 장간니 왈 쇼장이 가 아라오리이다 됴됴 디희ᄒ여 허락훈디 장간이
직시 비션을 잡아타고 강동의 다달나 장디의 통지ᄒ니 쥬유 장간이 왓단

말을 듯고 디회

〈38-앞〉

왈 니 셩공ᄒ기난 니 스람의 잇다ᄒ고 직시 노슉을 쳥ᄒ여 왈 그디 급피 방
사원을 가 보고 약쇽을 집피 졍ᄒ여 셔산 암ᄌ의 가두어다가 장간을 유인
ᄒ여 됴됴을 쇠기게 ᄒ라 ᄒ고 장간을 드러오라 ᄒ니 장간이 쥬유 나와 맛
지 아니함을 의혹ᄒ여 죠용ᄒᆫ 곳의 비을 미고 동졍을 살피다가 쳥함을 듯
고 디회ᄒ여 드러가니 쥬유 발연 디칙왈 ᄌ익이 젼일의 와 남의 스셔을 도
젹ᄒ여다가 남의 디ᄉ 져히ᄒ고 또 오기난 무신 일을 희고져 왓난요 고의
을 싱각지 아니ᄒ면 단졍니 버힐 닷ᄒ되 참아 그러치난 못ᄒ나 셔산 암ᄌ
의 가두어다가 됴됴을 파ᄒᆫ 후의 보니리라 장간이 발명코져 할 지음의 쥬
유 좌우을 호령ᄒ여 지쵹ᄒ고 장후로 피ᄒ여 가드라 좌우 군ᄉ 장간을 지
쵹ᄒ여 셔산 암ᄌ의 다달나 죠용ᄒᆫ 방의 가두고 군ᄉ 슈직ᄒ거날 장간이
심ᄉ 불안ᄒ여 월명ᄒᆫ 창의 잠을 이루지 못ᄒ여 월식을 짜라 비회ᄒ다가
후원의 다달으니 글익난 쇼리 들니거날 그 곳을 ᄎᆞᄌ 가니 셕경 죠분질의
빅

〈38-뒤〉

운은 어리엿고 쵸당이 젹막ᄒ되 쳥풍니 쇼실ᄒ여 인간 지미 업난지라 문틈
으로 여러보니 등쵹이 휘황ᄒ되 표연ᄒᆫ 션관이 벽상의 칼을 걸고 셔안의
비겨 안ᄌ 숀오의 병셔을 외오거날 장간이 싱각ᄒ되 니난 반다시 도인니로
다 ᄒ고 문을 열고 드러가 공숀니 예ᄒ고 문왈 션싱은 뉘신잇가 답왈 나난
남양 방통니요 ᄌᆞ난 ᄉ원니로쇼이다 장간왈 봉취션싱니신잇가 디왈 그러ᄒ
여니다 장간왈 션싱의 존호을 들은지 오리옵더니 이계 보오니 다힝ᄒ여이
다 그러ᄒ오나 션싱의 포부로 엇지 니러타시 젹막ᄒ온잇가 방통왈 쥬유 지
죠만 밋고 남을 경호리 디졉ᄒ기로 니 니곳의 와 쳥풍명월의 낙을 붓쳐 셰

월을 보나나이다 장간니 긔탄부리ᄒ며 왈 션싱갓흔 인지로 니러흔 죠흔 시
졀을 엇지 허도니 보니려 ᄒ나잇가 죠승상을 흔번 보오면 엇더ᄒ오릿가 만
일 싱각이 닛거든 날을 싸르쇼셔 방통왈 니 강동을 바리고져 흔지 오릭로
되 쳔거하난 니 업셔 흔일너니 그더 날을 쳔거할 터

〈39-앞〉

이면 지금으로 가스니다 만일 지쳐ᄒ다가 현로ᄒ면 쥬유의 희을 면치 못ᄒ
리라 ᄒ니 장간이 디희ᄒ여 방통을 다리고 강변의 나와 비을 잡아타고 강
을 것너 죠죠의 진의 다달나 장간이 몬져 드러가 봉취션싱 다려온 ᄉ연을
고흔더 됴됴 디희ᄒ여 직시 원문의 나와 연졉ᄒ여 예흔 후의 좌을 졍ᄒ고
왈 션싱의 어진 헌호을 들은지 오릭옵더니 보오니 쳔만 다힝ᄒ온지라 션싱
은 어진 꾀을 가라쳐 쳔ᄒ을 슌졍케 ᄒ옵쇼셔 방통왈 승상의 용병ᄒ난 슐
법을 놉피 들어ᄉ오니 군즁을 흔번 귀경코져 ᄒ나니다 죠죠 허락ᄒ고 방통
을 다리고 장디의 올나 진셰을 귀경ᄒ더니 방통왈 산림을 의지ᄒ고 슈틱을
등져 츌립진퇴ᄒ난 법은 손빈 오긔와 ᄉ마양졔라도 엇지 승상을 당ᄒ리요
육진을 귀경흔 후의 슈진을 바릭보니 이십ᄉ면의 슈문을 니고 몽동젼션으
로 셩곽을 삼고 그 가온더로 쇼션니 왕니ᄒ난 법은 차례가 분명ᄒ거날 방
통이 심족히자부ᄒ고 외면으로 디쇼왈 승상의 용병ᄒ난 법은 진실노 명

〈39-뒤〉

불허득이로쇼니다 ᄒ고 강동을 가라쳐 왈 쥬유 손권이 졀단코 픽ᄒ리라 됴
됴 디희ᄒ여 군즁의 도라와 잔치을 비셜ᄒ고 방통을 관디할 시 방통이 거
짓 취흔 쳬ᄒ고 취담ᄒ여 왈 슈균의 다병ᄒ니 혹 군즁의 명의가 잇나잇가
츠시의 됴됴 슈진 슈싁의 군ᄉ 슈진의 익지 못ᄒ여 병나난 거슬 근심ᄒ든
츠의 니 말을 듯고 엇지 반갑지 아니ᄒ리요 지셩으로 무러 왈 슈균의 병의
무슨 약을 쎠야 이함니 잇실릿가 방통왈 슈균 죠련ᄒ난 법은 과연 분명ᄒ

오나 군스 온전치 못ᄒ난 거슨 젹벽디강의 죠슈 츄립ᄒ고 풍셰디작ᄒ여 파
도 니러나 몽동젼션 스방으로 요동ᄒ니 북방군스 비의 익지 못ᄒ여 즈연
구토질도 나고 어질병니 나 진졍치 못할 거시니 지금의 디쇼션 십여ᄎ식
쎄을 무워 일즈로 셰우고 션두의 거물장식을 쳐 요동치 못ᄒ게 ᄒ고 그 우
의 목판을 깔고 빅토을 페여 평탄케 ᄒ오면 말도 잘 단닐 거시요 군스도 무
병홀 거시니 슈광풍고랑인들 무어시 두려오리요 됴됴 그 말

⟨40-앞⟩

을 듯고 디희왈 션싱의 양칙이 아니런들 엇지 동오을 파ᄒ리요 직시 군즁
의 젼령ᄒ여 거물장식을 치워 비을 연ᄒ여 쎄을 무우니 병난 군스 뉘 아니
죠와ᄒ리요 방통왈 강동영웅니 쥬유을 원망ᄒ난 지 티반니오니 니 승상을
위ᄒ여 가 달녀여 항복ᄒ게 ᄒ오리다 됴됴 디희ᄒ여 허락ᄒ거날 방통이 직
시 ᄒ직ᄒ고 강변의 다달나 비을 타고져 할 지음의 엇쩌ᄒ 셔싱니 죽관을
씨고 도의을 입고 표연니 나와 방통의 쇼미을 잡고 디질왈 황기난 고륙게
을 씨고 감틱은 스항셔 되리고 그디난 연환게을 써 우리 빅만디병을 일시
의 다 스라 죽니려 ᄒ난냐 너의 독ᄒ 쐬을 됴됴난 쇽거니와 감니 날을 쇠기
것난야 방통니 디경ᄒ여 졍신이 아득ᄒ고 어간니 막혀 도라보니 고인 셔원
즉니라 방통왈 그디 니 쐬을 파ᄒ랴난냐 만일 스불여의ᄒ면 강동 팔십일쥬
빅셩의 목슘은 그 아니 불상ᄒ냐 원직왈 그러면 우리 군즁 빅만군스의 목
슘은 엇더할고 방통왈 원직아 진졍 니의 쐬을 파ᄒ랴난냐 원직왈 그러치
아니ᄒ다 니 유황슉

⟨40-뒤⟩

의 은혜을 잇지 못ᄒ며 쏘 죠죠 니의 모친을 살히ᄒ여시니 니 밍쎼고 쐬난
ᄒ나도 씨지 아니ᄒ리라 엇지 그디의 일을 져허ᄒ리요마난 빅만디병 다 죽
을 쩌의 나난 엇지 버셔나리요 그디 니의 피화할 도리을 가라치라 방통니

원직의 피화할 모칙을 가르치고 셔로 니별ᄒ고 강동으로 도라오니라 원직
이 방통을 니별ᄒ고 본진의 도라와 방통의 말노 보ᄒ되 셔랑쥬 마등이 흔
슈의 반ᄒ엿다 ᄒᆞ디 됴됴 디경ᄒ여 마등 한슈 막을 쐬을 의논ᄒ디 원직 왈
지금 니쳔군을 쥬시면 가 막으리다 됴됴 디희ᄒ여 원직으로 모사을 졍하고
장픠로 션봉을 삼아 마등 한슈을 막으라 ᄒ니 원직이 군병을 총독ᄒ여 직
일 츌젼ᄒ니라 각셜 잇써난 건안 십니연 십일월 십오일니라 쳔긔 쳥명ᄒ고
월식은 명낭ᄒᆞ디 쳥풍은 셔리ᄒ고 슈파난 불홍니라 ᄉᆞ구난 샹겹ᄒ고 금인
은 유영니라 흔쳔고ᄉ난 말니 밧긔 버러잇고 일디 장강은 눈압히 경니로다
욕도강ᄒ고 어약츌묘로다 남병산식은 장간 젹벽의 잠겨

〈41-앞〉

잇고 동은 ᄌᆞ산니요 셔은 ᄒᆞ구로다 남은 니릉니요 북은 오림니라 강산말이
을 바리보니 호호장간 너른 물의 쳔지가 어디미요 강산풍경니 ᄉᆞ람의 홍을
도도와라 잇써의 죠죠 션두의 디장긔치을 셰우고 군즁 장샹의 놉피 안ᄌᆞ
좌우을 바리보니 장요 허졔 하후돈 하후영 죠인 죠홍 이젼 악진 장합 셔황
모긔 우금 여근 여통 등 일등명장니며 ᄯᅩ 흔편은 경옥 슌유 가호 유훈 등
어진 모ᄉᆞ드리 좌우로 시위ᄒ고 쳔병만마난 항오을 졍졔ᄒ고 긔치창검은
일월을 희롱ᄒ고 금고함셩은 쳔지을 진동ᄒ니 죠죠 디희ᄒ여 졔장을 도라
보와 왈 니 니졔 군병을 일우여 ᄉᆞ방을 평졍ᄒ고 국가 쥬셕지신이 되여 강
동을 못어드니 이졔 빅만군병과 용장 쳔원니라 졔장도 심을 다ᄒ라 니 강
동을 어든 후의 쳔ᄒᆞ 티평ᄒ면 그디 등 부귀동낙ᄒ리라 그 아니 질거올가
문무 졔장이 ᄒᆞ례왈 쇼장 등도 강동을 치고 쳔ᄒᆞ을 평졍ᄒ여 일홈이 쳔ᄒᆞ
의 가득함니 원이로쇼니다 됴됴 디희ᄒ여 디연을 비셜ᄒ고 샹ᄒᆞ동낙ᄒ며
강동을

〈41-뒤〉

가라쳐 왈 쥬유 노슉이 쳔시을 모로고 나을 항거ᄒ다가 황공복이 항복ᄒ니
엇지 질겁지 아니ᄒ며 ᄯᅩ 엇지 강동 엇괴을 근심ᄒ리요 ᄒ구을 가라쳐 왈
뉴비 졔갈양이 나을 엇지 당할ᄉᆞᆫ야 좌우을 도라보와 왈 니 강동을 어드면
죠흔 일이 잇노라 교공니 두 ᄯᆞᆯ을 두어시되 쳔ᄒ의 졀식이라 니 시로 동작
디을 지어시니 이교을 다려다가 동작디 놉푼 집의 만련낙을 삼으리라 잇ᄯᅥ
의 월명 셩희ᄒ고 슈파난 장쳔일식너라 쳔만의외 오작이 ᄶᅦ을 지어 됴됴의
진 우으로 나라가며 남쳔을 바리보고 갈곡질곡 울고가니 됴됴 취즁의 가마
구 쇼리을 듯고 문왈 니 집푼 밤의 어니ᄒᆞᆫ 가마구요 좌우 쥬왈 월식이 여쥬
ᄒ니 가마구 날이 신가 의심ᄒ야 울고 가나이다 됴됴 디쇼왈 가마구 우난
쇼리 갈곡질곡 ᄒ여시니 싱젼할 징죠로다 갈곡너라 ᄒᆞᆫ 거슨 갈츙보국 집
푼 졍셩 구곡의 가득ᄒ고 질곡너라 ᄒᆞᆫ 거슨 길일양신 죠흔 ᄯᆡ의 싱젼곡
힝군ᄒ야 부귀공

〈42-앞〉

명 ᄒ리로다 가마구 영물이라 오난 일을 먼져 알고 우리을 기유ᄒ니 지음
을 못할ᄉᆞᆫ야 니바 계장군졸들아 치쥬쳬견 만니 먹고 티평연 노라보즈 빅만
군즁의 쥬효 낭즈ᄒ니 디상의 장ᄉ들은 칼츔 츄고 노리ᄒ니 함양궁봉도시
의 형가의 비슐넌가 검광은 셔리 갓고 홍문 디연셕의 항장의 칼츔인가 살
긔도 엄슉ᄒ다 됴됴 취흥이 도도ᄒ야 필련을 니여 놋코 오작가을 지어시되
월명셩희ᄒ니 오작이 남비로다 요슈삼잡ᄒ니 무지가로다 션두의 비겨안
즈 의긔양양할 졔 막ᄒ의 유복이 쥬왈 삼국이 디진싱부을 미결ᄒ여난디 승
상의 노리 상셔 아니로이다 됴됴 디로왈 너 요미ᄒᆞᆫ 쇼견으로 니의 흥을 파
ᄒ난야 창을 들어 유복을 쥑인 후의 각영각ᄉ 쵸관을 불너 쥬육을 만이 쥬
니 군즁의 호군ᄒ니 군졸이 포식ᄒ고 흥을 게워 혹 노리도 부르며 혹 츔도
츄고 질기난 쇼리 강상의 낭즈ᄒ니 필승지게라 니르더라 잇ᄯᅥ의 훈편 장막

희셔 우름 쇼리 들이거날 혼 군소 흐난 말이 상흐동낙 질기난디 너난 어니
실어

〈42-뒤〉

흐난냐 그 군소 디답흐되 너의난 무식흐냐 일시만 알고 니두스난 모로난야
여츳칠야 삼경의 만뢰구젹훈듸 산죠난 집의 들고 쥬슈난 굴의 들어 쳔지
고요흐고 산슈 잠잠훈듸 어니흔 가마구 진 우의 울고 가며 갈곡질곡 흐니
빅만디병 다 죽을 긔별니로다 실푸다 군졸들아 만리젼장 나왓다가 타국고
혼 될 터니이 그 아니 셜울숀야 혼 군소 흐난 말이 앗가 우리 승상 갈곡 쇼
리 희을 흐야 싱젼할 징죠라 흐여거날 너 일기 쇼쫄이라 요미흔 쇼견으로
몹실 말 지어니여 만군즁을 시러흐니 맛당이 버힐지라 흐고 칼을 들고 달
여드니 그 군소 디답흐되 니 아모리 쇼쫄인들 그만 지각 업실숀야 갈곡 쇼
리 희을 흐마 너 즈시 들어보와라 하걸이 망할 쩌의 도탄의 든 빅셩이 갈상
곡 지어시며 유왕이 망할 쩌의 졔후 질원흐냐 질여곡 노릭흐여시니 갈곡은
하걸의 갈상곡이요 질곡은 유왕의 질원곡이라 오작이 영물이라 우리 진즁
파할 줄을 졔 미리 알고 죠롱흐되 난셰간웅 우리 싱상 지음을 잘

〈43-앞〉

못흐고 교만이 즈심흐니 병교즈난 픠흐난 일을 너 어이 모로난야 혼 군소
흐난 말리 네 마리 당연흐다 앗가 니 혼 꿈을 꾸니 남편디힉로 여덥 스람이
누른 일산을 들고 승상 압푸로 드러오더니 승상 장흐의셔 노루 혼 마리 니
달나 일산을 쩌써 바리고 승상을 업고 가마구 안진 슙풀노 가드라 너 그 꿈
희몽흐여보와라 그 군소 디답흐되니 아냐 눈른 일산은 황긔요 여덥 스람은
불화즈라 황긔 우리 진의 항복흐여다 흐더니 우리을 불노 칠 거시요 승상
장흐의 노루난 장젼 호위장군 장요요 가마구 안진 슙풀은 오림이라 필경
호위장군 장요가 황긔을 쥑이고 승상을 묘시고 오림으로 도망할 징죠로다

군스 셔로 당부ᄒ되 부디 니 말 너지 마라 만일 승상이 알거듸면 꿈 쑨 나
도 죽고 히몽ᄒ 너도 죽을 거시니 삼가 조심ᄒᄌ ᄒ드라 익일의 됴됴 장디
의 급피 안자 졔장을 분발할 시 오싀기치로 항오을 졍졔ᄒ고 슈진즁앙 황
긔난 묘기 우금니요 젼군 홍긔난 장합니요 후군 흑긔난 여건니요 좌군 쳥
긔난 문빙이

이요 우군 빅긔난 여통니요 육진 궁긔난 셔황이요 후군 흑긔난 니젼이요
좌군 쳥긔난 악진이요 우군 빅긔 하후연니요 슈륙군 졉응ᄉ난 ᄒ후돈 죠홍
니요 왕니감젼ᄉ난 허졔 장요라 분발을 다ᄒ 후의 슈진 즁군이 삼통고디
취티ᄒ고 쪠 무은 젼션의 풍범을 놉피 달고 군마 왕니ᄒ기 평지 갓ᄒ니 죠
죠 장상의 안ᄌ 보고 디희왈 봉취션싱의 어진 지모로 군마 임의로 왕니ᄒ
니 하니리 도으심니라 ᄒ디 졍욱왈 젼션을 쪠무어다가 만일 강동의셔 화젼
을 ᄒ거듸면 미쳐 엇지 ᄒ오릿가 미리 단쇽ᄒ옵쇼셔 됴됴 디쇼왈 화젼ᄒ난
법이 바람을 어더야 셩공을 ᄒ난니라 바람은 동남풍니라야 칠 거시여날 엄
동셜ᄒ의 엇지 동남풍을 어드리요 지금은 셔북풍 쑨니라 우리난 셔북의 잇
고 져의난 동남의 잇시니 만일 불노 치다가난 셔북풍이 디취ᄒ면 져의 군
ᄉ 졔살 거시니 무어슬 의심ᄒ리요 각셜 쥬유 젼션의 놉피 올나 됴됴의 진
셰을 귀경ᄒ더니 디풍이 니러나며 됴됴의 진즁의 셰운 디긔을 쎡쩌 부러지
니 긔발이 창파상의 쩌러

져 가거날 쥬유 디쇼왈 상셔 아니로다 ᄒ더니 언미필의 북풍니 디작ᄒ여
파도 니러나며 양슈쥬셕ᄒ고 진즁의 셰운 긔발이 동남으로 쎠러지며 쥬유
낫츨 쎠러가니 쥬유 디경ᄒ야 ᄒ마듸 소리ᄒ고 업더져 입으로 피을 토ᄒ며
긔졀ᄒ여 인ᄉ을 ᄎ리지 못ᄒ니 졔장군졸이 황망 분쥬ᄒ여 진즁으로 묘셔

다 뉘니고 쳔방만약으로 구안ᄒ되 반졈 효음 업난지라 노슉이 십슉ᄒ여 공
명을 가보고 공근의 병셰을 의논ᄒᄃ 공명왈 도독의 병니 필경 화로난 듯
ᄒ니 넝약니라야 직효ᄒ리라 무어슬 근심ᄒ리요 노슉이 듯고 ᄃ희ᄒ냐 공
명을 다리고 ᄃ장쇼의 니르러 문왈 그간의 도독의 긔운이 엇더ᄒ온잇가 쥬
유왈 복병이 심ᄒ고 구토징니 ᄃ발ᄒ야 아모 거시라도 먹을 길리 업나니다
노슉왈 ᄂ 공명을 가보고 도독의 병녹을 말삼ᄒ온즉 공명니 여ᄎ여ᄎ ᄒ기
로 다려왓나이다 쥬유 듯고 ᄃ희ᄒ여 공명을 쳥ᄒ여 들어오니 쥬유 강작ᄒ
여 니러 안거날 공명왈 슈일로 읍지 못ᄒ여더니 긔후 엇더ᄒ온잇가 쥬유
왈 심화로 벙니 되여 회두할

〈44-뒤〉

길리 업시니 창망ᄒ 국스을 엇지ᄒ오릿가 공명왈 하날의 칙양업난 음양죠
화 잇시되 스람이 엇지 알니요 쥬유 싱각ᄒ되 공명은 신인니라 ᄂ 쇼회을
아난 비라 ᄒ고 더옥 심슉ᄒ여 병셰 졈졈 쳠상ᄒ거날 공명니 위로왈 도독
은 마음을 진졍ᄒ고 긔운을 슌케ᄒ쇼셔 쥬유왈 엇던 약을 먹으면 긔운이
슌ᄒ오릿가 공명왈 ᄂ게 묘ᄒ 방문이 닛시니 약을 ᄡ 긔운을 슌케할 거시
니 과이 염여 마옵쇼셔 쥬유 ᄃ희ᄒ야 지셩으로 비러 왈 국가흥망이 죠모
의 잇시니 션싱은 급피 잔명을 구ᄒ야 동오 스직을 안보케 ᄒ쇼셔 공명이
반쇼ᄒ고 글 두귀을 ᄡ쥬며 왈 니거시 도독의 병 근원이니 보쇼셔 쥬유 밧
아 보니 ᄒ여시되 욕파묘병인ᄃ 의용화공니라 만스귀비ᄒ되 지흠동풍니라
ᄒ야거날 쥬유 보고 ᄃ경ᄃ희왈 션싱 임의 병 근본을 아르시니 슈니 곳쳐
쥬옵쇼셔 공명왈 ᄂ 일직 이인을 맛너여 팔문둔갑 쳔셔을 비와 호풍환우지
슐이 잇시니 도독은 근심치 마옵고 군스을 남병산의 보너여 칠셩

〈45-앞〉

단을 무으시면 ᄂ 법을지 삼 쥬야 동남ᄃ풍을 어드리다 쥬유왈 삼쥬야난

고스ᄒ고 일일디풍니면 셩공할 터니라 스셰 급박ᄒ오니 슈이 쥬션ᄒ쇼셔
공명왈 동지달니 십일 갑ᄌ의 동남풍을 비러니 십삼일 병인까지 불게 ᄒ오
리다 쥬유 디락ᄒ야 병이 시스로 낫난지라 직일의 군스을 총독ᄒ 남병산의
보니여 칠셩단을 무어니니 방원은 이십스쳑이요 풍단은 십오쳑니요 고난
구쳑이라 ᄒ일칭의 니십팔슈 긔을 셰워시되 동방 쳥긔 칠면은 각항져방 심
미긔라 표쳥용지상 ᄒ고 북방 흑긔 칠면은 두우여허 위실벽니라 작현무지
상ᄒ고 셔방 빅긔 칠면은 규루위묘 팔최상긔라 거빅호지위ᄒ고
남방홍긔 칠면 칠면은 졍긔유셩장익진니라 셩쥬작지형ᄒ고 졔 니칭의 육십
스면은 육십스쾌을 응ᄒ여 건곤간 숀감니 진터로 방위을 졍ᄒ여 셰우고 상
일칭의 스인을 셰워시되 슉발관 씨고 죠라포 입고 봉의 박터의 쥬리방군니
라 견ᄒ 일면의 진디가지을 셰워씨되 그 씃히 달기깃 다라 바람 쇼슥을 알

게ᄒ고 쏘 일인 보검 들고 일인은 향노 들고 단ᄒ의 나립 스인은 졍긔보긔
디젼 창과 빅모 황월의 도독 들고 스면으로 둘너셧난듸 니십일 갑ᄌ양신의
공명이 모욕지게ᄒ고 젼죠단발ᄒ고 발벗고 도표입고 단ᄒ의 니르러 노슉을
불너 왈 ᄌ경은 군즁의 도라가 공근을 도으되 바람니 더듸다 ᄒ여도 고니
케 아지말고 헌화을 일금ᄒ며 젼션을 일체 등디ᄒ여 써을 기다리라 ᄒ고
슈단군스을 불너 분부ᄒ되 방위을 써나지 말고 머리을 모와 요란니 말을
말며 겁도 닉지 말고 놀니도 말나 만일 위령ᄒ면 버히리라 군스 쳥영ᄒ고
방위을 직히거날 공명니 단의 올나 향노의 분향ᄒ고 바리의 졔물 담아 오
식으로 셜위ᄒ고 계셕의 나아들어 축문지어 고유ᄒ되 유셰츠 건안 십니연
졍희 십일월 을스식 이십일 갑ᄌ의 의셩경후 유비난 근견모스 졔갈양 ᄒ냐
근고우 쳔지신지 일월셩신 오익산영 슈희용왕 화덕진군 후통신령 강신풍빅
젼 ᄒ오니 일체

〈46-앞〉

(낙장)

〈46-뒤〉

(낙장)

〈47-앞〉

단의 흐여드니 표표흔 션관니 두려시 안즈거날 즈시 보니 공명니라 셔셩 경봉 비을 모라다 죠츠가며 웨난 마리 젹의 가난 공명 션싱 거기 잠관 머무 쇼셔 우리 도독 진흔 말삼 잇다 흐고 잠관 오시라 흐더니다 공명니 션상의 흐거이 안즈 빅우션으로 가라쳐 왈 오지 말고 도라가라 너의 도독 억흐심 장으로 날 붓보면 히코져 흐기로 니 즈룡을 긔별흐여 고국으로 가노라 즈 룡니 션두의 쎡 나셔며 크게 웨여 흐난 마리 니놈 졍봉아 니 말 잠관 들어 보와라 우리 션싱 너의 나라 드러가셔 셩공흔 격잔커날 어니한 심스로 히 코져 하난다 너의 심스 싱각흐면 졀단코 쥑일 덧흐되 화친흔 의을 싱각흐 여 십분 짐작흐거니와 니 지죠나 보라 흐고 쳘궁의 왜젼을 먹여 싹지 숀을 잡아쎄니 번긔갓치 빠른 사리 공즁의 나라드러 졍보의 탄 비 마즈 돗더 직 쓴 용총도 부러지고 닷쥴도 쓴어지고 뇌도 쩌러져 강상의 풍덩 와직쓴 쑥 싹 바람 부난 디로 물결치난 디로 이리져리 쩌나가니 셔셩 졍봉 디경흐야 거의 죽게 되여다가 졍신을 제오 ᄎ

〈47-뒤〉

려 부러진 돗더와 쓴어진 닷쥴을 이어 달고 풍파강상의 근근니 도망흐여 도라와 쥬유쎄 그 스연을 고흐니 듯고 디경왈 공명니 이럿탓 쐬 만흐니 니 엇지 편흐리요 죠죠을 파흔 후의 졀단코 잡으리라 흐고 직시 감영을 불너

왈 너 채중을 다리고 됴됴의 군량쳐의 가 불을 질으고 채화 너난 진중의 잇
시면 니 씰 곳지 잇노라 타ᄉᄌ을 분부ᄒ되 너난 삼쳔병을 거나리고 황쥬
지경의 가 미복ᄒ여다가 죠죠의 구안병을 엄살ᄒ라 여몽을 분부ᄒ되 너난
삼쳔군을 거나리고 오림의 가 감영을 졉응ᄒ라 졔장니 각각 쳥영ᄒ고 물너
가니라 황기 일변 화션을 신칙ᄒ며 항셔을 써 됴됴의게 보니되 오날밤의
항복ᄒ로 가노라 ᄒ고 즁군의 분부ᄒ여 힝션을 지쵹ᄒ니 젼션 ᄉ쳑이 황기
의 뒤을 딸으되 졔 일디난 황기요 니디난 쥬티요 삼디난 장흠니요 ᄉ디는
진무라 각각 종션 삼빅쳑식 거나리고 압희 화션니 십칙식 셰워 셔변의 방
포ᄒ고 남편의 긔을 써러 각각 등디ᄒ여 황홍의 힝군ᄒ되 젼일일의 식장니
현

〈48-앞〉

죄비어든 희로 각ᄉ의 젼지ᄒ야 우일호어든 귀반식ᄒ고 일면으로 명금변이
어든 각ᄉ죠관이 열셩ᄒ고 지상ᄒ라 장삼호어든 쥬장니 승좌 션입앙의 거
호포지 쳔아셩납 함공삼취ᄒ라 각셜 공명이 ᄒ구로 도라오니 현덕이 졔장
을 거나리고 진문의 나와 연졉ᄒ거날 공명니 각각 위로ᄒ여 인ᄉ을 다ᄒ
후의 ᄌ룡을 분부ᄒ되 그디 삼쳔병 거나리고 오림의 가 미복ᄒ엿다가 오날
밤 삼경 후의 됴됴 퓌ᄒ야 그리 올 거시니 즁노의 불을 노와 됴됴을 엄살ᄒ
라 쏘 익덕을 분부ᄒ되 그디난 삼쳔군 거나리고 니릉을 막아 호로구의 미
복ᄒ여다가 됴됴 그곳의 와 밥을 짓고 말마할 거시니 ᄉ방으로 불을 노와
엄살ᄒ라 미방 미축 유봉 등을 분부ᄒ되 그디 등 강ᄒ신지을 직히다가 도
망ᄒ여 오난 군ᄉ을 잡고 군긔을 탈취ᄒ라 쏘 유긔을 불너 왈 너난 즁군을
직히라 ᄒ고 공명이 현덕을 도라보와 왈 유예듀난 오날 밤의 날을 따라 놉
푼 곳의 올나 쥬유 젹벽의 화젼 셩공ᄒ

〈48-뒤〉

난 양을 귀경ᄒᄉ니다 운장이 졋히 셔써되 죵시 본쳐도 아니ᄒ거날 운장니
참지 못ᄒ야 칼을 쎄냐 쌍을 ᄯ다리며 왈 쇼장니 션싱과 형장을 ᄯ라 허다
ᄒᆫ 싸홈의 과니 픠본 일니 업거날 오날은 디젹을 잡아 셩공할 지경의난 씨
지 아니ᄒ시니 엇지ᄒᆫ 연고잇가 공명이 쇼왈 운장은 고히케 아지 마오 장
군을 그즁 요지의 보닐 터니로디 쩌리난 일니 잇셔 못보너나이다 운장왈
쩌리난 일니 무어신잇가 공명왈 죠죠 젼일의 장군을 후디ᄒᆫ 일니 잇긔로
그 은혜을 싱각ᄒ야 됴됴을 보와도 잡지 아니할 닷ᄒ기로 그을 쩌리노라
죠죠 오날밤의 젹벽의 픠ᄒ여 화룡도로 올 거시니 쳔ᄒ의 요지라 ᄒ거날
운장왈 죠죠 과연 젼일 관디 밧은 일은 잇시나 원쇼의 일등명장 안량 문취
을 잡아 그 은헤을 갑ᄒ시니 다시 져을 보거듸면 엇지 노흐릿가 공명왈 만
일 노흐면 엇지ᄒ오릿가 운장왈 만일 놋커든 군법 시힝ᄒ옵쇼셔 공명니 디
희ᄒ야 군즁 셔긔을 쳥ᄒ여 다짐을 밧으니 ᄒ여시되 빅등 됴됴난 한실지디
역니라

〈49-앞〉

(낙장)

〈49-뒤〉

을 거나리고 황긔 쇼식을 기다리더니 쳔만의외의 동남풍니 디취ᄒ거날 졍
욱이 디경ᄒ여 엿즈오되 슈상ᄒᆫ 바람니 잇시니 살피쇼셔 ᄯ 아인 동남풍니
고히 ᄒ여니다 됴됴 디쇼왈 동지의 일양니 시싱ᄒ니 니 복지시애라 우리
죠홀 바람니니 걱졍 말나 ᄒ드라 초야의 황긔 션상의 놉피 안즈 바람을 기
다리다가 풍셰 디작ᄒ니 즁군의 젼령ᄒ되 션일일의 싁장니 현죠비어든 히
죠각ᄉ의 젼지ᄒ야 각구흡쳥후ᄒ라 초일 평명의 간쳔식 쳥명ᄒ고 풍낭니

부작ㅎ야 우일호어든 귀반식ㅎ고 슈합망셕등물ㅎ되 일면으로 명금 변니어
든 쥬장니 승좌션의 거호포취쳔아셩납함ㅎ고 각션의셔 셩납함공삼취ㅎ라
분발을 다훈 후의 삼층도슬 츅겨달고 지곡총 비을 노와 동남풍 부난더로
됴됴 슈진을 바리보며 살 쏘다시 드러가니 죠죠 장상의 놉피 안즈 쩌오난
비 바리보고 디희ㅎ야 ㅎ난 마리 위슈동강 아니어든 어부션이 어니오리 강
상의 놉피 쩌오난 비

⟨50-앞⟩

군긔양쵸을 시러시면 나직니 쓰련마는 강상의 놉피 쓴 것 의욕은 난단마난
아모리 살펴보와도 빅만군병 살니랴고 항복션이 드러오니 승젼ㅎ긔 염여업
다 허희쳐 디쇼ㅎ니 졍욱이 엿즈의되 군량을 시러시면 그 즁니 만나라 쳔
쳔니 오련마난 범피동풍 강상유로 거즁의 놉피 쓴 것 필유곡졀ㅎ여니다 셔
로 의혹할 지음의 황긔 젼션의 승긔젼 노호며 고부량납 팔취쳔아셩ㅎ며 쳥
용긔을 씨러 제장을 호령ㅎ니 빠른 비 니 십칙이 살쏘닷 듸리 미러 됴됴의
견션의 불을 벗쩍 지르고 일셩 호통ㅎ니 틱산이 문어지고 위슈가 뒤눕난듸
화광은 츙쳔ㅎ고 연긔난 페강ㅎ며 풍셩은 우루루 물결은 츌닝 젼션은 뒷쏭
돗쩌난 와직끈 용춍도 부러져 물의 풍덕 부러진 장막디와 쩌러진 휘장 쏙
은 창낭의 쩌나가고 씨야진 통노구거문의 유엽젼 장젼편젼 화약통 납날기
모 조쳐 젹벽디히 즁의 쩌러져 느려가난듸 니밤 젹벽의 화광니 낫시로다
강상 누션의 쵸쵸니 안즈 취탐ㅎ고 노릭ㅎ든 군스 살맛고 춍맛고 활맛즈
물의도 빠지고 불의도 타 죽으니 스즈

⟨50-뒤⟩

상인의 존스무긔라 죠죠 황망디겁ㅎ야 니러져리 도망할 쩌의 황긔 쳥포슈
을 가라치며 져거시 됴됴라 ㅎ고 비을 모라다 좃치니 됴됴 담낙ㅎ며 살긔
만 쥬장ㅎ고 군스 젼립 아스 씨고 졔 일홈 졔 부르며 지동지셔 분쥬할 디의

장요 디분ᄒ여 평군의 왜젼 먹여 디호일셩의 황긔을 쏘니 황긔 졍니 승당
을 마ᄌ 비장의 써러지니 셔셩 졍봉 디경ᄒ여 황긔을 구안ᄒ여 본진으로
도라갈 졔 졍욱이 죠죠을 구ᄒ여 오림으로 다라나니 금고함셩 쳔지징동ᄒ
며 일디 군이 니달나 엄살ᄒ며 디호왈 됴젹은 닷지 말고 챵밧으라 ᄒ거날
디경ᄒ여 바리보니 동오디장 여몽니라 됴됴 장요로 여몽을 막으라 ᄒ고 다
라가더니 ᄯᅩ 산곡즁의로 일디군이 니달으며 디호왈 능통니 예 왓노라 호령
이 츄상갓ᄒ니 죠죠 디경ᄒ여 지동지셔할 츠의 호련 일군이 오며 왈 승상
은 겁ᄒ지 마르소셔 셔황니 여긔 잇나니다 ᄒ거날 됴됴 셔황으로 능통을
막으라 ᄒ고 닷드니 ᄯᅩ 산파ᄒ로 일지군이 오거날 보니 니난 마련

〈51-앞〉

장긔라 됴됴 디희ᄒ야 마련 장긔로 젼부션봉을 삼아 질을 열고 가더니 호
련 동오 디 감홍 치 니달나 젼부을 막고 ᄯᅩ 감영니 니달나 디갈일셩의 장긔
을 버히거날 됴됴 보고 디경ᄒ여 가지 못ᄒ고 합비 군ᄉ 오기을 기다리더
니 손권이 합비 질을 막아 결진ᄒ야시니 엇지 오리요 죠죠 할 일 업셔 장합
으로 뒤을 막으라 ᄒ고 말을 노와 니룽을 바리고 다라갈 졔 오경양의 니르
러 화광이 츠츠 머리 가거날 됴됴 마음을 진졍ᄒ여 일쳐의 다달르니 오림
셔편니요 의도북편니라 슈목은 총잡ᄒ여 험악ᄒ 산로을 가로왓고 게슈난
잔잔ᄒ여 쌍쌍빅구 써노난듸 죠죠 비챵니 ᄌ발ᄒ냐 빅구 보고 ᄒ난 말이
우후쳥강 말근 물의 오락가락 노난 빅구 고향챵파 문빅구라 너다려 무러볼
가 홍요월식 어느 ᄯᅵ요 어젹쇼리 젹막ᄒ다 너난 어니 ᄒ거ᄒ야 범피즁유
놉피 써 쌍거쌍니 션유ᄒ고 나난 어니 분쥬ᄒ야 슈젼풍파 곤ᄒ 신셰 위국
쳔리 어니가리 일탄일빈 흐슘짓고 허히쳐 디쇼ᄒ니 졍욱이 엿ᄌ오되 간밤
젹벽의 승상의 흐위슘의 슈만 군졸을 합몰ᄒ고 무슨 졍의 웃나잇가 언미필
의 일셩방포의 좌우로 화광이 니러나거날 됴됴 실혼망지ᄒ니 일포군이 니
달으며

〈51-뒤〉

디호왈 나난 상산 죠ᄌ룡니라 군슈의 영을 밧아 니곳 와 지다린지 오리노라 ᄒ니 됴됴 셔황 장합으로 죠운을 디젹ᄒ라 ᄒ고 연긔을 무릅써고 마을 치쳐 다라나니 죠운이 ᄯ라지 아니ᄒ고 여간 남은 군량 군긔을 다 아ᄉ가니라 잇ᄯ의 쇼실 쳥풍의 구진 비 와 픠군장졸의 갑을 다 젹시니 갈연ᄒᆫ 졍상 참ᄒ 보지 못ᄒ리로다 ᄒᆫ 곳의 근근 당도ᄒ여 평탄ᄒ고 말은 디을 갈이여 말마ᄒ며 군ᄉ의 젼진 옷도 말유오고 말안장도 벅겨 바람도 쐬우고 됴됴 숩풀 아리 안ᄌ 앙쳔 디쇼ᄒ거날 졔장니 엿ᄌ오되 앗가 승상의 ᄒᆫ 위슘의 ᄌ룡을 ᄯ어니야 어간 남은 군마 다 쥑히고 슈디 군 남은 군ᄉ 십ᄉ구셩 오난 즁의 무신 졍의 웃나잇가 됴됴왈 쥬유 졔갈양니 지모가 넉넉든 못ᄒ도다 니러ᄒᆫ 요지을 비워긔로 위셔노라 마리 맛지 못ᄒ여 함셩이 쳔지을 흔들며 ᄉ면으로 화광니 츙쳔ᄒᆞ되 됴됴 디경ᄒ야 옷슬 미쳐 입지 못ᄒ고 말을 타며 장졸도 의갑을 슈십지 못ᄒ여 일포군마 니달으니 위슈 디장 장익덕니라 창을 집고 말게 셔셔 디호왈 죠젹아 너 어디로 가러 ᄒ난 쇼리 벽역갓ᄒ니 죠진 일군이 긔시 담낙ᄒ더라 허졔 안장 업난 말

〈52-앞〉

을 타고 ᄉ셩을 무릅시고 장비을 디젹할 시 됴됴 말을 ᄶᅢ야 도망ᄒ고 졔장도 몸을 돌여 다라나니 장비 뒤을 죠ᄎ 군ᄉ을 츙살ᄒ고 군긔을 아ᄉ 도라 가니라 됴됴 ᄉ즁구셩ᄒ여 다라가더니 ᄒᆫ 곳의 니르러 젼군이 보ᄒ되 압페 두 질이 닛ᄉ오되 우편 디로난 허창으로 가옵고 좌편 쇼로난 화룡도 가난 질이오니 어디로 작노을 ᄒ실지 됴됴왈 너 잠관 싱각ᄒ니 우리 픠진 형셰인피마 곤ᄒ여시니 험노로 갈 슈 업셔 디로로 들 쥴 알고 디로의 복병니 졍영 잇실 거시니 화룡도로 작노ᄒ라 화룡산쳔은 방다죠의 ᄒ고 질이 가위촉도라 가니 피란지지라 그리가면 아모 놈도 알니 업시리라 졍욱니 엿ᄌ오되 화룡도로 가옵다가 복병을 맛니오면 변통무로 할 거시요 ᄯᅩ 살피온직 연긔

상쳔ᄒ고 인젹니 잇난 듯ᄒ오니 허창으로 가시면 피곤ᄒ온 인마도 가기 녁
넉ᄒ고 필무후환니 될덧ᄒ오니다 됴됴 졍욱을 딕칙왈 너난 져리 무식ᄒ고
엇지 모스라 칭ᄒ리요 병셔의 실직허요 허직실니라 ᄒ여시니 두말 말고 드
러가즈 다시 항거치 못ᄒ여 화룡심곡으로 드러가니 쇼실북풍은 쥬우린 군
ᄉ의 몸을 짝난 듯ᄒ고 셜산 쳔봉

〈52-뒤〉

은 쎄만 남은 가삼을 찌를 덧ᄒ고 느러진 버들 울울총총 젼나무며 동빅 닉
엽 쇽지왁시 윗셕벗셕 갈 질을 막아잇고 무면픠군장졸 힝식이 가련ᄒ 즁의
쳐랑ᄒ 뭇시들은 쩌업시 됴승상을 죠롱ᄒ되 풍진의 훗턴 군ᄉ 고향 니별이
멋히런고 너의 고국 쵹빅 두견이 귀쵹도 불여귀라 쥬우려 우난 져 군ᄉ야
젼장쇼식 머러간다 밥 지을 군량도 바니 업다 슝연시 슛텡슈루룩 가련ᄒ다
됴승상은 맷번 우슴 픠을 보고 화룡도로 드러오난야 빅가지로 슝을 보즈
니리 빗쥭 져리 빗쥭 불상ᄒ다 져 졍욱은 쳑쵼공도 못 셰우고 츙셩만 헤비
ᄒ고 눈물만 흐흘작 이달다 장요야 네 슈단의 활은 어니 부러젓나 살 나간
다 슈루륙 호반시 공즁의 놉픠 쩌 두화리을 페터리고 동남풍의 겁닌 군ᄉ
하날 바람 원망마라 니 나리로 막아쥬마 시실만은 할미시 실푸다 죠승상
빅슈풍진의 위염도 만코 일도 죠와 ᄒ다 니리져리 가며 호흘노 빗쥭 으흥
으흥 북으로 드난 도젹 엉쿠렁의 밀치고 져 난셰 간웅 츙쳔ᄒ 울긔을 죠고
만ᄒ 뭇시들이 쵼쵼이 씈어닐지 젼도군ᄉ 엿즈오되 가난 질의 갓 누고 간
말똥도 잇고 노구 거러든 잘리 훈

〈53-앞〉

긔 식지 아니ᄒ여시니 졍영 복병이 잇난 듯ᄒ여다 됴됴 소왈 니 산은 명
산니라 즈식업ᄂᆞᆫ 스람 산졔훈 노구잘이요 말똥은 졀복칠 남무장슈 말똥니
라 앗가 나무실고져 질노 가드라 잔말말고 드러가즈 ᄒ며 추추 군ᄉ을 총

찰ᄒ여 가더니 거늬슈음의 ᄒᆞᆫ 장슈 셧시되 신장은 구쳑니요 두 쥬먹 쵹겨 들고 퉁방울 눈의 삼각슈을 훗날니고 언연이 셔셔 됴됴을 바리보니 됴됴 디경낙담ᄒ여 말아리 날여 ᄶᅥ며 졍욱이 젹의 셧난 장슈 운장 아니냐 니 엇지 살라가리 졍욱왈 승상니 실혼ᄒ여 변상니 나것쇼 그거시 화룡도 도로 장승니로쇼니다 됴됴 다시 보고 졸졸 탄식왈 삼국 쳔지의 명만쳔ᄒᆞ 영웅 죠밍덕을 쇠기리 업셔더니 금일 곤피 화룡도의 쵸지장승니 날을 쇠기니 엇지 분치 아니ᄒ리 장승을 밧비 가 잡아오라 좌우 군병 쳥영ᄒ고 쇼리ᄒ고 달여가 장승을 잡아 ᄲᅦ야 ᄭᅳ어다 엽질으니 졍욱이 분부ᄒ되 들으라 여본명 위장승ᄒ고 신ᄎᆞᆫ관장지형용ᄒ야 쥬안봉목과 삼각지슈로 위왕힝ᄎᆞ지ᄒᆞ의 언연니 셔셔 디군즁을 놀니니 참지의당ᄉᆞ라 쳥지군령ᄒ고 ᄉᆞ쇽고음ᄒ라 장승이 알외되 살등의 몸이 곤륜산지목으로 인니벌셰ᄒᆞ냐 각어인형

〈53-뒤〉

니 입어 노상니러니 금일 디왕 힝ᄎᆞ시의 불룽굴신ᄒᆞ냐 장읍불비ᄒᆞ온 거슨 논지죄상컨디 스무죡셕니나 원통지졍을 셰셰슈찰언ᄒ쇼셔 만물지부쳔황씨 목덕으로 왕을 ᄒᆞᄉᆞ 우리 나무 니옵시니 엇던 나무 팔ᄌᆞ 죠와 디명젼 들보 되야 오식단쳥 그려 괘용골이 위양으로 입쥬상양 분명ᄒ고 진황젹봉 틴산의 디부숑되 지컨니와 존즁ᄒᆞᆫ 져 율목은 디가 ᄉᆞ당 가묘되야 졍죠ᄒᆞᆫ 식단 오구일동지 좌홍우빅으로 차려놋코 관용포 디졍니ᄒ고 축문지어 분향ᄒ고 허관집ᄉᆞ 고유ᄒ냐 빅골혼령 위로ᄒ니 그 나무 젼타ᄒ며 셕상의 벽오동은 오현금 복판되냐 군ᄌᆞ호귀 요죠슉여 옥실을 도도베고 금실을 훗날니여 남풍가을 화답ᄒ니 봉황이 츔을 츄니 동낙틴평 그 아니며 ᄯᅩ 엇든 나무난 슌금장식 삼층장 되야 분벽ᄉᆞ창의 향취가 진동ᄒ니 월즁게슈 부러ᄒ며 문왕시 감당나무 폐피쳥운 ᄒ엿고 도연명 오류목과 츄산의 단풍나무 치우의 녁시로다 나무마다 죠흐 되 니 몸은 어니ᄒ여 상즁ᄒ품 버셔나 그 즁의 쳔목되냐 용심구진 ᄉᆞ람 맛너여 방장부졀 모로고 가지치고 우동 잘나 갈역난듸

방천ㅎ기 디문중방 작도밧탕 마판 기밥통

〈54-앞〉

쥬장디 통시 가리 슝장 지기 덕디나무 슈어 버혀 가고 나문가지 싱장ㅎ야
병든지 칠팔연의 지휘목슈 디톱듸려 양끗 잘나 바리고 먹줄맛쳐 지단ㅎ여
뉘 ㅎ리비 형용인지 팔ㅈ업난 스모 씨고 비우의 글을 씨되 ㅈ관문북거오십
니라 지명은 화룡도라 두려시 삭여셰워시니 손니 잇셔 마다ㅎ며 발이 잇셔
도망홀가 죽도스도 못ㅎ여 힝인니 거쳐의 쥬야로 셧더니 금일 디왕힝ㅊ의
장읍 불비ㅎ와 신들목신의 무슨 죄로 군법 시힝ㅎ시리요 다시금 통촉ㅎ와
특위방슝ㅎ심을 천만 복츅ㅎ나이다 비답의 ㅎ여시되 여본공산낙목으로 유
구능언 ㅎ니 언쪽이 식비로다 유죄라도 방슝ㅎ니 ㅈㅊ 일후로난 유구라도
무언ㅎ라 쓰어니치고 됴됴 암상의 좌졍ㅎ고 졍욱 불너 슐뷰어라 곡강츈쥬
인인취로 상ㅎ동낙 ㅎ여보ㅈ 거방칙쾌 일효쥬로 호병 슐 다 먹은 후의 디
취ㅎ냐 ㅎ난 마리 디쳐 니번 쏘홈의 픠본 일을 싱각ㅎ니 좀놈들으게 픠을
보왓고 현덕이가 한종실니라 ㅎ되 양산 뒤원의 치쇼장슈 ㅎ엿고 운장이 쥬
안 봉목의 픠독훈 체ㅎ여도 ㅎ동셔 그럿 쑤어 먹엇고 장비가 고리눈의 웨
결으기난 잘ㅎ나 탁군의셔

〈54-뒤〉

졔육장스ㅎ여 먹엇고 ㅈ룡니가 용밍잇고 날닌 체ㅎ여도 상산 돌구멍의 쒸
비여진 놈니요 졔갈양니가 의스슙친 체ㅎ여도 남양의 밧가라 먹어시니 져
의 니지 날을 보거듸면 니 안젼의 갓슬씨고 못나셔리라 졍욱 왈 병교ㅈ난
픠라 ㅎ오니 디왕니 져리 교만ㅎ옵다가 니러훈 픠을 보나이다 평싱의 원ㅎ
기을 위국중심위가호라 일편단심 먹은 마음 불스니군 ㅎ랴쩌니 형극을 졔
우 헛쳐 슈화을 무릅씨고 이곳의 니르러 여격졔싱ㅎㅈ훈들 임인교의 어니
ㅎ리 니러함은 작업난 우리승상 일빈일쇼 타시로다 별장니 니달으며 실피

탄식ᄒ되 승상니 덕이 업셔 빅젼빅픽 ᄒ오리라 적벽의 긔별ᄒ고 착산통도
드러오며 남은 군ᄉ 바니 업셔 니오칠인 어디가고 니구팔병 죽단말고 니즈
벽 비여시니 다만 힝중 나문 것 총낭 니쓰 쓴니로다 단유ᄉ지심 ᄒ고 젼무
싱지긔라 파총니 탄식ᄒ되 상봉환향 ᄒᄌᄒᆫ들 젼군형셰 도라보니 좌쵸우쵸
허여지고 젼후쵸 간디 업셔 젼도복병 나거듸면 좌우익을 어니 ᄒ리 병든
쇼졸 두 셰명과 쓸만 남은 북니로다 인피마 곤ᄒ여시니 ᄉ라갈

<55-앞>

질 바니 업다 쵸관니 탄식ᄒ되 영군 보진 ᄒᄌᄒ니 편할 날이 바니 업다 촉
업난 살만 남고 시울 업난 활이로다 고향을 바리보니 구룸 밧긔 머러 잇고
가권을 싱각ᄒ니 긔롭긔 칙양업다 부모쳐ᄌ 눈물노 니별ᄒ고 만리 젼장 단
니면셔 공명을 일우고 금의환향 바리더니 일신곤귀 되여시니 빅만 게교 다
틀엿다 화병니 탄식ᄒ니 녹녹ᄒ 니의 졍지 두발 남은 장막디의 죠례포ᄌ
쮜여츠고 여러 군ᄉ 밥짓기 일삼더니 퉁노구 ᄢᅵ야지고 장막디 불어지니 다
만 힝중 남은 거슨 죠례 ᄒ 기 쓴니로다 물고 쇼지 쮜여츠고 본국쳔리 어니
가리 마병니 탄식ᄒ되 디완마 큰 말게 군연장 시러더니 화림의 말을 일고
ᄒ도난 집만 남아시니 격슈곤귀 힝상토의 뒤칙업난 집신 ᄒ 짝 쮜여 츠고
쳔리고국 어니 가리 셔룬 시실 ᄉ방의 낭ᄌᄒ니 됴됴 듯고 디로왈 ᄉ싱니
유병커날 군중의 어니ᄒ 우룸 쇼리 낭ᄌᄒ다 다시 우난 지면 군문쇼시 ᄒ
리라 졍욱 왈 기게불니면 이기졸노 여격야요 졸불가용니면 이기장으로 셔
격야요 장불지병니면 이기쥬로 여격야요 군불틱장니면 이기국으로 여격야
라 ᄒ와시니 졈고나 ᄒ여보ᄉ니다 됴됴 왈 팔십

<55-뒤>

삼만 장ᄒ 군ᄉ 다 어디 헛터지고 오륙쵸 남아시니 무어슬 졈고ᄒ리 그러
나 ᄒ랴거든 득승고ᄒ라 득승고ᄒ면 병들고 헛터진 군ᄉ 다 모와 드나니라

정욱니 청영ᄒ고 군중의 전령ᄒ여 힝군취티 득승고ᄒ니 병들고 상혼 군ᄉ
ᄉ방으로 모와드니 총마ᄌ 상혼 군ᄉ 피 흘너 갑옷졋고 불의 타 ᄯᅴ은 군ᄉ
만신불슈 불상ᄒ다 군ᄉ 셔로 보며 셔른 말 빙ᄌ하되 니 셔름 들어보와라
젹벽의 불을 맛나 십만 졍병 다 타죽고 ᄉ중구셩 남은 군ᄉ 근근니 오다가
한셩어구의 장비 맛나 반나마 죽고 불과 슈십긔라 쳔망이 비견죄을 뉘을
원망ᄒ리 그러나 심중의 가득혼 원니 쥬ᄉ야몽 ᄒ니로다 우리 빅발 쌍친
쳔리젼장 날 보니고 ᄉ셩을 모르시고 의문망의 여망을 죠셕의 여일ᄒ니 그
졍상 엇더ᄒ리 혼 군ᄉ ᄒ난 마리 너난 부모을 싱각ᄒ니 효ᄌ로다 니 셔름
들어보와라 삼티독ᄌ 니의 몸니 ᄉ십의 만득ᄒ여 셰살 먹은 독ᄌ 두고 만
리 젼장 나왓다가 빈련불희병ᄒ니 도라갈 슈 바니 업셔 긔ᄌ난 ᄉ부ᄒ고
초부난 ᄉᄌᄒ여 부ᄌ불견 셔름니라 혼 군ᄉ ᄒ난 마리 네 말이 잔약ᄒ다
위국ᄌ난 불고가라 집을 어니 싱각ᄒ리 니의 삼쳑 드난 칼노 오한장슈 버
혀들고 회군취티 환국할 쎄 가무입장

〈56-앞〉

안니 엇더ᄒ냐 혼놈 나셔며 ᄒ난 마리 너난 나라을 위ᄒ니 츙신니로다 홍
안 옥빈 우리 안희 쇽졀업시 니별ᄒ고 만군진중 드러와 죳총혼도 둘너메고
일휘일젼 장불식을 어느 날의 면할 쎄나 직ᄉ진중 ᄒ거듸면 ᄉ장 빅골 어
니ᄒ리 됴됴왈 군ᄉ 만타 졉고나 ᄒ여보와라 졍욱니 우슈의 칼을 들고 좌
슈의 홀기을 들고 ᄒ령왈 불참졈고 ᄌ난 군법 시힝ᄒ리라 우부좌ᄉ 파총쇠
일디장의 왈낭쇠 혼눈을 ᄌ그리고 드러오니 니놈 눈은 어이 머러난다 젹벽
의 불이 이러 쳔방지방 도망할듸 옷나라도 감군ᄉ도 리 슝곳히 찔니여 혼
눈이 ᄲᅡ졋쇼 영투지언졍 불투역니라 니 말 붓들어시면 니런 픠을 보오릿가
좌부좌ᄉ 쳔총쇠 니 디장의 울령쇠 예ᄒ며 졀고 들어가니 니 놈 다리난 어
니 져난ᄃᆞ 장판교 것늬오다가 한나라 도감군ᄉ 쇠도리치의 마ᄌ 혼다리 부
러졋쇼 승상은 말을 탓시니 셩혼 다리 ᄒ나 빌이쇼 그 놈 미쳣고 ᄯᅳ어너치

라 니가 미쳐요 광부지언도 셩인니틱언니라 니 말을 들어시면 니런 픠을 들어시면 니런 픠을 보쟌 체요 젼군호위 파춍 덜넝쇠 후군호위 쳔춍 용통쇠 예ᄒ며 샷틀 우두며 드러가니 너난 샷튼 어니 우두난냐 쟝비 군ᄉ놈 긔쇼

⟨56-뒤⟩

인의 요진쳐을 버혀갓쇼 무엇ᄒ랴고 버혀가든냐 져의 과부 아짐니게 션물 봉숑 ᄒ것ᄃ ᄒ더니다 너난 힛로와도 네 긔물은 팔ᄌ 죠와 쟝긔난 잘 갓다 ᄒ놈 졋히 셧다가 쇼인은 불을 일럿쇼 엇지ᄒ냐 니럿난냐 그놈드리 져을 츄ᄒ다고 버혀가더니다 마병의 구명쇠 그놈니 졔 일홈 니즁 부른다고 홰을 니여 구명쇠나 쑥 쭐버진 쇠나 아십시요 국법니 지즁커날 션후 고ᄒ을 모르고 짐작 졉고을 ᄒ난가요 니놈 군신은 샹ᄒ 분니라 그만 일의 날을 칙망ᄒ난다 그러나 말은 엇지 ᄒ여난냐 오다가 허리 부러져 요졀 마 되거든 쑤어 술 안쥬ᄒ엿쇼 군량직니 울통쇠 니놈 괴불만ᄒ 쥼치의 쌀 두홉은 여허 홰홰 두르고 드러오니 죠죠 보다가 십만졍병 먹을 군량 엇다가 두고 그것만 나마난냐 누어 ᄌ든가요 모로난 체ᄒ것다 호셩오ᄉ 우리 군ᄉ 각기 목슘 살야ᄒ고 쳔금일신 도망할 ᄃ 만셕인들 도라볼가 후일을 싱각ᄒ고 니기라도 가져왓쇼 그러커든 죽니나 ᄒ 그러 쎠라 비곱파 못살것다 그놈 쳔방지방 쎠워 이고 남기을 기다리다가 홀ᄌ 다 먹으니 져놈 홰을 니여 탐식멸식니란니 음식탐니 져러ᄒ기예 니던 픠을 보오 화셜 어디셔 방포쇼리 썽졍욱니 쌈작 놀니여 왈 쏘 복병니 잇난ᄒ여니다

⟨57-앞⟩

됴됴왈 그것 짐포슈 노루 잡난 춍쇼리라 쏘 ᄒ번 썽 됴됴왈 니러ᄒ 거산의 표슈 혼ᄌ 단일손냐 쏘 북쇼리 쿵 완구ᄒ 복병니요 됴됴 쇼왈 니러ᄒ 명산의 디찰이 업실손야 지마지 ᄒ난 북쇼리라 연방 북쇼리 나며 고각 취퇴 호

통지셩니 화룡산 죠분 골의 베락갓치 뒤씰으며 시셕니 어우러져 쳔병만마
풍우갓치 듸리미니 됴됴 졍신니 쌈작ᄒᆞ여 욕도무쳐요 욕쥬무거라 이 일을
어니 ᄒᆞ리 승픠난 지덕니요 부지강약니라 영ᄉᆞ연졍 싸와나 보즈 엇던 장슈
오난고 보와라 졍욱니 됴됴게 알외되 그 장슈 모양을 보니 분명 장비듯ᄒᆞ
여니다 됴됴 디경왈 익덕니 왓시면 니 이졔난 할 일 업시 죽으로다 염십긔
게나 츠리여라 졍신을 진졍ᄒᆞ여 다시 바러보니 쳥신긔 밧탕의 황금디즈로
식여시되 동한디ᄉᆞ 마디원슈 관공시명니라 늠늠 긔상은 쥬안봉목 장미예
삼각슈 거스리고 황금 갑쥬 젹토마의 쳥용도 놉피 들고 나난 다시 오는 거
동 ᄉᆞ람은 밍호갓고 말은 비룡니라 졍욱왈 니 군ᄉᆞ을 가지고 운장과 졀우
다난 피호투육니라 경각의 다 죽을 거시니 운장은 관후장즈오니 간졀이 비
러나 보스니다 됴됴왈 너의 일명니 삼국의 웃씀니라 너 비러 산다ᄒᆞ여도
훗ᄉᆞ람의 위음니라 참마 비지 못ᄒᆞ것다 그리

〈57-뒤〉

말고 씌 ᄒᆞ나 잇다 나을 오목ᄒᆞᆫ되 뉘니고 빅포장 칠고 너의 다 머리풀고 우
름 우되 가련ᄒᆞ다 됴승상은 하날이 니신 츙셩 쳔즈의 영을 밧아 삼군을 거
나리고 만리젼장 나왓다가 화룡도즁 긱ᄉᆞᄒᆞ니 명쳔니 무심ᄒᆞ다 공명도 못
셰우고 금일 고혼 영결죵쳔 무슨 일고 그리 울면 나을 슝장니라 피ᄒᆞ여 가
거든 다라나즈 승상은 그런 씌 니지마오 산 죠죠 목도 버히랴고 눈니 불근
판의 죽은 됴됴 목베기 어려오릿가 쳥용도 드난 칼노 목만 덩경 버혀가면
버힌 목의 움니 나며 싹시 날가 비러도 못보고 목만 허비할 거시니 지셩으
로 비러나 보옵쇼셔 승상과 운장니 구의가 집푸오니 노홀닷 ᄒᆞ여니다 됴됴
할 길 업셔 투고 버셔 쌍의 놋코 갑옷 버셔 말게 걸고 승강진퇴ᄒᆞ오며 돈슈
빅비 ᄒᆞ고 살 씌만 싱각더니 졍욱이 아연ᄒᆞᆫ 거동을 보 지셩으로 위로ᄒᆞ여
왈 승상니 통쇽쳔ᄒᆞ여 쇼향의 무젹ᄒᆞ옵다가 엇지 분치 아니ᄒᆞ리요마난 월
왕 귀쳔니 회게견피ᄒᆞ고 범여의 말노 쳥위신쳐위쳡ᄒᆞ야 당ᄒᆞᆫ 욕을 면ᄒᆞᆫ 후

의 다시 긔병ᄒ여 원슈을 갑ᄒ잇고 틱죠 고황졔도 흉노의 피을 입어 빅등 칠일 ᄊ여다가 진형의 꾀을 써 화친ᄒ고 도라와 ᄉ빅연 ᄉ직을 직허시니 승상 오날 비러 환란을 피

<h3>〈58-앞〉</h3>

ᄒ 후의 다시 군ᄉ을 졍비ᄒ여 젹벽 원슈 갑파시면 글노 뉘가 위실릿가 니리 할가 져리 할가 유예미결 할 츠의 운쟝니 일셩방포의 일군병마 방진ᄒ야 좌우로 둘너 ᄊ고 고셩호통 ᄒ난 말이 니 니 곳 와 복병ᄒ고 너 오기만 바리더니 한실의 여혼도젹 쳔힝으로 잡아도다 니놈 됴됴야 너 하날노 오르며 ᄶᆼ을 뒤질다 ᄲᆯ니 나와 칼 바드라 쳔동갓치 호령ᄒ니 됴됴 담낙ᄒ야 왈 경욱니 ᄉ촌 니 ᄶᆨ니 급히 뉘려오니 니 옷입고 빈 쳬ᄒ고 여긔 잠관 잇시라 경욱왈 어느 바삭니가 남의 디ᄉ을 ᄒ오리요 니 명의 죽어도 원통커든 비명의 죽으리요 졍셩으로 비러나 보옵시요 됴됴 할 일 업셔 다졍니 읍ᄒ고 지셩으로 나아셔며 왈 긔쥬지ᄉ난 불비라 쟝군 본지 젹연니옵더니 그간 긔체 안령ᄒ옵신지 금쳔ᄒ 분분ᄒ여 난젹니 봉긔ᄒ니 쳔즈을 보존코져 디병을 거나리고 젼쟁불식 ᄒ옵더니 쥬유게 피을 보고 니곳의 당도ᄒ여 쳔만몽외의 쟝군을 맛니ᄉ오니 반갑기 칙양업나니다 쟝군 안식 살펴보니 반긴 빗혼 바니 업고 노긔등등 살긔 츙쳔ᄒ야 원슈갓치 보옵시니 지극히 셔뤄니다

<h3>〈58-뒤〉</h3>

운쟝니 디질왈 됴됴 너 디디로 한신니리 쳔은니 지즁커날 무어시 부죡ᄒ냐 셥쳔즈니령졔후ᄒ야 빅셩을 요동케 ᄒ니 너갓흔 반젹놈 쳔ᄒ의 무쌍니라 일쳔ᄒ 삼분함도 널노 ᄒ여 그리되고 기린각의 못은 츙신 널노 ᄒ야 회졀되니 우리나라 삼쳑동즈라도 네 고긔을 뉘아니 원ᄒ리요 십연경영 잡은 됴됴 어니ᄒ여 노흘리요 잔말 말고 목 듸려라 됴됴 다시 긔긔 비러 왈 젼공을 집피집피 통쵹ᄒ옵쇼셔 유군 쟝비 도원형졔 황건젹의 피을 맛나 거쳐을 모

로실 졔 장군을 니 나라 묘셔다가 별궁을 급히 짓고 죠셕으로 문안ᄒ며 상
마의 금 일쳔양 ᄒ마의 은 일쳔양 앗기잔코 진공ᄒ되 도원결의 중ᄒ 밍쎄
잇지 아니ᄒ시고 공문업시 나가시며 진명과 최싱니을 일검참지 ᄒ와시들
무신 원망ᄒ든잇가 잔명을 살니소셔 운장왈 니 불힝ᄒ야 네 나라 갓실 ᄯ
의 원쇼의 안량 문취 너의 슈다 장졸 목견의 다 쥑니거날 참아 보지 못ᄒ야
ᄒ 칼노 안량 문취 버혀들고 벽산도 오쳔리을 경각의 아ᄉ 쥬위시니 다시
무신 공 잇시리 두말 말고 칼 밧으라 칼을 들고 나아드니 됴됴 목을 옴츄으
며 칙은이걸ᄒ니 운장관후 ᄒ 마음으로 고의을 싱각ᄒ고 장탄일셩의 노와
보니니 됴됴 감은ᄒ고 졔군을 거두워 도라가며 군병을 살펴보니

<h2>〈59-앞〉</h2>

남은 지 불과 니십칠긔라 그 중의 병들고 상ᄒ 군ᄉ 티반니라 남군을 바리
고 가더니 일쵸인마 질을 막아 나열ᄒ여거날 됴됴 디경ᄒ야 탄식 부리ᄒ고
다시 보니 이난 됴인니라 됴됴을 위로ᄒ여 왈 젹벽의 픠본 줄을 들어 아라
ᄉ오나 신지을 비우지 못ᄒ여 가셔 구안치 못ᄒ고 중노의 와 맛ᄉ오니 엇
지 쳔륜니라 ᄒ오며 슝황무지 ᄒ온 말삼 다 엇알외릿가 됴됴왈 니 너을 거
의 다시 보지 못할번 하여ᄯᅩ다 ᄒ고 ᄒ가지로 남군의 드러가 장졸을 취졈
ᄒ니 부르고 물을 지가 업드라 됴인이 쥬효을 듸비ᄒ여 픠군여졸을 위로ᄒ
니 됴됴 보고 앙쳔디곡 ᄒ거날 여러 모ᄉ 위로왈 승상니 전일 누ᄎ 환란의
시러ᄒ난 일니 업더니 일장싱픠난 병가의 여ᄉ일니어날 임의 난을 피ᄒ고
셩조의 왓삽거날 군마 정돈ᄒ여 보슈할 일은 싱각지 아니ᄒ고 엇지 니러타
시 시러ᄒ나잇가 됴됴왈 니 도라와 싱각ᄒ이 젹벽강상의 빅만창싱의 원혼
니 가긍ᄒ고 곽봉효을 싱각ᄒ여 우노라 봉효가 잇셔시면 엇지 이런 픠을
당ᄒ리요 ᄒ니 모ᄉ 졔장니 함쇼부답ᄒ드라 ᄎ일의

〈59-뒤〉

됴됴 됴인을 불너 왈 니 잠관 허도의 도라가 군마을 다시 총독ᄒᆞ여 적벽 원
슈을 갑고 위염을 천ᄒᆞ의 들칠 거시니 남군을 근슈보죤ᄒᆞ라 금낭 ᄒᆞ나을
쥬어 왈 만일 급ᄒᆞᆫ 일니 잇거든 기견ᄒᆞ고 그디로 시힝ᄒᆞ라 ᄒᆞ고 양양은 ᄒᆞ
후돈으로 직히라 ᄒᆞ고 ᄒᆞ비난 장요로 슈장을 삼고 악진 니젼으로 부장을
삼아 직히라 ᄒᆞ고 그 다음 여러 모스을 다리고 허창으로 향ᄒᆞ여 가니라 죠
인이 됴홍을 니릉으로 보니여 굿게 직히여 쥬유을 막으라 ᄒᆞ니라 각셜 운
장니 죠죠을 노와 보니고 도라올 시 이날 각쳐 츌스졔장니 각각 군긔 양쵸
을 아스가지고 와 현공을 ᄒᆞ되 운장은 밧칠 공니 업셔 쳐분만 기다리고 묵
묵히 셧더니 공명니 운장을 연졉ᄒᆞ야 슐을 권ᄒᆞ며 왈 장군이 됴됴을 잡아
나라의 화을 막고 일등 공신니 되여 오난 길의 우리 스번 ᄒᆞ기로 멀니 나
연졉지 못ᄒᆞ여시니 허물치 마쇼셔 운장이 유구무언 ᄒᆞ여 슐잔을 사양ᄒᆞ거
날 공명왈 우리 거만ᄒᆞᆫ 거슬 노와ᄒᆞ나잇가 운장 왈 군령지ᄒᆞ의 범과을 ᄒᆞ
여스오니 죄을 쳥ᄒᆞ나니다 공명왈 됴됴 화룡도로 오지 아니ᄒᆞ여든

〈60-앞〉

잇가 운장왈 과연 보와시나 지죠 부죡ᄒᆞ여 못잡아나니다 공명왈 장죨은 얼
마나 잡아 와나잇가 운장왈 그도 ᄒᆞ나 잡지 못ᄒᆞ여나니다 공명왈 장군이
피련 됴됴의 구온을 싱각ᄒᆞ여 노와 보니미로다 임의 군령장이 니시니 불가
불 버혀 군법을 발키리라 ᄒᆞ고 좌우을 호령ᄒᆞᆫ디 현덕이 피셕부복ᄒᆞ여 지셩
으로 비러왈 우리 삼형졔 도원결의ᄒᆞ여 공셔사싱ᄒᆞ고 풍진동고가 부지긔연
니오니 참ᄒᆞ 못할 비라 젼싱은 니 안졍을 보와 십분 용셔ᄒᆞ여 후일을 보스
니다 만단 인걸ᄒᆞ니 공명니 이윽히 안ᄌᆞ다가 운장을 노코 다시 위로ᄒᆞ드라
각셜 쥬유 됴됴의 슈륙졔군을 다 씨러바리고 각쳐 군병을 거두어 오후 젼
의 보ᄒᆞ여 공을 츠례 봉작상스ᄒᆞ고 삼군을 호위ᄒᆞ고 군량을 단속ᄒᆞ여 남군
을 취할 시 젼더을 한강의 다달나 졔장으로 모게을 의논ᄒᆞ더니 호련 유현

덕이 손간을 보니여 예단을 갓초와 치ㅎ촌로 왓다 ㅎ거날 쥬유 손간을 연
접ㅎ여 예물을 밧은 후의 문왈 현덕이

〈60-뒤〉

어디 잇나잇가 손간왈 지금 유강구의 잇나이다 쥬유 디경왈 공명도 유강구
의 잇나잇가 손간왈 선성도 군스을 합ㅎ여 쥬공과 ㅎ까지 잇나이다 쥬유
왈 그디 몬져 도라가라 니 궁진 스례ㅎ리라 손간니 ㅎ즉ㅎ고 도라가니라
노슉왈 도독이 손간의 말을 듯고 무어슬 놀니나잇가 쥬유왈 유비 군스을
모라 유강구의 결진ㅎ엿다 ㅎ니 필경 남군을 취할 뜻니라 우리 허다ㅎ 군
량으로 진심갈역ㅎ여 남군 취할 긔약 시각의 잇거날 져의 불양ㅎ 욕심으로
불고타인지근로ㅎ고 좌슈어인지공ㅎ랴 ㅎ니 니 죽지 아니ㅎ여거든 져의 감
불성의 ㅎ리라 노슉왈 연즉 무신 뫼로써 물니치리요 쥬유왈 니 친이 가 죠
흔말노 기유ㅎ여 도라보니리라 노슉왈 나도 갓치 가 뒤을 도으리다 쥬유
디락ㅎ여 노슉으로 삼쳔병 거나리고 직일 유강구로 발힝ㅎ니라 손간이 도
라와 고ㅎ되 쥬유 친니 와 스례코져 혼다 ㅎ니 현덕이 공명 젼의 문왈 쥬유
친이 온다 ㅎ니 무신 의스온잇가 공명이 쇼왈 쥬유 후의로 오난 거시 아니
라 쇼욕지남군니라 ㅎ니 현덕왈 연즉 군스을 거나려 오거듸면 엇지 ㅎ오릿
가 공명왈

〈61-앞〉

만일 쥬유와 남군을 말ㅎ거든 니러니러 디답ㅎ쇼셔 즈룡으로 쥬유을 연접
ㅎ라 ㅎ더니 쥬유 오며 현덕의 진셰을 보고 쥬져할 추의 즈룡니 군스을 거
나려 연접ㅎ거날 쥬유 마지 못ㅎ여 즈룡을 싸라 영문의 드러가니 현덕과
공명니 나와 연접ㅎ여 장중의 드러가 군중의 잔치을 비셜ㅎ야 쥬유을 디접
할 시 현덕이 슐을 권ㅎ며 젹벽 셩공을 칭찬ㅎ니 쥬유 두어순비 지닌 후의
문왈 스군이 니곳의 와 유진함은 남군을 취할 뜻지 아니잇가 현덕왈 장군

이 남군을 취혼다 흐기로 뒤을 돕고져 흐나니다 만일 도독이 취치 못흐면 니 절단코 취흐오리다 쥬유 왈 우리 강동이 혼강을 엿본지 오리라 지금 병 강양쪽흐니 남군 취흐기난 니여반장니어날 엇지 걱정흐리요 현덕왈 디스을 엇지 용니케 알니요 됴됴 됴인으로 직히라 흐여시니 필련 묘흔 비게 잇실 거시요 쏘 됴인니 경천위지흐난 용밍을 가져시니 경젹지 못흐리니 도독이 능히 취치 못할가 흐나니다 쥬유 디쇼왈 니 취치 못흐거든 그 쩌난 스군니 취흐쇼셔 현덕왈 즈경과 공명이

⟨61-뒤⟩

다 듯고 징인되여시니 도독은 후회치 마쇼셔 쥬유 왈 디장부 일을 결단흐여 스불여의흔들 엇지 후회흐리요 공명왈 장지라 도독의 말이여 스체 당연흐도다 도독이 쳐 항복을 밧지 못흐거든 그 쩌의 쥬공니 취흔들 무어시 느지릿가 쥬유 노슉이 현덕 공명을 흐직흐고 본칙으로 도라가니라 현덕이 문왈 앗가 션싱이 엇지 디답을 그리흐라 흐엿나잇가 우리 지금 용신할 곳니 업거날 남군을 급히 취흐여 의지치 아니흐고 엇지 쥬유게 허락흐나잇가 공명이 디쇼왈 당쵸의 쥬공을 권흐여 형쥬을 취흐라 흐되 불쳥흐시더니 지금은 형쥬 싱각이 잇나잇가 현덕왈 그 쩌난 유경승의 짜인 고로 참아 취치 못흐여거니와 지금은 됴됴의 거지라 엇지 스졍을 두리요 공명왈 쥬공은 과니 염여 마쇼셔 쥬유로 형쥬을 허락은 흐여거니와 죠만간의 형쥬 남군이 쥬공의 긔업이 되오리다 현덕이 그 게교을 물온디 공명왈 여츠여츠 흐면 즈연 그리 되나니다 현덕이 듯고 디회흐더라 각셜 쥬유 노슉이 본칙의 도라와 노슉왈 도독이 만일 남군을 취치 못흐거든 현덕다려 취흐라 허락은

⟨62-앞⟩

엇지흔 일이닛가 쥬유왈 그 말은 헛인스라 남군 취흐기을 엇지 의심흐리요 초일의 쥬유 졔장끠 흐령왈 뉘 능이 남군을 취할다 흐니 장흠이 츌 쥬왈 오

천병을 쥬시면 남군을 곳취ᄒ리다 쥬유 허락ᄒ고 장흠으로 션봉을 삼고 셔
셩 정봉으로 즁근을 삼아 오쳔군을 거ᄂ려 몬져 강을 것너라 닉 다음 디군
으로 졉응ᄒ리라 ᄒ고 직일 졍발ᄒ니라 각셜 죠인니 남군의 잇셔 죠홍으로
니릉을 막잘나의 곽지셰을 삼아 쥬유을 엄살ᄒ더니 탐믹 보ᄒ되 강동 디병
니 흔강을 거닉다 ᄒ거날 죠인왈 굿게 직히고 경젹지 마난 거시 상칙니라
ᄒ니 우금니 왈 젹병이 지경의 니르러시니 ᄊ오지 아니ᄒ면 니난 벙니 겁
흠니요 하물며 우리 디픠지여의 당츠지시ᄒ야 다시 정돈ᄒ여 위염을 보일
지라 엇지 ᄊ오지 아니ᄒ리요 원컨디 정병 오빅을 쥬시면 죽도록 훈 번 ᄊ
와 동오병을 파ᄒ오리다 죠인이 그 말을 죠ᄎ 우금으로 오빅군을 거ᄂ려
젹병을 마즈 ᄊ을시 정봉니 말을 노와 우금과 ᄊ와 ᄉ오합의 니르러 정봉
니 거짓 픠ᄒ여 다라나니 우금이 죠ᄎ 가더니 정봉니 군ᄉ을 지휘ᄒ야 우
금을 에워ᄊ니 우금이

<h2>〈62-뒤〉</h2>

진즁의 들어 아모리 츙돌ᄒ여도 버셔날 질이 업난지라 됴인이 셩상의셔 바
리보고 장슈 빅여인과 군병 슈만을 거ᄂ리고 칼을 날쳐 오군즁의 달여드러
우금을 구안ᄒ니 셔셩이 죠인을 마즈 ᄊ와 그 셰을 당치 못ᄒ난지라 죠인
니 우금을 구ᄒ여 본진으로 도라올 시 장흠니 질을 막거날 죠인 우금니 츙
살ᄒ고 됴슌이 셩상으로 니달나 됴인을 졉응ᄒ여 디젼 일장의 오병니 디픠
ᄒ여 도쥬ᄒ니라 장흠니 도라와 쥬유을 보니 쥬유 디로ᄒ여 버히고져 ᄒᄃ
졔장니 간ᄒ여 죽음을 면ᄒ니라 감영니 왈 죠인 죠홍니 남군과 니릉을 셔
로 직히여 의곽치셰을 삼으니 닉 졍병 삼쳔을 거ᄂ려 몬져 니릉을 쳐 픠훈
후의 도독은 남군을 취ᄒ쇼셔 쥬유 그 말을 죠ᄎ 감영으로 삼쳔군을 거ᄂ
려 니릉을 치라 죠인니 듯고 진교을 쳥ᄒ여 상의ᄒᄃ 진교 왈 만일 니릉을
니르면 남군을 보존치 못ᄒ리니 급히 구ᄒ쇼셔 ᄒ거날 됴인니 죠슌과 우금
으로 은미리 가 이릉을 구안ᄒ라 ᄒ니 죠슌니 ᄉ람을 니릉의 보닉여 죠홍

으로 유격ᄒ게 ᄒ더니 감영니 군ᄉ을 모라 니릉을 칠시 됴

〈63-앞〉

홍니 감영과 ᄊ와 니십여합의 죠홍니 거짓 픠ᄒ야 다라나니 감연이 군ᄉ을
호령ᄒ야 니릉을 탈취ᄒ랴더니 죠슌과 우금니 군ᄉ을 거나리고 죠홍을 접
응ᄒ야 니릉을 에워ᄊ고 감영을 핍박ᄒ드라 쥬유 감영니 니릉의 ᄊ인 쇼식
을 듯고 디경ᄒᄃᆡ 졍보 왈 급히 구ᄒ쇼셔 쥬유왈 니곳지 쏘ᄒᆫ 즁지라 니 감
영을 구ᄒ다가 죠인니 만일 싱지ᄒ야 겁칙ᄒ거듸면 엇지 ᄒ리요 여몽왈 감
홍 픠난 동오 디장니라 엇지 구ᄒ지 아니ᄒ리요 쥬유 올히 듯고 능통으로
영칙을 직키라 ᄒ고 군ᄉ을 모라 니릉을 향할 시 여몽왈 니릉 남편 쇼로난
남군으로 가난 요로오니 져의 픠ᄒ면 필경 그 질노 올거시니 오빅군을 보
니여 슈목을 버혀 질을 막아 마리 가지 못ᄒ게 ᄒ면 져의 말을 바리고 갈
거시니 우리 그 말을 탈취ᄒᄉᆞ니다 쥬유 그 말을 올케 듯고 직시 오빅군을
보니여 질을 막으라 ᄒ고 니릉의 이르러 왈 뉘 능히 젹진의 드러가 감영을
구ᄒ리요 쥬티 니달나 ᄌ쳔ᄒ거날 쥬유 허락ᄒ니 쥬티 창을 들고 비신상마
ᄒ여 죠군을 허치고 바로 진즁의 드러가 좌츙우돌 ᄒ니 감영니 쥬티을 보
고 디희ᄒ야

〈63-뒤〉

크게 쇼리ᄒ야 쥬티을 마ᄌ 본진의 드러 군ᄉ을 호군ᄒ고 쥬유을 지달여
니응코져 ᄒ더라 죠홍 죠슌이 쥬유 친니 와 감영 구함을 듯고 ᄉᄌ을 남군
의 보니여 일변 통긔ᄒ며 일변 군병을 총찰ᄒ야 방격할 시 양진이 셔로 디
진ᄒ여 닷토고져 ᄒ더니 감영 쥬티 셩즁으로 군ᄉ을 모라 츙살ᄒ고 쥬유
디병을 거나려 엄십ᄒ니 죠병니 디란ᄒ야 산지ᄉ방 ᄒ다가 과연 니릉 쇼로
로 간즉 나무을 버혀 질을 막아거날 인마 가지 못ᄒ야 창황ᄒ다가 도병위
쥬ᄒ야 군마을 바리고 다라나더니 쥬유 군ᄉ을 호령ᄒ여 급피 좃치니 죠병

니 더옥 산란ᄒ더라 쥬유 니룽을 탈취ᄒ고 죠병을 죠ᄎ 남군의 다달으니
죠인니 군ᄉ을 거나리고 죠홍을 구ᄒ거날 피ᄎ 딘진 일장ᄒ고 각각 군ᄉ을
거두니라 됴인니 셩즁의 도라와 졔장을 모와 의논하니 됴홍왈 지금 ᄉ셰
위급ᄒ니 승상 쥬시든 금낭을 ᄶᅦ여 보ᄉ니다 죠인니 ᄭᅢ닷고 금낭을 기견ᄒ
니 ᄒ여시되 만일 쥬유가 셩ᄒ의 니르거든 여ᄎ여ᄎ ᄒ라 ᄒ엿거날 됴인이
디회ᄒ야 군즁의 젼령ᄒ야 은미리 쥰비ᄒ고 평명의 군ᄉ을 삼문으로 죠발
ᄒ

〈64-앞〉

(낙장)

〈64-뒤〉

(낙장)

〈65-앞〉

시셕니 ᄉ면으로 비오듯 ᄒ여 쥬유 젼군니 함졍의 ᄶᅡ지거날 쥬유 디경ᄒ여
급피 말을 두루고져 ᄒ다가 활살의 억기을 마ᄌ 말 아리 나려지거날 ᄯᅩ 우
금니 말을 치쳐 쥬유을 엄살코져 ᄒ드니 셔셩 졍봉니 심을 다ᄒ여 쥬유을
구ᄒ여 갈시 죠인 죠홍니 군ᄉ을 난아 츙살ᄒ니 오병니 디픽ᄒ여 셔로 발
피여 죽난지 무슈ᄒ드라 졍보 픽군을 거두어 본칙으로 도라와 군즁 명의을
쳥ᄒ여 쥬유 억기의 활촉을 쳘졍으로 ᄶᅦ고 금창약을 부치니 아리여 견듸지
못ᄒ더라 의원니 왈 만일 노긔을 가지면 금창니 살붓들 못ᄒ여 약효가 더
듸다 ᄒ더라 졍보 군즁의 분부ᄒ여 각칙을 굿게 직히고 나지 말나 ᄒ더니
죠인니 우금을 보니여 진욕도젼ᄒ거날 졍보 쥬유게 고치 아니ᄒ고 졈졈 본
칙만 단쇽ᄒ더니 익일의 죠인니 ᄯᅩ 군ᄉ을 거나리고 와 승승도젼ᄒ되 졍보

쥬유의 병세 첨상할가 염여ᄒ여 죵시 고치 아니ᄒ엿더니 쥬유 비룩 상쳐난 디단ᄒ나 젹진이 혹 싱간ᄒ여 엄십될가 져허 ᄒ더니 조군니 날노 진룩 됴 젼ᄒ난 양을 알고 졍보을 불너 왈 진문밧긔

〈65-뒤〉

(낙장)

〈66-앞〉

쇼식을 견ᄒ라 약쇽을 경ᄒ고 죠병을 지다리더라 죠인이 본칙의 도라와 졔 장을 모으고 디희왈 쥬유 금창니 복발ᄒ여 토혈복통ᄒ니 오리 스지 못ᄒ리 라 ᄒ고 의논ᄒ더니 문듯 쥬유의 아장 일인니 와 항복ᄒ거날 죠인이 급피 군스로 스실을 무른디 그 장슈왈 쥬도독니 작일 금창니 디발ᄒ여 토혈 직 스ᄒ고 군즁니 황황디란ᄒ 즁의 졍보 졔라야 병권 가진 쳬ᄒ고 막ᄒ의 교 만니 티심ᄒ기로 우리 니러케 와 항복ᄒ나니다 ᄒ거날 죠인니 디희ᄒ야 졔 장을 모와 약쇽왈 오날밤 삼경 후의 쥬유의 영칙을 쳐 뭇지르고 쥬유의 시 체을 아스 머리을 버혀다가 승상젼의 보니리라 ᄒ고 우금으로 션봉을 삼고 죠홍 죠슌으로 후군을 삼고 져난 시스로 즁군니 되야 진교로 셩칙을 직키 고 니경 후의 발군ᄒ여 바로 쥬유의 영칙의 달여드니 일기 쇼쫄도 업거날 쇠의 ᄲ진 쥴을 알고 퇴병코져 할 지음의 스면으로 포셩니 이러나며 장흠 은 동으로 니닷고 쥬티 변강은 셔으로 니닷고 셔셩 졍봉은 남으로 니닷고 진무 여몽은 북으로 니달나 어우러져 츙살ᄒ니 죠군이 디피ᄒ여 셔로 뒤〇

〈66-뒤〉

(낙장)

〈67-앞〉

밍셰코 남군을 도모ᄒ리라 ᄒ고 감영으로 슈천군을 거나려 형쥬을 치라 ᄒ고 능통으로 슈쳔군을 거나려 냥냥을 치라ᄒ니라 능통 감영니 각각 쳥영ᄒ고 군ᄉ을 거나리고 가더니 발셔 형쥬난 장비가 탈취ᄒ엿고 냥냥은 운장이 취ᄒ고 유진ᄒ여더라 각셜 공명이 그날밤의 죠인이 도망할 쥴 알고 ᄌ룡을 다리고 남군 셩ᄒ의 미복ᄒ엿다가 죠인과 쥬유 싸올 쩌의 남군을 쳐 엄십ᄒ고 지교을 잡고 군긔 양쵸을 아ᄉ 장비와 운장을 쥬워 형쥬와 냥냥의 가거짓 남군을 구안ᄒ라 ᄒ고 병부을 보니여 가고케ᄒ니 형쥬 직히든 장슈와 냥냥의 잇든 ᄒ후돈이 병부을 보고 의혹이 업셔 남군을 구안코겨 ᄒ야 셩외의 나간 후의 장비난 형쥬을 도득ᄒ고 운장은 냥냥을 탈취ᄒ여시니 진쇼위 숀을 아니 디니고 코푼 겨니라 반분지역도 허비치 아니ᄒ고 형 냥 구군니 다 현덕의 긔업니 되니 엇지 긔니치 아니ᄒ리요 쥬유 그 말을 듯고 디졍더로 왈 허다군마 양쵸을 허비ᄒ고 슈월을 죽도록 싸와 근근니 셩공할 지경의 난현니 안ᄌ든 공명의게 아셧시니 엇지 분치 아니ᄒ리요 고셩 일

〈67-뒤〉

츠의 토혈 젼식ᄒ니 졔장니 황황디겁ᄒ여 호위ᄒ여 강동으로 가니라 츠셜 쥬유 본칙의 도라와 노슉으로 더부러 형 양 반복할 일을 의논ᄒ며 쥬야 ᄉ려만단ᄒ더니 호련 탐보군이 알외되 현덕이 형쥬의 잇셔 감부인이 별셰ᄒ여 셩외의 장ᄉᄒ더라 ᄒ디 쥬유 디희왈 니졔야 니 일을 셩ᄉᄒ리로다 유비 시ᄉ로 와 항복ᄒ여 형쥬을 찻게 ᄒ리라 ᄒ디 노슉이 왈 무슨 게교 잇나잇가 쥬유왈 현덕니 상쳐ᄒ여시미 맛당이 지취을 구할 거시이 우리 쥬공ᄒ 미시가 잇시되 비록 여ᄌ나 극히 강용ᄒ야 항상 시비 슈빅명으로 칼을 들니며 시위을 시긔고 ᄉ쳐의 군긔 나열ᄒ야 위의 늠늠ᄒ니 슈장부라도 더ᄒ지 못ᄒ리라 니 지금으로 츠의을 쥬공젼의 통ᄒ여 신실ᄒ 미ᄌ로 ᄒ야 동오의 와 장긔 들나 ᄒ고 션언유지ᄒ면 현덕이 ᄌ연 올 거시니 오거든 오

중의 유인ᄒ여 두고 형쥬을 쳐 취ᄒ면 나도 셩공할 거시요 ᄌ경도 공니 젹지 아니ᄒ리라 노슉이 듯고 빅비 ᄉ례ᄒ더라 쥬유 직시 편지을 만들아 노슉으로 남셔의 ᄉᄌᄒ니 노슉이 남셔의 와 숀권 젼의 문후ᄒ고 현

〈68-앞〉

덕의 문셔을 듸린디 권니 왈 문셔가 쟝황ᄒ다 ᄒ거날 쪼 도독의 편지을 올이니 권이 보고 머리을 졈치며 은근이 희식이 만안ᄒ야 왈 뉘로 미즈을 보니리요 ᄒ고 여범을 쳥ᄒ야 왈 들르니 현덕이 샹쳐ᄒ고 홀노 잇다 ᄒ니 필연 쟝가난 들지라 니 일미 잇시되 여즁 호걸이라 현덕을 쳥ᄒ야 셔랑을 삼아 동심ᄒ야 됴됴을 쳐 파ᄒ고 한실을 희복ᄒ면 쳔고의 제일 공이니 ᄌ형은 ᄒ번 슈고을 앗기지 말나 ᄒ더 여범이 허락ᄒ고 직일 발힝ᄒ여 형쥬로 가드라 각셜 현덕니 감부인 도라간 후로 쥬야 뇌심ᄒ드니 일일은 공명으로 슈작할 ᄎᄉ의 동오 ᄉ신 여범이 왓다ᄒ거날 공명이 쇼왈 ᄎ난 쥬유의 비게라 니 병풍 뒤의 은신ᄒ여 잇실 거시니 아모 마리라도 의심치 말고 들으쇼셔 ᄒ거날 현덕이 여범을 쳥ᄒ여 예필 후의 현덕이 문왈 ᄌ형이 무슨 의ᄉ로 왓나잇가 여범왈 현덕의 샹비함을 듯고 즁미코져 왓시나 존의을 아지 못ᄒ야 발구치 못ᄒ나니다 현덕왈 즁년 샹쳐난 인지불힝니라 고륙이 불안ᄒ니 아직 엇지 혼의을 뜻ᄒ리요 여범

〈68-뒤〉

왈 우리 쥬공이 ᄒ 미졔을 두어시되 지화 기졀ᄒ고 문무 겸비ᄒ지라 죡히 황슉의 건지을 밧을 거시니 허락ᄒ여 양가 샹합ᄒ면 죠젹이 감히 동남을 경젹지 못할 거시니 황슉은 슈니 허락ᄒ쇼셔 국틱 오부인이 극히 ᄉ랑ᄒᄉ 멀이 보닐 마음이 업셔 의쳐ᄒ나이다 황슉왈 ᄎᄉ을 오후가 아난다 여범왈 오후 쥬창ᄒ옵거날 아지 못ᄒ면 엇지 니러탓 ᄒ리요 현덕왈 니 시년이 반팔이라 오후의 미씨 니팔가인으로 욕될가 ᄒ노라 여범왈 오후의 미씨 비록

여ᄌ나 평싱 안언니 쳔ᄒ영웅니 아니면 섬기지 아니ᄒ리라 ᄒ니 황슉은 면 문니 스히의 진동ᄒ여시니 엇지 연치 상졍을 말ᄒ리요 현덕왈 잠관 머무쇼 셔 ᄒ고 공명을 쳥ᄒ여 의논ᄒ디 공명왈 양니 몬져 아리스오니 염여 마르 시고 쾌허ᄒ고 손건을 여범 함기 보니여 오후을 디면ᄒ여 허락 밧고 오게 ᄒ쇼셔 현덕왈 쥬유 간게을 쎠 날을 히코져 ᄒ거날 엇지 호구을 가리요 공 명니 쇼왈 쥬유 아모리 간게을 씬들 졔갈양을 당ᄒ리요 오후 미미을 취ᄒ 고 형쥬을 완젼케 보젼할 거시니 염여치 마옵쇼셔

〈69-앞〉

현덕이 손건을 쳥ᄒ여 여범을 안동ᄒ여 남셔의 보니니 손건이 강동의 다달 나 손권을 본디 권이 왈 니 현덕으로 쇼미의 죵신을 부탁져ᄒ나니 그디 도 라가 츳의을 엿ᄌ와 셩스케 ᄒ라 ᄒ디 손건이 ᄒ직ᄒ고 도라와 현덕을 보 고 츳의을 앙고ᄒ니 현덕이 유예미결ᄒ거날 공명왈 니 셰가지 비게 잇시니 죠운이 아니면 힝치 못ᄒ리라 ᄒ고 죠운을 불너 귀의 디히고 비밀리 약쇽 ᄒ여 왈 그디 쥬공을 묘시고 동오의 가되 니 셰가지 금낭을 간슈ᄒ엿다가 급ᄒ 일을 당ᄒ거든 츳츳로 여러 보고 게교을 힝ᄒ라 공명이 몬져 스ᄌ로 예단을 졍비ᄒ여 동오로 보니니라 잇쩌난 십스연 동십월니라 현덕이 손건 과 ᄌ룡으로 비션 십여쳑을 쥰비ᄒ여 죵ᄌ 오빅을 거나리고 남셔로 향ᄒ여 가며 마음니 앙앙불낙 ᄒ드라 남셔 지경의 다달나 죠운왈 션싱의 분부 여 츳ᄒ니 금낭 ᄒ기을 여러 보스니다 ᄒ고 기견ᄒ니 여츳여츳 ᄒ엿거날 죤운 이 직시 오빅군스을 분부ᄒ여 니리니리 ᄒ라 ᄒ고 현덕이 바로 가 교국노 을 보니 원리 국노난 니교의 부친니라 현덕과 결혼ᄒ 스의을 고ᄒ고 오빅 군스 각각 치

〈69-뒤〉

의을 입고 셩즁의 드러가 물견을 스며 황슉의 예물이라 ᄒ니 셩즁 빅셩니

다 정혼ᄒ 일을 아드라 각셜 교국노 오국틱을 보고 왈 닉 치ᄒ할 일이 잇셔 왓노라 ᄒ되 국틱 왈 무슨 일니 치하할 일니 온잇가 국노왈 근일의 듯ᄉ온 직 영아을 유현덕과 진진지의 밋고져 쳥혼ᄒ야 현덕이 님의 왓다ᄒ오니 엇지 경ᄉ가 아니며 무슨 연고로 나난 긔망ᄒ나잇가 국틱 디경왈 과연 모로나이다 ᄒ고 직시 오후을 쳥ᄒ야 허실을 무르며 일변 셩즁의 슈문ᄒ니 다 보ᄒ되 발셔 와 관각의 머무르고 오빅군ᄉ난 예단과 져양을 쥰비ᄒ더니다 ᄒ거날 ᄉ실을 탐문ᄒ니 신부의 미ᄌ난 여범니요 현덕의 미ᄌ는 숀건이라 ᄒ가지 안ᄌ 슈작ᄒ더니다 흔디 국틱 디로왈 츳ᄉ 셜게는 뉘가 ᄒ엿난요 ᄒ며 발분 도도 할 츳의 권니 들어오거날 국틱 가슴을 쑤다리며 디셩통곡ᄒ니 숀권이 슝황무지ᄒ야 복지이걸 왈 묘친은 진졍ᄒ시고 ᄉ의을 발쎄 일으쇼셔 국틱왈 셰상 사람이 남녀간 장가 들고 시집가는 거시 상ᄉ요 디ᄉ라 닉 너 에미여날 맛당니 가부간 의논이 잇고 할 일인듸 엇지 디ᄉ을 긔망ᄒ

〈70-앞〉

고 정혼ᄒ 일은 무슨 쇼회다 너 쳔륜간의 일니 니리 교ᄉᄒ고 국ᄉ의 그릇ᄒ니 엇지 업시리요 오후 왈 닉 말삼 어듸셔 들어나잇가 앗가 교국노 와 치ᄒᄒ고 긔인 다 원망ᄒ기로 발명 못ᄒ고 좌우로 친문흔 직 일국 신민니 다 아난 비라 ᄒ되 권니 듯고 고두ᄉ罪왈 츳ᄉ가 실상니 아니라 쥬유 간게로 유비을 유인ᄒ야 ᄉ로잡고 형쥬을 취코져 함니로쇼이다 국틱 더욱 진로ᄒ야 쥬유을 ᄌ로 다려오라 쥬유 와 디죄ᄒ거날 국틱 미지왈 너난 팔십일쥬 슈륙군디 도독으로 형쥬을 ᄲ지 못ᄒ고 규즁의 잇난 아녀ᄌ 농간을 ᄒ여 셜혹 일을 맛친들 어듸가 디의을 페며 여익의 신명은 쇼위 셔랑의 영ᄌ도 보지 못ᄒ고 일홈으로 과부가 되니 남의 치쇼난 엇지 ᄒ며 겨의 일신은 어듸가 의탁ᄒ것난다 쏘 교국노 듯고 긔탄왈 그 쐬을 쎠 맛당니 형쥬을 취ᄒ고 쳔ᄒ을 완졍흔들 후셰 츈츄 필범을 엇지 ᄒ리요 권이 유구무언ᄒ더라 국노 왈 스지츠경ᄒᆞ니 황슉을 쳥ᄒᆞ야 셔랑을 졍ᄒᆞᆫ 거시 올홀가 ᄒᆞ노라 권니 왈 연긔 부당ᄒᆞ오니 영미의게 욕되지 아니ᄒᆞ오릿가 국티왈 연직 니 명일 스ᄌᆞ로 현덕을 쳥ᄒᆞ

〈70-뒤〉

야 보와 니의 합ᄒᆞ면 셔랑을 졍ᄒᆞ고 불여의ᄒᆞ면 져을 디ᄒᆞ여 면파ᄒᆞ고 물 니칠 거시니 그 ᄊᆡ의난 쇼견디로 ᄒᆞ라 ᄒᆞ시니 권은 본니 효ᄌᆞ라 모친의 영 을 항거치 못ᄒᆞ야 여범으로 감노스의 가라ᄒᆞ니 여범니 왈 가화로 삼빅 도 부슈을 거나리고 장막 뒤의 미복ᄒᆞ엿다가 국티 ᄶᆞ리난 빗치 잇삽거든 직시 거힝ᄒᆞ쇼셔 권니 그리ᄒᆞᄌᆞ ᄒᆞ더라 각셜 국노 현덕을 가 보고 젼후 스연을 셜화ᄒᆞᆫ디 현덕이 디외지ᄒᆞ야 죠운을 쳥ᄒᆞ야 츠의을 의논ᄒᆞᆫ디 조운이 왈 금 일 지스난 흉다길쇼라 ᄒᆞ고 익일의 오빅군스을 굿게 단쇽ᄒᆞ고 강노스로 가 더니 발셔 국티 와 국노 셜장ᄒᆞ고 현덕을 쳥ᄒᆞ거날 현덕이 안의난 갑옷슬 입고 그 우의 금포을 입고 완완니 드러올 시 죠운이 의갑을 갓쵸고 호위ᄒᆞ 엿드라 숀권이 현덕을 보니 의모 비범ᄒᆞ고 덕화현달ᄒᆞ니 심복 ᄌᆞ항ᄒᆞ더라 셔로 예ᄒᆞ고 방장의 올나 국티을 보온디 국티 보시고 디열ᄒᆞ야 국노을 도 라보와 왈 진쇼위 관후장ᄌᆞ로다 니 스위 맛당ᄒᆞ도다 ᄒᆞ니 구노 왈 현덕이 과연 용봉지지와 쳔일지표을 가졋고 인의을 겸ᄒᆞ여시니 진짓 디장부라 ᄒᆞ 니 현덕이 니러나 졀ᄒᆞ고 스례ᄒᆞ더라 쇼경의 ᄌᆞ룡니 현덕의 뒤의 셧거날 국티 문

〈71-앞〉

왈 져난 뉜요 현덕왈 니의 아장 죠ᄌᆞ룡니로쇼니다 국티 왈 당양 장판교의 셔 아두을 품의 품고 빅만군즁의 횡힝ᄒᆞ든 장슈냐 현덕왈 그러ᄒᆞ여니다 국 티왈 츠쇼위 장슈라 ᄒᆞ고 슐을 주어 권ᄒᆞ니 죠운 바다 마시고 스례ᄒᆞ고 현 덕게 고왈 드러오며 살피온즉 도부슈을 미복ᄒᆞ여시니 필경 길죠 아니라 국

틴젼의 고흐쇼셔 현덕이 국틴젼의 단졍이 쑤러 안지며 쳬읍쥬왈 유비의 스
싱니 쳐분 즁의 잇시니 일직 결쳐흐쇼셔 국틴왈 어이흔 말삼니뇨 현덕왈
창후의 도부슈을 미복흐여시니 무신 쇼횐지 아지못흐나니다 국틴 손권을
불너 딘칙왈 현덕은 곳 니의 스위라 복병은 무슨 연권다 권이 여범을 불너
무론디 여범니 가화게 미루거날 국틴가 화을 잡아 버히라 흐니 현덕이 고
왈 혼인은 인간 길스옵난디 장슈 버히미 불가흐여니다 국틴 그 말을 충찬
흐고 가화을 쑤지져 물니치더라 현덕이 계흐의 나려 보니 흔 돌이 잇거날
칼을 쎄야 하날을 우러러 비러 왈 유비가 형쥬을 어더 왕뷔가 되랴거든 니
돌이 두돔박니가 되고 그러치 아니흐거든 여젼흐쇼셔 흐며 치니 돌이 우무
갓치 쓴어지난지라 권니 보고 문왈 현덕이 그 돌 버히기

〈71-뒤〉

난 엇지흔 일니요 현덕왈 연근 오십의 젹당을 진멸치 못흐야 평싱 흔니런
니 귀국의 와 결혼되기난 실노 쳔졍니라 긔니흐여 앗가 졈을 쳐 쳔미쫴을
어더 힉득흐니 난젹을 쇠멸흐고 한실을 회복흐리라 흐기로 칼을 들고 불승
을 긔흐야 돌을 친즉 양단니 되노라 권이 왈 나 역 죠젹을 멸흐고 한실을
홍복고져 흐노라 흐며 칼을 드러 돌을 치니 요지부동흐더라 니 인니 손을
잡고 슐을 셔로 권할시 손건이 현덕을 눈 쥬니 지긔흐고 왈 유비 슐을 이긔
지 못흐니 물너가노라 권니 흔연니 보닐시 나오며 좌우 강산을 도라보와
왈 쳔흐의 졔일강산니라 흐니 좌우 다 흠앙흐더라 쇼경의 강 바람니 딘작
흐며 빅낭니 니러나더니 문듯 일엽편쥬 강상의 왕니흐거날 현덕왈 남인은
비을 잘 타고 북인은 말을 잘 타나니라 흔디 권니 왈 현덕이 은근니 날 죠
롱함니라 흐고 좌우을 호령흐야 말을 모라 비신상마흐야 치쳐치마흐며 현
덕을 보와 왈 과연 남인니 말을 타지 못흐난다 현덕과 즈룡이 쏘 말게 올나
지죠을 보니고 도라오니라 니날 손건이 현덕을 보와 왈 쥬공은 교국노을
보고 간

〈72-앞〉

쳥ᄒ야 일직 혼ᄉ을 완정ᄒ쇼셔 현덕이 올히 듯고 익일의 국노을 가보와 왈 강동사람이 다 유비을 보면 히코져 ᄒ오니 오리 머무지 못할지라 바리 압건디 국틱을 가 보시고 슈이 결혼을 권ᄒ여 쥬쇼셔 군노 허락ᄒ고 직시 국틱을 가보고 ᄎ의로 간권ᄒ고 길일을 연틱ᄒ야 디연을 비셜할 시 화당 놉푼 집의 치의 화동은 향쵹을 도도달고 각식 실과 어육으로 조비상을 ᄎ려놋코 가진 풍악은 궁궐을 흔드난디 한종실 유황슉은 각디 윤건의 오빅군ᄉ 시위ᄒ여 동편의 국궁ᄒ고 동오 졀식 숀부인은 화단금의에 녹의홍상 궁여드리 호위ᄒ여 셔편의 옹입ᄒ여 디례을 맛친 후의 침실노 들어가며 현덕이 눈을 드러 방안을 살펴보니 검극니 셔리갓치 나열ᄒ고 시비 빅여인니 다 칼을 ᄎ고 셧난지라 현덕이 심니 두려워 혼불부신 ᄒ더라 문듯 늘근 시비 고왈 귀인은 죠금도 놀니지 마르쇼셔 부인니 ᄌ쇼시로 병긔을 죠와ᄒ시기로 니려ᄒ나니다 현덕왈 부인의 할 비 아니로다 잠관 거두라 ᄒᄒ디 숀부인니 왈 젼장 십연의 병긔을 져리 겁ᄒ고 엇지 장부라 ᄒ난뇨 ᄒ며 병긔을

〈72-뒤〉

다 물니치더라 침방의 시비와 등쵹을 물니고 침쇼의 나아드니 두 졍니 화합ᄒ야 침어낙안지상을 비할디 업더라 현덜이 금은 치단을 헛터 시비을 상ᄉᄒ시니 국틱 더옥 ᄉ랑ᄒ더라 ᄎ셜 숀건니 쥬유ᄭ긔 긔별ᄒ되 도독의 말을 드러싸가 농가셩진니 되여시니 장ᄎ 엇지ᄒ리요 쥬유 듯고 디경ᄒ야 다시 ᄒ 꾀을 싱각ᄒ야 회보ᄒ니 그 셔의 ᄒ여시되 유비 본디 구ᄎᄒ고 고상ᄒ 스람니라 고당광실의 미식 진보로 그 마음을 호탕케ᄒ여 공명 장비와 셔로 쥬각니나게 ᄒ면 ᄌ연 셩공니 될 거시니 그리 셜게 ᄒ쇼셔 권니 보고 디희ᄒ야 동부의 집을 짓고 일식궁비와 금빅완호지물노 호위ᄒ니 과연 현덕이 디ᄉ의 싱각니 쇼원ᄒ더라 잇쩌의 죠운니 니곳은 후로 어언간 셰식니 장모ᄒ고 현덕은 도라갈 뜻지 젹으미 ᄉ려즁 고국 싱각니 간졀ᄒ야 션셩 쥬시

든 금낭을 여러보니 여추여추 호라 호엿거날 곳 현덕을 가보고 실성탄왈
쥬공니 신졍의 호탕호야 형쥬을 니졋나잇가 현덕왈 무신 일니 잇난냐 죠운
왈 션싱니 추인을 보너시되 됴됴

〈73-앞〉

젹벽 픠분니 도도호야 졍병 오십만을 죠발호야 형쥬을 침노혼다 호여나이
다 현덕왈 니 부인과 상의호리라 죠운니 왈 가지 말나 호오면 아니 가시릿
가 속히 발힝호스니다 현덕왈 잠관 기다리라 호고 드러가 부인을 보고 눈
물을 니루니 부인왈 디장부 무슨 일노 져러탓 실러호난요 현덕왈 니 일신
니 표탕호야 부모 싱젼의 봉힝치 못호고 쏘 죵스의 명일을 당호도 고스을
못호니 디역부도혼 스람니라 셰싁니 박두호니 즈연 마음니 비감호노라 부
인왈 현덕이 즈룡의 말을 듯고 날을 쇠기고 형쥬로 가고져 함니 안니야 현
덕왈 님의 아르시니 엇지 긔경호리요 만일 가지 아니호다가 형쥬을 일커디
면 진쇼위 십연 공부 이미타불이요 션황의 스빅연 죵스가 끈칠덧호여니다
그러나 부인 두고 갈 마음니 업셔 시러호나니다 부인왈 여즈의 일신니 어
려셔난 부모을 셤기고 셩혼호면 가장의 뒤을 밧드나니 쳡도 현덕의 건지을
밧들지라 의심치 말으시고 힝장을 비밀이 추리소셔 현덕왈 국티와 오후의
뜻을 염여 호나니다 부인왈 니 모친 젼의 알외와 쥬

〈73-뒤〉

공을 잠관 쇠기고 혼가지 갈 도리을 호오리다 현덕왈 엇지 권을 쇠기리요
부인이 침음 양구의 왈 셔관 강변의 가 경죠망졔 호노라 호고 가스니다 현
덕왈 은혜 난망이라 호고 직시 죠운을 불너 왈 군스을 거나리고 셩외 노방
의 가 등호라 잇써난 건안 십오연 츈졍월 졍쵸니라 오후 문무빅관을 모와
디연을 비셜호고 질기더니 현덕이 부인과 국티젼의 경하호고 부인왈 유현
덕이 션영을 스모호야 셔관 강변의 가 망졔을 호시랴 호니 함긔 가 참스코

져 ᄒ나니다 국티왈 츤난 효도니 가라 ᄒ시거날 직시 슈리을 타고 현덕과 성외의 나와 즈룡과 오빅군ᄉ을 거나리고셔 강을 향ᄒ야 다라가더니 츤일 숀권니 디취ᄒᆞ얏다가 현덕이 부인을 다리고 도망ᄒᆞᆫ 긔미을 알고 장ᄒᆞ의 분 부ᄒᆞ야 급피 가 잡으라 ᄒᆞᆫ디 정보왈 현덕 즈룡 용위지ᄒᆞ의 쑈 공쥬의 강졍 함을 겸ᄒᆞ야시니 진무 번장 등니 엇지 잡으리요 권니 디로ᄒᆞ야 찻든 칼을 글너 장흠 쥬티을 쥬워 왈 일쳔군을 거나리고 쌜니 가 니 미졔와 현덕의 머 리을 뭇지 말고 버혀오라 위령ᄒᆞ면 군문쇼시을 ᄒᆞ리라 각셜 현덕

〈74-앞〉

이 부인과 시상지경의 당ᄒᆞ믜 후면으로 풍진디작ᄒᆞ며 군ᄉ 보ᄒᆞ되 취병 오 나니다 현덕이 죠운을 불너 무른디 운니 왈 쥬공은 염여말고 압희 가쇼셔 운니 막으리다 ᄒᆞ더니 문듯 일포 군니 니달나 질을 막고 위여왈 현덕은 닷 지 말나 우리 쥬도독의 영을 밧아 니곳 와 지다린지 오리노라 보니 셔셩 졍 봉니라 원리의 쥬유 현덕이 도망할가 염여ᄒᆞ야 오난 요로의 복병 ᄒᆞ고 직 히더라 현덕이 경황ᄒᆞ야 두셔을 몰오거날 죠운니 금낭을 열고 보다가 현덕 긔 올니니 현덕이 보고 부인을 향ᄒᆞ야 방셩통곡 왈 오후 유비로 강동의 장 가들게 ᄒᆞᆫ 거시 실상 미졔을 위ᄒᆞᆫ 거시 아니라 미졔로
(중간 낙장)

〈74-뒤〉

난 부도역젹니라 우리 부쳐을 무슨 의ᄉ로 살히코져 ᄒᆞ난야 너의 쥬유난 두렵고 나난 두렵지 아니ᄒᆞᆫ다 호령니 츄상갓흐니 양장니 감니 항거치 못ᄒᆞ 야 퇴진ᄒᆞ더라 미급 슈리의 진무 번장니 쌜니 오거날 셔셩 졍봉니 부인의 말삼을 견ᄒᆞᆫ디 진무 왈 우리 오후의 명을 밧아 현덕과 부인의 머리을 버혀 오라 ᄒᆞ기로 급히 오노라 ᄒᆞ고 ᄉ장니 합역 츄츅ᄒᆞ거날 현덕이 츤의을 부 인게 고ᄒᆞ니 부인왈 장군은 압셔 쌜니 가쇼셔 니 즈룡을 다리고 막으리다

ᄒ며 가더니 문듯 ᄉ 장니와 부인을 보고 읍ᄒ여 왈 쥬공의 영을 밧아 현덕과 부인을 묘시려 왔나니다 부인니 디칙왈 너의 놈들이 우리 남미을 니간 부치여 불목케 함니라 니 니무 가장을 싸르난 일은 삼죵지예라 국티젼의 알의고 ᄉᄉ로 오난 거시 아니여날 너의 등니 감니 항거ᄒ니 니 도로 가 모친 젼의 고ᄒ야 너의을 다 버히리라 호훈들 모친의 영을 거역ᄒ랴 ᄉ장니 묵묵 상고왈 오후도 효셩니 지극ᄒ니 우리 항거ᄒ다가난 죽음을 난면니로다 그러ᄒ고 ᄯᅩ 현덕은 간곳업고 죠운니 살긔 늠늠ᄒ니 만일 약ᄎᄒ다가난 운의 손의 죽기 여반장니라 ᄒ고

〈75-앞〉

ᄉ죄ᄒ고 물너 가더라 ᄎ셜 현덕이 근근도명ᄒ야 오더이 쥬유 그 말을 듯고 장흠 쥬티을 호령ᄒ야 급히 죠ᄎ오더니 ᄉ장니 시ᄉ로 오난지라 쥬티왈 ᄉ니와의로다 너의 가 도독긔 고ᄒ야 급히 슈로로 발션ᄒ야 잡으라 ᄒ니 쥬유 ᄎ의을 듯고 친니 슈군을 모라 죳더라 현덕이 근근유랑포의 다달나 마음니 졈졈 노니더니 강구의 당ᄒ미 일쳑션도 업거날 의혹ᄒ다가 바리보니 후면으로 풍진니 디작ᄒ며 함셩니 진동ᄒ거날 어덕의 올나 보니 쳥병만마 덥퍼 오난지라 마음니 급ᄒ야 아모리 할 줄 몰을 ᄎ의 일우 강상으로 표표ᄒ 셩동니 십여쳑 비을 거나리고 와 디후ᄒ거날 급히 올나 보니 ᄒ 션관니 윤거도복의 빅우션을 흔들며 디쇼왈 쥬공은 풍파위지의 장가난 잘 드시고 평안니 도라오시나잇가 졔갈양니 니곳 와 지다린지 오리로쇼이다 ᄌ룡도 무ᄉ 단여온가 일군즁을 면면니 위로 디 현덕과 ᄌ룡도 ᄉ례ᄒ고 션셩의 명감으로 장가 들고 손부인 모시고 도라오며 위터ᄒ 경고 ᄒ는 ᄉ의을 디강 셜화 할 ᄎ의 문듯 일셩포향의 취병니 다 ᄎᆺ거날 공명니 완완니 안ᄌ 디쇼디칙왈 너의난 부질업시 허비근력 말고 밧비 도라

〈75-뒤〉

가 츠후로난 니런 망발 성의을 말나고 젼ㅎ여라 ㅎ고 안연니 비을 져허 가
더라 각셜 쥬유 수군을 모라 오니 좌편은 황기요 우편은 한당니라 슈륙 병
진ㅎ야 죠츠오더라 어더셔 일셩포향ㅎ더니 산ㅎ으로 흔 장슈 니달으며 위
슈디장 관운장 예 왓노라 우리 갓치 소리ㅎ니 산악니 문어지고 강슈가 뒤
쓸난 듯 좌편은 황츙니요 우편은 위연이라 쥬유 디경ㅎ야 다라나다가 호련
일셩의 토혈즈졀ㅎ니 금창니 병발ㅎ더라 공명니 현덕과 부인을 묘셔 형쥬
의 도라와 졔장을 츠례로 후디 상스ㅎ더라 각셜 츌스장졸이 도라와 숀권긔
젼후스의을 고흔디 권니 디로ㅎ야 졍보로 도독을 삼아 형쥬을 취ㅎ라 ㅎ니
장간니 왈 됴됴 젹벽 원슈을 갑고져 쥬야 스모ㅎ나 유비와 동심함을 두려
워 ㅎ야 셩의치 못ㅎ거날 니졔 만일 형쥬을 닷토다가 됴됴 승간ㅎ야 강동
을 엿보거듸면 위터흔 국셰을 엇지 발오리요 고옹왈 이졔 스람을 허도의
보니여 유비을 포ㅎ야 형쥬목을 삼으면 됴됴 알고 두려워 감니 동남을 셩
의치 못ㅎ며 유비 마음을 심복흔 후의 됴됴와 반간ㅎ여 틈을 닌 후의 즈연
도모ㅎ

〈76-앞〉

스니다 권니 왈 원탄의 말이 올타 ㅎ고 화음을 허도로 스즈ㅎ여 보니니라
각셜 됴됴 젹벽지슈을 갑지 못ㅎ야 쥬야 싱각ㅎ나 유비 숀권니 동심합역
되난 쥴 알고 감니 셩의을 못ㅎ더라 잇쩌난 건안 십오연 츈삼월니라 됴됴
문무을 모와 동작디의 올나 홍금젼포을 슈양의 거러두고 무스로 시위ㅎ야
빅보외의 나가 관즁 흑관을 맛치난 지면 즁상ㅎ리라 ㅎ고 문신을 불너 동
작디 부을 지으라 ㅎ고 취흥니 도도ㅎ야 의긔 양양ㅎ더니 화홈니 유비을
표쥬ㅎ야 형쥬목을 삼고 숀권니 그 민씨로 안희을 쥬어 한상구군니 다 유
비의 츠지라 ㅎ니 됴됴 듯고 디경ㅎ야 부슬 더지고 졍신을 진졍치 못ㅎ더
라 졍옥 왈 승상니 빅만군즁의 단니여도 죠금도 겁니 업더니 니졔 져러타

시 놀니심은 엇지ᄒ 연고잇가 됴왈 유비난 인즁지용니라 더히을 어더시니
죠화 무궁할지라 엇지 두렵지 아니ᄒ리요 졍욱 왈 승상니 화홈 온 뜻즐 아
나잇가 손권이 유비을 칠 쓰지 잇시나 승상을 져허ᄒ야 짐짓 유비로 형쥬
목을 삼아 마음을 편케 ᄒ고 승상으로 바리심을 싇케 함니로쇼니다 됴왈
당연ᄒ

⟨76-뒤⟩

도다 졍욱왈 유숀양가의 셔로 틈 닐 모칙니 잇노라 됴됴왈 무신 쇠요 졍욱
왈 동오의 미더ᄒ 바난 쥬유라 니졔 쥬유을 표ᄒ야 남군 틱슈을 삼고 졍보
로 강ᄒ틱슈을 쥬시고 화홈을 후더ᄒ여 졍의 가 짐푸게 ᄒ면 유숀양가의
즈연 익각 날 도리가 잇실 거시니 그 쎄을 타 치거듸면 만젼지칙닐가 ᄒ나
니다 됴됴왈 상칙니라 ᄒ고 화홈을 쳔ᄒ야 후더ᄒ고 츠일의 문무을 허창의
모우고 질기다가 니외 각스의 츠례로 논공쳔직할 시 쥬유로 남군 틱슈을
봉ᄒ고 졍보로 강ᄒ틱슈을 삼고 화홈으로 더리쇼경을 삼아 허도의 잇게 ᄒ
니라 스명을 동오의 보너니 쥬유 보고 교만니 즈발ᄒ야 형쥬 츠질 싱각니
더옥 간졀ᄒ야 표을 지어 노슉을 쥬어 보너야 형쥬을 츠지라 ᄒ더라 각셜
공명니 형쥬의 쳐ᄒ야 군긔 앙쵸을 쥰비ᄒ며 원근 현스을 거두워 상예 십
악ᄒ더니 군스 보ᄒ되 노슉니 왓나니다 현덕이 왈 노슉니 ᄒ의스로 오나잇
가 공명왈 니졔 손권니 현덕으로 형쥬목 삼기난 우리 화친ᄒ 의을 들니야
은근니 죠죠 두려위ᄒ게 ᄒ난 바요 됴됴 쥬유로 남군 틱슈 삼기난 유숀 양
가의

⟨77-앞⟩

셔로 의혹니 나 시스로 쓰니 나게 ᄒ고 승극ᄒ야 져의 쇼회을 이루고져 ᄒ
난 쇠을 쥬유 어린 쇼견으로 아지 못ᄒ고 남군을 빙즈ᄒ고 형쥬을 츠질 마
음니 도도ᄒ야 노슉을 보넛나이다 만일 노슉니 쥬공을 보고 형쥬을 달나

ᄒ거든 디답도 말고 방셩통곡 ᄒ시면 냥니 지방ᄒ야 할 마리 잇나니다 과
연 노슉니 와 션통ᄒ고 드러오거날 현덕이 마ᄌ 예ᄒ 후의 관ᄃ 졍좌할 시
슉니 왈 황슉은 동오 쥬인니라 엇지 감니 동좌을 ᄒ오릿가 현덕왈 ᄌ경은
너의 고우라 엇지 그런 말을 ᄒ나잇가 슉니 왈 니 니리 오긔난 오후 명을
밧아 형쥬을 ᄎ지로 왓ᄉ오니 두 집니 임혼의을 미ᄌ 졍의 여타ᄒ니 싱각
ᄒ야 호면으로 보니난 거시 가 할가 ᄒ노라 현덕이 쳥이부답ᄒ고 방셩ᄃ곡
ᄒ니 노슉니 왈 무슨 연고로 져리 시러ᄒ난뇨 현덕 부답ᄒ고 울기을 마지
아니ᄒ니 공명니 졋히 잇다가 노슉을 보와 왈 ᄌ경니 우리 쥬공 시러함을
실노 모로난냐 슉니 왈 과연 모로노라 공명왈 당초 상약은 셔쳔을 취ᄒ고
돌여보니마 ᄒ여시나 다시 싱각ᄒ 즉 셔쳔은 유장의 ᄯ자니라 심으로 쳐 탈
취ᄒ면 고륙상징니라 남의 치쵸을 난면니요 동오로 보니ᄌ ᄒ면 의지할 곳
니

〈77-뒤〉

업고 아니 쥬ᄌᄒ 남미간 졍의가 손상할지라 글노ᄒ야 실어ᄒ난가 ᄒ노라
ᄒ며 짐직 촉동ᄒ니 현덕니 졈졈 발을 구리며 울기을 그치지 아니ᄒ니 슉
니 불인졍식ᄒ야 왈 진졍ᄒ쇼셔 공명과 다시 의논ᄒ리니다 공명왈 ᄌ경은
도라가 오후 젼의 우리 쥬공 ᄉ셰난쳐ᄒ 졍지을 낫낫치 션고ᄒ야 죠곰 참
으면 죵ᄎ 호양죠쳐 할 도리 잇시리라 노슉 본니 관인지심으로 현덕의 잔
인지졍을 참아 보지 못ᄒ야 슌슌니 허락ᄒ고 도라와 쥬유을 보고 젼후 ᄉ
연을 말ᄒ니 쥬유 왈 ᄌ경니 공명의 ᄭᅬ예 쇽아도ᄃ 당쵸의 유비 탄병할 ᄯᅳ
ᄌ로 노형을 여러번 슈고되게 ᄒ나 니 ᄒ 비게 잇시니 졔갈양 엇지 버셔나
리요 ᄌ경은 ᄒ번 슈고을 더ᄒ쇼셔 노슉왈 무슨 비겐뇨 쥬유왈 우리 쥬공
게 가지 말고 바로 형쥬의 가 유비을 보고 말ᄒ되 유숀 양가니 니무 졀혼ᄒ
야 시졍의 가위지친니라 유시 참아 셔쳔을 취치 못ᄒ면 우리 동오의 긔병
ᄒ야 셔쳔을 취ᄒ야 쥴 거시니 현쥬을 황숑ᄒ라 ᄒ쇼 노슉왈 셔쳔 직노가

슈쳔리라 취ᄒ기 어려오니 도독의 ᄶᅬ 불가ᄒ도다 쥬유 쇼왈 ᄌ경니 모로도 다 셜혹 셔쳔을 취

〈78-앞〉

ᄒ들 엇지 져을 쥬리요 잠관 쇠겨 셔쳔을 치로 간다 ᄒ면 져의 의심니 업셔 앙ᄎᆞᆯ을예비치 아니할 거시니 바로 달여 드러 형쥬을 쳐 죡ᄒ의 원을 풀니라 노슉니 디희ᄒ야 손권을 보지 아니ᄒ고 지ᄎᆞᆺ 형쥬로 가더라 각셜 공명이 현덕을 보와 왈 노슉이 졍영 손권은 보도 아니ᄒ고 쥬유의 간게만 듯고 다시 와 우리을 ᄶᅬ을 거시니 쥬공은 나을 보고 디답ᄒ쇼셔 과연 노슉니 오거날 현덕 공명니 니러나 마ᄌ 예ᄒ디 슉니 왈 공명의 말디로 우리 쥬공게 고ᄒ 즉 듯고 층찬부리ᄒ며 스쳬 가장 당연ᄒ니 우리 동오의셔 셔쳔을 쳐 현덕을 쥴 거시니 형쥬난 보니라 ᄒ더니다 공명 고두 디찬 왈 그리ᄒ라 현덕왈 니거시 다 ᄌ경의 말 잘 젼ᄒ심니로다 공명왈 손권니 만일 셔쳔을 치로 가난 쥴을 알면 즁노의 나 관졉ᄒ리라 노슉이 디ᄒ고 도라가니라 현덕이 공명다려 문왈 니거시 무신 의스뇨 공명니 디쇼왈 쥬랑의 쥭을 날이 갓가와 오난지라 니 ᄶᅬ난 져의 도로 쇽난 ᄶᅬ로다 ᄒ디 현덕왈 엇지ᄒ여 그러ᄒ요 공명왈 권니 셔쳔을 친다ᄒ되 실상은 형쥬을 도모함니라 오거든 쥬

〈78-뒤〉

○○○○○○ 고 디졉ᄒ다 ᄒ고 군스 슈만을 미복ᄒ엿다가 불의예 니다라 치면 져의 반다시 디픠ᄒ리라 ᄒ고 ᄌ룡을 분부ᄒ되 니러니러 ᄒ라 그 뒤은 니 아라 쥬션ᄒ리라 각셜 노슉니 도라와 쥬유을 보고 현덕과 공명니 희ᄒ야 양쵸을 쥰비ᄒ야 등디 셩외ᄒ야 호군 졉디할나 ᄒ더라 고ᄒ니 쥬유 디희왈 현덕 공명니 니번은 니 ᄶᅬ에 쇽도다 노슉을 보니여 ᄎᆞ의을 손권게 고ᄒ고 졍보을 분부ᄒ야 군스을 거나려 졉응ᄒ라 ᄒ더라 ᄎᆞ셜 일노붓터 창쳐가 졈졈 낫고 몸도 완쇼ᄒ더라 감영으로 션봉을 졍ᄒ고 셔셩 졍봉으로

즁군을 졍ᄒᆞ고 능통 여몽으로 후군 삼아 슈륙디병 오만을 거나리고 형쥬을
향할 시 ᄒᆞ구의 이르러 쥬유 문왈 형쥬의셔 졉디 ᄒᆞ랴난 ᄉᆞ환니 왓난냐 보
ᄒᆞ되 미츅이 왓나이다 엇지 ᄒᆞ엿난뇨 미츅니 디왈 황슉이 졔반ᄉᆞ을 예비ᄒᆞ
야 형쥬 셩밧게 등디ᄒᆞ엿나이다 쥬유 왈 너의 나라을 위ᄒᆞ야 긔병을 ᄒᆞ야
시니 졔반 거힝을 범홀리 말나 미츅니 쳥영ᄒᆞ난 쳬ᄒᆞ고 도라와 젼션을 강
상 은은니 등디ᄒᆞ고 군호을 지다리더라 쥬유 형쥬지경의 다달으니 ᄒᆞᆫ 스람
도 나와 연졉ᄒᆞ난 니 업거날 쥬유 의심ᄒᆞ고 군즁

〈79-앞〉

을 총찰ᄒᆞ야 슈리을 다 쇼와 형쥬 동졍을 살펴보니 인젹은 고요ᄒᆞ고 힌긔
ᄒᆞᆫ 상만 셰워난지라 쥬유 디로ᄒᆞ야 셔셩 졍봉을 분부ᄒᆞ야 삼쳔군을 거나리
고 바로 가 셩문을 찌치라 졍봉니 셩ᄒᆞ의 다달나 문왈 셩상의 누가 잇난요
군ᄉᆞ 알외되 우리 도독이 잇나이다 쇠경의 ᄌᆞ룡이 니달나 디질왈 쥬랑은
니번 거렁니 엇지ᄒᆞᆫ 의ᄉᆞ뇨 쥬유 디로왈 니 너의 나라을 위ᄒᆞ야 셔쳔을 취
ᄒᆞ로 가난 질이여날 너의 거힝이 엇지 니러탓 거만ᄒᆞᆫ요 죠운니 소왈 너 미
거ᄒᆞ도다 너의 간ᄉᆞᄒᆞᆫ 꾀을 션싱니 엇지 쇼그리요 네 죽을 꾀 니여시니 엇
지 우숩지 아니ᄒᆞ리요 ᄒᆞ고 일셩포향ᄒᆞ더니 운장은 강능으로 죠츠오고 장
비난 져구로 좃츠오고 황츙은 공안으로 죠츠오고 위연은 픠릉으로 죠츠와
합셰ᄒᆞ야 합셩니 쳔지진동ᄒᆞ며 각각 웨난 마리 쥬유난 빨니 칼 바드라 ᄒᆞ
니 듀유 놀니야 말아리 써러져 젼창니 지발ᄒᆞ더라 문듯 군ᄉᆞ 알외되 현덕
과 공명니 압산의 올나 슐 먹고 풍악ᄒᆞ며 졔군으로 더부러 질긴다 ᄒᆞ거날
쥬유 더옥 디로ᄒᆞ야 졀치부심 ᄒᆞ더니 니윽고 숀건

〈79-뒤〉

의 아위 숀유 군ᄉᆞ을 거나리고 와 보ᄒᆞ되 유봉 관평니 오군을 엄살ᄒᆞ야 디
픠ᄒᆞ엿다 ᄒᆞ거날 쥬유 듯고 긔졀ᄒᆞ야 졍신을 졍치 못할 ᄎᆞ의 ᄯᅩ 공명 일봉

셔을 보니엇더라 쩨여보니 ᄒ야시되 디한 군수겸 중낭장 졔갈냥은 ᄒ번 졀
ᄒ고 일힝셔을 동오 디도독 쥬공근 휘ᄒ의 올이난이 ᄒ번 시상의 니별ᄒ
후로 아연한 졍의을 쥬야불망ᄒ옵더니 들은즉 오날 셔쳔을 취ᄒ랴고 왓다
ᄒ니 가니 우숩도다 익쥬난 민강지험ᄒ고 유장니 비록 의막ᄒ나 족키 보존
할지라 니계 군량을 허비ᄒ고 용역을 다ᄒ야 치고져 ᄒ니 슈오 긔의 지죠
와 손부의 용역으로 도라서 치지 못할 싼더러 됴됴 젹벽지ᄒ으로 동오의
공허ᄒ 쩌을 타 치거되면 쇽슈무칙니 될 거시니 장군은 부질업시 남의 짱
취치 말고 니 긔지나 살피쇼셔 ᄒ여거날 쥬유 보긔을 다ᄒ미 크게 쇼리ᄒ
고 좌우을 불너 지필을 듸리여 글을 지어 오후게 보니고 졔장을 도라보와
왈 니 진츙갈역ᄒ야 나라을 도와 디공을 일우고져 ᄒ야더니 쳔명이 니만이
니 너의난 부디 니심을 두지 말고 임군을 잘 셤기여 디

〈80-앞〉

업을 일우라 ᄒ고 하날을 우러러 탄슥활 하날이 니무 쥬유을 니시고 쏘 엇
지 ᄒ야 졔갈양을 니여난고 장탄미필의 명니 진ᄒ니 시연니 삼십육셰라 쥬
유의 쵸상을 파 구의 머무르고 급히 ᄉᄌ로 유셔을 손권긔 올이니 권니 쥬
유의 죽음을 듯고 방셩디곡 ᄒ며 유셔을 쩨여보니 그 셔의 ᄒ야시되 쥬유
본시 지죠 용열ᄒ고 지각업난 ᄉ람으로 외람니 병마을 통실ᄒ니 은혜 지즁
ᄒ고 션왕의 밋으시미 집ᄉ와 즁임을 맛기시고 유훈니 게시기로 만분지일
니라도 갑홀가 ᄒ엿더니 명쳔니 미원ᄒᄉ ᄉ싱니 유명ᄒ고 단수을 불칭니
라 쇼회을 못 일우고 ᄉ경의 당ᄒ여시니 여훈니 폐쳔ᄒ엿난지라 방금 됴됴
분변의 웅거ᄒ야 형셰 강셩ᄒ고 유비난 진쇼위 양호유환니라 쳔ᄒᄉ을 아
지 못ᄒ난이 노슉은 츙의을 겸ᄒ ᄉ람니라 족히 밋을 거시니 쥬유을 디신
ᄒ쇼셔 손권니 견필의 발을 구리며 통곡ᄒ고 노슉을 피쵸ᄒ야 도독 부디
ᄉ마을 삼고 쥬유의 영구을 호위ᄒ라 하더라 각셜 공명니 형쥬의 잇셔 쳔
긔 살펴보니 쥬유의

〈80-뒤〉

장셩니 써러졋거날 디쇼왈 니졔난 쥬유 죽엇다 ᄒ고 현덕긔 고ᄒ니 듯고 쾌리왈 그러ᄒ면 엇지ᄒ리요 공명 분명 노슉으로 쥬유의 디신을 ᄒ리다 잠관 쳔긔 보온즉 여러 혜셩니 동오을 응ᄒ여시니 분명 ᄉ방 현ᄉ 만니 모왓난지라 난니 가 쥬유의 죠상ᄒ고 현ᄉ 다려다가 쥬공을 도으리다 현덕이 디경왈 동오 ᄉ람니 션셩을 다 희코져 ᄒ난니 호구을 엇지 가리요 공명니 쇼왈 공근니 ᄉ라도 두렵지 아니ᄒ거든 공근니 죽은 후의야 무어시 근심되리요 직일 졔물을 갓쵸으고 죠운으로 오빅군을 거나리고 시상의 다달나 쥬유의 죠상츠로 왓노라 통지ᄒ니 노슉니 나와 연졉ᄒ난지라 막ᄒ의 장졸이 공명을 희코져 ᄒ나 죠운니 늠늠ᄒ 위의로 호위ᄒ엿시니 감이 싱의치 못ᄒ더라 공명니 쥬유의 빈쳥의 나아가 졔물을 진셜ᄒ고 슐 부어 잔드리고 졔문 지어 고유ᄒ되 오호 공근니여 불힝 요ᄉ로다 쳔명을 엇지 ᄒ리 실푸다 공근니여 영혼니 유의커든 일빅쥬을 희망하라 니십쳥츈으로 강남을 항거ᄒ다가 교씨의 ᄉ우되야 의기 양양 ᄒ도다 호활ᄒ 지죠와 신긔ᄒ 슐법으로 죠젹을 피멸ᄒ고 공

〈81-앞〉

명으로 유젼ᄒ니 연연ᄒ 눈물니여 그디의 싱각나라 간담니 최별ᄒ고 빈쳔니 혼미ᄒ도다 오호 공근아 싱ᄉ영별니라 죵츳니후로난 쥬지니음니라 졔을 파ᄒ 후의 짜의 업더져 이통불니ᄒ니 보난 ᄉ람들이 셔로 보와 왈 공근니 공명으로 더부러 죠와 못ᄒ다 ᄒ더니 오날 보니 헛말이로다 노슉이 싱각ᄒ되 공명은 다졍ᄒ ᄉ람니라 공근니 양니 젹어 죽어다 ᄒ드라 각셜 노슉니 공명을 관디ᄒ여 보니더니 강변의 다달으니 ᄒ ᄉ람니 죽관도의로 공명의 손을 잡고 디쇼왈 너 조화로 쥬랑을 긔도도와 죽니고 죠상ᄒ난 체ᄒ고 와 쇠긔니 동오의 ᄉ람니 업도다 공명니 보니 봉취션싱 방통니라 공명니 디쇼ᄒ고 양인니 손을 잡고 빈의 올나 시ᄉ을 의논할 시 양니 일봉셔을 쥬며 왈

니 셰아려보니 숀즁모 그듸을 바리지 아니할 거시니 만일 불여의 ᄒ거든
형쥬의 와 현덕을 도으라 현덕은 관후장즈라 져바리지 아니할 지라 ᄒᆞ듸
방통니 허락ᄒᆞ고 각기 허여가더라 각셜 숀권니 쥬유을 후장ᄒ고 그 아달
쥬순 쥬윤을 후듸ᄒ더라 노슉왈 슉은 녹녹용지로 쥬유의 부탁을 입어 즁임

〈81-뒤〉

을 당ᄒᆞ여시나 감당치 못할지라 츠간의 ᄒ스람니 잇시되 신통쳔문ᄒ고 호
찰지리ᄒ고 즁찰인의ᄒ난지라 공명도 츄앙하나니다 권니 문왈 뉘라 ᄒᆞ난요
답왈 양양의 잇난 스람니니 셩은 방니요 명은 통니요 층호난 봉취션싱니라
ᄒᆞ나니다 권니 왈 ᄒ 번 슈고을 앗기지 말고 가 다려오라 노슉니 허락ᄒ고
양냥의 가 스원을 보고 감언밀셜노 달너여 다려와 보니거날 권니 그 용모
을 본즉 코니 들나고 눈셥니 헛터지고 흑안단슈의 형용니 괴괴ᄒ니 권니
심즁의 불희ᄒ야 문왈 공의 쇼학니 무어시뇨 통이 왈 일을 당ᄒ면 긔틀을
보와 쬐을 씨노라 권니 왈 공의 지죠 공근과 엇더ᄒ뇨 통니 왈 공근게 비할
비 아니라 권니 듯고 심독쇼지 왈 공은 믈너가 지다리라 츠질
날이 닛시리라 통니 믈너나오니 노슉니 그 거동을 보고 문왈 공니 오후의
셥쇼함을 보고 쓰지 젹어셔 우ᄒ 빗치 낫타나니 형쥬의 가 현덕을 보고져
온잇가 통니 왈 그러ᄒ노라 노슉 그리ᄒ라 ᄒ고 직시 편지을 ᄒ여 쥬어 형
쥬로 보니더라 즁군 군스 보ᄒ되 강남

〈82-앞〉

명스 방통니 문젼의 와 보와지라 쳥ᄒ나니다 ᄒ거날 현덕이 디ᄒᆞ야 들어오
라 ᄒ이 통니 들어와 현덕을 보고 장읍 불비ᄒ난지라 현덕니 통의 형용니
긔험함을 보고 심독불열왈 쵹ᄒ의 현호을 놉피 듯고 ᄒ번 보고져 원ᄒ엿더
니 니졔 오시니 다힝ᄒ오이다 통니 노슉과 공명의 편지난 은익ᄒ고 답왈
현덕이 관인 듸의로 쵸현납스을 흔다 ᄒ기로 불고슈고 ᄒ고 왓나이다 현덕

왈 동북 삼십니 허의 낙양니 부여시니 젹다 말으시고 가 잠관 머무시면 죠 만간의 중임을 의논하리다 통니 혼연니 허락하고 낙양으로 와 도임 후로 죵시 불여졍ᄉ하고 미일 슐먹고 풍악만 일을 삼으니 여러 스람니 츠의을 현덕게 고ᄒᆞᆫ디 현덕이 디로왈 제 날을 쇠겨ᄶᅩ다 하고 장비을 분부하야 형 남 졔쥬의 슌찰하야 졍ᄉ의 티만하고 음악을 즁상하야 불고민졍한난 즈 잇 거든 니법죵ᄉ하라 하고 숀건과 갓치 가 안찰하라 츠셜 장비 바로 낙양의 다달르니 군먼니 다 셩외의 나 연졉하되 쥬관니 업거날 장비 문왈 쥬관은 어디 갓난뇨 알외되 도임슈싁의 공ᄉ난 쇼불관

〈82-뒤〉

셥하고 미일 슐먹고 풍악의 잠기여 즈죠지모로 취양의 ᄲᅢ져 니러날 쥴을 모로ᄂᆞ니다 장비 디로하야 하인의 호령하야 나리하라 하니 숀건니 말여 왈 방통은 당시 고명한 션부라 가니 경홀이 디졉지 못하리니 죠용니 쳥하야 무른 후의 죠쳐하난 거시 늣지 아니하다 하고 아젼으로 젼갈하야 쳥ᄒᆞ니 통니 나올 시 의관니 부졍하고 디취하야 좌우의 붓들니여 오거날 장비 디 로왈 오형 현덕이 널노 낙양수을 삼아 졀부을 맛겨거든 무어셰 골몰하야 공ᄉ을 젼폐하난다 방통니 반쇼왈 엇든 공ᄉ을 폐한다 하난요 장비왈 너도 임빅여일의 장지양하니 하가의 공ᄉ을 돌보리요 통니 쇼왈 수쇼공ᄉ을 엇 지 날노 일을 삼으리요 장군은 보라 하고 형니을 분부하야 빅여일 유장한 민장을 디리여 공안 상의 싸아놋코 디쇼ᄉᆑᆼ민 등을 계하의 나립하고 귀로 듯고 입으로 결쳐하야 곡직니 분명하야 호리불츠하니 득낙졔민니 고두 빅 비 탄복하더라 반일 지니의 빅여일 고ᄉ을 결쳐하고 부슬 던지고 장비을 도라보와 왈 엇더하요 표표 숀권을 니 장상

(이하 낙장)

단국대 소장 81장본 〈화룡도〉

　이 본은 세계신간본을 그대로 등서한 필사본이다. 적벽대전이 일어나기까지는 〈삼국지연의〉의 내용을 따라 전개되지만 적벽대전 이후에 조조가 화용도로 도망할 때부터는 한국적으로 환골탈태된 이야기 내용으로 전개된다. 즉, 정욱이나 서민군사들의 언술이 대거 등장함으로써 지배층에 대한 비판과 반항을 노골적으로 드러낸다. 1917년(丁巳年)에 필사된 것으로 보인다.

단국대 소장 81장본 〈화룡도〉

〈1-앞〉

화룡도권지상이라

한틱조 황졔 창업한 사빅연의 현졔 쩌 이르러 동틱이 난을 지으미 스도 왕
윤이 스직츙신으로 동틱을 치고 한실을 홍복고져 ᄒ던니 불향ᄒ여 이최으
난을 만나 천즈 피는ᄒ시미 천하디란하니 됴됴 디군을 거나려 난젹 쇼멸ᄒ
고 찬역으 쓰슬 두워 천즈을 유인햐야 허창의 도읍ᄒ고 졔후을 호령ᄒ니
됴졍이 됴됴으 장악의 잇스니 국가흥망이 비죠직젹일네라 각셜 잇쩌의 한
종실 유황슉이 관공 장비로 더부러 도원결으 할졔 스셩을 한가지로 ᄒ야
한실을 홍복고져 ᄒ나 병불만천이요 장불과십이라 셔쥬로 가 여포의계 피
ᄒ고 ○○의 가 쏘 됴됴으게 피을 닷

〈1-뒤〉

ᄒ야 막지소향이러니 싱각ᄒ니 형쥬 유푀는 동실지의 잇는고로 형쥬의 가
신야의 머무던니 마참 슈경션성을 만나 와룡션성을 쳔거ᄒ거늘 현덕이 디
히ᄒ야 폐빅을 갓초고 틱일ᄒ여 칠셩지게 ᄒ고 관장을 거나려 남양 와룡강
졔갈공명 츠져 갈졔 졍셩도 지극ᄒ고 예모도 공슌ᄒ니 공명니 엇지 감동치
아니하리요 유관장 삼인니 웅즁의 다다르니 농부는 호무들고 노리ᄒ며 논
일 졔 농부다려 문왈 와룡션성이 어듸 게신요 답왈 져 산 일홈은 와룡손이
요 압푸는 슘플 잇고 그 가온디 일간쵸당 잇쓰되 틱국은 틱양이요 일월은
창외되고 슴빅팔십스수로 연즈걸고 인으예지로 벽을 맛추고 도당

〈2-앞〉

씨 슴등퇴게의 하도낙셔로 단쳥ᄒ고 후원 낙낙장송은 군ᄌ졀이요 의의녹쥭
은 츙열ᄉ의 경영ᄒ고 벽상은 금실이요 정젼의 빅학이 츔을 츈니 완연ᄒ
션경이라 숀불고이수려ᄒ고 수불심이징쳥이라 초목이 졀승ᄒ고 풍물도 이
상ᄒ다 그리로 ᄎᄌ가소셔 현덕이 말을 모라 급히 가보니 시문을 반기ᄒ여
거늘 동ᄌ를 불너 말슴ᄒ되 션셩을 뵈옵ᄌ ᄒ고 문견의 왓단 말슴 엿주워
라 동ᄌ 답왈 션셩게셔 시벽의 추립ᄒ시고 아니게시다 ᄒ니 현덕이 답왈
어디을 가 게신냐 동ᄌ왈 기약이 웁ᄂ이다 현덕 기탄 불어ᄒ니 관장의 말
이 션셩이 아니게신니 신야로 도라갓습다가 후일의 다시와 ᄎᄊ이다 현덕
이 동ᄌ불너 당부ᄒ

〈2-뒤〉

되 션셩이 오시거던 유예주 왓단 말슴 부디 엿쥬라 ᄒ고 신야로 도라와 슈
일 후의 예단을 다시 갓쵸와 가지고 와룡강을 가랴할 졔 익덕이 ᄒ던 말이
일기 션셩을 보랴ᄒ고 쏘 엇지 가오릿가 ᄉ환나나 보니소셔 현덕이 디칙왈
공명은 디현이라 엇지 ᄉ환을 보니리요 ᄒ고 관장을 다리고 와룡강을 다시
갈시 북풍은 졀역ᄒ고 빅셜은 분분ᄒ듸 익덕왈 엿ᄎ 셜풍의 기여히 졔갈양
을 보랴ᄒ고 이디지 시고하리요 신야로 가ᄉ이다 현덕왈 우리 리러ᄒ면 공
명이 감동케 ᄒ미라 풍셜이 겁나거던 너는 도라가 잇스라 익덕왈 풍셜을
엇지 두려ᄒ릿가 ᄒ고 슘인이 초당문젼 다다르니 글익ᄂ 소리 들이거늘 ᄌ
셰이 보니

〈3-앞〉

표표ᄒ 소연이 안져 노리ᄒ며 논일졔 현덕이 초당의 올나가 ᄒᄂ 말이 션
셩을 뵈옵ᄌ고 슈ᄎ 왓습다가 뵈옵지 못ᄒ고 이졔 와 존안을 뵈오니 쳔만
다향ᄒ여이다 그 소련이 급펴 이러나 답예왈 장군이 분명 니의 ᄉ형을 ᄎ
ᄌ오신가 나는 와룡의 아우 균이로소이다 현덕왈 션셩은 어디 가 게신익가

균이 왈 형장의 니거종적이 졍쳐읍ᄉ오니 아지못ᄒ나이다 현덕왈 니의 복
이 져거 수ᄎ 와도 션ᄉᆼ을 보지못ᄒᄂᆫᄯ다 후일의 다시 오리라 ᄒ고 관장
을 다리고 신야로 도라와 다시 퇵일ᄒ여 삼일지게 ᄒ고 예관을 다시 가초
와 가지고 와룡강을 향할시 관장왈 형장 두 번 가셔 못보고 ᄯ 가시기 부란
ᄒ여이다 공명

〈3-뒤〉

이 실상은 지조 읍셔 피ᄒ고 안니보는가 ᄒᄂᆫ이다 현덕왈 옛날 졔환공이
동 곽 양인을 보랴하고 ᄉ오ᄎ럴 수고ᄒ여거던 ᄒ물며 공명은 디현닌이라
니 엇지 이만 졍셩을 익기리요 익덕왈 쵸야 빅셩 ᄒ나럴 보랴ᄒ고 이디지
수고 말고 졔 혼ᄎ 가셔 노ᄭᆫ의로 동여오리다 ᄒ니 현덕이 디칙왈 쥬문왕
이 강틱공을 보려ᄒ고 위슈의 왕니ᄒ냐단 말 듯도 못하야ᄂᆫ냐 문왕갓튼 셩
군으로도 졍셩 드려 ᄎᄌ거던 네 엇지 무례ᄒ요 오지말고 도라가라 ᄒ니
익덕왈 이왕의 두 형장을 모시고 왓습ᄂᆫ듸 엇지 도라가오릿가 숨인이 말을
타고 웅중의 득달ᄒ여 쵸당을 바라보니 오리지격 ᄒ여ᄂᆫ지라 현덕이 말게
나려 지셩으로 거러

〈4-앞〉

간니 맛춤니 졔갈균이 나오거늘 현덕이 예ᄒ고 문왈 션ᄉᆼ이 게신닛가 균이
왈 어졔ᄂ야 오신ᄂᆫ이다 문젼의 동ᄌᆞ을 불너 왈 션ᄉᆼ이 게신냐 동ᄌᆞ 엿ᄌᆞ오
디 션ᄉᆼ이 게시오나 초당의 취침ᄒ여 게신니 기침키 황송ᄒ여이다 현더니
관장으게 분부ᄒ되 그디더른 번거히 말고 동졍을 보라 ᄒ고 완보로 중게으
올나가 초당을 살펴보니 션ᄉᆼ니 평ᄉᆼ으 놉피 누워 줌을 드러거늘 줌ᄭᅵ기를
기다려 지셩으로 셧던니 익덕이 디로왈 형장이 져럿텃 수고ᄒ신듸 짐짓 줌
ᄌᆞ는 톄ᄒ고 져디지 거만ᄒ니 고이코 교만하다 ᄒ고 당장의 풍파을 니랴
ᄒ즉 관공이 무ᄒ 말유ᄒ고 현덕은 동졍을 짐작ᄒ고 관공은 눈을 쥬워 헌

화를 금ᄒ고 종시 지다리더니 션싱이

〈4-뒤〉

잠을 ᄭᅵ여 디몽시을 지여 을푸되 디몽을 슈션각하고 평싱을 아ᄌᆞ지라 초당
으 츈슈독ᄒ고 창외 일지지라 동ᄌᆞ를 불너 문왈 문박게 손임 와 게신냐
동ᄌᆞ 엿ᄌᆞ오디 뉴황슉이 오신계 오런이다 공명이 디칙왈 엇지 일직 고치
아니ᄒ여ᄂᆞ냐 ᄒ고 의복을 가라입고 현덕을 청ᄒ거늘 드러가 예ᄒ고 공명
을 보니 신장이 팔척이요 얼골이 빅옥이라 머리에 유건을 씨고 학창으를
입고 손의 빅우션을 드러거늘 푀연ᄒ 션관이라 현덕이 다시 이러나 지비ᄒ
고 가로디 션싱의 디현ᄒ신 셩화을 푀문ᄒ고 수ᄎᆞ 와셔 못푀야ᄂᆞ이다 공명
왈 날갓튼 초야셔싱을 보시자고 누지에 여러번 향ᄎᆞ을 ᄒ게신니 광치 비승
ᄒ여이다 현덕왈

〈5-앞〉

방금 간웅이 참셩ᄒ와 ᄉᆞ직이 장위ᄒ오니 션싱은 너부신 지죠로 지도ᄒ와
기여이 회복ᄒ고 도탄의 든 빅셩을 건져 쥬옵소셔 공명왈 남양의 밧갈기와
월하의 고기낙기를 일숨아 비운 거시 업ᄂᆞ디 엇지 쳔ᄒ득실을 으논ᄒ릿가
현덕왈 션싱이 져디지 겸ᄉ ᄒ신니 도로여 망극ᄒ여이다 그러ᄒ오나 디장부
셰상으 쳐ᄒ여다가 엿ᄎᆞ 풍진의 엇지 헛도이 보니릿가 션싱은 셩왕지읍을
회복ᄒ고 억조창상을 건져 주옵소셔 언미필의 눈물이 옷지셜 젹거늘 공명
이 현덕의 졍셔을 감동ᄒ여 가로디 장군이 푀한한 ᄉᆞ람를 져럿틋 ᄒ시니
농열ᄒ오나 뒤를 ᄯᅡ라 시셕을 한가지 ᄒ리다 ᄒ니 현덕이 그계냐

〈5-뒤〉

디히ᄒ야 관장을 불너 뵈이라 ᄒ고 예단을 올이거늘 공명왈 이게 과도ᄒ노

이다 일폭지도셔를 니여 벽상의 거로노코 가르쳐 왈 이게 셔쵹 스십쥬의 지도라 젼일 고황졔 셔쵹의 웅거ᄒᆞ와 스빅연 디읍을 창셩ᄒᆞ여쓰니 장군도 한실을 회복고져 ᄒᆞ거든 션취형쥬ᄒᆞ고 지취셔쵹ᄒᆞ야 근본을 삼은 후의 즁원을 쳐 디업을 이루읍소셔 ᄒᆞ거늘 현덕왈 션싱의 말슴을 듯ᄉᆞ오니 우무를 헛치고 일월을 디ᄒᆞ온 덧 반갑ᄉᆞ오니 다 형쥬 뉴뾔와 셔쵹 유장은 다 동종이라 엇지 쌍을 취ᄒᆞ오릿가 공명왈 형쥬 셔쵹이 ᄌᆞ연 장군의 기업이 되오리다 이윽히 수작ᄒᆞ고 즉일의 아우 균을 불너 왈 뉴황슉의 슘고초려ᄒᆞᆫ 은혜를 비

〈6-앞〉

더 츌셰ᄒᆞ는니 너는 가업을 일치말고 학업을 허치말고 잇스면 셩공 후의 도라오리라 ᄒᆞ며 송학을 잘 직키라 부탁ᄒᆞ고 현덕을 ᄯᆞ라 신야의 다다르니 장졸이 디위ᄒᆞ야 치례로 졈고ᄒᆞ고 군졔을 졍졔ᄒᆞ던니 잇ᄯᆞ에 됴됴 허창의 잇다가 현덕이 공명을 어더단 말을 듯고 디경ᄒᆞ야 ᄒᆞ후돈을 급피 불너 더 병 슘만을 조발ᄒᆞ야 방망셩의 진을 치고 신야를 엿보더니 예산 조분 길의 공명이 일파화로 십만졍병을 경각의 합몰ᄒᆞ니 ᄒᆞ후돈이 도망ᄒᆞ야 허창으로 도라와 그 연고을 됴됴으게 고ᄒᆞᆫ디 됴됴 디경왈 유비는 인즁지용이라 공명과 상ᄒᆞ야 묘게을 지을진디 심복지환이 될진니 너 친이 유비을 쳐 파하리

〈6-뒤〉

라 ᄒᆞ고 즉시 십만병을 거나리고 현덕을 칠 시 그 형셰를 당치 못ᄒᆞ여 신야 빅셩 슈십만을 거나리고 강능으로 향ᄒᆞ다가 장판교의셔 픠ᄒᆞ야 하구로 도망ᄒᆞ여 근근용신할 졔 공명왈 니 강동 손권을 보고 달너여 됴됴와 디젼케 ᄒᆞ고 됴됴 승ᄒᆞ거든 강동을 취ᄒᆞ고 손권이 승ᄒᆞ거든 즁원을 취ᄒᆞᄉᆞ이다 수연이나 강동ᄉᆞ람을 보와냐 도모할 터니온듸 강동ᄉᆞ람 볼 슈 읍스니 엇지ᄒᆞ

리요 됴됴 빅만디병이 젹벽의 결진ᄒ여스니 손권이 아모리 영웅인덜 엇지
연승ᄒ리요 됴됴 허실을 알고져 알고져 ᄒ야 필경의 ᄉ람이 올 거스니 그
ᄉ람을 유인ᄒ야 혼가지로 강동의 가셔 손권을 달니여 디ᄉ를 도모ᄒ리라
ᄒ더니

〈7-앞〉

잇써 손권이 노슉으로 ᄒ여금 하구의 가 유현덕으게 됴됴의 허실을 탐지ᄒ
라 ᄒ니 노슉이 ᄒ구의 이르러 현덕을 보고 예필 후에 문왈 드르니 황슉이
공명을 어든 후로 박망의 효둔과 신야의 불노와 됴됴의 혼을 놀너게 ᄒ고
도망ᄒ여싼 말숨이 올스오며 또 됴됴의 군ᄉ 얼마나 되던니가 현덕왈 그
일은 공명의게 무러보면 ᄌ셔이 알이라 노슉왈 공명을 쳥ᄒ소셔 현덕이 공
명을 쳥ᄒ야 드리오니 노슉이 예필 후의 공순 문왈 션싱을 보오니 다향ᄒ
온지라 방금 쳔ᄒ틴란ᄒ오니 션싱의 양칙을 가라쳐 동오의 일 읍게 ᄒ옵소
셔 공명왈 니 무슴 양착이 잇쓰리요 노슉왈 강동 손장군이 팔십일주을 차
지ᄒ고 굴양이

〈7-뒤〉

풍족ᄒ니 잇써의 함기 동심ᄒ와 디업을 이루소셔 공명왈 손 유 양장이 젼
일의 아름이 읍고 가히 보닐 ᄉ람이 읍시니 엇지하릿가 노슉왈 션싱의 형
장이 강동의 잇셔 션싱 보기를 원ᄒ오니 나와 혼가지 가셔 디ᄉ을 으논ᄒ
소셔 현덕왈 공명은 니의 션싱이라 엇지 시각을 ᄯ나리요 노슉왈 디ᄉ를
경영ᄒᄂᆫ 바 셜우 싱각 마옵소셔 ᄒ고 혼가지 가기를 쳥ᄒ디 공명왈 방금
일이 급박ᄒ오니 ᄌ경을 ᄯ라가 허실을 알아 좌우간 결단ᄒ고 수이 올 테
오니 염여 마옵소셔 현덕이 양구의 허락ᄒ니 공명이 노슉으로 더부러 발향
할시 노슉이 공명의게 당부ᄒ되 손장군이 션싱을 볼 써 이예 됴됴의 군병
다소을 무를 터인니 실

〈8-앞〉

상을 마옵소셔 공명왈 즈경은 염여마옵소셔 그쎄을 당ᄒ면 즈연 말이 잇는
이다 노슉이 드러가 손장군을 뵈온디 잇쎄에 문무졔장을 다리고 군게을 으
논ᄒ다가 노슉 오멀 보고 문왈 월노 험ᄒ 길의 무ᄉ이 단여왓시며 수탐ᄒᆫ
일은 엇더ᄒ던요 노슉왈 종츳 아르이다 손권왈 즈경이 간후의 됴됴 격셔을
보니여쎈니 보라 ᄒ고 니여주거늘 노슉이 바다본니 ᄒ여쎄되 나는 쳔즈의
명을 바다 쳔ᄒ의 난젹을 칠ᄉᆞ 기를 드러 남으로 형쥬을 가라친니 유종이
속수 항복ᄒ고 형양의 빅셩이 바람을 좃ᄎ 귀슌ᄒ여난지라 이졔 빅만군병
과 용장 쳔여원을 거나리고

〈8-뒤〉

장군으로 더부러 강하의 가 유비을 쳐 파ᄒ 후의 지리 밍셰코즈 ᄒᄂᆞ니 장
군의 ᄯᅳ시 엇더ᄒᆫ지 속속 회음ᄒ라 ᄒ여거늘 노슉이 보기늘 다ᄒ고 가로디
쥬공의 ᄯᅳ시 엇지ᄒ랴 ᄒ신익가 손권왈 아즉 증ᄒ ᄯᅳ시 읍노라 모ᄉ 장소
왈 됴됴 쳔즈의 명을 바다 빅만군병을 거나리고 ᄉ방의 횡향ᄒ니 신즈지도
리의 막기 어렵습고 ᄯᅩᄒ 됴됴 이졔 형쥬를 치고 장강상유의 유진ᄒ고 격
셔을 보니여신니 만일 항거ᄒ면 군ᄉ을 호령ᄒ여 강동을 치면 그 형셰을
엇지 당ᄒ리요 신으 보는 비는 화친ᄒ는게 양착일가 ᄒᄂᆞ니다 문무 모ᄉ
여츌일구여늘 손권이 침음 부답ᄒ

〈9-앞〉

고 니당으로 드러가거늘 노슉이 ᄯᅡ라갈시 손권이 그 ᄯᅳ셜 알고 노슉으 손
을 잡고 문왈 즈경의 소견은 엇더ᄒ요 노슉왈 안즈 여러 모ᄉ의 말을 드르
니 주공으 디ᄉᆞ을 져희ᄒ민이다 만약 항복ᄒ면 위불과봉후요 거불과일승이
요 기불과일필이요 장불과수인이라 주공은 일즉 디ᄉᆞ을 경영ᄒ소셔 손권이

말을 듯고 가로디 즈경으 말이 당연ㅎ나 그러나 됴됴의 형세 가장 큰지라 엇지 당ㅎ리요 노숙왈 강하의 졔갈공명을 달여와스오니 쳥ㅎ야 게칙을 무러보면 그 허실을 소상이 알이다 손권왈 와룡션싱이 오션넌냐 명일의 문무을 뫼와 강동영웅을 뵈온 후의 다시 일을 으논ㅎ리라 ㅎ디 노숙이 공

〈9-뒤〉

명 스쳐의 나와 지숍 당부ㅎ되 우리 주공을 볼 쩌으 됴됴 군스 만탄 말을 부디 마르소셔 공명이 소왈 즈경은 염여 마옵소셔 니 아라 디답ㅎ리다 ㅎ더니 잇튼날 노숙이 공명을 다리고 장젼의 다다르니 문무 졔관이 으관을 졍졔ㅎ고 추례로 안져거늘 공명이 추례로 셩명을 통ㅎ여 예ㅎ 후의 좌중의 단좌ㅎ니 장소 고옹 등이 셔로 으논ㅎ되 이 스람으 으기를 먼져 꺽거 말을 못ㅎ게 함이라 ㅎ고 공명다려 문왈 나는 강동 미말스인이라 일즉 드르니 션싱이 늉중으 누워쓸졔 션싱이 이르기를 관중 이기게 비ㅎ다 ㅎ더니 그 말이 오른잇가 공명왈 니의 평상을 져으게 비ㅎㅎ비라 ㅎ니 장소 소왈 뉴현덕

〈10-앞〉

은 션싱을 보랴ㅎ고 숨고초여 ㅎ야 션싱 으드믹 고기가 물을 어듬 갓다ㅎ야 형쥬 엇기는 여반장으로 아라든니 도로여 일죠의 됴됴을 쥰이 엇지ㅎ 일이 온잇가 공명이 싱각ㅎ되 장소는 손권의 일등 모스라 이 스람을 먼져 꺽지 못ㅎ면 손권을 엇지 달니요 ㅎ고 답왈 니 형쥬 취키는 여반장이로 디 유예쥬의 디의로 동종의 기읍을 참아 취치 못ㅎ야더니 유종은 어린 아 희라 간스흔 말을 듯고 됴됴의게 항복ㅎ엿시니 니 이의 강ㅎ의 웅거ㅎ여 묘한 경윤이 잇쓰되 엇지 타인이 알이요 장소왈 그러ㅎ면 션싱의 말이 갓 지 안토다 유예쥬는 션싱을 어드미 용이 여의쥬를 어듬 갓다 ㅎ더

〈10-뒤〉

니 됴됴와 디젼ᄒ야 일합이 못ᄒ여 디퓌ᄒ고 신야을 바리고 변성으로 도망
ᄒ다가 당양으 퓌를 보고 하구로 쏘게가 용신할 곳지 읍시니 오히려 션셩
웃지 안니함만 갓지 못ᄒ지라 관즁은 환공을 도와 일광 쳔ᄒᄒ고 악의는
연소왕을 셤게 졔나라 칠십여 셩을 항복 바다스니 이ᄂᆞᆫ 큰 지죠라 션셩과
갓튼잇가 츙언이역이나 이어향이라 ᄒ여스니 직언을 뇌타 마르소셔 공명이
디소왈 졔비와 시가 엇지 홍곡의 ᄯᅳ슬 알이요 신야ᄂᆞᆫ 산벽의 져근 고리요
군ᄉᆞᆫ 쳔명의 지니지 못ᄒ고 장슈는 열의 넘지 못ᄒ야도 방망의 불을 노
코 빅ᄒ의 물을 막어 하후돈을 낙담케 ᄒ여스니 관즁 악

〈11-앞〉

은들 예셔 더할손가 당양의 퓌할졔는 억조창상을 ᄎᆞ마 바리지 못ᄒ야 빅성
과 ᄒᆞᆫ가지로 ᄉᆞ셩을 ᄒ여스니 이ᄂᆞᆫ 유황슉의 디의라 그디는 승퓌만 알고
나라홍망과 ᄉᆞ즉의 큰 쬐ᄂᆞᆫ 모르ᄂᆞᆫ 쏘다 장소 공명의 말을 듯고 무안ᄒ야
디답지 못ᄒ니 좌즁의 우번이 소리를 크게 ᄒ여 왈 됴승상이 용장 쳔여원
과 빅만군병을 거나리고 유예주를 치면 션셩이 당젹ᄒᆞ릿가 공명왈 됴됴의
군병이 비록 억만이라도 니 족키 두럽지 안니ᄒ다 ᄒ니 우번이 디소왈 당
양을 퓌을 보고 하구로 도망ᄒ야 강동의 심을 빌고ᄌᆞᄒᄂᆞᆫ 스람이 도로려
디담으로 날을 쇠기고져 ᄒᄂᆞ요 공명왈 유예주 군ᄉᆞᆫ 불과 수쳔이라 엇지
빅만디병을 당ᄒ리

〈11-뒤〉

요 하구의 용신ᄒ야 쳔시만 지다리건과 강동은 군ᄉᆞ와 양식이 넉넉ᄒ고 형
셰 젹지안니ᄒ여도 쳔ᄒ 스람의 치소를 싱각지 아니ᄒ고 님군을 달녀 됴
됴으게 항복고져 ᄒᄂᆞ요 우번이 다시 말을 못ᄒ고 물너가ᄂᆞᆫ지라 모지리 문

왈 공명이 소진 장으의 본을 바다 강동을 달니고져 흐는요 공명왈 소진은
육국의 졍승을 지니고 장으는 두 번 진나라의 졍승이 되야 님군을 위흐야
ᄉ즉을 안부하야스니 이는 진실노 호걸이라 그디 등은 됴됴의 형셰을 디겁
흐니 황복흐기를 쥬장흐니 엇지 소진 장으을 비웃는요 모지리 머리를 수기
고 도라안는지라 쏘 벽죵이 문왈 됴됴는 엇더흔 ᄉ람으로 아는요 디왈 한
나라 역젹이

〈12-앞〉

라 벽죵왈 공명의 말이 그르도다 흔나라 운수가 다 변흐고로 쳔으가 됴승
상의게 도라가고 쏘 쳔흐 ᄉ분의 일을 ᄎ지흐고 통솔인으 흐는 중의 쳔시
를 바리고 역쳔으로 닷투고져 흐미 ᄎ소위야로다 엇지 퍼치 아니흐리요 공
명이 왈 ᄉ람이 셰상의 나미 츙회로 근본을 습을지라 그디도 셰디로 흔나
라 녹을 먹고 됴됴을 위흐야 님군을 모루고 엇지 입을 여러 말을 흐는요 벽
죵이 무안흐냐 묵묵흐고 안져더라 육젹이 문왈 됴됴 비록 셥쳔ᄌ흐고 호령
졔후흐나 상국 조참으 ᄌ손이라 유예쥬는 황숙이라 흐여도 니력이 읍는 ᄉ
람이요 ᄌ리 쓰고 신습던 ᄉ람이라 엇지 됴됴을 당흐리요 공명이 디소왈

〈12-뒤〉

자니는 원술이 잔치할 씨 유ᄌ 품던 육흔 안니냐 편니 안져 니 말을 드르라
됴됴가 됴춤으 ᄌ손이나 디디로 흔나라 신흐요 당금 권셰을 잡고 쳔ᄌ을
겹칙흐니 한나라 역젹이요 유예주는 당시 쳔ᄌ의 족보을 상고흐ᄉ 항열을
치려 황숙이라 일칼은니 엇지 니력 업다 흐며 티조 고황졔는 ᄉ상 졍장으
로 만승쳔ᄌ 되야슨니 우리 주공 신습고 ᄌ리 쫀 거시 무어시 욕되리요 그
디 어린 소견으로 엇지 어른의 말을 알이요 육젹이 기가 믹케 안져던니 호
련 일원 디장이 드러오며 고성디칙흐되 공명은 당시 일인이라 그디 등은
공연이 말로 괴롭게 흐니 손으 디겹도 안니요 쏘흔 됴됴 디병이 지경의 범

ᄒᆞ여ᄂᆞᆫᄃᆡ 도젹 막을 일은 의논치 안니ᄒᆞ

〈13-앞〉

고 ᄒᆞᆫ갓 입져름만 ᄒᆞ니 심히 괴이ᄒᆞ도다 모다 보니 이ᄂᆞᆫ 황긔라 노슉으로
더부러 공명을 인도ᄒᆞ여 손권을 볼시 공명이 당상의 다달나 보니 문무졔장
이 좌우의 시위ᄒᆞ여ᄂᆞᆫᄃᆡ 손권이 당ᄒᆞ의 나려 공명을 연졉ᄒᆞ야 예필 후에
좌졍ᄒᆞ거늘 공명이 눈을 드러 손권을 ᄇᆞ라보니 인물이 비상ᄒᆞᆫ지라 너렴의
싱각ᄒᆞ되 손권은 비범ᄒᆞᆫ 스람이라 너 격동ᄒᆞ여 더스을 도모ᄒᆞ리라 ᄒᆞ드니
손권왈 션싱의 지조을 표문ᄒᆞ옵고 ᄒᆞᆫ번 뵈옵기를 바리옵건니 이졔 뵈오믜
천만 다향ᄒᆞ여이다 공명왈 본시 소견 업ᄂᆞᆫ고로 지죠 읍스오니 바린 거시
도로려 욕될가 ᄒᆞᄂᆞ이다 손권왈 신야의셔 됴됴와 디젼ᄒᆞ여다 ᄒᆞ오니 됴됴
의 군스 얼마라

〈13-뒤〉

하던잇가 수육마보 군이 빅만이나 되던니다 손권왈 그더지 만턴잇가 공명
왈 그뿐 안니라 형주군이 니십만이요 원소군 오육만니요 즁원군스 숨십만
니요 쳥쥬군스 이십만이요 라 합ᄒᆞ면 슈빅만이로더 빅만으로 말숨ᄒᆞ기는
강동졔군니 놀닐가 ᄒᆞ야 슈를 주려 말숨ᄒᆞ엿ᄂᆞ니다 노슉이 그 말을 듯고
질식ᄒᆞ야 공명을 눈주되 본쳬도 아니ᄒᆞ고 수작만 하거늘 노슉이 기가믹켜
아모 말도 못ᄒᆞ고 셧ᄂᆞᆫ지라 손권이 왈 장ᄒᆞ의 명장이 얼마나 되던잇가 공
명왈 지혀잇고 용밍잇ᄂᆞᆫ 장슈 천여원이요 그 외의 졔장은 부지그수다 손
권왈 됴됴 형쥬를 어던 후의 가지 안니ᄒᆞ고 격벽의 유진ᄒᆞ기는 무슴 연고
잇가

〈14-앞〉

장강의 결진ᄒ고 젼선을 단속ᄒ기는 강동을 치고져 ᄒ민가 ᄒᄂᆞ니다 만일 강동을 치그더면 엇지 당젹ᄒ릿가 션싱은 집피 싱각ᄒ와 이ᄒᆡ를 가르치소셔 공명왈 기여이 됴됴을 디젹할연과 만약 심이 부족ᄒ거던 모ᄉᆞ의 말디로 항복ᄒ소셔 손권왈 션싱으 말슴 갓ᄉᆞ오면 엇지 유예쥬는 항복지 아니ᄒᆞ여 넌잇가 공명왈 옛날 젼횡은 일기 장ᄉᆞ로디 남으게 굴할 일이 업거던 유예쥬는 당당ᄒᆞᆫ 황슉이요 쳔ᄒᆞ 영웅이여늘 엇지 역젹 조조으게 항복ᄒ리요 손권이 변식왈 초면 인ᄉᆞ의 이디지 멸시ᄒᆞᄂᆞᆫ요 ᄒᆞ고 소ᄆᆡ를 쓸치고 니당으로 드러가니 좌우 모ᄉᆞ 등이 공명을 비웃고 물너가는지라 노

〈14-뒤〉

숙이 공명을 칙망ᄒ되 션싱은 엇지 그더지 그만드게 말삼ᄒᆞ엿ᄂᆞ뇨 공명이 디소왈 욕볼상은 바이웁고 됴됴 파할 묘칙도 바이 업스니 니 엇지 질거 말ᄒ리요 노숙이 그 말을 듯고 후당의 드러가니 손권이 왈 공명이 나를 그더지 수히보니 분ᄒ도다 노숙왈 니 역시 칙망ᄒᆞ온즉 공명이 디답ᄒ되 욕을 못면ᄒᆞᆫ다 ᄒᆞ온니 주공이 다시 쳥ᄒᆞ여 무러보소셔 손권이 디히왈 공명이 어진 묘칙이 잇기로 짐짓 나를 격동ᄒᆞ여도다 ᄒᆞ고 외당으로 나와 공명젼의 ᄉᆞ례왈 일시 쳔견으로 총노ᄒᆞ여ᄉᆞ오니 쳔만 황송ᄒᆞ여이다 공명도 ᄉᆞ례ᄒ니 손권니 공명을 후당으로 인도ᄒᆞ야 슐을 권ᄒ고 왈 양칙을 가르치소셔 됴됴를 파ᄒᆞᆫ

〈15-앞〉

후의 공명을 갑ᄉᆞ오리다 공명왈 됴됴 군ᄉᆞ 비록 빅만이나 수젼의 익지 못ᄒ고 형쥬의 어든 군ᄉᆞ ᄯᅩ한 심복이 아니요 그 형셰으 핍박하미라 임시 변통이오니 장군이 실상 됴됴을 치고져 ᄒ거던 유예쥬와 동심합역 ᄒᆞ오면 ᄌᆞ

연 됴됴 파할 묘칙이 날 거시니 장군은 기연이 결단ᄒ소셔 손권이 더히ᄒ
여 가로디 션싱의 말삼이 당연ᄒ오니 다시 무슴 으심 잇시리요 직일의 화
친 졍수을 신야로 보니고 군즁의 영을 너려 기병을 직촉ᄒ니 군수 등이 비
수왈 젼일의 됴됴 형셰 크지 못ᄒ야도 ᄒ번 북쳐 원소을 줍아ᄂ디 지금은
디병빅만이요 용장 쳔여원이라 강동을 치그더면 뉘 능히 당ᄒ리요 만일 공
명으 말을 듯고 기병ᄒ다가는 초소위 셥을 지

〈15-뒤〉

고 불의 들미라 장군은 집피 싱각ᄒ와 결단ᄒ소셔 손권이 고기을 쉬기고
묵묵부답 ᄒ거늘 고옹이 왈 유예쥬 됴됴의 핀을 보고 우리 심을 비러 져의
원슈을 갑고ᄌ ᄒ미니 장군은 엇지 이 꾀를 모르시고 위틴ᄒ 일을 향코져
ᄒ시ᄂ잇가 손권이 고기을 슈기고 디답지 안니ᄒ니 모스 등이 물너가거늘
노숙이 급피 드러가 엿ᄌ오디 모스의 말이 항복ᄒᄌ 하오니 이ᄂ 져으 몸
만 위하미요 국가흥망 ᄉ즉안위를 모루오니 장군은 듯지 마르소셔 손권왈
니 싱각 할 거시니 물너가 너의 지위을 지달이라 잇써 황기 졍보 갑영 여몽
한당 주틴 셔셩 졍봉 등 삼십여인이 이 말을 듯고 일시의 드러가 엿ᄌ오디
소장 등이 장군을 모셔 빅합을 ᄊ와 강동

〈16-앞〉

을 직키여 명젼쳔하하고 난젹을 소멸ᄒ고 ᄉ직을 밧드러 공을 죽빅의 오르
기을 원ᄒ옵던니 이졔 모스의 말을 듯고 빅연공업을 일조의 바리려 ᄒ시니
졀졀원통ᄒ오며 소장 등은 쳔번 죽ᄉ와도 항복 못ᄒ것ᄂ이다 쳥컨디 됴됴
와 디젼ᄒ오면 소장 등도 평싱 심을 다ᄒ여 뒤를 짜릇이다 ᄒ며 각각 노기
등등ᄒ니 손권왈 아직 물너 잇시면 니 죵츠 결단ᄒ리라 ᄒ더니 잇써 주
유 번양호의 오다가 됴됴 격병 유진ᄒ 소문을 듯고 시상으로 도라오니 노
숙이 주유를 보고 젼후ᄉ연을 셜화ᄒ니 주유왈 ᄌ경은 염여말고 공명을 다

려오라 노숙이 공명 스쳐 간 후의 장소 고용 등이 주유을 보고 가로디 도독
은 강동이 이을 아르시는잇가 쥬유

〈16-뒤〉

왈 아지 못ㅎ노라 됴됴 빅만디병으로 한수의 진을 치고 격셔을 보니여 화
친을 청ㅎ거늘 우리 모스 등이 장군게 엿즈와 화친ㅎ야 강동을 안보코져
ㅎ더니 뜻박기 노숙이 졔갈공명을 다려다가 주공을 달니여 져의 원슈을 갑
고즈 ㅎ오니 도독은 이히을 싱각ㅎ와 수히 결단ㅎ소셔 주유왈 공 등 소견
이 다 갓튼잇가 여러 모스 여츌일구여늘 주유왈 나도 항복고즈 하미 이무
오런지라 명일의 주공을 보고 결단ㅎ리라 ㅎ니 모스 등이 물너가는지라 잇
써 졍보 황기 등 일반 무장 삼십여원이 드러와 각기 예필 후에 가로디 도독
은 강동이 조모의 나무게 부친비 되린니 도독은 엇지 하려ㅎ신잇가 주유왈
공 등 소견으는 엇더ㅎ요

〈17-앞〉

졍보왈 소장 등니 손장군을 모셔 고락을 혼가지 ㅎ옵던니 주공이 문관 등
의 말을 듯고 됴됴의게 항복고져 ㅎ니 소장 등은 츠라리 죽을지연졍 남의
치소을 아니밧거써니다 도독은 일치 결단ㅎ와 됴됴을 막게 ㅎ소셔 소장 등
니 죽도록 심을 다ㅎ야 뒤를 짜르리다 주유왈 장군 등 소경니 갓튼잇가 황
기왈 당졍의 베힌디도 항복은 못ㅎ것스이다 졔반무장니 여츌일구여늘 주유
왈 엇지 남으게 굴신ㅎ리요 공 등은 심을 다ㅎ야 도으라 잇써 노숙이 공명
을 다리고 문젼의 일으거늘 주유 당ㅎ의 나려 공명을 연졉ㅎ야 예필 좌졍
후의 노숙왈 당금의 됴됴 강동을 침범ㅎ니 도독은 이히을 가리려 좌우간
결

〈17-뒤〉

단ᄒ옵소셔 주유왈 됴됴 쳔ᄌ으 명을 바다 ᄉ방의 횡향ᄒ니 마그면 신ᄌ 도리예 안니라 ᄯᅩ 됴됴으 형셰 틱산갓튼니 그 일을 엇지ᄒ리요 ᄊᆞ홈을 파 ᄒ고 명일 주공 본 후의 ᄉᄌ을 보닉여 항복고져 ᄒ노라 노슉이 그 말 듯고 디로왈 말슴이 그르도소이다 강동을 창업ᄒ야 삼디을 젼ᄒ여거늘 일조의 됴됴으게 항복ᄒ리요 손장군 임종시의 장군으게 부탁ᄒ야거던 엇지 션왕의 유언을 이더지 져바리ᄂᆞᆫ잇가 주유왈 강동 빅셩이 날을 원망ᄒ기로 ᄊᆞ홈을 파ᄒ노라 노슉왈 장군의 영웅과 강동형셰로 됴됴을 겁ᄒ야 싸우지 못ᄒ고 항복ᄒ거드면 쳔ᄒ의 치소를 엇지ᄒ오릿가 공명니 졋틱 안졋다가 노슉으 말을 듯고 웃거늘 주유왈 션싱니 엇지

〈18-앞〉

웃ᄂ는잇가 공명왈 ᄌ경으 말을 듯고 웃ᄂ는이다 노슉왈 엇지 니 말을 웃ᄂ는잇 가 공명왈 됴됴 용병을 잘하기로 쳔ᄒ의 무덕ᄒ니 쳔ᄒ득실 홍망셩쇠을 엇 지 미드리요 수히 항복ᄒ야 부귀을 ᄒ는것만 갓지 못ᄒ는이다 노슉왈 공명 니 엇지 주공을 수히 아ᄂᆞ뇨 엇지 됴됴으게 항복ᄒ랴 공명니 디소왈 ᄌ경 은 니 말을 그르다 마르소셔 항복도 안니ᄒ고 ᄊᆞ홈도 안니ᄒ고 유예미결ᄒ 야 셔로 실난인즉 도로여 남으 승기만 도도미요 나는 어리셕을 ᄯᅡ름인니 필의 그리말고 강동의 두 ᄉ람을 익기지 말면 됴됴 시ᄉ로 퇴병ᄒ야 갈 거 신니 글이ᄒ면 엇더ᄒ요 주유왈 엇더ᄒ ᄉ람니요 공명왈 니 융즁의셔 드른 즉 한수의 동작딕을 지여

〈18-뒤〉

노코 쳔ᄒ미식을 그 가온디 두고 동낙퇴평을 원ᄒ던니 강동의 괴공이 두 ᄯᅡᆯ을 두워쐬 장왈 디교요 ᄌᄂᆞᆫ 왈 소교라 침어낙안지상이요 슈화지틱란

말을 듯고 됴됴 밍셰ᄒᆞ야 ᄉ희을 평정ᄒᆞ고 왕업을 일운 후의 강동의 이교
녀을 어더 동작디 놉푼 집의 말연낙을 삼무이라 ᄒᆞ고 강동을 치고져 ᄒᆞ니
장군은 교공을 ᄎᆞ즈 쳔금을 주더라도 이교녀을 ᄉ셔 보니오면 범여 셔씨을
오왕부ᄌᆞ으게 보님 갓ᄒᆞ여 욕을 면ᄒᆞ인니 장군언 민간여ᄌᆞ을 익기지 말고
급피 보니소셔 주유왈 됴됴 이교을 엇고ᄌᆞ ᄒᆞᄂᆞ 징거가 무엇시 잇ᄂᆞ잇가
공명왈 됴됴 아달 됴됴 됴식이 쳔ᄒᆞ의 문장이라 됴식의로 ᄒᆡ야곰 동작디 글 지
여쓰되 쳐음은 쳔

ᄌᆞ되고 다감은 이교을 취할 쓰시라 그 글을 보와 아ᄂᆞ이다 주유 왈 션셩이
동작디 시을 외읍ᄂᆞ잇가 공명왈 이키 보아ᄂᆞ이다 ᄒᆞ고 글을 외일싀 강동
이교녀을 기여이 탈취할 쓰스로 지여거늘 주유 듯고 발연 변식ᄒᆞ야 셔안을
치며 북방을 가르쳐 왈 역적 됴됴놈을 이졔ᄭᅡ지 살여던니 도로여 날을 이
디지 멀시ᄒᆞ니 밍셰코 쳐 파ᄒᆞ리라 ᄒᆞ니 공명니 구지 말여 가로디 옛날 북
힝노 변방을 ᄌᆞ로 침범ᄒᆞ미 쳔ᄌᆞ 공주을 주워 화친ᄒᆞ야거던 하물며 이교녀
ᄂᆞ 민간 여ᄌᆞ라 엇지 익기리요 쥬유왈 션셩은 모로ᄂᆞ이다 디교ᄂᆞ 손장군의
형수요 소교ᄂᆞ 니의 안ᄒᆡ라 ᄒᆞᄂᆞ니다 공명니 모로ᄂᆞ 쳬ᄒᆞ고 거짓 놀니여
ᄌᆞ리 박게 물너 안지며 왈 니 과연 모로옵고 ᄒᆞ온 말

숨인니 도로여 황공ᄒᆞ여이다 주유왈 됴됴로 더부러 ᄌᆞ웅울 결단할 거스니
션셩은 어진 묘칙을 니여 됴됴을 파ᄒᆞ게 ᄒᆞ소셔 공명왈 바리지 안니ᄒᆞ시면
짐심하와 도오리다 잇튼날 주유 손권을 보고 기병을 의논할싀 좌편으ᄂᆞ 문
관 장소 등 숨십여인이요 우편으ᄂᆞ 무장 정보 황기 등 삼십여인이라 으관
을 정졔ᄒᆞ고 위염이 엄숙ᄒᆞ듸 손권이 좌우을 보와 왈 됴됴의 빅만디병니
적벽의 진을 치고 겨셔을 보니여스니 공근은 보라ᄒᆞ고 니여주거늘 겨셔을

보고 디소왈 도적이 우리 동오의 스람 업눈 줄을 알고 이러타시 ㅎ여눈요 손권왈 공근의 둇시 엇더ㅎ요 주유왈 주공은 문무와 으논ㅎ와 게시니 엇지 결쳐ㅎ야 눈잇가 디

〈20-앞〉

왈 연일 으논니 항복ㅎᄌ ㅎ고 혹은 ᄊ우ᄌ ㅎ여 유예 미결ㅎ여노라 주유 왈 누가 항복고ᄌ ㅎ던잇가 손권왈 장소 등니 항복고져 ㅎ노라 주유왈 장소의 소견을 드르지이다 장소왈 됴됴 쳔ᄌ 명을 바다 조졍을 빙ᄌㅎ고 형주을 엇고 슈육병진ㅎ야 강동을 침범ㅎ니 그 형세을 엇지 당ㅎ리요 아직 항복ㅎ여다가 종ᄎ 으논ㅎ면 조을가 ㅎ눈이다 쥬유 왈 이눈 부유의 말이라 강동기업이 니무 숨디을 직케거늘 엇지 일죠의 남으게 항복ㅎ리요 손권왈 그러ㅎ면 엇지할고 쥬유 왈 됴됴눈 한나라 역적이요 쥬공은 부형의 여업을 이여셔 강동형셰를 가지고 역적 됴됴으게 굴신ㅎ리요 원컨디 군병을 주시면 됴됴을

〈20-뒤〉

쳐 파ㅎ리다 손권이 쥬유의 등을 어르만지며 왈 장ㅎ다 이 말을이여 그디로 디도독을 봉ㅎ눈니 졔장중의 만일 위령ᄌ 잇거던 이 칼노 베히라 ㅎ고 닌검을 준니 쥬유 칼을 바다 츠고 군중의 젼령ㅎ되 ᄌᄎ 이후로 만일 위령ᄌ면 이 칼노 베히라 ㅎ고 손권을 ㅎ즉ㅎ고 공명을 다리고 장중으 드러가 디장단으 좌기ㅎ고 황기 한당으로 션봉을 숨고 능통 번장으로 졔ᄉ디을 숨고 육손 동십으로 졔오디을 숨고 여범 쥬틱로 ᄉ방 순무ᄉ을 삼아 삼강구의 진을 치고 쥬유 졔갈근을 불너 왈 그디 아우 공명은 당시 디지라 다향이 강동의 왓ᄉ오니 졔씨을 달니여 강동의 잇게 ㅎ면 쥬공은 어진 션셩을 엇고 그디는 형졔 동거할 거시니 그 안니 조을익가 시양

〈21-앞〉

말고 가셔 달니쇼셔 졔갈근왈 져도 강동의 잇셔 쳑촌지공이 읍쏘오니 이니
엇지 무심하리요 ᄒ고 공명 스쳐의 가 공명으 손을 줍고 낙누왈 아우야 옛
날 빅이 슉졔을 아느냐 공명이 싱각ᄒ되 쥬유의 말을 듯고 달니고즈 ᄒ미
라 ᄒ고 듯기를 쳥ᄒ디 근이 왈 빅이 슉졔는 슈양산의 쥬려주글 쩌에도 형
졔 셔로 쩌나지 안니ᄒ여거늘 우리 형졔는 엇지ᄒ야 각분동셔ᄒ야 이스이
군ᄒ니 빅이 슉졔을 비할진디 붓그럽지 아니ᄒ냐 공명이 디왈 형장의 말슴
은 스졍이요 졔으 말은 디으라 우리 셰디로 ᄒ나라 녹을 먹어쏘오니 형장
이 강동을 바리시고 유황슉 셥기시면 신즈지의도 쩟쩟ᄒ고 형졔지졍도 온
견할 거시니 형장으 의스 엇더ᄒ신잇

〈21-뒤〉

가 근이 싱각ᄒ니 니 져을 달니려 ᄒ다가 졔게 달닌 바 되야도다 ᄒ고 공
명을 작별ᄒ고 도라와 쥬유다려 그 수작을 셜화ᄒ니 쥬유 디로ᄒ야 공명을
쥭이려 ᄒ더라 잇튼날 졔장을 거나리고 향군할시 공명과 가치가멀 쳥ᄒ니
공명이 흔연 ᄯ라가더라 쥬유 삼강 어구의 진을 치고 장디의 놉피 안즈 공
명을 쳥ᄒ야 좌졍 후의 쥬유 문왈 됴됴으 군스는 팔십삼만이요 우리는 불
과 오육만이라 됴됴의 양도을 ᄭ은 후의 됴됴을 즈불 거시니 엇지ᄒ야 죠
을잇가 니 드르니 됴됴의 군양을 취ᄒ여 쥬소셔 공명이 싱각ᄒ되 날을 달
니고져 ᄒ다가 듯지 아니ᄒ니 가면 졔으 위영을 바드리라 ᄒ고 흔연니 허
락ᄒ니 노슉

〈22-앞〉

이 쥬유다려 문왈 도독이 공명으로 됴됴의 군량을 취코져 흠은 무슴 의스
익가 쥬유왈 공명을 쥭이고져 ᄒ나 눕의 시비를 져어ᄒ야 됴됴 손을 비러

후환을 쓴코져 ᄒ미라 노슉이 그 말 듯고 공명을 ᄎᄌ간니 공명니 군수를 정졔ᄒ야 향군코져 ᄒ거늘 노슉이 춤지 못ᄒ야 문왈 션싱이 이번 길의 셩 공할 뜻ᄒ온익가 공명니 소왈 닉 슈육젼의 다 익다른니 셜마 셩공치 못ᄒ 리요 쥬유와 ᄌ경으 지조는 비할바 아니이다 노슉이 그 말을 쥬유으게 고 ᄒᆫ디 쥬유 디로ᄒ여 엇지 져를 보니리요 ᄒ고 즉시 이만병을 조발ᄒ야 츄 철산으로 향할시 노슉이 그 말을 공명으게 고ᄒᆫ디 공명이 소왈 도독이 날 노 ᄒ여금 됴됴으 양식을 탈취코져

〈22-뒤〉

홈은 날을 죽이고져 홈이라 닉 히롱ᄒᆫ 말을 듯고 위지을 가고ᄌ ᄒ니 반 다시 갓다가는 됴됴의 희을 보리라 됴됴는 본시 남으 양식을 도젹ᄒᄂ고로 졔 양식을 비면이 간슈ᄒ리요 먼져 슈젼으로 예긔을 꺽근 후의 ᄭᅬ를 쓸지 라 ᄌ경은 밧비 가 공근을 말유ᄒ야 못가게 ᄒ소셔 노슉이 급피 도라와 공 명의 말을 젼ᄒ니 쥬유 머리를 흔들고 발을 구루며 디경 질식왈 이 스람의 지조는 닉게셔 십빅나 더ᄒ니 이쩌에 죽이지 못ᄒ면 장ᄎ 디환이 되리라 ᄒ니 노슉왈 방금 솝분쳔ᄒ의 동분셔쥬ᄒ야 피ᄎ 여가를 엇고져 ᄒ여 영웅 을 어드려 ᄒᄂᄃᆡ 이런 지조 잇ᄂ 스람을 죽이고 남의 치소를 드르리요 됴 됴을 파ᄒᆫ 후의

〈23-앞〉

도모ᄒ소셔 쥬유 그리ᄒ라 ᄒ더라 각셜 현덕이 하구의 잇셔 젹벽늡ᄒᆫ을 바 라보니 젼션과 긔치 은은이 뵈인니 동오 긔병ᄒᆫ 쥴 알고 졔장으로 더부러 으논왈 공명이 ᄒᆫ번 간 후의 소식이 젹죠ᄒ니 뉘가 강동의 가 소식을 알어 올고 미츅이 엿ᄌ오디 소장이 가셔 알어오리다 현덕이 디히ᄒ고 미츅을 동 오의 보닌니라 미츅이 예단을 갓초와 쥬유 진중의 이르러 통긔ᄒ니 쥬유 들나 ᄒ거늘 미츅이 드러가 예ᄒᆫ 후의 폐빅을 드리거늘 쥬유 바다 호군ᄒ

고 미축을 접디ᄒ니 미축왈 공명이 어디 게신익가 이질으 ᄒᆞ가지 가고져
ᄒ노니다 쥬유 왈 공명으로 더부러 됴됴 파할 묘칙을 으논ᄒ니 엇지 금번
의 함

〈23-뒤〉

기 가리요 니 유예쥬을 보면 긴이 으논 할 일이 닛쑵ᄂ듸 나는 디군을 거나
려 방금 연십ᄒ기로 일시 쩌날 슈 업셔 못가오니 유예쥬는 한가ᄒ지라 잠
간 보기를 쳔만 바리오니 급피 도라가 그 말을 하여쥬옵소셔 미축이 쥬유
으게 ᄒᆞ즉하고 도라와 ᄎᆞ의를 현덕게 고ᄒ니 현덕이 직시 비션을 슈십ᄒᆞ야
향장을 지촉ᄒ거늘 관공니 간왈 쥬유는 뫼가 만흔 ᄉᆞ람이요 ᄯᅩᄒᆞ 공명의
ᄉᆞ통이 업ᄉᆞ오니 가시기 불가ᄒ여이다 현덕왈 니 이졔 강동과 화친ᄒᆞ야 됴
ᄉᆞ을 도모ᄒ니 니 엇지 져으 쳥ᄒᆞ는 비을 져어ᄒᆞ야 안니 가리요 ᄯᅩ한 니 슈
명우쳔ᄒᆞ야 됴으을 쳔ᄒᆞ의 폐고져 ᄒᆞ거늘 엇지 의심하리요 운장왈 그러ᄒᆞ
오면 소장이 형장을 모

〈24-앞〉

시고 가오리다 현덕 허락ᄒ고 익덕과 ᄌᆞ룡을 불너 가로디 운장과 ᄒᆞ가지로
강동을 단여올 거시니 그디 등은 셩지을 잘 직키라 ᄒ고 즉시 비션을 타고
강동의 이르러 군즁의 통지ᄒ니 쥬유 듯고 디히ᄒᆞ야 군ᄉᆞ다려 문왈 유예쥬
군ᄉᆞ 얼마나 거나려는요 디왈 불과 슈십인이로소이다 쥬유왈 이졔는 강동
으 큰 근심을 들이라 ᄒ고 도부슈 오십명과 아장 슈인을 장막 뒤의 미복ᄒ
고 약속을 졍ᄒ되 니 현덕으로 더부러 술을 먹다가 잔을 던지거던 일시의
달여드러 현덕을 타살ᄒ라 약속 졍ᄒ고 원문박게 나와 현덕을 영졉ᄒᆞ야 당
상으 올나 빈쥬지례을 ᄎᆞ린 후의 술 권할시 잇쩌 공명니 현덕 왓단 말을 듯
고 디경ᄒᆞ야 군

〈24-뒤〉

중의 와 동경을 살핀니 쥬유 면상의 살기 가득ᄒ고 장막 뒤의 도부슈 흔젹
이 인넌듸 현덕은 히삭이 만연ᄒ고 안져거늘 공명니 디경ᄒ야 엇지할 쥴
모루던 ᄎ의 다시 보니 운장이 칼을 집고 현덕 뒤의 셔거늘 공명니 맘을 노
코 강변의 나와 기다리더라 잇써 쥬유 슐잔을 들고 현덕을 보니 일원디장
니 현덕 뒤의 셔시되 신장이 구쳑이요 얼골은 무른 디초빗 갓고 봉의 눈으
삼각슈을 거스리고 팔십근 쳥용도을 눈우의 번듯 들고 우염이 츄상갓치 셔
시니 ᄉ람으 졍신을 놀닉는지라 쥬유 간담이 어질ᄒ야 눈이 쌈캄하야 잔든
팔이 쳔근이나 되고 한츌쳠비라 으모리 할 쥴 몰나 지셩으로 문왈 져 장군
은 뉘신익

〈25-앞〉

가 현덕왈 니으 아우 관운장이로소이다 쥬유 디경질식 왈 원소의 장수 알
양 문취 볘히던 운장이신익가 즉시 슐을 부어 권ᄒ던니 이윽ᄒ야 노슉이
드러오거늘 현덕 왈 공명션싱니 어듸 게신냐 ᄌ경은 나럴 위ᄒ야 보게 ᄒ
라 쥬유 왈 방금 됴됴 ᄌ불 쇠를 으논ᄒ오니 됴됴 파ᄒ 후의 만나보소셔 운
장니 형덕을 눈쥬니 현덕이 그 쓰셜 알고 쥬유을 작별ᄒ고 강변으로 나오
니 발셔 비를 디고 기달이거늘 현덕이 비의 오른니 공명니 나시며 왈 쥬공
이 오날 운장 곳 아니던덜 디환을 당할번 보와스니 그일을 으르신ᄂ잇가
현덕왈 몰ᄂᄂ이다 공명왈 쥬유의 간게로 쥬공을 히코져 ᄒ다가 운장을

〈25-뒤〉

보고 감이 히치 못ᄒ여ᄂ니다 현덕이 일경일히ᄒ야 공명을 다리고 ᄒ가지
로 가기를 쳥ᄒ디 공명왈 나는 비록 스지의 잇스나 완여반셕이오니 염여
마르시고 먼져 도라가시면 진심ᄒ와 셩공ᄒ와 도라갈 터인니 그리 아르시

고 十一月 二十日의 즈룡으로 비션 일쳑으 군소 빅명 쥰비ㅎ야 늄병산하 오강변으로 보니 주소셔 지슴 당부ㅎ고 발션ㅎ기을 지쵹ㅎ거늘 현덕과 운 장니 공명을 작별ㅎ고 하구로 도라오니라 잇쩌 노슉니 쥬유다려 문왈 도독 니 현덕을 쳥ㅎ여 왓는듸 엇지 그져 보니신잇가 쥬유왈 운장은 범갓튼 장 슈라 만일 현덕을 히ㅎ면 장니 엇지 살기을 바리리요 글노ㅎ야 금디스을 마치지 못할가 ㅎ야 보니노라 각셜이라 됴됴 치모 장

〈26-앞〉

눈으로 슌군도독을 삼ㅇ 슈군을 죠발할식 소션은 즁앙으 두고 디션은 외면 으로 둘너 셩곽을 삼고 이십스좌 슈문을 너니 밤이면 슈륙진 삼십여리의 지화등농을 영농케 ㅎ야 ㅎ날의 스못츳는지라 일일은 쥬유 용장 슈인을 다 리고 일쳑션을 적벽 융유의 쩨여 됴됴 슈진 형셰을 귀경ㅎ고 디경왈 거그 오년 슈군은 민우 익은 스람이로다 슈군 도독은 뉘라ㅎ던요 장소 엿즈오디 치모 장눈이라 ㅎ던니다 쥬유 싱각ㅎ되 이 두스람을 업신 후의 됴됴을 즈 부리라 ㅎ더니 잇쩌의 됴됴 진즁의셔 쥬유을 보고 밧비 쏫츳 즈부러 ㅎ더 니 쥬유 진즁의셔 칼빗시 이러나믈 보고 비을 급피 져어 도라오니 짜라오 지 못ㅎ더라 됴됴 졔장 불너 왈 강동은 쥬

〈26-뒤〉

유 졔갈양으 꾀을 쓰니 우리는 무슴 꾀을 쎠 동오을 파ㅎ리요 장간니 쥬왈 니 쥬유와 동문셩이요 절친ㅎ오니 이졔 강동을 가셔 쥬유을 달니여 항복ㅎ 리다 됴됴 디히ㅎ야 가로디 장간이 쥬유와 민우 절친흔가 장간왈 승상은 조금도 염여 마옵소셔 장간이 쳥으 동즈 흔쌍을 다리고 일엽소션을 타고 강동의 이르러 군소로 통기ㅎ되 고인 장간이 왓다 ㅎ니 쥬유 디히왈 셰긱 이 왓스니 치모 장눈 두스람 쥬스ㅎ야 죽일 꾀을 향ㅎ리라 ㅎ고 쥬유 으관 을 졍졔ㅎ고 금으화복의 동즈 슈인을 다리고 원문밧게 나와 마진니 장간니

드러와 쥬유으 손을 잡고 공근은 평안ㅎ신잇가 쥬유왈 즈익이 강동의 왓쓰
오니 됴됴의 셰긱인가 의심ㅎ여든니 임의 그러치 아니할진더 엇지 도라

〈27-앞〉

가리요 좌정훈 후의 군즁의 분부ㅎ되 강동영웅이 다 와셔 즈의를 디졉ㅎ라
문무 졔장이 일시의 드러와셔 인ㅅㅎ고 동셔반을 치려 션니 위염이 엄슉ㅎ
더라 쥬유 불시의 군즁의 디연을 비셜ㅎ고 장간을 디졉할시 쥬유 좌우을
도라보와 가로디 쟈익언 동문슈업훈 친구라 됴됴 진의 잇쓰나 셰긱이 안인
니 으심말고 졉디ㅎ라 티ㅅ즈을 불너 칼을 끌너 쥬면셔 그디는 이 칼을 츠
고 좌우을 슌찰ㅎ되 오날 잔치는 친구디졉 ㅎ는 일인니 말일 군즁ㅅ로 의
논ㅎ는 즈 잇거든 뭇지 말고 벼히라 ㅎ니 티ㅅ즈 칼을 안고 좌즁의 슌찰ㅎ
거늘 장간이 두려워 ㅎ야 감히 발구치 못ㅎ더라 쥬유 왈 니젼일의 군즁의
셔 슐먹은 일이 업던

〈27-뒤〉

니 오날은 고인을 말나스니 취토록 먹어보리라 ㅎ고 좌상의 비반이 낭즈ㅎ
던니 쥬유 슐이 디취ㅎ야 장간으 손을 잡고 장막 박그로 나오니 좌우 군ㅅ
더리 축금젼포의 창금을 들고 좌우의 나열ㅎ야스니 쥬유왈 니 군ㅅ 엇더훈
요 장간이 왈 장ㅎ도다 ㅎ고 훈 고디 이르러 보니 군량 마초 젹여 구산이여
늘 쥬유 왈 니 양초 엇더훈요 장간이 왈 그도 장ㅎ도다 장간을 다리고 군즁
으로 도라와 졔장을 다리고 슐을 먹던니 쥬유 졔장을 가라쳐 왈 이는 다 강
동 영웅이라 오날 잔치 일홈은 길영회라 ㅎ고 밤이 집도록 슐을 권ㅎ니 장
간니 슐을 익이지 못ㅎ야 잔을 시양ㅎ니 슐을 치우고 갈오디 즈너와 동침
훈 졔 오리던니 오날

〈28-앞〉

은 한가지로 즈리로다 그졋티 취ㅎ야 평상의 썩구러져 군코질ㅎ니 장간니
엇지 잠을 이루리요 군중의 이경을 고ㅎ되 쥬유 요지부동ㅎ거늘 장간이 셔
안의 문셔을 숭고ㅎ던니 각쳐의 왕닉ㅎ던 셔간을 츠례로 본디 훈장 비봉의
치모 장눈이 근봉이라 ㅎ여거늘 쩨여보니 ㅎ여쓰되 소장 등이 됴됴의게 항
복ㅎ면 공후작록을 탐흔 빈 아니라 으모리 ㅎ야도 틈을 어드면 됴됴 머리
을 베히여 장군 휘ㅎ의 밧치리다 ㅎ여거늘 장간이 그 편지을 소미의 간슈
ㅎ고 다시 다른 셔간을 보려할 졔 쥬유 몸을 요동ㅎ니 장간니 불을 치우고
누워 즈는쳬 ㅎ거늘 쥬유 군말ㅎ여 왈 자익아 즈니 슈일간의 됴됴으 머리
을 구경ㅎ랴는냐 장간니 그 말을 디답고져 할 츠의 쥬유

〈28-뒤〉

다시 잠을 들거늘 장간니 심속ㅎ야 젼젼반측 ㅎ더니 잇쩌의 흔 스람니 가
만니 드러와 지셩으로 문왈 도독은 즈신잇가 쥬유 잠을 쩨여 이러안지며
모로는쳬 ㅎ고 문왈 즈는게 웬 스람인요 답왈 장즈익 아니잇가 쥬유 긔탄
왈 닉 젼일의 슐취흔 일이 업던니 오날 취중의 무숨 말을 ㅎ여는지 모로것
다 그 스람이 왈 강북의셔 스환이 완는이다 쥬유 디경디칙왈 소리을 나즉
이 ㅎ여라 ㅎ며 즈익으 부루거늘 장간니 짐짓 즈는쳬ㅎ고 디답지 아니ㅎ니
쥬유 그 스람 다리고 밧그로 나가 가만이 말을 ㅎ되 치모 장눈 두 사람이
아즉 틈을 읏지 못ㅎ야슨니 아모 쩨라도 틈을 어드면 도모ㅎ리라 ㅎ거늘
장간니 그 말을 즈셰이 듯지 못ㅎ고 디강 짐작만 ㅎ더니 쥬유

〈29-앞〉

드르와 즈익아 부루되 장간이 디답지 아니ㅎ니 쥬유 오슬 버셔 걸고 즈거
늘 장간니 싱각ㅎ되 쥬유는 즈상흔 스람이라 명일의 편지가 읍시면 필연

나을 히할 거시니 잇써을 타 도망ᄒ리라 ᄒ고 쥬유을 부르니 쥬유 잠듬체
ᄒ고 디답지 아니ᄒ거늘 장간니 으관을 졍졔ᄒ고 장젼의 나와 동ᄌ을 다리
고 진문박게 나셔니 슌경ᄒ는 군ᄉ 문왈 션싱은 어디 가시는잇가 답왈 니
남의 진즁의 오러잇쓰미 미안ᄒ야 쩌나는 일이라 ᄒ니 군ᄉ 본 체 아니ᄒ
거늘 장간니 비을 타고 강북의 도라와 치장 양인으 편지을 승상젼의 올인
니 됴됴 보고 디로ᄒ야 치모 장눈을 불너 문왈 지금으로 강동을 쳐 파ᄒ라
ᄒ디 치모 장눈왈 ᄋ직 군ᄉ 조련니 익들 못ᄒ여쓰오니 엇지 졸지

의 치올잇가 됴됴 발연 변식왈 군ᄉ 조련니 익으면 니 머리을 쥬유으게 보
니건는냐 양장이 밋쳐 디답지 못ᄒ야 군ᄉ을 호령ᄒ야 치 장 양인을 잡어
니 볘이고 직시 모긔 우금으로 슈군도독을 삼어는지라 잇디 쥬유 그 두 ᄉ
람 죽인 소식을 듯고 디히ᄒ야 노슉을 불너 왈 니 장간을 유인ᄒ야 됴됴을
속여 치모 장눈을 죽여스니 장군은 몰으는지라 공명니 아는가 ᄌ경은 가셔
동졍을 보소셔 노슉이 공명젼의 문안ᄒ니 공명왈 쥬도독을 보넌 치ᄒ할 일
리 잇노라 노슉왈 무슴 일이온잇가 공근이 ᄌ경을 보니여 동졍을 보랴 ᄒ
고 왓건이와 니 엇지 모르리요 장간으로 됴됴을 속여 최 장 양인을 죽여스
나 됴됴 필연 후회ᄒ리라 ᄌ경은 그 일을 알드란 말을 공

근게 마웁소셔 공근니 알면 날을 히코져 ᄒ리라 노슉이 도라와 실상을 고
ᄒ니 쥬유 듯고 디경왈 이 사람을 결단코 죽이리라 노슉왈 공명을 죽이면
됴됴의 치소을 면치 못ᄒ리다 쥬유왈 니 공도로 죽이면 남으 치소 되리요
ᄒ니 디왈 무삼 공도로 죽일리요 쥬유 가로디 니 꾀을 보라 ᄒ고 잇튼날 졔
장을 묘의고 공명을 쳥ᄒ야 젼장ᄉ을 의논ᄒ여 왈 슈젼의 무삼 긔게 요진
ᄒ요 공명왈 슈젼의는 궁시가 요진ᄒ는이다 쥬유왈 션싱의 말삼 당연ᄒ오

나 지금 군중의 살 흔기 업스오니 엇지 할익가 션성은 슈고를 익기지 말고 십만 쎄 살을 지여 됴됴을 파흐게 흐면 천만 다향이로소이다 공명왈 엇지 장영을 어길잇가 그러흐면 언으 쎄나 쓰려흐는잇가 쥬유 왈 십일니로 당흐소셔 공

〈30-뒤〉

명왈 양국디젼흐야 피츠 여가을 웃고져 흐는디 언으날 무삼 환이 날 줄 알고 엇지 십일을 지쳬흐리요 삼일 니로 당흐리다 쥬유왈 군중의 헛말이 업는니다 공명올 엇지 헛말을 흐릿가 군령장을 두오리다 쥬유 디히흐야 군중 셔기을 불너 공명의 다짐을 밧고 스례왈 디스를 이룬 후의 공을 갑스오리다 공명왈 오날은 이무 져무러스니 명일부톰 삼일 후의 오빅군을 보니여 살을 실어가게 흐소셔 흐고 쥬유의 흐직흐고 관역으로 도라가거늘 잇쩌 노숙이 쥬유다려 문왈 이 스람이 헛말이나 아니흐잇가 쥬유 디왈 졔가 분명 당흐거다 흐고 다짐 두워스니 헛말흐고는 졔가 날너 가지 못흐리라 니 군중 장인의게 분부흐야 이를 심씨지 말나흐면 즈연 과흐 될 거스니 그 쩌의 졔 죄을 졍흐리라 흐고 즈경은 가셔 동졍을 보고 오

〈31-앞〉

라 노숙이 가셔보니 공명왈 즈경은 엇지 당부흔 말을 흐야 기여니 날을 스지로 보니여 엇지 숨일니로 십만 쎄 살을 당흐리요 즈경은 나을 구안흐라 흐니 노숙왈 이은 션성의 즈취지화라 니 엇지 구안흐리요 공명왈 즈경은 젼션 이십쳑을 빌니되 민 쳐의 군스 삼명식 등디흐야 가지고 와셔 살을 실어가소셔 흐던니 청초로 스람을 만드러 셰우고 청포장 치고 쏘 명일은 살을 쥬션할 도리로 흐리다 이 말을 공근게 흐지 말으소 만일 현로흐면 디스 낭픠할 거시요 만스 불셩할 거스니 숨가 조심흐라 직숨 당부흐니 노숙이 허락흐고 도라와 고흐되 공명니 살만들 게교은 아니흐고 티연이 잇스며 달

리 할 도리 잇다 ᄒ더니다 쥬유 역시 으심ᄒ야 가로디 삼일 후의 졔 말을
드르

〈31-뒤〉

리라 노슉이 젼션 이십쳑을 위인을 실고 각각 등디ᄒ야 공명을 지달이더니
공명이 졔 이일의 풍유만ᄒ고 아무 동졍이 업더니 졔 숨일 이경으 비로소
노슉을 쳥ᄒ여 왈 ᄌ경은 나와 ᄒ가지로 가 살을 가져오게 ᄒ라 ᄌ경왈 어
디로 가랴ᄒ시난익가 ᄃ셔 보면 자연 알 거시이 웃지 말고 가사이다 이날
밤 이경의 젼션 이십쳑으 일자로 쎄를 지여 압셰우고 됴됴의 슈진을 바라
보고 ᄂ려가던이 차야의 안기 자옥ᄒ며 지쳑을 분별치 못ᄒ더라 공명이 군
사로 ᄒ여금 죠죠 진 근쳐의 닷슬 노코 젼션 슈미을 동셔로 분별ᄒ야 일자
로 버려 셰우고 뇌고함셩ᄒ니 노슉이 디경왈 만일 됴됴의 디병이 엄살ᄒ면
엇지 당젹ᄒ

〈32-앞〉

릿가 공명이 디쇼왈 됴됴 아무리 영웅인덜 여차 칠야 삼경의 운무 자옥한
듸 엇지 나오리요 염녀말고 우리난 슐리나 먹고 살리나 어더 가시 ᄒ며 쥬
비 낭자ᄒ던니 이쩌 됴됴에 슈군 도독 모기 우금이 불의에 뇌고 소리를 듯
고 급피 됴됴에게 고ᄒ니 됴됴 디경ᄒ야 군중에 젼령ᄒ되 불의 젹병이 왓
신이 피련 사면의 복병이 잇실지라 경동치 말고 궁시 슈만을 직발ᄒ되 뇌
고셩 난은 고셜 일졔로 쑈라 ᄒ니 장쫄이 영을 듯고 활를 년방 쑈와 시셕이
비오덧 ᄒ니 잠시각에 공명의 젼션에 살을 바다 한편으로 지우러지니 공명
이 디히ᄒ야 비수미를 박구어 셰우고 군사를 지쵹ᄒ야 일변

〈32-뒤〉

뇌고셩을 연속 부졀ᄒ니 공중의 뜬 살이 연속 더여 바든 살이 이십쳑 젼션
의 가득ᄒ고 일츌동영ᄒ며 안기 것치거늘 공명니 비을 거두워 도라오며 군
스로 ᄒ여금 크게 웨여 왈 승상이 다향이 살을 만니 쥬기로 어더가오니 감
격ᄒ오며 일후 졈젼할 ᄶᅦ 승상으 살로 승상으 군스을 쏠터인니 엇지 싱각
말나 공명니 노슉을 도라보와 가로디 강의 심을 조금도 허비치 아니ᄒ고
져으 살을 어더 져으를 쏘이면 그 아니 조을릿가 노슉이 디찬왈 션셩은 진
실노 신인이로소이다 오날 안기 잇쓸쥬을 엇지 ᄋ라는잇가 공명왈 쳔문지
리와 음양조화을 모로으면 장슈 안니라 니 오날 일기을 알고 삼일흔을 졍
ᄒ여쓰며 공근이 십일 졍ᄒ기는 군중 장인으게 분부ᄒ야 일얼 지체ᄒ게
ᄒ여 과한

〈33-앞〉

ᄒ면 날을 살희코ᄌ ᄒ거니와 니 명이 ᄒ날의 잇거늘 공근이 엇지 날을 희
ᄒ리요 이날 쥬유 오빅군을 강변으로 보니고 소식을 지달이더니 노슉이 십
만 ᄶᅦ 살은 고스ᄒ고 슈빅만 ᄶᅦ 살을 슈운ᄒ야 올이고 살 어ᄯᅳᆫ 스연을 고ᄒ
니 쥬유 디경왈 공명으 지조는 귀신도 난측이라 ᄒ더니 이윽ᄒ야 공명이
드러오거늘 쥬유 장ᄒ의 나려 영졉ᄒ야 스례왈 션셩으 신기ᄒ 지조는 스람
으 심곡을 놀니는지라 공명왈 엇지 조고만흔 지조로 치ᄒ를 바드리요 쥬유
왈 쥬공니 썸얼 지촉ᄒ나 지조업셔 염여오니 션셩은 신기ᄒ 지조를 가르
쳐 쥬옵소셔 공명왈 양은 본더 용지라 엇지 기이흔 지조를 알이요 쥬유왈
니 뫼 어더스니 스양치 마르시고 가부를 결단ᄒᄉ이다 공명왈 무삼 뫼을
어더는잇가 쥬유왈 우리 각각 장중의 글ᄌ

〈33-뒤〉

을 써셔 비교ᄒᆞ야 보ᄉᆞ이다 공명왈 그리ᄒᆞᄉᆞ이다 ᄒᆞ고 쥬유 몬져 부슬 취
ᄒᆞ야 글ᄌᆞ을 장즁의 써 쥐고 공명니 쏘ᄒᆞᆫ 부슬 취ᄒᆞ야 글ᄌᆞ을 장즁의 써가
지고 두리 손을 흔터 디이고 펴여보니 공명으 장즁의도 불화쓰요 쥬유으
장즁의도 불화자라 두리 박장디소왈 우리 소견이 갓스오니 이는 연분이로
다 무어셜 의심ᄒᆞ리요 ᄒᆞ고 화공ᄒᆞ기를 으논홀시 만군즁이 다 아는 지 업
더라

華容道上 終

〈34-앞〉

화룡도 권지ᄒᆞ라

각셜 죠죠 빅만 졔 살을 일코 심화 ᄌᆞ발ᄒᆞ야 두셔을 졍치 못할시 모ᄉᆞ 슌욱
니 왈 강동의 쥬유 졔갈양니 꾀를 쓰니 모ᄉᆞ를 강동의 보니여 ᄉᆞ항ᄒᆞ고 니
응으로 소식을 알게 ᄒᆞ옵소셔 됴됴왈 보닐만ᄒᆞᆫ 스람니 읍쏘다 슌욱니 왈
치즁 치화를 은혜로 디졉ᄒᆞ야 보니시면 디ᄉᆞ를 도모ᄒᆞ리다 됴됴 듯고 디히
ᄒᆞ야 치즁 치화를 불너 왈 그더 등은 날을 위ᄒᆞ야 강동의 가셔 ᄉᆞ항ᄒᆞ여 동
졍과 소식을 통ᄒᆞ면 디ᄉᆞ을 이룬 후의 공을 쓰리라 치즁 치화왈 소장 등도
국녹을 먹으되 쳑촌지공니 업스미 민망ᄒᆞ옵더니 승상 명영니 이러ᄒᆞ시니
강동의 건너가 진심ᄒᆞ야 틈을 으더 쥬유 공명의 머리을 볘히 장ᄒᆞ의 밧치
리다 즉시 군ᄉᆞ 슈십명식 거나리고 강상의 비를

〈34-뒤〉

타고 강동의 다달나 명ᄒᆞ고 장ᄒᆞ의 드러가 쥬유 압페 복지쳬읍왈 소장으
형 치모 됴됴의게 픠를 본 후의 불공디쳔지슈 갑기을 쥬유 ᄉᆞ모ᄒᆞ다가 장
군 휘ᄒᆞ의 왓스오니 바리읍건디 장군은 두호ᄒᆞ야 쥬읍소셔 쥬유 그 ᄉᆞ항인

줄을 알고 흔연니 허락ᄒᆞ야 후디ᄒᆞ고 감영을 불너 왈 치중 치화 졔 쳐ᄌᆞᆫ을 다리고 와ᄂᆞᆫ요 감영왈 쳐ᄌᆞᆫ 아니 다리고 와ᄂᆞᆫ이다 쥬유왈 그러ᄒᆞ면 두 ᄉᆞ람니 ᄉᆞ항ᄒᆞ고 우리 강동소식을 아러 됴됴의 ᄂᆞᆼ이 되고ᄌᆞ ᄒᆞ미라 니 엇지 모로리요 이 두사람을 다려다가 그디 진즁의 후디ᄒᆞ야 두면 됴됴와 디젼할 ᄶᆡ의 쓸 고시 잇노라 감영니 쳥영ᄒᆞ고 두 ᄉᆞ람을 다리고 나간 후의 노슉니 문왈 치즁 치화 항복ᄒᆞᄂᆞᆫ 거슬 엇지 밋고 바다ᄂᆞᆫ잇가 쥬유 디칙왈 졔 형의 원슈을 갑고ᄌᆞ ᄒᆞ야 너게 와 항복ᄒᆞ거ᄂᆞᆯ 엇지 으심이 잇스

리요 노슉니 묵묵부답ᄒᆞ고 공명 ᄉᆞ쳐의 도라와 그 ᄉᆞ연을 셜화ᄒᆞ니 공명니 쇼왈 양진즁의 디강이 믹케스니 우리 동졍을 몰나 치즁 치화을 보너여 ᄉᆞ 항ᄒᆞ여 ᄂᆞᆼ이 되고져 ᄒᆞ미라 공근니 그 ᄭᆡ을 몬져 알고 짐짓 군즁의 두ᄂᆞᆫ 일을 ᄌᆞ경은 엇지 모루ᄂᆞᆫ냐 노슉니 그졔야 기탄ᄒᆞ고 공명으 지감을 기탄ᄒᆞ 더라 쥬유 야광승경의 등촉을 도도키고 됴됴 파할 ᄭᆡ를 완졍치 못ᄒᆞ야 젼 젼반칙ᄒᆞ더니 션봉장 황기 드러와 문안ᄒᆞ거ᄂᆞᆯ 쥬유왈 심야 승경의 공복니 무슴 소회 잇ᄂᆞᆫ뇨 황기 왈 다름 아니라 방장양국이 디젼할 터인디 형셰을 싱각ᄒᆞ온즉 됴됴으 군ᄉᆞᄂᆞᆫ 빅만니요 우리 군ᄉᆞ 불과 오뉵만니라 도독은 쥬 으을 엇지 ᄒᆞ시ᄂᆞᆫ닛가 쥬유왈 나도 아즉 졍ᄒᆞᆫ ᄯᅳ시 읍ᄂᆞ니 그디의 ᄯᅳᆫ 엇 지ᄒᆞ며 졔장 등 소견은 엇더ᄒᆞ

던요 황기 왈 졔장의 소견은 알 슈 읍ᄉᆞ오나 소장으 소견은 됴됴으 군ᄉᆞᄂᆞᆫ 만ᄒᆞ고 우리 군ᄉᆞᄂᆞᆫ 젹으미 불노 치면 조을 듯ᄒᆞᄂᆞ니다 쥬유 디경왈 네 이 말을 어디셔 드러ᄂᆞᆫ냐 네으 소견이 그러ᄒᆞ냐 황기 왈 어디셔 드러릿가 소 장으 소견이로소이다 쥬유 왈 이 말을 아무도 모루게 ᄒᆞ라 나도 화공할 싱 각니 잇기로 치모 양인으 ᄉᆞ항을 밧고 군즁의 두워 소식을 통케ᄒᆞ여스나

우리는 됴됴으게 스항할 스람니 읍스오니 글노 근심ㅎ노라 황기왈 소장니
가셔 됴됴으게 스항ㅎ리라 쥬유왈 장군으 쯧지 과도ㅎ야 스항ㅎ면 됴됴 밋
지 아니할 덧ㅎ노라 황기 왈 니 쥬공으 슙티은혜을 바다쓰오니 국은을 갑
즈ㅎ오면 몸이 죽어도 악갑지 아니ㅎ지라 도독으 명영티로 하오리다 쥬유
왈 그 일을 향ㅎ면 강

동으 만향인니 됴됴을 파ㅎ 후의 디공을 갑푸리라 ㅎ고 잇튼날 쥬유 졔장
을 츄입ㅎ여 ㅎ령왈 됴됴으 빅만디병니 빅니허의 유진ㅎ고 슈육병진ㅎ야슨
니 졔장등은 슙삭 양슉을 가지고 됴됴을 파ㅎ라 황기 츌반쥬왈 슙삭 양슉
은 고스ㅎ고 슙연양슉을 가져도 됴됴 파ㅎ기는 감불싱으라 모스 말디로 됴
됴으게 항복ㅎ소셔 쥬유 발연 디로왈 쥬공으 말을 바다 됴됴을 치려ㅎ거늘
너는 감이 항복고져 ㅎ니 너을 베혜 군즁으 영을 폐히리라 ㅎ고 무스을 호
령ㅎ야 황기을 즈바 너여 베히라 ㅎ니 황기 디로왈 파오장군을 모시고 강
동을 어더 군신이 되야거던 네 엇지 날을 죽이려 ㅎ는요 쥬유 디로ㅎ여 급
피 베히라 ㅎ니 감영이 엿즈오디 황기는 동오의 공신이오니 죄을 용셔ㅎ소
셔 쥬유 감영을 쑤지져 왈 너는 당도리 니으 영을 거역ㅎ는요 좌

우을 호령ㅎ야 감영을 즈바너여 엄곤 방츌ㅎ고 황기을 쌸니 베히라 셩화갓
치 지촉ㅎ니 졔장 등니 일시의 합쥬왈 황기으 죄는 죽어 맛당ㅎ오나 양국
과 디젼ㅎ와 합젼ㅎ기 젼으 디장을 베히는 거시 군즁의 상스 아니오니 두
엇다 됴됴을 파ㅎ 후의 베히소셔 쥬유왈 결단코 베힐 거스로디 졔장으 낫
셜 보와 아즉 용셔ㅎ건니와 위션 엄곤 빅도ㅎ라 졔장니 다시 고ㅎ되 이무
용셔ㅎ실진디 다시 짐작ㅎ소셔 쥬유 디로ㅎ야 셔안을 치며 졔장을 호령ㅎ
야 물이치고 황기을 나입ㅎ여 오십도 엄곤ㅎ니 졔장니 엿즈오디 황기 쳣단

말을 됴됴가 알거더면 치소될가 ᄒ눈이다 쥬유 ᄭᅮ지져 왈 졔가 감히 니 영을 거역커늘 니 엇지 눔의 나라 치소되는 걸 염여ᄒ야 군령을 히티케 ᄒ리요 졔장으 낫셜 보와 위션 오

〈37-앞〉

십도의 부과ᄒ여 두라 일후의 범죄ᄒ면 결단코 베히리라 황기 중장을 당ᄒ고 두 볼기에 유혈이 낭ᄌᄒ니 황기 정신을 ᄎ려 좌우 군졸을 보와 낙누ᄒ더라 노슉니 공명을 보고 왈 오날 공근니 황기을 칠 쩌의 우리는 공근의 슈ᄒ라 말뉴치 모ᄒ야건니와 션셩은 긱이라 허물이 읍는디 엇지 말뉴치 아니ᄒ여눈잇가 공명니 소왈 ᄌ경은 엇지 날을 노류장화 갓치 디졉ᄒ눈요 노슉 왈 션셩을 모셔 강동의 오신 후로 됴금도 홀디ᄒ 일이 읍거늘 엇지 이런 비졍ᄒ 말슴을 ᄒ신잇가 공명왈 쥬유 황기 친 거시 쇡 줄 모루고 날다려 말을 ᄒ눈요 골육게 아니면 엇지 됴됴을 쇠기리요 필야의 황기로 됴됴으게 ᄉ항ᄒ고 디ᄉ를 일율 경윤이라 응당 치즁 치화도 기별ᄒ야 쓸 거슨니

〈37-뒤〉

이 일은 정영히 맛치리라 ᄌ경은 공근을 보거든 오날 일을 니가 원망ᄒ드라 ᄒ소셔 그 일을 아드라 ᄒ면 날을 히할 거슨니 부디 알게 마옵소셔 노슉이 쥬유다려 문왈 오날 황기을 엇지ᄒ 일노 엄곤ᄒ여눈잇가 쥬유 왈 졔장니 무어시라 ᄒ던요 노슉왈 원망니 만ᄒ던니다 쥬유왈 공명으 말은 엇더ᄒ던잇가 노슉왈 공명도 원망ᄒ더니다 쥬유왈 이번은 속여쏘다 오날 황기 친 거슨 골륙게 쎠 됴됴을 소기게 ᄒ미라 노슉이 뉴뉴이 퇴ᄒ야 공명으 지감을 탄복ᄒ더라 황기 장쳐가 디단ᄒ야 군즁의 누워 디통ᄒ더니 모ᄉ 감틱니 오거늘 황기 좌우을 믈이치고 감틱을 영졉ᄒ야 좌졍 후의 감틱왈 장군은 엇더ᄒ시며 그 일은 골륙게 아니잇가 황기 왈 엇지 아는요 감틱왈 공근으 동졍을 보고 짐작ᄒ여눈니다 황

〈38-앞〉

기왈 니 손장군으 삼디은혜을 갑고즈 ㅎ오니 몸은 비록 압파도 혼은 읍는
니다 바리느니 션싱은 본시 츙회 거록ㅎ기로 니 심즁ᄉ를 셜화ㅎ는니다 감
틱니 왈 날노ㅎ야 ᄉ항셔을 됴됴으게 보니고져 ㅎ느냐 황기왈 실노 그 쓰
시오니 션싱으 마음은 엇더ㅎ신닛가 감틱니 왈 디장부 쳐셰ㅎ야 공업을 셰
우지 못ㅎ면 이초목의로 동귀라 그디 임의 몸을 바려 님군으 은혜을 갑고
져 ㅎ거늘 엇지 슈고를 익기리요 황기 장ㅎ의 나려 졀ㅎ고 ᄉ례왈 션싱으
은혜는 ㅎ히 갓ᄉ온이다 감틱왈 일리 임의 조용ㅎ오니 지금 곳 가오리다
황기 ᄉ항셔을 쎠셔 쥰니 감틱니 어션을 즈바 타고 됴됴으 슈진을 바라보
며 슌풍의 쎠나가니 빅만디병 죽이러 가는 쥴을 엇지 알니요 감틱니 됴됴
진의 다달나 비의 나려 드러간니 슌경하

〈38-뒤〉

던 군ᄉ더리 감틱을 잡아 장ㅎ의 밧치니 잇써 됴됴 진즁의 등쵹을 발키고
셔안의 으지ㅎ야 문왈 네 강동 ᄉ람으로 엇지 늡으 진즁의 임으로 왓는요
감틱왈 됴승상니 어진 ᄉ람을 구혼다 ㅎ더니 뭇는 말을 드른즉 불가ㅎ도다
황기 그릇 아러쏘다 됴됴왈 니 강동과 디진을 ㅎ야거늘 네 늡으 진즁의 밤
을 의지ㅎ야 왓스니 엇지 뭇지 아니ㅎ리요 감틱왈 황기는 동오의 옛 신ㅎ
라 무구이 쥬유으게 즁장을 당ㅎ고 항셔을 가져왓스니 승상의 쓰시 엇더ㅎ
신잇가 ㅎ고 항셔을 올올이니 됴됴 항셔을 보고 크게 ᄭ지져 왈 황기 골륙
게을 쎠 널노 ᄉ항셔 드려 날을 소기고져 ㅎ는냐 좌우을 호령ㅎ야 감틱을
니여 베히라 ㅎ니 감틱니 안식을 불변ㅎ고 앙쳔 디소ㅎ니 됴됴 다시 감틱
을 불너 왈 니 네의 간게을

〈39-앞〉

아는고로 글로ᄒ야 우셔는냐 감퇵왈 죽이거든 밧비 죽여졔 무슴 잔말을 ᄒ
는냐 됴됴왈 니 병셔를 능통ᄒ야 간게을 모를 거시 읍거늘 편지을 보니 간
ᄉ호지라 감퇵왈 미거ᄒ도다 져런 거시 엇지 병셔의 익다ᄒ리요 됴됴 왈
황기 실상으로 항복 ᄒ량이면 엇지 일즈을 졍치 아니ᄒ리요 감퇵왈 네가
병셔의 익다ᄒ런니와 만일 강동과 ᄊ호거드면 쥬유으게 잡필 거시니 니 네
손의 죽기 원통ᄒ도라 니 나라을 바리고 눔의 나라을 쩌의다 마음을 어드
려 할지라 만일 기약을 졍ᄒ야다가 이리 셜노ᄒ면 셩ᄉ도 못되고 몸의 히
을 볼 거시여늘 어진 ᄉ람을 죽이고져 ᄒ니 무어시 병셔의 익다 ᄒ리요 됴
됴 듯고 디히ᄒ야 장ᄒ의 나려 감퇵을 영접ᄒ야 당상의 올여 안치고 ᄉ례
왈 니 과연 무식ᄒ야 어진 ᄉ람을 몰나보고 촉

〈39-뒤〉

노ᄒ야슨니 허물치 마옵소셔 감퇵왈 황기 승상게 항복흠은 어린 아히 부모
보님 갓튼지라 엇지 다른 마음을 두리요 됴됴왈 션싱니 황기로 동심ᄒ야
디공을 일우면 일등공신니 되리라 감퇵왈 우리도 부귀을 탐ᄒᄂ비 아니라 쳔
시을 쫏고즈 흠이라 됴됴 디히ᄒ야 감퇵을 후디ᄒ더니 이윽ᄒ야 ᄒ ᄉ람니
셔간을 드리거늘 됴됴 기탁ᄒ니 치즁 치화으 편지라 황기 쥬유게 엄곤 오
십도의 방지즁통ᄒᄂ 스연을 기별ᄒ야거늘 됴됴 그 편지을 보고 감퇵을 더
욱 미더 가로디 션싱니 강동의 가셔 황기로 연약을 졍ᄒ고 소식을 통ᄒ소
셔 감퇵왈 니 임으 강동을 비반ᄒ고 왓스니 엇지 다시 가릿가 승상은 다름
ᄉ람을 보니소셔 됴됴 왈 다른 ᄉ람을 보니면 일이 셜노할가 ᄒ니 션싱은
슈고을 익기지 말

〈40-앞〉

고 가소셔 감틱이 지슴 ᄉ양ᄒ다가 왈 임으 갈터오면 슈이 가야 강동ᄉ람
니 의심을 아니할 터오니 지금 곳 가리다 ᄒ고 발향ᄒ야 강동으 도라와 황
기을 보고 ᄉ항셔 보니던 ᄉ연을 셜화ᄒ니 황기 ᄉ례왈 감영으 진중의 가
셔 치즁 치화의 동경을 보리라 ᄒ고 감영 진중의 가니 감영니 영졉ᄒ야 좌
졍 후의 왈 션싱니 엇지 오신잇가 ᄒ며 됴됴으게 ᄉ항ᄒ던 말을 ᄒ던 ᄎ의
치즁 치화 드러오거늘 감틱니 감영을 보고 눈을 쥬니 감영니 그 뜻셜을 알
고 거짓 디로왈 공근니 지조만 밋고 계장을 싱각지 아니ᄒ도다 ᄒ며 일을
갈면셔 디답ᄒ니 치즁 치화 감영으 거동을 보고 문왈 션싱과 장군니 무슴
불편ᄒ 일이 잇ᄂ잇가 감틱왈 늄의 소회를 엇지 알니요 치화왈 강동을 비
반ᄒ고 됴승상을 셤기고ᄌ ᄒᄂ닛가 감틱니 그 말을

〈40-뒤〉

듯고 거짓 질식ᄒ니 감영니 ᄯ오훈 디로ᄒ야 칼을 드러 치즁 치화을 치려ᄒ
며 왈 우리 일이 임으 현로ᄒ여스니 너을 죽여 말을 막으리라 치즁 치화 급
피 고왈 장군은 근심치 마옵시고 소장으 심곡을 드려보소셔 감영왈 밧비
말을 ᄒ라 치화 왈 우리 항복홈도 춤항복이 아니라 됴승상으 영을 바다 ᄉ
항ᄒ야 소식을 통ᄒ랴고 왓ᄉ오니 장군니 만일 됴승상을 셤기고져 ᄒ면 우
리가 인도할잇가 감영왈 진졍 그러ᄒ냐 디왈 엇지 호발인덜 기망ᄒ릿가 감
영니 그계야 디히왈 그터으 말갓틀진디 ᄒ날니 도으심이라 치화왈 일젼의
황기 중장홈과 장군 칙망 드름도 다 승상으게 기별ᄒ야ᄂ니다 감틱왈 나도
임으 황기의 항셔을 됴승상으게 드려스니 장군도 ᄒᄀ가지로 항복ᄒᄉ이다
감영왈 디장부 쳐셰ᄒ여

〈41-앞〉

됴승상갓튼 영웅을 셤기면 무어시 원니되리가 셔로 히히낙낙ᄒ야 비반니
낭즈ᄒ더니 이날 치중 치화 황기 감영 감틱니 니응ᄒ는 모냥으로 기별ᄒ고
감틱도 션통ᄒ되 황기 아즉 여가을 엇지 못ᄒ니 아모 날이라도 비머리의
청용악을 셰우고 가는 비는 황기으 항복션니라 ᄒ야거늘 됴됴 보고 디히ᄒ
야 졔장을 모이고 가로디 강동의 황기 감영니 니응ᄒ여 항복고져 ᄒ는 그
실상을 아지 못ᄒ니 뉘 능히 강동의 가 허실을 소상니 아라오리요 장간니
출반쥬왈 소장니 가셔 아라오리다 됴됴 디히ᄒ야 허락ᄒ니 장간니 비션을
즈바타고 강동의 이르러 공근으게 통지ᄒ니 쥬유 장간니 왓단 말을 듯고
디히왈 니 셩공ᄒ기는 이 스람으게 잇다ᄒ고 즉시 노슉을 불너 왈 그디는
급피 방스원을 청ᄒ야 셔산 암자의 두어다가 장간을 유인ᄒ야 됴됴을 소기
라 ᄒ

〈41-뒤〉

고 장간을 청ᄒ니 장간니 쥬유 문밧게 나 맛지 안니ᄒ믈 보고 으혹ᄒ야 조
용훈 고디 비을 미고 쥬유 진중으 드러가니 쥬유 디칙왈 즈익이 먼져 와셔
놈의 스셔을 도젹ᄒ야다가 니으 디스을 져희ᄒ고 또 오기는 무어시 부족ᄒ
여 왓는요 고의을 싱각지 아니ᄒ면 베힐 거시로디 츠마 그러치 못ᄒ니 우
션 셔산 암즈의다가 가두워짜가 됴됴 파훈 후의 보니라 장간니 발명코져
할 지음의 쥬유 좌우을 호령ᄒ야 지쵹ᄒ며 장막 박게 나셔니 군스 달여드
러 장간을 지쵹ᄒ야 셔산 암즈의 다달나 가두고 군스로 슈즉ᄒ거늘 장간니
심신니 살난ᄒ야 침식이 불평ᄒ고 잠을 이루지 못ᄒ고 월식을 짜라 비회ᄒ
야 후원의 다달느니 글읍는 소리 나거늘 그 고셜 츠즈가니 셕경 노푼 집의
빅운은 어려잇고 초당은 젹요훈디 청풍은

〈42-앞〉

소실ㅎ야 인간 즈미 읍는지라 문틈으로 살펴보니 등촉이 휘황ㅎ듸 혼 션관
니 벽상의 칼을 걸고 셔안의 비게 안져셔 병셔을 외거늘 장간니 싱각ㅎ되
이는 반다시 도인이라 문을 열고 드러가 예필 후의 문왈 션싱은 뉘신잇가
딕왈 나는 남양 방통이요 자는 스원이로소이다 장간니 왈 그러ㅎ면 봉취션
싱이 아니신잇가 딕왈 그러ㅎ온이다 장간왈 션싱으 어진 일홈을 드른졔 오
리옵더니 이졔야 뵈오니 다향ㅎ야이다 션싱으 놉푼 지조로 엇지 이럿타시
고격ㅎ신잇가 딕왈 쥬유는 지조만 밋고 눔을 경히 딕졉ㅎ기로 니 이 고딕
은신ㅎ여 인는니다 장간왈 션싱 갓탄 지조로 여츠풍진 시졀의 허송ㅎ리요
됴승상을 혼번 보옵시면 엇더ㅎ올잇가 만일 싱각이 잇습거던 션싱은 날을
짜라 가스이다 딕왈 니 강동을 바리고져 혼 졔 오런지라 그딕 날을 위ㅎ야

〈42-뒤〉

됴승상으게 쳔거할진디 지금 짜라 가올이다 만일 지쳬ㅎ면 쥬유으 희을 보
리라 ㅎ니 장간니 딕히ㅎ야 방통을 다리고 강변의 나와 비을 즈바타고 강
을 건너여 됴됴으 진의 이르러 장간니 몬져 드러가 봉취션싱 다려온 스연
을 고ㅎ니 됴됴 듯고 딕히ㅎ야 즉시 원문박게 나와 영졉ㅎ여 예필 후의 좌
을 졍ㅎ고 가로딕 션싱으 놉흔 일홈을 들은졔 오리옵더니 다향니 뵈오니
쳥컨디 어진 쾨을 가라쳐 강동을 파ㅎ게 ㅎ소셔 방통왈 승상으 용병지슐을
익키 드러쓰오니 군즁을 혼번 귀경코져 하노니다 됴됴 즉시 방통을 다리고
놉푼 딕의 올나 진셰을 귀경ㅎ더니 방통왈 산을 의지ㅎ고 물을 등져 츌입
진퇴ㅎ는 법은 손빈 오기와 스마양져라도 엇지 당ㅎ리요 육군을 다 본 후
의 슈진을 바라보니 이십스면의 슈문을 니고 몽동젼

〈43-앞〉

션으로 셩곽을 숨고 그 가온디 져근 비 왕니ᄒᆞ는 법을 ᄎᆞ례가 분명ᄒᆞ거늘 방통이 심독히 ᄌᆞ부ᄒᆞ고 외면으로 크게 칭찬왈 승상으 용병이 이갓스오니 진소위 명불허젼이로소니다 ᄒᆞ고 강동을 가르쳐 왈 쥬유 손권이 결단코 픽 ᄒᆞ리라 됴됴 디히ᄒᆞ야 군즁의 도라와 잔치를 비셜ᄒᆞ고 방통을 디졉할시 방 통이 거짓 취ᄒᆞᆫ쳬ᄒᆞ고 가로디 슈군이 병든 지 만ᄒᆞ니 군즁의 어진 의원니 잇ᄂᆞᆫ잇가 잇ᄯᅥ 됴됴 슈군의 병이 만탄 말을 듯고 엇지 무심ᄒᆞ리요 지셩으 로 무러 왈 병든 군졸을 무슴 약으로 치료ᄒᆞ릿가 방통왈 슈균 죠련ᄒᆞᄂᆞᆫ 법 은 과연 분명ᄒᆞ오나 군ᄉᆞ는 온젼치 못ᄒᆞᆫ 거시 젹벽디강의 죠슈출입ᄒᆞ고 풍 셰디작ᄒᆞ야 물결이 쑥밧치여 몽동젼션니 ᄉᆞ방으로 요동ᄒᆞ면 북병군ᄉᆞ 비여 익지 못ᄒᆞ여 ᄌᆞ연 구토

〈43-뒤〉

질 나고 어질병도 나면 졍신을 진졍치 못할 거시니 지금 디소션 십여척 ᄶᅦ 을 무워 일ᄌᆞ로 셰우고 션두의 거말못슬 장식ᄒᆞ여 요동치 못ᄒᆞᆨᆨ고 우 의목관을 쌀고 빅토피여 평안케 ᄒᆞ고 말도 달이고 군ᄉᆞ 무병할 거스니 풍 낭을 엇지 두려워 ᄒᆞ리요 됴됴 디히왈 션셩 곳 아니시면 엇지 이런 양칙을 어드리요 즉시 군즁의 젼령ᄒᆞ야 장인을 불너 고리와 거말못슬 만드려 고리 을 달고 못슬 박아 혹 이십쳑도 ᄒᆞ며 혹 ᄉᆞᆷ십쳑도 ᄒᆞ야 ᄒᆞᆫ티 ᄶᅦ을 무의니 슈진션상니 평지갓ᄒᆞ야 병든 군ᄉᆞ 셔로 질겨ᄒᆞ더라 방통왈 강동 영웅니 쥬 유을 원망ᄒᆞᄂᆞᆫ지 만쓰오니 니 승상을 위ᄒᆞ야 강동 영웅을 달니여 항복게 ᄒᆞ리다 됴됴 디히ᄒᆞ야 허락ᄒᆞ거늘 방통니 즉시 강변으 다달나 비을 타고져 할 ᄎᆞ의 엇쩌

〈44-앞〉

한 스람니 폭관을 쓰고 도포을 입고 픠연이 나와 방통으 소미을 잡고 쑤지져 왈 황기는 골뉵게 쓰고 감퇵은 수항셔 들니고 너는 연환게을 써 빅만디병을 일시의 살이코져 흐니 네으 독훈 꾀을 됴됴는 소게건너와 날을 엇지 소기리요 방통니 디경흐야 정신니 아득흐고 가슴이 쩌여지는지라 이윽키 진정흐야 도라보니 이는 고인 셔원직이라 방통왈 그디가 니 꾀을 푸흐고져 흐는냐 스불여의흐면 강동 팔십일쥬 빅셩의 목슘이 그 아니 불상훈냐 원직이 소왈 우리 군스의 목슘은 엇지 할고 방통왈 원직아 진졍 니 꾀을 파흐고져 흐는냐 원직왈 니 뉴황슉으 은혜을 잇지 못흐고 쏘 됴됴 니으 모친을 살히흐여쓰니 니 밍셰코 꾀도 쓰지 아니할지라 엇지 형의 꾀을 파흐리요만은 빅만군병 죽을 쩌의 나는 엇지 면흐리요 형은

〈44-뒤〉

날을 위흐야 피화할 묘칙을 갈으치소셔 방통왈 형으 소견으로 엇지 날다려 문난잇가 흐고 원즉으 귀의 디이고 두워 말흐고 즉시 이별흐고 강동으로 도라오니라 이쩌 원즉이 됴됴 진의 도라와 방통으 말디로 셔량퇴슈 마등 한슈 반흐야 온다 흐며 젼셜흐야 여러 군스 셔로 듯고 삼삼오오이 셔로 귀을 디이고 슈쑤워리며 군즁이 일시 뇨란흐더라 됴됴 그 풍셜을 듯고 디경흐야 마등 흔슈 막을 꾀을 으논흐니 원즉이 고왈 날노흐야금 三千군을 쥬시면 막으리다 흐니 됴됴 디히 원즉으로 모스을 삼고 장히로 션봉을 슴아 마등 흔슈을 막으라 흐니 원즉과 장히 양인이 츌젼흐니라 각셜 잇쩌는 건안 십이연 십일월 십오일이라 쳔기 청명흐고 월식은 영농흔듸 쳥풍은 셔려흐고 슈파는 불홍이라 스구는 상집흐고 금인은 유연이

〈45-앞〉

라 디졉갓튼 금부어는 어변성용ᄒ니라고 툼벙츌넝 굼실굼실 노는구나 ᄒ산 고ᄉ는 말니박게 잇고 일디장강 말근 물은 눈압푸 경기로다 산영은 도강ᄒ고 어약은 츌몰이라 눕병산식은 장강젹벽의 풍덩실 잠게잇고 동은 즈산이요 셔는 ᄒ구로다 눕은 이릉이요 북은 오림이라 강산말니을 바라보니 두 눈니 암암ᄒ여 호호장강 너른 물에 쳔지가 어디미뇨 이러ᄒ 풍경지계의 됴됴 션두의 디장기을 세우고 디장단의 놉피 안즈 좌우을 도라보니 장효 허졔 ᄒ후돈 ᄒ후련 조홍 조인 이젼 장진 장합 셔황 모기 우금 여통 여건 등 일등 명장이요 쏘 ᄒ편은 졍옥 순유 강효 유ᄒ 등 어진 모ᄉ더리 좌우의 시위ᄒ고 쳔병만마는 항오을 졍졔ᄒ고 기치창금은 일월을 히롱ᄒ고 뇌고함성은 쳔지진동ᄒ니 됴됴 더히ᄒ야 졔장을 도라

〈45-뒤〉

보와 왈 니 이졔 디공을 이루워 쳔ᄒ을 평졍ᄒ고 국가의 쥬셕지신니 되야 강동을 어들런니와 빅만군병과 용장 쳔여원이라 졔장도 심을 다ᄒ라 니 강동을 어든 후의 쳔ᄒ을 티평ᄒ고 그디 등으로 더부러 부귀을 ᄒ가지 할지라 그 아니 길거울가 문무졔장이 다 ᄒ례왈 소장 등도 강동을 어든 후의 승상 실ᄒ의 종신 부귀함이 원이로소이다 됴됴 더히ᄒ야 디연은 비셜ᄒ고 여군동낙 질길 젹의 강동을 가라쳐 왈 쥬유 노슉니 쳔시을 모르고 날을 항거ᄒ다가 황공복이 항복ᄒ니 엇지 길겁지 아니ᄒ며 쏘ᄒ 강동 엇기을 엇지 근심ᄒ리요 ᄒ구을 가르쳐 왈 뉴비 졔갈양이 날을 엇지 당할손냐 졔장을 도라보와 왈 니 강동을 어드면 조흔 일리 잇노라 교공이 두 쌀을 두워쓰되 쳔ᄒ졀식이라

〈46-앞〉

시로 동작디을 지여스니 이교을 다려다가 동작더 놉흔 집의 만련락을 삼으리라 잇써의 월명셩히호고 슈광은 졉쳔이라 쳔만의외의 오작이 씌을지여 됴됴 진중으로 나려가며 늄편을 바라보고 갈곡질곡 울고 가니 됴됴 취중의 가마구 소리을 듯고 문왈 이 집푼 밤의 어이호 가마구뇨 좌우 디왈 월식이 발가 낫갓트미 가마구 날 신가 으심호야 울고 가는니다 됴됴 디소왈 가마구 울고 가는 소리 갈곡질곡 호야스니 승젼할 징조로다 갈곡이라 호는 거슨 길일양신 조흔 써의 승젼곡으로 향군호야 부귀공명 하리로다 가마구는 영물이라 압 일을 몬져 알고 우리을 기뉴호니 지음을 못할손냐 여바라 졔 장더라 이 슐 만니 먹고 틱평연 노라보시 만군중의 쥬회는 만호니 디상의 장슈더런 칼츔 츄고 노러호니 함양

〈46-뒤〉

궁중 봉도시의 형가의 금슐인가 칼빗쳔 셔리갓고 홍문연 놉흔 잔치 항장 항장의 칼츔닌가 살기도 엄슉호다 됴됴 취흥이 도도호야 필연을 니여노코 오작가을 지여쓰되 월명셩히의 오작이 늄비호니 요슈습잡의 무지가으라 션두의 빗게 안져 으기양양 할 졔 뉴복이 쥬왈 양국디젼의 승부을 결단치 못호야는디 승상 노러을 드른니 조흔 징조 아니로다 됴됴 디로왈 요망혼 소견으로 니으 흥을 파호는요 창을 드러 뉴복을 베히고 각영각스의 쥬회을 만니 쥬위 군중의 호궤호니 군스 포식호고 흥이 나셔 혹 노러호며 혹 츔도 츄고 길기는 소리 강상의 낭즈호니 필승지조라 호더라 이써 혼편 장막 미틔 우름소 들니거늘 쥬번군스 호는 마리 상호동낙 길기는 디 너는 엇지 우는뇨 그 군스 디답호되 너히는 무식호여 지금 편

〈47-앞〉

한건만 알고 니 뒤스는 모르는냐 삼경의 말뇌구져고훈디 손조는 집의 들고
쥬슈는 굴의 드러 쳔지 고요호고 손슈 잠잠훈디 어이훈 가마구 진우의 울
고 가며 갈곡질곡 호니 빅만디병 일시의 죽일 기별이로다 슬푸다 군ぐ더라
말니 젼장 나와다가 타국 고혼 될 거스니 그 아니 셔른손가 훈 군ぐ 호는
마리 앗가 승상이 갈곡소리을 히ᄌ호야 승젼할 증조라 호여거늘 너은 일기
소졸이라 우미훈 소견으로 못된 말을 지여니여 만군ぐ을 슬푸게 호니 맛당
히 베힐지라 호고 칼을 들고 달여드니 그 군ぐ 디답호되 니 아무리 소졸닌
덜 그만훈 지각 업슬손냐 갈곡 소리 히을 호마 네가 ᄌ셰히 드러보라 하거
리 망할 쎠의 계후질원호야 질원곡을 노리호니 갈은 하거리 갈곡이요 질곡
은 뉴왕의 질원곡이라 오작은 영물이라 우리 진중 퓌할 줄 미리 알고 조롱

〈47-뒤〉

호되 눈셰 간웅 우리 승상 지음을 잘못호고 교만이 ᄌ심호니 병교ᄌ는 퓌
라 너의는 모르는냐 훈 군ぐ 호는 마리 네 마리 당연호다 앗가 나도 꿈을
쑨니 늠편디로로 야답 ぐ람이 누룬 일산을 들고 승상 압푸로 드러오더니
승상 장하의 노루 훈마리 니달너 누룬 일산을 쩌거 바리고 승상을 업고 가
마구 안진 슙풀노 가더라 이 꿈을 히몽호라 그 군ぐ 디답호되 이이야 누룬
일산은 황기요 야달ぐ람은 불화쓰라 황기 우리 진중의 항복호야짜더니 불
노 우리을 칠 거시요 승상 장호의 누룬 노루는 장젼 장효라 가마구 안진 슙
풀은 오림이라 필연 호위 장군 장효가 황기을 죽니고 승상을 모시고 오림
으로 도망할 증조로다 호고 군ぐ 셔로 당부호되 부디 이 말을 니지 말나 만
일 승상이 알면 꿈 쑨 나도 죽고

〈48-앞〉

히몽ᄒ던 너도 죽을 거스니 숨가 조심ᄒ라 ᄒ더라 잇튼날 됴됴 장ᄃᆡ의 놉
피 안져 졔장을 분발할ᄉᆡ 오ᄉᆡᆨ 기치로 항오을 졍졔ᄒ여 슈진 즁 황기는 모
기 우금이요 젼군 홍기는 장합이요 후군 흑기는 여근이요 좌군 쳥기는 징
진이요 우군 ᄇᆡᆨ기는 하후련이요 슈륙군졉 응ᄉᆞ는 하후돈 조홍이라 왕니 감
쳔ᄉᆞ는 허졔 장회라 발영ᄒᆞᆫ 후의 슈진군이 삼통고ᄃᆡ 취ᄐᆡᄒ고 ᄶᅦ무는 젼션
ᄋᆞ 풍범을 놉피 달고 군ᄉᆞ 왕니ᄒᆞ기 평지 갓치 ᄒ니 됴됴 ᄃᆡ상의셔 보고 ᄃᆡ
히ᄒᆞ야 왈 봉취션ᄉᆡᆼ의 어진 지조로 군ᄉᆞ 임으로 왕니홈은 ᄒᆞᆫ날리 도으심이
로다 졍욱 왈 젼션을 ᄶᅦ무워ᄶᅡ가 만일 강동의셔 불노 치면 엇지하릿가 미
리 단속ᄒ소셔 됴됴 ᄃᆡ로왈 불노 치는 법이 바람을 어더야 셩공ᄒᆞᆫ지라
바람은 동남풍이라야 칠 거시여늘 엄동셜한의 엇지 동남풍이 불니요

〈48-뒤〉

지금은 셔북풍이라 우리는 셔북의 잇고 져으는 동녑의 잇스니 만일 불노
치다가는 셔북풍이 ᄃᆡ취ᄒ면 져으 군ᄉᆞ 다 불탈거스니 무어슬 염여ᄒ리요
ᄒ더라 각셜 잇ᄯᅢ의 쥬유 젼션의 올나 됴됴 슈진을 바라보니 ᄃᆡ풍이 이러
나며 됴됴으 진즁 큰 기가 부러진니 기ᄡᅡᆯ이 창파상의 ᄯᅥ나거늘 쥬유 ᄃᆡ소
왈 상ᄉᆞ 아니로다 ᄒᆞ더니 언ᄆᆡ필의 북풍이 ᄃᆡ작ᄒᆞ야 파슈 이러나며 양ᄉᆞ
쥬셕ᄒ고 진즁의 셰운 기ᄡᅡᆯ이 동녑의 붓치여 쥬유의 낫쳘 ᄡᅥ셔가니 쥬유
ᄃᆡ경ᄒ여 ᄒᆞᆫ는 말이 숨이 ᄆᆡ키고 입으로 피를 흘이며 인ᄉᆞ을 슈습지 못ᄒ
니 졔장이 황망ᄒ여 진즁으로 모셔노코 쳔방만약으로 구완ᄒ되 반졈 효초
읍는지라 노슉니 근심ᄒ야 공명을 보고 공근으 병셰을 으논ᄒ니 공명왈 공
근으 병은 니라야 곳치리다 노슉이

〈49-앞〉

디히ᄒ야 공명을 다리고 진중의 이르러 문왈 도독으 기운이 밤시 엇더ᄒ온
잇가 쥬유왈 복통이 심ᄒ야 구토질이 디작ᄒ며 약먹을 기리 읍는지라 노슉
왈 악가 공명을 보고 도독으 병녹을 말슴ᄒ온즉 공명니 디답ᄒ되 니라야
곳치리라 ᄒ기로 다려왓는이다 쥬유 디히ᄒ야 공명을 쳥ᄒ야 드러오니 쥬
유 졔우 이러나 안거늘 슈일 뵈옵지 못ᄒ여 기휘 엇더ᄒ잇가 쥬유왈 울화
로 병이 나셔 부지할 슈 읍는이다 공명왈 ᄒ날의 칭양읍는 바람이 잇쓰되
ᄉ람이 엇지 알이요 쥬유 싱각ᄒ되 공명은 신인이라 마음을 아는쏘다 공명
으 말을 듯고 심속ᄒ니 병셰 엇지 알이요 공명왈 기운을 슌케ᄒ소셔 쥬유
왈 무슴 약을 먹어야 기운이 슌하릿가 공명왈 늬게 용ᄒ 방문이 닛스니 도
독으 기운을 슌케ᄒ리다 그

〈49-뒤〉

병니 화로 나ᄉ오니 늬 곳칠 거스니 염여 마옵소셔 쥬유 디히ᄒ야 지셩으
로 비러 왈 국가 흥망이 조셕의 잇ᄉ오니 션셩은 잔명을 급피 구ᄒ소셔 공
명니 글 두귀을 쎠셔 쥬며 왈 이디로 ᄒ라 ᄒ니 ᄒ여스니 욕파됴공인디 응
용화공ᄒ고 만ᄉ구비면 지취동풍이라 ᄒ야거늘 쥬유 보고 디히왈 션셩니
늬무 병 근본을 아옵시니 슈히 살여 쥬소셔 공명왈 늬 일즉 이인을 만나 팔
문 둔갑쳔셔을 비와 호풍ᄒᄒ우지슐을 아럿시니 도독은 근심치 마르시고 늠
병ᄉᄂ의 군ᄉ을 보니여 칠셩단을 무어시면 늬 졍셩을 드러 슴일 슴야의 동
남풍을 비려 드리이다 쥬유 왈 슴일 슴야는 말고 일일디풍이면 셩공할 터
이라 ᄉ셰 급박ᄒ오니 슈이 쥬션ᄒ옵소셔 공명왈 二十日 甲子의 동남풍을
비러 二十二日 丙寅日

〈50-앞〉

까지 불계ᄒ리다 쥬유 디히ᄒ야 병이 졀노 낫는지라 즉일의 늠병순의 올나
칠셩단을 무어닌니 방원니 이십ᄉ척이요 층단은 십오척이요 고는 구척이요
하일층의 이십팔슉 기을 셰우고 동방 쳥기 칠면은 각항져방 심미기로 여청
용지상ᄒ고 셔방 빅기 칠면은 규루우묘필최슘이라 거빅호지상ᄒ고 남방 흑
기 칠면은 졍귀유셩장익진이라 셩쥬작지상ᄒ고 졔이칭은 뉵십ᄉ면의 六十
四쾌로 응ᄒ야 손진터감으로 방위을 졍ᄒ야 셰우고 졔슘칭의 四八을 셰워
쓰되 머리의 속발관을 쓰고 조화포을 입고 봉의 학디을 씌여스니 방군이라
젼ᄒ일면의 긴 간짓더을 셰워쓰되 그 끗터 닭기짓슬 다라 바람 소식을 알
게ᄒ고 또 一人은 보금을 들고 또 一人은 향노을 들고 단ᄒ의 二十八人은
졍기 보기 빅모황월도도 들고 ᄉ면으로 둘너 셧는듸 二十日甲子 양신의 공
명

〈50-뒤〉

니 목욕지게ᄒ고 젼조단발ᄒ고 발벗고 도포입고 단ᄒ의 나려와 녹슉을 불
너 왈 ᄌ경은 군즁의 도라가 공근을 도으라 혹 바람이 부지 아니ᄒ야도 고
이키 예기지 마옵소셔 노슉을 보닌 후의 슈단군ᄉ의게 분부ᄒ되 방위을 써
나지 말고 머리와 귀을 한터 모와 요란니 말을 말고 겁도 닉지 말나 만일
위영ᄌ면 베히리라 군ᄉ 쳥영ᄒ고 방위을 즉키더니 공명니 단의 올나 동ᄌ
으게 향노을 들이고 졔물을 가초와 올일시 어동육셔 좌포우혜로 셜위ᄒ고
졔셕의 단좌ᄒ야 츅문 지여 고할시 유셰츠 건안 十二年 丁亥 十一月 乙巳
삭 二十日 甲子의 좌장군 유비 모ᄉ 졔갈양은 건고우 쳔지일월셩신 오악신
령 ᄉ희용왕 화덕진군 후토신령 강산풍빅이 일시의 합역ᄒ옵소셔 국운이
불향ᄒ야 역젹 됴됴도 졀신기ᄒ고

〈51-앞〉

유슈천주호고 방시국모호니 기쳔지죄을 인인이 공분이온듸 이졔 됴됴 용병 빅만과 용장 쳔여원이라 장여 강동으로 일월 주응할시 금주 여손권으로 동 심합역호야 욕파됴됴호고 안보스즉이 올터인듸 됴됴 디병을 불감당이라 복 망쳔지신령은 감동호와 동늠풍 슴일슴야만 허급호시면 공파됴됴호옵고 흥 복한실호게 호옵소셔 근이쳥작 셔슈공신 젼현상향 축문을 일근 후의 슴단 슴츠 호단 슴츠의 지셩으로 축슈호오니 공명의 관일지츙과 회쳔지셩을 쳔 지신령인들 엇지 무심호리요 공명니 팔각유건을 쓰고 빅우션을 손의 들고 학창으 거더잡고 늠병손 빗긴 질노 은신호야 다러가니 오강여을 흐르는 물 의 주룡니 퇴련 이십기를 다리고 비을 디여 기다리거늘 공명니 번게보고 비의 올나 주룡의 손을 붓들고 문왈 우리 현

〈51-뒤〉

쥬 안령하시며 졔장군졸도 다 무스호가 비을 져어 나려갈졔 칠셩단 놉흔 고디 주작쳥용 기린 기빨이 빅호 현무을 응호야 슐희방으로 날여가니 동남 풍이 완연호더라 쥬유 졔장을 거나려 황공도모 할시 잇써 야식은 슴경이라 디장기빨이 슐희방으로 펄펄 날여가니 쥬유 디경호야 노숙 불너 호는 말이 공명의 탈쳔지조화는 귀신도 는칙이라 풍운을 이무 용지호니 이 스람을 살 여두면 동오의 화근이라 잇써을 타 죽여 후환을 들이라 호고 셔셩 졍봉을 밧비 불너 남병손 급피 가셔 공명을 뭇도 말고 베혀 오라 두 장슈 영을 듯 고 셔셩은 비을 타고 도부슈 五十名을 거나리고 슈로로 좃츠가고 졍봉은 말을 타고 졍병 五十名을 거나리고 육노로 좃츠갈졔 셔셩은 몬져 오강변의 다달나 남병산상 빗긴 질

〈52-앞〉

노 칠성단 츠즈가니 공명은 간디읍고 기잡은 군스더리 바람세을 보는지라
군스다려 문는 말이 공명니 어디로 가던요 군스 디답ㅎ되 동늠풍 빈 후의
피발도선ㅎ고 남병산ㅎ로 나려 오강어구로 가던니다 셔성으 급흔 마음 순
ㅎ로 나려올시 졍봉니 군스 오십명을 거나리고 오강짜의 당도ㅎ여는지라
두 장슈 합셰ㅎ야 스면을 바라보며 쥬져할 추의 다못 슈졸이 잇는지라 슈
졸다려 무른니 군스 엿즈오디 소인이 아뢰리다 어졔 슴경야의 오강변의 미
인 비 십니 장강벽파상의 왕늬ㅎ는 거루빈가 시졀이 요란ㅎ여 임초 실고
가는 빈가 츄동강 칠니탄의 엄즈룡니 낙슈빈가 심양강 츄야월의 빅낙쳔으
노든 빈가 양양강슈 말근 물의 고기 줍는 어션인가 퇴빅니 기경비상쳔후의
초강어부 풍월실너 가는 빈가 오호상연월야의 금여으 노든 빈가

〈52-뒤〉

만경창파 욕모쳔의 쳔어환쥬 ㅎ든 빈가 만단으혹ㅎ여더니 공명니 머리풀고
발버슨 치 그 비를 즈바 탈 졔 어쩌흔 장수가 나와 이만ㅎ게 읍ㅎ민 공명니
그 장슈 귀의 디고 무슴 말을 소곤소곤 ㅎ더니 그 비을 즈바 타고 상뉴로
가든니다 두 장슈 분을 너여 마참 북편을 바라보니 상뉴의 쩌나는 비 공명
일시 분명ㅎ다 이 스공아 노를 밧비 져어 져게 가는 공명으 비 못즈부면 네
머리을 덩그러케 베혀 이 물의 던지면 네의 신쳬 뉘가 츠지랴 스공니 두려
워 ㅎ야 돗달고 닷감어라 밧비 우게라 여기야 어기양 쫏츠갈졔 잇썬 셔셩
니 멀니 바라보니 공명으 가는 비 오리 안의 드럿네 쫏츠가며 크게 불너 왈
져게 가는 공명션싱은 거기 잠간 머무소셔 우리 도독니 쳥ㅎ던니다 공명니
빅우션을 놉피 드러 허허 디소ㅎ고

〈53-앞〉

ㅎ는 말리 도독니 날을 ㅎ할 줄 임이 알아기로 즈룡과 졉웅ㅎ야쓰니 장군
은 부질업시 싸로지 말고 도라가 도독다려 후일 상봉ㅎ즈 당부ㅎ라 셔셩니
드른체 아니ㅎ고 살갓치 좃츠오는지라 즈룡니 션두의 나셔며 이놈 셔셩아
우리 션싱 놉흔 지조로 네의 나라 드러가 동남풍 비러주워거든 무슴 혐으
로 ㅎ코져 ㅎ는냐 너히을 당졍의 죽일 거시로디 양국의 화친ㅎ 의가 잇는
고로 살여보닌니 닉의 수단이나 보고 가라 쳘궁의 왜젼 메게 비졍비팔 웃
둑 셔셔 홍복실 압뒤 골나 좀통이 찌여지게 싹쩌손을 쑥 쪠여 번긔갓치 가
는 살이 빅운간 놉피 소스 슈루룩 소리나며 드러가 셔셩의 탄 비 돗디 마져
와질근 부러지는지라 지츠 흔긔을 먹여쏘니 바람갓치 싸른 살리 공즁의 나
려가 양돗디 툭탁 마져 부러지고 룡

〈53-뒤〉

총도 쩌러지고 닷가지 쩌려져 노도 싸지고 강상의 풍덩 와질근 바람 부는
디로 물결치는 디로 너울너울 이리져리 둥실둥실 쩌나갈졔 셔셩 졍봉니 긔
가 막케 끈어진 닷쥴 다시 감아 달고 강상의 도망ㅎ야 근근니 스라와 쥬유
쎄 이 말을 고ㅎ니 쥬유 디경왈 공명니 니디지 꾀가 만흔가 ㅎ고 됴됴을 파
ㅎ 후의 결단코 도모ㅎ리라 즉시 감영을 불너 왈 너는 치즁 치화 다리고 군
량쳐의 불을 지르고 그 후의는 군즁의 두면 니 쓸 고지 잇노라 틱ㅅ즈을 불
너 왈 너는 슘쳔병을 거나리고 황쥬지경의 미복ㅎ여싸가 됴됴으 구완병을
엄살ㅎ라 여몽을 불너 분부ㅎ되 너는 三千兵을 거나리고 오림의 잇다가 장
효 장합을 졉웅ㅎ라 졔장니 각각 청영ㅎ고 물너가니라 쏘 여건을 불너 왈
그디는 三千兵을 거나리고 니능 남편의

〈54-앞〉

가셔 미복ᄒ엿다가 닉일 황혼시의 셔산의 불이 이러나믈 보와 됴됴 군마을
엄살ᄒ고 군량기게을 탈취ᄒ라 능통을 불너 왈 그디는 三千兵을 거나리고
니능 셔편의 가셔 복병ᄒ여짜가 불을 노와 됴됴 가는 질을 막으라 분발을
다ᄒ미 각기 군마을 총독ᄒ여 슈륙병진 나려갈졔 디장 청도도라 청도 ᄒ쌍
홍문 ᄒ쌍 쥬작 남동각 남셔각 홍초 남문 ᄒ쌍 쳥룡 동남각셔 남각남초 황
문 ᄒ쌍 등 ᄉ슌시 ᄒ쌍 황초빅문 ᄒ쌍 빅호동북각셔북각 빅초흑문 ᄒ쌍
현무북동각북셔각 흑초 홍신 남신 황신 빅신 흑신 뢰미금고 ᄒ쌍 바리 ᄒ
쌍 졍 ᄒ쌍 세악 두쌍 고두쌍격 ᄒ쌍 발 ᄒ쌍 슌시 ᄒ쌍 령기 두쌍 즁으 ᄉ
명 좌으 관니 우으 령젼 집ᄉ ᄒ쌍 긔픽관 두쌍 굴노 두쌍 좌마와

〈54-뒤〉

둑리요난 후 친병괴ᄉ당보각 두쌍 명금니ᄒ 디취티ᄒ라 쥬유 쏘 각진의 가
만니 젼령ᄒ되 졔일의는 슈쳐 맛든 장슈가 군호픽을 걸거던 각진의 젼파ᄒ
야 각기구함쳥령ᄒ라 졔 잇튼날은 쳔기 쳥명ᄒ믈 보고 풍낭이 이러나지 아
니ᄒ며 ᄒ번 부르거던 밥을 지여 먹고 일면으로 징을 치거던 각진의셔 일
즈로 비을 별리고 쳥후ᄒ라 쏘 세변 불으거던 쥬장니 화션을 타고 물어구
의 들어가 방포ᄒ며 쳔ᄒ 셩납팔을 불으며 공습츠ᄒ라 군호가 이러타시 비
밀ᄒ니 뉘 능히 알니요 황기 일번 화션을 쥰비ᄒ며 항셔을 써셔 됴됴의게
보니며 오날밤의 항복션니 가노라 ᄒ야거늘 됴됴 바다보고 지달니던 ᄎ의
황기 뒤의 젼션 ᄉ쳑이 짜라쓰되 졔일디은 황기요 졔이디은 쥬티요 졔슴디
는 장흠

〈55-앞〉

이요 졔ᄉ디는 한당이라 각각 젼션 슴빅쳑식 거나리고 압푸 화션 이십쳑식

셰우고 셔슨의 방포ᄒ고 남슌의 기을 셰워 각각 등더ᄒ야다가 황혼의 향군
ᄒ라 젼령ᄒ니라 각셜 공명니 ᄒ구로 도라오니 현덕니 졔장을 거나리고 진
젼의 나와 영졉ᄒ야 예필 후의 공명니 졔장을 도라보와 왈 그디 등도 다 평
안ᄒ신잇가 ᄒ고 ᄌ룡으게 분부ᄒ되 너는 三千兵을 거나려 오림의 미복ᄒ
얏다가 오날밤 숨경의 됴됴 피ᄒ야 그리 올거스니 즁노의 불을 노와 됴됴
을 엄살ᄒ라 ᄯ 익덕을 불너 분부ᄒ되 그디는 三千兵을 거나리고 이릉으로
가 ᄒ구의 미복ᄒ얏다가 됴됴 밥을 지을 거스니 ᄉ방으로 불을 노와 엄살
ᄒ라 미방 미츅을 불너 분부ᄒ되 너는 강ᄒ을 즉키다가 됴됴가 피ᄒ야 도
망ᄒ는 군ᄉ을 잡고 군기을 탈취ᄒ라 ᄯ 뉴기을 불너 왈

〈55-뒤〉

그디는 강ᄒ 셩지을 즉키라 공명니 현덕을 청ᄒ야 왈 쥬공은 오날밤의 양
과 ᄒ가지로 놉푼디 올나 쥬유 젹벽강 화젼 셩공함을 귀경ᄒᄉ이다 ᄒ니라
잇ᄯ 운장니 겻터 셧쓰되 죵시 본쳬도 아니ᄒ거늘 운장니 참지 못ᄒ야 칼
노 쌍을 치며 왈 소장니 션셩과 형장을 모시고 허다 ᄊ홈을 가미 남의 뒤진
일이 읍거던 오늘날 디젼을 당ᄒ야 셩공할 ᄎ의 소장을 쓰지 아니ᄒ시니
무슴 연고 잇가 공명왈 운장은 고히키 아지 마옵소셔 운장을 그 즁의 요지
쳐의 보닐터이로디 ᄭ리는 일리 잇셔 못보ᄂᆞ는니다 운장왈 무슴 일을 ᄭ리
ᄂᆞ는잇가 공명왈 젼일 됴됴의게 잇쓸 ᄯ 三日 소연 五日 디연 상마의 은 일쳔
양 ᄒ마의 은 일쳔양 후디가 이러ᄒ야스니 은혜을 싱각ᄒ면 됴됴을 보와도
잡지 아니할 덧ᄒ온니

〈56-앞〉

다 됴됴 금야에 젹벽의 피ᄒ야 필경의 화룡도로 올 터이라 ᄒ거늘 운장왈
됴됴 과연 소장을 후디함이 잇쓰나 원소의 안량 문취 두 장슈의 머리을 베
혀 그 은혜 갑파ᄊ오니 다시 져를 보그더면 엇지 노와 보닐릿가 공명왈 만

일 노커더면 군법으로 시힝ᄒ리라 운장니 허락ᄒ니 공명니 디히ᄒ야 군중
셔기을 불너 군령 다짐을 바드니 ᄒ야쓰되 살등됴됴는 한실지디역이라 이
졔 쳔ᄒ 신민니 슉불살지리요 화룡도 상의 젼일슈은을 싱각ᄒ고 감셕됴됴
여든 군법 시힝ᄒ야 명법 졍죄ᄒ소셔 다짐을 올인 후의 운장왈 만일 됴됴
화룡도로 아니오면 엇지ᄒ릿가 공명왈 나도 다짐ᄒ리다 ᄒ고 공명니 당부
ᄒ되 화룡산상의 불을 노와 됴됴을 뉴인ᄒ소셔 운장 왈 연기나면 복병니
인는 줄 알고 엇지 그리오릿가 공명왈 병법의 허허실실이라 ᄒ야스니 됴됴
연기 나믈 보면 반다시 다른

〈56-뒤〉

디 복병ᄒ고 이 고디 헛불을 노와 못가게 함이라 ᄒ고 그 질노 좃ᄎ 갈 거
스니 옛날 은혜을 싱각지 말고 노와 보너지 말나 운장니 쳥영ᄒ고 관평 쥬
창으로 ᄒ야금 도슈 五百군을 거나리고 화룡도을 향ᄒ야 가니라 현덕니 공
명다려 문왈 운장니 반다시 됴됴을 보면 참아 잡지 아니할가 져어ᄒ는이다
공명니 디왈 간밤의 쳔문을 보온즉 됴됴을 죽이든 못할듯ᄒ기로 운장을 보
니여 한갓 인졍을 쓰게 ᄒ미 조을 뜻ᄒ미로소이다 현덕왈 션싱의 신기묘슐
을 셰상의 짝이 읍ᄂᆞᆫ다 ᄒ고 즉시 공명으로 더부러 번구산의 올나 젹벽
강 화공함을 귀경ᄒ더라 각셜 잇ᄯᅵ 됴됴 졔장을 거나리고 황기 소식을 지
다리던니 쳔만의외으 동남풍이 디작ᄒ거늘 졍옥니 엿ᄌᆞ오되 뜻박기 동남풍
이 이러ᄒ니 승상은 살피소셔 ᄶᅥ안인 바람이 고이ᄒ여이다 됴됴 디소왈 동
지의 일량

〈57-앞〉

이 시싱ᄒᄂᆞᆫ니 그게 무슴 의심ᄒ리요 공 등은 그런 염여 말나 ᄒ더니 잇ᄯᅵ
황기 화션 이십쳑의 뉴황 염초 인화지물을 실코 쳥포장으로 둘너치고 그
우의 쳥룡아긔을 쏩아 압셰우고 황기는 젼션의 놉피 안ᄌ 졔장을 호령ᄒ여

지곡총 비을 노와 동남풍 부는 디로 됴됴 진을 바라보고 살 쏘다시 드러가
니 됴됴 장상의 놉피 아즈 쩌오는 비 바라보고 디히ㅎ야 ㅎ는 말이 위슈강
동 아니여든 어부션니 어이 오며 쳔공귀로 아니여든 힝긱션니 어이오며 이
젹션 취건곤야의 월낙션이 어이오랴 아마도 황공복의 군량 실은 비 졍영ㅎ
다 다시 이러 질거할 츠의 졍옥니 엿즈오되 군량을 시러쓰면 쳔쳔니 오련
만은 져러케 기부야이 쩌오는 양을 보온즉 아마도 간게 잇는가 으심이로다
ㅎ고 셔로 으혹할 츠의 즈셰이 본니 쳥룡기 셰운비 뒤히로 짜른 비 머리에
동오션봉 디장 황기

〈57-뒤〉

라 씬 기를 두러시 셰워거늘 그 긔호을 보고 분분ㅎ야 엇지 할 줄 모로던
츠의 황기 션두의 썩 나셔며 웨여 왈 동오션봉장 황기을 네 아는다 ㅎ며 쳥
룡기을 두루며 호령ㅎ니 좌우 화션니 일시의 모라 됴됴 젼션의 불을 질으
고 일셩호통의 틱산니 문어지고 위슈가 뒤눕는덧 화광이 츙쳔ㅎ고 연기는
만강호듸 풍셰 디작ㅎ야 돗디도 부러지고 용춍줄 쩌러지며 장막과 휘장니
다 불이 붓고 씨여진 퉁노기 유엽젼 편젼 화약 염초통이 모도 다 불의 타셔
벽파상의 쩌나가니 젹벽화광이 낫갓도다 됴됴으 빅만디병니 일시의 살맛고
물에 빠지고 칼맛고 불타고 팔도 부러지고 등도 터지고 다리 부러지고 목
도 부러져 죽는 지 부지기슈라 됴됴 황겁ㅎ야 이리져리 도망할 졔 황기 비
을 밧비 모라 좃츠 드러가니 됴됴 넉시 읍셔 쳔방지축 도망할 졔 장요 디분
ㅎ야

〈58-앞〉

쳔궁의 왜젼을 메게 황기을 쏜니 번기갓치 쌜은 스리 공즁의 놉피 쩌셔 황
기 흉즁을 맛치니 셔셩 졍봉니 디경ㅎ야 급피 황기을 구완ㅎ야 본진으로
도라보닌니라 잇쩌 졍옥니 됴됴을 구ㅎ야 오림으로 도망ㅎ니 동남풍이 오

히려 더ᄒ며 금고 함성은 쳔지가 진동ᄒ고 기치금극은 일월을 히롱ᄒ여 정
신니 살난ᄒ지라 장흠 한당은 셔으로 좃ᄎ 가고 쥬퇴 진무는 동으로 좃ᄎ
오고 쥬유 셔셩 정봉은 중게로 좃ᄎ와 여간 남은 군소을 엄살ᄒ며 군중기
게을 다 슈운ᄒ고 감영은 후진으로 가 치즁을 베히고 여몽은 불을 노와 졉
응ᄒ니 뇌고함셩은 하히가 뒤눕ᄂ지라 됴됴 황망이 도망할 졔 혼편은 능통
이라 이놈 됴됴냐 어듸로 갈다 ᄒ는 소릐 어간니 먹먹 졍신니 아득ᄒ야 엇
지 할 쥴 몰나 슘풀의 은신ᄒ야 ᄒ고듸 다다르니 일원듸장니 나셔며 듸호
왈

〈58-뒤〉

동오 후군장 감흥픠을 네 모로는다 닷지 말고 쌜이 니 칼 바드라 ᄒ는 소릐
됴됴 듸경ᄒ야 장합으로 감영을 막으라 ᄒ고 말을 지쵹ᄒ야 도망할 졔 밤
은 집퍼 슴경니 되고 달은 흑운의 더페 젹막ᄒ듸 게우 화변을 피ᄒ야 오림
의 다다르니 산쳔은 흠악ᄒ고 슈목은 창쳔이라 됴됴 마상셔 앙쳔듸소ᄒ
니 졔장니 엿ᄌ오듸 쥬유 공명니 지모로 남병산의 졔풍ᄒ고 젹벽의 화공하
야 八十三萬군니 쵸두는익 다 죽고 늡은 장졸이 갈 바를 모로ᄂ듸 무삼 졍
신으로 웃는잇가 됴됴왈 쥬유 외 읍고 공명은 지혜 부죡ᄒ무로 이러한 뇨
진쳐의 복병을 아니ᄒ엿기로 웃노라 언미필의 일셩 방포의 좌우 복병이 이
러나며 일원듸장니 千里용춍마을 타고 장창을 빗게 들고 얼골은 관옥갓고
눈은 시별갓고 소릐을 우러갓치 질으며 듸질왈 나는

〈59-앞〉

상산 죠ᄌ룡이라 우리 션셩의 명영을 바다 너를 지달인 졔 오런지라 이놈
됴됴냐 죵쳔강ᄒ며 죵시츌ᄒ랴는냐 닷지 말고 니 창을 바드라 ᄒ니 됴됴
간담니 쩌러지고 졍신니 어질ᄒ며 두눈니 캉캄ᄒ여 셔황 장합으로 뒤을 막
으라 ᄒ고 졔우 도망ᄒ야 호로곡의 다다르니 동방은 발거오나 흑운니 만쳔

ㅎ고 구진 비는 소소ㅎ듸 여간 나문 군스 가는 양은 그 아니 쳐량ㅎ가 적벽
화광의 겁닌 군스 슈화돌을 만는 중의 눈비 셕게 맛고 가니 춥기는 고스ㅎ
고 비곱파 못살것다 군스을 츤여로 보니여 양식을 노략ㅎ야 밥을 지여 먹
고 물져진 으갑을 바람결의 말이고 노약은 압을 셰워 셔로 위로ㅎ며 쳔지
도지 도망ㅎ여 가더니 일셩방포의 스방으로 불이 이러나며 일원딕쟝니 나
오는듸 호두용안의 얼골비션 슈먹갓고 골이눈을 부름 쓰고 장팔삼모 창

〈59-뒤〉

을 눈우의 빗게들고 쳔동갓치 호령ㅎ되 나는 연인 장익덕이라 이놈 됴됴냐
네 어디로 도망ㅎ리요 쳔시을 모루고 엇지 감히 항거ㅎ리요 밧비 나와 니
으 창을 바드라 ㅎ는 소리 졔쟝니 귀가 먹고 군사 낙담ㅎ야 졍신니 아득ㅎ
지라 됴됴 장요 셔황 등으로 마그라 ㅎ고 도망할 졔 허져는 안장 읍는 말을
타고 셔황은 날 빠진 칼즈루만 들고 가니 八十여만 군졸니 불과 기빅명일
네라 됴됴 그 중의 기갈이 즈심ㅎ야 거의 죽게 되고 군기와 마필도 다 읍는
지라 빅여명 맛든 군스 ㅎ나히 나마스니 어이할이 동남풍이 어닌 지변인가
슈원슈구 ㅎ리요 기픠관니 탄식ㅎ되 금고취틱 불의 타고 영기 좃츠 이러스
니 뉘라셔 딕답ㅎ리 딕쟝니 탄식왈 一三七九 간딕읍고 二四六八 읍셔졋다
쳔망아요 비젼지죄로다 ㅎ군스 고하되 압푸 두길이 잇스오니 어디로 가오
릿가

〈60-앞〉

됴됴왈 니 싱각ㅎ니 우리 곤핍ㅎ여 흠노로 갈 슈 읍셔 디로로 가즈ㅎ니 복
병니 잇슬지라 화룡도로 가즈ㅎ니 졍옥니 엿즈오더 화룡도로 가다가 복병
니 잇스오면 변통할 슈 읍스오니 허창으로 가스이다 됴됴 쑤지져 왈 병셔
의 ㅎ여쓰되 실즉허요 허즉실이라 ㅎ여스니 공명니 아모리 쐬 만타 ㅎ들
우리 셰번 소길손냐 ㅎ고 군스을 지쵹ㅎ야 화룡도 드러가니 쳔봉만학은 반

공의 소스잇고 슈목은 창천흔듸 만학의 눈 씨니고 쳔봉의 바람 칠 씨 화초
목실 바이 읍고 잉무 원앙 쓴쳐는듸 어인 시가 울야만은 젹벽화렴의 죽은
장졸 소타무쳐 원조 되야 됴됴 픽군 미워라고 가지가지 우는 소리 도탄의
씨인 군스 고향 이별 몃 힛넌고 귀쵹도 불여귀라 슬픠운다 져 두견시 울고
나니 져 쎗쥭시 우름 운다 여바라 두견조야 너는 고향을 싱각흐야 부려귀
라 흐건만

〈60-뒤〉

은 도덕 잇는 우리 승상 빅만군병 주랑터니 금일 픽군 웨인일고 주칭 영웅
간듸 읍고 빅게도 무최니라 이리 가며 입을 쎗쥭 져리 가며 쎗쥭 쎗쥭 울고
나니 져 슙연시 우름 운다 여바라 쎗쥭시냐 말 듯거라 너는 픽군 분심 싱각
흐야 운다만은 여순군량 쇠진흐고 촌여노략흔 씨로다 소텡소텡 울고는니
져 쇠소리 우름 운다 여바라 슙연조냐 너는 빅만군졸 쥬린다고 흔들마라
눈셰 간웅 우리 승상 어이 그리 쇠가 읍셔 황긔으게 돌여는고 흔창 이리 울
고는니 져 가마구 우름 운다 여바라 황금조냐 너는 승상님 쇠을 니되 픽흐
는 쇠을 닛다 흐고 운다만은 편편 더로 마다흐고 심산총임 무슴일고 져 가
마구 싸옥싸옥 울고 간다 져 쑥국시 우름 운다 여바라 오비조냐 너는 양구
을 인도흔다만은 가련타 장졸더라 젹벽

〈61-앞〉

화렴 즁의 닝병인들 아니들냐만을 그 군스 악갑다 흐고 쑥국쑥국 슬픠 울
고 간다 져 호반시 우름 운다 너는 빅만군졸 병니 날가 으심흔다만은 장요
는 무단니 살읍다고 셔러마라 살나 간다 살바드라 져 호반시 슬피 울고 간
다 져 죵지리시 우름 운다 여바라 호반조냐 너는 츙셩니 지극흐여 일등명
무시을 싱각흔다만은 공즁공즁 놉피 써셔 동남풍을 막아쥬랴고 너울너울
우고는니 져 싸옥기 우름 운다 황긔 호통 겁을 니여 버슨 홍포 니 입엇다

싸옥싸옥 슬피운다 져 할미시 우름 운다 우슘 쯧틔 겁닌 장졸 갈 슈 략 양
망굿다 복병보고 도망마라 이리 가며 핑당기리릭 져리 가며 핑당기리릭 울
고가니 쳬량ᄒ다 각 시소리 됴됴 듯고 회심ᄒ여 이른 말니 불상ᄒᄃ 니으
장졸 부무쳐ᄌ 이졍 쓴어 이별ᄒ고

〈61-뒤〉

쳔리젼장 나와다가 젹벽의 몰ᄉᄒ고 계우 스러는 군ᄉ 창맛고 살도 마져
십셩구ᄉ 되여스니 어이ᄒ여 가존말가 도로 장을 지쵹ᄒ야 급피 도망할 졔
문득 바라보니 키 크고 위풍잇는 져 장슈 퉁망울 눈 부릅쓰고 슘각슈 더펄
더펄 웃둑 셔셔 됴됴을 바라보니 됴됴 혼경낙담ᄒ야 졍신니 어질ᄒ지라 졍
옥아 져그 셧는게 젼으 보던 운장니 아니냐 니 엇지 살꼬 졍옥니 왈 승상니
혼을 일엇소 그거시 화룡도 장승니요 됴됴 탄식ᄒ는 말리 만고영웅 됴밍덕
을 소길 ᄉ람 읍건만은 일기 장승으로 날을 소게스니 그겨 둘 슈 읍다 ᄒ고
군ᄉ을 호령ᄒ여 장승을 나립ᄒ라 좌우군ᄉ 소리ᄒ고 장승을 나립ᄒ니 졍
옥니 슈기을 들고 디상으셔 분부ᄒ되 장승은 드르라 네 일기 장승으로 신
ᄎ 관운장지형용ᄒ고 쥬안홍

〈62-앞〉

목의 슘각슈 거살이고 승상힝ᄎ의 불능굴신ᄒ고 은연독닙ᄒ야 만군즁을 놀
니게 ᄒ니 참지으당ᄉ라 쳥지군령ᄒ고 ᄉ속고지ᄒ라 장승니 쥬왈 살등ᄎ신
니 곤륜산지목으로 인의디목ᄒ야 싹쩌 인형ᄒ고 입어노상이런니 금일 승상
힝ᄎ의 불능굴신ᄒ고 장읍불비ᄒ니 논지죄상ᄒ면 살지무셕이오나 원통ᄒ
원졍을 아뢰리다 만물지즁의 쳔황씨도 목덕으로 왕ᄒᄉ 우리 나무 니엿스
나 엇더ᄒ 나무는 팔ᄌ 조와 디명쳔 디들보 되야 오식 단쳥 그려잇고 셕상
으 오동목은 거문고 복판되야 남풍시 화답ᄒ야 잇고 나갓튼 팔ᄌ 기박ᄒ
놈은 몹슬 목슈놈니 싹쩌다가 팔ᄌ읍는 ᄉ모풍디 슘각슈는 웬일넌고 글ᄌ

로 북거십니라 ᄒᆞ엿스니 손니 잇셔 문지르며 발이 잇셔 도망할가 죽도 ᄉᆞ
도 못ᄒᆞ고 지금까지 잇더니 금일

〈62-뒤〉

승상 힝ᄎᆞ의 불능굴신ᄒᆞ야 장읍 불비ᄒᆞ게 목신인들 무슴 죄온잇가 통촉 후
의 특히 방송ᄒᆞ옵시믈 쳔만 축슈 ᄒᆞ옵니다 답졔왈 여본공산지낙목으로 유
규능언ᄒᆞ니 언족이식비로다 특위방송ᄒᆞ며 왈 일후는 아무라도 무언ᄒᆞ라 됴
됴 암상의 안즈 졍옥을 불너 왈 슐부워라 너와 동비동낙 노라보즈 일호쥬
을 먹은 후의 디취ᄒᆞ야 ᄒᆞ는 말니 디쳬 이번 ᄊᆞ홈의 픤ᄒᆞᆫ 일을 싱각ᄒᆞ면 흉
ᄒᆞᆫ 상놈으게 픤을 보왓고 유현덕니 한종실이라 ᄒᆞ나 양산되원의 쳐소 장ᄉᆞ
ᄒᆞ고 즈리 ᄊᆞ던 놈니요 소위 관운장니 으기 남ᄌᆞ라 ᄒᆞ되 ᄒᆞ동셔 그릇 장ᄉᆞ
ᄒᆞ엿고 장비 졔가 고리눈의 호통은 잘ᄒᆞ나 탁군 ᄊᆞᆼ의셔 졔육장ᄉᆞ ᄒᆞ엿고
즈룡니 날닌 쳬ᄒᆞ되 상산 돌쑥의셔 ᄲᅢ진 놈니요 졔갈양니 쇠인는 쳬ᄒᆞ되
남양 ᄊᆞᆼ으셔 밧가라 먹던 놈니라 져으가 날을 보

〈63-앞〉

와도 니 안ᄒᆞ의 갓슬 ᄡᅵ고 못나셔리라 졍옥니 엿즈오더 병교즈픤라 ᄒᆞ니
승상니 져리 교만ᄒᆞ다가 이러ᄒᆞᆫ 픤을 보와는다 소장도 위국 츙신으로 위
가ᄒᆞ즈라 슈화를 피ᄒᆞ야 게우 이고더 와셔 어젹졔신ᄒᆞᄌᆞᄒᆞᆫ즉 고이ᄒᆞᆫ 일이
이러케 곤궁ᄒᆞ되 쳬모 읍는 우리 승상님 일빈일소 타시로다 승상니 복니
읍셔 빅젼빅픤 ᄒᆞ여ᄊᆞᆸ건니와 져리 놈의 희담ᄒᆞ면 젼장의 승부 잇는닛가 졔
발 마오마오 됴됴 왈 남은 군ᄉᆞ 졍구나 ᄒᆞ여볼ᄀᆞ 픤장군졸 각각 졔원졍으
로 잔말니 비상ᄒᆞ며 각기 우러 군즁의 곡셩니 낭즈ᄒᆞ니 됴됴 디로왈 ᄉᆞ성
니 유명커던 셜마 엇지ᄒᆞ리 다시 우는 지 닛스면 군법으로 시힝ᄒᆞ리라 ᄒᆞ
고 졍구ᄒᆞᄌᆞᄒᆞᆫ즉 어디 할 것인는냐 병들고 창맛고 활맛고 화독들고 팔다리
부러지고 다 이모양이라 싱각ᄒᆞ면 쳐량ᄒᆞ다 졍옥니 좌슈의 칼을 들고 우슈

의 홀기을 들고 호령ᄒ되 졍고불참ᄌᄂᆞᆫ 베히라라

〈63-뒤〉

우부 좌ᄉ 파총닐ᄃᆡ장의 왈낭쇠 물고요 좌ᄉ 파부쳔총ᄃᆡ장의 울능쇠가 드러온다 울룽쇠 드러올 졔 ᄒᆞᆫ다리 졀고 졀둑 졀둑 드러오니 너는 엇지 이슬ᄐᆞ리가 되여ᄂᆞᆫ냐 엿ᄌ오ᄃᆡ 장판교 건네올 졔 도감군ᄉ의 쇠도리씨을 마져 ᄒᆞᆫ다리 부러져 병신니 되여소 쳘니 본국 어이갈고 승상은 말을 타ᄉ니 다리는 셩ᄒᆞ지요 다리 ᄒᆞ나 박구워 쥬시요 그놈 미친놈이로다 좌부좌ᄉ파총소 삼ᄃᆡ장의 용통쇠 물고요 마병ᄃᆡ장 골농쇠 그놈니 졔 일놈인 쳬ᄒᆞ고 나죵의 불은다고 노와ᄒᆞ야 ᄒᆞᄂᆞᆫ 말니 죽은 놈 부를나 말고 산놈 몬져 부르시요 됴됴왈 그만ᄒᆞᆫ 일노 날을 논칙ᄒᆞᄂᆞᆫ다 이놈 쓰러물니치라 좌기병초관의 덜넝쇠 물고요 봉슈별장의 강돌남니 돌남니가 드러온다 드러오더니만은 니가 ᄌ셰이 아뢰리다 ᄒᆞ던니 그놈도 잔소리 비상ᄒᆞ다 됴됴왈 만이 나셧다 화병의 노구쇠 물고

〈64-앞〉

요 졍옥니 군안을 니던지고 방셩ᄃᆡ곡 ᄒᆞᄂᆞᆫ 말니 팔연풍진 초픠왕니 강동ᄌ졔 八千人으로 도강어셔ᄒᆞ야다가 픠운니 당ᄒᆞ야 게명손 츄야월의 장ᄌ방의 옥져소리 八千兵 홋터지고 초픠왕은 무면도강ᄒᆞ야 오강의 ᄌ문ᄒᆞ엿단 말을 듯고 우셧던니 하날이 미워ᄒᆞᄉ 八十萬 군ᄉ 젼필승공필츄ᄒᆞ야 소향의 무젹일는니 쳔만으외 동남풍의 불상코 가련ᄒᆞᆫ 우리 군ᄉ 젹벽강 고혼되야구나 죽은 군ᄉ 고혼니ᄂᆞᆫ 고국 갈가 져으 부모 쳐ᄌ 출문망 바리다가 오는 ᄉ람 반가라고 문는 말슴 무어시라 ᄃᆡ답ᄒᆞ리 이러타시 울 졔 됴됴도 함누ᄒᆞ고 위로왈 임으 졔장더라 일시 승픠는 병가상ᄉ라 ᄒᆞ치 말고 어셔 가ᄌ 곤곤니 도라간들 젹벽원슈 못갑플손가 ᄒᆞ창 이리 탄식ᄒᆞ며 향ᄒᆞ더니 젼군니 말을 머물너 가지 아니ᄒᆞ거늘 됴됴 문왈 어이 가지 아니ᄒᆞᄂᆞ요 군

ᄉ 답왈 산

〈64-뒤〉

곡 져근 길의 시벽비 만니 와 구렁의 물이 만니 괴야 말굽니 진흑의 빠져
갈 길니 읍ᄂᆞᆫ다 됴됴 디로ᄒᆞ야 ᄶᅮ지져 왈 군ᄉᆞ라 ᄒᆞᄂᆞᆫ거시 손을 만나면
질을 파고 물을 만나면 다리을 노년게 군ᄉᆞ라 ᄒᆞ거늘 엇지 이만ᄒᆞᆫ 진흑의
못간다 ᄒᆞ리요 늑고 약ᄒᆞᆫ 군ᄉᆞ는 뒤의 ᄶᅡᆯ코 강장ᄒᆞᆫ 군ᄉᆞ는 흑을 파고 나무
를 베혀 질을 만드러 급피 발ᄒᆡᆼᄒᆞ라 영을 어기는 지면 베히리라 군ᄉᆞ 마지
못ᄒᆞ야 흑을 파며 남글 베혀 질을 메힐시 쥬리고 질역ᄒᆞ야 ᄶᅥ구러져 죽는
지 만컨을 됴됴 명ᄒᆞ야 잠간 슈히라 ᄒᆞ니 군ᄉᆞ 일시예 손탐니와 연장을 지
버 던지고 쉬일 시 ᄒᆞᆫ 군ᄉᆞ 울며 왈 니의 신셰을 싱각ᄒᆞ니 엇지 셔릅지 아
니ᄒᆞ리요 十八셰의 승상을 ᄯᅡ러 부모을 이별ᄒᆞ졔 오리라 다른 형졔 업고
뉘라셔 우리 부모을 봉향ᄒᆞ며 三十이 넘도록 쳐ᄌᆞ이

〈65-앞〉

읍스니 오날날 화룡도의셔 죽은니 뉘라셔 후ᄉᆞ을 이을고 속졀읍ᄂᆞᆫ 니의 빅
골 무쥬고혼니 아니잇가 ᄯᅩ ᄒᆞᆫ 군ᄉᆞ 나시며 우러曰 니의 셔름 드러보소 슴
디 독ᄌᆞ로셔 십셰을 다 못 머게 양친을 이별ᄒᆞ고 혈혈단신 이니 몸니 일가
친척 바이 읍다 二十셰의 이혼턴니 혼일니 못당ᄒᆞ야 군즁의 ᄲᅩᆸ펴스니 부모
분묘의 풀인들 뉘라셔 베혀쥴고 이졔와 화룡도 혼니 된덜 니의 신쳬 뉘가
츠지며 후ᄉᆞ이 ᄭᅳᆫ쳐진니 엇지 아니 스를손가 ᄯᅩ ᄒᆞᆫ 군ᄉᆞ 울며 왈 니ᄋᆞ 셔
드러보소 十九셰의 셩혼ᄒᆞ야 셩우을 졔우ᄒᆞ고 그날밤 슴경시의 젹벽강 ᄊᆞ
홈 가ᄌᆞ 상토을 ᄌᆞ바 이럿컨니 니ᄋᆞ 아니 거동보소 나슴을 부어잡고 낙루
ᄒᆞ면 우는 말니 칠야슴경 집푼 밤의 날을 혼ᄌᆞ 두고 어디을 가랴시요 ᄒᆞᆫ번
이별할 졔 혼장니 ᄭᅳᆫ어지긋다 엇지ᄒᆞ니 안될손냐 졀디가인을 ᄒᆞᆫ번 이별 후

〈65-뒤〉

소식니 돈졀ᄒ니 엇지 아니 셔루리요 할 일 읍시 화룡도의 고혼니 되리로
다 ᄯᅩ 혼 군ᄉ 나셔며 우러왈 니의 셔름 드러보소 부모형졔 다른 혈류 젼히
읍고 우리 부모 五十의 나을 나셔 이지즁지 질너니여 十六셰의 셩혼ᄒ니
어여쑨 니의 안니 얼골도 곱건니와 여공지질 졔일이라 十八셰의 싱남ᄒ니
이 아니 경ᄉ널가 부부금실 즁혼 마음 쳔ᄒ의 무쌍이라 빅연희로 ᄒᆞ즈더니
十九셰의 종군ᄒᆞ야 三十이 오늘이라 당상빅발 양친 千里젼장의 보닌 ᄌᆞ식
ᄉ라올가 바리시며 눈물만 흘니면셔 말할 날니 젼니 읍다 이팔쳥춘 졀문
안이 이미 우의 손을 은고 장탄 타루ᄒ는 말니 보고지고 우리낭군 언졔나
올가 숨시츌문 바리는 눈 ᄲᅮ러지게 되것구나 동손의 돗는 날을 다시보이
그도 ᄯᅩ혼 슈심니요 쳥쳔의

〈66-앞〉

ᄯᅳ 기럭기 짝을 불너 울고가니 니도 ᄯᅩ혼 슈심이라 젼젼반칙 잠못 일울 졔
어린 ᄌᆞ식 씨다듬고 슘지며 이른 말이 네으 부친 언졔나 올나는지 오시거
던 졀ᄒᆞ여라 이러타시 집푼 싱각 다시 보지 못ᄒ고 화룡도 흄혼 길의 무쥬
고혼 가련ᄒ다 이고이고 울고나니 ᄯᅩ 혼 군ᄉ 썩 나시며 우는 말이 요보소
셔름 말 그만 ᄒ소 니 셔름이 ᄌᆞ니 셔름만 못혼 비 아니네마는 우션 비곱파
나 죽것다 우리 예쑤고 고은 님 어셔 만나 흔상의 바다 먹든 밥 혼그릇 다
시 먹어볼가 가슴을 두다리며 실피 통곡ᄒ니 모든 군ᄉ 일시의 곡셩이라
됴됴 듯고 디로ᄒ야 ᄭᅮ지져 왈 ᄉᆞ싱니 다 쳔명인듸 엇지하리요 다시 우는
지 잇시면 셰워두고 베히리라 군ᄉ을 호령ᄒᆞ야 질을 베히고 발향할 시 험
혼 디을 졔우 넘어 조곰 편혼 디을 당도ᄒᆞ야 됴됴 마상으셔 치

〈66-뒤〉

을 드러 크게 우시니 계장왈 승상니 우시면 오날로 보건더 도도쳐의 군마
을 죽여쓰오니 엇지 쏘 운는잇가 됴됴왈 계갈양니 쇠 읍는즈로다 날노 ㅎ
여금 터럴 박구워써면 여그다가 복병할지라 만일 이곳세 일지군만 복병ㅎ
엿스면 너으 등니 스라갈손냐 말니 맛지 못ㅎ야 일셩방포 들니거늘 졍옥니
엿즈오디 복병인가 보오 됴됴왈 화룡순즁 노루 씽 잡는 픠슈 총소리로다
쏘 훈번 응포ㅎ니 됴됴왈 이럿케 큰 순즁의 포슈 ㅎ나 뿐일손냐 쏘 북소리
요란ㅎ니 이거슨 완구훈 복병이요 됴됴왈 이런 명슨의 디쳘이 읍쓸손냐 지
지니는 북소리로다 북소리 연속 나며 고각홈셩 취티호통 지셩이 벽역갓고
좌우로 쳐드러오니 금극니 젼후 나열ㅎ야 ㅎ날의 다헛스니 졍신니 캉캄ㅎ
고

〈67-앞〉

어간니 먹먹ㅎ야 익고 이게 웬일인고 녹도무쳐요 욕쥬무쳐로다 이일을 어
니ㅎ리 승픠는 지덕이요 부지강약이라 영스연졍 쓰와 보즈 엇더훈 장슈 왓
나보와라 졍옥 왈 낫빗치 검고 눈니 누리고 슈염니 다박ㅎ니 분명 장빈가
ㅎ노이다 됴됴曰 이졔는 할 슈 읍다 장판교 일셩호통의 거이 죽다 게우 스
라더니 이졔는 살 슈 읍다 염십기게나 츠리라 ㅎ고 다시 살펴보라 ㅎ니 황
신긔 밧탕의 황금디즈로 써쓰되 훈슈졍후 관운장니라 늠늠훈 기상니 쥬안
홍목의 숨각슈 거스리고 황금갑쥬의 격토마을 타고 쳥용을 빗게 들고 밍호
갓치 오는 기상 비룡갓치 빠른지라 졍옥니 엿즈오디 이 군스 가지고 운장
과 쓰호다가는 쥬린 범으게 고기를 줍니라 경각의 몰스할 터인니 간졀니
비러나 보소셔 됴됴曰 너 일홈니 슴국

〈67-뒤〉

의 유명ᄒ니 셜혹 비러 산디도 뭇ᄉ람으 치소을 엇지ᄒ랴 참아 못빌것다 그리 말고 ᄒ 쾨 잇다 나을 구렁의 눕피고 ᄒᆫ 장막을 치고 너의는 발상ᄒ고 셜이 우되 가련타 됴승상은 하날리 쥬신 츙셩으로 쳔ᄌ 의 바다 통일쳔ᄒ ᄒ랴ᄒ고 말니 젼장 나왓다가 즁노긱ᄉ ᄒ여스니 명닌니 무심ᄒ야 공명도 못일우고 노즁고혼 영결죵쳔 ᄒ엿구나 ᄒ고 울면 승장이나 집고 갈터이니 그 쾨 엇더ᄒ냐 졍옥曰 엿튼 쾨을 씨지마오 산 됴됴의 목도 베힐나고 멋멋 치 눈이 불거는듸 죽은 됴됴 목 베혀가기 걱정되리요 쳥용도 드는 칼노 목 만 베혀 가면 목의 움니나며 싹니 날가 비러도 못보고 목만 일을 거스니 두 말 말고 비러나 보소셔 운장은 본디 의긔가 즁ᄒ고 또 아러 ᄉ람을 두호ᄒ 는니요 굴ᄒ는 ᄉ람은 참아 죽이지 못ᄒ는지라

〈68-앞〉

혹 드를덧 ᄒ니 어서 밧비 비르시요 됴됴 시셜만 ᄒ고 죵시 비지 아니ᄒ니 졍옥니 간쳥曰 월왕 구쳔니도 회게의 젼픽ᄒ야 범여의 말을 듯고 쳥우신의 쳡니 되야 당ᄒ 욕을 면ᄒ 후의 본국의 도라와셔 원슈을 갑파잇고 틱죠 고 황졔는 흉노의 픽을 입어 빅등칠일 ᄊ엿다가 진평의 쾨을 써셔 화친ᄒ고 도라와 ᄉ빅연 ᄉ즉을 직혀스니 승상도 오늘 운장의게 비러 환을 면ᄒ 후 의 젹벽강 원슈 갑파쓰면 못할비 아니로소이다 됴됴曰 살면 다힝이나 만일 죽으면 엇지ᄒ야 올탄 말가 그디 말니 그러ᄒ니 ᄉ싱간의 비러보ᄌ 마상의 나려 운장을 바라보며 몸을 굽펴 ᄒ는 말이 긔쥬지ᄉ는 불비라 ᄒ니 운장 은 이별니 오리라 긔간 무량ᄒ온잇가 운장도 마상의셔 몸을 굽펴 답예曰 승상도 평안ᄒ온잇가 션셩의 영을 바다 이 고디 복병

〈68-뒤〉

ᄒ고 지달인졔 오러더니 승상의 명이 진ᄒ야는지라 잔말 말고 너의 날닌 칼을 바드라 됴됴 이연이 비러 曰 불상ᄒ 픠군장졸 갈 길이 읍ᄉ오니 장군의 활단ᄒ 마음으로 고졍을 싱각ᄒ와 길을 빌여 쥬옵소셔 잔명을 보존ᄒ거ᄉ오니 집피 싱각ᄒ소셔 운장曰 니 젼일 승상의 은혀을 바다ᄊ오나 원소의 명장 니 명을 잡아 죽어 승상의 은혜을 갑파는지라 됴됴 曰 장군 말슴 당연ᄒ오나 오관의 춤뉵장할 쩨 니 마음 디의을 아르시거니와 집피 싱각ᄒ소셔 뉴관장니 도원결으ᄒ고 황건젹의 픠을 보고 거쳐을 모를 쩨 장군을 모셔 다가 별궁의 모셔두고 조셕으로 문안할 젹의 쳔하졀식 초션이을 죽여ᄊ되 무어시라 ᄒ야시며 상마의 은 일쳔량 하마

〈69-앞〉

의 은 일쳔양 벌보화을 익기잔코 드려쩌니 나가실 쩨의 니 나라의 오관장슈 진명과초션이를 ᄒ 칼의 죽여ᄊ되 니 반졈 원심읍ᄉ오니 집피 싱각ᄒ옵소셔 운장曰 니 그 쩨 불힝ᄒ야 네 나라의 갓슬 쩨 원소의 장슈 안량 문취 죽이려 갈 졔 슐은 권ᄒ거늘 니 엇지 공읍는 슐을 먹으랴 ᄒ고 일고셩 ᄒ 칼노 안량 문취을 베혀 들고 도라올 졔 부은 슐니 식지 아니ᄒ여ᄊ며 초션이는 요물이라 만일 살여 두면 위국 망할 쥴을 어이 알리 금은 보화는 별궁의 던져 두고 쳔리힝장 일낭 즁의 일푼젼 아니 너코 나와스니 잔말 말고 칼 바드라 일셩방포의 됴됴 경신니 아득ᄒ야 죽는다시 업쩨거늘 운장니 그 졍상을 보고 치근 가련ᄒ야 니렴의 싱각ᄒ되 니 됴됴의게 잇슬 쩨 숨일 소연 오일 디연ᄒ여 금은을 익기

〈69-뒤〉

지 아니ᄒ고 우리 형슈 감부인 미부인을 평안이 모셔ᄊ며 쳔리 젹토마를

쥬워쓰니 허다흔 은혀을 싱각흐미 추마 인졍간의 죽일 슈 업셔 쥬져흐던 추의 됴됴 다시 이결흐되 장군 투고도 소장의 투고요 입으슨 갑옵과 쥐신 칼과 타신 말도 다 소장의 들린비라 니 칼의 니가 죽기 원통흐오니 장군은 집피 싱각흐와 잔명을 살여쥬소셔 흐고 쏘 됴됴의 졔장군졸리 쳐분만 지다 리더니 쥬창니 보다가 춤지 못흐야 말씀비을 너던지고 닙더스며 디질왈 장 군 안식을 보오니 인후흔신 마음으로 싱각이 간졀흐와 쳣칼의 베힐 놈을 이계까지 살여둔니 엇지흔 마음인지 옛날 초피왕의 일을 싱각지 못흐신닛 가 됴됴는 쳐셰지능신이요 논셰지간웅니라 이계 노와 보닉고 현쥬와 션싱 젼의 무슴 말노 흐오릿가 소장니 주바 가오리다 흐고 쳘퇴갓튼

쥬먹을 쥐고 달여드러 멕쏘리을 잡고 가로디 됴됴냐 네으 명이 니 장중의 달엿다 흐면셔 쥬먹니 졈졈 싹가오며 쥬기려 흐니 명지경각니라 운장니 보 다가 불상이 역여 마흐의 쑤여나려 쥬창의 손을 잡고 말유흐여 마라마라 노와라 노와라 흐니 쥬창니 손을 노코 물너눈니 됴됴의 기싱이 반상반수 흐거늘 이쩌의 졍옥니 디셩통곡 흐드라 운장니 참아 죽이지 못흐고 말머리 을 돌여 도라스니 졍옥니 됴됴을 업고 계우 쥬졈의 가셔 치약구병흐더라 각셜 운장니 본진의 도라와 염예 주지흐더니 주룡 익덕은 큰 공을 밧치고 운장은 공니 읍셔 흔 모통니의 기운 읍시 셧거늘 공명왈 장군니 됴됴을 잡 아 디공을 이루원는디 히식이 읍시며 좌우을 보와 쑤지져 왈 관장군니 디 공을 이루고 오시거늘 무심히 스례가 읍눈요 운장왈 됴됴을 잡지 못

힛습기로 디죄츠로 잇든니다 션싱의 쳐분디로 흐옵소셔 공명왈 됴됴가 화 룡도로 안니가든잇가 운장왈 됴됴을 보와도 지조읍셔 잡지 못힛습니다 공 명니 디로왈 장군니 다짐 두고 가셔 됴됴을 노와 보니스니 군법으로 시향

ᄒ여도 셜위 마라 ᄒ고 무ᄉ를 호령하야 운장을 베히라 ᄒ니 무ᄉ 영을 듯고 운장을 압셰우고 원문박게 나오니 잇ᄯᅵ 현덕니 니말을 듯고 쳔방지방 쏘츠나와 운장으 허리을 잡고 션셩젼의 비러 왈 우리 슘인니 결으할 ᄯᅵ 스셩은 함기 ᄒ기로 언약ᄒ여스오니 션셩은 용셔ᄒ엿다가 일후의 공으로 속죄ᄒ소셔 ᄒ니 공명니 마지 못ᄒ야 논죄ᄒ고 물니친니 운장은 이러홈으로 의셕됴됴ᄒ야 명젼쳔츄ᄒ신니라 각셜 쥬유 젹벽군ᄉ을 거두워 도라와셔 각각 졔장의 공뇌을 손권으게 보ᄒ

고 어든 거셜 졔장의게 분급ᄒ고 군ᄉ을 진발ᄒ여 늠군을 취코ᄌ 할 시 쥬유 거즁ᄒ여 강변의 유진ᄒ여더니 문득 군ᄉ 보ᄒ되 유현덕으 스ᄌ 손긱니 와셔 도독의게 스례코ᄌ 혼다 ᄒ거늘 쥬유 쳥ᄒ여 예을 맛친 후의 손긱니 왈 쥬공니 특별이 날을 보니여 박혼 걸노 치ᄒᄒ더니다 쥬유 문왈 황슉니 어디잇ᄂᆞᆫ요 손긱니 왈 유강의 게시ᄂᆞᆫ다 쥬유 놀니여 왈 공명도 유강의 잇ᄂᆞᆫ냐 손긱왈 공명니 쥬공으로 더부러 유강의 잇ᄂᆞᆫ다 쥬유 왈 그디 몬져 도라가라 니 ᄯᅩᄒ 가셔 회ᄉᄒ리라 손긱니 도라가니 노슉니 쥬유다려 문왈 악가 도독니 엇지 놀니시ᄂᆞᆫ잇가 쥬유왈 유비 강의 둔병ᄒ여스니 반다시 늠군을 취코져 ᄒ미라 우리 등니 허다혼 젼량만 허비홀 ᄲᅮᆫ 아니라 지금 늠군 취ᄒ기ᄂᆞᆫ 여반장인듸 유현덕니 유강구의 둔병ᄒ고 손긱을 보니여 우리 등의 마음을 탐

지ᄒ미라 엇지 놀니지 아니ᄒ리요 노슉왈 그러ᄒ면 도독은 엇지 ᄒ려ᄒ신잇가 니 친니 가셔 져으로 더부러 말할 ᄯᅵ의 니 몬져 남군을 취ᄒ리라 ᄒ면 져으ᄂᆞᆫ 어즁취ᄉ 할 마음인니 엇지 니 말을 어기리요 노슉왈 그러할진디 나도 함기 가리다 어시에 쥬유 노슉으로 더부러 슘쳔군을 거나리고 유강으

로 나려가니라 초셜 손긱니 도라와 현덕으게 고왈 쥬유 쏘흔 친니 와셔 회
스흔다 흐던니다 현덕니 공명다려 문왈 쥬유 오는 쓰시 엇더흔 일이요 공
명니 디왈 회스하러 옴이 아니라 늄군을 위흐여 오는니다 현덕왈 졔 만일
군스을 거나리고 오면 엇지 디답흐리요 공명왈 디답은 여추여추 흐소셔 문
득 보흐되 쥬유 노슉으로 더부러 군스을 거나리고 온다 흐거늘 공명니 즈
룡으로 흐야금 영졉흐니 쥬유 드러오며 현덕의 군셰 웅장하믈 보고 심히
불안흐더라

〈72-앞〉

향흐여 영문의 이른니 현덕 공명니 마즈드러가 예필 좌졍 후의 현덕니 잔
치을 비셜흐야 관디할시 슐이 두워 순비 지닌 후의 쥬유 문왈 황슉니 니 고
디 둔병흐니 늄군을 취코즈 흐는잇가 현덕왈 드르니 도독니 늄군을 취흔다
흐기로 도웁고져 왓는니 만일 도독니 취치 아니흐면 니 취코즈 흐노라 쥬
유 소왈 우리 강동니 흔강을 취코즈 흔졔 오런지라 이졔 늄군니 장즁의 잇
스니 엇지 취치 아니흐리요 현덕왈 승부는 미리 졍치 못흐는니 됴됴도 갈
쎠예 됴인으로 늄군을 막게스니 다시 기특흔 쾨 잇슬거시요 쏘 겸흐여 됴
인 용밍은 당흐기 어려운디 져어흐건디 장군니 취치 못할가 흐는니다 쥬유
왈 니 만일 취치 못흐거든 황슉니 취흐소셔 현덕왈 즈경과 공명니 증춤흐
엿스니 도독은 후회 말나 노슉니 쥬져흐고 디답지 아니흐니 쥬유왈 디장부
임우 한

〈72-뒤〉

말을 니고 엇지 후회흐리요 공명니 왈 도독의 말니 심히 공편흐도다 몬져
동오의 스양흐여 만일 취치 못흐거든 쥬공니 취흐소 쥬유 현덕을 이별흐고
가거늘 현덕니 공명다려 문왈 악가 션싱의 가라치는 말슴으로 디답흐여쓰
나 아지 못게라 션싱으 소견으는 엇지흐야 그리흐라 흐신잇가 니 외로옴이

용신할 곳시 읍기로 아직 눕군을 어더 몸니 용납고져 ᄒᆞ여던니 니제 몬져
동오의 허락ᄒᆞ니 동오의셔 몬져 어드면 우리 어디을 어더 유ᄒᆞ리요 공명니
디소왈 당초의 너 쥬공을 권ᄒᆞ야 형쥬을 취ᄒᆞ라 ᄒᆞ여도 쥬공니 듯지 아니
ᄒᆞ시더니 금일의 싱각ᄒᆞ신는잇가 현덕왈 전일의는 유경승의 ᄯᅡᆼ이기로 ᄎᆞ마
취치 못ᄒᆞ여쓰나 이제는 됴됴의 ᄯᅡᆼ이라 엇지 취지 못ᄒᆞ리요 공명왈 쥬공은
근심 말나 조만간의 너 쥬공을 가룻쳐

〈73-앞〉

눕군셩중의 놉피 좌졍ᄒᆞ게 ᄒᆞ리라 현덕왈 엇지 그러ᄒᆞ릿가 공명왈 여ᄎᆞ여
ᄎᆞ 할 일니다 현덕니 디히ᄒᆞ야 뉴강의 둔병ᄒᆞ고 움지기지 아니ᄒᆞ더라 각셜
쥬유 노슉니 본진으 도라와 장디의 좌졍 후의 노슉니 쥬유다려 문왈 엇지
눕군을 형덕으게 허락ᄒᆞ여는잇가 쥬유왈 너 이제 눕군을 웃기는 장중의 잇
는니 현덕으게 허락ᄒᆞ기는 거짓 허락ᄒᆞᆫ 말이로다 ᄒᆞ고 듸듸여 장ᄒᆞ 졔장으
게 문왈 뉘 능히 션봉니 되여 눕군을 취할고 ᄒᆞ니 좌중 일닌이 응셩ᄒᆞ거늘
모다 보니 이는 장흠이라 쥬유 디히ᄒᆞ야 장흠으로 션봉을 숨고 셔셩으로
부장을 숨아 군ᄉᆞ 五千을 거나리고 가 눕군을 쳐 큰 공을 일우라 너 디군을
거나리고 졉응ᄒᆞ리라 ᄎᆞ셜 됴인이 눕군의 잇셔 됴홍으로 이릉을 직키여 의
각지셰을 숨아 잇드니 문득 군ᄉᆞ 보ᄒᆞ되 오병니 장강

〈73-뒤〉

의 덥펴온다 ᄒᆞ거늘 됴인이 왈 셩을 구지 직키고 ᄊᆞ오지 아니함이 상칙이
라 ᄒᆞ니 우금니 분연왈 젹병니 니르러는디 ᄊᆞ오지 아니홈은 이는 겁함이라
하물며 우리 등니 시로 픠ᄒᆞ야쓰나 오병을 엄살ᄒᆞ야 져의 으기을 꺼글지라
원컨디 五千정병을 빌니시면 너 죽기로 결단ᄒᆞ고 ᄒᆞᆫ번 ᄊᆞ오리다 됴인이 그
말을 좃ᄎᆞ 우금으로 ᄒᆞ여금 졍병 五千을 쥬어 나가 ᄊᆞ오라 ᄒᆞ니 우금니 응
셩출마ᄒᆞ야 졍봉을 마ᄌᆞ ᄊᆞ와 ᄉᆞ오합의 이르러 졍봉니 거짓 픠ᄒᆞ야 다라는

니 우금니 군스을 모라 급피 좃촛 오진 중의 다달은니 좌우 복병니 니러나
우금을 에워쓰코 시셕이 비오덧 ᄒ거날 우금니 좌우로 츙돌ᄒ야도 버셔나
지 못ᄒ는지라 잇써 됴인이 셩상의셔 브라보니 우금니 픠ᄒ야 젹진의 씨이
여거늘 급피 말을 달여 젹진의 드러가 좌츙우돌ᄒ여 우금

〈74-앞〉

을 구ᄒ여니고 보니 ᄯᅩ 슈십 장ᄉ 씨여거늘 다시 젹진을 헛쳐 장졸을 구ᄒ
야 나오더니 장흠을 만나 크게 ᄊᆞ올시 됴인 우금니 병역ᄒ여 ᄊᆞ우고 ᄯᅩ 됴
인으 아우 됴슌니 엄살ᄒ니 오병이 디픠ᄒ여 도라와 됴인으게 픠ᄒ 스연을
쥬유게 고ᄒᆫ디 쥬유 디로ᄒ야 장흠을 잡아 너여 베히라 ᄒ니 즁장니 고간
ᄒ여 면ᄒ엿지라 쥬유 군스을 총독ᄒ야 됴인을 치고져 ᄒ거늘 감영왈 됴
인 됴홍니 의각지셰 슘아 됴홍니 니릉을 직키오니 소장니 슙쳔군을 거나려
됴홍을 치면 됴인이 반다시 구할 거스니 그 틈을 타 도독은 늠군을 취ᄒ소
셔 쥬유 그 말을 좃촛 감영으로 이릉을 친니 과연 체탐니 됴인쎄 보ᄒ니 됴
인니 진괴을 쳥ᄒ여 상으ᄒ니 진괴 왈 이릉을 만일 이르면 늠군니 위ᄐᆡ홀
이니 ᄲᆞᆯ니 구ᄒ소셔 됴인니 됴슌을 명ᄒ야 됴홍을 구ᄒ라 ᄒ니 됴슌니 몬
져 스람을 보니여 약속ᄒ되 됴홍니 몬져 셩박게 나

〈74-뒤〉

와 됴젹으로 ᄊᆞ와 유인ᄒ면 우리 등니 좌우로 엄살ᄒ리라 ᄒ여거늘 군스을
거나리고 셩박게 나 감영을 마져 ᄊᆞ와 이십여합의 이르러 됴홍니 거짓 픠
ᄒ야 닷거늘 감영니 니릉 셩중의 드러가 빅셩을 진무ᄒ더니 황혼의 이르러
됴슌 우금니 좌우로 이릉을 에우고 치거늘 감영니 급피 쥬유게 고ᄒ니 쥬
유 듯고 디경ᄒ는지라 졍보왈 급피 구완병을 발ᄒ소셔 이 ᄯᅡᆼ은 진요지쳐라
우리 군스을 나누워ᄿᅡ가 만일 됴인이 틈을 타 음십ᄒ면 엇지ᄒ리요 졍보
왈 감영은 강동명장이라 엇지 아니 구ᄒ리요 쥬유 왈 너 진니 구완코즈 ᄒ

논니 뉘 능히 닉 소임을 맛다 이 고슬 직키리요 여몽니 왈 능통의게 믹기소
셔 능통왈 십일안은 소장니 당ᄒ련니와 만일 이 지나면 당치 못ᄒ리다 쥬
유 허락ᄒ고 쥬유 직일의 발힝ᄒ니 졍보 왈 이릉은 놈벽소로라 놈군으로
가는 큰질리 잇ᄉ오니 군ᄉ을 즁노의 보니여 나무을 비혀

〈75-앞〉

길을 막으시면 젹병니 픠ᄒ여 놈군으로 가다 길이 믹키오면 반다시 마필을
다 바리고 다라나리니 군ᄉ로 ᄒ여금 마필을 취ᄒ소셔 쥬유 그 말을 올히
역여 군ᄉ을 보니여 길을 막으라 ᄒ고 군ᄉ을 지촉ᄒ야 이릉 셩ᄒ의 이르
러 뉴진ᄒ고 졔장을 도라보와 왈 뉘 능히 젹진 즁의 드러가 감영을 구ᄒ리
요 쥬티 응셩ᄒ거늘 쥬유 딕히ᄒ야 즉시 군ᄉ 오빅을 쥰니 쥬티 칼을 들고
젹진을 힝ᄒ니 잇써 감영니 셩상의셔 쥬티군ᄉ 모라오믈 보고 군즁의 지위
ᄒ여 일졔이 츙살ᄒ니 됴홍 됴슌 등이 일면으로 됴인으게 보ᄒ고 일변의로
영젹ᄒ더니 감영 쥬티 좌우로 엄살ᄒ니 됴병니 젼듸지 못ᄒ야 이릉을 바리
고 놈군을 힝ᄒ야 닷더니 즁노의 길리 믹케 말이 능히 가지 못ᄒ니 말을 다
바리고 닷는지라 오군 즁의 허다ᄒ 마필기게을 어더 도라오는지라 이날밤
의 쥬유 딕병을 모라 놈군셩ᄒ의 당ᄒ니

〈75-뒤〉

됴인니 크게 근심ᄒ야 즁장을 모와 방젹할 뫼칙을 의논할시 됴홍왈 목ᄒ의
이릉을 일코 쏘 놈군니 위티ᄒ오니 승상니 가라치던 비결을 쓰소셔 됴인니
문득 ᄯᅵ치고 군ᄉ을 오경의 밥 먹이고 셩상의 거짓 졍긔을 ᄭᅩ즈 허장셩셰
ᄒ고 평명의 딕소슴군을 셰 길노 나누워 다려나는지라 쥬유 진즁의셔 탐문
ᄒ니 됴병니 다 도망ᄒ엿는지라 쥬유 장딕의 놉피 올나 보니 셩상의 졍긔
나열ᄒ엿고 셩즁의 군ᄉ ᄒ나도 읍는지라 쥬유 싱각ᄒ되 됴인니 당치 못할
줄 알고 도망핫도다 ᄒ고 장딕의 나려와 분부왈 셔셩 졍봉은 좌우익니 되

야 셩즁의 드러가 엄살ᄒ되 셩즁의 군ᄉ 잇거든 후군을 도라보지 말고 일
졔이 엄살ᄒ되 만일 명금소리 잇거던 즉시 퇴군ᄒ라 ᄒ고 정보로 션봉삼고
쥬유 친니 디군을 모라 드러가던니 셩즁의셔 일셩방포의 됴홍니 나셔 디젹
ᄒ야 두합의 피ᄒ야

⟨76-앞⟩

다라나고 됴인니 ᄯ 나셔 영격할시 십여합의 피ᄒ여 닷거늘 쥬유 좌우을
호령ᄒ여 엄살ᄒ니 됴군니 당치 못ᄒ여 도망ᄒ거늘 한당 쥬티는 됴군을 좃
ᄎ 가고 쥬유는 군을 모라 셩즁으로 드러가던니 문득 흔편의셔 일셩 방포
의 만뢰 져발ᄒ야 시셕이 비오덧 ᄒ는지라 다토와 드러가던 군ᄉ 굴렁의
ᄲᅡ지며 셔로 발펴 죽는 지 티반이라 쥬유 디경ᄒ야 급피 말을 두루려 ᄒ더
니 졍히 흔 살을 마즈 번신낙마 ᄒ니 우금니 급피 달여드러 쥬유을 버히고
져 ᄒ더니 셔셩 졍봉니 쥬유을 구ᄒ야 도라가니 됴병니 무슈히 셩으로 나
와 엄살ᄒ미 오병니 디픠ᄒ야 셔로 발펴죽는 지 티반이라 셔셩 졍봉니 쥬
유을 구ᄒ고 픠진군졸을 거두워 본진의 도라와 힝군의원을 불너 쥬유 병을
치료할시 살 ᄲᅦ고 보고 살촉의 독약을 발나 금창이 즁상ᄒ여는지라 쥬유

⟨76-뒤⟩

음식을 젼펴ᄒ니 의원왈 독약이 살의 밋쳐슨니 졸연이 낫지 못할지라 만일
노기 격동ᄒ면 금창이 복발할 거스니 빅일을 조리ᄒ여야 합창ᄒ리다 정보
군즁의 젼령ᄒ되 진문을 구지 직키고 나 쏘오지 말나 ᄒ니라 ᄎᅠ셜 우금니
미일 진젼의 횡향ᄒ야 군욕ᄒ며 쏨을 지쵹ᄒ되 정보 쥬유 들을가 져어ᄒ
여 감이 군ᄉ을 경동치 못ᄒ는지라 일일은 우금니 진문 박기셔 외되 말마
독쥬유을 지바가것노라 ᄒ니 졍봉니 즁장으로 더부러 으논왈 우리 잠간 퇴
병ᄒ엿다가 도독의 병셰 평복 후의 다시 도모함이 가ᄒ다 ᄒ더니 잇ᄯᅵ 쥬
유 병셕의 잇스나 마음의 쥬장이 잇고 ᄯᅩ 됴병니 날노 와 욕함을 알되 졔장

니 드러와 품치 아니흠을 고이 알더니 됴인이 친니 디병을 거나리고 진전
의 와 뇌고함셩ᄒ며 쌋홈을 도도거늘 졍보 군즁의 젼령ᄒ야 구지

직키더니 쥬유 졔장을 불너 장ᄒ의 셰우고 문왈 어더셔 고됴납함셩니 ᄂᆞᆫ
요 즁장니 답왈 군즁 조련ᄒᄂᆞᆫ니다 쥬유 노왈 엇지 날을 소기는요 니 임으
됴병니 날노 와 군욕함을 아ᄂᆞ니 졍덕모는 나와 ᄒᆞᆫ가지 병권을 맛다스니
엇지 안스보ᄂᆞᆫ요 ᄒᆞ고 인ᄒᆞ야 졍보을 쳥ᄒᆞ여 왈 장군은 엇지 츌젼치 아니
ᄒᆞᄂᆞᆫ요 졍보왈 도독의 금창이 낫지 못ᄒᆞ여ᄂᆞᆫ디 의원이 가라지기을 븨일을
조셥ᄒᆞ되 노기 츙격ᄒᆞ면 금창니 복발ᄒᆞ리라 ᄒᆞ기로 감히 품치 못ᄒᆞ엿노라
쥬유 왈 그러ᄒᆞ면 엇지 ᄒᆞ려ᄒᆞᄂᆞᆫ요 디왈 우리 능의 쥬의는 잠간 퇴병ᄒᆞ야
도독의 병니 평복함을 지달여 다시 도모함이 가ᄒᆞ니다 쥬유 듯고 디로ᄒᆞ야
상으 쭤여 이러안지며 왈 디장부 임군으 명을 바다 츌ᄉᆞᄒᆞ여다가 젼장의셔
죽어 마피의 쌔이여미 당연ᄒᆞ거늘 엇지 날노 ᄒᆞ야금 국가 디ᄉᆞ을 펴ᄒᆞ리요
말을 맛치며 갑옷슬 잇고 말게 오르니 졔

장니 다 놀니ᄂᆞᆫ지라 쥬유 슈빅기을 거나리고 진문박기 나스니 됴인니 디병
을 거나리고 문기 아리셔 치을 드러 꾸지져 왈 쥬유 네 어린아히 감히 엇지
어룬을 당젹ᄒᆞ리요 ᄒᆞ거늘 쥬유 진문박기 나셔며 됴인을 불너 왈 네 쥬랑
을 아ᄂᆞᆫ다 됴인니 군ᄉᆞ로 ᄒᆞ여금 무수히 욕ᄒᆞ거늘 쥬유 디로ᄒᆞ야 반장을
불너 쌋오라 ᄒᆞ고 크게 ᄒᆞᆫ소리을 지르고 입으로 피를 토ᄒᆞ고 말게 쩌러진
니 즁장니 급피 구ᄒᆞ여 도라오니 졍보 문왈 도독의 긔쳬 엇더ᄒᆞ잇가 쥬유
가만이 일너 왈 이는 니의 꾀라 됴인니 니 병이 위티이 알게 함이니 심복ᄒᆞᆫ
군ᄉᆞ을 젹진의 보니여 거짓 항복ᄒᆞ고 말ᄒᆞ되 니 임으 죽어다 ᄒᆞ면 됴인니
반다시 오날밤의 올지라 스면의 믹복ᄒᆞ여다가 됴인니 오거든 일시의 엄살

ᄒ면 됴인을 싱금ᄒ리라 졍보왈 그 ᄭᅬ 가장 묘ᄒ도다 ᄒ고 장즁의 나와 도독니 죽엇다 ᄒ고 발상ᄒ며 장졸이 다 쾌효

⟨78-앞⟩

ᄒ더라 각셜 됴인니 즁장을 뫼와 으논왈 쥬유 노기 튱발ᄒ야 금창니 ᄯᅳ여지고 토혈낙마 ᄒ여스니 반다시 죽으리라 ᄒ더니 군ᄉ 보ᄒ되 졍병 슈십명니 와 항복ᄒ는 즁의 근본 우리 군ᄉ 이명니 왔ᄂᆞ니다 됴인니 급피 불너 무르니 군ᄉ 등니 답왈 쥬유 금창니 ᄯᅳ여져 죽ᄉ오미 군즁의 발상ᄒ고 졍보 무죄ᄒᆫ 군ᄉ을 치죄ᄒ기로 우리 등이 와셔 항복ᄒᄂᆞ니다 됴인니 듯고 디히ᄒ야 즁장을 뫼와 상으 왈 금야의 격진을 겁칙ᄒ고 쥬유 죽어믈 아셔 그 머리을 볘혀 허도으 보니리라 ᄒ니 진교왈 ᄎᆞᄉᆞ을 급피 힝ᄒ소셔 됴인니 우금으로 션봉을 삼고 됴인니 즁군이 되여 됴홍 됴슌으로 후군이 되고 진교로 본셩을 직키고 초경의 츌셩ᄒ여 쥬유 디진의 당ᄒ니 진문의 ᄒᆫ사람도 읍거늘 ᄭᅬ ᄃᆞᆫ 쥴 알고 급피 퇴병ᄒ더니 ᄉᆞ방으로 방포소리 나며 동편의는 한당 장흠이 엄살ᄒ고 셔의는 번장 쥬티 엄살ᄒ고

⟨78-뒤⟩

늠의는 셔셩 졍봉니 엄살ᄒ고 북의는 진무 여몽니 엄살ᄒ니 됴병니 디피ᄒ여 셔로 발펴 죽는 지 티반이요 슈미을 셔로 구치 못ᄒ여 다 도망ᄒ는지라 됴인 됴홍니 피ᄒᆫ 군ᄉ을 거나리고 남군으로 닷더니 능통니 질을 막고 엄살ᄒ니 됴인니 간신니 버셔나 닷더니 ᄯᅩ 감영을 만나 됴인니 남군으로 닷지 못ᄒ고 양양디로로 다러나는지라 각셜 쥬유 군ᄉ을 슈십ᄒ여 남군 셩ᄒ의 이르니 셩우의 기을 ᄭᅩ즈거늘 쥬유 디경ᄒ여 바라보니 ᄒᆫ 장슈 크게 웨여 왈 도독은 허물치 말나 나는 군ᄉ의 장영을 바다 남군을 어더노라 ᄒ거늘 보니 상산 조ᄌᆞ룡이라 쥬유 디로ᄒ여 남군을 치라ᄒ니 셩상의셔 시셕이 비오덧 ᄒ거늘 쥬유 회군ᄒ고 감영으로 ᄒ여금 형쥬을 치라ᄒ고 능통으로

ㅎ여금 양양을 치라 형쥬 양양을 어든 후의 남군을 도모ㅎ리라 문득 바라 보되 졔갈양니 늠군을 어든 후의 그짓 형쥬 구완병이라

〈79-앞〉

일으고 장비로 ㅎ여금 형쥬을 취ㅎ여ㄴ니다 쏘 보ㅎ되 ㅎ후돈이 양양을 직 키던니 졔갈양이 그짓 됴인으 병부을 보니여 됴인을 구ㅎ라 ㅎ니 후돈니 츌경ㅎ 시이여 운장으로 ㅎ여 양양을 취ㅎ여 두고 셩지을 다 뉴현덕으게 아시엿다 ㅎ거늘 쥬유왈 졔갈양니 엇지 병부을 어더 ㅎ후돈을 유인ㅎ엿던 고 졍보왈 남군 직킨 교병부을 아ㅅ다 ㅎ니 쥬유 디경ㅎ야 크게 ㅎ 소리을 지른니 금창니 쓰여지고 입으로 피를 토ㅎ는지라 즁장니 구ㅎ여 안친니 쥬 유왈 니 말일 졔갈양을 죽이지 못ㅎ면 심즁의 원을 풀지 못할터니 졍덕모 는 날을 도으라 니 늠군을 취ㅎ리라 ㅎ고 으논ㅎ더니 문득 노슉이 오거늘 쥬유 노슉을 보고 즈경은 날을 도으라 니 졔갈양으로 더부려 즈웅을 결단 ㅎ리라 노슉왈 불가ㅎ다 방금 됴됴로 더부러 오히려 승부을 결단

〈79-뒤〉

치 못ㅎ고 쏘 쥬공니 합비을 치되 승부을 결단치 못ㅎ엿스니 만일 유비을 치다가는 됴됴 그 틈을 타 동오을 치면 그 셰 가장 위틱ㅎ고 쏘 유현덕니 됴됴와 고의가 잇ㄴ니 우리 이졔 겨을 핍박ㅎ면 졍지을 됴됴으게 드리고 동심ㅎ여 우리을 치면 강동을 엇지 보존ㅎ리요 우리 등니 신고ㅎ여 젼곡 마필을 허비ㅎ고 숨쳐 셩지을 다른 ㅅ람을 듀니 엇지 분치 아니ㅎ리요 노 슉왈 도독은 관심ㅎ소셔 니 현덕을 보고 이 ㅎ로 말ㅎ여 말일 듯지 아니ㅎ 거던 기병홈이 늣지 아니ㅎ니다 졔장니 다 가로디 즈경으 말이 심히 올ㅅ 오니 도독은 노을 춤으소셔 잇쩨 노슉니 동즈 슈닌을 다리고 남군셩ㅎ의 이르러 셩문을 열나ㅎ니 즈룡이 나와 뭇거늘 디왈 현덕공을 보고 으논할 일리 잇노라 즈룡왈 우리 쥬공니 졔갈군ㅅ로 더부러 형쥬의 게신니라 ㅎ거

늘 노슉니 눔군을 써나 형

〈80-앞〉

쥬의 이르러 보니 성상의 기치 선명ᄒ고 군중니 엄슉ᄒ거날 노슉니 탄식왈
공명은 참신닌이로다 군슈 보ᄒ되 노즈경니 와셔 뵈이기을 쳥ᄒᄂ니다 공
명니 크게 셩문을 열고 나셔 영졉ᄒ여 ᄒᆞᆫ가지 아중의 드러가 빈쥬지례을
맛친 후의 노슉왈 오휴 쥬도독으로 더부러 날을 보니여 황슉게 말슴을 고
ᄒ라 ᄒ기로 왔ᄂ니 젼일의 됴됴 빅만더병을 거나리고 강동을 취코즈 ᄒ다
ᄒ되 실상은 황슉을 도모ᄒᆞᆷ이라 동오의셔 됴됴을 물니치고 황슉을 구ᄒ엿
스니 형쥬 구군은 동오의 도라보니미 으리에 당연ᄒ거날 이졔 황슉니 졔슐
노 형쥬 눔군 양양을 아셔스니 동오의셔는 젼량군마만 허비ᄒ고 황슉은 안
즈 이를 바드니 스리예 합당치 아니ᄒᆞ도다 공명왈 즈경은 고명ᄒᆞᆫ 션비라
엇지 이런 말을 니ᄂᆞᆫ뇨 속셜의 이르되 질의 흘닌 것도 임즈 잇셔 반다시

〈80-뒤〉

도라간다 ᄒ엿ᄂ니 구군은 동오 ᄯ이 아니요 뉴경승으 기웁이라 우리 쥬공
은 곳 뉴경승의 아우요 경니 비록 죽엇스나 그 아달이 오히려 잇스니 아즈
비 되야 그 족하 도음이 엇지 가치 안니ᄒ리요 노슉왈 말일 공즈 뉴기 잇스
면 니 할 말니 격도다 이졔 공즈 강ᄒ의 잇ᄂ니 엇지 이 고셰 잇스리요 공
명왈 즈경은 공즈을 보고즈 ᄒᆞᆫᄂᆞᆫ뇨 좌우을 명ᄒ여 공즈을 나오라 ᄒ니 병
풍 뒤로셔 공즈 뉴기 나와 안지면 왈 병든 몸이 일즉 나오지 못ᄒ여스니 즈
경은 허물치 말나 노슉니 ᄒᆞᆫ번 보미 말리 읍셔 잠잠이 안져ᄯ가 오리만의
왈 공즈 말리 업시면 엇지ᄒ리요 공명왈 공즈 잇지 아니ᄒ면 별노 상으 ᄒ
리라 노슉니 왈 공즈 잇지 안니ᄒ면 형양셩지을 동오의 보니리다 공명왈
즈경의 말리 올토다 ᄒ고 듸듸여 잔치을 비셜ᄒ야 노슉을 후디ᄒ

〈81-앞〉

여 보니니 노슉니 도라와 쥬유을 보고 말을 가초와 젼ᄒ니 쥬유 왈 뉴기는
쳥츈 소연이라 어느 ᄭᅵ 죽기을 지달여 형쥬을 츠쳐 오리요 노슉니 왈 도독
은 염여 마오 형쥬 츠쳐오기는 니게 잇ᄂ니다 쥬유왈 엇지 그러ᄒ요 노슉
왈 니 뉴기을 보니 쥬식이 과ᄒ여 통입골슈ᄒ여 기식이 엄엄ᄒ여 불과 반
련이면 죽으리다 뉴기 죽은 후의 형쥬을 츠쳐오면 뉴기 ᄯᅩ 무슴 말ᄒ리요
쥬유 노기을 이지 못ᄒ더니 문득 보ᄒ되 오후 ᄉᄌ 왓다 ᄒ거늘 쥬유 불너
무른니 ᄉᄌ왈 오후 함비을 쳐 이기지 못ᄒ미 도독을 쳥ᄒ여 도으라 ᄒ더
니다 쥬유 반ᄉᄒ여 시상의 도라가 병을 치료ᄒ고 졍보와 계장으로 ᄒ여금
젼션을 거나리고 오후 쳥영ᄒ라 ᄒ니라 뉴현덕은 셩쥬 구군을 어더 웅거ᄒ
고 손권은 동오늘 웅거ᄒ고 됴됴은 즁원의 잇셔 쳔

〈81-뒤〉

ᄒ을 다투되 필경의 삼분쳔하 ᄒ랴ᄂ지라
華容道卷之下終

歲在 丁巳元月二十五日 謄于 龍德精舍
冊主 金允昌
이 칙 등셔ᄒᆫ 스람은 글시가 용열ᄒ여 오ᄌ낙셔가 만ᄒ오니 보는 여러쳔원
은 문리로 ᄶᅩᆺ 눌너보시요

단국대 소장 68장본 〈화룡도〉

완판본을 토대로 필사한 것으로 보여지는데, 군사설움타령과 점고사설 등이 많이 축약되어 있다. 청도기 사설이 없는 것으로 보아 완판본 중에서도 정미년에 판각된 구동 신간본이 모본이리라고 생각된다. 융희(隆熙) 2년 무신(戊申)년이라는 간기로 보아 1908년에 필사된 것으로 보인다.

단국대 소장 68장본 〈화룡도〉

〈내표지〉

융희 이연 무신 십일 ○○○○

화룡도 목록 華容道 目錄

〈1-앞〉

화룡도 권지상이라

한틱죠 황졔 창업한 사빅연으 헌졔 씨 이르러 동틱이 난을 지으미 사도 왕
윤이 사직 츙신으로 동틱을 치고 한실을 홍복고져 하더니 불힝ᄒ여 이최으
난을 만나 쳔자 피란ᄒ시미 쳔하디란하니 됴됴 틱군를 거나려 난젹을 쇼멸
하고 찬역의 쯔슬 두워 쳔자을 유인하야 허창의 도읍하고 졔후을 호령하니
됴졍이 됴됴의 장악의 잇쓰니 국가 홍망이 비죠직셕일네라 각셜 잇씨으 한
죵실 유황슉이 관공 장비로 더부러 도원결의할 졔 사싱를 한가지로 하야

한실을 흥복고져하니 병불만쳔이요 장불과십이라 셔쥬로 가 여포의게 픠하
고 여남의 가 쏘 됴됴으게 픠를 당ㅎ야 막지소힝 이러니 싱각하니 형쥬 유
픠는 동실

〈1-뒤〉

지의 잇난 고로 형쥬로 가 신야의 머무더니 마참 슈경션싱을 만나 와룡션
싱을 쳔거하거늘 현덕이 딕희하야 폐빅을 갓쵸고 틱일하여 칠셩지게하고
관장을 거나려 남양 와룡강 졔갈공명 차져갈 졔 졍셩도 지극하고 예모도
공순하니 공명이 엇지 감동치 아니 할이요 유관장 삼인이 웅중의 다다르니
농부넌 호무을 들고 노러하며 논일 졔 농부다려 문왈 와룡션싱이 어더 게
신요 답왈 져 산 일홈은 와룡산이요 압푸넌 숨풀 잇고 그 가온더 일간쵸당
잇쓰되 틱극은 틱양이요 일월은 창외되고 삼빅팔십 사수로 연자 걸고 인으
예지로 벽을 맛추고 도당씨 삼등 퇴게의 ㅎ도낙셔로 단쳥ㅎ고 후원 낙낙장
송은 군자졀이요 의의녹죽은 츙열사의 경영ㅎ고 벽상은 금실이요 졍젼의
빅학이 춤을 춘이 완연ㅎ 션경

〈2-앞〉

이라 산불고이수려하고 수불심이징쳥이라 초목이 졀승ㅎ고 풍물도 이상ㅎ
다 그리로 츠자가소셔 현덕이 말을 모라 급피 가본니 시문을 반기ㅎ엿거늘
동자를 불너 말숨ㅎ되 션싱을 뵈옵자 ㅎ고 문젼의 왓단 말삼 엿쥬워라 동
자 답왈 션싱게셔 신벽의 출입ㅎ시고 아니 게시다 ㅎ니 현덕이 답왈 어디
을 가 게신야 동자 왈 기약이 업논이다 현덕이 기탄불이ㅎ니 관장의 마리
션싱이 안이 게시니 신야로 도라갓삽다ㄱ 후일의 다시 와 차싸이다 현덕이
동자 불너 당부ㅎ되 션싱이 오시거던 유예쥬 왓단 말숨 부디 엿쥬라 ㅎ고
신야로 도라와 수일 후에 예단을 다시 갓초와 가지고 와룡강을 가랴할 졔
익덕이 ㅎ넌 말이 일기 셔싱을 보랴ㅎ고 쏘 엇지 가오잇가 사환이나 보니

소셔 현덕이 디칙 왈 공명은 디현이라 엇지 사환을 보닐이요 ᄒ고 관장을
다리고 와룡강을 다시 갈 시 북풍은 졀역ᄒ고 빅셜

〈2-뒤〉

은 분분ᄒ듸 익덕 왈 엿차 셜풍에 기여히 제갈양을 보랴 ᄒ고 이디지 신고
ᄒ리요 신야로 가사이다 현덕 왈 우리 리러ᄒ면 공명이 감동케 하미라 풍
셜리 겁나거던 너넌 도라가 잇스라 익덜 왈 풍셜을 엇지 두려하릭가 ᄒ고
삼인이 초당 문젼 다다르니 글 익난 소릭 들리거날 자셰이 보니 표표한 소
년이 안저 노릭ᄒ며 논릴 졔 현덕이 쵸당의 올나가 하난 말이 선셩얼 뵈옵
자고 슈차 와삽다가 뵈옵지 못하고 이졔 와 존안을 뵈오니 쳔만다힝 하여
이다 그 소년이 급피 리러나 답예 왈 장군이 분명 니의 사형을 차자오신가
나넌 와룡의 아우 균이로소이다 현덕 왈 선셩언 어듸 가 게신익가 균이 왈
형장의 니거 죵젹이 졍쳐 업사오니 아지 못하나이다 현덕왈 니의 복이 저
거 슈차 와도 선싱을 보지 못허넌쏘다 후릴의 다시 퇴릭하여 삼일지게하고
예단을 다시 가쵸와 가지고

〈3-앞〉

와룡강얼 힝할 시 관장 왈 형장이 두번 가서 못보고 쏘 가시기 부란하여이
다 공명이 실상은 지조 업셔 피하고 안이 보난가 하난이다 현덕 왈 옛날 졔
환공이 동곽 양인을 보랴ᄒ고 사오 차럴 수고ᄒ여거던 하물며 공명은 디현
인이라 니 엇지 이만 졍성을 익길이요 익덕 왈 쵸야빅셩 한나럴 보랴 하고
이디지 수고 말고 제 혼차 가서 노끈의로 동여오리다 한이 현덕이 디칙 왈
쥬문왕이 강틱공를 보려ᄒ고 위슈의 왕니ᄒ야단 말 듯도 못하야난야 문왕
갓흔 셩군으로도 명셩 드러 차자거를 네 엇지 무례ᄒ요 오지 말고 도라가
라 ᄒ니 익덕 왈 이왕의 두 형장를 모시고 왓삽는듸 엇지 도로 가오릿가 슴
인이 말를 타고 웅즁의 득달ᄒ여 쵸당을 바라본니 오리지격 ᄒ여난지라 현

덕이 말게 나려 지셩으로 거러간이 맛춤닉 졔갈균이 나오거늘 현덕이 례하
고 문왈 션싱이 게

〈3-뒤〉

신잇가 균이 왈 어졔야 오션는이다 문젼의 동즈을 불너 왈 션싱이 게신야
동자 녓즈오디 션싱이 게시오나 초당의 취침ᄒ여 계신니 기침키 황송ᄒ여
이다 현덕이 관장의게 분부하되 그디른 번거히 말고 동졍을 보라 하고 완
보로 중게의 올나가 초당을 살펴보니 션싱이 평상으 놉피 누워 좀를 드러
거늘 좀싸기를 기달여 지셩으로 셧더니 익덕이 디로 왈 형즁이 져럿탓 슈
고하신듸 짐짓 잠즈는 례ᄒ고 져디지 거만한이 고이코 교만ᄒ다 ᄒ고 당장
의 풍파를 니라ᄒ즉 관공이 무훈 말뉴ᄒ고 현덕은 동졍를 짐즉ᄒ고 관공은
눈를 주워 헌화를 금ᄒ고 종시 지다리드니 션싱이 좀을 ᄭ여 디몽시을 지
여 푸되 디몽수션ᄀ고 평싱을 아자지라 쵸당의 츈수둑ᄒ니 창외의 일지지
라 동자를 불너 문왈 문 밧게 손임 와 게신야 동자 엿자오되 뉴황슉이 오신
졔 오런인다 공명

〈4-앞〉

이 디칙 왈 엇지 일직 고치 안이ᄒ여난야 ᄒ고 으복을 갈라입고 현덕을 청
ᄒ거늘 드러가 례ᄒ고 공명을 보니 신장이 팔쳑이요 얼골이 빅옥이라 머리
의 유건를 씨고 학창으를 입고 손의 빅우션를 드려거늘 푀련ᄒ 션관이라
현덕이 다시 이러나 지비ᄒ고 가로디 션싱의 디현ᄒ신 셩화를 표문ᄒ고 수
차 와셔 못뵈야난이다 공명 왈 날갓튼 초야 셔싱을 보시자고 누디의 여러
번 향츠를 ᄒ게시니 광치 비승ᄒ여이다 현덕 왈 방금 간웅이 창셩하와 사
직이 장위하오니 션싱은 너부신 지됴로 지도ᄒ와 기여이 회복ᄒ고 도탄의
든 빅셩를 건져 쥬옵소셔 공명 왈 남양의 밧갈기와 월ᄒ의 고기 낙기를 일
삼아 비운 거시 업난듸 엇지 쳔ᄒ득실을 으논ᄒ릿가 현덕 왈 션싱이 져디

지 겸스호신니 도로여 망극호여이다 그러호오나 디장부 셰승의 쳐호여닷가
엿츠 풍진의 엇지 헛도이 보닐잇가 션싱은 션왕

〈4-뒤〉

지업를 회복호고 억조창싱을 건져 쥬옵소셔 언미필의 눈물히 옷짓슬 졋거
늘 공명이 현덕의 졍셩을 감동호여 가로디 장군이 표찬헌 스룸를 져럿툿
호시니 농녈호오나 뒤를 쓰라 시셕을 한가지 호리다 한니 현덕이 그졔야
디희호야 관중를 불너 뵈이라 호고 녜단를 올이거늘 공명 왈 이게 과도호
노이다 일폭디도셔를 니여 벽승의 거러노코 가르쳐 왈 이게 셔쵹 사십쥬의
디도라 젼일 고황뎨 셔쵹의 웅거호와 사빅년 디업을 창셩호여쓰니 장군도
한실를 회복고져 호거든 션취형쥬호고 지취셔쵹호야 근본을 삼은 후의 즁
원를 쳐 디업을 이루옵소셔 현덕 왈 션싱의 말삼를 듯사오니 운무을 허치
고 일월을 디호온 듯 반갑사오니다 형쥬 뉴표와 셔쵹 유장은 다 동종이라
엇지 쌍을 취호릿가 공명 왈 형쥬 셔쵹이 자연 즁군의 긔업이 되오리다 이
윽키 수죽호고 즉일의 아우 균를 블

〈5-앞〉

너 왈 뉴황슉의 슴고초려호 은혜를 바더 출셰호난니 너는 가업를 일치 말
고 학업을 허치 말고 잇쓰면 셩공 후의 도라오리라 호며 송학을 잘 직키라
부탁호고 현덕을 짜라 신야의 다다르니 쟝졸이 디위호야 치례로 졉고호고
군계을 뎡뎨호드니 잇쩌의 조조 허창의 잇다가 현덕이 공명을 어더단 말을
듯고 디경호야 하후돈을 급피 불너 디병 심만을 조발호야 방망셩의 진을
치고 신야을 엿보더니 예산 조분 길의 공명이 일파화로 십만 졍병을 경각
의 함몰호니 후후돈이 도망호야 허창으로 도라와 그 연고을 됴됴으게 고호
디 됴됴 디경 왈 유비는 인즁지용이라 공명과 상의호야 묘게을 지을진딘
심복지환이 될진니 니 친히 뉴비을 쳐 파하리라 호고 직시 십만병을 거나

리고 현덕을 칠 시 그 형세을 당치 못ᄒᆞ여 신야빅셩 수십믄을 거나리고 강능으로

〈5-뒤〉

향ᄒᆞ다가 장판교의셔 픽ᄒᆞ야 ᄒᆞ구로 도망ᄒᆞ여 근근 용신할 졔 공명 왈 닉 강동 손권을 보고 달닉여 됴됴와 딕진케 ᄒᆞ고 됴됴 승ᄒᆞ거든 강동을 취ᄒᆞ고 손권이 승하거든 즁원을 취ᄒᆞ사이다 수 연이나 강동사람을 보와야 도모할 터니온듸 강동사람 볼 수 업시니 엇지 하리요 됴됴의 빅만딕병이 적벽의 결진ᄒᆞ엿쓰니 손권이 아모리 영웅인들 엇지 연승하리요 됴됴 허실을 알고져 ᄒᆞ야 필경의 사람이 올 거스니 그 사람을 유인ᄒᆞ여 ᄒᆞᆫ가지로 강동의 가셔 손권을 달닉여 딕사을 도모하리라 ᄒᆞ더니 잇쒸 손권이 노슉으로 ᄒᆞ여금 하구의 가 유현덕의계 됴됴의 허실을 탐지하라 ᄒᆞ니 노슉이 ᄒᆞ구의 리르러 현덕을 보고 예필 후의 문왈 들으니 황슉이 공명을 어든 후로 박망의 효둔과 신야의 불 노와 됴됴의 혼을 놀닉게 ᄒᆞ고 도망ᄒᆞ여쏜 말삼이 올쓰오며 쏘 됴됴

〈6-앞〉

의 군사 얼마나 되던잇가 현덕 왈 그 일은 공명의계 물러보면 자셔히 알이라 노슉 왈 공명을 쳥ᄒᆞ소셔 현덕이 공명을 쳥ᄒᆞ야 드러온니 노슉이 례필 후의 공슉이 문왈 션싱을 보오니 다힝ᄒᆞ온지라 방금 쳔하딕란ᄒᆞ오니 션싱이 양칙을 가라쳐 동오의 일 읍계 ᄒᆞ옵쇼셔 공명 왈 닉 무삼 양칙이 잇쓰리요 노슉 왈 강동 손장군이 팔십일주를 차지ᄒᆞ고 굴양이 풍독ᄒᆞ니 잇쒸의 ᄒᆞᆷ기 동심ᄒᆞ와 딕업을 이루소셔 공명 왈 손유 양장이 젼일의 알름이 업고 가히 보닐 사름이 업씬이 엇지 할이까 노슉 왈 션싱의 형장이 강동의 잇셔 션싱 보기을 원ᄒᆞ온니 나와 ᄒᆞᆫ가지 가셔 딕사을 의논ᄒᆞ소셔 현덕 왈 공명은 닉의 션싱이라 엇지 시각을 써나리요 노슉 왈 딕ᄉᆞ을 경영ᄒᆞ난 바 셜우

싱각 마옵소셔 ᄒ고 한가지 가기을 쳥ᄒᆫ디 공명 왈 방금 일이 급박ᄒ온니 자경을 ᄯᅡ라가 허실을 알아 좌우간 결단

〈6-뒤〉

ᄒ고 수이 올 테온이 염여 마옵쇼셔 현덕이 양구의 허락ᄒ니 공명이 노슉으로 더부러 발ᄒᆡᆼ할 시 노슉이 공명의게 당부ᄒ되 손장군이 션성을 볼 ᄯᅢ 이예 됴됴의 군병 다쇼얼 물을 테니 실상을 마옵쇼셔 공명 왈 자경은 염여 마옵소셔 그 ᄯᅢ을 당ᄒ면 자연 말이 잇넌이다 노슉이 드러가 슝장군을 뵈온디 잇ᄯᅢ의 문무졔장을 달이고 군계을 으논ᄒ다가 노슉 오믈 보고 문왈 월노 험ᄒᆫ 길의 무스이 단여왓써며 숫탐ᄒᆫ 일은 엇더ᄒ던요 노슉 왈 동초 알오이다 손권 왈 자경이 간 후의 됴됴 격셔을 보니여씬니 보라 ᄒ고 니여 쥬거늘 노슉이 바다본니 ᄒ여씨되 나난 쳔자의 명을 바다 쳔하의 난젹을 칠 시 그을 드러 남의로 형쥬을 가라친니 유종이   속슈 항복ᄒ고 형양의 ᄇᆡᆨ셩이 바람을 조차 귀슌ᄒ여난지라 이졔 ᄇᆡᆨ만군병과 용장 쳔여원   을 거날이고 장군으로 더부러 강하의 가 뉴비을 쳐 파한

〈7-앞〉

후의 지리 밍셰코자 하노니 장군의 ᄯᅳᆺ시 엇쩌ᄒᆫ지 속속 회음하라 하여거날 노슉이 보기을 다ᄒ고 가로디 쥬공의 ᄯᅳᆺ시 엇지 ᄒ랴 ᄒ신익가 손권 왈 아직 졍한 ᄯᅳᆺ시 업노라 모사 쟝소 왈 됴됴 쳔자의 명을 바다 ᄇᆡᆨ만군병을 거날이고 사방의 횡ᄒᆡᆼ하니 신자지도의 막기 어렵삽고 ᄯᅩ한 됴됴 이졔 형주을 치고 장강 상유의 유진ᄒ고 격셔을 보니여씬니 만일 항거ᄒ면 군스을 호영ᄒ여 강동을 치면 그 형셰을 엇지 당홀이요 신의 보난 ᄇᆡ난 화친ᄒ난 게 양칙일가 ᄒ난이다 문무 모스 여출일구여날 손권이 침음부답ᄒ고 니당으로 드러가거날 노슉이 ᄯᅡ라갈 시 손권이 그 ᄯᅳᆺ셜 알고 노슉의 손을 잡고 문왈 자경의 소견은 엇더ᄒᆫ요 노슉 왈 안자 열어 모사의 말을 들으니 쥬공의 디

스을 져히 흐린이다 만약 황복흐면 위불과봉후요 거불과일싱이요 기불과일
필이요 장불과슈인이라 쥬공은 일직

〈7-뒤〉

디스을 경영흐소셔 손권 이 말을 뜻고 갈로디 즈경의 말이 당연흐나 글흐
나 됴됴의 형셰 가장 큰지라 엇지 당할이요 노슉 왈 강흐의 졔갈공명을 달
여왓사오니 쳥흐야 계칙을 물어보면 그 허실을 소상이 알이다 손권 왈 와
룡션싱이 오션년야 명일의 문무을 뫼와 강동영웅을 뵈인 후의 다시 일을
의논할이라 흐디 노슉이 공명 스쳐의 나와 지슙 당부흐되 울이 쥬공을 볼
쩌의 됴됴 군스 만탄 말을 부디 말으소셔 공명이 소왈 자경은 염여 마옵소
셔 니 알어 디답할이다 흐더니 잇튿날 노슉이 공명을 달이고 장젼의 다다
은이 문무졔관이 으관을 졍졔흐고 추례로 안져거날 공명이 차례로 셩명을
통흐여 례흔 후의 좌중의 단좌흔이 장소 고옹 등이 셔로 의논흐되 이 사롬
의 으기얼 먼져 썩거 말을 못흐게 홀이라 흐고 공명다려 문왈 나는 강동 미
말 스인이라 일직

〈8-앞〉

들은이 션싱이 늉중의 누위쓸 졔 션싱이 이르기를 관중 악의으게 비흔다
흐던니 그 말이 오른잇가 공명 왈 니의 평싱을 져의게 비한 비라 흐니 장소
소왈 뉴현덕은 션싱을 보랴 흐고 슘고초려흐여 션싱 어드미 고기가 물을
어듬갓다 흐야 형쥬 엇기는 여반장으로 알아든이 도로여 일됴의 죠죠을 준
이 엇지흔 일이온잇가 공명이 싱각흐되 장소는 손권의 일등 모스라 이 스
롬을 먼져 썩지 못흐면 손권을 엇지 달닉일요 흐고 답왈 니 형쥬 취키은 여
반장이로디 뉴예쥬의 디의로 동동의 기업를 참아 취치 못흐엿드니 유종은
어린아히라 간사한 말를 듯고 됴됴의게 황복흐엿쓴니 니 이졔 강흐의 웅거
흐여 묘한 경뉸이 잇쓰되 엇지 타인이 알이요 장소 왈 그러흐면 션싱의 말

이 갓지 안토다 뉴예쥬는 션성을 어드미 용이 여의쥬을 어덤 갓다 ᄒ던니
됴됴와 디젼ᄒ야 일합이 못ᄒ여 디픠ᄒ고 신

〈8-뒤〉

야을 발이고 번셩의로 도망ᄒ다가 당양의 픠을 보고 하구로 쬐겨가 농신홀
곳시 업신니 오히려 션성 엇디 아니홈만 갓지 못ᄒ지라 관즁은 환공을 도
와 일광텬하ᄒ고 악의는 연쇼왕을 셤겨 졧나라 칠십여 셩을 황복 바다쓴니
이난 큰 지죠라 션성과 갓ᄒ잇가 츙언이역이나 이어힝이라 ᄒ여쓴니 직언
을 노타 마르소셔 공명이 디쇼 왈 졔비와 시가 엇지 홍곡의 쓰슬 알이요 신
야는 산벽의 겨근 골이요 군스는 쳔명의 지니지 못ᄒ고 쟝슈는 열의 넘지
못ᄒ여도 방망의 블을 노코 빅하의 믈을 막어 하후돈을 낙담케 ᄒ여쓴니
관즁 악의들 예셔 더홀숀가 당양의 픠할 졔는 억됴창싱을 ᄎ마 발리지 못
하야 빅셩과 한가지로 사싱을 ᄒ여쓴니 이난 유황슉의 디의라 그디는 승픠
만 알고 나라 홍망과 ᄉ즉의 큰 쬐는 몰의난쏘다 쟝쇼 공명의 말을 듯고 무
안ᄒ야 디답지 못ᄒ니 좌즁의

〈9-앞〉

우번이 쇼리을 크게 ᄒ여 왈 됴승샹이 용쟝 쳔여원과 빅만군병을 거나리고
뉴여쥬을 치면 션성이 당젹할잇가 공명 왈 됴됴의 군병이 비록 억만이라도
니 쪽키 두엽지 안니ᄒ다 허니 우번이 디쇼 왈 당양의 픠ᄒ고 하구로 도망
하야 강동의 심을 빌고자 ᄒ난 스롬이 도로여 디담으로 남을 쇠기고져 하
는요 공명 왈 뉴여쥬 군스는 블과 수쳔이라 엇지 빅만디병을 당할리요 하
구의 용신하야 쳔시만 지달이건과 강동은 군스와 양식이 넝넉ᄒ고 형셰 젹
지 안이ᄒ여도 쳔ᄒ 스롬의 치쇼을 싱각지 안이ᄒ고 임군을 달녀 됴됴의
게 황복고져 하난요 우번이 다시 말을 못ᄒ고 믈너가는지라 모지리 문왈
공명이 쇼진 쟝의으 본을 바다 강동을 달니고져 ᄒ난요 공명 왈 쇼진은 육

국의 정승을 지니고 쟝의는 두번 진나라의 졍승이 되야 임군을 위ᄒᆞ야 ᄉᆞ
직을 안보ᄒᆞ야쓰니 이는 진실노 호결이라 그디 등은 됴됴의 형셰을 디

〈9-뒤〉

겁ᄒᆞ야 황복ᄒᆞ기을 쥬쟝ᄒᆞ니 엇지 쇼진 쟝의을 비웃너요 모질리 머리을 슈
기고 도라안넌지라 ᄯᅩ 벽종이 문왈 됴됴는 엇더ᄒᆞᆫ 스롬으로 아는요 디왈
한나라 역적이라 벽종 왈 공명의 말리 글으도다 한나라 운슈가 다 변ᄒᆞᆫ 고
로 쳔의가 됴승상의게 도라가고 ᄯᅩ 쳔ᄒᆞ 삼분에 이을 츠지ᄒᆞ고 통숄닌의
하는 즁의 쳔시을 바리고 역쳔으로 닷토고져 ᄒᆞ미 츠쇼위야로다 엇지 픠치
안이 할리요 공명 왈 스롬이 셰샹의 나미 츙회로 근본을 슴를지라 그디도
셰디로 한나라 녹을 먹고 됴됴을 위ᄒᆞ야 임군도 몰르고 엇지 입을 열러 말
을 ᄒᆞ난요 벽종이 무안ᄒᆞ여 묵묵부답ᄒᆞ고 안져쩌라 육적이 문왈 됴됴 비록
셥쳔자ᄒᆞ고 호령졔후ᄒᆞ나 상국 됴참의 ᄌᆞ손이라 유예쥬은 황슉이라 ᄒᆞ여도
니력리 업난 사람이요 자리 짜고 신 삼던 스롬이라 엇지 됴승상을 당ᄒᆞ리
요 공명이 디쇼 왈 자닌난

〈10-앞〉

원슐이 잔치홀 ᄯᆡ 유ᄌᆞ 품썬 육한 안이야 편이 안져 니 말을 드르라 됴됴가
됴참의 ᄌᆞ손이나 디디로 한나라 신ᄒᆞ요 당금 권셰을 줍고 쳔ᄌᆞ을 겁칙ᄒᆞ니
한나라 역적이요 유예쥬난 당시 쳔ᄌᆞ의 족보을 상고ᄒᆞ사 흉열을 치려 황슉
이라 일칼는니 엇지 니력 업다 ᄒᆞ며 틱조 고황졔난 스상졍장으로 만승쳔ᄌᆞ
되야쓰니 우리 쥬공 신 삼고 잘리 짠 것시 무어시 욕되리요 그디 어린 소견
으로 엇지 어류의 말을 알리요 육적이 기가 막켜 안져쩌니 홀련 일원디장
이 드러오며 고셩디칙ᄒᆞ되 공명은 당시 이린이라 그디 등은 굉연이 말로
괴롭계 ᄒᆞ니 손의 디졉도 안이요 ᄯᅩᄒᆞᆫ 됴됴 디병이 지경의 범ᄒᆞ여난디 도
젹 막을 일은 의논치 안이ᄒᆞ고 흔갓 말져름만 한니 심히 괴희ᄒᆞ도다 모다

본니 이난 황기라 노슉으로 더부려 공명을 인도ᄒ여 손권을 볼 시 공명이
당상의 다달나 본니 문무제장

〈10-뒤〉

이 좌우의 시위ᄒ여난디 손권이 당ᄒ의 ᄂ려 공명을 연접ᄒ야 례필 후의
좌정ᄒ거늘 공명이 눈을 들어 손권을 바리본니 인물이 비상흔지라 니렴의
싱각ᄒ되 손권은 비범한 사람이라 ᄂ 격동ᄒ여 디ᄉ을 도모ᄒ리라 ᄒ든니
손권 왈 선싱의 지조를 표문ᄒ옵고 한번 보옵기을 바리옵던니 이졔 뵈오믹
쳔만다힝 ᄒ여이다 공명 왈 본시 소견이 업난 고로 지조 업사온니 바린 거
시 도로려 욕될가 ᄒ난이다 손권이 왈 신야의셔 됴됴와 디젼ᄒ얏다 ᄒ오니
됴됴의 군ᄉ 얼마나 되던잇가 공명 왈 슈륙마보군이 빅만이나 되던이다 손
권 왈 그디지 만턴잇가 공명 왈 그 ᄲᅮᆫ 안이라 형쥬군이 이십만이요 원소군
오육만이요 즁원군ᄉ 숨십만이요 쳥쥬군ᄉ 이십만이라 합ᄒ면 슈빅만이로
되 빅만으로 말슴ᄒ기는 강동 졔군이 놀닐가 ᄒ야 슈을 쥬려 말슴ᄒ여ᄂ니
다 노슉이 그 말을 듯고 질식

〈11-앞〉

ᄒ야 공명을 눈 쥬되 본체도 안이 ᄒ고 수쟉만 ᄒ거늘 노슉이 기가 막켜 아
모 말도 못ᄒ고 셧는지라 손권이 왈 장ᄒ의 명장이 얼마나 되던잇가 공명
왈 디혜잇고 용밍 잇넌 쟝슈 쳔여원이요 그 외에 졔장은 부지기수니다 손
권 왈 됴됴 형쥬을 어든 후의 가지 안이ᄒ고 젹벽의 유진ᄒ기는 무슴 연괴
잇가 장강의 결진ᄒ고 젼션을 단속ᄒ기는 강동을 치고져 ᄒ민가 하는이다
만일 강동을 치거드면 엇지 당젹홀이잇가 선싱은 집피 싱각ᄒ와 이희을 가
르치소셔 공명 왈 긔여이 됴됴을 디젹할연과 만약 심이 부족ᄒ거든 모ᄉ의
말디로 황복ᄒ소셔 손권 왈 선싱의 말슴 갓ᄉ오면 엇지 뉴예쥬는 황복지
안이 하여넌잇가 공명 왈 옛날 견횡은 일기 장사로되 남으게 굴흔 일이 업

거든 유예쥬는 당당훈 황숙이요 쳔훈 영웅이여늘 엇지 역적 됴됴의게 황복
하리요 손권이 변식 왈 초면인스의

〈11-뒤〉

이디지 멸시ᄒᆞ는요 ᄒᆞ고 소미을 떨치고 니당으로 드러가니 좌우 모사든이
공명을 비웃고 물너 가넌지라 노숙이 공명을 칙망ᄒᆞ되 션싱은 엇지 그디지
그만되게 말슴ᄒᆞ엿난요 공명이 디소 왈 욕볼상은 바이 업고 됴됴 파할 묘
칙도 바이 업시니 니 엇지 질거 말ᄒᆞ리요 노숙이 그 말을 듯고 후당의 드러
가니 손권이 왈 공명이 나을 그디지 수히 보니 분ᄒᆞ도다 노숙 왈 니 역시
칙망ᄒᆞ온직 공명이 디답ᄒᆞ되 욕을 못면훈다 ᄒᆞ오니 주공이 다시 쳥ᄒᆞ여 물
러보소셔 손권이 디희 왈 공명이 어진 모칙이 잇기로 짐짓 날을 격동ᄒᆞ얏
쓰다 ᄒᆞ고 외당으로 나와 공명젼의 스례 왈 일시 쳔견으로 촉노ᄒᆞ엿쓰오니
쳔만 황송ᄒᆞ여이다 공명도 사례ᄒᆞ니 손권이 공명을 후당으로 인도ᄒᆞ야 술
을 권ᄒᆞ고 왈 양칙을 가르치소셔 됴됴을 파훈 후의 공을 갑사오리다 공명
왈 됴됴 군스 비록 빅만

〈12-앞〉

이나 수젼의 익지 못ᄒᆞ고 형주의 어든 군사 쪼훈 심복이 아니요 그 형셰의
핍박ᄒᆞ미라 임시변통이오니 장군이 실상 됴됴을 치고져 ᄒᆞ거던 유예쥬와
동심 홉역ᄒᆞ오면 자연 됴됴 파할 묘칙이 날 거시니 장군은 이런이 결단ᄒᆞ
소셔 손권이 디희ᄒᆞ여 가로디 션싱의 말슴이 당연ᄒᆞ오니 다시 무슴 으심
잇실이요 직일에 화친 경수을 신야로 보니고 군중의 영을 니려 긔병을 지
촉하니 군사 등이 비수 왈 견일에 됴됴 형셰 크지 못ᄒᆞ야도 훈번 북쳐 원소
을 잡아는디 지금은 디병 빅만이요 용장 쳔여원이라 강동을 치거디면 뉘
능히 당하리요 만일 공명의 말을 듯고 긔병ᄒᆞ다가는 차소위 셥을 지고 불
의 들미라 장군은 집히 싱각ᄒᆞ와 결단ᄒᆞ소셔 손권이 고기을 수기고 묵묵부

답ㅎ거널 고옹이 왈 유예주 됴됴의 픠을 보고 우리 심을 비러 져의 원수을
갑고자 ㅎ미니

〈12-뒤〉

쟝군은 엇지 이 뫼을 모르시고 위틱훈 일을 힝코져 ㅎ시난잇가 손권이 고
기을 수기고 디답지 아니 ㅎ니 모사 등이 물너가거늘 노숙이 급피 드러가
엿쟈오되 모사의 마리 항복ㅎ자 ㅎ오니 이는 졔의 몸만 위ㅎ미요 국가흥망
사직안위을 모로오니 쟝군은 듯지 말으소셔 손권 왈 니 싱각할 거시니 물
너가 니의 지위를 지달이라 【잇쩌】 황긔 졍보 감영 여몽 흔당 주티 셔셩
졍봉 등 숨십여인이 이 말을 듯고 일시의 드러가 엿자오디 소장 등이 쟝군
을 모셔 빅흡을 싸와 강동을 지키여 명졍쳔하하고 난젹을 소멸ㅎ고 사직을
밧들어 공을 죽빅의 오르기을 원ㅎ옵더니 이졔 모사의 말을 듯고 빅연공업
을 일조의 바리려 ㅎ시니 졀졀 원통ㅎ오며 소장 등은 쳔번 죽사와도 항복
못ㅎ것난이다 청컨디 됴됴와 디젼ㅎ오면 소장 등도 평싱심을 다하여 뒤을
싸르리다 ㅎ며

〈13-앞〉

각각 노긔 등등ㅎ니 손권 왈 아즉 물너가 잇스면 니 죵추 결단할리라 ㅎ더
니 잇쩌 주유 번양호의 오다가 됴됴의 젹병 유진한 소문을 듯고 시상으로
도라오니 노숙이 주유을 보고 젼후 사연을 셜화ㅎ니 주유 왈 주경은 염예
말고 공명을 다려오라 노숙이 공명 사쳐 간 후의 즁소 고옹 등이 주유을 보
고 가로디 도독은 강동 이히을 알르시난잇가 주유 왈 아지 못ㅎ노라 됴됴
빅만디병으로 항수의 진을 치고 격셔을 보니여 화친을 쳥ㅎ거늘 우리 모스
등니 쟝군으게 엿즈와 화친ㅎ야 강동을 안보코져 ㅎ던니 쓰박그 노숙이 졔
갈공명을 다려다가 주공을 달니여 졔의 원슈을 갑고자 ㅎ오니 도독은 이히
를 싱각하와 수히 결단하소셔 주유 왈 공등 소견이 다 가탄잇가 여러 모사

여출일구연늘 주유 왈 나도 항복고자 이미 임의 오런지라 명일의 주공을
보고 결단하리라 ㅎ니 모스 등이 물너

〈13-뒤〉

가는지라 ○잇찌 정보 황기 등 일반 무장 삼십여원이 드려와 각기 예필 후
의 가로더 도독은 강동이 조모의 나무게 부친 비 되린니 도독은 엇지 하려
하신익가 주유 왈 공등 소견의난 엇더한요 정보 왈 소장 등이 손장군을 모
셔 고락을 한가지 하옵던니 쥬공이 문관 등의 말을 듯고 됴됴의게 항복고
져 하니 소장 등은 차라리 죽을찌연경 남의 치소을 아니 밧거싸이다 도독
은 일칙 결단하와 됴됴을 막게 ㅎ소셔 소장 등이 죽도록 심을 다하야 뒤을
짜를이다 쥬유 왈 장군등 소견이 갓탄잇가 황기 왈 당졍의 베힌 더도 항복
은 못하것싸이다 졔반 무장이 여출일구연날 주유 왈 엇지 나무게 굴신할이
요 공등은 심을 다하야 도으라 ○노숙이 공명을 다리고 문젼의 일으거날
주유 당ㅎ하 내례 공명을 년졉하야 예필 좌졍 후의 노숙 왈 당금의 됴됴 강
동을 침범하

〈14-앞〉

니 도독은 이ㅎ을 가리여 좌우간 결단하옵소셔 주유 왈 됴됴 천자으 명을
바다 사방의 횡힝ㅎ니 마그면 신자지도 안니요 쏘 됴됴의 형셰 틔산갓타니
그 일를 엇지 하리요 싸홈을 파ㅎ고 명일 쥬공 본 후의 사자을 보니여 항복
고져 하노라 노숙이 그 말 듯고 딕로 왈 말쌈이 그르도소이다 강동을 창업
하야 삼더을 젼하여거날 일죠의 됴됴의게 항복하리요 손장군 임둉시의 장
군의게 부탁ㅎ거던 엇지 션왕으 뉴언을 이더지 져바리는잇가 주유 왈 강
동 빅셩이 날얼 원망ㅎ기로 싸홈을 파ㅎ노라 노숙 왈 장군의 영웅과 강동
형셰로 됴됴를 겁ㅎ야 쓰우지 못ㅎ고 항복ㅎ거듸면 쳔ㅎ의 치소를 엇지 ㅎ
올잇가 공명이 졋틔 안젓닷가 노숙의 말을 듯고 웃거날 쥬유 왈 션싱이 엇

지 웃난잇가 공명 왈 즈경의 말을 듯고 웃난이다 노슉 왈 엇지 니

〈14-뒤〉

말을 웃난잇가 공명 왈 됴됴 용병을 잘ᄒ기로 쳔ᄒ의 무덕ᄒ니 쳔ᄒ득실
홍망셩쇠을 엇지 미드리요 슈히 황복ᄒ야 부귀을 ᄒ는 것만 갓지 못ᄒᄂ이
다 노슉 왈 공명이 엇지 쥬공을 슈히 아는요 엇지 됴됴의게 황복ᄒ랴 공명
이 디쇼 왈 즈경은 니 말을 그르다 마쇼 황복도 안니ᄒ고 싸홈도 안이 ᄒ고
뉴예미결ᄒ야 셔로 실난인즉 도로여 남의 승기만 도도미요 나난 어리셕을
ᄯᄅᆷ이니 필야의 그리 말고 강동의 두 사롬을 익기지 말면 됴됴 시사로 퇴
병하야 갈 거슨니 글이하면 엇더ᄒ요 쥬유 왈 엇쩌한 사롬니요 공명 왈 니
융중의셔 들른직 한슈의 동작디을 지여노코 쳔ᄒ 미식을 그 가온디 두고
동낙틱평을 원ᄒ던니 강동의 교공이 두 ᄯᅡᆯ을 두워쓰되 장왈 디교뇨 차는
왈 소교라 침어낙안지상이요 슈화지틱란 말을 듯고 됴됴 밍셰ᄒ야

〈15-앞〉

샤희을 평졍ᄒ고 왕업을 일운 후의 강동의 이교녀을 어더 동작디 놉푼 집
의 말연 낙을 숨무이라 ᄒ고 강동을 치고져 ᄒ니 장군은 교공을 추자 쳔금
을 쥬더라도 이교녀을 샤셔 보니오면 범여 셥씨을 오왕부자의게 보님 갓ᄒ
여 욕을 면할인니 장군언 민간 녀즈을 익기지 말고 급피 보니소셔 쥬유 왈
됴됴 이교을 엇고자 ᄒ난 짐거가 무엿시 잇난잇가 공명 왈 됴됴의 아달 됴
식이 쳔하의 문중이라 됴식의로 ᄒ야곰 동작디 글을 지여쓰되 쳐음은 쳥즈
되고 다암은 이교을 취할 뜻시라 그 글을 보아 아난이다 쥬유 왈 선성이 동
작디 시을 외옵난잇가 공명 왈 익키 보아난이라 ᄒ고 글을 외일 시 강동 이
교녀을 긔여이 탈취할 쓰스로 지여써날 쥬유 듯고 발연 변식ᄒ야 셔안을
치며 북방을 갈으쳐 왈 역젹 됴됴놈을 이졔까지 살여던니

〈15-뒤〉

도로여 날을 이디지 멸시ᄒ니 밍셰코 쳐 파할리라 하니 공명이 구지 말여 가로디 옛날 북흉노 변방을 ᄌ됴 침범ᄒ미 쳔ᄌ 공쥬을 주어 화친ᄒ야거든 허물며 이꾀녀는 민간녀ᄌ라 엇지 익기리요 주유 왈 션싱은 모로난이다 디 교는 손장군의 형슈요 쇼교는 니의 안희라 하난이다 공명이 모로난 쳬ᄒ고 거짓 놀니여 자리 밧게 물너 안즈며 왈 니 과연 모로옵고 하온 말슴이 도로 여 황공 황공하여이다 주유 왈 됴됴로 더부러 자웅을 결단할 거신니 션싱 은 어진 묘칙을 니여 됴됴을 파ᄒ게 ᄒ소셔 공명 왈 발리지 아니 하시면 진 심ᄒ와 도으리다 잇튼날 주유 손권을 보고 긔병을 의논할 시 좌편의로는 문관 장소 등 삼십여인이요 우편의는 무장 졍보 황기 등 삼십여인이라 의 관을 졍졔ᄒ고 위염이 엄숙ᄒ듸 손권이 좌우을 보와 왈 됴됴의 빅만

〈16-앞〉

디병이 젹벽의 진을 치고 격셔을 보니엇슷니 공근은 보라 ᄒ고 니여주거늘 주유 격셔을 보고 디소 왈 도젹이 우리 동외의 사람 업는 줄을 알고 이러타 시 하여난요 손권 왈 공근의 듯시 엇더ᄒ요 주유 왈 주공은 문무와 으논ᄒ 와 게시니 엇지 결쳐ᄒ야난잇가 대왈 연일 의논이 혹은 항복ᄒᄌ 허고 혹 은 싸오ᄌ 하여 유예미결 ᄒ엿노라 쥬유 왈 뉘가 황복고져 하던잇가 손권 왈 장소 등이 황복고져 ᄒ노라 쥬유 왈 장소의 소견을 들어지이다 장소 왈 됴됴 쳔ᄌ 명을 바다 조졍을 빙ᄌᄒ고 형쥬을 엇고 슈육병진ᄒ야 강동을 침범ᄒ니 그 형셰을 엇지 당ᄒ리요 아직 항복ᄒ여따가 종ᄎ 의논ᄒ면 조흘 가 ᄒ난니다 주유 왈 이난 부유의 말리라 강동

〈16-뒤〉

긔업이 이 무삼 디을 직켜거늘 엇지 일조의 남의게 항복ᄒ리요 손권 왈 그

려하면 엇지할고 주유 왈 됴됴는 한나라 역적이요 주공은 부형의 여업을
이여서 강동 형셰을 그 역적 됴됴의게 굴실ㅎ리요 원컨더 군병을 주시면
됴됴을 쳐 파ㅎ리다 손권이 주유의 등을 어로만져며 가로더 장하다 이 말
이여 그더로 더도독을 봉ㅎ난니 졔중 중의 만일 위령 지 잇거던 이 칼로 베
히라 ㅎ고 닌금을 준니 주유 칼을 바다 차고 군중의 졀영ㅎ되 자츠 이후로
만일 위령자면 이 칼노 베힐이다 하고 손권을 하직ㅎ고 공명을 다리고 장
중의 도라와 더장단의 좌긔하고 황기 한당으로 선봉을 삼고 티사자 여몽으
로 졔 이더을 삼고 장음 쥬치로 졔 삼더을 삼고 능통 번장으로 졔 사더을
삼고 육손 동습으로 졔 오더을 삼고 여범 쥬치로 사방 슌무사을 삼아 삼강
구의 진을 치

〈17-앞〉

고 주유 제갈근을 불너 왈 그더 아우 공명은 당시 더지라 다힝이 강동의 왓
싸오니 제씨을 달니여 강동의 익게하면 쥬공은 어진 선성을 엇고 그더년
형졔 동거할 거신니 그 안니 조을익가 시양말고 가셔 달니소셔 제갈근 왈
져도 강동의 잇써 쳑촌지공이 업쓰온니 니 엇지 무심할이요 ㅎ고 공명 사
쳐에 가 공명의 손을 잡고 낙누 왈 아우야 예날 빅이 숙졔을 아난야 공명이
싱각ㅎ되 주유의 말을 듯고 달니고즈 ㅎ미라 ㅎ고 듯기을 쳥ㅎ더 근이 왈
빅이 숙졔난 슈양산의 쥬려주글 쩌에도 형졔 셔로 쩌나지 아니 하여겨날
울이 형졔난 엇디ㅎ야 각분동셔ㅎ여 이스니 군한이 빅이 숙졔을 비할진더
붓굴업지 안이 ㅎ야 공명이 더왈 형장의 말삼은 사졍이요 졔의 말은 더의
라 울니 셰더로 한나라 녹를 먹어쓰온니 형장이 강동을 바리시고 유황슉을
셤기시기는

〈17-뒤〉

신즈지도 썻썻ㅎ고 형졔지졍도 온젼할 거신니 형장으 의사 엇더ㅎ신잇가

근이 싱각호니 너 져을 달녀려 호다가 제으게 달난 비 되야쓰다 호고 공명
을 작별호고 도라와 주유달려 그 수작얼 셜화호니 주유 디로호야 공명을
죽기려 호더라 잇듯날 졔장을 거날이고 힝군할 시 공명과 가치 가멸 쳥호
니 공명이 짜라가더라 주유 삼강 어구의 진을 치고 장덕의 노피 안즈 공명
을 쳥호야 좌졍 후의 주유 문왈 됴됴의 군스난 팔십숨만이요 운이넌 불과
오육만이라 됴됴의 양도을 쓴은 후의 됴됴을 주불 거신니 엇지 호야 됴를
잇가 너 들은이 됴됴의 굴양을 추졀산의 두엇다 호니 션싱은 군스을 거늘
이고 됴됴의 굴양을 취호야쥬소셔 공명이 싱각호되 날을 달니고져 호다가
듯지 안이 호니 됴됴의 손을 빌어 날을 일 안니가면 졔의 위염

〈18-앞〉

을 바들리라 호고 흔연이 허락호니 노숙이 주유다려 문왈 도독이 공명으로
됴됴의 굴양을 취코져 홈은 무삼 의스잇싸 주유 왈 공명을 죽이고져 호나
남의 시비을 겨어호야 됴됴의 손을 비러 후환을 쓴코져 함미라 노숙이 그
말 듯고 공명을 춧즈 간니 공명이 군사을 졍졔호야 힝군코져 호거얼 노숙
이 참지 못호야 문왈 션싱이 이번 길의 셩공할쓰 호온잇가 공명이 소왈 니
슈육젼의 다 익달언니 셜마 셩공치 못할이요 주유와 자경의 지조난 비홀
비 안인이다 노숙이 그 말을 주유의계 고훈디 주유 디로호여 엇지 져을 보
닐이요 호고 직시 이만 병을 됴발호야 츄졀산으로 향할 시 노숙이 그 말을
공명으게 고훈디 공명이 쇼왈 도독이 날노 하여금 됴됴의 양식을 탈취코져
함은 날을 죽이고져 홈이라 너 허롱호난 말어 듯고 위지을 가고져 호니 반
다시 갓다가난 됴됴의 희을 볼이라 됴됴난 본시 남의 양식을 도젹

〈18-뒤〉

호난 고로 제 양슥을 범연이 간슈할이요 먼져 슈젼으로 예긔을 썩근 후의
쇠을 쓸다라 자경은 밧비 가 공근을 말유호야 못가게 호소셔 노숙이 급피

도라와 공명의 말을 젼하니 쥬유 머리을 흔들고 발을 굴흐며 디경질식 왈
이 사롬의 지죠는 니게셔 십비나 더흐니 이쩌의 죽이지 못흐면 장추 디환
이 되리라 흐니 노슉 왈 방금 슘분쳔흐의 동분셔주흐야 피추 여가을 엇고
져 흐여 영웅을 어들려 흐는듸 리련 지 죄 잇난 스롬을 죽이고 남의 치쇼을
들으리요 됴됴을 파혼 후의 도모흐쇼셔 주유 글리하라 흐더라 ○각셜 현덕
이 흐구의 잇셔 젹벽 남한을 발리본니 젼션과 긔치 은은이 뵈이니 동오 긔
병흔 줄 알고 졔장으로 더부러 으논 왈 공명이 흐변 간 후의 쇼식이 격죠흐
니 뉘가 강동의 가 쇼식을 알어 올고 미츅이 엿즈오디 쇼장이 가셔 알어 올
리다 현덕이 디희흐고 미츅을 동오의 보닌이라 미츅이 예단을 가츄와 주유
진즁의 일으러 통긔흐

니 쥬유 들라흐거늘 미츅이 들러가 예한 후의 폐빅을 들리거늘 주유 바다
호군하고 미츅을 졉디하니 미츅 왈 공명이 어듸 게신익가 이 질으 한가지
가고져 하노니다 쥬유 왈 공명으로 더부러 됴됴 파할 묘칙을 의논하난니
엇지 금번의 함기 가리요 니 유예쥬을 보면 긴이 의논할 일이 잇쌉난듸 나
넌 디군을 거날여 방금 련십흐기로 일시 쩌날 수 업셔 못가오니 유예주넌
한가흔지라 잠간 보기을 쳔만 바리오니 급피 도라가 그 말을 하여 쥬옵소
셔 미츅이 주유의게 하직흐고 도라와올 차의럴 현덕의게 고하니 현덕이 직
시 비션을 수십하야 힝장을 지쵹하건 날을 관공이 간왈 쥬유난 쐬가 만한
사람이요 쏘한 공명의 사통이 업쌰오니 가시기 불긴하여이다 현덕 왈 니
이졔 강동과 화친흐야 디스을 도모흐니 니 엇지 져의 쳥하난 비을 겨어흐
야 아니 가리요 쏘한 니 슈명우쳔하야 디의을 쳔흐의 폐고져 흐거날 엇지
의심흐리요 운장 왈

〈19-뒤〉

그러ㅎ오면 소장이 형중을 모시고 가올이다 현덕이 허락ㅎ고 익덕과 지룡을 불너 가로되 운중과 한가지로 강동을 단여올 거신니 그되 등은 성지을 잘 직키라 ㅎ고 즉시 비선을 타고 강동의 리으러 군중의 통지ㅎ니 주유 듯고 되회하야 군스다려 문왈 유예쥬 군스 얼마나 거날려썬요 되왈 불과 수십인리이로소이다 쥬유 왈 이제넌 강동의 큰 근심을 들이라 하고 도부슈 오십명과 아중 슈인을 장막 뒤의 미복하고 약속을 졍하되 닌 현덕으로 더부러 슐을 먹다가 잔을 던지거던 일시의 달여드려 현덕을 타살하라 약속을 졍ㅎ고 원문 박긔 나와 현덕을 연졉ㅎ야 단상의 올나 빈쥬지례를 차린 후의 슐을 권할 시 이쩌 공명이 현덕 왓단 말을 듯고 되경하야 군중의 와 동졍을 살핀니 쥬유 면상의 살긔 가득하고 장막 뒤의 도부슈 흔적이 인넌듸 현덕은 희식이 만면ㅎ고 안져거럴 공명이

〈20-앞〉

되경ㅎ야 엇지 할 줄을 모로던 차의 다시 보니 운장이 칼럴 집고 현덕 뒤의 서거럴 공명이 맘을 노코 강변의 나와 기달이더라 이쩌 쥬유 슐잔을 들고 현덕을 보니 일원되장이 현덕 뒤의 셧시되 신장이 구쳑이요 얼골은 무른 되쵸빗 갓고 봉의 눈의 삼각슈을 거살이고 팔십근 쳥용도을 눈 우의 변듯 들고 우염이 츄상갓치 셧슨니 스롬의 졍신을 놀너난지라 쥬유 간담이 어질ㅎ야 눈이 쌍캄하야 잔 든 팔리 쳔근이나 되고 한출쳠비라 아모리 할줄 몰나 지셩으로 문왈 져 장군은 뒤신익가 현덕 왈 너의 아우 관운장이로소이다 쥬유 되경실식 왈 원소의 장슈 알량 문츄 베히든 운장이신익가 직시 슐을 부어 권하던니 이윽하야 노슉이 드러오건는 현덕 왈 공명선싱이 어듸 겨신야 자경은 나럴 위하야 보게 하라 쥬유 왈 방금 됴됴 자불 쬐을 의논

〈20-뒤〉

하오니 됴됴을 파한 후의 만나보소셔 운장이 현덕을 눈 쥬니 현덕이 그 쓰
셜 알고 쥬유을 작별하고 강변으로 나오니 발셔 비럴 디고 기달이거널 현
덕이 비의 오르니 공명이 나셔며 왈 쥬공이 오날 운장곳 안이던들 디환을
당할 번 보와슨니 그 일을 아르시난잇가 현덕 왈 몰난는이다 공명 왈 쥬유
의 간게로 쥬공을 히코자 하다가 운장을 보고 감히 히치 못ㅎ여난이다 현
덕이 일경일희ㅎ야 공명을 다리고 한가지로 가기을 쳥ㅎ디 공명 왈 나는
비록 스지의 잇스나 완여반셕이온니 염예 마르시고 먼져 도라가시면 진심
ㅎ와 셩공 후의 도라갈 터이온니 그리 아르시고 십일월 이십일의 즈룡의로
비션 일쳑의 군사 빅명 준비ㅎ야 남병손하 오강변으로 보니쥬쇼셔 지슙 당
부ㅎ고 발션ㅎ기을 지쵹하거늘 현덕과 운장이 공명을 작별ㅎ고 하구로 도
라온니

〈21-앞〉

라 잇써 노숙이 주유다려 문왈 도독이 현덕을 쳥ㅎ야 완는되 엇지 그져 보
니신잇가 주유 왈 웅장은 범갓턴 쟝수라 만일 현덕을 히하면 쟝니 엇지 살
기을 바리리요 글노 하야금 디스을 마치지 못할가 하여 보니노라 각셜이라
됴됴 치모 쟝눈으로 수군 도독을 삼어 수군을 죠련할 시 소션은 즁양의 두
고 디션은 외면으로 돌너 셩곽을 삼고 이십스좌 수문을 니여 밤이면 수육
진 삼십여 리의 거화 둥농을 넝농케 ㅎ야 하날의 사못차넌지라 일일은 쥬
유 용쟝 수인을 다리고 일쳑션을 젹벽 즁유의 쩌여 됴됴 슈진 현셰을 귀경
ㅎ고 디경 왈 거긔 오넌 수군은 미우 익은 스룸이로다 수군 도독은 뉘라 ㅎ
넌요 쟝쇼 엿즈오디 치모 쟝눈이라 ㅎ넌이다 주유 싱각하되 이 두 스룸을
업신 후의 됴됴을 즈부리다 ㅎ더니 잇디의 됴됴

〈21-뒤〉

진중의셔 주유을 보고 밧비 쏘츠 자부러 ᄒ더니 주유 진중의셔 칼빗시 이러나물 보고 비을 급피 져어 도라오니 짜라오지 못하더라 됴됴 졔장 블너 왈 강동은 쥬유 졔갈양의 꾀을 쓰니 우리는 무삼 꾀을 써 동오을 파ᄒ리요 쟝간이 쥬 왈 니 쥬유와 동문셩이요 졀친ᄒ오니 이졔 강동을 가셔 쥬유을 달니여 황복ᄒ오리다 됴됴 디희하야 가로디 장간이 쥬유와 미우 졀친흔가 쟝간 왈 승상은 조금도 염예 마옵소셔 장간이 쳥의동자 흔 쌍을 다리고 일엽 소션을 타고 강동의 이르러 군ᄉ로 통긔ᄒ되 고인 장간이 왓다 ᄒ니 쥬유 디희 왈 셰긱이 왓쓰니 치모 쟝윤 두 사름 쥬ᄉᄒ야 죽길 꾀을 힝ᄒ리라 ᄒ고 쥬유 의관을 졍졔ᄒ고 금의화복의 동ᄌ 수인을 다리고 원문 밧긔 나와 마지니 장간이 드러와 쥬유의 손을 잡고 공근은 평안ᄒ신가 쥬유 왈 자익이

〈22-앞〉

강동의 왓싸오니 됴됴의 셰긱인가 의심ᄒ여드니 임의 그려치 안니 할진딘 엇지 도라가리요 좌졍흔 후의 군즁의 분부ᄒ되 강동영웅이 다와셔 자익을 디졉하라 문무 졔장이 일시의 드러와셔 인사ᄒ고 동셔반을 쳐려 션니 위엄이 엄슉ᄒ더라 쥬유 불시의 군즁에 디연을 비셜ᄒ고 장간을 디졉할 시 쥬유 좌우을 도라보와 가로디 자익언 동문수업흔 친구라 됴됴 진의 잇쓰나 셰긱이 안니니 의심치 말고 졉디ᄒ라 틱사자을 불너 칼을 쓸너쥬면셔 그디는 이 칼을 차고 좌우을 순찰ᄒ되 오날 잔치는 친구 디졉하는 일인니 만일 군즁ᄉ로 의논ᄒ넌 지 잇거든 뭇지 말고 벼히라 ᄒ니 틱ᄉᄌ 칼을 안고 좌즁의 순찰ᄒ거늘 장간이 두러워ᄒ야 감히 발구치 못하더라 주유 왈 니 젼일의 군즁의셔 술 먹은 일이 업더니 오날은 고인을 만나쓰니 취토록 먹어 보어라 ᄒ고 좌상

〈22-뒤〉

의 비반이 낭즈흐든니 주유 술리 디취흐야 장간의 손을 잡고 장막 밧긔로
나오니 좌우 군사드리 촉금 전포의 창금을 들고 좌우의 나열흐야쓰니 주유
왈 닉 군ᄉ 엇더흐요 장간이 왈 중흐도다 흐고 흐고더 이르러 본니 군양 마
초 젹여구산이여를 쥬유 왈 닉 양초 엇쩌흐뇨 장간이 왈 그도 중흐도다 장
간을 다리고 군중의로 도라와 졔장을 다리고 술을 먹든니 주유 졔중을 가
라쳐 왈 이는 다 강동영웅니라 오날 잔치 일홈은 길연회라 흐고 밤이 집도
록 슐을 권흐니 장간이 술을 이기지 못흐야 잔을 시양흐니 술을 치우고 가
로더 자니와 동침흔 졔 오러드니 오날은 한가지로 자리로다 그 젓터 취흐
야 평상의 썩쑤러져 군코질한니 장간이 엇지 좀을 일울리요 군중의 이경을
고흐되 주유 뇨지부동흐거늘 장간이 셔안의 문셔을 상고흐던니 각쳐의 왕
니흐든 셔간을 차례로

〈23-앞〉

볼더 흔장 피봉이 치모 장눈이 근봉이라 흐엿써늘 쩌여본니 흐여씨되 소장
등이 됴됴의계 항복흐문 공후장록을 탐흔 비 안이라 아모리 흐야도 틈을
어드면 됴됴의 머리을 베히여 장군 휘하의 밧치리다 흐여거늘 장간이 그
편지을 쇼미의 간수흐고 다시 다른 셔간을 보려흘 졔 주유 몸을 요동흐니
장간이 불을 치고 누워 즈는 쳬흐거늘 주유 군말흐며 왈 자익아 자니 슈일
간의 됴됴의 머리을 구경흐랴는야 장간이 그 말을 디답고져 흘 차의 주유
다시 잠을 들거을 장간이 심속흐야 견젼반측흐더니 잇쩌의 흔 스롬이 가만
이 드러와 지셩의로 문왈 도독은 즈신잇가 주유 잠을 찌여 이러 안지며 모
르난 쳬흐고 문왈 자는게 웬 스롬인뇨 답왈 장자익 안인잇가 주유 기탄 왈
닉 젼일의 술 취한 일이 업더니 오날 취중의 무슴 말을 흐여난지 모르것다
그

〈23-뒤〉

스룸이 왈 강북의셔 사환이 와난이다 주유 디경디칙 왈 소리을 나직이 하여라 ᄒ며 ᄌ익아 부르거얼 장간이 짐짓 자는 쳬ᄒ고 디답지 안이 ᄒ니 주유 그 사룸 다리고 밧긔로 나가 가만이 말을 ᄒ되 치모 장눈 두 사람이 아직 틈을 엇디 못ᄒ아쓰니 아모 쩌라도 틈을 어드면 도모하리라 ᄒ거날 장간이 그 말을 자셔이 듯지 못ᄒ고 디강 짐작만 ᄒ던니 주유 드러와 ᄌ익아 부르되 장간이 디답지 안니ᄒ니 주유 오슬 버셔 걸고 자거날 장간이 싱각하되 주유넌 자상ᄒ 사룸이라 명일의 편지가 업시면 피련 나을 히할 거시니 잇쩌을 타 도망하리라 ᄒ고 주유을 불으니 주유 잠든 쳬ᄒ고 디답디 아니 하건을 장간이 의관을 정졔ᄒ고 장전의 나와 동자을 다리고 진문 박긔 나션니 순경하넌 군ᄉ 문왈 션싱은 어디 가시난익가 답왈 니 남의 진중의 오러닛

〈24-앞〉

쓰미 미안하야 쩌나는 질이라 ᄒ니 군ᄉ 본쳬 안이 ᄒ거날 장간이 비을 타고 강북으로 도라와 치 장 양인의 편디을 승상 젼의 올닌니 됴됴 보고 디로하야 치모 장늉을 불너 문왈 지금으로 강동을 쳐 파ᄒ라 한디 치모 장늉 왈 아직 군ᄉ 조련이 익들 못하엿사오니 엇지 졸디의 치오릿가 됴됴 발련 변식 왈 군ᄉ 조련이 익으면 니 머리을 주유의게 보니겄는야 양중이 밋쳐 디답지 못ᄒ야 군ᄉ을 호령하야 치 장 양인을 잡어니 볘이고 직시 모긔 우금으로 슈군 도독을 삼어는지라 잇쩌 쥬유 그 두 ᄉ룸 죽인 쇼식을 듯고 디희하야 노슉을 불너 왈 니 장간을 유인하야 됴됴을 속여 치모 장늉을 죽여쓰니 장군은 몰으난지라 공명이 아난가 자경은 가셔 동졍을 보소셔 노슉이 공명 젼의 문안ᄒ니 공명 왈 쥬도독을 보면 치ᄒ할 일이 잇노라 노슉 왈 무삼 일

〈24-뒤〉

리온잇가 공근이 자경을 보니여 동정을 보야ᄒ고 왓쩌니와 니 엇지 모르리
요 장간으로 됴됴을 속여 치 장 양인을 죽여쏜나 됴됴 필경 후회ᄒ리라 자
경은 그 일을 알들란 말을 공근게 마옵소셔 공근이 알면 날을 히코자 ᄒ리
다 노슉이 도라와 실상을 고ᄒ니 쥬유 듯고 디경 왈 이 스롬을 걸단코 죽이
리라 노슉 왈 공명을 죽이면 됴됴의 치소을 면치 못ᄒ리다 쥬유 왈 니 공도
로 죽이면 남의 치소되리요 ᄒ니 디왈 무삼 공도로 죽이리요 쥬유 갈로디
니 꾀을 보라 ᄒ고 잇튼날 졔장을 묘의고 공명을 쳥ᄒ야 젼즁사을 의논ᄒ
여 왈 슈젼의 무슴 기계 요진ᄒᄂ요 공명 왈 슈젼의난 궁시가 요진ᄒ난이다
쥬유 왈 션싱의 말슴 당연ᄒ오나 지금 군즁의 살 ᄒᆫ 긔 업싸오니 엇지 ᄒᆯ익
가 션싱은 슈고을 익기지 말고 십만 쎄 살을 지여 됴됴을 파ᄒ게 ᄒ면 쳔만
다ᄒᆼ

〈25-앞〉

리로소이다 공명 왈 엇지 장영을 어길잇가 그러ᄒ면 언의 쩌나 쓰려 ᄒ난
잇가 쥬유 왈 십일 니로 당ᄒ소셔 공명 왈 양국 디젼ᄒ야 피차 여가을 엇고
져 ᄒ난디 언의날 무삼 환이 날 졸 알고 엇지 십일을 지쳬ᄒ리요 삼일니로
당ᄒ리다 쥬유 왈 군즁의 헛말리 업난니다 공명 왈 엇지 헛말을 ᄒ릿가 군
영장을 두오리다 쥬유 디회ᄒ야 군즁 셔긔을 불너 공명의 다짐을 밧고 사
례 왈 디스을 리룬 후의 공을 갑싸오리다 공명 왈 오날은 이무 져무려쓰니
명일부틈 삼일 후의 오빅군을 보니여 살을 실어가게 ᄒ쇼셔 ᄒ고 쥬유의게
ᄒ직ᄒ고 관역으로 도라가거날 잇쩌 노슉이 쥬유 다려 문왈 이 스롬이 헛
말리나 안니 ᄒ릿가 쥬유 디왈 졔가 분명 당ᄒ것다 ᄒ고 다짐 두워쓰니 헛
말하고넌 졔가 살너가지 못ᄒ리라 니 군즁 장인의게 분부하야 이을 심씨지
말

〈25-뒤〉

나 하면 자연 과한 될 거신니 그쩌의 제 죄을 정하리라 ᄒ고 자경은 가셔 동정을 보고 오라 노슉이 가셔보니 공명 왈 자경은 엇디 당부한 말을 하야 기어 나을 사디로 보너여 엇지 삼일너로 십만 쎄 살을 당하리요 자경은 나을 구안ᄒ라 ᄒ니 노슉 왈 이은 션성의 자취지화라 니 엇지 구완하리요 공명 왈 자경은 젼션 이십쳑을 빌리되 미쳑의 군ᄉ 삼십명식 등디하야 가지고 와셔 살을 실어가쇼셔 하던니 쳥쵸로 사룸을 만드러 셰우고 쳥표장 치고 쏘 명일로 살을 쥬션할 도리로 할리다 이 말을 공근게 하지 마오 만일 혈로ᄒ면 디사 낭픽할 거시요 만ᄉ불셩할 거신니 삼가 죠심하라 당부하니 노슉이 허락ᄒ고 도라와 고하되 공명이 살 만들 게교은 아니하고 틴년이 잇쓰며 달리 할 도리 잇다 ᄒ더이다

〈26-앞〉

주유 역시 의심하야 가로디 삼일 후의 제 말을 들으이라 노슉이 젼션 이십쳑을 위인을 실코 각각 등디하야 공명을 지달으더니 공명이 제 이일의 풍유만하고 아무 동정도 업던니 제 삼일 이경의 비로소 노슉을 쳥하야 왈 자경은 나와 한가지로 가 살을 가져오게 하라 자경 왈 어디로 가랴 하신난잇가 가셔 보면 자연 알 쩌신니 웃지 말고 가사이다 이날밤 이경의 젼션 이십쳑의 일자로 쎄을 지여 압셰우고 됴됴의 슈진을 바라보며 너려 가던니 차야의 안개 ᄌ옥하며 디쳑을 분별치 못하드라 공명이 군사로 하여금 됴됴진 근쳐의 닷슬 노코 젼션 슈미를 동셔로 분별하야 일자로 벌여 셰우고 뇌고함셩하니 노슉이 디경 왈 됴됴의 디병이 엄살ᄒ면 엇지 당젹하릿가 공명이 디쇼 왈 만일 됴됴 아무리 영웅인들 여차 침랴 삼경의 운무 자옥한듸 엇지 나오리요 염예 말고 우리난 슐이나 먹고 살이나 어더 가자 하며 쥬비 낭자ᄒ더

〈26-뒤〉

니 잇씨 됴됴의 슈군도독 모기 우금이 불의예 뇌고소리을 듯고 긔피 됴됴
의게 고하니 됴됴 디경하야 군중의 졀령하되 불의예 젹병이 왓쓰니 필련
스면의 복병 잇쓸지라 경동치 말고 궁시 슈만을 직발하되 뇌고셩 나는 고
슬 일졔로 쏘라 하니 장쫄이 영을 듯고 활를 연방 쏘와 시셕이 비 오듯 ᄒ
여 잠시간의 공명의 젼션에 살을 바다 비 한편의로 지울너지니 공명이 디
희하야 비 슈미을 박구워 셰우고 군스를 지쵹하야 일변 뇌고셩을 연속 부
졀하니 공중의 쓴 살이 연속디여 바든 살이 이십쳑 젼션의 가득하고 일츌
동영하며 안기 것치거늘 공명이 비을 거두워 도라오며 군스로 하여금 크게
웨여 왈 승상이 다힝이 살을 만이 쥬기로 어더 가온니 감격ᄒ오며 일후 졉
젼할 씨 승상의 살노 승상의 군스을 쏠 인니 엇지 싱각 말나 공명이 노슉을
도라보와 가로디 강동의 심을 조금도 허비치 안이 하고 져의 살을 어더 져
의을 쏘면 그 안니 조를잇가

〈27-앞〉

노슉이 디찬 왈 션싱은 진실노 신인이로소이다 오날 안기 잇쓸 쥴를 엇지
아라는잇가 공명 왈 쳔문디리와 음량죠화을 모로오면 장슈 안이라 니 오날
일긔을 알고 삼일 한을 졍하여쓰며 공근이 십일 졍한 하기는 군중 장인의
게 분부ᄒ야 일을 지체하게 ᄒ여 과한하면 날을 살히코자 하건이와 니 명
이 하날의 잇거날 공근이 엇지 날을 히하리요 이날 쥬유 오빅군을 강변으
로 보니고 소식을 지달이든니 노슉이 십만 쎄 살은 고스하고 슈빅만 쎄 살
을 슈운하야 올리고 살 어쓴 사연을 고하니 쥬유 디경 왈 공명의 지죠는 귀
신도 난측이라 하든니 이윽하야 공명이 드려오거늘 쥬유 장하의 나려 영졉
하야 사례 왈 션싱의 신기ᄒ 지됴는 스롬의 심곡을 놀니는지라 공명 왈 엇
지 죠고만한 지됴로 치하를 바들리요 주유 왈 쥬공이 쏘홈을 지쵹ᄒ오나
지죠 업셔 염예오니 션싱은 신기하신 지죠을 가르쳐 쥬옵소셔 공명 왈 양

은 본디 용지라 엇지 기히한 지죠을 알리요 주유 왈 니 씌 어더쓴니 사양치
말으시고

〈27-뒤〉

가부을 결단하사이다 공명 왈 무삼 씌을 어더난잇가 주유 왈 우리 각각 장
중의 글즈를 써셔 비교하야 보사이다 공명 왈 그리 하스이다 흐고 쥬유 몬
져 부슬 취하야 글자을 장중의 써 쥐고 공명이 또한 부슬 취흐야 글자을 장
중의 써 가지고 두리 손을 한틔 디이고 펴여 보니 공명의 즁즁의도 불화 짜
요 쥬유의 즁즁의도 불화 짜라 두리 박중디소 왈 우리 소견이 갓사오니 이
난 연분이로다 무어슬 의심하리요 하고 화공하기을 의논할 시 만군중이 다
아는 지 업더라

華龍道 卷之上終

화룡도 권지하라
각셜 됴됴 빅만 쩌 살을 일코 심화 자발하야 두셔을 졍치 못할 시 모사 순
욱이 왈 강동의 쥬유 졔갈양이 씌을 쓰니 모사를 강동의 보니여 사항하고
니응의로 소식을 알게

〈28-앞〉

하옵소셔 됴됴 왈 보닐만혼 사람이 업쏘다 순욱이 왈 치즁 치화를 은혜로
디졉하야 보니시면 디사을 도모하리다 됴됴 듯고 디희하야 치즁 치화을 쳥
허여 왈 그디 등은 날을 위하야 강동의 가셔 사항하여 동졍과 소식을 통하
면 디사을 이룬 후의 공을 쓰리라 치즁 치화 왈 소장 등도 국녹을 먹으되
쳑츤지공이 업씨미 민망하옵드니 승상 명영이 이러하신니 강동의 건네가
진심하야 틈을 어더 쥬유과 공명의 멀리을 베혀 중하의 밧치리다 흐고 직
시 군수 슈십명식 거나리고 강동상의 비을 타고 강동의 다달나 남명하고

장하의 드러가 쥬유 압회 푸복지체 읍왈 소장의 형 치모 됴됴의게 퍼를 본 후의 불공디쳔지슈 갑기을 쥬야 사모하다가 장군 휘하의 왓싸오니 바리옵 건디 장군은 두호하야 쥬옵소셔 쥬유 그 사항인 쥴을 알고 흔연이 허락하 야 후디하고 감영을 불너 왈 치중 치화 졔 쳐자을 다리고 와는료 감영 왈 쳐자난 아니 다리고 와는이다 쥬유 왈 그러하면 두 사람이 사항하고 우리 강동소식을 아러

〈28-뒤〉

됴됴의 니응이 되고자 하미라 니 엇지 모르리료 이 두 스롬을 다려다가 그 디 진중의 후디하야 두면 됴됴와 디젼할 쩌의 쓸 고시 잇노라 감영이 쳥영 하고 두 사롬을 다리고 나간 후의 노슉이 문왈 치중 치화 항복하는 거슬 엇 지 밋고 바단난잇가 쥬유 디칙 왈 졔 형의 원슈을 갑고자 ᄒ야 니게와 항복 ᄒ거날 엇디 의심이 잇시리요 노슉이 묵묵부답하고 공명 스쳐의 도라와 그 사연을 셜화하니 공명이 소왈 양진중의 티강이 막혀쓰니 우리 동졍을 몰나 치중 치화을 보니여 사항ᄒ여 니응이 되고져 ᄒ미라 공근이 그 쐬을 몬져 알고 짐짓 군중의 두는 일을 자경은 엇지 몰으는야 노슉이 그계야 기탄ᄒ 고 공명의 지감을 탄복ᄒ더라 쥬유 야삼경의 등촉을 도도키고 됴됴 파할 쐬을 완졍치 못하야 젼젼반칙ᄒ든니 션봉장 황기 들러와 문안ᄒ거날 쥬유 왈 심야 삼경의 공복이 무삼 소회 잇는요 황기 왈 다름 아니라 방재 양국이 디젼홀 틔인듸 형셰을 싱각하온즉 됴됴의 군스는 빅만이요 우리 군스 불과 오뉵만리라

〈29-앞〉

도독은 쥬의을 엇지 ᄒ시는잇가 쥬유 왈 나도 아즉 경훈 쓰시 업쓰나 그디 의 쓰슨 엇지ᄒ며 졔장등 소견은 엇더ᄒ던요 황기 왈 졔장의 소견은 알 수 업스오나 소중의 소견은 됴됴의 군스난 만ᄒ고 울이 군스난 젹어미 불노

치면 됴을 쓰 ᄒ난이다 쥬유 디경 왈 네 이 말을 어디셔 들어난야 네의 소
견이 글어ᄒ야 황기 왈 어디셔 들을닛가 소장의 소견이로소이다 쥬유 왈
이 말을 아무도 몰으게 ᄒ라 나도 화공할 싱긱이 잇기로 쳐 모 양인의 사항
을 밧고 군중의 두어 소식을 통케 ᄒ여씨나 울리는 됴됴으게 ᄉ항할 사ᄅᆷ
이 업ᄉ온니 글로 근심ᄒ노라 황기 왈 소장이 가셔 됴됴의게 사항할이다
쥬유 왈 장군의 쓴시 과도ᄒ야 ᄉ항ᄒ면 됴됴 밋디 안이 할덧 ᄒ로라 황기
왈 니 주공의 삼디 은혜을 바다싸온니 국은를 갑즈ᄒ오면 몸이 죽어도 앗
갑지 안니 ᄒ지라 도독의 명영디로 ᄒ올이다 쥬유 왈 그 일을 힝ᄒ면 강동
의 만힝닌니 됴됴을 파한 후의 디공

⟨29-뒤⟩

을 갑푸리라 ᄒ고 잇튼날 쥬유 제장을 취입ᄒ여 하령 왈 됴됴의 빅만디병
이 빅니허의 유진ᄒ고 슈육병진 ᄒ아씬니 제장 등은 삼삭 양ᄉᆨ을 가지고
됴됴을 파ᄒ라 황기 출반 주왈 삼삭은 고ᄉᄒ고 슙연 양식을 가져도 됴됴
파ᄒ기는 감불싱의라 모ᄉ 말디로 됴됴의게 황복ᄒ소셔 쥬유 발연디로 왈
주공의 말을 바다 됴됴을 치려ᄒ거늘 너난 감이 항복고져 ᄒ니 너을 베어
군중의 영얼 폐히 일라 ᄒ고 무ᄉ를 호령ᄒ야 황기을 ᄌ바니여 베히라 ᄒ
니 황기 디로 왈 파오장군을 모시고 강동을 어더 군신이 되야거던 네 엇지
날을 죽이려 ᄒ난요 쥬유 디로ᄒ야 급피 베히라 ᄒ니 감영이 엿자오디 황
기는 동오의 공신이온니 죄을 용셔ᄒ소셔 쥬유 감영을 ᄭ지져 왈 너난 당
돌이 니의 영을 거역ᄒ는요 좌우을 호령ᄒ야 감영을 ᄌ바니여 엄곤 방출ᄒ
고 황기을 ᄲᆯ이 베히라 성화갓치 지촉ᄒ니 졔중 등이 일시의 합쥬

⟨30-앞⟩

왈 황기의 되는 죽어 맛당ᄒ오나 양국과 디젼ᄒ와 합젼ᄒ기 젼의 디장을
베히는 거시 군중의 ᄉᆼ ᄉ 안이온니 두엇다 됴됴을 파ᄒ 후의 베히소셔 쥬

유 왈 결단쇼 베홀 거시로더 졔장의 낫셜 보아 아즉 용셔ㅎ건이와 위션 엄
곤 빅도ㅎ라 졔즁이 다시 고ㅎ되 임의 용셔ㅎ실진딘 다시 즘죽ㅎ소셔 쥬유
디로ㅎ야 셔안을 치며 졔즁을 호령ㅎ야 물이치고 황기을 니입ㅎ야 오십도
엄곤ㅎ니 졔즁이 엿자오디 황기 쳣단 말을 됴됴가 알거듸면 치소될가 ㅎ난
이다 쥬유 쑤지져 왈 졔가 감히 너 령을 거역커날 너 엇지 남의 나라 치쇼
되는 걸 염예ㅎ야 군령을 히터케 하리요 졔장의 나슬 보와 위션 오십도의
부과하여 두라 일후의 범죄하면 결단코 베히리라 황기 즁장을 당하고 두
볼기의 혈뉵리 낭자ㅎ니 졔장 등이 다려다가 치료하며 위로한니 황기 졍신
을 차려 좌우 군졸을 보와 낙누하더라

〈30-뒤〉

노슉이 공명을 보고 왈 오날 공근이 황기을 칠 쎄의 우리는 공근의 슈하라
말뉴치 못하얏건이와 션셩은 긱이라 허물이 업는 디 엇지 말유치 안이하여
는잇가 공명이 쇼 왈 자경은 엇지 날을 노류장화갓치 디졉하난요 노슉 왈
션셩을 모셔 강동의 오신 후로 됴금도 홀디한 일리 업거늘 엇지 이런 비졍
한 말슴을 하신잇가 공명 왈 쥬유 황기 친 거시 쒼 줄 모로고 날다려 말을
하난요 골륙게 안니면 엇지 됴됴를 쇠기리요 필야의 황기로 됴됴의게 사항
ㅎ고 디사를 일울 경눈이라 응당 치즁 치화도 긔별하야쓸 거신니 일은 졍
영히 맛칠지라 자경은 공근을 보거던 오날 일을 너가 원망허드라 하소셔
그 일을 아드라 하면 날을 히할 거신니 부디 알게 마옵소셔 노슉이 쥬유달
려 문왈 오날 황기을 엇지한 일노 엄곤하엿는잇가 쥬유 왈 졔장이 무어시
랴 하든요 노슉 왈 원망이 만하는이다 쥬유 왈 공명의 말은 엇쩌하든잇가

〈31-앞〉

노슉 왈 공명도 원망하든이다 쥬유 왈 이번은 속여쏘다 오날 황기 친 거슨
골륙게을 쎠 됴됴을 소기게 하미라 노슉이 뉴뉴이 퇴하야 공명의 지감을

탄복하드라 황기 장쳐가 디단하야 군즁의 누워 디통하드니 모사 감틱이 오거늘 황기 좌우을 물리치고 감틱을 영졉ㅎ야 좌졍 후의 감틱 왈 장군은 장쳐 엇써하시며 그 일은 골륙게 안니잇가 황기 왈 엇지 아는요 감틱 왈 공근의 동졍을 보고 짐작ㅎ여난이다 황기 왈 니 손장군의 삼디 은혜을 갑고져 하오나 몸은 비록 압파도 한은 업난니다 바리ᄂᆞ니 션싱은 본시 츙효 거록하옵기로 니 심즁사를 셜화하난이다 감틱이 왈 날노 하야 사항셔을 됴됴의게 보니고져 하는야 황기 왈 실노 그 ᄯᅳ시오니 션싱의 마음은 엇써ㅎ신잇가 감틱이 왈 디장부 쳐세ㅎ야 공업을 셰우지 못ㅎ면 여쵸목의로 동귀라 그디 임의 몸을 바려 임군의 은혜을 갑고져 ㅎ거늘 니 엇지 수고을 익기리요 황기 장하의 나려 졀ㅎ고

〈31-뒤〉

사례 왈 션싱의 은혜난 하히갓사오니다 감틱 왈 일리 임의 조용하오니 지금 곳 가오리다 황기 사항셔를 써서 쥰니 감틱이 어션을 잡아타고 됴됴의 슈진를 바라보며 슌풍의 써나가니 빅만디병 죽이러 가는 쥴을 엇지 알이요 감틱이 됴됴 진의 다달나 비의 나려 드러간니 슌경ㅎ든 군사더리 감틱을 잡아 장하의 밧친니 잇써 됴됴 진즁의 등쵹을 발키고 셔안의 의지하야 문 왈 네 강동사롬으로 엇지 남의 진즁의 임의로 왓는요 감틱 왈 됴승상이 어진 사람을 구한다 하드니 뭇는 말을 드른즉 불가ㅎ도다 황기 그릇 아러쏘다 됴됴 왈 니 강동과 디진을 하야거날 네 남의 진즁의 밤을 의지하야 왓쓴니 엇지 뭇지 아니 히리요 감틱 왈 황기는 동오의 옛 신하라 무고히 쥬유의게 즁장을 당ㅎ고 항셔을 가져왓쓰니 승상의 ᄯᅳ시 엇써ㅎ신잇가 ㅎ고 항셔을 올인니 됴됴 항셔을 보고 크게 ᄭᅮ지져 왈 황기 골륙게을 써 널노 사항셔을 들려 날을

〈32-앞〉

소기고져 ᄒ는야 좌우를 호령ᄒ야 감틱을 너여 버히라 ᄒ니 감틱이 안식을
불변ᄒ고 앙쳔디소ᄒ니 됴됴 다시 감틱을 불너 왈 니 네의 간게을 안는고
로 글노 ᄒ야 웃셔는야 감틱 왈 죽이거든 밧비 죽이요 졔 무삼 잔말을 하는
요 됴됴 왈 니 병셔을 능통ᄒ야 간게을 모울 거시 업거늘 편지을 보니 간사
ᄒ지라 감틱 왈 미거ᄒ도다 져런 거시 엇지 병셔의 익다 홀이요 됴됴 왈 황
기 실상으로 항복ᄒ량이면 엇지 일즈을 졍치 아니 ᄒ리요 감틱 왈 네가 병
셔의 익다 ᄒ건이와 만일 강동과 쌋호거드면 쥬뉴의게 잡필 거시요 니 네
손의 죽기 원통ᄒ도다 니 나라를 바리고 남의 나라 올 쩌의 다 마음을 어드
려 할지라 만일 기약을 졍ᄒ얏다가 일이 셜로ᄒ면 셩사도 못되고 몸의 히
를 볼 거시어늘 어진 스룸을 죽이고져 ᄒ니 무어시 병셔의 익다ᄒ리요 됴
됴 듯고 디희ᄒ야 장하의 나려 감틱을 령졉ᄒ야 당상의 올녀 안치고 스례
왈 니 과연 무식ᄒ야

〈32-뒤〉

어진 스룸을 몰나보고 촉노ᄒ야쓴니 허물치 마옵소셔 감틱 왈 황기 승상게
항복홈은 어린 아희 부모 바림 갓ᄒ지라 엇지 다른 마음을 두리요 됴됴 왈
션셩이 황기로 동심ᄒ야 디공을 일우면 일등공신이 되리라 감틱 왈 우리도
부귀을 탐훈 배 안이라 쳔시을 쫏고자 홈이라 됴됴 디희ᄒ야 감틱을 후디
ᄒ든니 이윽ᄒ야 훈 스룸이 셔간을 드리거늘 됴됴 기틱ᄒ니 치즁 치화의
편지라 황기 쥬뉴게 엄곤 오십도의 방지즁통ᄒ는 스연을 긔별ᄒ야거늘 됴
됴 그 편디을 보고 감틱을 더욱 미더 가로디 션셩이 강동의 가셔 황기로 언
약을 졍ᄒ고 소식을 통하소셔 감틱 왈 니 임의 강동을 비반ᄒ고 왓느니 엇
지 다시 가릿가 승상은 다른 사룸을 보니소셔 됴됴 왈 다른 사람을 보내면
일이 셜노할가 ᄒ니 션셩은 수고을 익기지 말고 가소셔 감틱이 지삼 사양
하다가 왈 임의 갈테오면 슈이 가야 강동스룸이 의심을 아니할 테오니 지

금 곳 가리다 ᄒ고 발힝하야 강동

〈33-앞〉

으로 라와 황기을 보고 사항셔 보니던 사연을 셜화하니 황기 사례 왈 감연
의 진중의 가셔 치화의 동졍을 보리라 하고 감영 진즁의 간니 감영이 영졉
ᄒ야 좌졍 후의 왈 션싱이 엇지 오신익가 하며 됴됴의게 사항ᄒ던 말럴 하
던 차의 치즁 치화 드러오거럴 감틱이 감영을 보고 눈을 준니 감영이 그 뜻
슬 알고 거짓 디로 왈 공근이 지조만 밋고 졔장을 싱각지 아니 하도다 하며
이을 갈면셔 디답하니 치즁 치화 감영의 거동을 보고 문왈 션싱과 장군이
무삼 불평한 릴이 인난익가 감틱 왈 남의 소회을 엇지 알이요 치화 왈 강동
을 비반하고 됴승상을 섬기고자 하난익가 감틱이 그 말을 듯고 거짓 실식
ᄒ니 감영이 또한 디로하야 카럴 드러 치즁 치화을 치려ᄒ며 왈 우리 일리
임의 혈노 하여슨니 너을 쥬계 마을 마그리라 치즁 치화 급피 고왈 장군은
근심치 마읍시고 소장의 심곡을 드러보소셔 감영 왈 밥비 말

〈33-뒤〉

을 하라 치화 왈 울리 항복함도 참 항복이 아니라 됴승상의 령을 바다 사항
ᄒ야 소식을 통ᄒ랴고 왓싸오니 장군이 만일 됴승상을 섬기고져 ᄒ시면 울
리가 인도할익가 감영 왈 진졍 그러한아 디왈 엇지 호발인들 기망할익가
감영이 그계야 디희 왈 그디의 말 갓틀진디 하날이 도으심리라 치화 왈 일
젼의 황기 즁장함과 장군 칙망 드른 일도 다 승상의게 긔별ᄒ얏난이다 감
틱 왈 나도 임의 황기의 항셔을 됴승상의게 드려쓰니 장군도 한가지로 항
복ᄒ사이다 감영 왈 디장부 쳐셰ᄒ야 됴승상 갓흔 영웅을 셥기면 무엇시
원이 되릿가 셔로 희희낙낙ᄒ여 비반이 낭즈ᄒ드니 이날 치즁 치화 황기
감녕 감틱이 너응ᄒ는 모양으로 긔별ᄒ고 감틱도 션통ᄒ되 황기 아직 여가
을 엇지 못ᄒ니 아모 날리라도 비머리에 쳥농아긔 셰우고 가는 비난 황기

의 항복선이라 ᄒ얏거늘 됴됴 보고 디희ᄒ야 졔중을

〈34-앞〉

모의고 가로디 강동의 황기 감영이 닉응ᄒ야 항복고져 ᄒ나 그 실상을 아
지 못하니 뉘 능히 강동의 가 허실을 소상이 아라오리요 장간이 출반 주왈
소중이 가셔 아라오리다 됴됴 디희ᄒ야 허락ᄒ니 장간이 비션을 잡아타고
강동의 이르러 공근의게 통지ᄒ니 쥬뉴 장간이 왓단 말을 듯고 디희 왈 닉
셩공ᄒ기난 이 사롬의게 잇다 ᄒ고 직시 노슉을 불너 왈 그디난 그 피 방사
원을 쳥ᄒ야 셔산 암자의 두워짜가 중간을 유인ᄒ야 됴됴을 소기라 ᄒ고
중간을 쳥ᄒ니 장간이 쥬뉴 문밧긔 나 밋지 안니항을 보고 으혹ᄒ야 죠용
한 고디 비을 미고 쥬뉴 진중의 드러가니 쥬뉴 디칙 왈 자익이 몬져 와셔
남의 사셔을 도적ᄒ얏다가 닉의 디스을 겨희하고 ᄯ 오기는 무어시 부족하
야 와는뇨 의을 싱각지 아니ᄒ면 베힐 거시로디 ᄎ마 그러치 못ᄒ니 우선
셔산 암즈의가 가두어짜가 됴됴 파한 후의 보니라 장간이 발명코져 할 지
우

〈34-뒤〉

의 쥬뉴 좌우을 호령ᄒ야 지촉ᄒ며 장막 밧긔 나셔니 군사 달여들러 장간
을 지촉ᄒ야 셔산 암자의 다달나 가두고 군사로 슈즉ᄒ거늘 장간이 심식이
살난ᄒ야 침식이 불평ᄒ고 잠을 리루지 못ᄒ야 월식을 ᄯᆞ라 비회ᄒ야 후원
의 다달른니 글 음난 소리 들리거늘 그 곳슬 차져간니 셕경 놉흔 집의 빅운
은 어려 잇고 초당은 격요한디 쳥풍은 소실ᄒ야 인간 자미 업는지라 문 틈
의로 살펴보니 등촉이 휘황흔디 흔 션관이 벽상의 칼을 걸고 셔안의 비겨
안져셔 병셔을 외거날 장간이 싱각ᄒ되 이는 반다시 도인이라 문을 열고
드러가 예필 후의 문왈 셔셩은 뉘신잇가 디왈 나는 남양 방통이요 자는 사
원이로소이다 장간이 왈 그러하면 봉츄션싱이 안이신익가 대왈 그러하온니

다 장간 왈 선싱의 어진 일홈을 드른 제 오러옵더니 이제야 뵈오니 다힝혀
여이다 선싱의 놉푼 지조로 엇지 리럿타시 고젹하오닉가 디왈 주뉴

⟨35-앞⟩

넌 지조만 밋고 남을 경히 다졉하기로 니 이 고딘 은신하야 닌난이다 장간
왈 선싱가탄 지조로 여차 풍진시졀에 허송하리요 됴승상을 한변 보옵시면
엇더하올익가 만일 싱각이 잇삽거던 션싱은 나을 짜라가사이다 디왈 니 강
동을 바리고져 한졔 오린지라 그디 나럴 위하야 됴승상으게 쳔거할진디 지
금 짜라 가올이다 만일 지체ᄒ면 쥬유의 희을 보리라 ᄒ니 장간이 디희하
야 방통을 다리고 강변의 나와 비럴 자바타고 강을 건네여 됴됴의 진의 이
르러 장간이 몬져 드러가 봉취션싱 다려온 사연을 고하니 됴됴 듯고 디희
ᄒ야 직시 원문밧긔 나와 영졉ᄒ여 레필 후의 좌을 졍ᄒ고 가로디 선싱의
놉푼 일홈을 들은 졔 오러옵던니 다힝이 뵈오니 쳥컨딘 어진 꾀을 가라쳐
강동을 파ᄒ게 ᄒ소셔 방통 왈 승상의 용병지술을 익키 드러싸오니 군중을
한번 귀경코져ᄒㄴ이다

⟨35-뒤⟩

됴됴 직시 방통을 다리고 놉풍디의 올나 진셰을 귀경ᄒ던니 방통 왈 산을
의지ᄒ고 물을 등져 출입 진퇴하넌 법은 손빈 오긔와 사마양쪄라도 엇지
당ᄒ리요 육군을 다본 후의 슈진을 바라본니 이십사면의 슈문을 너고 몽동
젼션으로 성곽을 삼고 그 가온디 져근 비 왕늬하난 법은 차례가 분면ᄒ거
날 방통이 심독희자부하고 외면으로 크게 칭찬 왈 승상의 용병이 이갓싸온
니 진소위 명불허젼이로소이다 ᄒ고 강동을 가라쳐 왈 쥬뉴 손권이 결단코
파ᄒ리다 됴됴 디희ᄒ야 군중의 도라와 잔치을 비셜ᄒ고 방통을 디졉할 시
방통이 거짓 취한 쳬ᄒ고 가로디 수군이 병든 지 만ᄒ니 군중의 어원이 인
난익가 잇쩌 됴됴 수군의 병이 만탄 말을 듯고 엇지 무심ᄒ리요 지셩으로

무러 왈 병든 군졸을 무삼 약으로 치료할이가 방통 왈 수군 죠정하난 병은
과연 분명호오나 군스는 온젼치 못한 거시 젹벽디강의 죠

〈36-앞〉

슈 출입하고 풍세디작하야 물결이 쑥밧치여 몽동젼션이 사방으로 요동하면
북방군스 비여 익지 못하여 자연 구토질 나고 어질병도 나면 졍신을 진졍
치 못할 거시니 지금 디소션 십여쳑식 쩨을 무워 일자로 셔우고 션두의 거
말못슬 장식호여 요동치 못하게 호고 우의 목판을 쌀고 빅토 펴여 안케 호
면 말도 달이고 군스 무병할 거신니 풍낭을 엇지 두려워 호리요 됴됴 디희
왈 션싱 곳 안니신면 엇지 이런 양칙을 어드리요 직시 군즁의 졀령호여 장
인을 불너 고리와 거말못슬 만드러 고리를 달고 못슬 박아 혹 이십쳑도 호
며 혹 십쳑도 호야 훈터 씌을 무의니 슈진 션상이 평디 갓치호야 병든 군스
셔로 질거호더라 방통 왈 강동영웅이 쥬뉴 원망호는 지 만싸오니 니 승상
을 위호야 강동영웅을 달니여 항복게 호리다 됴됴 디희호야 허락호거늘 방
통이 직시 강변으로 다달나 비를 타고져 할 차의 엿쩌훈 스룸이 폭관을 쓰
고 도포

〈36-뒤〉

을 입고 쾨연이 나와 방통으 소미을 잡고 쑤지져 왈 황기는 골륙게 쓰고 감
틱은 사항셔 드리고 너난 연환게을 쎠 빅만디병을 일시의 살히코져 호니
네의 독훈 쇠을 됴됴는 소게건니와 날를 엇지 소기리요 방통이 디경호야
졍신이 아득호고 가삼이 쩨여지는지라 이윽히 진졍호야 도라보니 이난 고
인 셔원직이라 방통 왈 그디가 니 쇠을 파호고져 호는야 사불여의호면 강
동 팔십일주 빅셩의 목숨이 그 안이 불상한야 원즉이 소왈 우리 군스의 목
심은 엇지 할고 방통 왈 원즉아 진졍 니 쇠을 파호고져 호는야 원즉 왈 니
뉴황숙의 은혜을 잇지 못호고 쏘 됴됴 니의 모친을 살히호여쓰니 니 밍셰

코 쾨도 쓰지 안이할지라 엇지 형의 쾨을 파흐리요만은 빅만군병 죽을 쎄
의 느는 엇지 면흐리요 형은 날을 위흐야 피화할 쾨칙을 가르치소셔 방통
왈 형의 고견으로 엇지 날다려 문난잇가 흐고 원즉의 귀예 디이고 두어 말
흐고 즉시 이별흐고

〈37-앞〉

강동으로 도라오니라 잇쩨 원즉이 됴됴 진의 도라와 방통의 말디로 셔량터
슈 마등 한수 반흐야온다 흐며 젼셜흐야 여러 군스 셔로 듯고 삼삼오오 어
셔로 귀을 다이고 슈쑤월리며 군중이 일시 뇨란흐더라 됴됴 그 풍셜을 듯
고 디경흐야 마등 한수 막을 쾨을 으논흐니 원즉이 고왈 날노 흐야금 삼쳔
군을 주시면 막의리다 흐니 됴됴 디희흐야 원즉으로 모사을 삼고 장희로
션봉을 숨아 마등 한수을 막으라 흐니 원즉과 장희 양닌이 출젼흐니라 △
각셜 잇쩨는 건안 십이연 십일월 십오일이라 쳔긔 쳥명흐고 월식은 영농흔
디 쳥풍은 셔리흐고 슈파는 불홍이라 사구는 상집흐고 금인은 유연이라 디
졉갓흔 금부어넌 어변셩룡 흐느라고 툼벙츌렁 굼실굼실 노는구나 한산고사
는 말리 박긔 익고 일디장강 말근 물은 눈압푸 경긔로다 산영은 도강흐고
어약은 츌몰이라 남병산식은 장강 젹벽

〈37-뒤〉

의 풍덩실 잠계 익고 동은 자산이요 셔은 하구로다 남은 이릉이요 북은 오
림이라 강산 말리을 바라보니 두 눈이 암암흐여 호호장강 너른 물리 쳔지
가 어듸민요 이러흔 풍경지셰의 됴됴 션두의 디장긔를 셰우고 디중단의 놉
피 안자 좌우를 도라보니 장효 허계 하후돈 하후련 죠홍 됴인 이젼 장진 장
합 셔황 모긔 우금 여통 여건 등 일등 명장이요 쏘 한편은 경욱 순유 강회
유한 등 어진 모사덜리 좌우의 시위흐고 쳔병만마는 항호을 경계흐고 긔치
창검은 일월을 회롱흐고 뇌고함셩은 턴디 진동흐니 됴됴 디희흐야 졔중을

도라보와 왈 니 이제 디공을 이루어 천하을 평정흐고 국가의 쥬셕지신이
되야 강동을 어들런이와 빅만군병과 용장 천여원이라 졔장도 심을 다흐라
니 강동을 어든 후의 천하을 티평흐고 그디 등으로 더부러 부귀을 흔가지
홀지라 그 안니 길거올가 문무졔중이 다 하

〈38-앞〉

례 왈 소장 동도 강동을 어든 후의 승승 실하의 종신 부귀함이 원이로소이
다 됴됴 디희흐야 디연을 비셜흐고 여군동낙 질길 적의 강동을 가리쳐 왈
쥬뉴 노숙이 천시를 모로고 날를 항거하다가 황공복이 항복흐니 엇지 길겁
지 안니흐며 또흔 강동 웃기을 엇지 근심흐리요 하구을 가르쳐 왈 뉴비 졔
갈양이 나를 엇지 당할손야 졔장을 도라보와 왈 니 강동을 어드면 조흔 일
리 잇노라 교공이 두 짤을 두워쓰되 천흐졀식이라 시로 동작디을 지여쓰니
이교를 다려다가 동작디 놉흔 집의 만련 낙을 삼르라 잇쩌의 월명셩희흐
고 슈광은 졉쳔이라 천만의외의 오작이 씌을 지며 진중의로 나려가며 남평
을 바라보고 각곡질곡 울고간니 됴됴 취중의 가마구 소리을 듯고 문왈 이
깁푼 밤의 어이흔 가마구뇨 좌우 디왈 월식이 발가 낫 갓트미 가마귀 날 신

〈38-뒤〉

가 으심흐여 울고가는이다 됴됴 디소 왈 가마귀 울고가는 소리 갈곡질곡
하야쓰니 승전할 징조로다 갈곡이라 흐난 거슨 길일양신 조흔 쩌의 승젼곡
의로 힝군흐야 부귀공명 홀리로다 가마귀는 영물이라 압 일을 몬져 알고
우리를 긔뉴흐니 지음을 못할손야 여바라 졔중더라 이 술 만이 먹고 티평
연 노라보시 만군중의 쥬효 난만흐니 디상의 장슈드른 칼춤 츄고 노러흐니
함양군중봉도시의 형가의 금술인가 칼빗쳔 셔리 갓고 홍문연 잔치 항장의
칼춤인가 살긔도 엄숙흐다 됴됴 취흥이 도도흐야 필연을 니여노코 오작가
을 지어쓰되 월명셩희예 오죽이 남비흐니 요슈삼잡의 무지가라 션두의

빗겨 안져 의긔양양할 졔 뉴복이 쥬왈 양국 디젼의 승부을 결단치 못ᄒᆞ야
는디 승상 노리을 드르니 조흔 징조 안니로다 됴됴 디로 왈 요망ᄒᆞᆫ 소견으
로 너의 흥을 파ᄒᆞ는요 창을 드러

〈39-앞〉

뉴복을 베히고 각영 격사의 주회을 만이 주워 군중의 효궤ᄒᆞ니 군ᄉᆞ 포식
ᄒᆞ고 흥이 나셔 혹 노리ᄒᆞ며 혹 춤도 추고 길거는 소리 강상의 낭자ᄒᆞ니 필
승지조라 ᄒᆞ더라 이쩍 한편 장막 미틔 우름소리 들이거늘 주변 군ᄉᆞ ᄒᆞ는
마리 상ᄒᆞ동낙 길거든디 너늘 엇지 우는요 그 군사 디답ᄒᆞ되 너히는 무식
ᄒᆞ여 지금 편ᄒᆞᆫ 것만 알고 니 뒤사는 모르난야 삼경이 만뢰구젹ᄒᆞ되 산조
난 집의 들고 주수는 굴의 드러 쳔지 고요ᄒᆞ고 산슈 잠잠ᄒᆞ되 어이한 가마
귀 진 우의 울고가며 갈곡질곡ᄒᆞ니 빅만디병이 일시의 죽일 긔별이로다 슬
푸다 군ᄉᆞ들라 말리 젼장 나왓다가 타국고혼 될 거시니 그 안이 셔를손가
ᄒᆞᆫ 군ᄉᆞ ᄒᆞ는 마리 앗개 승상이 갈곡소리을 희자ᄒᆞ야 승젼할 증조라 ᄒᆞ야
거늘 너는 일긔 소졸이라 우미한 소견으로 못된 말을 져여니여 만군사을
슬푸게 ᄒᆞ니 맛당히 벼힐지라 ᄒᆞ고 칼을 들고 달여드니 그 군ᄉᆞ 디답ᄒᆞ되
니 아무리 소졸인들 그만ᄒᆞᆫ 지각 업쓸손야 갈곡소리 희을 ᄒᆞ

〈39-뒤〉

마 네가 자셰히 드러보라 ᄒᆞ거라 망홀 쩍의 제후질 원ᄒᆞ야 질원곡을 노리
ᄒᆞ니 갈은 ᄒᆞ거라 갈곡이요 질곡은 유왕의 질원곡이라 오작은 영물이라 우
리 진중 픠할 졸 미리 알고 조롱ᄒᆞ되 난셰 간웅 우리 승상 지음을 잘못ᄒᆞ고
교만이 자심ᄒᆞ니 병교자는 픠라 너의는 모르난야 ᄒᆞᆫ 군ᄉᆞ ᄒᆞ는 말리 네 말
리 당연ᄒᆞ다 앗개 나도 꿈을 쑨니 남편 디로셔 야답ᄉᆞ롭이 누룬 익산을 들
고 승상 압푸로 드러오든니 승상 장ᄒᆞ의 노루 한 말리 니달녀 누런 익산을

써거바리고 승상을 업고 가마귀 안진 숨풀노 가더라 이 꿈을 히몽ᄒ라 그 군ᄉ 디답ᄒ되 이이야 누린 익산은 황긔요 야달사룸은 불화 즈라 황긔 우리 진의 항복ᄒ야짜 ᄒ더니 불노 우리을 칠 거시요 승상 장ᄒ의 누룬 노루는 즁젼장효릭 가마구 안진 숨풀은 오림이라 필연 호위즁군 장회가 황긔을 죽이고 승상을 모시고 오림으로 도망할 징조로다 ᄒ고 군ᄉ 서로 당부ᄒ되 부디 이 말을

니지 말라 만일 승상이 알면 꿈 꾼 나도 죽고 히몽한 너도 죽을 거신니 삼가 조심ᄒ라 ᄒ더라 잇튼날 됴됴 장딕의 놉피 안져 제즁을 분발홀 시 오식긔치로 항오을 졍졔ᄒ여 슈진즁 황긔는 모긔 우금이요 젼군 홍긔는 장합이요 후군 흑긔는 여근이요 좌군 쳥긔는 장진이요 우군 빅긔는 하후련이요 슈륙군 졉응ᄉ는 하후돈 조홍이라 왕니 감쳔ᄉ는 허졔 장회라 발영훈 후의 수진군이 삼통고딕 취타ᄒ고 쎼 무은 젼션의 풍범을 놉피 달고 군ᄉ 왕니하기 평지 갓치 ᄒ니 됴됴 딕승의셔 보고 딕희ᄒ야 왈 봉취션싱의 어진 직조로 군ᄉ 임의로 왕니함은 하날이 도으신갓 ᄒ니 졍옥이 왈 젼션을 쎼 무어짜가 만일 강동의셔 불노 치면 엇지 하릿가 미리 단속ᄒ소셔 됴됴 딕로 왈 불노 치는 법이 바람을 어더야 셩공ᄒ는지라 바람은 동남풍이 불리요 지금은 셔북풍이라 우리는 셔북의 잇고 져으는 동남의 잇쓰니 만일 불노 치다가는 셔북풍 대취ᄒ면 져의 군ᄉ 다 불탈

썻신니 무어슬 염여ᄒ리요 ᄒ더라 ○각셜 잇딕의 주유 젼션의 올나 됴됴의 슈진을 바라보니 딕풍이 이러나며 됴됴의 진즁 콘 긔가 부러진니 긔빨이 창파숭의 쩌나지거늘 주유 딕소 왈 상ᄉ 안니로다 ᄒ던니 언미필의 북풍이 딕작ᄒ야 파수 이러나며 양ᄉ 쥬셕ᄒ고 진즁의 세운 긔빨이 동남의 붓치여

주유의 낫츨 쎄셔간니 주유 디경ᄒ여 하는 말리 숨이 막키고 입으로 피를 흘리며 인ᄉ을 슈섭치 못ᄒ니 졔중이 황망ᄒ여 진중으로 모셔노코 천병만약으로 구완ᄒ되 반졈 효차 업는지라 노숙이 근심ᄒ야 공명을 보고 공근의 병세을 의논ᄒ니 공명 왈 공근의 명은 니라야 곳치리다 노숙이 디희하야 공명을 달이고 진중의 이르러 문왈 도독의 긔운이 밤시 엇쎠ᄒ온익가 쥬유 왈 복통이 심ᄒ여 구토질이 디작ᄒ며 약 먹을 길이 업는지라 노숙 왈 악가 공명을 보고 도독의 병논을 말슴하온즉 공명이 디답하되 니라야 곳치리라 ᄒ기로 다려왓는이

이다 쥬유 디희ᄒ야 공명을 쳥ᄒ야 드러오니 쥬유 제우 이러나 안거늘 슈일 뵈옵지 못ᄒ여 기후 엇쎠ᄒ잇가 주유 왈 울화로 병이 나셔 부지홀 슈 업는이다 공명 왈 하날의 층양업는 바람이 잇쓰되 ᄉ롬이 엇지 알이요 쥬유 싱각ᄒ되 공명은 신인이라 마음을 아ᄯ다 공명의 말을 듯고 심속ᄒ니 병세 엇지 알이요 공명 왈 긔운을 순케 ᄒ소셔 쥬유 왈 무삼 약을 먹어야 긔운이 순ᄒ릿가 공명 왈 너게 놓흔 방문이 잇슨니 도독의 긔운을 순케 ᄒ올이다 그 병이 화로 낫사오니 니 곳칠 거신니 염여 마옵소셔 쥬유 디희ᄒ여 지셩으로 비러 왈 국가흥망이 조셕의 잇사오니 션싱은 잔명을 급히 구ᄒ소셔 공명이 글 두 귀을 써셔 쥬며 왈 이디로 ᄒ라 ᄒ니 ᄒ여쓰되 욕파됴공인딘 응뇽화공ᄒ고 만ᄉ구비면 지취동풍이라 ᄒ야거늘 쥬유 보고 디희 왈 션싱이 이무 병 근본을 아압신니 슈히 살여쥬소셔 공명 왈 니 일즉 이인을 만나

팔문둔갑쳔셔을 비와 호풍환우지슐을 아럿쓰니 도독은 근심치 마르시고 남병산의 군ᄉ을 보너여 칠셩단을 무으시면 니 졍셩을 들여 삼일 삼야의 동

남풍을 비러드리이다 쥬유 왈 삼일 삼야는 말고 일일 디풍이면 성공할 터이라 사셰 급박ᄒ오니 슈이 쥬션하옵소셔 공명 왈 이십일 갑자의 동남풍을 비러 이십이일 병인일까지 불계ᄒ리다 쥬유 디희ᄒ야 병이 졀노 낫는지라 즉일의 남병산의 올나 칠성당을 무어닌니 방원이 이십ᄉ척이요 층단은 십오척이요 고는 구척이요 하일층의 이십팔슉 긔를 세우고 동방 쳥긔 칠면은 각항 저방심 미긔로 여쳥농지상ᄒ고 북방 흑긔 칠면은 두우녀허위실벽이라 작현무지상ᄒ고 셔방 빅긔 칠면은 규류우묘필췌슴이라 거빅호지상ᄒ고 남방 홍긔 칠면은 졍귀유셩장익진이라 셩쥬작지상ᄒ고 졔 일칭은 뉵십사면의 뉵십사좌로 응ᄒ야 손진틱감으로 방위을 졍ᄒ야 세

〈42-앞〉

우고 졔 삼층의 사인을 세워쓰되 머리예 속발관을 써고 좀화표을 입고 봉의 학디을 씌여쓰니 방군이라 젼하 일면의 건간짓 쎠을 셰윗스되 그 끗틱 널기 지슬 다라 바롬 소식을 알게 ᄒ고 ᄯ 일인은 보검을 들고 ᄯ 일인은 향로을 들고 단하의 이십팔인은 졍긔 보긔 빅모 황월도도 들고 사면으로 둘너션는듸 이십일 갑자 양신의 공명이 목욕지게ᄒ고 젼조단발ᄒ고 발 벗고 도포 입고 단하의 나려와 노슉을 불너 왈 자경은 군중의 도라가 공근을 도으라 혹 바람이 부지 안이ᄒ야도 고히케 아지 마옵소셔 노슉을 보닌 후의 슈단 군ᄉ의게 분부하되 방위을 쩌나지 말고 머리와 귀을 한틱 모와 요란이 말을 말고 겁도 닉지 말나 만일 위령ᄌ면 베히리라 군ᄉ 쳥령ᄒ고 방위을 직키든니 공명이 단의 올나 동자의게 힝노을 들리고 제물을 가초와 올일 시 어동육셔 좌포우혜로 셜위하고 제셕의 단좌ᄒ야 축문 지여 고할 시 유셰차

〈42-뒤〉

건안 십이연 졍희 십일월을 사삭 이십일 갑자의 좌장군 유비 모사 졔갈양

은 건고우 쳔지 일월성신 오악신령 사히룡왕 화덕진군 후토신령 강산풍빅
이 일시의 함역ᄒᆞ옵소셔 국운이 불힝ᄒᆞ야 역적 됴됴도 졀신기ᄒᆞ고 유슈쳔
자하고 방시국모ᄒᆞ니 긔쳔지죄을 인인이 공분이 온되 이졔 됴됴 용병 빅만
과 용중 쳔여원이라 장여 강동으로 일원 자웅할 시 금자여 손권으로 동심
함역ᄒᆞ야 욕파됴됴ᄒᆞ고 안보사직이올 터인되 됴됴 딕병을 블감당이라 복망
텬디신령은 감동ᄒᆞ와 남풍 삼일삼야만 허급ᄒᆞ시면 공파됴됴ᄒᆞ옵고 흥복한
실ᄒᆞ게 ᄒᆞ옵소셔 근이 쳥작셔수공신젼헌 상향 축문을 일근 후의 상단 삼차
ᄒᆞ단 삼차의 지셩으로 축수ᄒᆞ오니 공명의 관일지충과 회쳔지셩을 쳔디신령
인들 엇지 무심ᄒᆞ리요 공명이 팔각뉴건을 쓰고 빅우션을 손의 들고 학챵의
거더줍고 남병산 빗긴 길노 은신ᄒᆞ야 나려간니 오강 여

울 흐르난 물의 즈룡이 퇴련 이십기를 다리고 비를 디여 기다리거늘 공명
이 반겨보고 비의 올나 즈룡의 손을 붓들고 문왈 우리 현주 알영하시며 졔
중군졸도 다 무사ᄒᆞᆫ가 비를 져어 나려갈 졔 칠셩단 놉흔 고디 주쥭 쳥농 기
린 긔쌜이 빅호 현무를 응하야 술히방으로 날여간니 동남풍이 완연하더라
쥬뉴 졔중을 거나려 화공을 도모할 시 잇디 야식은 슴경이라 디장 긔쌜이
술히방으로 펄펄 날여가니 주뉴 디경하야 노슉 불너 하는 말리 공명의 탈
쳔지조화는 귀신도 난칙이라 풍운을 이무 용지ᄒᆞ니 이 스룸를 살여두면 동
오의 화근이라 잇디을 타 죽여 후환을 덜이라 하고 셔셩 졍봉을 밧비 불너
남병산 급피 가셔 공명을 뭇도 말고 베혀오라 두 장수 령을 듯고 셔셩은 비
를 타고 도부슈 오십명 오십명을 거날리고 육노로 조차갈 졔 졍봉은 몬져
오강변의 다달라 남병산상 빗긴 길노 칠셩단 차저가니 공명은 간디 업고
기잡은 군사덜이 바람쎄을 보는지라 군스다려 뭇는 말이 공몃이

어디로 가든요 군스 디답ᄒ되 동남풍 빗 연후의 피발도션하고 남병산하로
날려 오강 어구로 가던이다 셔셩의 급한 마음 산하로 나려올 시 졍봉이 군
스 오십명을 거날이고 오강가의 당도ᄒ여는지라 두 장슈 합세ᄒ야 사면을
바리보며 쥬져할 차의 다못 슈조리 잇는지라 수졸다려 무르니 군스 엿자오
디 소인이 아뢸리다 어졔 삼경야의 오강변의 미인 비 심니장강 벽파상의
왕나ᄒ는 거루빈가 시졀이 요란ᄒ여 염초 실코 가는 빈가 추동강 칠이탄의
엄즈름의 낙수빈가 심양강 추야월의 빅낙쳔의 노든 빈가 양양강수 말근 물
의 고기잡는 어션인가 틱빅이 기경비상쳔 후의 초강어부 풍월 실너 가넌
빈가 오호상 명월야의 금녀의 노든 빈가 만경창파 욕모쳔의 쳔어환쥬ᄒ든
빈가 만단의혹 ᄒ야더니 공명이 머리 풀고 발 버슨 치 그 비를 오나 탈 졔
어쩌한 장수가 나와 이만ᄒ게 읍을 ᄒ미 공명이 그 장수 귀예 디고 무삼 말
을 소곤소곤 하더니 그 비를 잡아타고 상뉴로 가든이다 두 장수 분

〈44-앞〉

를 니여 마침 북편을 바라본니 상뉴의 쩌가는 비 못잡부면 네 머리를 덩글
럿켜 벼혀 이 물의 던지면 네의 신체 뉘가 차지랴 사공이 두려워ᄒ야 돗 달
고 닷 감어라 밧비 우계라 어기야 어기양 쫏차갈 졔 잇쩌 셔셩이 믈리 바리
보니 공명의 가는 비 오니 안의 드럿네 쪼챠가며 크게 불너 왈 져그 가는
공명션싱은 거긔 잠간 머무소셔 우리 도독이 쳥ᄒ더이다 공명이 빅우션을
놉피 드러 허허 디소ᄒ고 ᄒ는 말이 도독이 나을 희할 줄 임의 아라기로 지
룡과 졉응ᄒ야쓰니 장군은 부질업시 쌰로지 말고 도라가 도독다려 후일 상
봉ᄒ자 당부ᄒ라 셔셩이 드른 쳬 안이ᄒ고 살갓치 좃차 오는지라 지룡이
션두의 나셔며 이놈 셔셩아 우리 션싱 놉흔 지조로 네의 나라 드러가 동남
풍 비러주윗거든 무삼 혐의로 희코져 ᄒ논야 너히을 당졍의 죽일 거시로디
양국의 화친한 의가 잇난고로 살려보닌니 나의 수단이나 보고가라 쳘궁의
왜젼 메게 비졍비팔 웃둑 셔셔 홍복실 압뒤

〈44-뒤〉

골나 좀통이 찌여지게 짝지손을 쑥 쩐이 번기갓치 가는 살이 빅운간 놉피
소사 수루룩 소리나며 드러가 셔셩의 탄 비 돗디 마져 와질근 부러지는지
라 지차 혼 기를 먹여 쏘니 바람갓치 쌔른 살리 공중의 나러가 양돗디 툭탁
마져 부러지고 닷가지 쩌러져 노도 쌔지고 강상의 풍덩 와질근 바롬 부는
디로 물결치는 디로 너울너울 이리겨리 둥실둥실 쩌나갈 졔 셔셩 졍봉이
기가 막켜 끈어진 닷줄 다시 감아달고 강상의 도망흐야 근근이 살아와 쥬
유쎄 이 말을 고흐니 쥬뉴 디경 왈 공명이 이디지 쇠가 만흔가 흐고 됴됴을
파흔 후의 결단코 도모흐리라 즉시 감영을 블너 왈 너는 치즁 치화 다리고
군양쳐의 불을 지르고 그 후의는 군즁의 두면 니 쓸 고지 잇노라 티스즈을
불너 왈 너는 삼쳔병을 거나리고 황쥬지경의 미복흐여짜가 됴됴의 구완병
을 엄살흐라 여몽을 불너 분

〈45-앞〉

부흐되 너는 삼쳔병을 거나리고 오임의 잇다가 장효 장합을 졉응흐라 졔즁
이 각각 쳥령흐고 물너가니라 황기 일변 화션을 준비흐며 항셔을 써셔 됴
됴의게 보니며 오날밤의 항복션이 가노라 흐야거늘 됴됴 바다보고 기달리
던 차의 황기 뒤예 젼션 사쳑이 짜라쓴되 졔 일디는 황기요 졔 이디는 주티
요 졔 삼디는 장흠이요 졔 사디는 한당이라 각각 젼션 삼빅쳑식 거나리고
압푸 화션 이십쳑식 셰우고 셔산의 방포흐고 남산의 긔을 셰워 각각 등디
흐얏다가 황혼의 힝군흐라 젼령흐니라 ◎각셜 공명이 흐구로 도라오니 형
덕이 졔즁을 거날이고 진 젼의 나와 령졉흐야 례필 후의 공명이 졔즁을 도
라보와 왈 그디 등도 다 평안흐신익까 흐고 조용의게 분부흐되 너는 삼쳔
병을 거날려 오림의 미복흐엿다가 오날밤 삼경의 됴됴 픠흐야 그리 올 거
신니 즁노의 불을 노와 됴됴을 엄살

〈45-뒤〉

ᄒ라 ᄯ 익덕을 불너 분부ᄒ되 그ᄃ는 삼쳔병을 거나리고 이릉의로 가 ᄒ구의 미복ᄒ엿다가 됴됴 불을 지를 거시니 사방으로 불을 노와 엄살ᄒ라 미방 미츅을 불너 분부ᄒ되 너히는 강ᄒ을 직키짜가 됴됴의 픠ᄒ야 도망ᄒ는 군ᄉ을 잡고 군긔을 탈취ᄒ라 ᄯ 뉴기을 불너 왈 그ᄃ는 강ᄒ 셩지을 직키라 공명이 현덕을 쳥ᄒ야 왈 주공은 오날밤의 양과 ᄒ가지로 놉푼 ᄃ 올나 주뉴 젹벽강 화젼 셩공홈을 귀경ᄒ사이다 ᄒ니라 잇ᄯ 운장이 겻틱 셧쓰되 죵시 본톄도 안니 ᄒ거늘 운장이 참지 못ᄒ야 칼로 ᄯ을 치며 왈 소장이 션셩과 형중을 모시고 허다ᄒ ᄊ홈을 가매 남의 뒤진 일리 업거든 오늘늘 ᄃ젼을 당ᄒ야 셩공할 차의 소장을 쓰지 안니ᄒ신니 무삼 년고잇가 공명 왈 운장은 고히켜 아지 마옵소셔 운중을 그중의 요진쳐의 보닐 터이로 ᄃ 꺼리는

〈46-앞〉

일리 잇셔 못보니는이다 운장 왈 무삼 일을 쩌리는잇가 공명 왈 젼일 됴됴의게 잇쓸 ᄯ 삼일 소연 오일 ᄃ연 상마의 은 일쳔양 ᄒ마의 은 일쳔양 후ᄃ가 이러ᄒ야쓰니 은혜을 싱각ᄒ면 됴됴을 보와도 잡지 안니할 ᄯ ᄒ오니다 됴됴 금야의 젹벽의 픠ᄒ야 필경의 화룡도로 올 터니라 ᄒ거늘 운장 왈 됴됴 과연 소중을 후ᄃ함이 잇쓰나 원소의 안양 문취 두 장수의 머리을 벼혀 그 은혜을 갑파삿오니다 다시 져를 보거더면 엇디 노와 보니오릿가 공명 왈 만일 놋커드면 군병으로 시힝ᄒ리라 운장이 허락ᄒ니 공명이 ᄃ희ᄒ야 군중 셔긔을 불너 군령 다짐을 바드니 ᄒ야쓰되 살등 됴됴는 한실지ᄃ 역이라 이졔 쳔ᄒ신민이 숙블살지리요 화룡도상의 젼일 쥰은을 싱각ᄒ고 감셕됴됴어든 군병 시힝ᄒ야 명법 졍죄ᄒ소셔 다짐을 올인 후의 운장 왈 만일 됴됴 화룡도로 안이 오면 엇지 ᄒ릿가 공명 왈 나도 다짐ᄒ리다 ᄒ고

공명이 당부

〈46-뒤〉

ᄒ되 화룡산상의 블를 노와 됴됴을 뉴인ᄒᆞ소셔 운장 왈 연기 나면 복병이 잇는 줄 알고 엇지 그리 오릿가 공명 왈 병법의 허허실실이라 ᄒᆞ야쓰니 됴됴 연기 나믈 보면 반다시 다른 ᄃᆡ 복병ᄒᆞ고 이고ᄃᆡ 헛불 노와 못가게 ᄒᆞ미라 ᄒᆞ고 그 질로 조차갈 거시니 옛날 은혜을 싱각지 말고 노와보너지 몰나 운중이 쳥영ᄒᆞ고 관평 주창으로 ᄒᆞ야금 도부수 오빅군을 거나리고 화룡도을 향ᄒᆞ야 간니라 현덕이 공명다려 문왈 운장이 반다시 됴됴을 보면 차마 잡지 안이홀가 져어ᄒᆞ느니다 공명이 ᄃᆡ왈 간밤의 쳔문을 보오즉 됴됴을 죽이든 못할 뜻 ᄒᆞ기로 운장을 보나여 한갓 인졍을 쓰게 ᄒᆞ미 됴을 뜻ᄒᆞ미로소이다 현덕 왈 션싱의 신긔묘산은 셰싱의 짝이 업난이다 ᄒᆞ고 즉시 공명으로 더부러 번구산의 올나 젹벽강 화공홈을 귀경ᄒᆞ더라 ◎각셜 잇ᄃᆡ 됴됴 졔장을 거나리고 황긔 소식을 지다리던니 쳔만의외에 동남풍이 ᄃᆡ작ᄒᆞ거늘 졍

〈47-앞〉

옥이 엿ᄌᆞ오ᄃᆡ 뜻밧긔 동남풍이 이러난니 승상은 살피소셔 찌이언 바람이 고이ᄒᆞ여이다 됴됴 ᄃᆡ소 왈 동지의 일량이 시싱ᄒᆞ난니 그게 무삼 의심ᄒᆞ리요 공 등은 그런 염예 말나 ᄒᆞ던니 잇쩌 황긔 화션 이십쳑의 뉴황 염초 인화지물을 실코 쳥포장의로 둘너치고 그 우의 쳥룡 아긔을 쏩자 압셰우고 황긔는 젼션의 놉피 안자 졔장을 호령ᄒᆞ여 지곡춍 비를 노와 동남풍 부는 ᄃᆡ로 됴됴 진을 바리보고 살펴다시 드러간니 됴됴 즁상의 놉피 안져 쩌오는 비를 바리보고 ᄃᆡ희ᄒᆞ야 하는 말이 위수강동 안이여든 어부션이 어이 오며 쳔공귀로 안이여든 힝긱션이 어이 오며 니젹션 취건곤야의 월낙션이 어이 오랴 아마도 황공복의 군양 실은 비 졍영ᄒᆞ다 다시 이리 질거홀 차의

정옥이 엿자오되 군량을 실어씨면 쳔쳔이 오련만는 져러케 가부야이 써오는 양를 보온즉 아마도 간게 잇난가 의심이로다 ᄒ고 셔로 으혹할 차의 자셰히 보니 쳥룡긔 셰운 비 뒤히로 짜른 비머리예 동오 션봉디장 황긔라 힌긔을 두려시 셰웟거날 그 긔호을 보고 분분ᄒ야 엇지할 줄 모로던 차의 황긔 션두의

〈47-뒤〉

썩 나셔며 위여 왈 동오 션봉장 황긔을 네 아는다 ᄒ며 쳥룡긔을 두르며 호령ᄒ니 좌우 화션이 일시예 모라 됴됴 젼션의 불을 질으고 일셩 호통의 틔산이 문어지고 위수 뒤눕는 듯 화광이 충쳔ᄒ고 연긔는 만강혼디 풍셰디즉ᄒ야 돗디 부러지고 용총줄 써러지며 장막과 휘중이 다 부리 붓고 씨여진 퉁노긔 유엽젼 편젼 화약 염쵸통이 모도다 불의 타셔 벽파상의 써나가니 젹벽화광이 낫갓도다 됴됴의 빅만디병이 일시의 살 맛고 물의 빠지고 칼 맛고 불 타고 팔도 부러지고 등도 터지고 다리 부러지고 목도 부러져 죽난지 부지기수라 됴됴 황겁ᄒ야 이리져리 도망할 졔 황긔 비을 밧비 모라 죠츠 드러간니 됴됴 넉시 업셔 쳔방지축 도망할 졔 장요 디분ᄒ야 철궁의 왜젼을 며계 황긔을 쏜니 번긔갓치 쌘른 살이 공중의 놉피 써셔 황긔 흉중을 맛치니 셔셩 졍봉이 디경ᄒ야 급피 황긔을 구완ᄒ야 본진으로 도라 보니이라 잇써 졍옥이 됴됴을 구ᄒ야 오림으로 도망ᄒ니 동남풍이 오히려 더ᄒ며

〈48-앞〉

금고함셩은 쳔지 진동ᄒ고 긔치 금극은 일월을 희롱ᄒ여 졍신이 살난ᄒ지라 장흠 한당은 셔으로 죠츠가고 주티 진무는 동으로 좃츠 오고 주뉴 셔셩 졍봉은 중게로 좃츠와 여간 남은 군사을 엄살ᄒ며 군중 긔계을 다 수운ᄒ고 감영은 후진으로 가 치중을 베히고 여몽은 불을 노와 졉응ᄒ니 뇌고함셩은 하히가 뒤눕난지라 됴됴 황망이 도망할 졔 한편은 능통이라 이놈 됴

됴야 어디로 갓다 ㅎ는 소리 어간이 먹먹 정신이 아득ㅎ야 엇지 홀 줄 몰나
슙풀의 은신ㅎ야 한 고디 다다른니 일원디장이 나셔며 디호 왈 동오 후군
장 감홍피를 네 모노난다 닷지 말고 쌜이 니 칼을 바드라 ㅎ난 소리 됴됴
디경ㅎ야 장합으로 감영을 막으라 ㅎ고 말을 직촉ㅎ야 도망홀 졔 밤은 깁
퍼 삼경이 되고 달은 흑운의 덥펴 젹막흔듸 게우 화변을 피ㅎ야 오림의 다
다르니 산쳔은 험악ㅎ고 슈목은 창쳔이라 됴됴 마샹의셔 앙쳔디소ㅎ니 졔
즁이 엿즈오디 쥬뉴 공명의 지모로 남병산의 졔풍ㅎ고 젹벽의 화공ㅎ여

〈48-뒤〉

팔십삼만 군이 초두난익 다 죽고 남은 장졸이 갈 바을 모로난듸 무삼 졍신
으로 웃는잇가 쥬뉴 쐬 업고 공명은 지혜 부죡홈으로 이러훈 뇨진쳐의 복
병을 안니 ㅎ여기로 웃노라 언미필의 일셩방포의 좌우복병이 이러나며 일
원디즁이 뇽춍말을 타고 장창을 빗게 들고 얼골은 관옥갓고 눈은 시별갓고
소리을 우리갓치 질으며 디질 왈 나는 상산 됴지룡이라 우리 션셩의 명영
을 바다 너를 지달인 졔 오린지라 이놈 됴됴야 종쳔강하며 종지츌ㅎ랴는야
닷지 말고 니 창을 바드라 ㅎ니 됴됴 간담이 셜를 ㅎ고 졍신이 어질ㅎ며 두
눈이 캄캄ㅎ여 셔황 장합으로 뒤을 막으라 ㅎ고 졔우 도망ㅎ야 호로곡의
다다른니 동방은 발거오나 흑운이 만쳔ㅎ고 구진 비넌 소소흔듸 여간 나문
군스 가는 양은 그 안니 쳬량한가 젹벽화광의 겁닌 군스 슈화돌을 맛난 즁
의 눈비 셕거 맛고 가니 츕기는 고사ㅎ고 비

〈49-앞〉

곱파 못살것다 군스을 촌려로 보니여 양식을 노략하야 밥을 지여먹고 물
져진 의갑 바람결의 말이고 셔로 위로ㅎ며 가던니 일셩붕포의 사방으로 불
이 일어나며 일원디즁이 나오는 뒤 호두용악의 얼골빗슨 슈먹갓고 골이눈
을 부름쓰고 장팔사모창을 눈 우의 빗겨들고 쳔동갓치 호령하되 나는 년인

장익덕이라 이놈 됴됴야 어디로 도망ᄒ리료 천시을 모로고 엇지 감히 항거
ᄒ리요 밧비 나와 너의 창을 바드라 ᄒ른 소리 졔중의 귀가 먹고 군ᄉ 낙담
ᄒ야 졍신이 아득ᄒ지라 됴됴 장요 셔황 등으로 마그라 ᄒ고 도망할 졔 허
졔는 안장 업는 말을 타고 서황은 날 ᄲ진 칼자루만 쥐고가니 팔심여만 군
졸이 불과 긔빅명일네라 됴됴 그 중의 긔갈이 자심ᄒ야 거의 죽게되고 군
긔와 마필이 다 업는지라 빅여명 만튼 군ᄉ 한나히 나맛슨니 어이 할리 동
남풍이 어인 지변인가 수원수구하

〈49-뒤〉

리요 기픤관이 탄식ᄒ되 금고취터 불의 타고 연긔죠차 이러슨니 뉘라셔 더
답ᄒ리 디중이 탄식 왈 일삼칠구 간곳 업고 이사육팔 엽셔겻다 천망아요
비젼지罪로다 한 군ᄉ 고ᄒ되 압픠 두 길이 잇사오니 어디로 가올익가 됴
됴 왈 니 싱각ᄒ니 울리 곤핍ᄒ야 협노로 갈 수 업셔 디로로 가자ᄒ니 복병
이 잇슬지라 화룡도 가자ᄒ니 졍옥이 엿자오디 화룡도로 가다가 복병이 잇
사오면 변통할 슈 업사오니 허창으로 가사이다 됴됴 ᄭ지져 왈 병셔의 ᄒ
여쓰되 실즉허요 허즉실이라 ᄒ엿쓰니 공명이 아모리 쐬가 만타 한들 우리
셰번 쇠길손야 ᄒ고 군ᄉ을 지쵹ᄒ야 화룡도로 드러가니 찬바람은 살쏘듯
불고 쳔봉만악은 소사잇고 슈목은 창쳔ᄒ듸 만혹의 눈 씨이고 쳔봉의 바람
칠 ᄯ 화초목실 바이 업고 잉무원앙 ᄯ쳐난듸 어인 ᄉ가 울야만은 젹벽화
렴의 죽은 장졸 소티 무쳐 원조되야 됴됴 픠군 미워라고 가지가지

〈50-앞〉

우난 소리 도탄의 ᄽ인 군ᄉ 고힝니별 멧힐넌고 귀쵹도 불려귀라 슬피 운
다 져 두견시 울고 나니 져 ᄲ쪽시 우름 운다 여바라 두견조야 네논 고향을
싱각ᄒ야 부려귀라 ᄒ건만은 도덕 잇난 우리 승상 빅만군병 자랑턴니 금일
픠군은 웬 일린고 자칭영웅 간듸 업고 빅계도 무칙이라 이리 가며 입을 ᄲᆁ

쑥 져리 가며 쎗쪽쎗쪽 울고나니 져 숭연시 우름 운다 여바라 쎗쑥시야 말
듯것라 네난 퓌군 분심 싱각ᄒ야 운다마는 여산군량 쇠진ᄒ고 촌려로 노략
ᄒ 쩌로다 소텡소텡 울고난니 져 쬐꾜리 우름 운다 여바라 숭영조야 너난
빅만군졸 쥬린다고 한틀 말라 만고간웅 우리 승상 어이 그리 쬐가 업셔 황
긔의게 돌려난고 한창 의리 울고난니 져 가마귀 우름 운다 여바라 황금조
야 너난 승상임 쬐을 니되 퓌ᄒ는 쬐를 넛짜 ᄒ고 운다만은 편편디로 마다
ᄒ고 심산총임 무삼 일고 져 가마귀 짜옥짜옥 울고간다 져 쑥국시 우름 운
다 여바라

〈50-뒤〉

오비조야 네는 양구을 인도ᄒ다만은 가련타 장졸더라 적벽 화렴중의 닝쌩
인들 안니들야만은 그 군수 악갑도다 ᄒ고 쑥쑥쑥쑥 슬피 울고간다 져 호
반시 우름 운다 너난 빅만군졸 병이 날가 의심ᄒ다만은 장요난 무단이 살
업다고 셔러마라 살 나간다 살 바드라 져 호반시 슬피 울고간다 져 종조리
시 우름 운다 여바라 호반조야 네난 충셩이 지극ᄒ여 일쌍명무시을 싱각ᄒ
다만은 공중공중 놉피 쩌셔 동남풍을 막어쥬랴고 너울너울 울고난니 져 짜
옥기 울름 운다 황긔 호통의 겁을 니여 버슨 홍포 니 입엇다 짜옥짜옥 슬피
운다 져 할미시 우름 운다 우슙 꼿티 겁닌 장졸 갈슈락 얄망굿다 복병 보고
도망마라 이리 가며 핑당 긔리릭 져리 가며 핑당긔리릭 울고 간니 쳬량ᄒ
다 각 시소래 됴됴 듯고 회심ᄒ여 이른 말리 불상ᄒ다 니의 장졸 부모 쳐자
인정 끈어 이별ᄒ고 쳔리 젼중 나왓다가

〈51-앞〉

적벽의 몰사하고 졔우 사러나셔 도로 장을 지쵹ᄒ야 급피 도망홀 졔 문득
바라보니 키 크고 위풍 잇난 져 장슈 퉁방울눈 불음 쓰고 삼각슈 더펄더펄
웃독 셔셔 됴됴을 바라보니 됴됴 혼경낙담하야 졍신이 어질ᄒ지라 졍옥아

져그 셧는게 젼의 보든 운즁이 안인야 니 엇지 살꼬 경옥 왈 승상이 혼을
일엇소 그거시 화룡도 장승이요 됴됴 탄식ᄒᆞ는 말이 만고영웅 됴밍덕을 속
길 사롬 업건만은 일기 장승으로 날을 소겨쓰니 그져 둘 수 업다 ᄒᆞ고 군스
을 호영ᄒᆞ야 장승을 나입하라 좌우 군스 소리ᄒᆞ고 즁승을 나입하니 경옥이
슈긔을 들고 디상ᄉᆞ셔 분부ᄒᆞ되 장승은 들으라 네 일기 장승으로 신차 광
운장지형용ᄒᆞ고 쥬안홍목의 삼각슈 거살리고 승상 힝차시의 불능굴신ᄒᆞ고
언연독입ᄒᆞ야 만군즁을 놀니게 하니 참지으 당사라 쳥지군령ᄒᆞ고 사속고지
ᄒᆞ라 장승이 쥬왈 살등차신이 곤륜산지목으로 인위디목ᄒᆞ야 각거인형ᄒᆞ고
입어노상이런니 금일 승상 힝차의 불능굴

〈51-뒤〉

신ᄒᆞ고 장읍불비ᄒᆞ니 논지죄상컨딘 살지무셕이오나 원통한 원졍을 아뢰리
다 만물지즁의 쳔황씨도 목덕으로 왕ᄒᆞᆺ 우리 나무 니여쓰나 엇던ᄒᆞ 나무
은 팔자 조와 디명젼 디들보 되야 오식단쳥 그러잇고 셕상의 오동목은 거
문고 복판 되야 남풍시 화답ᄒᆞ여잇고 우리 갓ᄒᆞᆫ 팔자 긔박ᄒᆞᆫ 놈은 몹쓸 목
슈놈이 까쩌다가 팔ᄌᆞ 업는 스모풍디 삼각슈는 웬릴인고 글ᄌᆞ로 북거십이
라 ᄒᆞ어ᄉᆞ오니 손이 잇셔 문질며 발이 잇셔 도망홀가 죽도 사도 못ᄒᆞ고
지금가지 잇짜가 금일 승상 힝차시의 불능굴신ᄒᆞ야 장읍불비ᄒᆞ온 게 목신
인들 무삼 죄온잇가 통촉ᄒᆞ온 후의 특위방송 ᄒᆞ시물 쳔만츅슈 ᄒᆞ옵니이다
답졔 왈 여본공산지낙목으로 뉴구능언ᄒᆞ니 언족이 식비로다 특위방송ᄒᆞ며
왈 일후의는 아모나도 무언ᄒᆞ라 됴됴 암상의 안져 경옥을 불너 왈 슐 부워
라 너와 동비동낙 노라보자 일호쥬을 먹은 후의 디취ᄒᆞ야 ᄒᆞ는

〈52-앞〉

말이 디쳬 이번 싸홈의 픠ᄒᆞᆫ 일을 싱각ᄒᆞ면 흉ᄒᆞᆫ 상놈들게 픠을 보왓고 유
현덕 한죵실이라 ᄒᆞ나 양산 되원의 치소장ᄉᆞᄒᆞ고 자리 짜든 놈이요 소위

관운장이 의긔남쟈라 ᄒᄃᆡ ᄒᄃᆞᆼ셔 그릇쥰ᄉᆞ ᄒᆞ여잇고 장비 졔가 고리눈의
호통 잘ᄒᆞ나 탁군ᄯᅡᆼ의셔 졔뉵장사 ᄒᆞ여잇고 지룡이 날닌 쳬ᄒᆞ여도 상산 돌
궁긔의셔 ᄲᅢ진 놈이요 졔갈양이 의사 잇는 쳬ᄒᆞ여도 남양ᄯᅡᆼ의셔 밧 가라먹
든 놈이라 져의가 날을 보와도 늬 안ᄒᆡ의 갓슬 쓰고 못나셔리라 졍옥이 엿
ᄌᆞ오ᄃᆡ 병교쟈은 퓌라 ᄒᆞ오니 승상이 져리 교만ᄒᆞ다가 이러ᄒᆞᆫ 퓌을 보와는
이다 소장도 위국츙신으로 위가호지라 슈화을 피ᄒᆞ야 겨우 이 고뎌 와셔
어젹 졔신ᄒᆞᆫ쟈 흔즉 고히ᄒᆞᆫ 일리 이럿케 곤궁ᄒᆞ고 쳬모업는 우리 승상 일
빈일소 타시로다 승상이 복이 업셔 빅젼빅퓌 ᄒᆞ여습건이와 남의 희담ᄒᆞ면
젼장의 승부 잇는잇가 졔발 마오 졔발 마오 됴됴 왈 남은 군ᄉᆞ 졈고나 ᄒᆞ여
볼

〈52-뒤〉

가 퓌장군쫄 각각 졔원졍으로 잔말이 비상ᄒᆞ며 각기 운니 군즁의 곡셩이
낭ᄌᆞᄒᆞ니 됴됴 더로 왈 시싱이 유명커던 셜마 엇지 ᄒᆞ리 다시 우는 쟤 잇쓰
면 군병으로 시ᄒᆡᆼᄒᆞ라 ᄒᆞ고 졈고ᄒᆞ쟈 흔즉 어디 홀 것 잇는야 병들고 창
맛고 활 맛고 화독 들고 팔다리 부어지고 다 이 모양이라 싱각ᄒᆞ면 쳘량ᄒᆞ
다 졍옥이 좌슈의 칼을 들고 우슈의 홀기을 들고 호령ᄒᆞᄃᆡ 졈고 불참쟈는
벼히리라 우부좌슈 파춍 일디장의 왈낭쇠 물고요 좌슈파부 쳔춍디장의 울
능쇠 울능쇠가 드려온다 울능쇠가 들러올 졔 한 다리 졀고 졀둑졀둑 드러
오니 너는 엇지 이슬터리가 되여는야 엿쟈오ᄃᆡ 장판교 건네올 졔 도감군ᄉᆞ
의 쇠도리치을 마져 ᄒᆞᆫ 다리 불러져 병신이 되엿소 쳘리 본국 어이 갈고 승
상은 말을 타쓰니 다리는 셩ᄒᆞ지요 ᄒᆞ나 박구워쥬시요 그놈 미친 놈이로다
좌부좌슈 파춍소 삼디장의 용통쇠 물고요 마병디장 골농쇠 그 놈이 졔일
놈인 쳬ᄒᆞ고 나죵의 불른다

〈53-앞〉

다고 노와ㅎ야 ㅎ는 말이 죽은 놈 부를나 말고 산놈 못져 부르시요 됴됴 왈
그만ㅎ 일노 날을 논칙ㅎ는다 이놈 쓰어 물리치라 좌긔병 쵸관의 덜녕쇠
물고요 봉슈 별장의 강돌남이 돌남이가 드러오든이만은 닉가 자셰히 알외
리다 ㅎ더니 그놈도 존소리 비상ㅎ다 됴됴 왈 만이 나셧다 화병의 노구쇠
물고요 정옥이 군안을 니던지고 방셩디곡ㅎ는 말이 팔연풍진 초픠왕이 강
동즈졔 팔쳔인으로 도강이셔 ㅎ랴다가 픠운이 당ㅎ야 계명산츄야월의 장즈
방의 옥져쇼리 팔쳔병 훗터지고 쵸픠왕은 무면도강ㅎ야 오강의 자문ㅎ엿단
는 말을 듯고 웃셔든이 ㅎ날이 미워ㅎ사 팔십만 군스 젼필승공필취ㅎ야 소
향의 무적일는니 쳔만의외 동남풍의 불상코 가련ㅎ 우리 군사 젹벽강 고혼
되야구나 죽은 군스 고혼이나 고국 갈가 져의 부모 쳐즈 출문망 바라다가
오는 사롬 반가라고 뭇는 말숨 무워시라 디답하리 이럿탓시 울 졔 됴됴도
함누ㅎ고 위로 왈

〈53-뒤〉

엽아라 졔즁더라 일시 승픠는 병가상스라 훈치 말고 어셔 가자 곤곤히 도
라간들 젹벽웬슈 못갑풀손가 한창 이리 탄식ㅎ며 힝ㅎ더니 젼군이 말을 머
물너 가지 안이ㅎ거를 됴됴 문왈 어이 가지 안이 하난요 군스 답왈 산곡 져
근 길의 시벽비 만이 와 구영의 물이 만이 괴야 말굽이 진흑의 빠져 갈 길
이 업난이다 됴됴 디로ㅎ야 쑤지져 왈 군스라 ㅎ난 것시 산을 만나면 질을
파고 물을 만나면 달이을 논넌 게 군스라 ㅎ거늘 엇지 이만ㅎ 진흑의 못간
다 ㅎ리요 늑고 약ㅎ 군스는 뒤의 달코 강장ㅎ 군사는 흑을 파고 남우을 베
혀 질을 만들어 급피 발힝ㅎ라 령을 어기는 지면 베히리라 군스 마지 못ㅎ
야 흑을 파며 남글 베혀 질을 메헐 시 쥬리고 질역ㅎ야 쩌구러져 죽넌 지
만커늘 됴됴 명ㅎ야 잠간 쉬히라 ㅎ니 군스 일시예 산탐이와 연장을 지버
던지고 쉬일 시 흔 군스 울며 왈 너의 신셰을 싱각ㅎ니 엇지 셔럽지 아니
ㅎ리

〈54-앞〉

요 십팔셰의 승상을 짜라 부모을 이별훈 졔 오리라 다른 형졔 업고 뇌라셔 우리 부모을 봉향호며 삼십이 넘도록 쳐즈이 업쓰니 오날날 화룡도의셔 죽 은이 뇌라셔 후사을 이을고 속졀업난 너의 빅골 무쥬고혼이 안니잇가 쏘훈 군소 나셔며 우러 왈 너의 셔름 드러보소 삼디독즈로셔 십셰을 다 못머거 양친을 이별호고 혈혈단신 이니 몸이 일가친척 바이 업다 이십셰의 의혼턴 니 혼일이 못당호야 군중의 쩌나스니 부모 분묘의 풀인들 뇌라셔 버허쥴고 이계와 화룡도 혼이 된들 너의 신셰 뉘가 차지며 후스이 끈쳐시니 엇지 안 이 셔룰손가 쏘 훈 군스 울며 왈 너의 셔름 들러보소 십구셰의 셩혼호야 셩 례을 제우호고 그날밤 삼경시의 젹벽강 싸홈 가자 장토을 잡아 이럿졘니 너의 안이 거동 보소 나삼을 부여잡고 낙누호며 우난 말이 칠야삼경 집푼 밤의 날을 혼즈 두고 어디을 가랴시오 훈번 이별홀 졔

〈54-뒤〉

혼잔이 끈어지것다 엇지한니 안될소야 졀디가인을 한변 이별 후 소식이 돈 졀호니 엇지 안이 셔루리요 할 일 업시 화룡도의 고혼이 되리로다 쏘 한 군 스 나셔며 우러 왈 너의 셔름 드러보소 부모형졔 다른 혈류 전허 업고 우리 부모 오십의 나을 나셔 ·이지중지 질너니여 십뉵셰의 셩혼호니 어여쁜 너의 안이 얼골도 곱건이와 녀공지질 졔일이라 십팔셰예 싱남호니 이 안니 경사 넌가 부부금실 중훈 마음 쳔호의 못쌍이라 빅연희로 호즈쩐니 십구셰의 종 군호야 삼십이 오늘리라 당상빅발 양친 전장의 보닌 자식 사라올가 바리시 며 눈물만 흘이면셔 말할 날이 전히 업다 쳥춘쇼연 졀문 안이 이미 우의 손 을 언고 이제 올가 어졔 올가 삼시츈광 바리넌 눈 쑤러지게 되것구나 동산 의 돈난 달이 다시 도라던니 그도 쏘훈 슈심이요 쳥쳔의 뜬 기럭이 짝을 불 너 울고가니

〈55-앞〉

니 이도 또훈 슈심니라 전전반측 잠 못일울 제 얼닌 자식 쓰다듬어 실퍼함을 엇지 볼가 네의 부친 언제나 올가 오시거던 졀흐여라 이럿타시 집푼 싱각 다시 보지 못호고 화룡도 험훈 산의 무쥬고혼 가련호니 안이 울고 어이 홀고 또 훈 군亽 썩 나셔며 우는 말이 요보쇼 셜운 말 그만호쇼 닉 셜음이 자니 셜음만 못훈 비 안이네마는 우션 비 곱파 닉 죽것다 울이 예쌋고 고은 임 어셔 만나 한상의 바다 먹든 밥 훈그릇 다시 맛볼가 가삼을 두달며 실피 통곡호니 모든 군亽 일시의 곡셩이라 됴됴 듯고 디로호야 꾸지져 왈 사싱이 다 천명이라 엇지홀이요 다시 우난 지 잇시면 셰워 두고 베힐이라 군亽을 호령호야 질을 메히고 발힝할 시 험훈 디을 계우 넘어 죡금 평안훈지라 됴됴 마승의셔 치을 들어 크게 우스니 제중 왈 승상이 우시면 오날로 보건디 도쳐의 군마을 죽여싸오니 엇지 또 운난익가 됴됴 왈 계갈량이 꾀 업난

〈55-뒤〉

지로다 날로 하여금 터럴 박구워씨면 여그다 복병홀지라 만일 잇짱의 복병곳 흐엿스면 너의 등이 사라갈숀야 말이 맛지 못하야 일셩방포 들이거늘 졍옥이 엿자오디 복병인가 보오 됴됴 왈 화룡산즁의 롤우 썽 잡는 픠슈 총 소리로다 또 한번 응표호니 됴됴 왈 이럿케 큰 슨즁의 포슈 하나 쑨일숀야 또 북소리 뇨란호니 이거슨 완구훈 복병이요 됴됴 왈 이런 명산의 디쳘이 업쓸숀야 지 지니는 북소리로다 북소리 연속나며 고각함셩 취티 호통지셩이 벽역갓고 좌우로 쳐드러오니 금극이 전후 나열호야 흐날의 다헛쓰니 졍신이 캄캄호고 어간이 먹먹호야 이고 이게 웬일인고 녹도무쳐요 욕쥬무쳐로다 이 일을 어이 흐리 승픠는 직덕이요 부지강약이라 영亽언졍 싸와 보즈 엇쩌훈 장수 왓나보와라 졍욱 왈 낫빗치 검고 눈이 누리고 슈념이 다박

ᄒ니 분명 장빈가 ᄒ노이다 됴됴 왈 이제는 ᄒᆞᆯ 슈 업짜 장판

〈56-앞〉

교 일셩 호통의 거의 죽다가 게우 사라던니 이졔는 살슈 업다 염습긔게나 차리라 ᄒ고 다시 살펴보라 ᄒ니 황신긔 밧탕의 황금더자로 써쓰되 한슈졍 후 관운장이라 늠늠한 긔상이 쥬안홈목의 삼각슈는 거살리고 황금갑쥬의 젹토말을 타고 쳥용도을 빗겨들고 밍호갓치 오는 긔상 비룡갓치 ᄲᆞ른지라 졍옥이 엿ᄌᆞ오되 이 군ᄉ 가지고 운장과 싸호다가는 쥴인 범의게 고기을 쥼이라 경각의 몰사ᄒᆞᆯ 터인니 간절히 비러나 보소셔 됴됴 왈 늬 일홈이 삼국의 뉴명ᄒ니 셜혹 비러 산더도 뭇사람의 치소을 엇지 할랴 참아 못빌것 다 그리 말고 한 ᄭᅬ 잇다 나을 구렁의 눕피고 헛장막을 치고 너의는 발상ᄒ 고 셜이 우되 가련타 됴승상은 하날이 쥬신 츙셩으로 쳔ᄌ의 명을 바다 통 일쳔ᄒ 하랴 하고 말리 젼장 나왓다가 즁노 긱사ᄒ여쓰니 명쳔이 무심ᄒ야 공명도 못 일우고 노즁고혼 영결죵쳔 ᄒ엿구나 ᄒ고 울면 숑장

〈56-뒤〉

이나 집고 갈 터니이 그 ᄭᅬ 엇쩌ᄒᆞ야 졍옥 왈 엇튼 ᄭᅬ을 마오 산 됴됴의 목 도 벼힐나고 몃몃치 눈이 불거는듸 죽은 됴됴 목 벼혀가기 걱정되리요 쳥 농도 랄닌 칼노 목만 벼혀가면 목의 움이 나며 싹이 날가 비러도 못보고 목 만 일르 거시니 두말 마고 비러나 보소셔 운장은 본듸 의긔가 중ᄒ고 ᄯᅩ 아 리사롬을 두호ᄒ난 니요 굴ᄒ는 사롬은 참아 죽이지 못ᄒ는지라 혹 돌 ᄯᅳᆺ ᄒ니 어셔 밧비 비롯시요 됴됴 시살만 ᄒ고 죵시 비지 안이 ᄒ니 졍옥이 간 쳥 왈 구쳔이도 회게산의 젼피ᄒᆞ야 범여의 말을 듯고 쳥우신의 쳡이 되야 당한 녹을 면ᄒ 후의 본국의 도라와셔 원슈을 갑하잇고 터조 고황졔은 흉 노의 피을 입어 빅등칠일 싸엿다가 진평의 ᄭᅬ을 써셔 화친ᄒ고 도라와 사 빅년 사즉을 직혀쓴니 승상도 오늘 운장의게 비러 화을 면ᄒ 후의 젹벽강

원슈 갑흐쓴면 못할 비 안니로소이다 됴됴 왈 살면 다힝이오나 만일 죽

〈57-앞〉

으면 엇지 흐야 올탄 말가 그디 말이 그러흐니 사싱간의 비러보자 마상의
나려 운장을 바리보며 몸을 굴혀 흐는 말이 기쥬지사는 불비라 흐니 운장
은 이별이 오리라 기간 무량흐온익가 운중도 마숭의셔 몸을 굽혀 답례 왈
승상도 평안흐온익가 션성의 영을 바다 이 고디 복병흐고 지달인 졔 오리
던니 승상의 명이 진흐야난지라 잔말 말고 니의 날난 칼을 바드라 됴됴 이
연이 비러 왈 불상흔 픽군중졸 갈 길이 업스오니 장군의 활달흔 마음으로
고졍을 싱각흐와 길을 빌어쥬옵소셔 잔명을 보죵흐것사오니 집히 싱각흐소
셔 운중 왈 니 젼일 승상의 은혜을 바다싸오나 원소의 명장 이명을 좁아 죽
여 승상의 은혜을 갑흐난지라 됴됴 왈 장군 말슴 당연흐오나 오관의 참뉵
장홀 쎠 니 마음 디강 짐작흐오리다 디장부 신의가 쥬장이라 잔군은 츈츄
디의을 아르시건이와 집히 싱각흐소셔 뉴관장이 도원결의흐고

〈57-뒤〉

황건적의 픠을 보고 거쳐을 몰올 쎠의 중군을 모셔다가 별궁의 모셔두고
죠셕으로 문안홀 젹의 쳔흐졀식 초션이을 죽여쓰되 무어시라 흐야쓰며 상
마으 은 일쳔양과 흐마으 은 일쳔양 별보화을 읶기죤코 드려쩌니 나가실
쎠의 니 나라의 오관중슈 진명과 쵸션이을 흔 칼의 죽여쓰되 니 반졈 원심
업스오니 깁피 싱각흐옵소셔 운장 왈 니 그쎠 불힝흐야 네 나라의 가슬 쎠
원소의 장슈 안량 문취 죽이러 갈 졔 슐을 권흐거늘 니 엇지 공 업난 슐을
먹으랴 흐고 일고셩 한 칼노 안양 문취을 벼혀들고 도라올 졔 부은 슐이 식
지 안니 흐여쓰며 쵸션이는 뇨물이라 만일 슬여두면 위국 망할 쥴을 어이
알리 금은보화는 별궁의 던져두고 쳔리힝장 일낭 중의 일푼젼도 안이 넛코
나와쓰니 잔말 말고 칼 바드라 일셩방포의 됴됴 졍신이 아득흐야 죽는다시

업쎄거늘 운장이 그 경상을 보고 치근 가련ᄒ야 니럼의 싱각ᄒ되 닉 됴됴
의게 잇슬

〈58-앞〉

쎄 삼일 소연 오일 디연ᄒ여 금은을 익기지 안이ᄒ고 우리 형슈 감부인 미
부인을 평안이 모셔쓰며 쳘이 적토말을 쥬워쓰니 허다ᄒ 은혜을 싱각ᄒ미
차마 인졍간의 죽일 슈 업셔 쥬져ᄒ든 차의 됴됴 다시 이걸하되 장군 투고
도 소장의 투고요 입으신 갑옷과 쥐신 칼과 타신 말도 다 소장의 들인 비라
니 칼의 나가 죽기 원통ᄒ온니 장군은 깁피 싱각하와 존명을 살여쥬쇼셔
ᄒ고 ᄯᅩ 됴됴의 졔중군졸이 쳐분만 지달이드니 쥬창이 보다가 참지 못ᄒ야
말씀비을 니던지고 닙더셔며 디질 왈 장군 안식을 보오니 인후ᄒ신 ᄆᆞ음으
로 싱각이 간졀하와 쳣칼의 베힐 놈을 이졔까지 살여둔니 엇지한 마음으로
그르ᄒ지 옛날 쵸픽왕의 일을 싱각지 못ᄒ신잇가 됴됴는 치셰지능신이요
논셰지간운이라 이졔 노와 보닌고 현쥬와 션싱 젼의 무삼 말노 ᄒ오릿가
소장이 자바 가올리이다 ᄒ고 철퇴가튼 쥬먹을 쥐고 달여드러 먹쓸리을 줍
고 가로디 됴됴야 네의 명이 닉 장중의 달엿

〈58-뒤〉

다 ᄒ면셔 쥬먹이 졈졈 각가오며 쥬기려 ᄒ니 명지경각이라 운중이 보다가
불상이 역겨 마ᄒ의 ᄲᅱ여나려 쥬창의 손을 잡고 말유하여 말라말라 노와라
노와라 하니 쥬창이 손을 노코 물너난니 됴됴의 기식이 반싱반사 ᄒ거늘
이 쎄의 졍옥이 디셩통곡ᄒ드라 운장이 참아 죽이지 못ᄒ고 말머리을 둘러
도라션니 졍옥이 됴됴을 업고 졔우 쥬졈의 가셔 치약 구병ᄒ드라 각셜 운
장이 본진의 도라와 염예 자져 ᄒ드니 ᄌᆞ룡 악덕은 큰 공을 밧치고 운중은
공이 업셔 ᄒ 모통이의 기운 업시 셧거늘 공명 왈 장군이 됴됴을 잡아 디공
을 이루원는디 히식이 업쓰며 좌우을 보와 ᄭᅮ지져 왈 관중군이 디공을 이

루고 오시거늘 무심히 ᄉᆞ례가 업ᄂᆞᆫ요 운장 왈 됴됴을 잡지 못ᄒᆡᆺ삽기로 ᄃᆡ 죄차로 잇는이다 션싱의 쳐분ᄃᆡ로 하옵소셔 공명 왈 됴됴가 화룡도로 안이 가ᄃᆞᆫ잇가 운ᄌᆞᆼ 왈 됴됴을 보와도 ᄌᆡ죠 업셔 잡지 못ᄒᆡ여삽ᄂᆡ이다 공명 왈 됴됴의 장졸은 얼ᄆᆡ나 자번난잇가 장졸

〈59-앞〉

도 못ᄌᆞᆸ어습ᄂᆡ다 공명이 ᄃᆡ로 왈 장군이 다짐 두고 가셔 됴됴을 노와보ᄂᆡ 쓰니 군법으로 시힝하여도 셜워 말나 ᄒᆞ고 무ᄉᆞ을 호령ᄒᆞ야 운ᄌᆞᆼ을 베히라 하니 무ᄉᆞ 령을 듯고 운장을 압세우고 원문 밧긔 나오니 잇ᄯᆡ 형덕이 이 말을 듯고 청방지방 쑈ᄎᆞ 나와 운장의 허리을 잡고 션싱젼의 비러 왈 울이 삼인이 결의ᄒᆞᆯ ᄯᆡ 사싱을 함긔 ᄒᆞ기로 언약을 힛싸오니 션싱은 용셔하여싸가 일후의 공으로 쇽죄ᄒᆞ소셔 ᄒᆞ니 공명이 마지 못ᄒᆞ야 논죄ᄒᆞ고 물이친니 운장은 이러함으로 의셕됴됴ᄒᆞ야 명젼쳔츄 하신이라 각셜 쥬유 젹벽군ᄉᆞ을 거두워 도라와셔 각각 졔장의 공뇌을 숀권의게 보ᄒᆞ고 어든 거셜 졔장의게 분급ᄒᆞ고 군ᄉᆞ을 진발ᄒᆞ여 남군을 취코자 ᄒᆞᆯ 시 쥬유 거즁ᄒᆞ여 강변의 유진하여던니 문득 군ᄉᆞ 보하되 유현덕의 ᄉᆞᄌᆞ 숀각이 와셔 도독의게 사례코자 ᄒᆞᆫ다 ᄒᆞ거늘 쥬유 쳥ᄒᆞ야 예을 맛친 후의 숀각이 왈 쥬공이 특별니 날을 보

〈59-뒤〉

ᄂᆡ여 박한 결로 치하ᄒᆞ나이다 쥬유 문왈 황슉이 어ᄃᆡ 인난요 숀각이 왈 유강의 게시단이다 쥬뉴 놀ᄂᆡ며 왈 공명도 유강의 잇난야 숀각 왈 공명이 쥬공으로 더부러 유강의 인난이다 쥬유 왈 그ᄃᆡ 먼져 도라가라 ᄂᆡ ᄯᅩᄒᆞᆫ 가셔 회사ᄒᆞ리라 숀각이 도라가니 노슉이 쥬유다려 문왈 악가 도독이 엇지 놀ᄂᆡ시난익가 쥬유 왈 유비 유강의 둔병ᄒᆞ엿ᄉᆞᆫ니 반다시 남군을 취코져 하미라 우리 등이 허다ᄒᆞᆫ 절량만 허비할 ᄲᅮᆫ 아니라 지금 남군 취ᄒᆞ기난 여반장인

되 유현덕이 유강구의 둔병ᄒ고 손각을 보니여 우리 등의 마음을 탐지ᄒ미라 엇지 놀니지 안이ᄒ리요 노슉 왈 그러ᄒ면 도독은 엇지ᄒ려 ᄒ시난잇가니 친이 가셔 져의로 더부러 말홀 쎄의 니 몬져 남군을 취ᄒ리라 ᄒ면 져의는 어즁취사할 마음인이 엇지 니 말을 어기리요 노슉 왈 그러할 진디 나도 함게 가리라 어시에 쥬뉴 노슉으로 더부러 삼쳔군을

〈60-앞〉

거날이고 유강의로 나려가니라 츠셜 손각이 도라와 현덕의게 고왈 쥬유 또한 친이 와셔 회사흔다 ᄒ던이다 현덕이 공명다러 문왈 쥬유 오난 쓰시 엇더ᄒ 일이요 공명이 디왈 회ᄉᄒ러 옴이 안이라 남군을 위ᄒ여 오난이다 현덕 왈 졔 만일 군ᄉ을 거나리고 오면 엇지 대답ᄒ리요 공명 왈 디답은 엿츠엿츠 ᄒ소셔 문득 보ᄒ되 쥬유 노슉의로 더부러 군ᄉ을 거나리고 온다 ᄒ거날 공명이 지룡의로 ᄒ여금 영졉ᄒ니 쥬유 드러오며 현덕의 군셰 웅장ᄒ을 보고 심히 불안ᄒ더라 힝ᄒ여 영문의 일르니 현덕 공명이 맛자드러가 례필 좌졍 후의 현덕이 잔치을 비셜ᄒ야 관디홀 시 술이 두워 슌비 지닌 후의 쥬유 문왈 황슉이 이 고디 둔병ᄒ니 남군을 취코ᄌ ᄒ난잇가 현덕 왈 드러니 도독이 남군을 취흔다 ᄒ기로 도읍고져 왓나니 만일 도독이 취치 안이ᄒ면 니 취코자 ᄒ노라 쥬유 소왈 우리

〈60-뒤〉

강동이 한강을 취코자 흔 졔 오린지라 이졔 남군이 장즁의 잇쓰니 엇지 취치 안이ᄒ리요 현덕 왈 승부난 미리 졍치 못ᄒ난니 됴됴도 갈 쎄여 됴인으로 남군을 맛겨쓴니 반다시 긔특흔 꾀 잇슬 거시요 쏘 겸ᄒ여 됴인 용밍은 당ᄒ기 어려운니 져어ᄒ건디 장군이 취치 못할가 ᄒ난이다 쥬유 왈 니 만일 취치 못ᄒ거든 황슉이 취ᄒ소셔 현덕 왈 자경과 공명이 징참ᄒ엿쓴니 도독은 후회 말나 노슉이 쥬져ᄒ고 디답지 안이 ᄒ니

죽유 왈 디장부 임우 흔 말을 니고 엇지 후회ᄒ리요 공명이 왈 도독의 말이 심히 공편ᄒ도다 몬져 동오의 사양ᄒ야 만일 취치 못ᄒ거던 쥬공이 취ᄒ소셔 쥬유 현덕을 이별ᄒ고 가거늘 현덕이 공명다려 문왈 악가 션성의 가라치난 말삼으로 디답ᄒ여쓰나 아지 못게라 션성의 소견의난 엇지ᄒ야 그리ᄒ라 ᄒ신잇가 니 외로옴이 용신홀 곳시 업긔로 아직 남군을 어더 몸이나 용납고져 ᄒ

여던니 이졔 몬져 동오의 허락ᄒ니 동오의셔 몬져 어드면 우리 어더을 어더 뉴홀이요 공명이 디소 왈 당쵸의 니 쥬공을 권ᄒ야 형주을 취ᄒ라 ᄒ여도 쥬공이 듯지 안이 ᄒ시던니 금일의 싱각ᄒ시난잇가 현덕 왈 젼일의난 유경승의 ᄯᅡᆼ이기로 차마 취치 못ᄒ여쓰나 이졔는 됴됴의 ᄯᅡᆼ이라 엇지 취치 못할이요 공명 왈 쥬공은 근심티 말나 죠만간의 니 쥬공을 가릇쳐 남군 셩중의 놉피 좌졍ᄒ게 ᄒ리다 현덕 왈 엇지 그러ᄒ잇가 공명 왈 여차여차 할이다 현덕이 디희ᄒ야 뉴강의 둔병ᄒ고 움지기지 안이 ᄒ덜라 각셜 쥬유 노슉이 본진의 도라와 장디예 좌졍 후의 노슉이 쥬유다려 문왈 엇지 남군을 현덕의계 허락ᄒ여난잇가 쥬유 왈 니 이졔 남군을 엇기난 장중의 잇난니 현덕의계 허락ᄒ기난 거짓 허락흔 말이로다 ᄒ고 디듸여 졔장의게 문왈 뉘 능히 션봉이 되여 남군을 취할고 ᄒ니 좌중 일인이 응성ᄒ거날 모다 보니 이난 장흥이라 쥬유 디

희ᄒ야 장흥으로 션봉 삼고 셔셩의로 부장을 삼아 군ᄉ 오쳔을 거나리고 가 남군을 쳐 큰 공을 일우라 니 디군을 거나리고 졉응하리라 차셜 됴인이 남군의 잇셔 됴홍의로 이릉을 직키여 의각지셰을 삼아 잇던니 문득 군ᄉ 보ᄒ되 오병이 장강의 덥피온다 ᄒ거날 됴인이 왈 셩을 구지 직키고 싸오

지 안이홈미 상칙이라 ᄒ니 우금이 분연 왈 적병이 일르러는디 싸오지 안
이함은 이난 겁홈이라 허믈며 우리 등이 시로 픠ᄒ야쓴나 오병을 엄살ᄒ야
져의 예긔을 쩌글지라 원컨더 오쳔 졍병을 빌니시면 ᄂᆡ 죽기로 결단ᄒ고
ᄒᆞᆫ번 싸오리다 됴인이 그 말을 좃차 우금으로 ᄒ여금 졍병 오쳔을 쥬워 나
가 싸오라 ᄒ니 우금이 응셩 츌마ᄒ야 졍봉을 마자 싸와 사오합의 일르러
졍봉이 거짓 픠ᄒ여 달러나니 우금이 군ᄉ을 모라 급피 죠ᄎᆞ와 진즁의 드
달르니 좌우 복병이 이러나 우금을 에워싼고 시셕이 비오듯 ᄒ거날 우금이
좌우로 츙돌ᄒ

〈62-앞〉

야도 버셔나지 못ᄒ난지라 잇ᄯᆡ 됴인이 셩승의셔 바라보니 우금이 픠ᄒ야
적진의 싸이엿거날 급피 말을 달여 적진의 드러가 좌츙우들ᄒ여 우금을 구
ᄒ야 나오던니 장흠을 마나 크게 싸올 시 됴인 우금이 병역ᄒ며 싸우고 또
됴인의 아우 됴슌이 엄살ᄒ니 오병이 디픠ᄒ여 도라와 됴인에게 픠ᄒ 스연
을 쥬유의게 고ᄒᆞᆫ디 쥬유 디로ᄒ야 장흠을 잡아ᄂᆡ여 벼히라 ᄒ니 즁장이
고간ᄒ여 면ᄒ엿는지라 쥬유 군ᄉ을 총독ᄒ야 됴인을 치고져 ᄒ거날 감영
왈 됴인 됴홍이 의각지셰 삼아 됴홍이 이릉을 직히오니 소장이 삼쳔군을
거나려 됴홍을 치면 됴인이 반다시 구홀진니 그 틈을 다 도독은 남군을 취
ᄒ소셔 쥬뉴 그 말을 좃차 감영으로 이릉을 치니 과연 쳬탐이 됴인께 보ᄒ
니 됴인이 진괴을 쳥ᄒ야 상의ᄒ니 진괴 왈 이릉을 만일 이르면 남군이 위
ᄐᆡ할인니 ᄲᆞᆯ이 구ᄒ소셔 됴인이 됴슌을 명ᄒ야 됴홍을 구ᄒ라 ᄒ니 됴슌이
몬져 사람을 보ᄂᆡ여 약속하되 됴홍이 몬져 셩박긔 나와 도적으로 싸와 뉴
인ᄒ면 우리

〈62-뒤〉

등이 좌우로 엄살ᄒ리라 ᄒ엿거늘 군ᄉ을 거나리고 셩박그 나 감영을 마즈

싼와 이십여합의 이르러 됴홍이 거짓 픽흐여 닷거날 강영이 이릉 성중의
드러가 빅셩을 진무흐던니 황혼의 이르러 됴슌 우금이 좌우로 이릉을 에우
고 치거날 감영이 급피 쥬유게 보흐니 쥬유 듯고 티경흐는지라 졍보 왈 급
피 구완병을 발흐소셔 이 짱은 진요지쳐라 우리 군亽을 너누워짜가 만일
됴인이 틈을 타 엄습흐면 엇지흐리요 졍보 왈 감영은 강동 명장나라 엇지
안이 구할이요 쥬뉴 왈 닉 진을 구완코자 흐난이 뉘 능히 닉 소임을 맛짜
이 고슬 직키리요 여몽이 왈 능통의게 맛기소셔 능통 왈 십일안은 소장이
당흐련이와 십일이 지니면 당치 못흐리다 쥬유 허락흐고 쥬유 직일의 발힝
흐니 졍보 왈 이릉은 남벽 소로라 남군의로 가난 큰 길리 잇사오니 군亽을
즁노의 보니여 남무을 버혀 길을 막으시면 젹병이 픽흐여 남군으로 가다가
길리 막키오면 반다시 마필을 다 발이고 다라나린니 군亽로 흐야금 마

〈63-앞〉

필을 취흐소셔 쥬유 그 말을 올힌 역여 군亽을 보니여 길을 막으라 흐고 군
亽를 지쵹흐야 이릉 성흐의 일르러 유진흐고 졔즁을 도라보와 왈 뉘 능히
젹진즁의 드러가 감영을 구할고 쥬티 응셩흐거늘 쥬유 디희흐야 직시 군亽
오빅을 주니 쥬티 칼을 들고 젹진을 향흐니 이쩍 감영이 셩상의셔 쥬티 군
亽 모라오믈 보고 군즁의 지위흐여 일졔이 츙살흐니 됴홍 됴슌 등이 일면
의로 됴인의게 보흐고 일면으로 영젹흐던니 감영 쥬티 좌우로 엄살흐니 됴
병이 젼딕지 못흐야 이릉을 발이고 남군을 향흐야 닷던니 즁노의 길이 막
켜 마리 능히 가지 못흐니 말을 다 바리고 닷는지라 오군즁의 허다흔 마필
긔게을 어더 도라오난지라 이날밤의 쥬유 티병을 모라 남군셩흐의 당흐니
됴인이 크게 근심흐여 즁장을 모와 방젹할 뫼칙을 의논할 시 됴홍 왈 목흐
의 이릉을 일코 쏘 남군이 위티흐오니 승상이 가라치든 비결을 쓰소셔 됴
인이 문득 씨치고 군亽를 오

〈63-뒤〉

경의 밥 머기고 셩상의 것짓 졍긔을 꼬자 허쟝셩셰ᄒ고 평명의 디소 삼군을 세 길노 나누워 다러나넌지라 쥬유 진중의셔 탐문ᄒ니 됴병이 다 도망ᄒ엿는지라 쥬유 쟝디의 놉피 올나보니 셩상의 졍긔 나렬하엿고 셩중의 군ᄉ ᄒ나도 업는지라 쥬유 싱각ᄒ되 됴인이 당치 못할 쥴 알고 도망ᄒ도다 ᄒ고 쟝디여 나려와 분부 왈 셔셩 졍봉은 좌우익이 되야 셩중의 드러가 엄살ᄒ되 셩중의 군ᄉ 잇거던 후군을 도라보지 말고 일졔이 엄살ᄒ되 만일 명금소리 잇거던 직시 퇴군ᄒ라 ᄒ고 졍보로 션봉을 삼고 쥬유 친이 디군을 모라 드러가던니 셩중의셔 일셩 방포의 됴홍이 나셔 디젹ᄒ야 두 합의 픠ᄒ야 다라나고 됴인이 쏘 나셔 영젹ᄒᆯ 시 십여합의 픠ᄒ야 닷거날 쥬유 좌우을 호령ᄒ여 엄살ᄒ니 됴군이 당치 못ᄒ여 도망ᄒ거늘 한당 쥬티는 됴군을 쏬츠가고 쥬유는 군을 모라 셩중으로 드러가던니 문득 ᄒᆫ 편의셔 일셩 방포의 만뇌져발ᄒ야 시셕이

〈64-앞〉

비옷듯 하는지라 다토와 드러가던 군ᄉ 굴명의 ᄲ지며 셜로 발펴 죽는 지 티반이라 쥬유 디경ᄒ야 급피 말을 두르려 ᄒ던니 졍히 한 살을 맛즛 번신 낙마ᄒ니 우금이 급피 달려드러 쥬유을 벼히고져 ᄒ던니 셔셩 졍봉이 쥬유을 구완ᄒ야 도라가니 됴병이 무슈히 셩으로 나와 엄살ᄒ미 오병이 디픠ᄒ야 셜로 발펴 죽난 지 티반이어늘 셔셩 졍봉이 쥬유을 구완ᄒ고 픠진 군졸을 거두워 본진의 도라와 힝군 의원을 불너 쥬유 병을 치료할 시 살 쎼고 보니 살촉의 독약을 발나 금창이 중상ᄒ여는지라 쥬유 음식을 젼폐ᄒ니 의원 왈 독약이 살의 밋쳐쓰니 졸연이 낫지 못할지라 만일 노긔 격동ᄒ면 금창이 복발할 거신니 빅일을 죠리ᄒ여야 합창ᄒ리다 졍보 군중의 졀령ᄒ되 진문을 구지 직크고 나 싸오지 말나 ᄒ니라 차셜 우금이 믹일 진젼의 횡힝ᄒ야 군욕ᄒ며 싸홈을 지촉ᄒ되 졍보 쥬유가 들늘가 겨어ᄒ여 감이 군ᄉ을

경동치 못ᄒ는지라 일일은 우금이 진

〈64-뒤〉

문 밧긔셔 웨되 말마다 쥬유을 자바것노라 ᄒ니 졍봉이 즁장으로 더부러
의논 왈 우리 잠간 퇴병ᄒ엿다가 도독의 병세 평복 후의 다시 도모홈이 가
ᄒ다 ᄒ던니 이쩌 쥬유 병셕의 잇쓰나 마음의 쥬장이 잇고 쏘 됴병이 날노
와 욕함을 알되 졔즁이 드러와 품치 안이홈을 고이 알던니 됴인이 친이 디
병을 거나리고 진젼의 와 뇌고 함셩ᄒ며 싸홈을 도도거날 졍보 군즁의 젼
령ᄒ야 구지 즉키던니 쥬유 졔즁을 불너 장ᄒ의 셰우고 문왈 어디셔 고됴
납 함셩이 나는요 즁장이 답왈 군즁 죠련ᄒ난이다 쥬유 노왈 엇지 날을 소
기는요 너 임의 됴병이 날노 와 군욕함을 아는니 졍덕모는 나와 ᄒ가지 병
권을 맛짜쓰나 엇지 안져 보는요 고 인ᄒ야 졍보을 쳥ᄒ여 왈 장군은 엇지
출젼치 안이ᄒ는요 졍보 왈 도독의 금챵이 낫지 못ᄒ야는디 의원이 가라치
기을 빅일을 죠셥ᄒ되 노긔 츙격ᄒ면 금챵이 복발ᄒ리라 ᄒ기로 감이 품치
못ᄒ엿노라 쥬유 왈 그러ᄒ면 엇지ᄒ려 ᄒ는요

〈65-앞〉

디왈 우리 등의 주의난 잠간 퇴병ᄒ야 도독의 병이 평복홈을 지달여 다시
도모홈이 가ᄒ니다 쥬뉴 쳥파의 디로ᄒ야 상의 쒸여 이러안지며 왈 디장부
인군의 명을 바다 출셔ᄒ야 싸오다가 젼장의셔 죽어 마피의 씨이미 당연하
거늘 엇지 날노 ᄒ야금 국가디스을 펴ᄒ리요 말을 맛치며 갑옷슬 입고 말
게 올으니 즁즁이 다 놀너는지라 쥬유 슈빅긔을 거나리고 진문 밧긔 나셔
니 됴인이 디병을 거나리고 문긔 아릭 셔셔 치을 들어 꾸지져 왈 쥬유 네
어린 아희 감이 엇지 어룬을 당젹ᄒ리요 ᄒ거늘 쥬유 진문 밧긔 나셔며 됴
인을 불너 왈 네 쥬랑을 아는다 됴인이 군스로 ᄒ야금 무슈히 욕ᄒ거늘 쥬
유 디로ᄒ야 반즁을 불너 싸오라 ᄒ고 크게 한 소릭을 지르고 입의로 피을

토흐고 말게 쩌러지니 중장이 급피 구흐여 도라오니 졍보 문왈 도독의 긔
체 엇쩌흐잇가 쥬유 가만이 일너 왈 이는 너의 쬐라 됴인이 너 병이 위퇴이
알게흠인니 심복흔 군亽을 젹진의 보니여 거짓 항복흐고 말흐되

〈65-뒤〉

너 임의 죽어다 흐면 됴인이 반다시 오날 밤의 올지라 사면의 미복흐엿다
가 됴인이 오거든 일시의 엄살흐면 됴인을 싱금흐리라 졍보 왈 그 쬐 가장
묘흐도다 흐고 장중의 나와 도독이 죽엇다 흐고 발상흐며 장졸이 다 쾌효
흐더라 각셕 됴인이 중장을 뫼와 의논 왈 쥬유 노긔 충발흐야 금창이 쓰어
지고 토혈낙마흐엿亽니 반다시 죽을이라 흐던니 군亽 보흐되 젹병 슈십명
이 와 항복흐는 중의 근본 우리 군亽 이명이 왓는이다 됴인이 급피 불너 무
르니 군亽 등이 답왈 쥬유 금창이 쓰여져 죽亽오미 군중의 발상흐고 졍보
무죄흔 군亽을 치죄흐기로 우리 등이 와셔 항복흐는이다 됴인이 듯고 디희
흐야 중장을 뫼와 상의 왈 금야의 젹진을 겹측흐고 쥬유 죽염을 아셔 그 머
리을 벼혀 허도의 보니리라 흐고 진교 왈 츠亽을 급피 힝흐소셔 됴인이 우
금의로 션봉을 삼고 됴인이 중군이 되여 됴흥 됴순으로 후군이 되고 진교
로 본셩으로 직키고

〈66-앞〉

초경의 출셩흐여 주유 디젼의 당흐니 진문의 한 亽람도 업거늘 쬐의 든 줄
알고 급피 퇴병흐던니 사방으로 방포소리 나며 동편으난 한당 장흠이 엄살
흐고 셔으는 번장 쥬퇴 엄살흐고 남으난 셔셩 졍봉이 엄살흐고 북으는 진
무 여몽이 엄살흐니 됴병이 디픽흐여 셔로 발펴 죽난 직 틱반이요 수이을
셔로 구치 못흐여 다 도망흐는지라 됴인 됴흥이 픽흔 군亽을 거날리고 남
군으로 닷더니 능통이 길을 막고 엄살흐니 됴인이 간신이 버셔나 닷던니
쏘 감영을 만나 됴인이 남군으로 닷지 못흐고 양양디로 다라나는지라 각셜

쥬유 군수을 슈셥ᄒ여 남군셩ᄒ의 이르니 셩 우의 긔을 쏘자거늘 쥬유 디
경ᄒ여 바라보니 한 장수 크게 위여 왈 도독은 혀믈치 말나 나난 군수의 장
령을 바다 남군을 어드노라 ᄒ거늘 보니 상산 됴자룡이라 쥬유 디로ᄒ여
남군을 치라 ᄒ니 셩상의셔 시셕이 비오듯 ᄒ거날 쥬뉴 회군ᄒ고 감영으로
ᄒ여금 형주를 치라 ᄒ고 능통으로 ᄒ여금 양양을 치라 형쥬 양양을 어든
후의

<h3>〈66-뒤〉</h3>

남군을 도모ᄒ리라 문득 바러보되 졔갈양이 남군을 어든 후의 거짓 헝쥬
구완병이라 일으고 장비로 ᄒ여금 형쥬을 취ᄒ여는이다 쏘 보ᄒ되 ᄒ후돈
이 양양을 직키던니 졔갈양이 거짓 됴인의 병부을 보니여 됴인을 구ᄒ라
ᄒ니 후돈이 츌경ᄒᆫ 시이여 운장으로 ᄒ여금 양양을 취ᄒ여 두 곳 셩디을
다 뉴현덕의게 아시엿다 ᄒ거늘 쥬유 왈 졔갈양이 엇지 병부을 어더 ᄒ후
돈을 유인ᄒ엿던고 졍보 왈 남군 직킨 진교 병부을 아사따ᄒ며 쥬뉴 디경
ᄒ여 크게 ᄒᆫ 소리을 지르니 금창이 쓰여지고 입으로 피을 토ᄒ는지라 중
장이 구ᄒ여 안치니 쥬뉴 왈 니 만일 졔갈량을 죽이지 못ᄒ면 심중의 원을
푸지 못ᄒᆯ지나 졍덕모난 날을 도으라 니 남군을 취ᄒ리라 ᄒ고 의논ᄒ던니
문득 노숙이 오거날 쥬뉴 노숙을 보고 ᄌᆞ결은 날을 도으라 니 졔갈양으로
더부러 ᄌᆞ웅을 결단ᄒ리라 노숙 왈 불가ᄒ다 방금 됴됴로 더부러 오히려
승부을 결단치 못ᄒ고

<h3>〈67-앞〉</h3>

쏘 주공이 합비을 치되 승부를 결단치 못ᄒ엿쓰니 만일 뉴비을 치다가 됴
됴 그 틈을 타 동오를 치면 그 형셰가 가장 위티ᄒ고 쏘 뉴현덕이 됴됴와
고의가 잇난니 우리 이졔 겨으을 핍박ᄒ면 셩디을 됴됴의게 드리고 동심ᄒ
여 우리을 치면 강동을 엇지 보죤ᄒ리요 우리 등이 신고ᄒ여 젼곡 마필을

허비ᄒᆞ고 삼쳐 셩지을 다른 ᄉᆞ랑을 쥬니 엇지 분치 안이ᄒᆞ리요 노슉 왈 도독은 관심ᄒᆞ소셔 ᄂᆡ 현덕을 보고 이히로 말ᄒᆞ여 만일 듯디 안이ᄒᆞ거던 긔병함이 늣지 안이ᄒᆞ니다 졔즁이 다 가로ᄃᆡ ᄌᆞ경의 말이 심히 올싸오니 도독은 노을 참으소셔 잇ᄯᅢ 노슉이 동ᄌᆞ 슈인을 다리고 남군 셩ᄒᆞ의 일르러 셩문을 열나 ᄒᆞ니 ᄌᆞ룡이 나와 뭇거늘 ᄃᆡ왈 현덕공을 보고 의논할 일이 잇노라 ᄌᆞ룡 왈 우리 주공이 졔갈군ᄉᆞ로 더부러 형주으 게신이다 ᄒᆞ거늘 노숙이 남군을 ᄯᅥ나 형주의 일르러보니 셩상의 긔치 션명ᄒᆞ고 군즁이 엄숙ᄒᆞ거날 노숙이 탄식 왈 공명은 참 신인이로다 군ᄉᆞ

〈67-뒤〉

보ᄒᆞ되 노자경이 와셔 뵈기을 청ᄒᆞ는이다 ○○○크게 셩문을 열고나셔 영졉ᄒᆞ여 ○○가지 아중의 드러가 빈주지녜을 맛친 후의 노슉 왈 오후 주도독으로 더부러 날을 보기여 황숙게 말삼을 고ᄒᆞ라 ᄒᆞ기로 왓난니 젼일의 됴됴 빅만ᄃᆡ병을 거나리고 강동을 취코자 ᄒᆞᆫ다 ᄒᆞ되 실을 황숙을 도모함이라 동오의셔 됴됴을 물이치고 황숙을 구ᄒᆞ엿슨니 형주구군을 동오의 도라보ᄂᆡ미 으리에 당년ᄒᆞ거늘 이졔 황숙이 졔술노 형쥬 남군 양양을 아셔쓰니 동오의셔는 젼량 군마 만히 허비ᄒᆞ고 황숙은 안자 이을 바든니 ᄉᆞ리에 합당치 안이ᄒᆞ도다 공명 왈 ᄌᆞ경은 고명고명ᄒᆞᆫ 션비라 엇지 일헌 말을 ᄂᆡ는뇨 속셜의 일으되 질으 흘인 것도 임ᄌᆞ 잇셔 반다시 도라간다 ᄒᆞ엿난니 구군은 동오짱이 안이요 뉴경승의 긔업이라 우리 주공은 곳 뉴경승 아우요 경승이 비록 쥭엇쓰나 그 아달이요 이려잇쓴이 아ᄌᆞ비 되야 그 족ᄒᆞ 도음이 엇지 가치

〈68-앞〉

안이ᄒᆞ리요 노숙 왈 만일 공ᄌᆞ 뉴기 잇시면 ᄂᆡ 할 말이 젹도다 이졔 공자 강하의 인난니 엇지 이 고슬 잇실이요 공명 왈 ᄌᆞ경은 공자을 보고자 ᄒᆞ난

요 좌우을 명ㅎ여 공자을 나오라 ㅎ니 평풍 뒤로셔 공자 뉘귀 나와 안지며
왈 병든 몸이 일즉 나오지 못하여쓰니 자경은 허물치 말나 노슉이 혼번 보
미 말리 업셔 잠잠이 안졋짜가 오리만의 왈 공자 말이 업시면 엇지 할리요
공명 왈 공자 잇지 안이ㅎ면 별노 상의하리라 노슉이 왈 공즈 잇지 안이ㅎ
면 형양셩지을 동오의 보니리다 공명 왈 자경의 말이 올토다 ㅎ고 듸듸여
잔치을 비셜ㅎ야 노슉을 후디ㅎ여 보니니 노슉이 도라와 쥬뉴을 보고 말을
것초와 전ㅎ니 주유 왈 뉘기는 쳥춘소년이라 어느 디 죽긔을 지달여 형쥬
을 차져오리요 노슉이 왈 도독은 염예마오 형쥬 차져 오기는 니게 인난이
다 쥬뉴 왈 엇지 그러한요 노슉 왈 니 뉘긔을 보니 주식이 과허여 통입골수
ㅎ여 긔식이 엄

〈68-뒤〉

○○○○○○뵈기을 청ㅎ는이다 ○○○○ 크게 셩문을 열고 나셔 영졉ㅎ여
○○○○○ 엄하여 불과 반연니면 죽그리라 ○○○○○○○○○○○○○○하리
요 쥬유 노긔을 참지 못하던니 ○○○○○○○ 오후 사자 왓다 하니 ○○
○○쥬뉴 무른니 사자 왈 오후 합비을 ○○○○○○○○○○도으라 쥬유 반
가하야 시상의 도라가 병을 치료ㅎ고 졍봉 ○○과 졔장으로 ㅎ여금 젼션을
거나리고 오후 쳥영하라 하니라 뉴현덕은 형쥬 구○○을 어더 웅거하고 손
권은 동오을 웅거ㅎ고 됴됴는 즁원의 잇셔 쳔하을 다투되 필경의 삼분텬하
ㅎ얏난지라

華容道卷之下 終   隆熙二年 戊申仲冬 訪仙新刊

편저자 소개

◇ 김 진 영(金鎭英)

　서울대학교 국어교육과, 동대학원 국어국문학과 졸업. 문학박사.

　현재 경희대학교 국어국문학과 교수

　〈주요저서〉이규보문학연구(집문당,1984)

　　　　　　춘향전 어떻게 읽을 것인가(공편저;박이정,1993)

　　　　　　춘향가 · 흥보전 · 심청전 · 토끼전 · 화용도 · 흥보가(공역주; 박이정,1996-2000)

　　　　　　춘향전 · 흥보전 · 심청전 · 토끼전 · 적벽가 전집(공편저; 박이정,1997-2001)

◇ 김 현 주(金賢柱)

　서강대학교 대학원 국어국문학과 졸업. 문학박사.

　현재 경희대학교 국어국문학과 교수

　〈주요저서〉판소리 담화 분석(좋은날,1998)

　　　　　　춘향가 · 흥보전 · 심청전 · 토끼전 · 화용도 · 적벽가(공역주; 박이정,1996-1999)

　　　　　　춘향전 · 흥보전 · 심청전 · 토끼전 · 적벽가 전집(공편저; 박이정,1997-2001)

　　　　　　판소리와 풍속화, 그 닮은 예술 세계(효형출판,2000)

◇ 이 기 형

　경희대학교 대학원 국어국문학과 졸업. 문학박사.

　현재 경희대학교 국어국문학과 강사.

　〈주요논문〉탄세단가의 사설결합양상(1998)

　　　　　　단가의 범주와 신재효 가사의 성격(1999)

　　　　　　필사본 화용도 연구(박사학위논문;2001)

◇ 백 미 나

　현재 경희대학교 국어국문학과 대학원 박사과정.

　〈주요논문〉삼국사기 열전의 서술방식 연구(1997)

고전명작 이본총서

적벽가전집 ⑤

2001년 11월 5일 인쇄
2001년 11월 15일 발행

지은이 : 김진영/김현주/이기형/백미나

펴낸이 : 박찬익

펴낸곳 : 도서출판 **박이정** (pjbook.com)

130-070 서울시 동대문구 용두동 129-162

전 화 : 922-1192~3, FAX : 928-4683

온라인 : 주택576037-01-001536 우체국010447-02-011581

등 록 : 1991년 3월 12일   제1-1182호

ISBN 89-7878-547-6 93810   정가 20,000원